御製

佛光恩照　三千大千　隨緣徧滿

恒沙法界　普度衆生　悉證菩提

身心安泰　年時豐稔　風雨調順

日月升恒　乾坤清寧　百昌蕃熾

上下樂利　中外協和　庶物咸亨

萬善圓成　情與無情　同登正覺

大清雍正十三年四月初八日

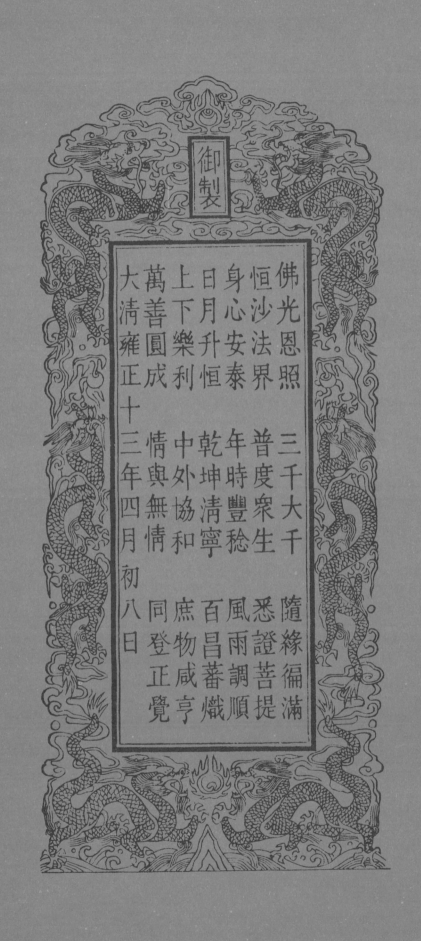

第一二九册　此土著述（一九）

開元釋教録　二〇卷　唐西崇福寺沙門智昇撰……一
開元釋教録略出　四卷　唐西崇福寺沙門智昇撰……六七三
甄正論　三卷　唐佛授記寺沙門玄嶷撰……七七七
説罪要行法　一卷　唐三藏法師義净撰……八一三
受用三水要行法　一卷　唐三藏法師義净撰……八一八
護命放生軌儀法　一卷　唐三藏法師義净撰……八二二

開元釋教録

唐西崇福寺沙門智昇撰

清刻龍藏佛說法變相圖

開元釋教録卷第一 并序

唐西崇福寺沙門智昇撰

夫目録之興也蓋所以別真僞明是非記人代之古今標卷部之多少摭拾遺漏刪夷駢贅欲使正教綸理金言有緒提綱舉要歷然可觀也但以法門幽邃化網恢弘前後翻傳年移代謝屢經散滅卷軸參差復有異人時增僞妄致令混雜難究蹤由是以先德儒賢製斯條録令其存者殆六七家然猶未極根源尚多疎闕昇以庸淺久事披尋參練異同指陳臧否成茲部袠庶免乖違幸諸哲人俯共詳覽

稽首善逝牟尼尊　無上丈夫調御士

亦禮三乘淨妙法　并及八輩應真僧

我撰經録護法城　三寶垂慈幸冥祐

惟願法燈長夜照　迷徒因此得慧明
正法遐久住世間　依學速登無上地

自後漢孝明皇帝永平十年歲次丁卯至大唐神武皇帝開元十八年庚午之歲凡六百六十四載中間傳譯緇素總一百七十六人所出大小二乘三藏聖教及聖賢集傳并及失譯總二千二百七十八部都合七千四十六卷其見行闕本並該前數

新録合二十卷開爲總別總録括聚羣經別録分其乘藏二録各成十卷就別更有七門

今先敘科條餘次編載

總括羣經録上

右從漢至唐所有翻述具帝王年代并譯人本事所出教等以人代先後爲倫不依三藏之次兼敘目録新舊同異

別分乘藏録下

右別録之中曲分爲七一有譯有本二有譯無本三支派別行四刪略繁重五拾遺補闕六疑惑再詳七僞邪亂正就七門中二乘區別三藏殊科具悉委由兼明部屬

總録分爲十卷起第一盡第十此粗顯綱條若一一具明在第十卷內

第一卷漢魏二代緇素譯人所出經戒羯磨等及新舊失譯并附譯人列傳

第二卷吳晉二代緇素譯人所出經等并新舊失譯諸經同並附譯人列傳

第三卷東晉苻秦二代緇素譯人所出經律論等并新舊失譯列傳同前

第四卷姚秦西秦前涼北涼四代緇素譯人所出經律論并新舊失譯經等

第五卷宋朝一代緇素譯人所出經律論等并新集失譯經等

第六卷齊梁元魏高齊四代緇素譯人所出經律論等并新集失譯經律論等

第七卷周陳隋三代緇素譯人所出經律論及傳録等

第八卷

第九卷 八九二卷皇朝緇素譯人所出經律論及傳録等

第十卷 敘古舊諸家目録部袠多少及詳顯同異

別録分爲十卷起第十一盡第二十 此粗顯綱條具述在第十卷

第十一卷

第十二卷 十一十二兩卷有譯有本菩薩藏經律論目録兼述譯人時代

第十三卷 有譯有本聲聞藏經律論及賢聖集傳目録亦述譯人時代

第十四卷 有譯無本大乘經律論闕本目録

第十五卷 有譯無本小乘經律論及賢聖集傳闕本目録

第十六卷 支派別行大小乘經律論及賢聖集傳別生目録

第十七卷 刪畧繁重別生同本異名經等刪除目録補闕拾遺舊譯大小乘經律論大周入藏録中遺漏不上目録及新譯大小乘經律論集傳等新編入藏目録

第十八卷 疑惑再詳目録偽妄亂眞新編偽經及羣録中偽偽經并諸家集鈔等目録

第十九卷 大乘經律論入藏目録

第二十卷 小乘經律論賢聖集傳入藏目録

總括羣經録上之一

後漢劉氏都洛陽

從明帝永平十年丁卯至獻帝延康元年庚子凡一十一帝一百五十四年緇素一十二人所出經律并新舊集失譯諸經總二百九十二部三百九十五卷 於中九十七部一百三十一卷見在一百九十五部二百六十四卷闕本

以爲後漢經録云於中直云帝者爲眞兼斥名者是僞年代甲子依唐司隷甄鸞成均博士王道珪二家年曆絫定

後漢　沙門迦葉摩騰 一部一卷經

沙門竺法蘭 四部一十五卷經

沙門支婁迦讖二十三部六十七卷經集
沙門安世高九十五部一百十五卷經律集
沙門竺佛朔二部三卷經
優婆塞安玄二部一卷經集
沙門支曜一十部一十一卷經集
沙門康巨一部一卷經
沙門嚴佛調五部八卷經
沙門康孟詳六部九卷經律
沙門竺大力一部二卷經
沙門曇果一部二卷經
新舊諸失譯經一百四十一部一百五十八卷五十九部七十六卷舊集八十二部八十二卷

新附

四十二章經一卷永平十年丁卯於白馬寺與法蘭共譯初出舊録云孝明皇帝四十二章

右一部一卷其本見在

沙門迦葉摩騰或云竺葉摩騰亦云攝摩騰羣録互存未詳孰是先來不譯所以備彰中印度人婆羅門種幼而聰敏博學多聞思力精拔特明經律嘗遊西印度有一小國請騰講金光明經俄而鄰國興師而來既將踐境輒有事礙兵不能進彼國兵衆疑有異術密遣使覘但見羣臣安然共聽其所講大乘經明地神王護國之法於是彼國請和求法明帝以永平七年甲子夢見金人身長丈六項佩日輪光明赫奕飛在殿前明旦博問羣臣此何神異通人傅毅進奉對曰臣聞西域有得道者號之曰佛陛下所夢將必是乎帝以爲然詔遣郎中蔡愔郎將秦景博士弟子王遵等一十八人往適天竺尋訪佛法於大月

支國與摩騰相遇時蔡愔等固請於騰遂與同來至于洛邑明帝甚加賞接所將佛經及獲畫像馱以白馬同到洛陽因起伽藍名白馬寺諸州競立報白馬恩騰於白馬寺出四十二章經初緘蘭臺石室第十四間内自爾釋教相繼雲興沙門信士接踵傳譯依録而編即是漢地經法之祖也舊録云此經本是外國經抄元出大部撮要引俗似孝經十八章出舊録及朱士行漢録僧祐出三藏記等道安録中不載騰以大化初傳人未深信蘊其妙解不即多翻且撮經要以導時俗騰後終於洛陽載其由委備如朱士行漢録及高僧傳等昇尋録之源始意述譯經譯經之來須有由致故傍採衆說以廣異聞雖於文爲繁而僧事備矣

十地斷結經八卷（或四卷亦云十住初出與竺佛念十住斷結經同本永平十三年出見朱士行漢録及高僧傳長房録等）

法海藏經一卷（一本無藏字初出與法海經等同本見高僧傳及長房録等）

佛本行經五卷（永平十一年出見高僧傳及長房録等）

佛本生經一卷（見高僧傳及長房録等）

右四部一十五卷其本並闕

沙門竺法蘭亦中印度人自言誦經論數萬章爲天竺學者之師時蔡愔既至彼國蘭與摩騰共契遊化遂相隨而來會彼學徒留礙蘭乃間行而至既達洛陽與騰同止少時便善漢言初共騰譯四十二章經騰卒蘭自譯十地斷結經等四部昔前漢武帝穿昆明池底得黑灰問東方朔朔云非臣所知可問西域胡人法蘭既至追以問之蘭云此是劫燒

時灰朔言有徵信者甚衆又秦景使還於月支國得釋迦倚像是優塡王栴檀像師第四作也來至洛陽帝即勑令圖寫置清涼臺及顯節陵上供養自爾丹素流演迄今蘭後終於洛陽時年六十餘矣

又長房等録云蘭譯二百六十戒合異二卷者不然細詳名目非蘭所翻委求同異如下

別録闕本中述

道行般若波羅蜜經十卷（題云摩訶般若波羅蜜道行經亦云般若道行品經或八卷初出與明度小品及大般若第四會同本光和二年七月八日出見敏祐二録）

無量清淨平等覺經二卷（亦直云無量清淨經第二出與大阿彌陁及寶積無量壽會等並同本見吳録）

阿閦佛國經二卷（建和元年譯或一卷初出與寶積不動如來會等同本見朱士行漢録及僧祐録亦云阿閦佛刹諸菩薩學成品經）

（或無國字）

佛遺日摩尼寶經一卷（安公云出方等部初出與寶積普明菩薩會等同本一名古品遺日說般若一名大寶積經一名摩訶衍寶嚴經見僧祐長房二録）

兜沙經一卷（見僧祐録及吳録是華嚴名號品異譯）

般舟三昧經三卷（一名十方現在佛悉在前立定經舊録云大般舟三昧經或一卷光和二年譯初出與大集賢護經等同本見聶道真録及吳録）

伅真陀羅所問經二卷（初云伅真陀羅所問寶如來三昧經舊録云伅真陀羅尼王經或三卷初出與大樹緊那羅經同本安録無見朱士行漢録及僧祐録）

阿闍世王經二卷（初出與普超三昧經等同本見僧祐録安公云出長阿含者非也）

内藏百寶經一卷（亦云内藏百品初出與世高譯者小異安公云出方等部見僧祐録）

文殊師利問菩薩署經一卷亦直云問署經見僧祐録及吴録安公云出方等經

雜譬喻經一卷凡十一事祐云失譯房云見別録

巳上見在巳下闕

大方等大集經二十七卷初出與曇無讖等出者同本見李廓録

般舟三昧經一卷是後十品重翻祐有此一卷無三卷者見靜泰録或加大字第三出祐録云光和二年十月八日出

梵般泥洹經二卷或一卷初出與大涅槃經等同本見朱士行漢録及僧祐録舊云胡般新改爲梵

象腋經一卷初出見法上録

諸法勇王經一卷初出見法上録

光明三昧經一卷初出祐云出別録安録無房云亦見吴録

孛本經二卷初出見僧祐録

首楞嚴經二卷中平三年二月八日出第一譯又云三卷見朱士行漢録及僧祐録吴録

大方便報恩經一卷見吴録

阿闍世王問五逆經一卷亦云阿闍世王經初出見長房録

禪經一卷初出房云見別録

阿育王太子壞目因緣經一卷佛涅槃後一百餘年育王方出故非佛說或無經字初出見長房録

右二十三部六十七卷雜譬喻上一十一部二十六卷見在大集經下一十二部四十一卷闕本

沙門支婁迦讖亦直云支讖月支國人操行純深性度開敏禀持法戒以精勤著名諷誦羣經志在宣法桓靈之代遊于洛陽從桓帝建和元年丁亥至靈帝中平三年景寅於洛陽譯道行等經二十三部審得本旨曾不加飾可謂善宣法要弘道之士也河南清信士孟福張蓮筆受而舊譯云胡般泥洹者竊所

未委上代翻經已來賢德筆受每至度語無不稱云譯胡爲漢胡乃五天邊俗類此之有氐羌今乃稱胡豈關印度深爲楚越可不詳焉但佛所説經皆合稱爲梵本梵者此言清淨昔劫初時梵世光音天來下彼土有食地肥者身重不得復去因遂爲人即五天之本祖也仍其天號而立稱焉若彼稱胡理將何出但彼稱梵語如此土所謂漢言蓋有所憑非爲謬耳如舊日僧悉稱俗姓起符秦世有沙門道安獨拔當時居然超悟云既剃落紹繼釋迦子而異父豈曰承襲今去出家宜悉稱釋及翻四含其文果云四姓出家同一釋種衆咸歎伏（四姓者一刹帝利二婆羅門三吠舍四戍達羅）而安正當晉秦之世刊定目録刪注羣經自號彌天楷模季葉猶言譯胡爲秦有五失三不易此蓋通人一蔽未盡美歟上代已來有胡言處今並改爲梵字庶無紕謬使談者得其正焉

又長房等録支讖譯中復有大寶積經一卷今以與佛遺日摩尼寶經既是同本不合再出又尋文句非讖所翻別録之中皆爲失譯今依別録爲正故讖録除之

大乘方等要慧經一卷（初出與寶積彌勒問八法會同本見長房録）

太子慕魄經一卷（初出出六度集中異譯見長房録）

長者子制經一卷（一名制經初出與逝童子經同本見長房録）

寶積三昧文殊問法身經一卷（一名遺日寶積三昧文殊師利菩薩問法身經初出與入法界體性經同本見長房録）

自誓三昧經一卷（題下注云獨證品第四出比丘淨行中初出與法護出者大同小異見長房録）

温室洗浴衆僧經一卷（亦直云温室經初出見長房録）

明度五十校計經二卷或直云明度校計亦直云五十校計元嘉元年出見朱士行漢録及僧祐録

佛印三昧經一卷見長房録

八大人覺經一卷見寶唱録

舍利弗悔過經一卷亦直云悔過經初出見長房録

人本欲生經一卷永嘉二年出長阿含第十卷異譯道安注解見朱士行漢録及僧祐録

尸迦羅越六向拜經一卷或云尸迦羅越六方禮經出長阿含第十一卷異譯見長房録

長阿含十報法經二卷一名多增道章經或直云十報經出長阿含第九卷異譯舊録亦云出長阿含見僧祐録

一切流攝守因經一卷出中阿含第二卷異譯舊録云一切流攝經呉録云流攝守因經亦云受因亦直云流攝亦云一切流攝守見朱士行及僧祐二録

四諦經一卷出中阿含第七卷異譯見僧祐録安公云出長阿含者或誤也

本相倚致經一卷出中阿含第十卷異譯呉録云大相倚致與縁本致經同本或作猗字見朱士行漢録及僧祐録

是法非法經一卷出中阿含第二十一卷異譯見士行僧祐二録

漏分布經一卷出中阿含第二十七卷異譯見朱士行漢録及僧祐録安公云出長阿含者或誤也

婆羅門子命終愛念不離經一卷出中阿含第六十卷異譯見長房録

十支居士八城人經一卷出中阿含經第六十卷異譯見長房録

普法義經一卷亦名普義經一名具法行經普法義作舍利曰具法行作舍利弗餘並同云出中阿含元嘉二年出與廣義法門經同本見士行僧祐二録

婆羅門避死經一卷出增一阿含第二十三卷異譯見長房録

阿那邠邸化七子經一卷出增一阿含第四十九卷異譯見長房録

阿難同學經一卷 題云出增一阿含檢無見長房録

七處三觀經一卷 出雜阿含中首末總三十經從初標名故也或二卷元嘉元年出見朱士行漢録及僧祐録

五陰譬喻經一卷 或無譬字一名水沫所漂經出雜阿含第十卷異譯見朱士行漢録及僧祐録

轉法輪經一卷 或云法輪轉經出雜阿含第十五卷異譯與其本經後同前異見僧祐録

八正道經一卷 出雜阿含第二十八卷異譯見士行僧祐二録

摩鄧女經一卷 或云摩鄧女一名阿難爲蠱道女惑經見長房録初出與摩鄧伽經等同本

鬼問目連經一卷 初出與餓鬼報應經等同本見長房録

阿難問事佛吉凶經一卷 或云阿難問事經亦云事佛吉凶經見長房録初出與阿難分別經等同本

柰女祇域因縁經一卷 初出或無因縁字亦直云柰女經見長房録

罪業應報教化地獄經一卷 或云地獄報應經見長房録

堅意經一卷 初出一名堅心正意經亦名堅心經見長房録

大安般守意經二卷 或一卷或無守意字或直云安般經安公云小安般兼注解祐録別載大安般一卷房録更載安般一卷並重也見士行僧祐李廓三録

陰持入經二卷 或一卷祐云除持入誤也亦云陰持入安公注解房録陰持入外別存除持入者誤也見士行僧祐二録

處處經一卷 見長房録

罵意經一卷 見長房録

分別善惡所起經一卷 見長房録

出家縁經一卷 一名出家因縁經見長房録

阿鋡正行經一卷 一名正意經見長房録

十八泥犂經一卷 或云十八地獄經見長房録

法受塵經一卷 見僧祐録

禪行法想經一卷 見僧祐寶唱二録

長者子懊惱三處經一卷一名長者懊惱三處經亦直云三處惱經見長房録

犍陀國王經一卷或無國字見長房録

父母恩難報經一卷亦云難報見長房録房云出中阿含檢無

九横經一卷房云出雜阿含檢無見長房録

禪行三十七經一卷或加品字見寶唱録

犯戒報應輕重經一卷出目連問毗尼經亦云犯戒罪報輕重或云目連問經見長房録

大比丘三千威儀經二卷或四卷亦云大僧威儀經房云見別録按僧祐失譯録中分爲二部部各二卷別録中合今只有二卷餘二莫存

道地經一卷初出或加大字是修行經抄元外國畧本道安注解見僧祐録羣録並云二卷唯安公序云凡有七章此之一卷文亦備矣

迦葉結經一卷初出見長房録

阿毗曇五法行經一卷或無行字亦云阿毗曇苦慧經見僧祐録

已上見存已下闕本

無量壽經二卷初出與寶積無量壽會等同本房云見別録

如幻三昧經二卷或一卷初出與寶積善住意會等同本見長房録

月燈三昧經一卷出大月燈經第七異譯見長房録

十二因緣經一卷初出亦云閱城十二因緣經見僧祐録

内藏經一卷第二出一名内藏百品或云百寶元嘉二年十月出見朱士行漢録

四不可得經一卷初出或無可字見長房録

藥王藥上菩薩觀經一卷初出見長房録

空淨天感應三昧經一卷舊録云空淨三昧經初出見長房録

卒逢賊結衣帶呪經一卷見長房録

呪賊經一卷一名辟除賊害呪見長房録僧祐失譯録中雙載二本同名呪賊此且存一

十四意經一卷舊録云菩薩十四意經見僧祐録

法律三昧經一卷初出見法上録

道意發行經二卷 或一卷見道安及僧祐録房云出長阿含

大十二門經二卷 或一卷出長阿含安公注解見寶唱及僧祐録

小十二門經一卷 出長阿含安公注解見寶唱及僧祐録

七法經一卷 舊録云阿毗曇七法行經或直云七法法行經見僧祐録房云出長阿含

多增道章經一卷 舊録無道字云異出十報法見長房録云出長阿含

義決律經一卷 或無經字亦云義決律法行經安公云出長阿含見僧祐録

雜四十四篇經二卷 或云雜經四十四篇既不顯名未知何經安公云出增一阿含見僧祐録

百六十品經一卷 舊録云出增一阿含百六十章經見僧祐録

舍頭諫經一卷 見舊録第二出亦云舍頭諫太子明二十八宿經亦云太子明星二十八宿經亦云虎耳經

瑠璃王經一卷 或云流離房云出增一檢無見長房録

太子夢經一卷 初出見長房録

禪經二卷 第二出房云見別録

恒水經一卷 初出亦云恒水不說戒經見法上録寶唱録云恒水誡經

悔過法經一卷 見長房録

五法經一卷 見僧祐録

五行經一卷 見長房録

小般泥洹經一卷 房云見別録云或名泥洹後諸比丘經或云泥洹後變記經或云泥洹後比丘世變經或云佛般泥洹後比丘世變經

正齋經一卷 見長房録

分明罪福經一卷 見長房録

難提迦羅越經一卷 見僧祐録

禪定方便次第法經一卷 見長房録

禪法經一卷 見長房録

當來變滅經一卷 見長房録

修行道地經七卷 或六卷初出或云順道行經漢永康元年譯支敏度

製序見寶唱録及別録

五門禪要用法經一卷初出見長房録

思惟要略經一卷或直云思惟經初出見僧祐録

法句經四卷初出見長房録

請賓頭盧法一卷初出見內典録

阿毗曇九十八結經一卷見僧祐録

右九十五部一百一十五卷阿毗曇五法上五十西部五十九卷見存無量壽經下四十一部五十六卷闕本

沙門安清字世高安息國王正后之太子也幼懷淳孝敬養竭誠惻隱之仁爰及蠢類其動言立行若踐規矩焉加以志業聰敏剋意好學外國典籍莫不該貫七曜五行之象風角雲物之占推步盈縮悉窮其要兼洞曉醫術妙善鍼脉覩色知病投藥必濟乃至鳥獸鳴呼聞聲知心嘗行見羣燕忽謂伴曰燕云應有送食者頃之果有致焉衆咸奇之於是儁異之名被於西域遠近鄰國咸敬而偉之高雖在居家而奉戒精峻講集法施與時相續後王薨將嗣國位乃深惟苦空猒離名器行服既畢遂讓國與叔出家修道博綜經藏尤精阿毗曇學諷持禪經略盡其妙既而遊方弘化徧歷諸國以漢桓之初始到東夏高才悟機敏一聞能達至止未久大通華言慨正法幽微廣事宣譯高窮理盡性自識宿緣多有神迹世莫能量初高自稱先身已經為安息王子與其國中長者子俱共出家分衛之時值施主不稱每輒懟恨高屢加訶諫終不悛改如此二十餘年乃與同學辭訣云我當往廣州畢宿世之對卿明經精勤不在吾後而性多恚怒命過當受惡形我若得道必

當相度既而遂適廣州值寇賊大亂行路逢一年少唾手拔刀曰眞得汝矣高笑曰我宿命負卿故遠相償卿之忿怒故是前世時意也遂伸頸受刃容無懼色賊遂殺之觀者塡路莫不駭其奇異而此神識還爲安息王太子即今時世高身是高遊化中國宣經事畢值靈帝之末關洛擾亂乃震錫江南云我當過廬山度昔同學行達邪亭湖廟此廟舊有靈威商旅祈禱乃分風上下各無留滯甞有乞神竹者未許輒取舫即覆没竹還本處自是舟人敬憚莫不攝影高同旅三十餘船奉牲請福神乃降祝曰舫有沙門可更呼上客咸驚愕請高入廟神告高曰吾昔外國與子俱出家學道好行布施而性多瞋怒今爲邪亭廟神周迴千里並吾所治以布施故珍玩

甚豐以瞋恚故墮此神報今見同學悲欣可言壽盡旦夕而醜形長大若於此捨命穢汙江湖當度山西澤中此身滅後恐墮地獄吾有絹千疋并雜寶物可爲立法營塔使生善處也高曰故來相度何不出形神曰形甚醜異衆人必懼高曰但出衆不恠也神從牀後出頭乃是大蟒不知尾之長短至高膝邊高向之梵語數番讚唄數契蟒悲淚如雨須臾還隱高即取絹物辭别而去舟侶颺帆蟒復出身登山而望衆人舉手然後乃滅倏忽之頃便達豫章即以廟物造東寺高去後神即命過暮有一少年上船長跪高前受其呪願忽然不見高謂船人曰向之少年即邪亭廟神得離惡形矣於是廟神歇滅無復靈驗後人於山西澤中見一死蟒頭尾數里今潯陽

郡蛇村是也高後復到廣州尋其前世害已少年尚在高徑投其家説昔日償對之事并敘宿縁歡喜相向云吾猶有餘報今當往會稽畢對廣州客悟高非凡豁然意解追恨前愆厚相資供隨高東遊遂達會稽至便入市正值市中有亂相打者誤著高頭應時殞命廣州客頻驗二報遂精勤佛法具説事縁遠近聞知莫不悲歎明三世之有徵也高以桓帝建和二年戊子至靈帝建寧三年庚戌二十餘載譯大乘要慧等經九十五部並義理明析文字允正辯而不華質而不野凡在讀者皆亹亹然而不倦焉世高本既王種名高外國所以西方賓旅猶呼安侯至今爲號焉天竺自稱書爲天書語爲天語音訓詭蹇與漢殊異先後傳譯多致謬濫唯高所出爲羣譯之首安公以爲若及面稟不異見聖列代明德咸讃而思焉其釋道安録僧祐出三藏記惠皎高僧傳等止云高譯三十九部費長房録便載一百七十六部今以房録所載多是別生從大部出未可以爲翻譯正數今隨次删之如後所述

情離有罪經（房云世注爲疑今亦在疑僞録）

八光經

舍利弗問寶女經

舍利弗歎寶女説不思議經（亦直云歎寶女經）

申越長者悔過供佛經（亦云申起長者悔過經申越申起未詳何）

（正八光等四經並出大集）

四百三昧名經（出大雲經）

摩訶衍精進度中罪報品經（出智度論）

大迦葉遇尼乾子經（出長阿含）

阿難惑經出人本欲生經
第一四門經
第二四門經
第三四門經
甘露正意經亦云佛入甘露調意經第一四門等四經出僧祐失譯録亦出寶唱録並是大十二門經一部後人分品寫出遂成四經
尊者薄拘羅經或直云薄拘羅經亦云薄拘羅答異學問經
婆羅門行經
長者兄弟詣佛經亦云長者梨師達多兄弟二人往佛所經薄拘羅等三經出中阿含
五戰鬬人經
世閒强盗布施經
梵天詣婆羅門講堂經
郁伽居士見佛聞法醒悟經亦云修伽陀居士佛爲説法得悟性經

水喻經五戰鬬等五經並出增一阿含
佛爲婆羅門説四法經
佛爲事火婆羅門説悟道經
佛爲婆羅門説耕田經或無田字
佛爲憍慢婆羅門説偈經
佛爲頻頭婆羅門説像類經
佛爲阿支羅迦葉説自他作苦經
目連見衆生身毛如箭經
阿那律思惟目連神力經
無畏離車白阿難經
商人脱賊難經
世閒言美色經
純陀沙彌經或作沙門或爲淳字
商人子作佛事經
婆羅門通達經論經

外道出家經
婆羅門服白經
精勤四念處經
婆羅門虛僞經
佛爲調馬聚落主說法經
一切行不恒安住經
婆羅門問世尊將來有幾佛經
婆羅門問佛布施得福經
豆遮婆羅門論議出家經
佛化火與（或作大與）婆羅門出家經
浮木譬喻經（一名恒水流樹經或作流澍）
四吒婆羅門出家得道經
過去彈琴人經
婆羅門解知衆術經
獨富長者經（亦云獨富長者財物無付經亦云長者命終無子付囑經）

佛爲年少婆羅門說知善不善經
佛爲那拘羅長者說根熟經（或無羅根熟三字）
禪思滿足經（說四法等三十二經並出雜阿含）
禪祕要經（出治禪病祕要法）
前世諍女經
子命過經
迦旃延無常經
審裸形子經（一名佛覆裸形子經）
鼈喻經（前世諍等五經並出生經）
鏡面王經（出義足經）
三毒經
數息事經（上二小乘雜抄）
七老婆羅門請爲弟子經
孤母喪一子經
斫毒樹復生經

求離牢獄經
良時難遇經
昔有二人相愛敬經
慈仁不殺經
摩耶祇女人謗佛生身入地獄經
最勝長者受呪願經 亦直云受呪願經
佛神力救長者子經
佛度旃陀羅兒出家經
承事勝己經
調達生身入地獄經
多倒見衆生經
長者夜輸得非常觀經 亦直云得非常觀經七老婆羅門等一十五經並出出曜經
人受身入陰經
人身四百四病經

五陰成敗經
地獄罪人衆苦經
人病醫不能治經 人受身等五經並出修行道地經
阿練若習禪法經 出坐禪三昧經
蓮華女經 出法句譬喻經
迦葉詰阿難經 亦云迦葉貢阿難雙度羅漢喻經
金色女經 迦葉詰阿難等二經出雜譬喻

右八光經等八十五部八十五卷長房等録皆云安高所出今按隋開皇仁壽二年衆經録及新括出別生抄經等此等並從諸經別生或非安高所出不合足爲翻譯之數今爲實録故總刪之

道行經一卷 光和二年十月八日出見經後記朱士行漢録僧祐録等安公云道行品者般若抄也外國高明者所撰安爲之序并注
般舟三昧經二卷 光和二年十月八日出見經後記高僧傳等二經同

時啓袠故出日同也舊録云大般舟三昧經或一卷第二出與大集賢護經等同本

右二部三卷其本並闕

沙門竺佛朔經後記云竺佛朔印度人也識性明敏博綜多能以靈帝光和之初齎道行等經來適洛陽轉梵爲漢譯人時滯雖有失旨然棄文存質深得經意月支沙門支讖傳語河南孟福字元士張蓮字少安筆受並見經後記

法鏡經二卷安公云出方等部初出與寶積郁伽長者會等同本或一卷沙門嚴佛調筆受康僧會注見僧祐録

阿含口解十二因緣經一卷亦云斷十二因緣經亦直云阿含口解舊録云安侯口解凡有四名同是一本内典中安高安玄倶出口解者誤也

右二部三卷其本並在

優婆塞安玄安息國人也志性貞白深閑理致秉持法戒毫釐弗虧博誦羣經多所通習漢靈帝時遊賈洛陽有功號騎都尉性虚靜温恭常以法事爲已務漸練漢言志宣經典常與沙門講論道義世所謂都尉者也玄以光和四年辛酉與沙門嚴佛調共出法鏡等經玄口譯梵文佛調筆受理得音正盡經微旨郢匠之美見述後代祐云法鏡佛調出者據其共譯以說又稱阿含口解世高譯者此乃姓同相濫也舊録既名安侯口解計亦合是世高出也

成具光明定意經一卷或云成具光明三昧經或直云成具光明經第二出見朱士行支敏度僧祐等三録及高僧傳

阿那律八念經一卷或直云八念經一名禪行斂意經舊録云禪行檢意出中阿含經第十八卷異譯見舊録

馬有三相經一卷亦云善馬有三相經出雜阿含經第三十三卷異譯

房云見吳録

馬有八態譬人經一卷 亦直云馬有八態經一名馬有八弊惡態經出雜阿含經第三十三卷異譯房云見吳録

小道地經一卷 房云見吳録

已前見存已後闕本

聞城十二因縁經一卷 第二出與世高譯十二因縁經等同本房云見吳録

大摩耶經一卷 或無大字或二卷初出與摩訶摩耶經同本房云見吳録

賴吒和羅經一卷 出中阿含經第三十一卷異譯房云見吳録安云出方等部者或恐誤也

小本起經二卷 或云修行本起或云宿行本起近加小字耳初出與瑞應本起經等同本見舊録及高僧傳

墮落優婆塞經一卷 或云優拔塞房云見吳録

右一十部一十一卷 小道地上五部五卷見在聞城下五部六卷闕本

沙門支曜西域人博達羣典妙解幽微以靈帝中平二年乙丑於洛陽譯成具光明等經十部長房等録又有首至問佛十四事經 或無佛字 余親見其本乃是經抄已編別生録内此刪不載

問地獄事經一卷 見朱士行漢録及高僧傳

右一部一卷本闕

沙門康臣 或作巨字未詳孰是 西域人心存遊化志在弘宣以靈帝中平四年丁卯於洛陽譯問地獄經言直理詣不加潤飾

輭首菩薩無上清淨分衛經二卷 一名決了諸法如幻化三昧經初出與大般若那伽室利分等同本或一卷見長房録

慧上菩薩問大善權經二卷 初出與實積大乘方便會等同本或無菩薩字或一卷見長房録

古維摩詰經二卷（初出與唐譯無垢稱經等同本見古録及朱士行漢録）

思意經一卷（亦云益意經初出見長房録）

菩薩内習六波羅蜜經一卷（安公云出方等部或云内六波羅蜜經亦云内外者見長房録）

右五部八卷（前四部七卷本闕後一部一卷見在）

沙門嚴佛調（亦云浮調據僧祐録及高僧傳合是沙門長房等録云清信士者非也）臨淮郡人綺年頴悟敏而好學信慧自然遂出家修道通譯經典見重於時調以靈帝中平五年戊辰於洛湯譯輭首菩薩等經五部世稱安侯都尉佛調二人傳譯號爲難繼安公稱佛調出經省而不繁全本巧妙焉又長房等録更有迦葉詰阿難經亦云佛調所譯余親見其本乃是諸經之抄有數條事隋衆經録云出雜譬喻安世高聶承遠録内並有此經録家誤也既是别生抄經不合爲翻譯正數又有沙彌十慧經云佛調自撰幷注序既非聖言又闕其本今並删之

舍利弗摩訶目揵連遊四衢經一卷（出增一阿含第四十一卷異譯見别録）

興起行經二卷（亦名嚴誡宿縁經題云出雜藏見吴録）

梵網經二卷（初出或三卷見吴録）

四諦經一卷（興平元年出第二譯出中阿含第七卷異譯與世高出者小異見竺道祖漢録）

太子本起瑞應經二卷（亦云瑞應本起第二出與過現因果經等同本房云見三藏記然祐三藏記中孟詳出中本起非瑞應本起）

報福經一卷（或云福報見吴録）

右六部九卷（興起行經上二部三卷見在梵網經下四部六卷闕本）

沙門康孟詳其先康居國人有慧學之譽以獻帝興平元年甲戌至建安四年己卯於洛陽譯遊四衢等經六部安公云孟詳所翻弈弈流便足騰玄趣也

修行本起經二卷（一名宿行本起第三出與瑞應舊本起經等同本見始興錄）

右一部二卷其本見在

沙門竺大力西域人情好遠遊無憚艱險以獻帝建安二年丁丑三月於洛陽譯修行本起經其經梵本並是曇果與康孟詳於迦維羅衛國齎來康孟詳度語

中本起經二卷（或云太子中本起經見始興錄經初題云出長阿含）

右一部二卷其本見在

沙門曇果西域人學該內外解通真俗於迦維羅衛國齎經梵本屆于洛陽以獻帝建安十二年丁亥譯中本起經康孟詳度語內典錄中以曇果與孟詳共出遂與孟詳太子本起瑞應合爲一本者非也二經全異不可合之祐云中本起康孟詳出者據其共譯故耳

大方便佛報恩經七卷

摩訶衍寶嚴經一卷（一名大迦葉品第二出與寶積普明菩薩會同本中云晉言合編晉錄今且依舊祐云摩訶乘寶嚴經）

後出阿彌陀佛偈經一卷（或無經字第二出）

未曾有經一卷（初出與唐譯甚希有經等同本）

作佛形像經一卷（一名優填王作佛形像經一名作像因緣經與造立形像福報經同本）

安宅神呪經一卷（亦云安宅呪法祐云安宅呪）

受十善戒經一卷

苦陰經一卷（出中阿含經第二十五卷異譯）

魔嬈亂經一卷（一名弊魔試目連經一名魔王入目揵蘭腹經出中阿含）

經第三十卷異譯

沙彌尼戒經一卷 或無經字

優波離問佛經一卷 或云優波離律

分別功德論四卷 或云分別功德經或三卷五卷

禪要呵欲經一卷 題云禪要經呵欲品

內身觀章句經一卷 或無句字

雜譬喻經二卷 一名菩薩度人經

六菩薩名一卷 房入藏云六菩薩名亦當誦持

巳上見在巳下闕本

般舟三昧念佛章經一卷 是行品別翻第四出

阿彌陀佛偈一卷 初出

賢劫千佛名經一卷 祐云唯有佛名與曇無蘭所出四諦經千佛名異出賢劫經中異譯

梵本經四卷 舊云胡本新改為梵似長安中出

泥洹後千歲變經四卷 一名千歲變經祐云泥洹後千歲中變記

一卷

諸經佛名二卷 今疑是不思議功德經

三千佛名經一卷

稱揚百七十佛名經一卷 亦直名百七十佛名今疑出稱揚功德經

南方佛名經一卷 舊云一名治城寺經者非也此乃題寺為記非是經之異名

滅罪得福佛名一卷

觀世音所說行法經一卷 是呪經

薩陀波崙菩薩求深般若圖像經一卷

受持佛名不墮惡道經一卷

五龍呪毒經一卷

取血氣神呪經一卷 舊録云血呪

呪賊呪法一卷 房云異出本祐直云呪賊

七佛安宅神呪經一卷

菩薩受戒法經一卷祐録無經字房云異出本
受菩薩戒次第十法一卷
菩薩懺悔法一卷
初發意菩薩常晝夜六時行五事一卷
頂生王因緣經一卷舊録云頂生王經
長者賢首經一卷
梵志喪女經一卷
獼狗醫王經一卷舊録云獼狗經
勤苦泥犁經一卷
地獄經一卷
十一因緣章經一卷舊録云十一因緣經或云十二
沙門爲十二頭陀經一卷
僧名數事行一卷
比丘諸禁律一卷
摩訶僧祇律比丘要集一卷一名摩訶僧祇部比丘隨用要集法
沙彌十戒經一卷舊録云沙彌戒
比丘尼十戒經一卷
賢者五戒經一卷
優婆塞威儀經一卷
庚伽三磨斯經一卷譯言修行略一名達磨多羅禪法或言達磨多羅菩薩撰禪經要集
梵音偈本一卷舊云胡音
讃七佛偈一卷
怛和尼百句一卷
五言詠頌本起一卷一百四十二首
道行品諸經梵音解一卷舊云胡音
法句譬喻經一卷祐録云凡十七事或無喻字上五十九部並見僧祐失譯録

右五十九部七十六卷准房録本數合有七十七卷其

分別功德論録云五卷今有四卷故七十六云菩薩名上一十六部二十六卷見在般舟下四十三部五十卷闕本

長房等録後漢失譯總有一百二十五部一百四十八卷今以餘六十六部七十一卷子細讎校非是失源具述委由列之如左

佛遺日摩尼寶經 漢支讖譯

菩薩生地經

惟日雜難經 已上二經吳支謙譯

金剛三昧本性清淨不壞不滅經 或云金剛清淨經長房録云吳代支謙譯漢後失譯録中復載今詳此經非是漢代失源復非支謙所出似是姚秦已來什公等譯今且爲失源編於秦録

舊雜譬喻經二卷 吳代康僧會譯

十方佛名經

三十二相因緣經 已上二經西晉竺法護譯

菩薩修行經 一名長者威施所問菩薩修行經或云長者修行經已曾三譯

一存二闕佛顯録中

迦葉赴佛泥洹經 一名佛般泥洹時迦葉赴佛經

鐵城泥犁經 一名中阿含泥犁經

寂志果經

三十七品經 抄諸經撰在別生録

七佛所結麻油述呪

幻師陂陀神呪

呪齲齒呪 一名呪蠱齒一直名呪齒

呪牙痛呪

呪眼痛呪 迦葉赴下十經東晉竺曇無蘭譯

千佛因緣經

海八德經 已上二經法上録云姚秦羅什譯

菩薩所生地經

摩訶刹頭經 已上二經乞伏秦聖堅譯

寂調意 合作音字意者誤也 所問經 一名如來所說清淨調伏經

轉女身菩薩經 一名樂瓔珞莊嚴方便經一名樂瓔珞莊嚴女經已上二

經宋代法海譯
沙彌威儀經或無經字宋求那跋摩譯
四天王經宋智嚴譯
閻王五使者經一名五天使經
譬喻經已上二經宋惠簡譯
八部佛名經元魏瞿曇流支譯
觀無量壽佛經此經已曾兩譯一存一闕備顯録中
般若波羅蜜神呪經出大品經
功德莊嚴王八萬四千歲請佛經出大集經
大方廣如來性起微密藏經二卷亦直云如來性起經是舊華嚴經如來性起品
合道神足經四卷一名道神足無極變化經即道神足經之異名二本無別
持齋經齋經別生
過去香蓮華佛世界經出悲華經

善德婆羅門求舎利經
人弘法經已上二經出大雲經
五十三佛名經出藥王藥上經
彌勒爲女身經
一切施王所行檀波羅蜜經亦直云行檀波羅蜜經亦名薩和檀王經
摩調王經
小兒聞法即解經已上四經出六度集
淨除業障經抄淨業部經
十住毗婆沙經抄十住論
七寶經出增一阿含經
質多長者請比丘經
外道誘質多長者經
佛見牧牛者示導經
長者命終無子付囑經獨富長者經異名質多等四經出雜阿含

積骨經 出七處三觀經

誨子經 出生經

梵志觀無常得脫經 出義足經

梵志避死經

貧子得財發狂經

無害梵志執志經

善唄比丘經 梵志避死等經出出曜經

福子經

居士物故爲婦鼻中蟲經

須河譬經

教子經 一名須達教子經亦云須達訓子經福子等四經出雜譬喩經

龍種尊國變化經

觀世樓炭經 云有三品

清淨法行經 已上三經先在僞録

華嚴瓔珞經

般若得經 已上二經僧法尼誦出亦在僞録

右佛遺日下六十六部七十一卷或翻譯有憑或別生疑僞今既尋知所據故非漢代失源用舊重編恐成繁雜今並刪也長房録云已上一百二十五部一百四十八卷並是僧祐律師出三藏記撰古舊二録及安録失源弁新集所得失譯諸經卷部甚廣雖校羣目蕪穢者衆出入相交實難詮定未覩經卷空閱名題有入有源無入無譯詳其初始非不有由既涉遠年故附此末冀後博識脫覩本流希還正收以爲有據澄法海使靜波濤焉今尋長房此言未可依據委求同異如前所述已下新附此録

拔陂菩薩經一卷 或爲拔波安録云颰披陀菩薩經安公云出方等部

栴檀樹經一卷 是般舟經第四品異譯第五出

阿鳩留經一卷

菩薩道地經一卷 安公云出方等部

魔王入目揵蘭腹經一卷 亦云弊魔試目連經舊録云魔王入目連腹中經出中阿含第三十卷即後十經之一也

佛有五百比丘經一卷

凡人有三事愚癡不足經一卷

佛語諸比丘言我以天眼視天下人生死好醜尊者甲者經一卷 安公云上三經出中阿含

自見自知爲能盡結經一卷

有四求經一卷

佛本行經一卷

河中大聚沫經一卷 或云水沫所飄經或云聚沫譬經衆經録云出

雜阿含今以安録先集雜阿含後譯是別譯本非從彼出

便賢者坑經一卷 坑字或作旃

所非汝所經一卷

兩比丘得諍經一卷

道德舍利日經一卷

舍利日在王舍國經一卷

獨居思惟自念止經一卷

問所明種經一卷

欲從本相有經一卷 或云欲從本經

獨坐思惟意中生念經一卷

佛說如是有諸比丘經一卷

比丘所求色經一卷

道有比丘經一卷

色爲非常念經一卷 從自見自知下本有二十二經安公云是阿含一卷於中五經已備餘録今但有十七載雜阿含分中

色比丘念本起經一卷

善惡意經一卷

比丘一法相經一卷

有二力本經一卷

有三力經一卷

有四力經一卷

人有五力經一卷

不聞者類相聚經一卷舊録云類相聚經與相應相可經同本

天上釋爲故世在人中經一卷或作無上誤也

爪頭土經一卷

身爲無有反復經一卷

師子畜生王經一卷

阿須倫子披羅門經一卷

披羅門子名不侵經一卷

生聞披羅門經一卷舊録云生聞梵志經

有隙竭經一卷

署杜乘披羅門經一卷

佛在拘薩國經一卷

佛在優墮國經一卷經作優墮

是時自梵守經一卷

有三方便經一卷舊録云三方便經法經録云出七處三觀

披羅門不信重經一卷

佛告舍日經一卷

四意止經一卷舊録云四意止本行法經録云出中阿含

說人自說人骨不知腐經一卷色比丘念下二十五經安公云並出雜阿含今尋藏中單卷雜阿含内並有此經多是後人合之成卷

雜阿含三十章經一卷法經録云出雜阿含異本

五十五法誡經一卷或云五十五法行

一切義要一卷

說善惡道經一卷
愛欲聲經一卷一本云愛欲一聲經
摩訶遮曷漩經一卷
天王下作猪經一卷
始造浴佛時經一卷
十二賢者經一卷
佛併父弟調達經一卷五十五法下安公云上十經出阿毘曇今但有九一本入重譯中即魔王入目連腹經是
憂墮羅迦葉經一卷
四部本文經一卷安云上二經出長阿含一本云出阿毘曇
讓德經一卷
有賢者法經一卷
摩訶厥彌難問經一卷或云大厥彌經
大本藏經一卷
說阿難持戒經一卷

阿難問何因緣持戒見世間貧亦現道貧經一卷
給孤獨四姓家問應受施經一卷
曉所諍不解經者經一卷今疑上經字錯
竒異道家難問住處經一卷
竒異道家難問法本經一卷
賢者手力經一卷
八法行經一卷
憂多羅經一卷或作夏字
栴檀調佛經一卷
惡人經一卷
難提和難經一卷或云難提和羅經
四姓長者難經一卷舊録云四姓長者經
折佛經一卷
道地經中要語章一卷或云小道地經今疑支曜出者是

數練意章一卷舊録云數練經安公云上二經出生經祐按今生經無此章名

右八十二部八十二卷初拔陂等三經見在餘者並闕

並是僧祐録中集安公古典經既云古典明是遠代今者編於漢末以爲失源

安公本録古典總有九十二經今以餘之十經檢尋羣録或標譯主或是別生彼中既載故此除之

通前舊失譯經五十九部七十六卷總一百四十一部一百五十八卷並爲漢代失源云

魏曹氏都洛陽

自文帝黄初元年庚子至元帝咸熈二年乙酉凡經五帝四十六年沙門五人所出經戒羯磨總一十二部合一十八卷於中四部五卷見在八部一十三卷闕本

曹魏

沙門曇柯迦羅一部一卷戒

沙門康僧鎧三部四卷經羯磨

沙門曇無諦一部一卷羯磨

沙門白延五部七卷經

沙門安法賢二部五卷經

僧祇戒本一卷初出見竺道祖魏世録

右一部一卷本闕

沙門曇柯迦羅魏云法時中印度人家世大富常修梵福迦羅幼而才悟質像過人讀書一覽皆文義通暢善學四韋陀論風雲星宿圖讖運變莫不該綜自言天下文理畢已心腹至年二十五入一僧坊看遇見法勝毗曇聊取覽之茫然不解殷勤重省更增昏漠乃歎曰吾積學多年浪志墳典遊刃經籍義不

再思文無重覽今覩佛書頓出情外當理致鈎深別有精要於是齎牒入房請一比丘略爲解釋遂深悟因果妙達三世始知佛教宏曠俗書所不能及乃棄捨世榮出家精苦誦大小乗經及諸部毗尼常貴遊化不樂專守以文帝黄初三年壬寅來至洛陽于時魏境雖有佛法而道風訛替亦有衆僧未禀歸戒止以剃落爲殊俗耳設復齋懺事同祠祀迦羅既至大行佛法諸僧請出毗尼迦羅以律藏曲制文言繁廣佛教未昌必不承用遂以齊王芳嘉平二年庚午於洛陽白馬寺出僧祇戒心且備朝夕於是更集梵僧立羯磨受戒東夏戒律始自乎此迦羅後不知所終

郁伽長者所問經一卷（或二卷第三譯一名郁伽羅越問菩薩行經嘉平四年出見竺道祖魏録今編入寳積即第十九會是）

無量壽經二卷（第四譯見竺道祖晉世雜録及寳唱録與世高出者小異又與寳積無量壽會等同本）

四分雜羯磨一卷（題云曇無德律部雜羯磨以結戒場爲首新附）

右三部四卷其本並在

沙門康僧鎧印度人也廣學羣經義暢幽旨以嘉平四年壬申於洛陽白馬寺譯郁伽長者經等三部高僧傳中云譯四部不具顯名竺道祖魏晉録僧祐寳唱梁代録等及長房道宣靖邁三録並云二部餘二既不顯名校閲未見今更得一部餘欠一經檢亦未獲

曇無德羯磨一卷（題云羯磨一卷出曇無德律以結大界爲首見竺道祖魏録）

右一部一卷其本見在

沙門曇無諦亦云曇諦魏云法實安息國人善學律藏妙達幽微以高貴鄉公正元元年

甲戌屆于洛汭於白馬寺譯曇無德羯磨一
部

無量清淨平等覺經二卷（第五出與漢世支讖等所出及寶積無量壽會並本同文異見竺道祖晉世雜録及僧祐録）

又須賴經一本（一本無又字祐録作又初出見竺道祖及僧祐録）

菩薩修行經一卷（一名長者威施所問菩薩修行經一名長者修行經第二出見始興寶唱二録）

除災患經一卷（初出與除恐災患經同本見僧祐録）

首楞嚴經二卷（第五出與漢世支讖等所出本同文異見竺道祖晉世雜録及僧祐録）

右五部七卷其本並闕

沙門白延西域人也才明蓋世深解喻倫以
高貴鄉公甘露三年戊寅遊化洛陽止白馬
寺出無量清淨等經五部長房等録又有平
等覺經一卷亦云白延所出今以此經即是
無量清淨平等覺經但名有廣略故不復存
也

羅摩伽經三卷（見竺道祖寶唱法上靈裕等四録是華嚴經入法界品少分初出）

大般涅槃經二卷（第二出累大本前數品爲此二卷見竺道祖魏録）

右二部五卷其本並闕

沙門安法賢西域人藝業克深慧解尤峻振
錫遊邦自遠而至譯羅摩伽等經二部羣録
並云魏世不辯何帝之年今依編于末又別
録亦載諸失譯經總於吴録後列

開元釋教録卷第一

開元釋教録卷第二上

唐西崇福寺沙門智昇撰

總括羣經録上之二

吴孫氏前都武昌後都建業

從孫權（謚太祖大皇帝）黄武元年壬寅至孫皓（謚無）天紀四年庚子凡經四主五十九年緇素五人所出經等并及失譯總一百八十九部四百一十七卷（於中六十一部九十二卷見在一百二十八部三百二十五卷闕本）

吴沙門維祇難（二部六卷經集）

沙門竺律炎（四部六卷經集）

優婆塞支謙（八十八部一百一十八卷經律集）

沙門康僧會（七部二十卷經集）

沙門支彊梁接（一部六卷經）

魏吴兩代諸失譯經八十七部二百六十一卷

阿差末菩薩經四卷（初出與西晉法護阿差末及無盡意經等並同本見吴別二録）

法句經二卷（初出亦云法句集尊者法救撰與律炎支謙共出見僧祐録吴録云五卷未詳）

右二部六卷（法句經二卷見在　阿差末四卷闕本）

沙門維祇難吴云障礙本印度人世奉異道以火祠爲上時有天竺沙門習學小乘多行道術經遠行逼暮欲寄難家宿難家既奉異道猜忌釋子乃處之門外露地而宿沙門夜密加呪術令難家所事之火欻然變滅於是舉家共出啓請沙門入室供養沙門還以呪術變火令生難既覩沙門神力勝已即於佛法大生信樂乃捨本所事出家爲道依此沙門以爲和尚受學三藏妙善四含遊化諸國莫不皆奉與同伴竺律炎發自西域因到江

左以孫權黃武三年甲辰於武昌郡共竺律炎出阿差末等經二部而祇難及炎既未善方音翻梵之際頗有不盡志存義本辭近朴質

摩登伽經三卷 見法上録與支謙共出與舍頭諫經等同本或一卷第四譯

三摩竭經一卷 初出見始興録與分惒檀王經同本異出一名須摩提女經一名難國王經一名惒和檀王經

佛醫經一卷 與支越共出非是全典從大經畧出或云佛醫王經見寶唱録

梵志經一卷 見始興録

右四部六卷 前三部五卷見在後一部一卷闕本

沙門竺律炎印度人也解行清厲内外博通與維祇難同遊吳境維祇卒後以孫權黃龍二年庚戌於揚都譯摩登伽等經四部其名羣録不同或云將炎或云持炎或云律炎未詳孰是故備列之

大明度無極經四卷 第二出或六卷亦直云大明度經與道行小品等同本見竺道祖魏吳録及僧祐等録

阿彌陀經二卷 内題云佛說諸佛阿彌陀三耶三佛薩樓佛檀度人道經第三出亦名無量壽見竺道祖僧祐二録與世高等譯小異

菩薩本業經一卷 亦直名本業經亦名淨行品經是華嚴淨行品異譯見僧祐録長房録中本業之外別載淨行品者誤也

維摩詰經二卷 維摩詰說不思議法門之稱一名佛法普入道門三昧經第二出或三卷見竺道祖僧祐二録與漢佛調等譯少異

慧印三昧經一卷 亦直云慧印經一名寶田慧印三昧經初出與如來智印經同本見道祖僧祐二録

九色鹿經一卷 出六度集異譯見法上録

老女人經一卷 安公云出阿毘曇吳録直云老女經或云老母經初出見僧祐録

犢子經一卷 見法上録初出與乳光佛經等同本

貝多樹下思惟十二因緣經一卷見長房録第三出與唐譯緣起聖道經等同本

了本生死經一卷安公云出生經祐按五卷生經無此名見僧祐録與稻稈經同本異出謙自注并製序云漢末出

龍施女經一卷初出與龍施菩薩本起經同本祐云別録所載安録無

八吉祥神咒經一卷初出或無神字或云八吉祥經與八陽神咒經等同本房云見古録

無量門微密持經一卷亦直云微密持經一名成道降魔得一切智經初出與出生無量門持經等同本見僧叡二秦録僧祐録

華積陀羅尼神咒經一卷見寶唱録或無神字與華聚陀羅尼咒經等同本

持句神咒經一卷初出見長房録與陀隣尼鉢經等同本亦云陀羅尼句

私訶三昧經一卷第二出或云私訶末一名菩薩道樹亦名道樹亦名道樹三昧見道安支敏度僧祐等三録祐云此經即是菩薩道

樹

菩薩生地經一卷一名差摩竭經初出見竺道祖吳録及僧祐録

孛經一卷亦云孛抄經祐云今孛經一卷即此是第二出見僧祐録及別録

月明菩薩經一卷或加三昧字一名月明童子經一名月明童男經見僧祐録

三品弟子經一卷一名弟子學有三輩經見長房録第

法律三昧經一卷亦直云法律經第三出見長房録

梵志阿颰經一卷一名阿颰摩納經安録直云阿拔經亦名佛開解梵志阿颰經出長阿含第十三卷異譯見長房録

梵網六十二見經一卷一名梵網經房云見別録出長阿含第十四卷異譯

七知經一卷或作七智見長房録出中阿含第一卷異譯

釋摩男本經一卷祐録無本字一名五陰因事經安録云出中阿含第二十五異譯見竺道祖吳録及僧祐録

諸法本經一卷出中阿含第二十八異譯見長房録

弊魔試目連經一卷 一名魔嬈亂經房云見舊録出中阿含第三十卷異譯

賴吒和羅經一卷 或云羅漢賴吒和羅經與後漢支曜出者少異出中阿含第三十一異譯祐云別録所載安録中無

梵摩喻經一卷 或作渝字見道祖僧祐二録出中阿含第四十一異譯

齋經一卷 一名持齋經見別録及僧祐録出中阿含第五十五異譯

須摩提女經一卷 出增一阿含第二十二異譯見長房録

不自守意經一卷 或無意字或云自守亦不自守經出雜阿含第十一卷異譯見長房録

五母子經一卷 見長房録初出與沙彌羅經同本

太子瑞應本起經二卷 黃武年譯第四出亦云太子本起瑞應亦直云瑞應本起與孟詳出者小異陳郡謝鏘吳郡張洗等筆受魏河東王植詳定見始興僧祐二録

龍王兄弟經一卷 一名難龍王經或無王字一名降龍王經初出見長房録

長者音悅經一卷 一云長者音悅不蘭迦葉經亦直云音悅經初出見長房録

七女經一卷 亦云七女本經安公云出阿毘曇初出見僧祐録

八師經一卷 見竺道祖吳録及僧祐録初出

蓱沙王五願經一卷 或作蓱字一名弗沙迦王經見長房録初出安公云出中阿含檢無

義足經二卷 見竺道祖吳録及僧祐實唱二録初出有十六經

須摩提長者經一卷 一名會諸佛前亦名如來所說示現衆生見長房録

阿難四事經一卷 見僧祐録及別録

未生怨經一卷 見長房録

四願經一卷 見竺道祖吳録及僧祐録

黑氏梵志經一卷 房云見別録

猘狗經一卷 見長房録

孫多耶致經一卷 或云梵志孫多耶致經見長房録安公云出中阿含

檢無

戒銷災經一卷　亦云戒銷伏災經見舊録

撰集百緣經十卷　見內典録

菩薩本緣經三卷　亦云菩薩本緣集經或二卷或四卷天竺沙門僧伽斯那撰見長房録

惟日雜難經一卷　見長房録

已上見存已下闕本

摩訶般若波羅蜜呪經一卷　或無摩訶字見寶唱録

法鏡經二卷　或一卷第二出祐云見別録安録中無又長房等録更有郁伽長者經二卷亦云讓譯即是此經不合重載

阿闍世王女阿術達菩薩經一卷　初出見長房録

阿差末菩薩經四卷　見吳録第二出與維祇難所譯本同文異

小阿差末經二卷　見別録及僧祐録既加小字與次前經應非同本

大般泥洹經二卷　第三出此畧大本序分哀歎品爲二卷後三紙小異耳見竺道祖吳録安公云出長阿含祐云今長阿含與此異

佛以三車喚經一卷　見長房録云出法華應出第二卷譬喻品

不莊校女經一卷　初出見寶唱録

須賴經一卷　或云須賴菩薩經第三出與白延等出者同本見竺道祖吳録及僧祐録

菩薩修行經一卷　初出見寶唱録

演道俗業經一卷　初出見舊録或無業字

方等首楞嚴經二卷　黄武年譯第二出與後漢支讖等出者同本見竺道祖吳録安録中無祐云無方等字云見別録

惟明二十偈經一卷　初出或無經字見僧祐録

法滅盡經一卷　初出或云法没盡或云空寂菩薩所問經見長房録

摩訶精進經一卷　亦云大精進經見長房録

七佛神呪經一卷　一本無經字見長房録

十二門大方等經一卷　安録無祐云見別録

佛從上所行三十偈經一卷　或無經字見僧祐録

四十二章經一卷　第二出與摩騰譯者小異文義允正辭句可觀見別

録

禪祕要經四卷或無經字初出見吴別二録

堅意經一卷或云堅心經第二出見長房録

勸進學道經一卷一本無勸字初出見長房録

恒水戒經一卷或無戒字第二出見舊録

七漏經一卷房云見別録

悔過法經一卷或無法字一名序十方禮拜悔過文見僧祐録

賢者德經一卷見僧祐録

梵志結淨經一卷見長房録

阿質國王經一卷見長房録

惟婁王師子湩譬喻經一卷一本無譬喻字見長房録

藍達王經一卷一云目連功德經亦云目連因緣功德經見吴録

百喻經一卷見長房録

五陰事經一卷見長房録

魔化作比丘經一卷見長房録

優多羅母經一卷一本無母字見僧祐録

人民求願經一卷見長房録

修行方便經二卷亦云修行方便禪經見吴録

法句經二卷第二出亦云法句集見別録及僧祐録

右八十八部一百一十八卷惟日雜難經二五十一部六十九卷見在摩訶般若呪下三十七部四十九卷闕本

優婆塞支謙字恭明一名越大月支人也祖父法度以漢靈帝世率國人數百歸化拜率善中郎將越年七歲騎竹馬戲於隣家爲狗所齧脛骨傷碎隣人欲殺狗取肝傅瘡越曰天生此物爲人守吠若不往君舍狗終不見齧此則失在於我不關於狗若殺之得差尚不可爲況於我無益而空招大罪且畜生無知豈可理責由是隣人感其言至遂不復殺十歳學漢書十三學婆羅門書並得精妙兼

通六國語音初桓靈世支讖譯出法典有支亮字紀明資學於讖謙又受業於亮博覽經籍莫不究練世間藝術多所綜習其爲人細長黑瘦眼多白而睛黃時人爲之語曰支郎眼中黃形體雖細是智囊其本奉大法精練經旨獻帝之末漢室大亂與鄉人數十共奔於吳初發日唯有一被有客隨之大寒無被越呼客共眠夜將半客奪其被而去明旦同侶問被所在越曰昨夜爲客所奪同侶咸曰何不相告答曰我若告發卿等必以劫罪罪之豈宜以一被而殺一人乎遠近聞者莫不歎伏後吳主孫權聞其博學有才慧即召見之因問經中深隱之義越應機釋難無疑不析權大悅拜爲博士使輔導東宮甚加寵秩越以大教雖行而經多梵文莫有解者既善華戎之語乃收集衆本譯爲吳言從權黃武二年癸卯至亮建興二年癸酉三十餘載譯大明度等經八十八部曲得聖義辭旨文雅又依無量壽中本起經製讚菩薩連句梵唄三契注了本生死經皆行於世後太子登位遂隱於穹隘山不交世務從竺法蘭道人更練五戒凡所遊從皆沙門而已後卒於山中春秋六十吳主孫亮與衆僧書曰支恭明不救所疾其業履冲素始終可高爲之惻愴不能已已其爲時所惜如此謙所出經部卷多少諸說不定其僧祐三藏記唯載三十六部祐録謙傳云出三十七經慧皎高僧傳乃有四十九經長房録中便載一百二十九部今以房録所載多是別生或異名重載今隨次刪之如後所述

鹿子經與西晉法護所出鹿母經文同

申日經亦與法護所出月光童子經同

出家功德經今有兩本一是秦譯附於秦録一從賢愚抄出今附別生録中

金剛清淨經亦名金剛三昧本性清淨不滅不壞經後漢失譯録中復載詳文非是支謙所出今移附秦録

大慈無減經

寶女問三十二相經

魔女聞佛說法得男身經大慈無減等三經並出大集經

寶海梵志成就大悲經出悲華經

普廣菩薩經即別行隨願往生經是出灌頂經

摩調王經出六度經

佛爲訶利曠野鬼說法經或云訶利出中阿含

枯樹經或上加大字　鷹鷂獵經

鵄烏事經枯樹等三經並出增一阿含經

色無常經　諸漏盡經或無漏字

雪山無獼猴經或作猨猴或無無字

母子經　不淨觀經

三種良馬經　四種良馬經

壽命促經　河中草龜經

國王成就五法久存於世經

佛爲外道須深說離欲經色無常等十一經並出雜阿含

是我所經　梵志經上二經並出生經

禁貪王經出義足經　外道仙尼說度經

度梵志經上二經小乘抄　瞎鼈經

梵志問佛世間增減經

三魚失水經　甘露道經

降千梵志經　梵志子死稻敗經

護口意經　梵志問佛師經

法施勝經

水上泡經瞎鼈等十經並出出曜經

修行慈經出修行道地經　度脫狗子經出譬喻經

右大慈無減經等三十八部三十八卷長房等録並云謙譯今按隋代二本衆經録及新括出別生抄經等此等並從諸經抄出不合足爲翻譯之數今存實録故並删之

六度集經八卷或九卷或云六度無極經或云度無極集或云雜無極經見竺道祖吳録及僧祐録

舊雜譬喻經二卷內典有舊字房録中無亦云雜譬喻集經或無集字見高僧傳及長房録

吳品經五卷祐録無經字云凡有十品第三出房云即是小品般若見僧祐録

菩薩淨行經二卷是大集寳髻品異譯或直云淨律經云赤烏年出見竺道祖吳録

權方便經一卷與順權方便經等同本初出見吳録及別録

菩薩二百五十法經一卷或二卷以此替大僧二百五十戒示

皓者是見高僧傳及長房録

坐禪經一卷見長房録

右七部二十卷六度等二部十卷見在吳品等五部十卷闕本

沙門康僧會其先康居國人世居印度其父因商賈移于交阯會年十餘歲二親並亡以至性奉孝服畢出家厲行甚峻爲人弘雅有識量篤志好學明解三藏博覽六經天文圖緯多所綜涉辯於樞機兼善文翰孫權稱制江左而佛教未行先有優婆塞支謙宣譯經典既初染大法風化未全僧會欲使道振江左興立圖寺乃杖錫東遊以吳赤烏十年初達建業營立茅茨設像行道時吳國以初見沙門覩形未及其道疑爲矯異有司奏曰有胡人入境自稱沙門容服非恒事應檢察權曰吾聞漢明夢神號稱爲佛彼之所事豈其

遺風耶即召會詰問有何靈驗會曰如來遷迹忽逾千載遺骨舍利神曜無方昔阿育王起塔乃八萬四千夫塔寺之興所以表遺化也權以爲誇誕乃謂會曰若能得舍利當爲造塔如其虚妄國有常刑會請期七日乃謂其屬曰法之興廢在此一舉今不至誠後將何及乃共潔齋靖室以銅瓶加几燒香禮請七日期畢寂然無應求申二七亦復如之權曰此實欺誑將欲加罪更請三七權又特聽會謂法屬曰宣尼有言文王既没文不在兹乎法靈應降而吾等無感何假王憲當以誓死爲期耳三七日暮猶無所見莫不震懼既入五更忽聞瓶中鏗然有聲會自往視果獲舍利明旦呈權舉朝集觀五色光焰照曜瓶上權自手執瓶寫于銅槃舍利所衝槃即破碎權肅然驚起曰希有之瑞也會進而言曰舍利威神豈直光相而已乃刧燒之火不能焚金剛之杵不能碎權命令試之會更誓曰法雲方被蒼生仰澤願更垂神迹以廣示威靈乃置舍利於鐵砧上使力者擊之於是砧碓俱陷舍利無損權大嗟服即爲建塔以始有佛寺故號建初寺因名其地爲佛陀里由是江左大法遂興至孫皓即政法令苛虐廢棄淫祀乃及佛寺並欲毀壞皓曰此由何而興若其義教真正與聖典相應者當存奉其道如其無實皆悉焚之諸臣僉曰佛之威力不同餘神康會感瑞大皇創寺今若輕毀恐貽後悔皓遣張昱詣寺詰會昱雅有才辯難問縱横會應機騁詞文理鋒出自旦至夕昱不能屈既退會送于門時寺側有淫祀者昱

曰玄化既孚此輩何故近而不革會曰震霆破山聾者不聞非音之細苟在理通則萬里懸應如其阻塞則肝膽楚越昰還歎會才明非臣所測願天鑒察之皓大集朝賢以馬車迎會會就坐皓問曰佛教所明善惡報應何者是耶會對曰夫明主以孝慈訓世則赤烏翔而老人見仁德育物則醴泉涌而嘉禾生善既有瑞惡亦如之故爲惡於隱鬼得而誅之爲惡於顯人得而誅之易稱積善餘慶詩詠求福不回雖儒典之格言即佛教之明訓皓曰若然則周孔已明何用佛教會曰周孔所言略示近迹至於釋教則備極幽微故行惡則有地獄長苦修善則有天宮永樂舉茲以明勸沮不亦大哉皓當時無以折其言皓雖聞正法而昏暴之性不勝其虐後使宿衛兵入後宮治園於地得一金像高數尺呈皓皓使著不淨處至四月八日以穢汁灌之共諸羣臣笑以爲樂俄爾之間舉身大腫陰處尤痛叫呼徹天太史占言犯天神所爲即禱祀諸廟而苦痛彌劇婇女先有奉法者因問訊云陛下就佛圖中求福不皓舉頭問曰佛神大耶婇女云佛爲大聖天神所尊皓爲心悟其語意故婇女即迎像置殿上香湯洗數十徧燒香懺悔皓叩頭于枕自陳罪狀有頃痛間遣使至寺問訊諸道人請會說法會即隨入皓具問罪福之由會爲敷析詞甚精要皓先有才解欣然大悅因求看沙門戒會以戒文祕禁不可輕宣乃取本業百二十五願分爲二百五十事行住坐卧皆願衆生皓見慈願廣普益增善意即就會受五戒旬日疾

瘞乃於會所住更加修飾號爲天子寺宣示宗室莫不必奉會在吴朝亟說正法以皓性凶麤不及妙義唯叙報應近事以開其心至吴天紀四年四月皓降晉九月會遘疾而終是歳晉武太康元年也至晉成咸和中蘇峻作亂焚會所建塔司空何充復更修造平西將軍趙誘世不奉法傲慢三寶入此寺謂諸道人曰久聞此塔屢放光明虚誕不經所未能信若必自覩所不論耳言竟塔即出五色光照曜堂剎誘肅然毛竪由此信敬於寺東更立小塔遠由大聖神感近亦康會之力故圖寫厥像傳之于今孫綽爲之讃曰會公蕭瑟實惟令質心無近累情有餘逸厲此幽夜振彼尤黜超然遠詣卓矣高出會以權太元元年辛未於所創建初寺譯六度等經七部並妙得經體文義允正又傳泥洹唄聲清靡哀亮一代模式○又長房等録更有阿難念彌經鏡面王經察微王經梵皇經上之四經雖云會譯然並出六度集中不合爲正譯之數今載別生録中復有法鏡經注解二卷道樹經注解一卷安般經注解一卷已上三經會兼製序三經會雖注解本非僧會所翻故亦不爲會譯之數兼前七部今並刪之

法華三昧經六卷（一本有正字初出與法護正法華等同本見竺道祖魏録亦見始興録）

右一部六卷本闕

沙門支彊梁接吴云正無畏西域人以孫亮五鳳二年乙亥於交州譯法華三昧經沙門竺道馨筆受長房内典二録編於曹魏之代今依交州及始興地割入吴録

不思議功德諸佛所護念經二卷 出衆經或云不思議功德經或直云功德經

七佛父母姓字經一卷 舊録云七佛姓字經出增一阿含第四十五異譯

雜阿含經一卷 見舊録出雜阿含中異譯

阿毗曇甘露味論二卷 或無論字亦云甘露味阿毗曇或云甘露味經尊者瞿沙造

巳上見存巳下闕本

蜀普曜經八卷 似是蜀土所出第一譯

長者子誓經一卷 見舊録第二出

無端底持經一卷 舊録云無端底總持經第二出

蜀首楞嚴經二卷 舊録似蜀土所出第三譯

後出首楞嚴經二卷 見舊録云有十偈第四出

阿惟越致轉經十八卷 見舊録

摩訶乘經十四卷 或云摩訶衍

摩訶衍優波提舍經五卷 祐云摩訶乘

三昧王經五卷　梵王請問經五卷

佛從兜率降中陰經四卷 出王宗録

四天王經四卷 疑一部四本

魔王請問經四卷

釋提桓因所問經三卷

大梵天王請轉法輪經三卷

法華光瑞菩薩現壽經三卷 今疑抄正法華

普賢菩薩荅難二千經三卷

梵天王請佛千首經二卷 又大梵王經二卷似此

菩薩常行經一卷 見舊録

熒火六度經一卷 舊録有明度經一卷云一名熒火明度經

内禪波羅蜜經一卷 見舊録

六波羅蜜經一卷 見舊録

大總持神呪經一卷 見舊録亦云總持呪經

阿惟越致菩薩戒經一卷舊録無菩薩字
雜數經二十卷見舊録
那先譬喻經四卷見舊録
太子試藝本起經二卷
深斷連經二卷
摩訶目揵連與佛捔能經一卷見舊録
阿難得道經一卷見舊録
阿難般泥洹經一卷見舊録
阿那律念復生經一卷見舊録
沙門分衛見怪異經一卷見舊録
弟子本行經一卷見舊録高僧傳云白法祖譯
爲壽盡天子說法經一卷舊録云命盡天子經
魔試佛經一卷見舊録
阿須倫問八事經一卷舊録云阿須倫所問八事經
摩竭王經一卷舊録云摩竭國王經

薩波達王經一卷見舊録祐録云薩和達王經
年少王經一卷見舊録
是光太子經一卷見舊録
長者難提經一卷見舊録
女利行經一卷見舊録
四婦因緣經一卷見舊録
須多羅經一卷舊録云須多羅入胎經
墮迦經一卷見舊録晉言堅强既曰晉言合編晉録或作墮字
盤達龍王經一卷見舊録
牛米自供養經一卷舊録無養字
行牧食牛經一卷見舊録或作放字
墮釋迦牧牛經一卷見舊録或作墮字
法嚴經一卷見舊録疑即是等入法嚴經
壁四經一卷見舊録
止寺中經見舊録
安般行道經一卷見舊録

解慧微妙經一卷見舊録

失道得道經一卷見舊録

心情心識經一卷見舊録云有注

檢意向正經一卷見舊録

道德果證經一卷見舊録

父子因緣經一卷見舊録

小觀世樓炭經一卷見舊録

大四諦經一卷見舊録

五方便經一卷見舊録

五惟越羅名解説經一卷見舊録

五陰經一卷見舊録

中五濁世經一卷見舊録

大七車經一卷見舊録

八正邪經一卷見舊録祐云八正八邪經

八總持經一卷見舊録

八輩經一卷見舊録

大十二因緣經一卷見舊録

十八難經一卷見舊録

五十二章經一卷見舊録別有孝明四十二章經

百八愛經一卷見舊録似抄五蓋疑結經

小安般舟三昧經一卷見舊録

禪數經一卷見舊録

羣生偈經一卷見舊録

大戒經一卷見舊録

衣服制經一卷見舊録

沙彌離威儀一卷見舊録

道本五戒經一卷見舊録

威儀經一卷見舊録法經録中無經字

雜譬喻經八十卷見舊録

已上八十七部僧祐失譯録並載

右八十七部二百六十一卷不思議等四部六卷見在蜀普曜等八十三部二百五十五卷闕本

長房等録魏吴失譯總有一百一十部一百九十一卷云並是古舊二録失譯諸經今結附此以彰遠年無所依據今以餘二十三部三十卷或翻譯有源或別名異號或大部流出或疑僞非眞今並刪除庶免繁雜備述如左

不退轉輪經四卷　北涼失譯中有此中復載故知是重僧祐録云安公涼土異經今存涼録此中除之

小本起經二卷　後漢支曜譯

四輩經　或云四輩弟子經亦云四輩學經法上録云西晉竺法護譯

逮慧三昧經　一名文殊師利問菩薩十事行經單卷月燈經異名

禪行斂意經　亦云禪行檢意經阿那律八念經異名

輭首菩薩經二卷　即輭首菩薩淸淨分衛經是此名但畧耳

度無極譬經三卷　或四卷出大品經

尸呵遍王經　或作尼字

太子法慧經　或作惠字尸呵等二經出六度集經

淫人曳踵行經　出義足經

人詐名爲道經

貧女聽經

蛇齧命終經　亦云貧女聽經蛇齧命終生天經

國王癡夫人經

賣智慧經

初受道經

學經福經　學福共是一經

八部僧行名經

化譬經　亦云化喻經人詐名等八經亦出雜譬喻

五百婆羅門問有無經　五百梵志經異名

薩和菩經　亦名国王薩和菩薩

慧定普遍神通菩薩經　亦云慧定普遍國土神通菩薩經

貧女經　亦云貧女難陀經

阿秋那經　亦云阿秋那三昧經五百婆羅門等五經並在疑僞録

西晉司馬氏都洛陽　亦云北晉

起武帝太始元年乙酉至愍帝建興四年景

子凡經四帝五十二年緇素一十二人所出經戒集等及新舊集失譯諸經總三百三十三部合五百九十卷於中一百五十六部三百二十一卷見在一百七十七部二百六十九卷闕本

西晉沙門竺法護一百七十五部三百五十四卷經戒律

沙門疆梁婁至一部一卷集

沙門安法欽五部一十六卷經集

沙門無羅叉一部三十六卷經

優婆塞竺叔蘭二部五卷經

沙門白法祖一十六部十八卷經

沙門釋法立四部一十二卷經集

沙門釋法炬四十部五十卷經律

清信士聶承遠二部三卷經

清信士聶道眞二十四部三十六卷經律

沙門支法度四部五卷經

沙門若羅嚴一部一卷經

新舊諸失譯經五十八部五十九卷三部三卷舊集五十五部五十六卷新附

光讚般若波羅密經十五卷初出或十卷與及放光大品並同本亦云光讚摩訶般若經凡二十七品太康七年十一月二十五日出見道安錄及僧祐錄

密迹金剛力士經七卷或五卷或四卷或八卷太康元年十月八日出亦直云密迹經見支敏度竺道且及僧祐三錄今編入寶積當第三會

菩薩說夢經二卷見法上錄今編入寶積當第四會改名淨居天子會法上錄云護公所出詳文乃非且依上錄爲定

寶髻菩薩所問經二卷一名菩薩淨行經舊錄直云寶髻經是別譯大集寶髻品太熙元年七月十四日出見道眞僧祐二錄今入寶積當四十七會

普門品經一卷初出云普門經與寶積文殊普門會等同本太康八年正

月十一日出見聶道真録及僧祐録

胞胎經一卷　舊録云胞胎受身經太安二年八月一日出初出與寶積處胎會同本見聶道真及僧祐録

文殊師利佛土嚴淨經二卷　或直云嚴淨佛土經亦直云佛上嚴淨經太熈元年譯初出與寶積文殊授記會等同本見竺道祖晉世雜録及僧祐録

郁迦羅越問菩薩行經一卷　或云郁伽長者經即大郁伽經或二卷第四出與安玄法鏡及寶積郁伽長者會等同本見道安敏度僧祐三録

幻士仁賢經一卷　或云仁賢幻士經初出與寶積授幻師記會同本見聶道真録及僧祐録

須摩提經一卷　初出亦直云須摩經亦云須摩提菩薩經與寶積妙思會等同本見聶道真竺道祖僧祐等三録

阿闍世王女阿術達菩薩經一卷　第二出亦云阿闍世女經亦云阿述達女經建武元年譯見真敏祐等三録祐房二録別存無憂陀經祐録更載阿闍世王經三倶誤

離垢施女經一卷　初出太康十年十二月一日出與寶積無垢施會等同本見道真僧祐二録内典録中更載無垢施應辯經者誤也彼道真譯如後所顯

如幻三昧經二卷　第二出或三卷或四卷與寶積善住意會等同本見僧祐録

太子刷護經一卷　初出見法上録與寶積阿闍世王子會等同本

慧上菩薩問大善權經二卷　第二出或一卷太康六年六月十七日出或云大善權經或云慧七菩薩經或云善權方便經或云善權方便所度無極經見真祐二録

彌勒菩薩所問本願經一卷　初出大安二年五月十一日譯或無所問二字亦名彌勒本願經一名彌勒難經與寶積彌勒所問會等同本見道真道祖僧祐三録

阿差末經七卷　題云晉曰無盡意或四卷或五卷出大集第三譯元嘉元年十二月一日出或加菩薩字見真祐二録祐房二録重載無

盡意經四卷誤也

大哀經八卷舊録云如來大哀經元康元年七月七日出八月二十三日訖有二十八品是大集初品別譯或六卷或七卷見竺道祖晉世雜録及僧祐録

寶女所問經三卷太康八年四月二十七日出是大集寶女品異譯或四卷亦直云寶女經或云寶女問慧經亦云寶女三昧經見道眞僧祐二録

無言童子經二卷或云無言菩薩經是大集無言品異譯或一卷見聶道眞録及僧祐録

菩薩十住行道品一卷是華嚴十住品異譯見陏沙門法經録祐房二録直云菩薩十住即此行道品是

漸備一切智德經五卷一名十住又名大智慧光三昧或十卷元康七年十一月二十一日出是華嚴十地品異譯見聶道眞及僧祐二録

等目菩薩所問三昧經二卷一名普賢菩薩定意或直云等目菩薩經或三卷是新華嚴十定品異譯舊經無此品見僧祐録

如來興顯經四卷一名興顯如幻經元康元年十二月二十五日出是華嚴經如來性起品及十忍品異譯見聶道眞及僧祐二録

度世品經六卷或云度世經或五卷元康元年四月十三日出是華嚴離世間品異譯見聶道眞僧祐二録

方等般泥洹經二卷初出與隋譯四童子經同本或無般字或三卷或云大般泥洹經太始五年七月二十三日出見道眞僧祐二録

普曜經八卷一名方等本起安公云出方等部永嘉二年五月於天水寺出

正法華經十卷第二譯沙門康殊白法巨等筆受見古眞祐二録或云方等正法華或云七卷二十七品太康七年八月十日出第三譯清信士張士明張仲正聶承遠等筆受見眞祐二録

大方等頂王經一卷初出安公云出方等部亦直云頂王經一名維

摩詰子問經亦云善思童子經凡四名見支敏度録及僧祐録

佛昇忉利天爲母說法經二卷 初出或三卷亦佛昇忉利天品經與道神足經等同本太始年出見聶道眞及僧祐録

阿惟越致遮經三卷 初出或四卷或云阿惟越致經太康五年十月十四日於燉煌出與不退轉經廣博嚴淨經同本異譯見眞祐二録

等集衆德三昧經三卷 初出舊録云等衆德經或直云等集經與集一切福德經等同本或二卷見聶道眞録及僧祐録

持心梵天經四卷 一名莊嚴佛法又名等御諸法凡十七品或六卷初出或加所問二字或直云持心經太康七年三月十日出聶承遠筆受見舊眞祐二録

持人菩薩經四卷 初云持人菩薩所問陰種諸入以了道慧經初出或三卷與持世經同本異出見僧祐録

濟諸方等學經一卷 天竺薩和鞞日僧迦或無學字初出與方廣總持經同本異竺道祖録及僧祐録

文殊師利現寶藏經三卷 初出或無現字與方廣寶篋經等同本大始六年十月出或二卷亦直云寶藏經見僧祐録長房録中別載寶藏經二卷誤之甚也

無極寶三昧經一卷 初出或云無極寶經與寶如來三昧經同本永嘉元年三月三日出見別録及聶道眞僧祐二録

普超三昧經三卷 第二出或四卷一名阿闍世王品太康七年十二月二十七日出或無三昧字或上加文殊師利安録云更出阿闍世王經見祖祐二録

無所希望經一卷 第二出或作悕字一名象步經與象腋經等同本見聶道眞録及僧祐録

大淨法門經一卷 題云大淨法門品上金光首女所問溥首童眞所開化經初與大莊嚴法門經等同本建興元年十二月二十六日出見聶道眞及僧祐二録

順權方便經二卷 一名轉女身菩薩經或作惟權舊録云順權女經亦云隨權女經第二出或一卷見道眞僧祐二録祐房二録別存

隨權女經誤也

太子沐魄經一卷　第三出出六度集第四卷異譯或作暮魄見僧祐録

月光童子經一卷　初出一名月明童子經或名申日經與德護長者經等同本見僧祐録

乳光佛經一卷　第二亦直云出乳光經與犢子經等同本異出見僧祐録

無垢賢女經一卷　第二出或名胎藏經與轉女身經等同本見聶道真録祐房二録載胎藏經即此無垢賢女經是

決定總經一卷　初出或云決總持經亦云決定總持經與謗佛經同本見僧祐録

如來獨證自誓三昧經一卷　亦云獨證自誓三昧經或云如來自誓三昧經第二出漢安世高自誓三昧經同本見僧祐録

龍施菩薩本起經一卷　舊録云龍施本經或云龍施女經第二出與龍施女經同本見僧祐録

八陽神呪經一卷　亦直云八陽經第二出與八吉祥呪經等同本見長房録

盂蘭盆經一卷　亦云盂蘭經與報恩奉盆經同本見長房録

四不可得經一卷　第二出見聶道真釋正度僧祐等三録

梵女首意經一卷　初出一名首意女經見僧祐録

寶網經一卷　初出亦云寶網童子經見聶道真僧祐二録

菩薩行五十緣身經一卷　初出舊録云菩薩緣身五十事經亦云五十緣身行經見竺道祖録及僧祐録

須真天子經三卷　初出或二卷或加所問二字亦云問四字經太始二年十一月八日於長安青門外白馬寺出安文慧等傳聶承遠等筆受至十二月三十日訖見道祖僧祐二録

海龍王經四卷　初出或三卷太康六年七月十日出見聶道真及僧祐二録

諸佛要集經二卷　天竺曰佛陀僧祇提亦直云要集經初出見僧祐録

賢劫經十三卷　題云颰陀劫三昧晉曰賢劫定意經永康元年七月二十一日出趙文龍筆受初出或七卷或十卷見道真僧祐二録房等別存颰陀劫三昧經誤

弘道廣顯三昧經四卷 一名阿耨達龍王所問決諸狐疑清淨品亦名入金剛問定意經凡十二品或二卷永嘉二年三月出見真祐二録內典中別載阿耨達經誤

心明經一卷 一名心明女梵志婦飯汁施經見僧祐録

滅十方冥經一卷 光熙元年八月十四日出或云十方滅冥經見聶道真録及僧祐録

鹿母經一卷 又別有鹿子經一卷與此全同見僧祐録

魔逆經一卷 太康十年十二月二日於洛陽城西白馬寺出聶道真筆受見僧祐録及經後記

德光太子經一卷 或云賴吒和羅所問光德太子經太始六年九月三十日出見竺道祖録及僧祐録

般泥洹後灌臘經一卷 或云般泥洹後四輩灌臘經亦直云灌臘經見長房録

四輩經一卷 或云四輩弟子經亦云四輩學經見法上録

當來變經一卷 或云當來變識經見道真僧祐二録

過去佛分衛經一卷 舊録云過世佛分衛經見僧祐録

文殊師利淨律經一卷 初出又直云淨律經太康十年四月八日於白馬寺先遇西域寂志誦出經本後尚有數品其人忘但宣憶者道真筆受見祖祐二録

文殊悔過經一卷 初出或加師利字亦云文殊五體悔過經見僧祐録

離睡經一卷 出中阿含第二十卷異譯見長房録

受歲經一卷 出中阿含第二十三卷初異譯見長房録

樂想經一卷 出中阿含第二十六卷異譯見長房録

尊上經一卷 出中阿含第四十三異譯見長房録

意經一卷 出中阿含第四十五異譯見長房録

應法經一卷 亦出中阿含第四十五異譯見長房録

鴦崛摩經一卷 或作魔字或云指髻經或云指鬘經出增一阿含第三十一異譯見道真僧祐二録

力士移山經一卷 亦直云移山經見僧祐録出增一阿含第三十六異譯

四未曾有法經一卷　或無法字亦云四未有經見長房録亦出增一阿含第三十六異譯

聖法印經一卷　天竺名阿遮曇摩文圖出雜阿含第二或無法字亦云慧印經元康四年十二月五日於酒泉郡出竺法首筆見道真寶唱僧祐三録

舍頭諫經一卷　題云舍頭諫晉曰太子二十八宿經一名虎耳經與摩登伽經等同本第五出與漢世高出者少異見道安録祐云虎耳意經

所欲致患經一卷　初出太安三年正月譯見道真王宗僧祐三録

瑠璃王經一卷　第二出或作流離見僧祐録

生經五卷　初出或四卷太康六年正月十九日出有五十五經見聶道真録及僧祐録

分別經一卷　舊云與阿難分別經等同本者非也見長房録

五百弟子自說本起緣經一卷　太安二年五月譯或云佛五百弟子自說本起舊録云五百弟子自說本末經亦云五百弟子本起經見道真僧祐二録

大迦葉本經一卷　或云迦葉本經見僧祐録

四自侵經一卷　安公云出阿毗曇見僧祐録

身觀經一卷　云出雜阿含檢無見長房録

修行道地經六卷　初卷題云揄遮伽復彌經晉曰修行道地太康五年二月二十三日出或七卷二十七品第三出亦直云修行經見祐唱二録

法觀經一卷　見長房録

已上見存已下闕本

新道行經十卷　亦名小品或七卷祐云更出小品太始八年譯第四出與舊道行等同本房録更載小品七卷誤也見祐房二録藏中者非此本先闕

仁王般若經一卷　或二卷三十一紙初出房公見晉世雜録

無量壽經二卷　一名無量清淨平等覺經永嘉二年正月二十一日出第六譯與漢世高支識等所出本同文異見竺道祖録及僧祐録

菩薩藏經三卷 初出見長房録

般舟三昧經二卷 安公録云更出般舟三昧經第五出見僧祐録

菩薩十地經一卷 亦云大方廣經亦直云十地經初出見僧祐録

薩芸芬陀利經六卷 太始元年譯見竺道祖晋世雜録第二出隋録云薩曇芸者恐誤祐録中無

維摩詰所説法門經一卷 太安二年四月一日譯第四出見聶道真録祐録直云維摩詰經祐云意謂先出維摩繁重護刪出逸偈也

閑居經一卷 與悲華經等同本異譯初出見僧祐録

更出阿闍世王經二卷 第二出見僧祐録若准安録但有更出阿闍世王經無普超三昧祐房二録雙載二經既梵本同不合再出

彌勒成佛經一卷 初出一名彌勒當來下生經太安二年出一十七紙見聶道真録及僧祐録

十二因緣經一卷 第四出亦云貝多樹下思惟十二因緣見僧祐録

温室洗浴衆僧經一卷 第二出亦直云温室經見聶道真録及僧祐録

百佛名經一卷 初出或無經字見僧祐録

光世音大勢至受決經一卷 初出元康年出亦直云觀世音受記經見聶道真僧祐二録

開元釋教録卷第二上

開元釋教録卷第二下

唐西崇福寺沙門智昇撰

勇伏定經二卷安公云更出首楞嚴元康元年四月九日出聶承遠筆受第六譯見道真僧祐二録祐房二録更載首楞嚴二卷者誤也

無思議光孩童菩薩經一卷亦名無思議孩童經亦名無思議光經舊録直云孩童經初出見僧祐録

超日明三昧經二卷太始七年正月譯初出或三卷或直云超日明經見聶道真録及僧祐録

照明三昧經一卷初出見僧祐録

惟明二十偈經一卷或無經字第二出與吳代支謙出者本同見長房録

法没盡經一卷或云空寂菩薩所問經第二出與支謙出者同本或云法滅盡經見僧祐録

諸神呪經三卷見僧祐録

文殊師利菩薩經一卷見長房録

小郁伽經一卷與大郁伽經不同見僧祐録或作迦字

諸方佛名功德經一卷初無功德字見僧祐長房二録

十方佛名經一卷初無經字見僧祐長房二録

慈仁問八十種好經一卷或直云八十種好經見道安録及長房録

三十二相因緣經一卷或云菩薩三十二相經見道安及長房録

嚴淨定經一卷一名序世經見僧祐録

寶施女經一卷一名須摩提法律三昧經見僧祐録及道真録

金益長者子經一卷見僧祐録

離垢蓋經一卷見僧祐録

慧明經一卷見僧祐録

衆祐經一卷見僧祐録

三轉日明經一卷祐録云月明見僧祐録

十等藏經一卷見僧祐録

決道俗經一卷見僧祐録

植衆德本經一卷見僧祐録

小法没盡經一卷見僧祐録

猛施經一卷 舊録云猛施道地經見僧祐録

目連上淨居天經一卷 一本無天字房云出佛本行集經見僧祐録

菩薩齋法經一卷 或無經字或無法字一名菩薩正齋經一名持齋經一名賢首菩薩齋法經初出見僧祐録祐房二録別載菩薩齋經誤也

舍利弗悔過經一卷 第二出亦直云悔過經見僧祐録

佛悔過經一卷 見僧祐録

大六向拜經一卷 舊録無大字太安元年譯或云尸迦羅越六向拜經出長阿含經第十一異譯見支敏度僧祐寶唱三録

六十二見經一卷 亦云梵網六十二見經見道祖僧祐二録出長阿含第十四異譯

樓炭經六卷 或五卷或八卷初出是長阿含第四分記世經異譯見聶道真録及僧祐録安公云出方等部者不然也

普法義經一卷 亦云普義經第二出與漢代世高出者大同小異見聶道眞録及僧祐録

舍利弗目連遊諸國經一卷 或云舍利弗摩目揵連遊諸四衢經出增一阿含第四十一異譯見僧祐録

柰女耆域經一卷 或云柰女經大安年譯第二出見聶道眞及僧祐録

七女本經一卷 第二出與吳代支謙譯者本同見長房録

五蓋疑結失行經一卷 永寧二年四月十二日出第一譯安公云不似護公出見聶道眞録及僧祐録

佛爲菩薩五夢經一卷 太安二年五月譯第二出一名佛五夢經一名太子五夢經一名仙人五夢經見舊録及道眞僧祐三録

摩目揵連本經一卷 一本有訶字無揵字見僧祐録

五福施經一卷 見僧祐録

觀行不移四事經一卷 見僧祐録

四婦喻經一卷 見僧祐録

盧夷亘經一卷 見僧祐録

盧羅王經一卷 見僧祐録

檀若經一卷 見僧祐録

龍施經一卷 今疑是龍施菩薩本起經見僧祐録

給孤獨明德經一卷 舊録云給孤獨氏經見僧祐録

龍王兄弟陀達誡王經一卷 見僧祐録

勸化王經一卷 見僧祐録　鴈王經一卷 見僧祐録

鴈王五百鴈俱經一卷 見僧祐録

解無常經一卷 見僧祐録　城喻經一卷 見僧祐録

降龍經一卷 見長房録　邪法經一卷 見長房録

犯罪經一卷 見長房録　苦應經一卷 見長房録

三品修行經一卷 亦云五品悔過經安公云近代人合大修行經見僧祐録祐房二録別存三品悔過經誤也

夫那羅經一卷 見長房録　賈客經二卷 見僧祐録

沙門果證經一卷 見僧祐録今疑與寂志果經同本

貧女爲國王夫人經一卷 見長房録

誠王經一卷 見僧祐録　誠具經一卷 見僧祐録

誠羅云經一卷 見僧祐録

比丘尼戒一卷 祐云比丘尼戒經出十誦律與曇摩持所出少異初出見僧祐録

迦葉結集傳經一卷 或無傳字舊録云迦葉結經或云結集戒經祐云迦葉集結經第二出見道真僧祐二録

耆闍崛山解一卷 見僧祐録

雜譬喻三百五十首經二十五卷 亦云譬喻三百首經見僧祐録房云見別録

右一百七十五部三百五十四卷 法觀經上九十一部二百八卷見在新道行經下八十四部一百四十六卷闕本

沙門竺曇摩羅察晉言法護其先月氏國人本姓支氏世居燉煌郡年八歲出家事外國沙門竺高座爲師遂稱竺姓 秦晉已前沙門多隨師稱姓後因彌天道安遂總稱釋氏 誦經日萬言過目則能而天性純懿操行精苦篤志好學萬里尋師是以博覽六經遊心七籍雖世務毀譽未嘗介抱是

時晉武之世寺廟圖像雖崇京邑而方等深經蘊在葱外護乃慨然發憤志弘大道遂隨師至西域歷遊諸國外國異言三十六種書亦如之護皆徧學貫綜詁訓音義字體無不備曉遂大齎梵經還歸東夏自燉煌至長安後到洛陽及往江右沿路傳譯寫爲晉文起武帝太始二年景戌至愍帝建興元年癸酉出光讃般若等經一百七十五部清信士聶承遠及子道眞竺法首陳士倫孫伯虎虞世雅等皆共承護旨執筆詳校而護孜孜所務唯以弘通爲業終身寫譯勞不告倦經法所以廣流東夏者護之力也末隱居深山山有清澗恒取澡漱後有採薪者穢其水側俄頃而燥護乃徘徊歎曰人之無德遂使清泉輟流水若夾竭眞無以自給正當移去耳言訖而泉流滿澗其幽誠所感皆此類也故支遁爲之像贊云護公澄寂道德淵美微吟穹谷枯泉漱水邈矣護公天挺弘懿濯足流沙領拔玄致後立寺於長安青門外精勤行道於是德化遐布聲蓋四遠僧徒數千咸共宗事及晉惠西幸長安關中蕭條百姓流移護與門徒避地東下至澠池遘疾而卒春秋七十有八護於懷愍之世仍更出經傳云惠帝西幸長安護公避亂東出至於澠池卒者或未然也護世居燉煌而化導周洽時人咸謂燉煌菩薩也衆録或云月支菩薩亦云天竺菩薩者斯皆重其德稱美其號也然法護者此土翻名曇摩羅察西方梵稱而梁僧祐録及隋法經録立爲二人云各别出經小非詳審也今詳檢羣録護所出經多少不定長房録

中其數彌衆今細尋括多是别生等經有非護公所出不可足爲正譯之數今爲實録故總删之如後所述

師子月佛本生經 或無本字房等諸録云護公譯詳文乃非今爲失譯編於秦録

法社經 世注爲疑曾見其本是人所造今編疑録

寶女問慧經

梵王變身經 上二經出大集

四自在神通經 出自在王經

金剛藏菩薩行經 出漸備經

光世音經 出正法華經

寶日光明菩薩經 亦云寶日光明菩薩問蓮華國相貌經出悲華經

溥首童眞經 或作普字出普超經

隨藍本經　馬王經

彌勒爲女身經

摩調王經 隨藍等四經並出六度經

菩薩悔過法經 或無經字出龍樹十住論

人從所來經 亦云人所從來出人本欲生經

貧窮經　何苦經 貧窮等二經並出中阿含

七寶經 出增一阿含經　醫王經

悉鞞梨天子詣佛説偈經

四種人經 醫王等三經並出雜阿含

閑居經　總持經 或云佛心總持

腹使經　蜜具經

雜讚經 閑居等五經並出生經　女人慾熾荒迷經

多聞經　寤意經 已上三經並出出曜經

寶女下二十七經並是别生抄經從大部出今並删之

衆經目録一卷 護公自撰非梵本翻散目録中列此不復存也

十二遊經一卷 初出

右一部一卷本闕

沙門彊梁婁至晉言眞喜西域人志情曠放弘化在懷以武帝太康二年辛丑於廣州譯

十二遊經一部見始興録及寶唱録

道神足無極變化經四卷第二出一名合道神足經或二卷或三卷與竺法護所出佛昇忉利天爲母説法經同本異譯見竺道祖録

阿育王傳七卷或加大字亦云大阿育王經或五卷初出與梁譯育王經同本光熙年譯見竺道祖録

文殊師利現寶藏經二卷初出亦云示現寶藏經或三卷與寶篋經等同本太安年譯見竺道祖録

阿闍世王經二卷太康年譯見竺道祖録第三出與普超經等同本

阿難目佉經一卷第三出與微密持經等同本異譯見竺道祖録

右五部一十六卷前二部十一卷見在後三部五卷闕本

沙門安法欽安息國人學贍衆經幽鑒無滯以武帝太康二年辛丑訖惠帝光熈元年景寅於洛陽譯道神足等經五部

放光般若波羅蜜經三十卷第二出與光讚大品同或二十卷亦云放光摩訶般若經亦云摩訶般若放光經元康元年出見經後記

右一部三十卷其本見在

沙門無羅叉經後記云無叉羅于闐國人以惠帝元康元年辛亥五月十五日於陳留倉垣經記作桓水南寺譯放光經一部至十二月二十四日訖河南居士竺叔蘭口傳祝太玄周玄明筆受其經梵本元是潁川沙門朱士行昔於洛陽講道行經至於深義往往不通每歎此經大乘之本要而譯理不盡誓志捐身發心尋取遂以曹魏甘露五年庚辰發迹雍州西度流沙至于闐國寫得正品梵文九十章六十

萬餘言以晉太康三年壬寅遣弟子弗如檀晉言法鏡等十人送還洛陽未發之間于闐小乘學衆遂以白王云漢地沙門欲以婆羅門書惑亂正典王爲地主若不禁之將斷大法聾盲漢地王之咎也王即不聽齎經士行憤慨乃求燒經爲證王欲試驗乃積薪殿庭以火燔之士行臨階而誓曰若大法應流漢地者經當不燒若其無應命也如何言已投經不損一字皮牒如故更覺光鮮大衆駭服稱其神感遂送達到洛陽住三年復至許昌二年後至陳留水南寺衆請無羅叉等譯出而竺道祖僧祐王宗寶唱李廓法上靈祐等諸録並云朱士行出者此蓋據其元尋之人推功歸之耳今據經後記支敏度録諸雜目等乃是無叉羅竺叔蘭等共譯其朱士行停在于闐年八十而卒依西方闍維法薪盡火滅而尸骸猶全衆咸驚異乃呪曰若眞得道法當毀壞應聲碎散遂斂骨起塔焉既在于闐終亡其經定非其譯也

異毗摩羅詰經三卷祐云異維摩詰經或作思字或二卷元康六年譯第三出與佛調支謙等所出本同文異見道祖僧祐二録

首楞嚴經二卷元康元年出第七譯與支讖支謙白延法護等所出本同文異見聶道眞録及僧祐録

右二部五卷其本並闕

優婆塞竺叔蘭今准僧祐録中朱士行傳竺叔蘭傳放光經後記支敏度合首楞嚴記皆云叔蘭是白衣居士長房内典等録云是沙門者誤也本天竺人祖父婁陀篤志好學清簡有節操時國王無道百姓思亂有賤臣將兵得罪懼誅以其國豪呼與共反婁陀怒曰君出於微賤而任居要職不能以德報恩而反爲逆謀乎我寧

守忠而死不反而生也反者懼謀泄即殺之而作亂婁陁子達摩尸羅(晋言法首)先在他國其婦兄二人並爲沙門聞父被害國内大亂即與二沙門奔晋居于河南生叔蘭叔蘭幼而聰辯從二舅諮受經法一聞而悟善梵晋語及書亦恭諸文史然性頗輕躁遊獵無度甞單騎逐鹿值虎墮馬折其右臂久之乃差後馳騁不已毋數訶諫終不改爲之蔬食乃止性嗜酒飲至五六斗方暢甞大醉卧於路傍仍入河南郡門喚呼吏録送河南獄時河南尹樂廣與賓客共酣已醉謂蘭曰君僑客何以學人飲酒叔蘭曰杜康釀酒天下共飲何有僑舊廣又曰飲酒可爾何以狂亂乎答曰民雖狂而不亂猶府君雖醉而不狂廣大呼時坐客曰外國人那得面白叔蘭曰河南人面黒尚不疑僕面白復何怪耶於是賓主歎其機辯遂釋之頃之無疾暴亡三日還穌自説入一朱門金銀爲堂見一人自云是其祖父謂叔蘭曰吾修善累年今受此報汝罪人何得來耶時守門人以杖驅之入竹林中見其獵伴爲鷹犬所啄齧流血號叫求救於叔蘭叔蘭避走數十步值牛頭人欲扠之叔蘭曰我累世佛弟子常供二沙門何罪見治牛頭人答此雖受福不關獵罪俄而見其兩舅來語牛頭曰我等二人恒受其供惡少善多可得相免遂隨道人歸既而還穌於是改節修慈專志經法以晋惠帝元康元年與無羅叉出放光經後於洛陽自出異毗摩詰等經二部既學兼梵晋故譯義精允後遭母艱三月便欲葬有鄰人告曰今歳月不便可待來

年叔蘭曰夫生者必有一死死者不復再生人神異塗理之然也若使亡母棲靈有地則烏鳥之心畢矣若待來年恐逃走無地何暇奉營乎遂即葬畢明年石勒果作亂寇賊縱横因避地奔荆州後無疾忽告知識曰吾將死矣數日便卒識者以爲知命

菩薩逝經一卷 第三出亦云菩童子經或直名逝經與長者子制經等同本見長房録

菩薩修行經一卷 第三出亦云威施長者問觀身行經亦云長者修行經見長房録

佛般泥洹經二卷 出長阿含是初分遊行經異譯亦直云泥洹經見長房録

大愛道般泥洹經一卷 出增一阿含第五十卷異譯亦云涅槃見長房録

賢者五福經一卷 見長房録

已上見在已下闕

嚴淨佛土經二卷 第二出亦云淨土經與文殊佛土嚴淨等同本見長房録

郁伽羅越問菩薩經一卷 第五出與漢安玄所出法鏡經等同本見長房録

等集三昧經一卷 第二出見長房録

無量破魔陀羅尼經一卷 第四出與微密持經等同本異譯見長房録

大方等如來藏經一卷 第二出見長房録

惟逮菩薩經一卷 見高僧傳及僧祐録

祖持陀羅尼經一卷 見長房録

如來與顯經一卷 見長房録

善權經一卷 見長房録　海龍王經一卷 見長房録

持心梵志經一卷 見長房録

右一十六部一十八卷 賢者五福上五部六卷見在嚴

淨佛土下十一部十二卷闕本

沙門白遠字法祖本姓萬氏河内人父威達以儒雅知名州府辟命皆不行祖少發道心啓父出家詞理切至父不能奪遂改服從道祖才思儁徹敏朗絶倫誦經日八九千言研味方等妙入幽微世俗墳索多所該貫乃於長安造築精舍以講習爲業白黒宗稟幾具千人晉惠之末太宰河間王顒鎮關中虚心敬重待以師友之敬每至閑辰靖夜輒談講道德于時西府初建俊又甚盛能言之士咸伏其遠達祖既博涉多閑善通梵晉之語於惠帝代譯菩薩逝經等一十六部後忽謂弟子及諸道人云我數日對當至便辭别作素書分布經像及資財訖時張輔爲秦州刺史祖與俱往明晨詣輔共語忽忤輔意遂爲所害時人以爲知宿命矣後少時有人姓李名通死而更穌云見祖法師在閻羅王處爲王講首楞嚴經云講竟應往忉利天又見祭酒王浮及道士基公次被杻械求祖懺悔昔祖平素之日與浮每爭邪正浮屢屈既瞋不自忍乃作老子化胡經以誣謗佛法殃有所歸故死方思悔耳又長房等録更有七經亦云祖出今以並是别生故删不立

佛問四童子經

調伏王子道心經已上二經並出大集

五百王子作淨土願經出悲華經

三幻童經或作幼童出普超經

三童子見佛說偈供養經出雜阿含

五百幼童經亦云童子

首達經亦云惟先首達經上二經並出生經

諸德福田經一卷 初出或云諸福田經或直云福田經云與法炬共出見僧祐録

樓炭經六卷 第二出或云大樓炭經出長阿含與第四分記世經同本異出與法護所出五卷者少異或五卷或八卷見僧祐録

法句譬喩經四卷 第二出一名法句本末經亦云法喩經或四卷或六卷法立與法炬共出見僧祐録

大方等如來藏經一卷 舊録云佛藏方等經出見僧祐録

右四部一十二卷 前三部十一卷見在後一部一卷闕本

沙門釋法立不知何許人也智道弘拔悟物爲先於惠帝代共法炬等於洛陽譯諸德福田等經四部

優塡王經一卷 初出與寶積優陀延王會同本見長房録

前世三轉經一卷 初出與銀色女經同本見長房録

阿闍世王受決經一卷 初出與採蓮違王經同本見長房録

灌洗佛形像經一卷 初出亦云四月八日灌經亦直云灌經與摩訶剎頭經同本見長房録

恒水經一卷 亦云恒河喩經出中阿含第九卷異譯見長房録

頂生王故事經一卷 亦直云頂生王經出中阿含第十一異譯見長房録

求欲經一卷 出中阿含第二十二異譯見長房録

苦陰因事經一卷 出中阿含第二十五異譯見長房録

瞻婆比丘經一卷 或作瞻波出中阿含第二十九異譯見長房録

伏淫經一卷 出中阿含第三十卷異譯見長房録

數經一卷 出中阿含第二十五卷異譯見長房録

波斯匿王太后崩塵土坌身經一卷 出增一阿含第十八卷異譯見長房録又有波斯匿王喪母經即此塵土坌身經是無頻重載

頻毗婆羅王詣佛供養經一卷 亦云頻婆出增一阿含第二十六異譯見長房録

鴦崛髻經一卷 與竺法護指髻經本同小異出增一阿含第三十一異譯

見長房録

難提釋經一卷 出雜阿含第三十卷異譯見長房録

相應相可經一卷 出單卷雜阿含經異譯見長房録

慢法經一卷 第二出與阿難分別經等同本見長房録

法海經一卷 第二出與海八德經同本見長房録

阿闍世王問五逆經一卷 第二出見長房録

羅云忍辱經一卷 或直云忍辱經見長房録

佛爲年少比丘説正事經一卷 見長房録

沙曷比丘功德經一卷 房云見舊録

羣牛譬經一卷 見長房録

比丘避女惡名欲自殺經一卷 見長房録

已上見存已下闕

福田經一卷 一名諸德福田經第二出與法立譯者少異見竺道祖晉録

諸經菩薩名經二卷 見長房録

正意經一卷 見長房録録中注云第二出未詳何者爲初譯本

明帝釋施經一卷 見長房録

樓炭經八卷 第三出是阿含第四分記世經異譯與法護法立所出者大同先共法立出以意未悉故廣之見敏度寶昌二録

淨飯王般泥洹經一卷 初出見長房録

貧窮老公經一卷 初出見法上録

危脆經一卷 見長房録

大蛇譬喻經一卷 亦直云大蛇經房云見舊録

羅漢迦留陀夷經一卷 或無羅漢字見長房録

爪甲擎土譬經一卷 亦云爪甲取土經房云見舊録

衰利經一卷 見長房録

衆生未然三界經一卷 見長房録

求欲説法經一卷 見長房録

羅旬喻經一卷 今疑是別生經中羅彌壽經異名見長房録

遺教法律經三卷 一名遺教法律三昧經一云遺教三昧經或二卷見始興録

右四十部五十卷比丘避女上二十四部二十四卷見在福田經下一十六部二十六卷闕本

沙門釋法炬亦未詳氏族器量高峙遊化在懷於惠帝代初與法立同共出經法立沒後炬遂自譯優塡王等經四十部又長房等録更有諸經並云炬出今以皆是別生之經録家誤上今並刪之如後所述

時非時經亦直云時經僞經後記非法炬譯具如後譯

魔女聞佛說法得男身經出大集經

大悲比丘本願經出悲華經

往古造行經

舉鉢經上二經並出普超三昧經

以金貢太山贖罪經

調達教人爲惡經

上二經並出六度集

佛降鴦崛魔人民歡喜經

鴦崛魔歸化經或云婦死應誤上二經並出鴦崛魔羅經

韋提希子月夜問夫人經或作天人出長阿含

福行經

惡道經一名惡意經或作要意應誤也録中惡道惡意二名雙載者非

息恚經

柔軟經

受持經

名稱經

浮彌經福行下七經並出中阿含

飛鳥喻經

積木燒然經一名大枯樹經

波斯匿王詣佛有五威儀經

增一阿含經飛鳥喻等四經並出增一阿含

普施經

差摩比丘喻重病經

佛爲比丘說燒頭喻經

優陀夷坐樹下寂靜調伏經

佛爲比丘說大力經

四大色身生猒離經

異信異欲經

佛爲比丘說三法經

葉喻多少經

佛爲比丘説極深嶮難處經
佛爲諸比丘説莫思惟世間經（或云莫思惟世間思惟經）
衆生身穢經　眼色相繫經
比丘於色厭離經　捨諸世務經
嬰兒喻經
轉輪聖王七寶現世間經
向邪違法經　田夫喻經
信人者生五種過患經
少多制戒經　無始本際經
羅漢遇瓶沙王經
尊者瞿低迦獨一思惟經
人民疾疫受三歸經　恒水流澍經（或作流樹）
灰河經（一名塵灰河譬喻經錄中二名別載誤也）
波斯匿王祖母命終經
鑄金喻經　木杵喻經

金師精舍尊者病經　羣羊喻經
處中行道經
波斯匿王女命過詣佛經
比丘問佛多優婆塞命終經（普施下三十五經並出雜阿含）
比丘分衛經　和難經
邪業自活經　比丘各言志經
和難釋比丘疾病經　無懼經
毒草喻經　毒喻經
馬喻經（比丘分衛下十經並出生經）
譬喻六人經（出罵意經）
阿闍世王問瞋恨從何生經
摩訶比丘經
調達喻經（阿闍世等三經小乘抄經）
栴檀塗塔經（出百緣經）　無常經
比丘求證人經

阿梵和利比丘無常經

比丘問佛何故捨世學道經

佛看病比丘不受長者請經

坐禪比丘命過生天經

放逸經　深淺學比丘經

拘提比丘經　波利比丘謗梵行經

北方世利經　流離王攻釋子經

信能渡河經　有衆生三世作惡經

聰明比丘經　說法難值經

調達問佛顏色經 無常下一十七經並出出曜經

曉食經 出修行道地經　須河喻經 出雜譬喻

魔女下八十九經並從大經抄出別生舊録

載此中除之

超日明三昧經二卷 第二出或直云超日明經或三卷此經護公先出梵文而詞義煩重承遠詳整文偈刪改勝前見高僧傳及僧祐録

越難經一卷 一名日難長者經一名難經初出見長房録

右二部三卷其本並在

清信士聶承遠明解有才篤志務法護公出經多參正文句兼執筆承旨後於惠帝代自譯超日明等經二部又長房等録云承遠更譯迦葉詰阿難經此乃雜譬喻抄非是別翻又漢世佛調世高及此承遠三録俱載誤之甚也

無垢施菩薩分別應辯經一卷 第二出與法護離垢施經等同本亦云分別應辯今編入寶積當第三十三會餘録有云竺法護出者誤也見長房録

諸菩薩求佛本業經一卷 或無諸字是華嚴淨行品異譯見長房録

文殊師利般涅槃經一卷 見長房録

異出菩薩本起經一卷（或無起字見長房録）

三曼陀颰陀羅菩薩經一卷（見長房録）

菩薩受齋經一卷（第二出見長房録）

巳上見存巳下闕

大方廣菩薩十地經一卷（第二出與法護譯者大同小異見長房録）

菩薩十法住經一卷（是華嚴十住品異譯第三出見長房録）

十住經十二卷（是華嚴十地品異譯第一出見長房録）

菩薩緣身五十事經一卷（第二出與五十緣身經大同小異見長房録）

觀世音受記經一卷（第二出見長房録）

諸佛要集經二卷（第二出見長房録）

寂音菩薩願經一卷（見長房録）

菩薩求五眼法經一卷（祐無經字或云五眼文見長房録）

菩薩道行六法經一卷（見長房録）

菩薩初地經一卷（見長房録）

菩薩十道地經一卷（有云是前譯菩薩十地見長房録）

文殊師利與離意女論議經一卷（極似維摩經見長房録）

菩薩雜行法一卷（見長房録）

菩薩所行四法一卷

菩薩宿命經一卷（見長房録）

文殊師利淨律經一卷（第二出與法護譯小異見長房録）

菩薩戒獨受壇文一卷（見長房録）

菩薩懺悔法一卷（云異出本見長房録）

右二十四部三十六卷（菩薩受齋上六部六卷見在大方廣下一十八部三十卷闕本）

清信士聶道真即承遠息父子清悟皆以度語爲業從武帝太康初至懷帝永嘉末其間詢稟諸承法護筆受之外及護没後真遂自

譯無垢施應辯等經二十四部誠師護公眞
當其稱頌善文句辭義分炳又長房等録更
有二十九經亦云道眞所出今以並是別生
抄經故刪之不存也

菩薩奉施詣塔作願念經
師子步雷音菩薩問發心經
菩薩三法經（菩薩奉施等三經並出文殊佛土嚴淨經）
菩薩布施懺悔法（出決定毗尼經）
自在王菩薩問如來警戒經（或云菩薩戒身自在經）
菩薩導示行經　菩薩初發心時經
無言菩薩流通法經　無言菩薩經
菩薩出要行無礙法門經
光味菩薩造七寶梯經（自在王菩薩等七經並出大集）
菩薩如意神通經
菩薩戒自在經（上二經出自在王經）

寂音菩薩問五濁經（或云寂意）
轉輪聖王發心求淨土經（上二經出悲華）
大雲密藏菩薩問大海三昧經（出大雲經）
溥首童眞經（出普超經）
儒童菩薩經（或無菩薩字出六度集經）
波斯匿王欲伐鴦崛魔羅經（出鴦崛魔羅經）
大光明菩薩百四十八願經
菩薩六法行經　菩薩本願行品經
菩薩苦行經　菩薩訶睡眠經
菩薩訶家過經（大光明等六經祐録云抄今並爲大乘抄録）
菩薩戒要義經（出地持經）　菩薩五法行經
初發意菩薩行易行法經（上二經並出十住論）
轉輪聖王七寶具足經（出雜阿含）
衆經目録一卷（道眞自撰非梵本翻傳叙録中列此不復存也）
又長房等録云優婆塞衛士度於惠帝代出

摩訶般若波羅蜜道行經二卷云從舊道行中删改略出僧祐録云衆録並云道行經二卷衛士度略出既取舊經删略即非梵本别翻今載别生録中此不復存也

逝童子經一卷第四出亦名長者制經亦直云制經亦名菩薩逝經亦直名逝經五本大同别譯爲異名殊耳見寶唱録

善生子經一卷初出與祇多蜜竺難提等所出同本出中阿含第三十三異譯見支敏度竺道祖寶唱等三録

文殊師利現寶藏經二卷第三出與竺法護所出現寶藏經等同本見竺道祖録及寶唱録

十善十惡經一卷初出見竺道祖晉録及寶唱録

右四部五卷逝童子等二部二卷見在文殊現寶藏等二部三卷闕本

沙門支法度未詳何許人於惠帝代永寧元年辛酉譯逝童子經等四部又僧祐長房等録於惠帝時沙門支敏度合兩支支讖支謙兩竺竺法護竺叔蘭四本房録更加一白爲五本今准祐録及合經記但四本合成無白延也首楞嚴爲八卷祐云或爲五卷合一支支謙兩竺竺法護竺叔蘭三本維摩爲五卷既非梵本别翻復闕其本故此録中删而不載

時非時經一卷或直云時經見經後記

右一部一卷其本見在

沙門若羅嚴外國人也譯時非時經一部經後記云外國法師若羅嚴手執梵本口自宣譯涼州道人釪鐐或作釪鐼城中寫記房等皆云法炬譯者謬也既莫知於帝代且附西晉録中

方等陀羅尼經一卷

寶嚴經一卷　五福德經一卷

右三部三卷其本並闕長房等録西晉失譯

總八部一十五卷云吴別二録並單注元康年中出不顯譯人詳覽羣録未見指的所以別件猶殊失譯今以餘之五部一十二卷尋檢羣録兼閲經文皆有所憑即非失譯具述由委列之如左

度世品經六卷

阿耨達龍王經二卷 是弘道廣顯三昧經異名已上二經竺法護譯

如來祕密藏經二卷 一名大方廣如來性起微密藏經亦直云如來性起經是舊華嚴經如來性起品後漢失譯已有此復重載誤之甚也今附別生録中

明相續解脱地波羅蜜經一卷 宋求那跋陀羅譯

弟子學有三輩經一卷 三品弟子經異名吴支謙譯

已後新附此録

太子和休經一卷 第二出與太子刷護經等同本

薩曇分陀利經一卷 舊録云薩云芬陀利經亦直云分陀利經是法華經寶塔天授二品各少分異譯

放鉢經一卷 是普超經舉鉢品異譯第一卷安公云出方等部

菩薩睒經一卷 或云孝子睒經亦直云睒經第二出六度集第二卷異譯

長壽王經一卷

法常住經一卷

鹹水喻經一卷 舊録云鹹水譬喻經出中阿含第一卷異譯

兜調經一卷 出中阿含第四十四卷異譯

舍衛國王夢見十事經一卷 或直云十夢經舊録云舍衛國王十夢經或云波斯匿王十夢經出增一阿含第五十一卷異譯安云出阿毘曇

王耶女經一卷 或云王䢵經初出與阿遬達經等同本

孝子經一卷 一名孝子報恩經

頞多和多耆經一卷

普達王經一卷

佛滅度後棺斂葬送經一卷 一名比丘師經亦名師比丘經

鬼子母經一卷

梵摩難國王經一卷

迦旃延説法没盡偈經一卷 題云佛比丘旃延説法没盡偈百二十章亦直云迦旃延偈

佛治身經一卷 或無佛字舊録云佛治身經餘録並同

治意經一卷 舊録云佛治意經餘録並同

已上見存已下闕

彌勒當來生經一卷 初出與彌勒來時經等同本

失利越經一卷 第二出與月光童子經等同本

異了本生死經一卷 與稻稈經等同本

内藏大方等經一卷 今疑是佛藏大方等經

小阿闍世經一卷　小須賴經一卷

目佉經一卷 安公云出方等部今疑是阿難目佉經

彌勒經一卷 安公云出長阿含

噎藍經一卷 安公云出中阿含

七事經一卷 安公云出中阿含

賴吒譁羅經一卷 安公云出中阿含

歡豫經一卷 法經録云勸豫云出中阿含第十二

十二死經一卷 今疑是十二品生死經

七婦經一卷

阿難邠坻四時施經一卷 舊録云阿難邠祁四時布施經

七車經一卷 今疑是中阿含七車譬喻經

海有八事經一卷

難等各第一經一卷 舊録云阿難迦葉各説第一經

惟留經一卷 舊録云惟留王經

理家難經一卷　迦留多王經一卷

梵志闍孫經一卷 古録云梵志闍遜經

波達王經一卷　悲心悒悒經一卷

趣度世道經一卷　長者威勢經一卷

癡注經一卷　調達經一卷

和達經一卷　鉢呿沙經一卷

分八舍利經一卷 或作分身

應行律一卷　悉曇慕二卷
吉法驗一卷　口傳劫起盡一卷
打揵椎法一卷
右五十五部五十六卷治意經上一十九部一十九卷見在彌勒當來下三十六部三十七卷闕本
梁僧祐録云安公録中失譯經唯祐録載房等並闕祐載安公失譯總一百四十二經今以餘八十七部檢尋諸録多題譯主或是別生抄經及人撰傳記既有所憑故删不載安既不標時代今且附於晉末
通前舊失譯經三部三卷總五十八部五十九卷並爲西晉失源云
開元釋教録卷第二下

開元釋教録卷第三

唐西崇福寺沙門智昇撰

總括羣經録上之三

東晉司馬氏都建康（亦云南晉）

從元帝建武元年丁丑至恭帝元熙二年庚申凡一十一帝一百四年緇素一十六人所譯經律論幷新舊集失譯諸經總一百六十八部四百六十八卷（八十五部三百三十六卷見在八十三部一百三十二卷闕本）

東晉沙門帛尸梨蜜多羅（三部一十四卷經）

沙門支道根（二部七卷經）

沙門竺曇無蘭（六十一部六十三卷經戒集）

沙門瞿曇僧伽提婆（五部一百一十八卷經論教授法）

沙門迦留陀伽（一部一卷賢聖集）

沙門康道和（一部三卷經）

沙門佛陀跋陀羅（一十三部一百二十五卷經律論集）

沙門曇摩（一部二卷律要）

沙門卑摩羅叉（二部五卷律雜事）

沙門釋法顯（七部二十六卷經戒論集）

沙門祇多蜜（二十三部四十五卷經）

居士竺難提（三部五卷經）

沙門竺法力（一部一卷經）

沙門釋嵩公（三部三卷經集）

沙門釋退公（一部一卷經）

沙門釋法勇（一部一卷經）

新舊諸失譯經四十部四十八卷（二部三卷舊集）（三十八部四十五卷新附）

大灌頂經十二卷（或無大字房云見雜録録云九卷未詳及）

大孔雀王神呪經一卷（見竺道祖録及僧祐録初出）

孔雀王雜神呪經一卷（見竺道祖録及僧祐録第二出）

右三部一十四卷初一部十二卷見在　後二部二卷闕本

沙門帛尸梨蜜多羅晉言吉友西域人國王之子當承繼世而以國讓弟闇軌太伯既而悟心天啓遂爲沙門蜜天姿高朗風神超邁直爾對之便卓出於物況其聰辯言悟者乎西晉永嘉中始到此土仍過江左止建初寺丞相王導一見而奇之以爲吾之徒也由是名顯太尉庾元規光祿周伯仁太常謝幼輿廷尉桓茂倫皆一代名士見之終日累歎披襟致契導甞詣蜜蜜解帶偃伏悟言神解時尚書令卞望之亦與蜜致善須臾望之至蜜乃斂襟飾容端坐對之有問其故蜜曰王公風道期人卞令軌度格物故其然耳諸公於是歎其精神灑屬皆得其所桓廷尉甞欲爲蜜作目久之未得有云尸梨蜜可謂卓朗於是桓乃咨嗟絶歎以爲標題之極大將軍王處沖時在南夏聞王周諸公皆器重蜜疑以爲失鑒及自見蜜乃欣振奔至一面盡虔王公甞謂蜜曰外國有君一人而已耳蜜笑而答曰若使我如諸君今日豈得在此當時以爲佳對蜜性高簡不學晉語每與諸公言論雖因傳譯而神領意解盡其傳致以爲自然縱拔非常情所測也蜜善持呪術所向皆驗時人呼爲高座法師於元帝代譯灌頂等經三部又授弟子覓歷高聲梵唄傳響迄今年八十餘咸康中卒諸公聞之痛惜流涕蜜常在石子崗東行頭陀既卒因葬于此成帝懷其風爲樹刹塚所後有關右沙門來遊建康迺於塚處起寺陳郡謝混贊成其業追旌往事仍曰高座寺也

阿閦佛刹諸菩薩學成品經二卷太康年第二譯與支讖譯者大同小異見竺道祖晉世雜録

方等法華經五卷咸康元年譯見竺道祖晉世雜録第四出與法護正法華等同本

右二部七卷其本並闕

沙門支道根履味遊方懷道利物以成帝咸康元年乙未譯阿閦佛刹等經二部長房等録並云阿閦佛經太康年譯其太康年在西晉武帝代與咸康相去向六十年同是一人兩朝出經者恐時太懸也此應傳寫差誤多是咸康耳

採蓮違王上佛授決號妙華經一卷亦直云採蓮違王經第二出與阿闍世王受決經同本

陀鄰尼鉢經一卷亦云陀鄰鉢呪經第二出與持句神呪經等同本房録陀鄰鉢經外更存持句神經者非也

摩尼羅亶經一卷亦云摩尼羅亶神呪經

玄師颰陀所説神呪經一卷録云幻師無所説字或作䟦字亦云波陀古録云幻王颰陀經

寂志果經一卷出長阿含第十七卷異譯

鐵城泥犂經一卷出中阿含第十二卷與五天使經同本

阿耨風經一卷晉言依次出中阿含第二十七卷異譯

梵志頞羅延問種尊經一卷亦云頞波羅延出阿含第三十七卷異譯

泥犂經一卷或云中阿含泥犂經出中阿含第五十三卷異譯

戒德香經一卷或云戒德經出增一阿含第十三卷異譯

四泥犂經一卷或云四大泥犂房云別録載祐云失譯出增一阿含第四十八卷異譯

國王不犂先尼十夢經一卷或作先泥出增一阿含第五十一卷異譯

水沫所漂經一卷一名河中大聚沫經一名聚沫譬經與五陰譬喻經同本出雜阿含經第十異譯

王耶經一卷一名長者詣佛説子婦無敬經或云王耶女經第二出與阿遬

違經等同本

五苦章句經一卷 初出一名諸天五苦經一名五道章句經一名淨除罪蓋娛樂佛法經

自愛經一卷 或云自愛不自愛經房云見舊録

中心經一卷 或云中心正行經舊録云大忠心經亦云小忠心經房録云出六度集今檢無

見正經一卷 一名生死變識經

大魚事經一卷

阿難七夢經一卷 或直云七夢經

呵鵰阿那含經一卷 一名荷鵰或作苛字

新歲經一卷

比丘聽施經一卷 一名聽施比丘經

佛般泥洹摩訶迦葉赴佛經一卷 亦云迦葉赴佛般涅槃經

已上見存已下闕

犢牛經一卷 一云犢子經第三出與孔光經等同本

孔雀王呪經一卷 第三出與吉友所譯者同本

七佛所結麻油述呪經一卷 祐失譯録重載兩本一云異本

大神母結誓呪經一卷

伊洹法願神呪經一卷

解日厄神呪經一卷　六神名神呪經一卷

檀持羅麻油述神呪經一卷

麻油述呪經一卷

摩尼羅亶神呪案摩經一卷

醫王惟樓延神呪經一卷 或云阿難所問醫王惟樓延神呪經

龍王呪水浴經一卷

十八龍王神呪經一卷

請雨呪經一卷　止雨呪經一卷

覩水經一卷

幻師阿夷鄒神呪經一卷

呪水經一卷

藥呪經一卷

呪毒經一卷

呪時氣病經一卷

呪小兒經一卷

呪齒經一卷祐失譯録更載一本名與此同題云異本一云蟲齒二云齲齒

呪牙痛經一卷祐失譯録更載一本名與此同題云異本或作齒痛

呪眼痛經一卷

五眼文經一卷令疑是蕭道真所出求五眼法異名

離欲優婆塞優婆夷戒文一卷亦云具行二十二戒文

罪業報應經一卷與罪業應報教化地獄經同本第二出

八師經一卷第二出

蓱沙王五願經一卷一云弗沙迦王經第二出

義足經二卷房云見吳録亦云異出第二出

十善十惡經一卷第二譯吳録云異出安公云出阿毗曇

治禪法經一卷

梵天策數經一卷舊録云諸天事經

諸天地經一卷

十誦比丘戒本一卷太元六年合僧純曇摩持竺僧舒二家本以爲此一卷見寶唱録當第二出

二百六十戒三部合異二卷序加大比丘字太元六年六月二十日於謝鎮西寺合僧詳重校見舊録及寶唱録

右六十一部六十三卷佛般泥洹上二十四部二十四卷見在犢牛經下三十七部三十九卷闕本

沙門竺曇無蘭晉云法正西域人也以孝武帝太元六年辛巳至太元二十年乙未於楊都謝鎮西寺譯採蓮違王等經六十一部見長房録又長房等録更有四十八經亦云法正所譯今以並是别生抄經或是疑僞故並删之如後所述

救護身命經亦云救護身命濟人病苦厄經周録編入正經舊録云僞今依舊編

諸天問如來警戒不可思議經
見水世界經已上二經並出大集
龍王結願五龍神呪經
大將軍神呪經上二經出灌頂
無吾我經出普超經
彌蘭經或作彌連亦云彌蓮
摩天國王經
阿難念彌經彌蘭等三經並出六度集
賢劫千佛名經出賢劫經序云賢劫經說二千一百諸度無極以拘樓孫佛爲首此千佛名有引譯本拘那提佛以爲初首
三十七品經安公云出律經僧祐録云晉太元二十年歲在景申六月在謝鎮西寺撰出
三十三天園觀經
比丘成就五法入地獄經
學人亂意經上三經出增一阿含

佛爲比丘說大熱地獄經
釋提桓因詣目連放光經
目連見大身衆生然鐵纏身經
見一衆生舉體糞穢塗身經
衆生頂有鐵磨盛火熾然經
羅婆鳥爲鷹所捉經
十法成就惡業入地獄經
蛇行法經
比丘浴遇天子放光經
天於脩羅欲鬪戰經　天帝釋受戒經
比丘問佛釋提桓因因緣經
四天王案行世間經　佛見梵天頂經
帝釋慈心戰勝經　天神禁寶經
阿育王供養道場樹經
勸行有證經　戒相應法經

禪思滿足經（佛爲比丘說下二十經並出雜阿含）

野鷄經

蠱狐烏經（或作烏經）

驢駝經

拘薩羅國烏王經（或無羅字）

孔雀經

羣牛千頭經

暴象經（羣牛等三經並出出曜經）

地獄衆生相害經（出修行道地經）

赤觜烏喻經

阿羅多洹羅云母經（赤觜烏等二經雜喻抄）

中阿含經六十卷（第二出或五十八卷隆安元年十一月十日於東亭寺出二年六月二十五日訖與曇摩難提出者同本沙門道慈等筆受見道祖録）

增一阿含經五十一卷（第二出隆安元年正月出與難提本小異竺道祖筆受或四十二或三十三無定亦有六十卷成者見道祖及寶唱録）

鼈獼猴經

弟子命過經

夫婦經（野鷄等八經並出生經中）

集修行士經

阿毗曇心論四卷（或云阿毗曇心無論字尊者法勝造太元十六年在廬山慧遠法師譯出道慈筆受見僧祐録）

三法度論二卷（太元十六年在廬山慧遠法師出第二譯與難提出者大同小異或三卷別録云一卷或直云三法度無論字或云經或云經論見僧祐録）

教授比丘尼法一卷（房云見別録亦云在廬山出）

右五部一百一十八卷（前四部一百一十七卷本在後一部一卷本闕）

沙門瞿曇僧伽提婆晉言衆天或云提和音訛故也罽賓國人入道修學遠訪明師學通三藏多所誦持尤善阿毗曇心洞其纖旨常誦三法度晝夜嗟味以爲道之府也爲人儁朗有深鑒儀止温恭務在誨人恂恂不怠符

秦建元中來入長安宣流法化譯論二部備於秦録後以晉孝武帝世太元十六年辛卯遊化江左先是廬山慧遠法師翹懃妙典廣集經藏虚心側席延望遠賓聞其至止即請入廬岳即以其年請出阿毗曇心及三法度等提婆乃於般若臺手執梵文口宣晉語去華存實務盡義本今之所傳蓋其文也至安帝隆安元年丁酉來遊建康晉朝王公及風流名士莫不造席致敬時尚書令衛軍東亭侯瑯琊王珣(准高僧傳僧祐録長房録等並云王珣阿含經序乃云王元琳元琳多是珣之字也)雅有信慧荷持正法建立精舍廣招學衆提婆既至珣即延請仍於其舍講阿毗曇名僧畢集提婆宗致既精詞旨明析振發義與衆咸悅悟其冬珣集義學沙門釋慧持等四十餘人更請提婆於其寺譯中增二阿含罽賓沙門僧伽羅叉執梵本提婆翻爲晉言至來夏方訖豫州沙門道慈筆受吴國李寶唐化共書提婆於廬山建康二處共出五部一百一十八卷提婆歷遊華戎備悉風俗從容機警善於談笑其道化聲譽莫不聞焉後不知所終

十二遊經一卷(第二出與彊梁譯者少異見竺道祖晉世雜録及寳唱録)

右一部一卷其本見在

沙門迦留陀伽晉言時水西域人弘喻有方懷道遊國以孝武帝太元十七年壬辰譯十二遊經一部

益意經三卷(第二出見竺道祖晉世雜録朱士行漢録云二卷不顯譯人)

右一部三卷本闕

沙門康道和戒德有儀軌範羣物以孝武帝太元二十一年景申譯益意經一部

大方廣佛華嚴經六十卷初出元五十卷後人分為六十卷沙門支法領從于闐得梵本來義熙十四年三月十日於道場寺出元熙二年六月十日訖法業筆受見祖祐二録

出生無量門持經一卷或云新微密持經於廬山譯第五出與支謙無量門微密持經等同本見祖祐二録祐房等録別存新微密持經誤也

大方等如來藏經一卷或直云如來藏經第三出元熙二年道場寺譯見竺道祖晉世雜録及僧祐録

觀佛三昧海經十卷或云觀佛三昧經或八卷見竺道祖晉世録亦見僧祐録或云宋世出

摩訶僧祇律四十卷或云三十卷梵本是法顯於摩竭提國將來義熙十二年十一月於道場寺共法顯出見竺道祖録祐在顯録據共譯故耳

僧祇比丘戒本一卷亦云摩訶僧祇戒本第二出於道場寺譯見寶唱録祐在法顯録中祐與覺賢共出互載皆得

達摩多羅禪經二卷一名庾伽遮羅浮迷譯言修行道地於廬山出一名不淨觀經亦名修行方便禪經祐云禪經修行方便凡十七品見僧祐録

文殊師利發願經一卷或加偈字元熙二年於道場寺出見僧祐寶唱二録經後記云外國四部衆禮佛時多誦此經以發願求佛道

新無量壽經二卷宋永初二年於道場寺出見僧祐寶唱二録第八譯與世高支讖支謙僧鎧等所出同本

菩薩本業經一卷亦直云本業經是華嚴淨行品見僧祐長房二録大周入藏有本今闕且復存之

淨六波羅蜜經一卷見僧祐長房二録

方便心論一卷共法業出見高僧傳初出

過去因果經四卷房云見別録第五譯

右一十三部一百二十五卷文殊發願上八部一百一十六卷見在新無量壽下五部九卷闕本

沙門佛陀跋陀羅晉言覺賢本姓釋氏迦維羅衞國人甘露飯王之苗裔也祖父達摩提婆（此云法天）嘗商旅於北天竺因而居焉父達摩修耶利（此云法日）少亡賢三歲孤與母居五年復喪母爲外氏所養從祖鳩摩利聞其聰敏兼悼其孤露乃迎還度爲沙彌至年十七與同學數人俱以習誦爲業衆皆一月賢一日誦畢其師歎曰賢一日敵三十夫也及受具戒修業精勤博學羣經多所通達少以禪律馳名常與同學僧伽達多共遊罽賓同處積載達多雖服其才明而未測其人也後於密室閉戸坐禪忽見賢至驚問何來答云暫至兜率致敬彌勒言訖便隱達多知是聖人未測深淺後屢見賢神變乃敬心祈問方知得不還果常欲遊方弘化備觀風俗會有秦僧智嚴西至罽賓覩法衆清朗乃慨然東顧曰我之同輩斯有道志而不遇眞匠發悟莫由即諮祈國衆孰能流化東土僉云有佛陀跋陀羅者出生天竺那呵梨城族姓相承世遵道學其童齓出家已通解經論少受業於大禪師佛大先先時亦在罽賓乃謂嚴曰可以振維僧徒宣授禪法者佛陀跋陀羅其人也嚴既要請苦至賢遂愍而許焉於是捨衆辭師裹糧東逝涉驟三載綿歷寒暑既度葱嶺路經六國國主矜其遠化並傾懷資奉至交阯乃附舶循海而行經一島下賢以手指山曰可止於此舶主曰客行惜日調風難遇不可停也行二百餘里忽風轉吹舶還向島下衆人方悟其神咸師事之聽其進止後遇便風同侶皆發賢曰不可動舶主乃止既而有先

發者一時覆敗後於闇夜之中忽令衆舶俱發無肯從者賢自起收纜唯一舶獨發俄爾賊至留者悉被抄害頃之至青州東萊郡聞鳩摩羅什在長安即往從之什大欣悦共論法相振發玄微多所悟益因謂什曰君所釋不出人意而致高名何耶什曰吾年老故耳何必能稱美談什每有疑義必共諮決時秦主姚興專志經法供養三千餘僧並往來宫闕盛修人事唯賢守靜不與衆同後語弟子云我昨見本鄉有五舶俱發既而弟子傳告外人關中舊僧咸以爲顯異惑衆又賢在長安大弘禪業四方樂靜者並聞風而至但染學有淺深得法有濃淡澆僞之徒因而詭滑有一弟子因少觀行自言得阿那含果賢未即檢問遂致流言大被謗讟將有不測之禍於是徒衆或藏名潛去或踰牆夜走半日之中衆散殆盡賢乃夷然初不介意時舊僧䂮道恒等謂賢曰佛尚不聽説己所得法先言五舶將至虚而無實又門徒誑惑互起同異既於律有違理不同止宜可時去勿得久留賢曰我身若流萍去留甚易但恨懷抱未伸以爲慨然耳於是與弟子慧觀等四十餘人俱發神志從容初無異色識眞者咸共歎惜白黒送者數千人姚興聞去悵恨乃謂道恒曰佛賢沙門挾道來遊欲宣遺教緘言未吐良用深慨豈可以一言之咎令萬夫無導因敕令追之賢謂使曰誠知恩旨無預聞命於是率侶宵征南指廬岳沙門慧遠素欽風德乃遣使入關致書祈請後至廬岳忻然如舊遠以賢之被擯過由門人若懸記五舶止説

在同意亦於律無犯乃遣弟子曇邕致書姚主及關中衆僧解其擯事遠乃請出禪數諸經賢志在遊化居無求安停山歲許復西適江陵遇外國舶主既而訊訪果是天竺五舶先所見者也傾境士庶競來禮事其有奉施悉皆不受持鉢分衛不問豪賤時陳郡袁豹爲宋武帝太尉長史宋武南討劉毅豹隨尉届于江陵賢將弟子慧觀詣豹乞食豹素不敬信待之甚薄未飽辭退豹曰似未足且復小留賢曰檀越施心有限故令所設已罄豹即呼左右益飯飯果盡豹大慚愧既而問慧觀曰此沙門何如人觀曰德量高邈非凡所測豹深歎異以啓太尉太尉請與相見甚崇敬之資供備至俄而太尉還都請與俱歸安止道場寺賢儀軌率素不同華俗而志韻清遠雅有淵致揚都法師僧弼與名德沙門寶林書曰道場禪師甚有天心便是天竺王何風流人也其見稱如此先是沙門支法領於于闐國得華嚴梵本三萬六千偈未有宣譯到義熙十四年吳郡内史孟顗右衛將軍褚叔度即請賢爲譯匠乃手執梵文共沙門法業慧嚴慧義等百有餘人於道場寺譯出詮定文旨會通華戎妙得經體故道場寺猶有華嚴堂焉又沙門法顯於天竺所得僧祇梵本復請賢譯賢從安帝隆安二年戊戌訖宋永初二年辛酉於楊都廬山二處譯華嚴等經總一十三部並究其幽旨妙盡文意賢以宋元嘉六年泥洹春秋七十有一矣又僧祐長房二録復云賢出新微密持經即出生無量門持經是不合雙載對彼支謙先譯故加新字又有菩薩十住及本業經此之二經並是華嚴別品覺賢既譯大部不合別出此經其本業

（一經周入藏録有未見其本且復存之十住一經刪之不立）

雜問律事二卷（初出見長房録）

右一部二卷本闕

沙門曇摩晉翻云法善於律學以安帝隆安四年庚子三月二日於揚都尚書令王法度精舍沙門釋僧遵等二十餘德請譯雜問律事序具卷首明佛法僧物互相交涉分劑差殊甚要須善防護

十誦律毗尼序三卷（亦云十誦律序今合入十誦末後三卷是房云毗尼誦注云是十誦後善誦非也其善誦有四卷是十誦中第十誦也見二秦録）

雜問律事二卷（衆律要用第二出見二秦録）

右二部五卷（前毗尼序三卷見在後雜問事二卷本闕）

沙門卑摩羅叉晉云無垢眼罽賓國人沉靜有志力出家履道苦節成務爲人眼青時亦號爲青眼律師先在龜茲弘闡律藏四方學者競往師之鳩摩羅什時亦預焉及龜茲陷没乃避地烏纏頃之聞什在長安大弘經藏又欲使毗尼勝品復洽東國於是杖錫流沙冒險東入以姚秦弘始八年達自關中什以師禮敬待叉亦以遠遇欣然及羅什棄世叉以安帝義熈年中乃出遊關左逗于壽春止石澗寺律徒雲聚盛闡毗尼羅什所譯十誦五十八卷最後一誦謂明受戒法及諸成善法事逐其義要名爲善誦叉後改善誦爲毗尼誦故猶二名存焉復出三卷律序置之於後總成六十一卷（高僧傳及長房録乃云開前五十八卷爲六十一卷者小非詳審也其毗尼序三卷或有近代經本編在第九誦後第十誦前卷當第五十五六十者非也今檢古十誦本乃在第十誦後卷當第五十九至六十一今者依古本爲正）頃之南適江陵於辛寺夏坐開講十誦既通

晉言善相領納無作妙本大闡當時析文求理者其聚如林明條知禁者數亦殷矣律藏大弘叉之力也後出雜問律事二卷道場慧觀筆受高僧傳云道場慧觀深括宗旨記其所制内禁輕重撰爲二卷送還京師僧尼披尋競相傳寫時闍者謗曰卑羅鄙語慧觀才録都人繕寫紙貴如玉今謂雜問律事乃是道場慧觀觀於教有疑通事諮問卑摩爲決闍便録之撰成二卷流行於世即非別有梵本卑摩譯之其曇摩出者亦即此是録家誤載也叉養德好閑棄諠離俗其年冬復還壽春石澗卒於寺焉春秋七十有七

大般泥洹經六卷經記云方等大般泥洹經或十卷第四譯義熙十三年十月一日於道場寺共覺賢出寶雲筆受至十四年正月二日訖見道祖僧祐二録

大般涅槃經三卷或二卷是長阿含初分遊行經異譯羣録並云顯出方等泥洹者非即前大泥洹經加方等字此小乘涅槃文似顯譯故以此替之

雜藏經一卷第二出與鬼問目連餓鬼報應經等同本見僧祐寶唱二録

僧祇比丘尼戒本一卷亦云比丘尼波羅提木叉僧祇戒本共覺賢譯見長房録

歷遊天竺記傳一卷亦云法顯傳法顯自撰述往來天竺事見長房録

雜阿毗曇心十三卷第二出與符秦僧伽提婆等所出同本見僧祐録房云顯與覺賢共譯

佛遊天竺記一卷見僧祐録

右七部二十六卷前五部一十二卷見在後二部一十四卷闕本

沙門釋法顯本姓龔平陽武陽人也顯有三兄齠年次喪其父恐懼及顯數歲便放出家居數年病篤欲死因送還寺信宿便差不肯復歸母欲見之不能得爲立小屋於門外以擬去來十歲遭父憂叔父以其母寡獨不立

逼使還俗顯曰本不以有父而出家也正欲遠塵離俗故入道耳叔父善其言乃止頃之母喪至性過人葬事既畢仍即還寺嘗與同學數十人於田中刈稻時有飢賊欲奪其穀諸沙彌悉奔走唯顯獨留語賊曰若欲須穀隨意所取但君等昔不布施故此生飢貧今復奪人恐來世彌甚貧道預爲君憂故相語耳言訖即還賊棄穀而去衆僧數百人莫不歎伏及受大戒志行明潔儀軌整肅常慨經律舛闕誓志尋求以安帝隆安三年與同學惠景道整惠應惠嵬等發自長安西度沙河上無飛鳥下無走獸四顧茫茫莫測所之唯視日月以准東西人骨以標行路耳屢有熱風惡鬼遇之必死顯任緣委命直過險難有頃至葱嶺嶺冬夏積雪有惡龍吐毒風雨沙礫山路艱危壁立千仞昔有人鑿石通路傍施梯道凡度七百餘梯又躡懸絚過河數十餘處皆漢時張騫甘父所不至也次度小雪山遇寒風暴起惠景噤戰不能前語顯云吾其死矣卿可時去勿得俱殞言絶而卒顯撫之泣曰本圖不果命也奈何復自力孤行遂過山險凡所經歷三十餘國至北天竺次往中國未至王舍城三十餘里有一寺逼暮仍停明旦顯欲詣耆闍崛山寺僧諫曰路甚艱險且多黑師子亟經噉人何由可至顯曰遠涉數萬誓到靈鷲身命不期出息非保豈可使積年之誠既至而廢耶雖有險難吾不懼也衆莫能止乃遣兩僧送之顯既至山中日將曛夕遂欲停宿兩僧危懼捨之而還顯獨留山中燒香禮拜翹感舊跡如覩聖儀至夜

有三黑師子來蹲顯前舐脣揺尾顯誦經不輟一心念佛師子乃低頭下尾伏顯足前顯以手摩之呪曰汝若欲相害待我誦竟若見試者可便退去師子良久乃去明晨還返路窮幽深榛木荒梗禽獸交横止有一徑通行而已未至里餘忽逢一道人年可九十容服麤素而神氣儁遠顯雖覺其韻高而不悟是神人須臾進前逢一年少道人顯問曰向着年是誰耶答曰頭陀弟子大迦葉也顯方惋慨良久既至山前有一大石横塞室口遂不得入顯乃流涕致敬而去今謂顯所陟者是雞足山大迦葉波入寂之所非佛舊居處鷲峯山也又至迦施國精舍裏有白耳龍每與衆僧約令國内豐熟皆有信效沙門爲起龍舍并設福食每至夏坐訖日龍輒化作一小蛇兩耳悉白衆咸識是龍以銅盂盛酪置於其中從上座至下行之似若問訊徧乃化去年輒一出顯亦親見此龍後却至中天竺於摩竭提巴連弗邑阿育王塔南天王寺得摩訶僧祇律又得薩婆多律抄雜阿毗曇心綫經方等泥洹等經此方等泥洹即六卷大般泥洹經之梵本也准經後記名爲方等大般泥洹經非謂二卷方等泥洹也顯留三年學梵書梵語躬自書寫於是持經像寄附商客到師子國顯同旅十餘或留或亡顧影唯已常懷悲慨忽於玉像前見商人以晉地一白團扇供養不覺悽然下淚停二年復得彌沙塞律長雜二阿含及雜藏本並漢土所無其師子國中有佛齒每年三月彼之國王預前十日莊嚴白象遣一貴重辯説智臣著王衣裳象上擊鼓大聲唱言如來在世四十九年説法度人無量億數衆生緣盡乃般泥

洹自爾已來一千四百九十七載世間長昏衆生可愍却後十日佛齒當出無畏精舍可辦香華各來供養時正當晋義熈元年計從義熈元年太歲乙巳至今開元十八年歲次庚午便成一千八百二十二載矣既而附商人大舶循海東還舶有二百許人值大暴風舶壞水入衆人惶怖即取雜物棄之顯恐商人棄其經像唯一心念觀世音及歸命漢土衆僧舶任風而去得無傷壞行九十日達耶婆提國停五月復隨他商侶東趣廣州舉帆月餘日夜忽大風合舶震懼衆共議曰坐載此沙門使我等狼狽不可以一人故令一衆俱亡欲推棄之法顯檀越厲聲訶商人曰汝若下此沙門亦應下我不爾便當見殺漢地帝王奉佛敬僧我至彼告王必當罪汝商人相視失色僶俛而止既水盡粮竭唯任風隨流忽至岸見藜藿菜依然知是漢地但未測何方即乗小船入浦尋村遇獵者二人顯問此何地耶獵人曰是青州長廣郡牢山南岸獵人還以告太守李嶷嶷素敬信忽聞沙門遠至躬自迎勞顯持經像隨還頃之欲南歸時刺史請留過冬顯曰貧道投身於不返之地志在弘通所期未果不得久停遂南造建康於道場寺就外國禪師佛陀跋陀羅譯大般泥洹經等六部撰遊天竺傳一卷顯既出大泥洹經流布教化咸使見聞有一家失其姓名居近揚都朱雀門世奉正化自寫一部讀誦供養無別經室與雜書共屋後風火忽起延及其家資物皆盡唯泥洹經儼然具存煨燼不侵卷色無異揚都共傳咸稱神妙後

到荆州卒于辛寺春秋八十有六衆咸慟惜焉

菩薩十住經一卷 是華嚴十住品異譯見長房録

寶如來三昧經二卷 或一卷一名無極寶三昧經第二出與無極寶經同本見長房録

大智度經四卷 第五出與支識道行經及大般若第四會等同本房云見南來新録

普門品經一卷 第二出與法護普門品及寶積文殊普門會同本見僧祐録及竺道祖録

阿述達經一卷 第三出與寶積無畏德會等同本見長房録

如幻三昧經二卷 第三出與世高如幻三昧及寶積善住意會等同本見竺道祖晉録

彌勒所問本願經一卷 第二出與法護彌勒所本願及寶積彌勒所問會同本見長房録

十地經一卷 第三出與法護菩薩十地經等同本見長房録

維摩詰經四卷 第五出異嚴佛調古維摩經等同本房云見南來新録

無所悕望經一卷 第三出與象腋經等同本見長房録

浮光經一卷 或作乳光第四出與犢子經等同本見長房録

如來獨證自誓三昧經一卷 第三出與世高自誓三昧經等同本見長房録

普賢觀經一卷 初出一名觀普賢菩薩經房云見道惠録

瓔珞經十二卷 一名見前報初出與竺佛念菩薩瓔珞同本或十四卷房云見南來新録

照明三昧經一卷 第二出見長房録

禪經四卷 房云見南來新録

法沒盡經一卷 見長房録

菩薩正齋經一卷 第三出見長房録

威革長者六向拜經一卷 或作威華第二出見長房録出中阿含第三十三異譯

指鬘經一卷 或作指髻出增一阿含第三十一異譯見長房録

所欲致患經一卷（第二出見長房録）
五蓋疑結失行經一卷（第二出見長房録）
分衛經一卷（見長房録）
右二十三部四十五卷（初二部三卷本在大智度下二十一部四十二卷闕本）
沙門祇多蜜或云祇密多晉云謌友西域人
識性通敏聰達宏遠志存弘化無憚遠遊爰
於晉代譯菩薩十住等經二十三部諸録盡
云祇多蜜晉世譯未詳何帝若非咸洛應是
江南一部見僧祐録房云已外並彰雜別諸
録又有寶施女經（出大集經）摩調王經（出六度集）既是
別生刪之不録
大乘方便經三卷（元熈二年譯第三出或二卷與法護大善權經等同本見始興録今編入寶積當第三十八會）
請觀世音菩薩消伏毒害陁羅尼呪經一卷（亦直云請觀世音經第二出見法上録）
威華長者六向拜經一卷（晉宋間於廣州譯出中阿含第三十三卷異譯見始興録及寶唱録）
右三部五卷（前二部四卷本在後一部一卷本闕）
居士竺難提晉翻云喜西域人志道無倦履
遠能安解悟幽旨言通晉俗以恭帝元熈元
年已未爰暨宋世譯大乘方便經等三部
無量壽至眞等正覺經一卷（一名樂佛土樂經一名極樂佛土經第七譯見釋正度録與世高支讖支謙僧鎧白延法護等所出同本）
右一部一卷本闕
沙門竺法力西域人業行清高智道崇峙善
通方語妙稱經微以恭帝元熈元年已未二
月譯無量壽至眞等正覺經一部
日難經一卷（第二出即是越難經後說事少異見趙録及始興録）

萍沙王五願經一卷 亦名弗沙王經第三出見趙録及始興録
迦葉結集戒經一卷 第三出見趙録及始興録
右三部三卷其本並闕
沙門釋嵩公或云高公於晉末譯曰難等經三部羣録並云晉末不知何帝之年
迦葉禁戒經一卷 一名摩訶比丘經一名眞僞沙門經初出見始興録
右一部一卷本闕
沙門釋退公譯迦葉禁戒經一部云於晉末未詳何帝之年
佛開解梵志阿颰經一卷 出長阿含第十三卷異譯見趙録
右一部一卷本闕
沙門釋法勇譯梵志阿颰經一部云晉末出亦未詳何帝之年
陀羅尼章句經一卷 祐無章字見僧祐失譯録第三出與持句神呪經等同本

大乘闕本賢聖集見在
那先比丘經二卷 或云那先經或三卷初出見僧祐失譯録
右二部三卷長房等録東晉失譯總有五十三部五十七卷今除二部三卷之外餘五十一部五十四卷並是房録錯上或後漢失譯録中已載之者及有譯人別生經等委列如左

觀無量壽佛經　三世三千佛名經
千佛因緣經　五十三佛名經
八部佛名經　十方佛名經
賢劫千佛名經　稱揚百千佛名經
南方佛名經　滅罪得福佛名經
比丘諸禁律經
摩訶僧祇律比丘要集
優波離問佛經

沙彌威儀比丘尼十戒經
受十善戒經　沙彌尼戒經
賢者五戒經　優婆塞威儀經
波若得經　觀世樓炭經
般舟三時念佛章經　庾伽三摩斯經
禪要訶欲經
七佛所結麻油述呪　五龍呪毒經
齲齒呪　七佛安宅神呪
安宅呪
已上二十九部二十九卷後漢失譯録
中已有此中復載故知重也
三歸五戒帶佩護身呪經
七萬二千神王護比丘呪經
十二萬神王護比丘尼呪經
百結神王護身呪經

宮宅神王守鎮左右經
塚墓因緣四方神呪經
伏魔封印大神呪經　魔尼羅亶大神呪經
召五方龍攝疫毒神呪經
梵天神策經
普廣經已上一十一部一十一卷並是尸梨蜜譯大灌頂經從第一卷至第十一
遺教三昧經二卷或云遺教三昧法律經西晉法炬譯僞録中亦有
阿那含經二卷宋智嚴譯僞録亦有
未曾有因緣經二卷或直云未曾有經已曾再譯一存一闕
禪定方便次第法經後漢安世高譯
七佛神呪吴支謙譯
賢者五福經西晉白法祖譯
摩尼羅亶神王呪按摩經或無王字竺曇無蘭譯
本行六波羅蜜經宋求那跋陀羅譯
優婆塞五戒經宋沮渠京聲譯

三歸五戒神王名經 抄灌頂經
定意三昧經 出十住斷結經
已上新附此録
決定毗尼經一卷 一名破壞一切心識初出與寶積優波離會同本異譯祐云衆録並云於燉煌出不顯譯人傳云晉世出未詳何帝
彌勒來時經一卷 第三出與羅什彌勒下生經等同本見法上録
稻稈經一卷 與了本生死經等同本
造立形像福報經一卷 與作佛形像經同本
報恩奉盆經一卷 與盂蘭盆經同本
師子奮迅菩薩所問經一卷
華聚陀羅尼呪經一卷 上二同本異出
六字呪王經一卷 與六字神呪王經同本
善法方便陀羅尼經一卷
金剛祕密善門陀羅尼經一卷 上二經同本異出
菩薩本行經三卷

七佛所說神呪經四卷 初卷云七佛一十一菩薩說大陀羅尼神呪經
薩羅國經一卷 或云薩羅國王經
般泥洹經二卷 或直云泥洹經亦云大般泥洹經是長阿含初分遊行經異譯諸藏中一卷者唯是上卷欠下卷也
緣本致經一卷 出中阿含第十卷異譯
古來世時經一卷 出中阿含第十三卷異譯
梵志計水淨經一卷 出中阿含第二十三卷異譯
三歸五戒慈心猒離功德經一卷 出中阿含第三十九卷異譯
箭喻經一卷 出中阿含第六十卷異譯
食施獲五福報經一卷 一名施色力經一名福德經出增一阿含第二十四卷異譯
滿願子經一卷 僧祐失譯録中有胥言故移編此出雜阿含第十三卷異譯

摩鄧女解形中六事經一卷（第五出與摩登伽經舍頭諫經等同本）

餓鬼報應經一卷（第三出一名目連説地獄餓鬼因緣經與鬼問目連經等同本）

得道梯隥錫杖經一卷（題云得道梯隥經錫杖品第十二亦直云錫杖經）

僧護經一卷（或云僧護因緣經亦云因緣僧護經）

護淨經一卷

木槵子經一卷（或作患字又作擐）

無上處經一卷

盧志長者因緣經一卷

五王經一卷

沙彌十戒法并威儀一卷（亦云沙彌威儀戒本）

沙彌尼離戒文一卷

舍利弗問經一卷　五百問事經一卷

阿育王譬喻經一卷（題云天尊説阿育王譬喻經古經呼佛以爲天尊即佛説也）

撰集三藏及雜藏傳一卷（亦云撰三藏經及雜藏經）

彌勒作佛時事經一卷（祐録無事字第二出與彌勒來時經等同本見寶唱録）

道樹三昧經二卷（第二出與私呵三昧經同本見支敏度録）

右三十八部四十五卷（末後二部三卷闕本録並見在）

前三十六部四十二卷並是入藏見經莫知譯主諸失譯録闕而未書似是遠代之經故編於晉末庶無遺漏焉通前舊失譯經二部三卷總四十部四十八卷並爲東晉失源云

秦符氏都長安（亦云前秦）

起符健（謚爲明帝）皇始元年辛亥至符登（無謚）太初九年甲午凡經五主四十四年沙門六人所

譯經律論等總一十五部合一百九十七卷 於中七部六十五卷見在八部一百三十二卷闕本房云皇始元年甲寅延初元年丁酉與諸家年歷不同校三年向後准安公增一序勘其甲子房録錯矣

符秦沙門曇摩持 三部三卷戒本壇文

沙門鳩摩羅佛提 一部三卷集

沙門僧伽跋澄 三部三十七卷論集

沙門曇摩蜱 一部五卷經

沙門僧伽提婆 二部四十六卷論

沙門曇摩難提 五部一百一十四卷經論集

十誦比丘戒本一卷 或云十誦大比丘戒初出見僧祐録

比丘尼大戒一卷 亦云十誦比丘尼戒第二出見僧祐録

教授比丘尼二歲壇文一卷 或無尼字僧純於龜兹國得梵本來佛念譯語惠常筆受見實唱録

右三部三卷其本並闕

沙門曇摩持或云侍秦言法惠亦云法海西域人善持律藏妙入契經以符堅 諡莊烈天王 建元三年丁卯四年戊辰於長安譯十誦戒本等三部竺佛念傳語惠常筆受 安公僧戒序云佛念寫其梵文道賢爲譯惠常筆受其比丘尼戒僧祐録云晉簡文帝時沙門僧純於西域拘夷國得梵本到關中令佛念曇摩持惠常共出謹按長房等録皆以惠常爲其譯主與曇摩持竺法念共譯令以秦僧惠常元不遊於天竺常雖共出尼戒執本乃是曇摩佛念傳譯常爲筆受與其僧戒何别此乃别標惠常推校本末事乃分明常爲助翻曇摩爲主故入曇摩之録惠常不别存焉

四阿含暮抄解二卷 亦云四阿含暮抄經見僧祐録

右一部二卷其本見在

沙門鳩摩羅佛提秦言童覺西域人以符堅建元十八年壬午八月於鄴寺譯阿含暮抄一部冬十一月乃訖佛提執梵本佛念佛護譯爲秦文沙門僧導僧叡曇究筆受

尊婆須蜜菩薩所集論十卷 或云婆須蜜經或十二卷或十

（四卷建元二十年三月五日出至七月十三日訖跋澄難提提婆三人執本佛念譯傳惠嵩筆受見僧祐録）

鞞婆沙論十四卷（或無論字亦云鞞婆沙阿毗曇亦云廣説或十五卷或十九卷建元十九年四月出至八月末訖難提録爲梵文佛圖羅刹譯傳敏智筆受見僧祐録）

僧伽羅刹所集經三卷（或云僧伽羅刹集初出或五卷建元二十年出十一月三十日訖佛念傳譯惠嵩筆受見僧祐録於長安石羊寺出亦云佛護傳譯）

右三部二十七卷其本並在

沙門僧伽跋澄或云跋橙秦言衆現罽賓國人毅然有淵懿之量歷尋名師修習精詣博覽衆典特善數經暗誦毗婆沙貫其妙旨（毗婆沙即鞞婆沙是非大毗婆沙也）常浪志遊方觀風弘化符堅建元之末來入關中先是大乘之典未廣禪數之學甚盛既至長安咸稱法匠焉堅祕書郎趙政字文業博學有才崇仰大法甞聞外國宗習毗婆沙而跋澄諷誦乃四事禮供請譯梵文澄以建元十七年辛巳至二十一年乙酉共名德法師釋道安等譯婆須蜜等三部涼州沙門竺佛念外國沙門佛圖羅刹傳語沙門敏智慧嵩祕書郎趙文業筆受安公法和對共校定跋澄戒德整峻虛靖離俗關中僧衆則而像之後不知所終佛圖羅刹不知何國人德業純粹該覽經典久遊中土善達秦言其宣譯梵文見稱當世（祐等羣録並云鞞婆沙論僧伽提婆譯今准安公論序云僧伽跋澄譯今准論序爲正祐等羣録復云跋澄譯雜阿毗曇毗婆沙論十四卷者即鞞婆沙論是也）

摩訶般若波羅蜜鈔經五卷（或無鈔字或七卷亦云般羅若亦名須菩提品亦名長安品第六出與道行小品明度等同本見僧叡二秦録及僧祐録）

右一部五卷其本見在

沙門曇摩蜱秦言法愛印度人器宇明敏志存弘喻以符堅建元十八年壬午譯般若抄經一部佛護譯傳（佛護即佛圖羅剎也）惠進筆受安公校定共傳云與大品放光光讚同本者或恐尋之未審也

阿毗曇八揵度論三十卷（或無論字或二十卷或云迦旃延阿毗曇或云阿毗曇經八揵度初出與唐譯發智論同本建元十九年四月二十日出至十月二十三日訖見僧祐録）

阿毗曇心十六卷（初出或十三卷建元末年於洛陽出見僧叡二秦録及僧祐録）

右二部四十六卷（前一部三十卷見在後一部十六卷闕本）

沙門僧伽提婆（或云提和亦云僧迦提婆蓋是言音楚夏耳）秦言衆天罽賓國人姓瞿曇氏以符堅建元十九年癸未遊於長安沙門法和請令翻譯起十九年訖建元末出八揵度等論二部（其鞞婆沙十四卷准安公序是跋澄譯今此除之）涼州沙門竺佛念譯傳惠力僧茂筆受法和理其指歸安公製序後以晉孝武帝太元十六年遊於廬山及往建康更出經論具如晉録所顯

中阿含經五十九卷（建元二十年出是第一譯竺佛念筆受見竺道祖晉世雜録及僧祐録）

增一阿含經五十卷（第一譯建元二十年甲申夏出至來春訖爲四十一卷佛念傳譯曇嵩筆受見安公經序僧叡僧祐寶唱録並載祐云三十三及二十四卷恐誤）

三法度論二卷（初出或云三法度無論字與晉世僧伽提婆出者小異見長房録）

僧伽羅剎集二卷（佛去世後七百年僧伽羅剎造初出見寶唱録）

阿育王息壞目因緣經一卷（第三出姚秦建初六年辛卯於安定城爲尚書令姚旻二月十八日出至二十五日訖佛念傳

譯兼製序見二秦録此應入後秦從多附此

右五部一百一十四卷前四部一百一十三卷闕本後一部一卷見在

沙門曇摩難提秦言法喜兜佉勒國人髫年離俗聰慧夙成研諷經典以專精致業徧觀三藏闇誦中增二阿含博識洽聞靡所不練是以國内遠近咸共推服少而觀方徧涉諸國常謂弘法之體宜宣布未聞故遠冒流沙懷寶東遊以符堅建元二十年至于長安難提學業既優道聲甚盛符堅深見禮接厚致供施先是中土羣經未有四含堅侍臣武威太守趙政志深法藏乃與安公共請出經政於長安城内集義學僧寫出二含梵本方始翻譯佛念傳語惠嵩筆受提以符堅建元二十年甲申至姚萇建初六年辛卯譯中含等經五部提後還西域不知所終

開元釋教録卷第三

開元釋教録卷第四上

唐西崇福寺沙門智昇撰

總括羣經録上之四

秦姚氏都常安亦云後秦

起姚萇謚爲昭武皇帝白雀元年甲申至姚泓無謚永和三年丁巳凡經三主三十四年沙門五人所出經律論等總九十四部合六百二十四卷於中六十六部五百二十八卷見在二十八部九十六卷闕本准大智度論後記云弘始三年歲在辛丑王道珪云歲在庚子一本亦云歲在辛丑房及甄鸞更差一載今依後記爲正次第排之

沙門竺佛念一十二部七十四卷經律集

沙門鳩摩羅什七十四部三百八十四卷經律論集

沙門弗若多羅一部五十八卷律

沙門佛陁耶舍四部八十四卷經律

沙門曇摩耶舍三部二十四卷經論

十住斷結經十卷初云最勝問菩薩十住除垢斷結經一名十千日光三昧定亦云十地斷結或十一卷或十四卷第二出見二秦録高僧傳僧祐録

菩薩瓔珞經十二卷一名現在報第二出或十三卷或十四卷或十六卷符秦建元十二年七月出見二秦録高僧傳僧祐録

菩薩處胎經五卷初云菩薩從兜術天降神母胎説廣普經亦直云胎經或四卷或八卷見二秦録高僧傳僧祐録

中陰經二卷見二秦録高僧傳僧祐録

菩薩瓔珞本業經二卷或直云瓔珞本業經初云見長房録

鼻柰耶律十卷一名誡因緣經亦云鼻柰耶經亦云戒果因緣經沙門曇景筆受見安公經序符秦建元十四年壬午正月十二日出

出曜經二十卷亦云出曜論或十九卷符秦建元十九年出見二秦録高僧傳僧祐寶唱等録

已上見在已下闕

持人菩薩經三卷第二出與法護持人羅什持世同本見長房録

大方等無相經五卷 亦名大雲經或四卷與曇無讖方等大雲同本初出見長房録

菩薩普處經三卷 見長房録

十誦比丘尼戒所出本末一卷 第三出僧純於拘夷國得梵本佛念爲譯文繁後竺法汰刪改正之見寶唱録

王子法益壞目因緣經一卷 或云阿育王息壞目因緣經第三出見僧祐録

右一十二部七十四卷 出曜上七部六十一卷見在持人下五部一十三卷闕本

沙門竺佛念涼州人弱年出家志業清堅外和内朗有通敏之鑒諷習衆經粗涉外典其蒼雅詁訓尤所明練少好遊方備觀風俗家世西河洞曉方語華戎音義莫不兼釋故義學之譽雖闕洽聞之聲甚著符氏建元年中有曇摩持鳩摩羅佛提僧伽跋澄提婆難提等來入長安安公趙政等請出衆經當時名德莫能傳譯衆咸推念以爲明匠自安高支謙之後莫踰於念在符姚二代爲譯人之宗故關中僧衆咸共嘉焉念於符姚二代自譯十住斷結等經一十二部 長房録中別存十地斷結經十一卷者非也仵之與地二義無別今存十住十地刪之 後遘疾卒于長安遠近白黒莫不歎惜

摩訶般若波羅蜜經四十卷 亦云大品般若經祐云新大品經等三出與放光等同本或三十卷或二十四或二十七弘始五年癸卯四月二十三日出至六年四月二十三日訖見二秦録及僧祐録

小品般若波羅蜜經十卷 題云摩訶般若波羅蜜無小品字祐云新小品經與道行明度等同本第七譯或七卷或八卷弘始十年二月六日出至四月三十日訖見二秦録及僧祐録

金剛般若波羅蜜經一卷 亦云金剛般若經佛在舍衛國者初

出與元魏留支等出者同本見二秦録及僧祐録

仁王護國般若波羅蜜經二卷 亦云仁王般若經或云一卷第二出與晉世法護梁朝真諦譯者同本異出房云見別録

摩訶般若波羅蜜大明呪經一卷 亦云摩訶大明呪經初出與唐譯般若心經等同本見經題上

菩薩藏經三卷 一名富樓那問經亦名大悲心經今編入寶積當第十七會名富樓那會弘始七年出或二卷第二出與法護出者同本見二秦録僧祐録

善臂菩薩經二卷 今編入寶積當第二十六會見法上録

須摩提菩薩經一卷 第二出與寶積妙慧會等同本見長房録

自在王菩薩經二卷 或無菩薩字初出與奮迅王經同本弘始九年於尚書令姚顯第二出僧叡筆受并製序見二秦録及僧祐録

莊嚴菩提心經一卷 第四出與法護菩薩十地經等同本房云別録

十住經四卷 或五卷是華嚴十地品異譯什與佛陀耶舍共出見二秦録及僧祐録

妙法蓮華經八卷 僧祐録云新法華經初爲七卷二十七品後人益天授品成二十八弘始八年夏於大寺出僧叡筆受并製序第五譯見二秦録及僧祐録

維摩詰所説經三卷 一名不可思議解脱或直云維摩詰經僧祐録云新維摩經弘始八年於大寺出僧肇筆受叡製序第六譯見二秦録及僧祐録

大樹緊那羅王所問經四卷 亦云説不可思議品或直云大樹緊那羅經第二出與支讖佗真陀羅經同本見長房録

集一切福德三昧經三卷 與竺法護等集衆德經等同本異出第三譯見真寂寺録

思益梵天所問經四卷 或直云思益經僧祐録云思益義經弘始四年十二月一日於逍遥園出第二譯與法護持心留支勝思惟並同本見二秦録及僧祐録

持世經四卷 一名法印經或三卷第三出與法護持人經等同本見二秦録及僧祐録

諸法無行經二卷或一卷與隋崛多諸法本無經等同本初出見二秦録及僧祐録

阿彌陀經一卷亦名無量壽經弘始四年二月八日譯初出與唐譯稱讚淨土經等同本見二秦録及僧祐録

彌勒成佛經一卷第二出與法護彌勒成佛經同本弘始四年出見二秦録及僧祐録

彌勒下生經一卷一名彌勒受決經初云大智舍利弗與彌勒來時經等同本第四出亦云彌勒成佛經亦云下生成佛或云當下成佛見二秦録及僧祐録

文殊師利問菩提經一卷亦直云菩提經一名伽耶山頂經一名菩提無行經初出與伽耶山頂經象頭精舍經等同本見僧祐録經圖中別載菩提經一卷者誤也

孔雀王呪經一卷第四出亦名大金色孔雀王經在逍遥園出弁結界場法悉備具房云見別録

首楞嚴三昧經三卷或二卷亦直云首楞嚴經僧祐録云新首楞嚴經第九出與方等首楞嚴勇伏定經等同本見僧祐録

不思議光菩薩所問經一卷亦云不思議光菩薩所説經亦云無思議光孩童菩薩經第二出與竺法護無思議孩童經同見長房録

華手經十三卷或爲華首一名攝諸善根經亦名攝諸福德經或十卷或十一卷或十二卷弘始八年譯見二秦録及僧祐録

佛垂般涅槃略説教誡經一卷亦云佛臨般一名遺教經見僧祐録

千佛因緣經一卷見法上録

梵網經二卷第二出弘始八年於草堂寺三千學士最後出此一品梵本有六十一品譯訖融景等三百人一時共受菩薩十戒僧肇筆受見經前序

佛藏經四卷一名選擇諸法經或三卷或二卷弘始七年六月十二日出見二秦録及僧祐録

清淨毗尼方廣經一卷與文殊淨律經等同本第三出見法上録

大智度論一百卷　或云大智度經論亦云摩訶般若釋論或七十卷或一百一十卷弘始四年夏於逍遥園出七年十二月二十七日訖見二秦録及僧祐録

中論四卷　亦云中觀論或八卷弘始十一年於大寺出僧叡製序見二秦録及僧祐録兼前智度論并龍樹菩薩造

十二門論一卷　龍樹菩薩造弘始十年於大寺出僧叡製序見僧祐録及寶唱録

百論二卷　提婆菩薩造弘始六年出僧肇製序見二秦録及僧祐録

十住毗婆沙論十四卷　或無論字龍樹菩薩造或十二卷或十五卷見長房録

大莊嚴論經十五卷　或無經字馬鳴菩薩造或十卷見長房録

發菩提心論二卷　或云發菩提心經亦云經論見李廓録

放牛經一卷　亦云牧牛經出增一阿含第四十六卷異譯房云見別録

海八德經一卷　第三出與法海經等同本見法上録

禪祕要經三卷　或云禪祕要法無經字或四卷與支謙等出者同本第二

燈指因緣經一卷　出房云見別録見李廓録

十誦比丘戒本一卷　出者同本見僧祐録亦云十誦波羅提木叉戒第三出與曇摩持等

成實論二十卷　或二十四或二十七或十六或十四弘始十三年九月八日尚書令姚顯請出至十四年九月十五日訖曇晷筆受佛後九百年訶梨跋摩造見僧祐録

坐禪三昧經三卷　一名菩薩禪法經初出或直云禪經或云禪法要或云阿蘭若習禪法三名同是一本弘始四年正月五日出九年閏月五日重校正見一秦僧祐寶唱三録

菩薩訶色欲法一卷　或云菩薩訶色欲經或直云菩薩訶色欲初出見僧祐録

禪法要解二卷　或云禪要經初出見僧祐録

思惟要略法一卷　或云思惟要略法經或直云思惟經第二出見長房録

雜譬喻經二卷弘始七年十月出道略集

馬鳴菩薩傳一卷見長房録

龍樹菩薩傳一卷見長房録

提婆菩薩傳一卷見長房録

已上見存已下闕本

法界體性無分別經二卷與寶積法界體性會同本初出見法上録

大善權經二卷與寶積大乘方便會等同本第四出見李廓録

大方等大集經三十卷或加新字或二十四卷與支讖無讖所出者同本見二秦録及李廓録

大方等頂王經一卷與法護等者同本第二出見長房録

阿闍世經二卷與支讖等出者同本第五譯房云見別録

睒本起經一卷亦直云睒經出六度經異譯第三出見李廓録

請觀世音經一卷初出與竺難提出者同本見李廓録

寶網經一卷第二出與法護出者同本見李廓録

稱揚諸佛功德經三卷一名集華經初出弘始十年譯見二秦録及僧祐録

觀普賢菩薩經一卷第二出見李廓録

未曾有因緣經二卷初出見法上録

賢劫經七卷第二出弘始四年二月五日出與法護譯者同本曇恭筆受見二秦録及僧祐録一名賢劫三昧經一名賢劫定意經凡三名祐録云新賢劫經

善信摩訶神呪經二卷見李廓録

持地經一卷見長房録

觀佛三昧經一卷見李廓録

菩薩戒本一卷初出見長房録今疑此菩薩戒本即梵網下卷是

文殊悔過經一卷第二出見長房録

舍利弗悔過經一卷第三出見法上録

十住論十卷龍樹菩薩造弘始年譯未詳第一卷末似六度集見二秦録及僧祐録今疑此十住論即十住婆沙是

檢諸罪福經十卷房云見別錄
十住因緣觀經一卷見長房錄
婆藪盤豆傳一卷初出見翻經圖

右七十四部三百八十四卷提婆菩薩傳上五十二部三百二卷見在法界體性經下二十二部八十二卷闕本

沙門鳩摩羅什秦言童壽一名鳩摩羅耆婆者外國製名多以父母為本什父鳩摩羅炎母字耆婆故兼取為名天竺人也家世國相什祖父達多倜儻不羣名重於國父鳩摩羅炎聰明有懿節將嗣相位乃辭避出家東度葱嶺龜茲王聞其棄榮捨俗甚敬慕之自出郊迎請為國師王有妹年始二十才悟明敏過目必能一聞則誦且體有赤黶法生智子諸國娉之並不行及見炎心欲當之王聞大喜逼以妻焉遂生於什什之在胎其母慧解倍常往雀梨大寺聽經忽自通天竺語難問之辭必窮淵致衆咸歎異有羅漢達摩瞿沙曰此必懷智子為說舍利弗在胎之證既而生什岐嶷若神什生之後還忘前語頃之其母出家修道學得初果什年七歲亦俱出家從師受經日誦千偈偈有三十二字凡三萬二千言誦毗曇既過師授其義即自通解無幽不暢時龜茲國人以其母王女利養甚多乃攜什避之什年九歲進到罽賓遇名德法師槃頭達多即罽賓王之從弟也淵粹有大量三藏九部莫不綫貫亦日誦千偈名播諸國什既至仍師事之遂誦雜藏中長二阿含凡四百萬言達多每與什論義深推服之聲徹於王王即請入集外道論師共相攻難言氣始交外道輕其幼稚言頗不順什乘其隙而挫之外道折服愧惋無言王益敬異日

給鵝腊一雙粳麵各三斗酥六升此外國之上供也所住寺僧乃差大僧五人沙彌十人營視灑掃有若弟子其見尊崇如此至年十二其母攜還龜茲至月氏北山有一羅漢見而異之謂其母言常當守護此沙彌若至三十五不破戒者當大興佛法度無數人與優波毱多無異若戒不全無能爲也止可才明儁藝法師而已什進到沙勒國頂戴佛鉢心自念言鉢形甚大何其輕耶即重不可勝失聲下之母問其故答曰我心有分別故鉢有輕重耳什於沙勒國誦阿毗曇六足諸門增一阿含及還龜茲名蓋諸國時龜茲僧衆一萬餘人疑非凡夫咸推而敬之莫敢居上由是不預燒香之次遂博覽四韋陀五明諸論外道經書陰陽星筭莫不究曉妙達吉凶言若符契爲性率達不厲小檢修行者頗非之什自得於心未嘗介意後從卑摩羅叉學十誦律又從須利耶蘇摩諮稟大乘乃歎曰吾昔學小乘譬人不識金以鍮石爲妙矣於是廣求義要誦中百二論及十二門等有頃什母辭往天竺謂龜茲王白純曰汝國尋衰吾其去矣行至天竺進登三果什母臨去謂什曰方等深教應大闡眞丹傳之東土唯爾之力但於自身無利其可如何什曰大士之道利彼亡軀若必使大化流傳洗悟矇俗雖復身當鑪鑊苦而無恨於是留住龜茲止王新寺得大品經始就披讀魔來蔽文唯見空牒什知魔所爲誓心逾固魔去字顯仍誦習之後於雀梨大寺讀大乘經忽聞空中語曰汝是智人何以讀此什曰汝是小魔宜時速去

我心如地不可轉也停住二年廣誦大乘經論洞其祕奧龜茲王爲造金師子座以大秦錦褥鋪之令什陞而說法後往罽賓爲其師槃頭達多具說一乘妙義師感悟心服即禮什爲師言我是和尚小乘師和尚是我大乘師矣西域諸國服什神儁咸共崇仰每至講說諸王長跪座側令什踐而登焉其見重如此什道震西域聲被東國符氏建元十三年歲次丁丑正月太史奏有星現外國分野當有大德智人入輔中國堅素聞什名乃悟曰朕聞西域有鳩摩羅什將非此耶十九年堅遣驍騎將軍呂光等率兵七萬西伐龜茲及烏耆諸國臨發謂光曰聞彼方鳩摩羅什深解法相善閑陰陽爲彼學之宗朕甚思之若克龜茲即馳驛送什光軍未至什謂其王白純曰國運衰矣當有勍敵日下人從東方來宜恭承之勿抗其鋒純不從而戰光遂破龜茲殺純獲什光性踈慢未測什智量見其年尚少乃凡人戲之什被逼既至遂虧其節或令騎牛及乘惡馬欲使墮落什常懷忍辱曽無異色光慚愧而止光還中路置軍於山下將士已休什曰不可在此必見狼狽宜徙軍隴上光不納至夜果雨洪潦暴起水深數丈死者數千光始加敬異什謂光曰此凶亡之地不宜淹留推數揆運應速言歸中路必有福地可居光從之至涼州聞符堅已死遂割據涼土制命一隅焉什停涼積年數言未然後皆如說呂光父子既不弘道故藴其經法無所宣化符堅已亡竟不相見姚萇聞其高名虛心要請諸呂以什智計多解恐爲姚謀

不許東入及萇卒子興（謚爲文初皇帝）襲位復遣敦請弘始三年歲次辛丑三月有樹連理生于殿廷逍遥一園葱變爲茝以爲美瑞謂智人應入其年十二月二十日什至長安興待以國師之禮甚見優寵晤言相對則淹留終日研微造盡則窮年忘勌自大法東被始於漢明歷涉魏晉經論漸多而支竺所出多滯文格義興少崇三寶鋭志講集什既至止仍請入西明閣及逍遥園譯出衆經什率多闇誦無不究達轉解秦言音譯流利既覽舊經義多乖謬皆由先譯失旨不與梵本相應興使沙門僧肇僧䂮僧遷僧叡等八百餘人諮受什旨更令出大品什持梵本興執舊經以相讎校其新文異舊者義皆圓通衆皆愜服莫不欣讃焉興以佛道沖邃其行唯善信爲出苦之良津御世之洪則故託意九經遊心十二乃著通三世論以勗示因果王公已下並欽讃厥風興宗室長山公顯安成侯嵩並篤信緣業屢請什於長安大寺講説新經什以弘始四年壬寅至十四年壬子譯大品小品金剛等經七十四部三百八十餘卷並暢顯神源發揮幽致于時四方義學沙門不遠萬里名德秀拔者才暢二公乃至道恒僧標僧叡僧敦僧弼僧肇等三千餘僧稟訪精研務窮幽旨廬山慧遠道業沖粹乃遣使修問龍光道生慧解洞微亦入關諮稟盛業久大至今仰則焉初沙門僧叡才識高朗常隨什傳寫什毎爲叡論西方辭體商略同異云天竺國俗甚重文藻其宮商體韻以入弦爲善凡覲國王必有讃德見佛之儀以歌歎爲尊經

中偈頌皆其式也但改梵爲秦失其藻蔚雖得大意殊隔文體有似嚼飯與人非徒失味乃令人嘔噦也什嘗作頌贈沙門法和云心山育德薰流芳萬由延哀鸞鳴孤桐清響徹九天凡爲十偈辭喻皆爾什推好大乘志存敷廣嘗歎曰吾若著筆作大乘阿毗曇非迦旃延子比也今在秦地深識者寡折翮於此將何所論乃悽然而止唯爲姚興著實相論二卷出言成章無所刪改辭喻婉約莫非淵奧什爲人神情映徹傲岸出羣應機領會鮮有其匹且篤性仁厚汎愛爲心虛己善誘終日無勌時有沙門僧叡興甚嘉焉什所譯經叡並參正昔竺法護出正法華受決品云天見人人見天什譯經至此乃言曰此語與梵本義同但在言過質叡應聲曰將非人天交接兩得相見乎什大喜曰實然而叡與什共相開發皆此類也嘗聽秦僧道融講新法華什乃歎曰佛法之興融其人也俄而師子國有一婆羅門聰辯多學西土俗書罕不披誦而爲彼國外道之宗聞什在關大行佛法乃即慨然謂其徒曰寧可偏使釋氏之風獨傳震旦而令吾等正化之典不洽東國因遂乘駞負書遠涉來入長安姚興見其口眼便僻頗亦惑之而婆羅門乃啓興曰至道無方各尊其事今故遠來請與秦僧捔其辯力隨有優者即傳其化興即許焉于時關中四方僧衆相視缺然莫敢當者什謂融曰此之外道聰明殊人捔言必勝豈可得使無上大道在於吾徒爲彼而屈良可悲矣若使外道肆情得志則是我等法輪摧軸豈可然乎如吾所

覩在君一人道融自顧才力不減而彼西域外道經書未盡披讀乃密令人寫婆羅門所讀經目一披即誦其後剋日將就論義姚興自出公卿皆會關中僧衆四遠必集爾時道融與婆羅門擬相訓抗鋒辯飛玄彼所不逮時婆羅門雖自覺知辭理已屈然意猶以廣讀爲誇道融乃列其所讀書并更通論秦地經史名目卷部三倍多之什仍乘勢因嘲之曰君可不聞大秦廣學那忽輕爾遠來婆羅門心生愧伏頂禮融足旬日之中無何而去像運再顯鳩摩羅什道融力焉又杯度比丘在彭城聞什在長安乃歎曰吾與此子戲別三百餘年杳然未期遲有遇於來生耳什臨終力疾與衆僧告別曰因法相遇殊未盡伊心方復異世惻愴可言自以闇昧謬充傳譯若所傳無謬使焚身之後舌不焦爛以秦弘始中卒即於逍遙園依外國法焚尸薪滅形化唯舌不變信弘法之有徵矣什公卒時諸記不定高僧傳云弘始十一年八月二十日卒於長安或云七年或云八年傳取十一爲正此不然也准成實論後記云大秦弘始十三年歲次豕韋九月八日尚書令姚顯請出此論百來年九月十五日訖准此十四年末什仍未卒又准僧肇上秦主姚興涅槃無名論表云肇在什公門下十有餘載若什四年出經十一年卒始經八載未滿十年云何乃言十有餘載故知但卒弘始年中不可定其年月也然什出經部卷衆說多少不同長房録中其數彌廣今細參驗多是別生或有一本數名或是録家錯上具件如左今悉删之

十誦律六十一卷僧祐録云是什譯出今已前五十八卷是什度語非什正翻後之三卷卑摩羅叉續出置之於後已備餘録此不存之

放光般若波羅蜜經二十卷房云第二出見別録今以放光梵本與大品同譯大品時與執舊經什出新本若言放光什譯

（舊經何者是界故知大品爲新放光爲舊重載二本誤之甚也）

般若經論集二十卷（房云見吳録今謂此集乃是廬山遠法師以大智度論文句繁積初學難尋乃刪煩剪亂令質文有體撰爲二十卷亦云大智論要略亦云釋論要抄此乃遠公撮略前論非什別翻也）

禪法要三卷（下注云先譯弘始元年重校正叡製序既云先譯重校不合存其二名准僧叡經序即坐禪三昧經也）

阿蘭若習禪法經二卷（房云見別録或無經字與坐禪三昧同本異出今謂不然此即坐禪三昧之別名也尋其文句首末大同是初出本非校正者）

樂瓔珞莊嚴經一卷（房云見廓録今准經後記乃是曇摩耶舍所譯非什翻也今移附彼録）

實相論一卷（高僧傳云二卷什爲姚興撰出非梵本傳故闕之也）

往古性和佛國願行法典經（或作生和出文殊佛土嚴淨經）

佛謦欬徹十方經

佛臍化出菩薩經

魔業經

過去無邊光淨佛土經

虛空藏菩薩問持經得幾功德經（亦云得幾福經）

過魔法界經

太白魔王堅信經

佛弟子化魔子偈訟經

開化魔經

魔王變身經（佛謦欬下十經並出大集）

觀世音經（出法華經）

陀羅尼法門六種動經

彌勒菩薩本願待時成佛經

佛變時會身經

東方善華世界佛座震動經（陀羅尼等四經並出悲華經）

雀王經

佛昔爲鹿王經

菩薩身爲鴿王經（雀王等三經並出六度集）

無量樂佛土經（亦云國土出央崛經）

佛問阿須倫大海有減經 出中阿含
佛跡見千輻輪相經 出雜阿含
佛心總持經　水牛王經
兔王經 佛心等三經並出生經
獼猴與婢共戲致變經
王后爲蜣蜋經 獼猴等二經並出雜譬喻
比丘應供法行經 祐注入疑經今亦在疑録
已上都有三十五部一百三十六卷
十誦律五十八卷 弘始六年十月十七日於中寺出見二秦録
右一部五十八卷本在
沙門弗若多羅秦言功德華罽賓國人少出家以戒節見稱備通三藏而專精十誦律部爲外國師宗時人咸謂已階聖果以弘始年中振錫入關秦主姚興待以上賓之禮羅什亦挹其戒範厚相崇敬先是經法雖傳律藏未闡聞多羅既善斯部咸共思慕以弘始六年甲辰十月十七日集義學沙門六百餘人於長安中寺延請多羅誦出十誦梵本羅什譯爲秦文三分獲二多羅遘疾奄然棄世衆以大業未卒而匠人殂往悲恨之深有踰常痛次有西域沙門曇摩流支 秦云法樂 棄家入道偏以律藏持名以弘始七年秋達自關中盧山釋慧遠聞支既善毗尼希得究竟律部乃遣書通好曰佛教之興先行上國自分流已來四百餘年至於沙門德式所闕尤多頃西域道士弗若多羅是罽賓人其諷十誦梵本有羅什法師通才博見爲之傳譯十誦之中文始過半多羅早喪中途而寢不得究竟大業慨恨良深傳聞仁者齎此經自隨甚欣所遇冥運之來豈人事而已耶想弘道爲物感

時而動叩之有人必情無所吝若能爲律學之徒冀此經本開示梵行洗其耳目使始涉之流不失無上之津叅懷勝業者日月彌朗此則惠深德厚人神同感矣幸願垂懷不乖往意流支既得遠書及姚興敦請乃與什共譯十誦都畢研詳考覈條制審定而什猶恨文煩未善既而什化不獲删治流支住長安大寺慧觀欲諸徃揚都支曰彼土有人有法足以利世吾當更行無律教處於是遊化餘方莫知所之

虚空藏菩薩經一卷 初出或無菩薩字與虚空孕經等同本是大集別分三藏後還外國於罽賓得此經附商人送至涼州見道慧宋齊録及僧祐録

長阿含經二十二卷 弘始十四年出至十五年訖涼州沙門佛念傳譯秦國沙門道含筆受見僧叡二秦録及僧祐録高僧傳等

四分律六十卷 亦云曇無德律本譯四十五卷或云四十卷或云四十四卷今亦有七十卷者弘始七年於中寺出慧辯傳譯見晉世雜録及祐録僧傳等

四分僧戒本一卷 或無僧字亦云曇無德戒本見晉世雜録及僧祐録

右四部八十四卷其本並在

沙門佛陀耶舍秦言覺名或云覺稱 耶舍是名稱義高僧傳中翻爲覺明義稍乖也 罽賓國人婆羅門種世事外道有一沙門從其家乞其父瞋怒令人毆之父遂手脚攣躄不能行止乃問於巫師對曰坐犯賢人鬼神使然也即請此沙門竭誠悔過數日便瘳因令耶舍出家爲其弟子時年十三嘗從師遠行於曠野逢虎師欲走避耶舍曰此虎已飽必不侵人俄而虎去前行果見餘肉師密異之至年十五誦經日得五六萬言所住寺常於外分衛廢於誦習有一羅

漢重其聰敏恒乞食供之十九誦大小乘經數百萬言然性簡慠頗以知見自處謂少堪已師故不爲諸僧所重但美儀止善談笑見者忘其深恨年及受戒莫爲臨壇所以向立之歲循爲沙彌乃從其舅學五明諸論世間法術多所通習二十有七方受具戒恒以讀誦爲務手不釋牒每端坐思義不覺虛中而過其專精如此後至沙勒國時太子達摩弗多（秦言法子）見其容貌端雅問所從來耶舍訓對清辯太子悅之仍請宮內供養待遇隆厚羅什後至從其受學甚相尊敬什隨母東歸耶舍留止頃之王薨太子即位時符堅遣呂光攻龜茲龜茲王急求救於沙勒王自率兵救之使耶舍留輔太子委以後任救軍未至而龜茲已敗王歸具說羅什爲光所執乃歎曰我與羅什相遇雖久未盡懷抱其忽羈虜相見何期停十餘年王薨因至龜茲法化甚盛時什在姑臧遣信要之裹粮欲去國人請留復停歲餘後語弟子云吾欲尋羅什可密裝夜發勿使人知弟子曰恐明旦追至不免復還耳耶舍乃取清水一鉢以藥投中呪數十言與弟子洗足即便夜發比至旦行數百里問弟子曰何所覺耶答曰唯聞疾風之響眼中淚出耳耶舍又與呪水洗足住息明旦國人追之已差數百里不及行達姑臧而什已入長安什聞其至姑臧勸興迎之興未納頃之命什譯出經藏什曰夫弘宣法教宜令文義圓通貧道雖誦其文未善其理唯佛陀耶舍深達經致今在姑臧願下詔徵之一言三詳然後著筆使微言不墜取信千載也興從

之即遣使招迎厚加贈遺悉不受重信敕喻方至長安興自出候問別立新省於逍遥園四事供養並不受至時分衛一食而已于時羅什出十住經一月餘日疑難猶豫尚未操筆耶舍既至共相徵決辭理方定道俗三千餘人皆歎其賞要舍爲人髭赤善解毗婆沙故時人號曰赤髭毗婆沙既爲羅什之師亦稱大毗婆沙四輩供養衣鉢卧具滿三間屋不以關心興爲貨之於城南造寺耶舍先誦曇無德律司隷校尉姚爽（或云姚顯）請令出之興疑其遺謬乃試耶舍令誦羌籍藥方各四十餘紙三日乃執文覆之不誤一字衆服其强記即以弘始十年戊申譯四分律并長阿含等經至十五年癸丑方訖涼州沙門竺佛念譯爲秦言道含筆受譯畢解坐與嚫耶舍布絹萬疋悉皆不受佛念道含布絹各千疋名德沙門五百人皆重嚫施耶舍後還罽賓不知所終（四分序云壬辰之年有晉國沙門支法領西越流沙遠期天竺路經于闐會遇曇無德部體大乘三藏沙門佛陀耶舍才鑒博聞明練經律三藏方等皆諷誦通利即於其國廣集諸經於精舍還以歲在戊申始達秦國秦主姚興欣然即以其年請出律藏特集持律沙門三百餘人於長安中寺出即以領弟子慧辯爲譯其壬辰年即秦建初七年也戊申歲即弘始十年也又有說云耶舍與佛念等共勘法領所將梵本然後翻出衆說少殊未詳孰正又准僧肇長阿含序及高僧傳並云四分弘始十二年出者此或據部終時說也）

開元釋教録卷第四上

開元釋教録卷第四下

唐西崇福寺沙門智昇撰

差摩經一卷（東晉隆安年達廣州在白沙寺爲清信女張普明譯此應入晉録隨人附秦見高僧傳及長房録）

樂瓔珞莊嚴方便品經一卷（一名轉女身菩薩問答經第三出與法護順權方便經等同本李廓録云羅什譯准經後記云耶舍出故移編此）

舍利弗阿毗曇論二十二卷（或無論字或二十卷或三十卷共曇摩崛多於石羊寺出道標製序見僧祐寶唱二録及高僧傳）

右三部二十四卷（初一部一卷闕本後二部二十三卷見在）

沙門曇摩耶舍秦言法稱（高僧傳爲法明義乖也）罽賓國人少而好學年十四爲弗若多羅所知長而氣幹高爽雅有神慧該覽經律明悟出羣陶思八禪遊心七覺時人方之浮頭婆馱孤行山澤不避虎兕獨處思念動移宵日甞於樹下每自剋責年將三十尚未得果何其懈哉於是累日不寢不食專精苦到以悔先罪乃夢見博叉天王語之曰沙門當觀方弘化曠濟爲懷何守小節獨善而已道假衆緣復須時熟非分强求死而無證覺自思惟欲遊方授道既而踰歷諸國冒涉艱危以晉隆安中初達廣州住白沙寺耶舍善誦毗婆沙律人咸號爲大毗婆沙時有清信女張普明諮受佛法耶舍爲說佛生縁起并爲譯出差摩經一卷義熈中來入長安時姚興僭號甚宗佛法耶舍既至深加禮異會有天竺沙門曇摩崛多（秦言法藏）來入關中同氣相求宛然若舊因共出舍利弗阿毗曇以秦弘始九年丁未書出梵文停至十六年甲寅經師漸閑秦語

令自宣譯至十七年乙卯方訖凡二十二卷秦太子泓親管理味沙門道標爲之作序又出樂瓔珞經一卷耶舍後南遊江陵止于辛寺大弘禪法其有味靖之賓披榛而至者三百餘人凡士庶造者雖先無信心見皆敬悅自說有一師一弟子修業並得羅漢傳者失其名又甞於外門閉戶坐禪忽有五沙門來入其室又時見沙門飛來樹端者往往非一常交接神明而俯同牓俗雖道迹未彰時人咸謂已階聖果至宋元嘉中辭還西域而不知所終也

秦乞伏氏都苑川（亦云西秦）

從乞伏國（諡宣烈王）建義元年乙酉至乞伏慕末（無諡）永弘四年辛未凡經四主四十七年沙門一人所譯經及三秦代新舊失譯經律論等

總五十六部一百一十卷（於中三十二部七十九卷見在二十四部三十一卷闕本）

乞伏秦沙門釋聖堅（一十五部二十四卷經）

三秦代新舊諸失譯經四十一部八十六卷（七部七卷舊集三十四部七十九卷新附）

羅摩伽經三卷（是華嚴入法界品少分異譯見內典錄）

太子須大拏經一卷（出六度集第二卷異譯於江陵辛寺出庾爽筆受或云須達拏見始興錄及寶唱錄應入晉世隋人附秦）

睒子經一卷（一名孝子睒經一名菩薩睒經一名佛說睒經一名睒本經一名孝子隱經凡六名第四出出六度集第二卷異譯見始興錄及法上錄）

摩訶刹頭經一卷（亦名灌佛形像經亦直云灌佛經第二出與灌洗佛形像經同本見始興錄）

無崖際持法門經一卷（一名無際經與尊勝菩薩所問經等同本初出見始興錄及法上錄）

演道俗業經一卷第二出與支謙譯者同本見法上録

除恐災患經一卷第二出與帛延譯者同本見始興寶唱法上三録

賢首經一卷一名賢首夫人經見始興録

阿難分別經一卷亦名阿難問事佛吉凶經第三出見始興法上二録

婦人遇辜經一卷一名婦遇對經見始興法上二録上見存已下闕

方等主虛空藏經八卷亦云虛空藏所問經一名勸發菩薩莊嚴菩提經或五卷是大集虛空藏品異譯見晋世雜録及法上録云與羅摩伽經同本非也

菩薩所生地經一卷一名摩竭所問經第二出見趙録末知前後趙逐人附西秦見始興録

孛經一卷第三出見法上録

童迦葉解難經一卷亦云童迦葉經與鳩摩迦葉經同本祐云出長阿含庚爽筆受見始興王宗寶唱支敏度等四録

七女七經一卷亦名女本心明經亦名七女經第三出見支敏度都録

右一十五部二十四卷婦人遇辜上十部一十二卷見在方等主下五部一十二卷闕本

沙門釋聖堅或云法堅亦謂堅公未詳孰是故備列之器量弘普利物爲心以乞伏秦太初年間於河南國爲乾歸謚武元王譯羅摩伽等經一十五部尋其聖堅遊化隨處出經既適無停所弗知附見何代世録爲正今依法上總注入乞伏秦世録云

沙彌羅經一卷第二出與五母子經同本

薩和薩王經一卷

阿多三昧經一卷或作阿陀

陀賢王經一卷

颰陀悔過經一卷

方等決經一卷

比丘二事經一卷祐録云三事上七部僧祐録云安公關中異經

右七部七卷初沙彌羅經有本餘者並闕長房録云

並是沙門僧祐出三藏集録釋道安所

記關中異經今還附入三秦世録總爲
失譯時代處云房録復有梵本經四卷脚下注云似是長安中出後漢失譯録中已有此中
復載既是重上删之不存也

已上新附此録

天王太子辟羅經一卷或無天王字亦云太子辟羅經
菩薩本行經一卷
大珍寶積惟日經一卷
墮迦羅問菩薩經一卷
阿難爲蠱道呪經一卷舊録云阿難爲蠱道所呪經今疑是藏中摩鄧女經
王舍城靈鷲山經一卷舊録云王舍城靈鷲山要直經
思道經一卷
佛在竹園經一卷
法爲人經一卷
道意經一卷
阿夷比丘經一卷

八德經一卷今疑是海八德經
善德經一卷
摩訶揵陀惟衛羅盡信比丘等度經一卷舊録云盡信比丘經

右一十四部一十四卷初太子辟羅經有本餘者並闕
僧祐録云安公關中異經長房等録並
闕不載祐載安公關中異經總二十四
部二十四卷於中七部如房録中列今
更出一十四經通有二十一部餘之三
部長房等録皆標譯主故此闕之

大寶積經一卷今編入寶積當第四十三會改名普明菩薩會第三出與摩訶衍寶嚴佛遺日摩尼寶二經同本異譯
度諸佛境界智光嚴經一卷初出與佛華嚴入如來德智不思議境界經等同本舊云與如來莊嚴智慧光明入一切佛境界經等同本者全乖也

大悲分陀利經八卷 亦云大乘悲分陀利經第二出與曇無讖悲華經等同本

大金色孔雀王呪經一卷 第五出

佛説大金色孔雀王呪經一卷 第六出二經同本

大方廣如來祕密藏經二卷 大周録云與大方等如來藏經同本者非也

金剛三昧本性清淨不壞不滅經一卷 亦名金剛清淨經長房等録云吳支謙譯後漢失譯中復載並非也今尋文句似秦時譯故移編此

師子月佛本生經一卷 長房等録云西晉竺法護譯今尋文句非是護公所出此秦代譯故移編此

十吉祥經一卷

一切智光明仙人慈心因緣不食肉經一卷

淨業障經一卷

別譯雜阿含經二十卷

出家功德經一卷 非是賢愚抄出者

毗尼母經八卷 亦云毗尼母論

薩婆多毗婆沙九卷

三彌底部論三卷 或無部字或云四卷

辟支佛因緣論二卷

十八部論一卷 初出與部異執論等同本房等並云真諦譯者非也

佛入涅槃密跡金剛力士哀戀經一卷

無明羅剎集一卷 亦云無明羅剎經或二卷

右二十部六十五卷並是見入藏經似是秦時譯出 數本經中並有秦言之字 諸失譯録並未曾載今附此秦録庶免遺漏焉

通前舊失譯經七部七卷及新附安公關中異經等總四十一部合八十六卷並爲三秦失譯云

前涼張氏都姑臧 新上餘録無年依甄鸞録多從晉年號

從張軌諡爲武王永寧元年辛酉至天錫泰封驃騎大將軍涼州牧咸安六年景子凡經八主七十六年外國優婆塞一人譯經四部合六卷於中一部一卷見在三部五卷闕本

前涼優婆塞支施崙四部六卷經

須賴經一卷與曹魏白延吳支謙宋功德賢所出須賴經同本見經後記第三出咸安三年出

如幻三昧經二卷第四出與安高法護如幻三昧及寶積善住意會等同本見首楞嚴經後記咸安三年出

上金光首經一卷第二出與晉法護大淨法門經隋耶舍大莊嚴法門經同本咸安三年出見首楞嚴經後記

首楞嚴經二卷第八出與漢支讖吳支謙魏白延晉法護等所出首楞嚴同本咸安三年出見經後記

右四部六卷須賴經一部一卷見在如幻等三部五卷闕本

優婆塞支施崙月支人也博綜衆經特善方等意存開化傳於未聞奉經來遊達於涼土張公見而重之請令翻譯以咸安三年癸酉從晉年號也於涼州州內正聽堂後湛露軒下出須賴等經四部龜茲王世子帛延傳語常侍西海趙瀟會水令馬亦內侍來恭政三人筆受沙門釋慧常釋進行同在會證涼州自屬辭不加文飾也出須賴經後記及首楞嚴經後記前涼之代應更出經後進遇之幸續編附

北涼沮渠氏初都張掖後徙姑臧自蒙遜諡武宣王永安元年辛丑至牧犍魏封河西王承和七年己卯凡經二主三十九年緇素九人所出經律論等并新舊集失譯諸經總八十二部合三百一十一卷於中二十五部二百九卷見在五十七部一百二卷闕本

北涼沙門釋道龔二部一十二卷經

沙門釋法衆一部四卷經

沙門僧伽陀一部二卷經

沙門曇無讖一十九部一百三十一卷經律集

安陽侯沮渠京聲一部二卷集

沙門浮陀跋摩一部六十卷論

沙門釋智猛一部二十卷經

沙門釋道泰二部四卷論

沙門釋法盛一部一卷經

新舊諸失譯經五十三部七十五卷五部一十八卷舊集四十八部五十七卷新附

寶梁經二卷今編入寶積當第四十四會見竺道祖河西録及僧祐録

悲華經十卷第三出與法護閑居經及大悲分陀利曇無讖悲華經等同本房云見古録似是先譯龔更删改今疑即無讖出者是

右二部一十二卷前寶梁經一部二卷見在後悲華經一部十卷闕本

沙門釋道龔虛心廣運弘利爲道以北涼河西王蒙遜僣號永安年間於張掖爲蒙遜譯寶梁等經二部

大方等陀羅尼經四卷或無大字一名方等檀持陀羅尼經或直云檀持陀羅尼經見竺道祖晉世雜録及僧祐録

右一部四卷其本見在

沙門釋法衆高昌郡人亦以永安年中於張掖爲河西王蒙遜譯大方等陀羅尼經一部寶唱録云在高昌郡譯未詳孰是

慧上菩薩問大善權經二卷一名大善權經一名慧上菩薩經一名大乘方便經凡四名本並同第五出與漢佛調晉法護所出大善權經及寶積大乘方便會等同本

右一部二卷本闕

沙門僧伽陀涼言饒善西域人意存兼濟化誘居懷亦以永安年中於張掖爲蒙遜譯大

善權經一部見始興録及法上録

大般涅槃經四十卷或三十六卷第五譯玄始三年出至十年十月二十三日訖梵本具足有三萬五千偈今所譯者上萬餘偈三分始一耳見竺道祖涼録及僧祐録

大方等大集經三十卷或直云大集經第三出與漢世支讖姚秦羅什出者同本或二十九或三十一或三十二或四十卷良由初出即寫分卷不同見竺道祖涼録及僧祐録

大方廣三戒經三卷初出與寶積三律儀會同本見法上録

悲華經十卷第四出與大悲分陀利經等同本見竺道祖河西録及僧祐録祐云別録或云龔上出今疑道龔與識同是一經二處並載恐未然也

金光明經四卷初出一十八品見竺道祖河西録及僧祐録與新譯金光明最勝王經等同本今入八卷合經中此四卷者在刪繁録

大方等大雲經六卷一名大方等無相大雲經一名大雲無相經一名大雲密藏經或云方等大雲經或四卷或五卷於內苑寺譯

第二出見僧叡李廓僧祐三録

腹中女聽經一卷一名不莊校女經與無垢賢女經轉女身經等同本第三出見長房録

菩薩地持經十卷或無經字亦云論亦名菩薩戒經又名菩薩地經或八卷出瑜伽論本地分中菩薩地見竺道祖河西録及僧祐録

優婆塞戒經七卷或無經字是在家菩薩戒或五卷或六卷或十卷玄始十五年景寅四月二十三日出至七月二十三日訖沙門道養筆受見經後記及僧祐録

菩薩戒本一卷出地持戒品中第二出與大唐奘法師所出戒本等同本別録云燉煌出見僧祐録

文陀竭王經一卷出中阿含第十一卷異譯見長房録

佛所行讚經傳五卷或云經無傳字或云傳無經字馬鳴菩薩造亦云佛本行經見長房録上見在已下闕

勝鬘經一卷亦云勝鬘師子吼一乘大方便經初出見長房録與宋功德賢所出勝鬘經及寶積勝鬘夫人會同本

羅摩伽經一卷（第四出與曹魏安法賢等所出同本但廣略異是華嚴入法界品少分見長房録）

楞伽經四卷（初出與宋功德賢元魏菩提留支唐實叉難陀等所出同本見長房録）

須眞天子經一卷（第二出與西晉法護出者同本房云見吴録又云羅什出似再譯）

海龍王經四卷（或加新字第二出與竺法護出者同本玄始七年出見竺道祖河西及僧祐録）

功德寶光菩薩經一卷（見長房録）

菩薩戒壇文一卷（亦云優婆塞戒壇文祐云菩薩戒優婆塞戒壇又見僧祐寶唱二録）

右一十九部一百三十一卷（所行讚上一十二部一百一十八卷見在勝鬘經下七部一十三卷闕本）

沙門曇無讖或云曇摩懺亦云曇謨讖蓋取梵音不同故也涼云法豐中印度人婆羅門種讖六歲父亡母以傭織養讖見沙門達摩耶舍（此言法稱）道俗宗敬豐於利養其母羡之故以讖爲弟子十歲與同學數人讀呪聰敏出羣誦經日得萬餘言初學小乗兼覽五明諸論講說精辯莫能詶抗後遇白頭禪師共讖論議習業既異交諍十旬讖雖攻難鋒起而禪師終不肯屈讖服其精理乃謂禪師曰頗有經典可得見不禪師即授以樹皮涅槃經本讖尋讀驚悟方自慚恨以爲坎井之識久迷大方於是集衆悔過遂專業大乗至年二十所誦大小乗經二百餘萬言讖從兄善能調象騎殺王所乗白耳大象王怒誅之令曰敢有視者夷三族親屬莫敢往讖哭而葬之王怒欲誅讖讖曰王以法故殺之我以親而葬之並不違大義何爲見怒傍人爲之寒心

其神色自若王奇其志氣遂留供養讖明解呪術所向皆驗西域號爲大神呪師後隨王入山王渴乏須水不能得讖乃密呪石出水因讚曰大王惠澤所感遂使枯石生泉隣國聞者皆歎王德于時雨澤甚調百姓稱詠王悦其道術深佳優寵頃之王意稍歇待之漸薄讖怒曰我當以罌水詣池呪龍入罌令天下大旱王必請呪然後放龍降雨則見待何如遂持罌造龍有密告之者王怒捕讖讖懼誅乃齎大涅槃經本前分一夾并菩薩戒經地持經也菩薩戒本奔龜茲龜茲國多小乘學不信涅槃遂至姑臧止於傳舍慮失經本枕之而寢有人牽之在地讖驚謂是盜者如此三夕聞空中語曰此如來解脱之藏何以枕之讖乃慚悟別置高處夜有盜之者舉不能勝乃數過舉之遂不能動明旦讖持經去不以爲重盜者見之謂是聖人悉來拜謝河西王沮渠蒙遜聞讖名呼與相見接待甚厚蒙遜素奉大法志在弘通請令出其經本讖以未參土言又無傳譯恐言舛於理不許即翻於是學語三年方譯初分十卷是時沙門慧嵩道朗獨步河西值其宣出法藏深相推重轉易梵文嵩公筆受道俗數百人疑難縱横讖臨機釋滯未甞留礙嵩朗等更請廣出餘經謂大集大雲悲華地持等兼涅槃經總十九部讖以涅槃經本品數未足還國尋求值其母亡遂留歲餘後於于闐更得經本復還姑臧續譯成四袠焉讖以玄始三年甲寅創首翻譯至十五年景寅都訖房云玄始十年訖者此乃涅槃竟時非餘經也准優婆塞戒經後記云景寅年出此即十五年中猶出經也讖至義和三年癸

酉三月方卒中間六載應更出經録中不言故未詳也識嘗告遜云有鬼入聚落必多災疫遜不信欲躬見爲驗識即以術加遜遜見而駭怖識曰宜潔誠齋戒神呪驅之乃讀呪三日謂遜曰鬼北去矣既而北境之外疫死萬數遜益敬憚禮遇彌崇會魏太武皇帝聞其道術遣使迎請且告遜曰若不遣識便即加兵遜自揆國弱難以拒命兼慮識多術或爲魏謀已進退惶惑乃密計除之初識譯出涅槃卷數已定而外國沙門曇無發云此經品未盡識嘗慨然誓必重尋蒙遜因其行志乃僞資發遣厚贈寶貨未發數日乃流涕告衆曰識業對將至衆聖不能救矣以本有心誓義不容停行四十里遜密遣刺客害之時年四十九衆咸慟惜焉既而遜左右常白日見鬼神以劒擊遜至四月寢疾而終遜以義和三年二月害識即其年四月遇疾而終信哉報應不虚如影之隨形也房云識在虔世承和四年卒者非也其義和三年即魏延和二年歳在癸酉也初識在姑臧有張掖沙門道進欲從識受菩薩戒識云且悔過乃竭誠七日七夜至第八日晨詣識求受識忽大怒進更思惟但是我業障未銷耳乃戮力三年且禪且懺即於定中見釋迦文佛與諸大士授已戒法其夕同止十餘人皆感夢如進所見進欲詣識說之未至十步識驚起唱言善哉善哉已感戒矣吾當更爲汝作證次第於佛像前爲說戒相時沙門道朗振譽關西當進感戒之夕朗亦通夢乃自卑戒臘求爲法弟於是從進受者千有餘人傳授此法迄至于今皆識之遺則有別記云菩薩地持經應是伊波勒菩薩傳來此土後果是識所傳譯疑識或非凡也

菩薩戒經八卷祐房等録並云讖譯今以是地持之別名故不雙載也

虛空藏經五卷祐房等録並云讖譯今以即是大集虛空藏品析出別行今載別生録中此不復存也

優婆塞戒本一卷寶唱録云讖譯復云出優婆塞戒經今亦載別生録中不別存也

善信女經二卷　無爲道經二卷

居士請僧福田經一卷

決定罪福經一卷上之四經長房等録皆云讖譯復云世法爲疑今並依舊附疑此中不載

禪法要解二卷第二出與羅什出者同本見長房録

右一部二卷本闕

安陽侯沮渠京聲即河西王蒙遜從弟爲人强志疎通敏朗少有智鑒渉獵書記善於談論幼禀五戒鋭意内典所讀衆經即能諷誦常以爲務學多聞大士之盛業也少時常度流沙到于闐國於瞿摩帝大寺遇天竺法師佛陀斯那涼言覺將安陽從之諮問道義斯那本學大乘天才秀出誦半億偈明了禪法故西方諸國號爲人中師子安陽從受禪法諸祕要術口誦梵本東歸於涼以牧揵承和年中譯禪法要解一部

阿毗曇毗婆沙論六十卷或加八揵度字初出與唐譯大毗婆沙論同本或分成八十四卷或一百九卷佛後六百餘年五百應真造見僧祐寶唱二録

右一部六十卷其本見在

沙門浮陀跋摩或云佛陀跋摩涼言覺鎧西域人也幼而履操明直聰悟出羣習學三藏偏善毗婆沙常誦持此論以爲心要承和年中達于姑臧先有沙門道泰志用强果少遊葱右遍歷諸國得毗婆沙梵本十有萬偈還

至姑臧側席虛襟企待明匠聞跋摩遊心此論請爲翻譯時蒙遜已薨子牧犍襲位以犍承和五年丁丑四月中旬於涼州城内閑豫宮寺請跋摩譯焉泰即筆受沙門慧嵩道朗與義學僧三百餘人考正文義至七年已卯七月方訖凡一百卷沙門道挻爲之製序有頃魏太武帝西伐姑臧涼土崩亂經書什物皆被焚蕩遂失四十卷今唯有六十存焉跋摩避亂西反不知所終序云乙丑歲出即蒙遜玄始十四年也下卯歲訖即玄始十六年也與録不同未詳何以

般泥洹經二十卷見道慧宋齊録及僧祐録第六年與無讖大般涅槃經等同本

右一部二十卷本闕

沙門釋智猛京兆新豐人稟性端明厲行清白少襲法服修業專至諷誦之聲以夜續晝每見外國道人說釋迦遺跡又聞方等衆經布在西域常慨然有感馳心遐外以爲萬里咫尺千載可追也遂以姚秦弘始六年甲辰之歲招結同志十有五人發跡長安渡河跨谷三十六所至涼州城既而西出陽關入于流沙二千餘里地無水草路絶行人冬則嚴厲夏則瘴炎人死聚骨以標行路驝駝負粮理極辛阻遂歷鄯鄯龜玆于闐諸國備觀風俗從于闐西南行二千里始登葱嶺而同侶九人退還猛與餘伴進行千七百餘里至波淪國同旅竺道嵩又復無常將欲闍毗忽失尸所在猛悲歎驚異於是自力而前與餘四人三度雪山冰崖皓然百千餘仞飛絙爲橋乘虛而過窺不見底仰不見天寒氣慘酷影戰魂慄復南行千里至罽賓國再渡辛頭河

雪山壁立轉甚於前下多瘴氣惡鬼斷路行者多死猛誠心冥徹履險能濟既至罽賓城恒有五百羅漢住此國中而常往反阿耨達池有大德羅漢見猛至止歡喜讚歎猛諮問方土爲說四天子事具在猛傳猛先於竒沙國見佛文石唾壺又於此國見佛鉢光色紫紺四際畫然猛香華供養頂戴發願鉢若有應能輕能重既而轉重力遂不堪及下案時復不覺重其道心所感如此復西南行千三百里至迦維羅衛國見佛髮佛牙及肉髻骨佛影佛跡炳然具存又覩泥洹堅固之林降魔菩提之樹猛喜心内充設供一日兼以寶蓋大衣覆降魔像其所遊踐究觀靈變天梯龍池之事不可勝數後至華氏城是阿育王舊都有大智婆羅門名羅閱宗舉族弘法王所欽重造純銀塔高三丈沙門法顯先於其家已得六卷泥洹及見猛至問云秦地有大乘學不答曰悉大乘學羅閱驚歎曰希有希有將非菩薩往化耶猛就其家得泥洹梵本一部又尋得摩訶僧祇律梵本一部及餘經梵本誓願流通於是便反以甲子歲發天竺同行四僧於路無常唯猛與曇纂俱還涼州以揵承和年中譯出泥洹成二十卷猛以宋元嘉末卒昇歷尋遊方沙門記列道路時或不同佛鉢頂骨處亦乖爽將知遊往天竺非止一路頂鉢靈遷時届異土故傳述見聞難以例也

大丈夫論二卷　提波羅菩薩造見翻經圖

入大乘論二卷　堅意菩薩造見唐舊録亦見内典録及翻經圖

右二部四卷其本見在

沙門釋道泰才敏自天冲氣踈朗博聞奇趣遠參異言往以漢土方等既備幽宗粗暢其所未練唯三藏九部故杖策冒嶮爰至葱西綜覽梵文義承高旨并獲婆沙梵本十萬餘偈及諸經論東歸於涼遂遇浮陀跋摩共翻毗婆沙論泰後自譯大丈夫論等二部（又長房內典二録云於其涼代復有沙門曇覺於高昌國譯賢愚經一部即當宋元嘉二十二年也今謂不然元嘉十六年已卯涼國已絕如何二十二年乙酉仍有譯經故知二録誤也今依靖邁經圖在元魏之代魏宋雖並宋居建業魏都恒安以地而論合屬魏録）

菩薩投身餓虎起塔因緣經一卷（僧祐録云以身施餓虎經見經後記）

右一部一卷其本見在

沙門釋法盛高昌人也亦於涼代譯投身餓虎經一卷故前高僧曇無讖傳末云于時有高昌沙門法盛亦經往外國有傳四卷其投身餓虎經後記云爾時國王聞佛說已即於是處起立大塔名爲菩薩投身餓虎塔今見在塔東面山下有僧房講堂精舍常有五千衆僧四事供養法盛爾時見諸國中有人癩病及癲狂聾盲手脚躄跛及種種疾病悉來就此塔燒香然燈香泥塗地修治掃灑并叩頭懺悔百病皆愈前來差者便去後來輒爾常有百餘人不問貴賤皆爾終無絕時今詳僧傳之文及閱經記之說法盛遊於西域此事不虛復云親覩靈龕故應非謬若非盛之自譯何得著彼經終既能自往西方豈有不傳經教考覈終始事乃分明今爲盛翻編載斯録

不退轉法輪經四卷（一名不退轉經第二出與竺法護阿惟越致遮經等同本）

金剛三昧經二卷或一卷
大忍辱經十卷　金輪王經十卷
賢劫五百佛名一卷
右五部一十八卷前二部六卷見在後三部一十二卷闕本
長房等録並云是沙門僧祐新集釋道安涼土異經今還附入涼世目録爲失譯源庶知時代顯譯有無卷部多少出之處所
已下新附此録
優婆夷淨行法門經二卷或無經字亦直云淨行經
長者法志妻經一卷
大愛道比丘尼經二卷亦云大愛道受誡經舊録云大愛道經
三慧經一卷
菩薩等行經一卷此已下闕
四無畏經一卷
權變經一卷舊録云文殊師利權變三昧經或直云權變三昧經
十漚惒經一卷
七言禪利經一卷舊録云漚惒七言禪利經
菩薩十漚惒經一卷今疑與前十漚惒同
瓶沙王經一卷　有無經一卷
五百偈經一卷
須耶越國貧人經一卷舊録云須耶越國貧人賃剔頭經
浮木經一卷　坏喻經一卷
妖恠經一卷
阿般計泥洹經一卷一本作陶射計泥洹經
四非常經一卷　五失蓋經一卷
要真經一卷　本無經一卷
勸德經二卷　十五德經一卷
父母因緣經一卷今疑與父子因緣經同
慧行經一卷　道淨經一卷

未生王經一卷今疑是未生怨經
内外無爲經一卷　三乘經一卷
七事本末經一卷舊録云七事本行經
百寶三昧經一卷
著域術經一卷舊録云著域四術經
五蓋離疑經一卷今疑是五蓋疑結本行經
太子智止經一卷　道德章經一卷
苦相經一卷　須佛得度經一卷
由經一卷
分然洹國迦羅越經一卷
五陰事經一卷　義決法事經一卷
十思惟經一卷　分別六情經一卷
三失蓋經一卷　佛寶三昧經一卷
法志女經一卷
右四十七部四十九卷唯初四部六卷有本餘者並闕

僧祐録云安公涼土異經長房等録闕
而不載今還附入涼録以爲失譯祐載
安公涼土異經總五十九部於中五部
房録已載今更出四十七部通前五十
二部餘有七部一十四卷謹按長房等
録皆有所憑即非失譯是故此録刪之
不存故具條件列之如左
須菩提品經七卷般若鈔經異名前秦曇摩蜱譯
文殊師利示現寶藏經二卷西晉竺法護譯
七知經一卷或作七智吳支謙譯
難龍王經一卷或云難龍經龍王兄弟經異名吳支謙譯
阿陀三昧經一卷即阿多三昧經異名安公關中異經已載
大五濁經一卷舊録云大五濁世經羣録云僞今亦編之
首至問十四章經一卷舊録云首至問佛十四意經或云首至問十四事經亦云後漢支曜譯今爲抄經載別生録

大方廣十輪經八卷初出與唐譯地藏十輪經同本是大集第十三分似涼代譯羣録不載今附北涼末庶免遺漏耳

通新及舊總五十三部合七十五卷並為北涼失源云

開元釋教録卷第四總録之四下

開元釋教録卷第五上

唐西崇福寺沙門智昇撰

總括羣經録上之五

宋劉氏都建業

自武帝永初元年庚申至順帝昇明三年己未凡八主六十年緇素共有二十二人所出經律論等幷新集失譯諸經總四百六十五部七百一十七卷於中九十三部二百四十三卷見在三百七十二部四百七十四卷闕本

宋沙門佛陁什三部三十二卷律戒羯磨

沙門畺良耶舍二部二卷經

沙門曇摩蜜多一十二部一十七卷經

沙門釋智嚴一十部三十一卷經

沙門釋寶雲四部一十七卷經集

沙門伊葉波羅一部一十三卷論

沙門求那跋摩一十部一十八卷律集

沙門僧伽跋摩五部二十四卷律論集

沙門求那跋陁羅五十二部一百三十四卷經論集

沙門釋曇無竭一部一卷經

居士沮渠京聲二十八部二十八卷經律

沙門釋惠簡一十部一十卷經集

沙門功德直二部七卷經

沙門釋僧璩一部一卷羯磨

沙門釋法頴一部一卷尼戒

沙門竺法眷六部二十九卷經

沙門釋翔公一部二卷經

沙門釋道嚴二部三卷經律

沙門釋勇公二部三卷經

沙門釋法海二部二卷經律

沙門釋先公一部一卷經

沙門僧伽跋彌 一部一卷律抄

新集失譯諸經 三百七部三百四十卷

五分律三十卷 亦云彌沙塞律或三十四卷別録云二十四卷恐誤見道惠宋齊録及僧祐録

五分比丘戒本一卷 亦云彌沙塞戒本見竺道祖録及僧祐録

彌沙塞羯磨一卷 見竺道祖録及僧祐録

右三部三十二卷 律戒見在羯磨本闕

沙門佛陀什宋言覺壽罽賓國人少受業於
彌沙塞部專精律品兼達禪要以廢帝義符
景平元年癸亥七月届於揚都先沙門法顯
於師子國得彌沙塞律梵本未及翻譯而顯
遷化建業諸僧聞什既善此學於是請令出
焉即以其年冬十一月集龍光寺譯稱爲五
分律什執梵文于闐沙門智勝傳語龍光沙
門竺道生東安沙門釋慧嚴共執筆叅正宋
侍中瑯琊王練爲檀越至來年十二月方訖
仍出戒心及羯磨文等並行於世什後不知
所終

觀無量壽佛經一卷 亦云無量壽觀經初出見道慧宋齊録及高僧傳

觀藥王藥上二菩薩經一卷 第二出見宋齊録及高僧傳

右二部二卷其本見在

沙門畺良耶舍宋云時稱西域人性剛直寡
嗜欲善誦阿毗曇博涉律部其餘諸經多所
該綜雖三藏兼明而以禪門專業每一遊觀
或七日不起常以三昧正受傳化諸國以元
嘉元年甲子遠冐沙河萃于建業文帝義隆
深加歎異勅止鍾山道林精舍沙門寶誌崇
其禪法沙門僧含請譯觀無量壽及藥王藥
上觀含即筆受以此二經是淨土之洪因轉

障之祕術故沉吟嗟味流通宋國平昌孟顗承風欽敬資給豐厚顗出守會稽固請不去後移憩江陵元嘉十九年西遊岷蜀處處弘道禪學成羣後還卒於江陵春秋六十矣

虛空藏菩薩神呪經一卷第三出與姚秦耶舍虛空藏及隋崛多虛空孕經等同本見李廓魏世録

觀虛空藏菩薩經一卷亦名虛空藏觀經亦直云虛空藏菩薩經見道惠宋齊録及僧祐録

象腋經一卷第四出與無所希望經等同本見李廓録

諸法勇王經一卷第二出與一切法高王經等同本見李廓録

轉女身經一卷第四出與無垢賢女經等同本見李廓録

觀普賢菩薩行法經一卷下注云出深功德經中或無行法字亦云普賢觀經第三出見僧祐録

五門禪經要用法一卷第二出與安高出者同本見僧祐録及寶唱録

新無量壽經二卷第十出與世高無量壽經及寶積無量壽會等同本見真寂寺録

郁伽長者所問經一卷第六出與安玄法鏡經及寶積郁伽長者會等同本見李廓録

佛昇忉利天爲母說法經一卷第三出與法護佛昇忉利天經等同本見李廓録

觀無量壽佛經一卷第二出與畺良耶舍出者同本見寶唱録

禪祕要經五卷或無經字一名禪法要元嘉十八年於祇洹寺出或三卷見僧祐録第三出今有禪祕要經五卷文極交錯不可流行如刪繁録中述

右一十二部一十七卷五門禪經上七部七卷見在無量壽經下五部十卷闕本

沙門曇摩蜜多宋言法秀罽賓人也年六七歲神明澄正每見法事輒自然欣躍其親愛而異之遂令出家罽賓多出聖達屢值明師

博貫羣經特深禪法所得之要極其微奥爲人沉邃有慧解儀軌詳整生而連眉故世稱連眉禪師焉少好遊方誓志宣化周歷諸國遂適龜兹未至一日王夢神告曰有大福德人明當入國汝應供養明旦即勑外司若有異人入境必馳奏聞俄而蜜多果至王自出郊迎延請入宫遂從禀戒盡四事之供蜜多安而能遷不滯利養居數年蜜有去志神又降夢曰福德人捨王去矣王惕然驚覺既而君臣固留莫之能止遂度流沙進到燉煌於曠野之地建立精舍植㮈千株開園百畝房閣池林極爲嚴淨頃之復適涼州仍於公府舊寺更營堂宇學徒濟濟禪業甚盛常以江左多民志欲傳法以元嘉元年展轉至蜀俄而出峽停止荆州於長沙寺造立禪館翹誠懇惻祈請舍利旬有餘日遂感一枚衝器出聲放光滿室門徒道俗莫不更增勇猛人百其心居頃之沿流東下至于建業初止中興寺晚憩祇洹其道聲素著傾都禮訊自宋文袁皇后及皇子公主莫不設齋桂宫請戒椒掖叅候之使旬日相屬蜜從元嘉元年甲子至十八年辛巳譯虚空藏神呪等經一十二部常以禪道教授學徒凡所歸投不遠千里四輩遠近皆號大禪師焉會稽太守孟顗深信眞諦以三寶爲己任素好禪味敬心慇重及臨浙河請與同遊乃於鄮縣之山建立塔寺東境舊俗多趣巫祝及妙化所移比屋歸正自西徂東無思不服後還建業憩定林下寺禪師天性凝静雅愛山水以爲鍾山鎮岳特美嵩華常歎下寺基構未窮形勝於是乘

高相地揆卜山勢斬石刊木營建上寺殿房禪室肅然深遠實依俙鷲巖髣髴祇樹矣於是息心之衆萬里來集諷誦肅邕望風成化爰自西域至于南土凡所遊履靡不興造檀會敷陳教法初禪師之發罽賓也有迦毗羅神衛送遂至龜茲於中路欲返乃現形告辭禪師曰汝神力通變自在遊處將不相隨共往南方語畢即收影不見遂遠從至于揚都故仍於上寺圖像著壁迄至于今猶有聲影之驗潔誠祈福莫不享願以元嘉十九年七月六日卒于上寺春秋八十有七道俗四部行哭相趨仍葬于鍾山宋熙寺前

無盡意菩薩經六卷（初題云大集經中無盡意所說不可盡義品第三十二亦直云無盡意經亦名阿差末經第四出與法護阿差末等同本見李廓録）

法華三昧經一卷（法華支派見長房録）

廣博嚴淨不退轉輪經四卷（第三出或六卷或直云廣博嚴淨經亦直云不退轉法輪經與法護阿惟越致遮經等同本元嘉四年出見宋齊録及僧祐録）

四天王經一卷（見僧祐録及高僧傳）

普曜經八卷（第三出或六卷或四卷與蜀普曜竺法護普曜及唐譯方廣莊嚴並同本見宋齊録及僧祐録高僧傳等）

淨度三昧經一卷（初出見長房録）

菩薩瓔珞本業經二卷（第二出見長房録）

生經五卷（第二出與法護出者同本房云見別録）

善德優婆塞經一卷（見長房録）

阿那含經二卷（見長房録）

右一十部三十一卷（四天王經上四部一十二卷見在普曜經下六部一十九卷闕本）

沙門釋智嚴西涼州人弱冠出家便以精勤

著稱納衣宴坐蔬食永年每欲博事名師廣求經誥遂周流西國進到罽賓入摩天陁羅精舍從佛馱先比丘諮受禪法漸染三年功踰十載佛馱先見其禪思有緒特深器異彼諸道俗聞而歎曰秦地乃有求道沙門矣始不輕秦類敬接遠人時有佛陀跋陀羅比丘亦是彼國禪匠嚴乃要請東歸欲傳法中土跋陀嘉其懇至遂共東行踰越歲時達于關内恒相依附共止長安頃之跋陀横爲秦僧所擯嚴與西來徒衆並分散出關仍憩山東精舍坐禪誦經力精修學晉義熙十三年宋武西伐姚泓克捷旋旆塗出山東時始興公王恢從駕遊觀山川至嚴精舍見其同志三僧各坐繩牀禪思湛然恢乃彈指三人開目俄而還閉不與交言恢心敬其奇訪諸耆老皆云隱居積歲未嘗輒出恢即啓宋武延請還都莫肯行者屢請既至二人推嚴隨行恢道懷素篤禮事甚備還都即住始興寺嚴性虚靜志避囂塵恢乃於東郊之際更起精舍即枳園寺也嚴前還於西域所得梵本衆經未及譯寫到元嘉四年丁卯乃共沙門寶雲譯出無盡意等經十部嚴在寺不受別請常分衛自資道化所被幽顯咸服嚴清素寡欲隨受隨施少而遊方無所滯著稟性沖退不自陳叙故雖多美行世無得而盡傳嚴昔未出家時嘗受五戒有所虧犯後入道受具足常疑不得戒每以爲懼積年禪觀而不能自了遂更汎海重到天竺諮諸明達值羅漢比丘具以事問羅漢不敢判決乃爲嚴入定往兜率宫諮啓彌勒彌勒答曰得戒嚴大喜躍

於是步歸行至罽賓無疾而卒時年七十八彼國凡聖燒身各處嚴雖戒操髙明而實行未辨始移屍向凡僧墓地而屍重不起改向聖墓則飄然自輕嚴弟子智羽智遠故從西來報此徵瑞俱還外國以此推嚴信是得道人也但未知果向中間若深淺耳

調伏衆生業經 出大集經

一音顯正法經 或云一音演正法經出悲華經

善德婆羅門問提婆達多經 出大雲經

毗羅三昧經二卷 祐等諸録皆注爲疑大周録中刋之爲正今尋文言淺鄙義理踈遺故入疑科用除稗穢也

調伏衆生等四部五卷長房等録皆云嚴譯今以前三別生後一疑僞今爲實録故並删之

佛本行經七卷 或云佛本行讃傳於六合山寺出或云五卷見僧祐寶唱

新無量壽經二卷 內典等録高僧傳云佛本行讃經永初二年於道場寺出一録云於六合山寺出第九譯與寶積無量壽會等同本見道慧僧祐等録

淨度三昧經二卷 第二出見竺道祖雜録

付法藏經六卷 初出見李廓録

右四部一十七卷 前一部七卷見在後三部十卷闕本

沙門釋寶雲涼州人也弱年出家精勤有學行志韻剛潔不偶於世故少以直方純業爲名而求法懇惻忘身徇道誓欲躬覩靈跡廣尋經教以晉隆安之初遠適西域與法顯智嚴先後相隨涉履流沙登踰雪嶺勤苦艱至不以爲難遂歴于闐天竺諸國備覩靈異乃經羅刹之野聞天鼓之音釋迦影跡多所瞻禮雲在外域遍學梵書天竺諸國音字詁訓悉皆貫練後還長安隨禪師佛陀跋陀受業

修學禪門孜孜不怠及禪師橫爲秦僧所擯雲亦奔亡會廬山遠公解其擯事共歸揚都安止道場寺僧衆以雲志力堅猛弘道絶域莫不披襟諮問敬而愛焉初共智嚴同出諸經嚴既遷化雲獨宣譯以元嘉年中譯佛本行經等四部雲手執梵本口自宣譯華梵兼通音訓允正雲之所定衆咸信服初關中沙門竺佛念善於宣譯於符姚二代顯出衆經江左練梵莫踰於雲故於晋宋之際弘通法藏沙門慧觀等咸友而善之雲性好幽居以保閑寂遂適六合山寺山多荒民俗好草竊雲說法教誘多有改惡禮事供養十室而九頃之道場慧觀臨卒請雲還都總理寺任雲不得已而還居道場歲許復還六合以元嘉二十六年終於山寺春秋七十有四其遊履外國别有記傳

雜阿毗曇心十三卷（第三出見高僧傳僧祐録或十四卷）

右一部一十三卷闕本

沙門伊葉波羅宋云自在西域人妙通三藏明解四含以元嘉三年景寅遊於彭城爲北徐州刺史太原王仲德譯雜阿毗曇心至擇品緣礙未竟遂輟但成十卷刺史親自筆受至八年辛未更請求那跋摩續譯都訖成十三卷

菩薩善戒經九卷（一名菩薩地或十卷於祇洹寺出見竺道祖僧祐二録及高僧傳長房等録並云善戒經二十卷又云弟子更出二品成三十卷非也）

菩薩善戒經一卷（優波離問菩薩受戒法見寶唱録若准祐記將此爲初卷兼前九卷共成十卷然北地經本離之已久不可合之宜依舊定）

菩薩內戒經一卷見法上録

優婆塞五戒威儀經一卷見寳唱録

沙彌威儀一卷或云沙彌威儀經見長房録

四分比丘尼羯磨法一卷祐云曇無德羯磨亦云雜羯磨元嘉八年於祇洹寺出見僧祐寳唱二録及高僧傳等亦直云四分羯磨

優婆塞五戒相經一卷一名優婆塞五戒略論元嘉八年於祇洹寺出第一譯見僧祐寳唱二録及高僧傳

龍樹菩薩爲禪陁迦王說法要偈一卷見唐舊録

善信二十二戒一卷亦云離欲優婆塞優婆夷具行二十二戒文亦云三歸優婆塞戒林云三歸及優婆塞二十二戒或云優婆塞戒見高僧傳及祐録

經律分異記一卷見長房録

右一十部一十八卷龍樹菩薩說法要偈上八部一十六卷見在善信二十二戒下二部二卷闕本

沙門求那跋摩宋言功德鎧本剎利種累世爲王治在罽賓國祖父呵梨跋陁此云師子賢以剛直被徙父僧伽阿難此云衆喜因潛隱山澤跋摩年十四便機見儁達深有遠度仁愛汎博崇德務善其母嘗須野肉令跋摩辦之跋摩啓曰有命之類莫不貪生夭彼之命非仁人矣母怒曰設令得罪吾當代汝跋摩他日煑油誤澆其指因謂母曰代兒忍痛母曰痛在汝身吾何能代跋摩曰眼前之苦尚不能代況三塗耶母乃悔悟終身斷殺至年十八相師見而謂曰君年三十當撫臨大國南面稱尊若不樂世榮當獲聖果至年二十出家受戒洞明九部愽曉四含誦經百餘萬言深達律品妙入禪要時號曰三藏法師至年三十罽賓王薨絕無紹嗣衆咸議曰跋摩帝室之

胤又才明德重可請令還俗以紹國位羣臣數百再三固請跋摩不納乃辭師違衆林栖谷飲孤行山野遁迹人世後到師子國觀風弘教識眞之衆咸謂已得初果儀形感物見者發心後至闍婆國初未至一日闍婆王母夢見一道士飛舶入國明旦果是跋摩來至王母敬以聖禮從受五戒母因勸王曰宿世因緣得爲母子我已受戒而汝不信恐後生之因永絶今果王迫以母勅即奉命受戒漸習既久專精漸篤頃之隣兵犯境王謂跋摩曰外賊恃力欲見侵侮若與鬪戰傷殺必多如其不拒危亡將至今唯歸命師尊不知何計跋摩曰暴寇相攻宜須禦捍但當起慈悲心勿興念害耳王自領兵擬之旗鼓始交賊便退散王遇流矢傷脚跋摩爲呪水洗之信宿平復王恭信稍殷乃欲出家修道因告羣臣曰吾欲躬栖法門卿等更擇明主羣臣皆拜伏勸請曰王若捨國則子民無依且敵國凶强恃險相對如失恩覆則黔首奚處大王天慈寧不愍命王不忍固違乃就羣臣請三願若許者當留治國一願凡所王境同奉和尚二願盡所治内一切斷殺三願所有儲財賑給貧病羣臣歡喜僉然敬諾於是一國皆從受戒王後爲跋摩立精舍躬自引材傷王脚指跋摩又爲呪治有頃平復道化之聲播於遐迩隣國聞風皆遣使要請時揚都名德沙門慧觀慧聰等遠挹風猷思欲諮禀以元嘉元年九月面啓文帝求迎請跋摩當即勅交州刺史令汎舶延致觀等又遣沙門法長道沖道儁等往彼祈請并致書於跋摩及闍

婆王婆多伽等必希顧臨宋境流行道教跋摩以聖化宜廣不憚遊方先已隨商人竺難提舶欲向一小國會值便風遂至廣州故其遺文云業行風所吹遂之於宋境此之謂也文帝知跋摩已至南海於是復勅州郡令資發至都路由始興經停歲許始興有虎市山山形聳峭峯嶺高絶跋摩謂其髣髴耆闍崛乃改名靈鷲於山寺之外别立禪室去寺數里磬音不聞每至鳴椎跋摩已至或致雨不沾或履泥不濕時衆道俗莫不肅然增敬寺有寶月殿跋摩於殿北壁手自畫作羅云像及定光儒童布髮之形像成之後每夕放光久之乃歇始興太守蔡茂之深加敬仰後茂之將死跋摩躬自往視說法安慰後家人夢見茂之在寺中與衆僧講法實由跋摩化導之力也此山本多虎災自跋摩居之晝行夜往或時值虎以杖桉頭弄之而去於是山旅水濵去來無梗盛德歸化者十有七八焉跋摩甞於别室入禪累日不出寺僧遣沙彌往候之見一白師子緣柱而立亘空彌漫生青蓮華沙彌驚恐大呼往逐師子豁無所見其靈異無方類多如此後文帝重勅觀等復更敦請乃汎舟下都以元嘉八年正月達于建業文帝引見勞問殷勤因又言曰弟子常欲持齋不殺迫以身徇物不獲從志法師既不遠萬里來化此國將何以教之跋摩曰夫道在心不在事法由己非由人且帝王與匹夫所修各異匹夫身賤名劣言令不威若不尅己苦躬將何爲用帝王以四海爲家萬民爲子出一嘉言則士女咸悅布一善政則人神

以和刑不夭命役無勞力則使風雨適時寒暖應節百穀滋繁桑麻鬱茂如此持齋亦大矣不殺亦衆矣寧在闕半日之餐全一禽之命然後方為弘濟耶帝乃撫几歎曰夫俗人迷於遠理沙門滯於近教迷遠理者謂至道虛說滯近教者則拘戀篇章至如跋摩法師所言眞謂開悟明達可與談於天人之際矣乃勑住祇洹寺供給隆厚公王英彥莫不宗奉俄而於寺開講法華及十地法席之日軒蓋盈衢觀矚往還肩隨踵接跋摩神府自然妙辯天絕或時假譯人而往復懸悟跋摩即於祇洹寺譯菩薩善戒經等十部（其善戒經長房等録並云二十卷下注云後弟子於定林更出二品成三十卷者非也今但九卷或云十卷此是傳寫差誤加其二字僧祐録中只云十卷故知餘録傳寫誤也又按高僧傳云祇洹慧義請出菩薩善戒始得二十八品後弟子代出二品成三十品房等録云續成三十卷者誤之甚也又長房録復云跋摩譯雜阿毗曇心十三卷今以伊葉波羅譯出十卷跋摩後續成其十三卷非謂跋摩更別翻出二處並俱載此亦不然今此刪之載於前録也）文義詳允梵宋弗差時影福寺尼惠果淨音等共請跋摩云去六年有師子國八尼至都云宋地先未曾有尼那得二衆受戒恐戒品不全跋摩云戒法本在大僧衆發設不本事無妨得戒如愛道之緣諸尼又恐年月不滿苦欲更受跋摩稱云善哉苟欲增明甚助隨喜但西國尼年臘未登又十人不滿且令學宋語別因西域居士更請外國尼來足滿十數其年夏在定林下寺安居時有信者採華布席跋摩所坐華彩更鮮衆咸崇以聖禮夏竟還祇洹其年九月二十八日中食未畢先起還閤其弟子後至奄然已終春秋六十有五未終之前預造遺文偈頌三十六行自說

因緣云已證二果手自封緘付弟子阿沙羅云我終後可以此文還示天竺僧亦可示此境僧也既終之後即扶坐繩牀顔貌不異似若入定道俗赴者千有餘人並聞香氣芬烈咸見一物狀若龍蛇可長一疋許起於屍側直上衝天莫能名者即於南林戒壇前依外國法闍毗之四部鱗集香薪成積灌之香油以燒遺陰五色焰起氛氳麗空是時天景澄朗道俗哀歎仍於其處起立白塔欲重受戒諸尼悲泣望斷不能自勝初跋摩至宋文帝欲從受菩薩戒未及諮稟奄而遷化以本意不遂傷恨彌深乃令衆僧譯出其遺文云遺文在傳恐繁故止

毗尼摩得勒伽十卷初卷云薩婆多部毗尼摩得勒伽元嘉一十二年乙亥正月於秣陵平樂寺出至九月二十二日訖見道惠宋齊録及僧祐録

雜阿毗曇心論十一卷或無論字亦云雜阿毗曇經房云雜阿毗曇毗婆沙或十四卷第四譯元嘉十一年甲戌九月於長干寺出周年乃訖見僧祐録及經序

勸發諸王要偈一卷龍樹菩薩撰第二出見僧祐録及高僧傳

分別業報略一卷大勇菩薩撰或云大勇菩薩分別業報略集見僧祐録及高僧傳

請聖僧浴文一卷見僧祐録及高僧傳

右五部二十四卷前四部二十三卷見在後一部一卷闕本

沙門僧伽跋摩宋言衆鎧印度人也少而棄俗清峻有戒德明解律藏尤精雜心以元嘉十年癸酉步自流沙届于建業風宇宏肅道俗敬異咸宗而事之號曰三藏法師初景平元年平陸令許桑捨宅建剎因名平陸寺後道場慧觀以跋摩道行純備請住此寺崇其

供養以表厥德跋摩共觀加塔三層行道諷誦日夜不輟僧衆歸集道化流布初三藏法師深明戒品將爲影福寺尼慧果等重受具戒是時二衆未備而三藏遷化俄而師子國比丘尼鐵薩羅等至衆乃共請跋摩爲師繼軌三藏祇洹慧義擅步揚都謂爲矯異執志不同親與跋摩拒論翻覆跋摩標宗顯法理證明允慧義遂迴其剛褊靡然推服乃率其弟子服膺禀戒僧尼受者數百許人宋彭城王義康崇其戒範廣設齋供四衆殷盛傾于都邑頃之名德大僧慧觀等以跋摩妙解雜心諷誦通達先三藏雖譯未及繕寫以十一年九月於長干寺招集學士更請出焉寶雲譯語觀自筆受研校精悉周年方就續出摩得勒伽等凡五部跋摩遊化爲志不滯一方既傳經事畢將還本土衆咸祈請莫之能留以元嘉十九年隨西域賈人舶還外國莫詳其終

勝鬘師子吼一乘大方便方廣經一卷第一出與寶積勝鬘夫人會同本元嘉十二年八月十四日於丹陽郡出寶雲傳語慧觀筆受見僧祐李廓等錄

大方廣寶篋經二卷第四出或三卷與文殊現寶藏經等同本見李廓錄

相續解脫地波羅蜜了義經一卷或二卷亦名解脫了義經亦直云相續解脫經於東安寺出是解深密經後二品見道慧僧祐李廓法上等四錄高僧傳云於荊州出

楞伽阿跋多羅寶經四卷第二出元嘉二十年於道場寺譯慧觀筆受與入楞伽及大乘楞伽經等同本見道慧僧祐法上等錄高僧傳云丹陽郡出

菩薩行方便境界神通變化經三卷初出與大薩遮

(尼乾子經同本或無境界字見李廓録)

老母女六英經一卷(亦云老母經第三出與老女人經等同本房云見別録)

申日兒本經一卷(或云申見本第三出與月光童子經等同本房云見別録云申兜本誤也)

阿難陁目佉尼阿離陁經二卷(或云出無量門持經第六譯與無量門微密持經等同本房云見別録房録別載出無量門持經者誤也)

央崛魔羅經四卷(道場寺出見道惠僧祐法上等三録高僧傳云於荆州辛寺出)

大法鼓經二卷(東安寺出見道惠僧祐李廓法上等四録)

大意經一卷(房云見別録)

十二頭陁經一卷(房云見別録)

樹提伽經一卷(房云見別録)

雜阿含經五十卷(於瓦官寺譯梵本法顯齋來高僧傳云祇洹寺出見道惠宋齊録及僧祐録)

鸚鵡經一卷(亦名兜調經出中阿含第四十四異譯房云見別録)

鞞摩肅經一卷(出中阿含五十七卷異譯房云見別録)

四人出現世間經一卷(出增一阿含第十七卷異譯房云見別録)

十一想思念如來經一卷(或云十一思惟念如來經出增一阿含第四十八初異譯房云見別録)

阿遬達經一卷(第三出與玉耶經等同本房云見別録)

過去現在因果經四卷(於荆州辛寺出第六譯與修行本起瑞應本起等同本見始興及李廓僧祐等録)

摩訶迦葉度貧母經一卷(房云見別録)

十二品生死經一卷(房云見別録)

罪福報應經一卷(一名輪轉五道罪福報應經亦云輪轉五道經亦云五道輪轉經房云見別録)

衆事分阿毗曇論十二卷(或無論字共弟子菩提耶舍譯初出與唐譯品類足論同本房録不題所出)

四品學法經一卷或無經字房云見別録

賓頭盧突羅闍爲優陁延王說法經一卷亦云賓頭盧爲王說法經房云見別録

巳上見存巳下闕

虛空藏菩薩經一卷第二出與姚秦佛陁耶舍所出虛空藏經等同本房云見別録

無量義經一卷初出與蕭齊曇摩伽陁耶舍出者同本見李廓録

諸法無行經一卷第二出與羅什所出二卷者及諸法本無經同本房云見別録

小無量壽經一卷或無小字第二出與羅什阿彌陁及唐譯稱讃淨土同本孝建年出一名阿彌陁見道慧僧祐二録高僧傳云於荊州出房録別存阿彌陁經者誤也

八吉祥經一卷第三出與支謙八吉祥呪法護八陽神呪經等同本元嘉二十九年正月三日於荊州城内爲司空荊州刺史南譙王劉義宣出六日訖見僧祐寶唱二録

無崖際持法門經一卷第二出與聖者及尊勝菩薩所問經同本房云見別録

貧子須賴經一卷第四出與白延支謙等出者同本見李廓録

現在佛名經三卷亦名華歎現在佛名第二出與稱揚諸佛功德等經同本元嘉三十九年正月七日於荊州爲南譙王出見始興録及高僧傳

淨度三昧經三卷第三出見李廓録

無憂王經一卷於荊州辛寺譯見吴録及僧祐録

本行六波羅蜜經一卷房云見別録

異處七處三觀經一卷或無異處字出雜阿含異譯房云見別録

雜藏經一卷第四出與鬼問目連經等同本房云見別録

目連降龍王經一卷或無王字或云降龍經或云降龍王經第二出與龍王兄弟經同本房云見別録

曰難經一卷一云越難經第三出與聶承遠越難經等同本房云見別録

釋六十二見經四卷房云見別録祐録云一卷

請般特比丘經一卷或作般特亦云般持房云見別録

十二頭陀經一卷房云見別録

阿那律七念章經一卷房云見別録

十報法三統略經一卷房云見別録

六齋八戒經一卷房云見別録

阿蘭若習禪經二卷第二出與羅什坐禪三昧經同本見李廓録

菩薩呵欲經一卷第二出與羅什出者同本房云見別録

那先經一卷第二出與二卷者同本房云見別録

十二遊經一卷第三出房云見舊録

第一義五相略集一卷於東安寺出見僧祐録高僧傳云於荊州辛寺出

右五十二部一百三十四卷賓頭盧上二十六部一百卷見在虛空藏下二十六部三十四卷闕本

沙門求那跋陀羅宋言功德賢中印度人也以大乘學故世號摩訶衍本婆羅門種幼學五明諸論天文書筭醫方呪術靡不博貫後遇見雜心尋讀驚悟乃深崇佛法焉其家世外道禁絶沙門乃捨家潛遁遠求師匠即落髮改服專志學業及受具戒博通三藏爲人慈和恭順事師盡勤頃之辭小乘師學進大乘大乘師試令探取經匣即得大品華嚴師喜而歎曰汝於大乘有重緣矣於是讀誦講義莫能訓抗進受菩薩戒法乃奉書父毋勸歸正法曰若專守外道則雖還無益若歸依三寶則長得相見其父感其至言遂棄邪從正跋陀前到師子諸國皆傳送資供既有緣東方乃隨舶汎海中塗風止淡水復竭舉舶憂惶跋陀曰可同心并力念十方佛稱觀世音何往不感乃密誦呪經懇到禮懺俄而信風暴至密雲降雨一舶蒙濟其誠感如此元

嘉十二年乙亥至廣州時刺史車朗表聞文帝遣使迎接既至揚都勑名僧慧嚴慧觀於新亭郊勞見其神情朗徹莫不虔敬雖因譯交言而欣若傾蓋初住祇洹寺俄而文帝延請深加崇敬瑯瑘顏延之通才碩學束帶造門於是宋都遠近冠蓋相望大將軍彭城王義康丞相南譙王義宣並師事焉頃之衆僧共請出經於祇洹寺集義學諸僧譯出雜阿含經東安寺出法鼓經後於丹陽郡譯出勝鬘楞伽經徒衆七百餘人寶雲傳譯慧觀執筆往復諮析妙得本旨後譙王鎮荊州請與俱行安止辛寺更創殿房即於辛寺出無憂王過現因果小無量壽央崛魔羅相續解脫波羅蜜了義現在佛名第一義五相略八吉祥等諸經并前所出凡五十二部多是弟子

法勇傳度譙王欲請講華嚴等經而跋陀自忖未善宋語愧歎積旬即旦夕禮懺請乞冥應夢有人白服持劒擎一人首來至其前曰何故憂耶跋陀具以事對答曰無所憂即以劒易首更安新頭語令迴轉曰得無痛耶答曰不痛豁然便覺心神喜悅旦起言義皆備領宋語於是就講弟子法勇傳譯僧念爲都講雖因譯人而玄解往復元嘉將末譙王屢有怪夢跋陀曰都中將有禍亂未及一年而元凶構逆及孝建之初譙王陰謀逆節跋陀顏容憂慘而未及發言譙王問其故跋陀諫爭懇切乃流涕而出曰必無所冀貧道不容扈從譙王以其物情所信乃逼與俱下梁山之敗火艦轉迫去岸懸遠判無濟理唯一心稱觀世音手捉笻竹杖投身江中水齊至膝

以杖刺水水深流駛見一童子尋後而至以手牽之顧謂童子汝小兒何能度我怳惚之間覺行十餘步仍得上岸即脱納衣欲賞童子顧覓不見舉身毛竪方知神力焉時王玄謨督軍梁山孝武帝駿勑軍中得摩訶衍善加料理驛信送臺俄而尋得合舸送都孝武即時引見顧問委曲曰企望日久今始相遇跋陁對曰既染釁戾分爲灰粉今得接見重荷生造勑問並誰爲賊答曰出家之人不預戎事然張暢宗靈秀等並是驅逼貧道所明但不圖宿縁乃逢此事孝武曰無所懼也是日勑住後堂供施衣物給以人乘初跋陁在荆州十載每與譙王書疏無不記録及軍敗簡檢無片言及軍事者孝武明其純謹益加禮遇後因閑談聊戲問曰念丞相不答曰受供十年何可忘德今從陛下乞願願爲丞相三年燒香帝悽然動容義而許焉及中興寺成勑令移住爲開三間房後於東府讌會王公畢集勑見跋陁時未及淨髮白首皓然孝武遥望顧謂尚書謝莊曰摩訶衍聰明機解但老期已至朕試問之其必悟人意也跋陁上階因迎謂之曰摩訶衍不負遠來之意但有一在即應聲答曰貧道遠歸帝京垂三十載天子恩遇銜愧罔極但七十老病唯一死在帝嘉其機辯勑近御而坐舉朝矚目後於秣陵界鳳樓西起寺每至夜半輒有推戸而喚視不見人衆屢厭夢跋陁燒香呪願曰汝宿縁居此我今起寺行道禮懺常爲汝等若住者爲護寺善神若不能居各隨所安既而道俗十餘人同夕夢見鬼神千數皆荷檐移

去寺衆遂安大明七年天下亢旱祈禱山川累月無驗帝遂請令祈雨必使有感如其無效不須相見跋陁答曰仰憑三寶陛下天威冀必降澤如其無獲不復重見即往北湖釣臺燒香祈請不復飲食黙而誦經密加祕呪明日晡時西北角雲起初如車蓋日在桑榆風震雲合連日降雨明旦公卿入賀勅見慰勞嚫施相續跋陁自幼已來蔬食終身常執持香鑪未嘗輟手每食竟輒分食飛鳥乃集手取食至明帝之世禮供彌盛到太始四年正月覺體不平便預與明帝及公卿等告辭臨終之日延佇而望云見天華聖像禺中遂卒春秋七十有五明帝慟惜賻送殷厚公卿會葬榮哀備焉

般泥洹經一卷（或無般字孝建元年於辛寺譯見道慧宋齊録今尋此單卷泥洹上下文句非是跋陁所翻似是謙護等譯今尋得二卷且附東晉録中）

釋摩男本經一卷（吳支謙譯）

三藏法師自述喻一卷（非梵本出故亦刪之）

當來選擇諸惡世界經

過去行檀波羅蜜經（上二經並出悲華經）

殺龍濟一國經（出六度集）

三因緣經（出長阿含）

佛入甘露門正意經（出大十二門經）

阿蘭那經（出中阿含）

舍利弗等比丘得身作證經（出雜阿含）

那賴經

舅甥經

負債爲牛經

四食經（小乘雜抄）

三小劫經（出樓炭經）

墮珠著海中經

舍利弗般泥洹經

君臣經（上六經並出生經）

阿難見妓樂啼哭無常經
佛往慰迦葉病經
佛命阿難詣最勝長者經
二僑士經
目連弟布施望即報經上五經並出出曜經
般泥洹等二十三部二十三卷或是別生抄經或非跋陁所出今爲實録故總删之
開元釋教録卷第五上

開元釋教録卷第五下

唐西崇福寺沙門智昇撰

觀世音菩薩受記經一卷（一名觀世音受决經第三出與西晋法護道眞出者同本見王宗僧祐李廓法上録及髙僧傳）

右一部一卷其本見在

沙門釋法勇梵名曇無竭本姓李氏幽州黄龍國人也幼爲沙彌便修苦行持戒諷經爲師所異甞聞法顯寶雲諸僧躬踐佛國慨然有忘身之誓遂以宋永初之元招集同志沙門僧猛曇朗之徒二十五人共齎幡蓋供養之具發跡北土遠適西方初至河南國仍出海西郡進入流沙到高昌郡經歷龜茲沙勒諸國前登葱嶺雪山棧路險惡驢馬不通層冰峩峩絶無草木山多瘴氣下有大江浚急如箭於東西兩山之脇繫索爲橋相去極遠十人一過到彼岸已舉煙爲幟後人見煙知前已度方得更進若久不見煙則知暴風吹索人墮江中行葱嶺三日方過復上雪山懸崖壁立無安足處石壁皆有故杙孔處處相對人各執四杙先拔下杙手攀上杙展轉相代三日方過乃到平地相待料撿同侶失十二人進至罽賔國禮拜佛鉢停歲餘學梵書竟便解梵語求得觀世音受記經梵文一部無竭同行沙門餘十三人西行到新頭那提河（此云師子口）縁河西入月氏國禮拜佛肉髻骨及覩自沸水船後至檀特山南石留寺住僧三百餘人雜三乘學無竭便停此寺受具足戒天竺沙門佛陁多羅（此云覺救）彼方衆僧云其已得道果無竭請爲和尚漢沙門志定爲阿闍梨於寺夏坐三月日復北行至中天竺曠

絶之處常齋石蜜爲粮其同侶八人路亡五人俱行屢經危棘無竭所齎觀世音經常專心繫念進涉舍衛國中野逢山象一羣無竭稱名歸命即有師子從林中出象驚怖奔走後渡恒河復值野干一羣鳴吼而來將欲害人無竭歸命如初尋有大鷲飛來野干驚散遂得免害其誠心所感在險克濟皆此類也後於南天竺隨舶汎海達廣州所歷事跡別有記傳元嘉末年達于揚都手自宣譯觀世音受記經一部今見傳于世後不知所終

觀彌勒菩薩上生兜率天經一卷 亦云彌勒上生經見道惠宋齊録及僧祐録祐録先在高昌郡譯出於彼齋還

諫王經一卷 初出亦云大小諫王經與唐譯勝軍王經及勝光天子經同本房云見別録

治禪病祕要經一卷 或云治禪病祕要法無經字或云禪要祕密治病經或二卷云出雜阿含孝建二年九月八日於竹園寺出其月二十五日訖見僧祐寶唱等録

淨飯王涅槃經一卷 或加般字第二出與法炬出者同本房云見別録

進學經一卷 或云勸進學道經第二出與支謙等出者同本房云見別録

八關齋經一卷 異出本房云見別録

五無返復經一卷 一名五無返復大義經或作附字房云見別録

佛大僧大經一卷 二見名房云見別録

耶祇經一卷 房云見別録

末羅王經一卷 房云見別録

摩達國王經一卷 房云見別録或無國王字

旃陀越國王經一卷 或無國王字房云見別録

五恐怖世經一卷 或云五恐怖經房云見別録

弟子死復生經一卷 或云死亡更生經房云見別録

迦葉禁戒經一卷 一名摩訶比丘經亦名眞僞沙門經第二出房云見

別録

菩薩誓經一卷 第五出與長者子制經等同本房云見別録

中陰經一卷 房云見別録

觀世音觀經一卷 先在高昌郡譯出於彼齎還見僧祐録

波斯匿王喪母經一卷 或云波斯匿王經祐云波耶匿王經房云見別録出增一阿含第十八卷異譯

佛母般泥洹經一卷 孝建二年於鍾山定林上寺出一名大愛道般泥洹經見僧祐録出增一阿含第五十卷異譯

弟子慢爲耆域述經一卷 亦云弟子爲耆域述慢戒羽弟子戲誕經第四出與阿難問事佛吉凶經等同本房云見別録

長者音悦經一卷 第二出與支謙者同本房云見別録

五苦章句經一卷 第二出與曇無蘭出者同本房云見別録

分和檀王經一卷 第二出與竺律炎三摩竭經同本房云見別録

弟子事佛吉凶經一卷 祐云弟子問事佛吉凶經房云見別録

生死變識經一卷 今疑是藏中見正經異名房云見別録

優婆塞五戒經一卷 亦云五相經第二出與五戒相經同本房云見別録

賢者律儀經一卷 亦云威儀房云見別録

右二十八部二十八卷 迦葉禁戒上一十五部一十五卷見在菩薩誓經下一十三部一十三卷闕本

居士沮渠京聲即北涼河西王蒙遜從弟安陽侯也魏併涼後南奔于宋晦志卑身不交世務常遊止塔寺以居士自畢丹陽尹孟顗見而善之請與相見一面之後雅相崇愛亟設供饌厚相優贍京聲以孝武帝孝建二年乙未揚都竹園寺及鍾山定林上寺譯彌勒上生經等二十八部通習積久臨筆無滯京聲居絶妻孥無欲榮利從容法侶宣通經典是以建業白黒咸敬而嘉焉以大明之末遘疾而卒

普明王經　梵摩皇經上二經並出六度經

㢊夷比丘經

優婆塞五法經上二經並出中阿含

釋種問優婆塞經出雜阿含

清信士阿夷扇經亦云阿夷扇持父子經出生經

五百梵志經羣録注疑

普明王等七經六是別生一云疑僞今

爲實録故並删之

閻羅王五天使者經一卷一名鐵城泥犂經見長房録出中阿含第十二異譯

瞿曇彌記果經一卷出中阿含第二十八異譯見長房録

長者子六過出家經一卷出增一阿含第二十七卷異譯見長房録

佛毋般泥洹經一卷出增一阿含第五十卷異譯見長房録

貧窮老公經一卷或云貧老經第二出見長房録

𢙣怠耕者經一卷舊録云𢙣怠耕兒經見長房録

請賓頭盧法一卷或加經字見長房録第二出

善生子經一卷云異出六向拜經見長房録出中阿含第三十三卷異譯

佛涅槃後諸比丘經一卷出雜阿含見長房録

譬喩經一卷見長房録

右一十部一十卷請賓頭盧上七部七卷見在善生子經下三部三卷闕本

沙門釋惠簡未詳何許人也以孝武帝大明

元年丁酉於鹿野寺譯五天使者等經十部

眞僞沙門經與京聲所出迦葉禁戒經文句全同乃是彼經異名録家錯上

藥師瑠璃光經亦云灌頂拔除過罪生死得度經出大灌頂經祐録注爲疑經者非

釋迦畢罪經

殺人濟賈人經上二經並出六度集

阿難見水光瑞經一云水光經大乘抄經

商人求財經
瞿曇彌經上二經並出中阿含
舍衛城中人喪子發狂經
學人亂意經亦云毋子作比丘比丘尼亂意經上二經並出增一阿含
大力士出家得道經亦云力士跋陀經
二老男女見佛出家得道經上二經並出雜阿含
旃闍摩暴志謗佛經出生經
竊爲沙門經
獼師捨家學道經上二經並出出曜經
呪願經祐載僞録
　眞僞沙門等一十五部長房等録並云
　惠簡所出今以多是别生等經故删之
　不存也
菩薩念佛三昧經六卷或直云念佛三昧經或五卷第一譯與隋笈多出者同本是大集别分見道惠宋齊録及僧祐録

無量門破魔陀羅尼經一卷或直云破魔陀羅尼經第七譯見僧祐録與支謙無量門微密持經等同本
　右二部七卷其本並在
沙門功德直西域人也道契既廣善誘日新以孝武帝大明六年壬寅遊至荆州寓禪房寺沙門玄暢請出念佛三昧等經二部暢刊正文義詞旨婉密而暢舒手出香掌中流水莫之測也後適成都止大石寺即是阿育王塔乃手自作金剛密迹等十六神像傳至于今直留荆州數年後不知所終矣
十誦羯磨比丘要用一卷或云略要羯磨法房云二卷祐云一卷見僧祐録
　右一部一卷其本見在
沙門釋僧璩姓朱吴國人出家爲僧業弟子總銳衆經尤明十誦兼善史籍頗製文藻始

住吴虎丘山孝武欽其風聞勑出揚都爲僧正悦衆止于中興寺璩以大明七年癸卯撰

十誦羯磨一部

十誦比丘尼戒本一卷（亦云十誦比丘尼波羅提木叉本或云十誦比丘尼大戒見僧祐寶唱二録）

右一部一卷其本見在

沙門釋法頴俗姓索氏燉煌人十三出家爲法香弟子住涼州公府寺與同學法力俱以律藏知名頴服膺已後學無再請記在一閑研精律部博涉經論元嘉末至建業止新亭寺孝武以頴學業兼明勑爲都邑僧正後辭往還多寶寺常習定閑房亦時開律席後移住長干寺以明帝或太始年中集出十誦尼戒一部兼出羯磨流行於代

無盡意經十卷（第五出與阿差末經等同本見始興僧祐寶唱等録）

阿述達菩薩經一卷（第四出與寶積無畏德會等同本太始年於廣州出見始興寶唱等録）

海意經一卷（見始興僧祐寶唱等録）

如來智不思議經五卷（見始興僧祐寶唱等録）

寶頂經五卷（見始興僧祐寶唱等録）

三密底耶經一卷（宋言賢人用律經見始興僧祐寶唱等録）

右六部二十九卷其本並闕

沙門竺法眷印度人也志性弘簡開利爲務亦以明帝或太始年中於廣州譯無盡意等經六部

軟首菩薩無上清淨分衛經二卷（一名決了諸法如幻化三昧經第二出與漢嚴佛調譯者及大般若那伽室利分並同本見始興録）

右一部二卷其本見在

沙門釋翔公亦云朔公在南海郡譯軟首菩

薩經一部羣録直云宋世不顯年名未詳何帝

佛藏大方等經一卷亦名問明顯經是華嚴經明難品異譯見始興録及法上録

瓔珞本業經二卷一名菩薩瓔珞經第三出見始興録及法上録

右二部三卷其本並闕

沙門釋道嚴於宋世譯佛藏方等經等二部羣録直云宋世出不顯帝年

梵女首意經一卷第二出見始興録及趙録法上録

空淨三昧經一卷亦云空淨天感應三昧經第二出見始興録及趙録法上録

勸進學道經一卷亦云勸進經與梁史共出第三譯見始興録及趙録法上録

右三部三卷其本並闕

沙門釋勇公於宋世譯梵女首意等經三部

羣録雖云宋世不顯帝年

車匿經亦名車匿本末經出六度集中是尸呵遍王經異名羣録雖云勇公所出今以是別生抄經故删之不存

寂調音所問經一卷一名如來所説清淨調伏經與西晉法護文殊淨律經等同本第四出見始興録及法上録

樂瓔珞莊嚴方便經一卷一名大乘瓔珞莊嚴經亦名轉女身菩薩經第四出與西晉法護順權方便經等同本見始興録及僧祐法上録

右二部二卷前寂調音經見在後樂瓔珞經闕本

沙門釋法海於宋世譯寂調音等經二部羣録注云宋世譯出既不顯年未詳何帝

月燈三昧經一卷一名文殊師利菩薩十事行經一名建惠三昧經出大月燈經第七卷異譯見趙録及法上録

右一部一卷其本見在

沙門釋先公於宋世譯月燈經一部羣録注

云宋世不顯譯年未詳何帝

彌沙塞律抄一卷（見寶唱録）

右一部一卷闕本

沙門僧伽跋彌師子國人也譯彌沙塞律抄一部大周録中指寶唱録不言帝代其寶唱録尋本未獲且寄於宋録以彰有據耳

新集失譯諸經

如來智印經一卷（一名諸佛法身第二出與慧印三昧經同本）

老毋經一卷（第二出與老女人經等同本）

法滅盡經一卷

甚深大迴向經一卷

佛爲黃竹園老婆羅門說學經一卷（出中阿含第四十卷異譯）

優陂夷墮舍迦經一卷（出中阿含第五十五異譯或無迦字）

邪見經一卷（出中阿含第六十卷異譯）

大沙門百一羯磨法一卷（或云大沙門羯磨法出十誦律）

迦丁比丘說當來變經一卷（或直云迦丁比丘經）

已上見存已後闕本

十方佛名經一卷（一本作千萬疑錯）

華嚴淨經一卷

三十七品經一卷（祐載兩本並云異出今且存一）

七佛各說偈一卷

乳王如來經一卷（或云乳王經今疑與乳光佛經同本）

現在十方佛名經一卷

過去諸佛名經一卷

千五百佛名經一卷

五百七百佛名經一卷（或云五百七十）

觀世音成佛經一卷

文殊因緣經一卷

文殊本願經一卷

文殊觀經一卷　彌勒須河經一卷
導師問佛經一卷
颰陀菩薩百二十難經一卷
持身菩薩經一卷（或云持身經）
賢首菩薩二百問經一卷
金剛女菩薩經一卷　善意菩薩經一卷
菩薩從兜率天降中陰經一卷
菩薩行喜經一卷
菩薩淨本業經一卷　菩薩初業經一卷
菩薩四事經一卷
菩薩十六願經一卷
菩薩五十德行經一卷
菩薩教法經一卷　菩薩正行經一卷
菩薩出入諸則經一卷
菩薩母姓字經一卷　菩薩家姓經一卷

菩薩比丘經一卷
菩薩經一卷（今疑本上脱字）
菩薩作六牙象本事經一卷
菩薩師子王經一卷
浴像功德經一卷（與新譯者梵本未詳别同）
浴僧功德經一卷
陁隣尼目佉經一卷（今疑即是阿難陁目佉尼經）
禮敬諸塔經一卷
般若波羅蜜偈經一卷
佛清淨偈經一卷
太子出國二十偈一卷
佛十力偈一卷　十方佛神呪一卷
四天王神呪一卷
十二因緣結縷神呪一卷
摩訶神呪一卷　移山神呪一卷

降魔神呪一卷
威德陁羅神呪一卷　和魔結神呪一卷
鳩摩迦葉經一卷（與童迦葉解難經同本出長阿含第七卷異譯法經録云出中阿含第十六卷異譯）
出要經二十卷　行道經七卷
長阿含經三卷（祐云疑是殘缺長阿含經）
弘道經二卷
四天王經一卷（祐云後有呪似人所附）
諸天阿須倫鬬經一卷
金色女經一卷（雜譬喻中有祐云異出本）
治禪鬼魅不安經一卷
贍波國佛說戒經一卷
佛在耆枝山說法經一卷
佛三毒事經一卷　佛七事經一卷
佛問和伏經一卷　佛意行經一卷

因佛生三心經一卷　佛聚經一卷
七佛本緣經一卷　釋迦文杖鉢經一卷
佛袈裟經一卷　佛大衣經一卷
迦葉解經一卷　迦葉因緣經一卷
舍利弗問署經一卷
迦葉獨證自誓經一卷
舍利弗歎度女人經一卷
舍利弗生西方經一卷
舍利弗目連泥洹經一卷（今疑是生經中舍利弗般泥洹經）
目連所問經一卷　目連因緣經一卷
阿難見變經一卷　難陁經一卷
阿那含七念經一卷　羅漢菩子經一卷
賓頭盧取鉢經一卷　愛行比丘經一卷
愛身比丘經一卷　栴比丘經一卷
善星比丘經一卷　六羣比丘經一卷

自在王比丘經一卷　羅耶達比丘經一卷
比丘和須蜜經一卷
玄戒未來比丘經一卷（今疑玄字錯）
比丘法相經一卷　釋種子經一卷
尊者婆蹉律經一卷　罽賓二沙彌經一卷
沙彌持戒經一卷
海洲優婆塞會經一卷
賢者雜事經一卷　弟子修學經一卷
弟子行澤中遇賊劫經一卷
弟子精進經一卷
迦提羅越問五戒經一卷
那羅延天王經一卷　毗沙門天王經一卷
四大天王經一卷　諸天壽經一卷
魔現成佛經一卷　魔王誡經一卷（疑是試字）
淨飯王經一卷　佛葬閱檀王經一卷

阿育王作小兒時經一卷（今疑出育王傳）
小阿育王經一卷
優填王照逝心女經一卷（今疑是大乘藏中優填王經）
迦夷王頭布施經一卷
果尊王經一卷　佛居士經一卷
降恐王經一卷（今疑恐字錯）
摩羅王經一卷　摩登王經一卷
舍夷國經一卷
羅提坻王經一卷（或作國王羅提埤經）
摩訶惟越王經一卷　流沙王經一卷
十四王經一卷　王以竹施經一卷
勸王持五戒經一卷
太子栴舍羅差經一卷
長者盛德經一卷　長者法心經一卷
長者仁賢經一卷　長者逭羅越經一卷

佛問淳陁長者受樂淨行經一卷
婆羅門問事經一卷
婆羅門等爭説經一卷
六師詰波斯匿王經一卷
尼揵齋經一卷
明星梵志經一卷
兜率梵志經一卷
梵志拔陀經一卷
梵志計火淨經一卷
梵志問疑經一卷
梵志意經一卷
梵志好母經一卷
梵志婬女經一卷
梵志六師經一卷
天后賢女經一卷
德女問經一卷
貧女少施獲弘報經一卷
彌家女經一卷
二人作沙門弟斷兄舌經一卷
氣嘘殺旃陁羅經一卷
眼能視殺人經一卷
孤獨三兄弟經一卷

阿劒他經一卷
不蘭伽經一卷
小申日經一卷
波羅柰婢四姓經一卷或作婦字
大姓家主叩書示經一卷
提謂經一卷
强羅經一卷
金轉龍王經一卷
蘇曷龍王經一卷
三龍王經一卷
虎王經一卷
蝎王經一卷
毒龍蛇施經一卷
放牛法經一卷今疑是藏中放牛經
養牛經一卷
閻羅王經一卷今疑是藏中閻羅王五天使者經
餓鬼經一卷
鐵杵泥犂經一卷
緣經一卷
藥經一卷
苦慧經一卷
慧達經一卷
法足經一卷
身數經一卷

選福經一卷　布施經一卷
助善經一卷
古來經一卷今疑是藏中古來世時經
孝順經一卷
緣本經一卷今疑是藏中緣本致經
度世經一卷　法藏經一卷
明住經一卷　善憩經一卷
植質經一卷　名相經一卷
怪異經一卷　滅怪經一卷
本鉢經一卷　案鉢經一卷
諸法經一卷　與脫經一卷
伏願經一卷　寶見經一卷
眞提經一卷　明義經一卷
見在經一卷
釋論一卷祐云疑是大智度論抄之一卷

雜事經一卷
旨解經一卷祐云疑即義旨雜解
釋學經一卷　度道俗經一卷
諸福德經一卷　說人身經一卷
施色力經一卷　色入施經一卷
戒法律經一卷　未生火經一卷
未生災經一卷　念佛品經一卷
須彌山經一卷
成敗品一卷經目或云成敗品第四似是樓炭經之一品今檢樓炭經無此品
世間珍寶經一卷舊錄云世間所望珍寶經
現道神足經一卷　成行無相經一卷
悔過除罪經一卷　深自僥倖經一卷
布施持戒經一卷　生西方齋經一卷
造浴室法經一卷　有疑往解經一卷

長阿含方法經一卷
令人孝有德經一卷
人於出家者經一卷
心應深貪慕經一卷
地水火風空經一卷
求欲者除意經一卷
持戒教人殺生經一卷
七月十五日臘法經一卷
功高憍慢有二輩經一卷
歡喜布施有五事經一卷或作勸字錯
三夢經一卷
三悔處經一卷
三乘無當經一卷
四署經一卷
四等意經一卷
四正斷經一卷
四厚經一卷
五署經一卷
五穀世經一卷
五亂經一卷
五邪經一卷
六禪經一卷
六度六十行經一卷
六輩阿惟越致經一卷

七衆經一卷
七流經一卷
七使經一卷
七輩人橫死經一卷
七歲作善經一卷
八方萬物無常經一卷
八雙經一卷
九結經一卷
九惱經一卷
九道觀身經一卷
十部僧經一卷
十二意經一卷
十二阿練若高行經一卷
十二部經名一卷
三十二僧那經一卷
三十四意經一卷
五十德相經一卷
六十品經一卷
六十二疑經一卷
七十二觀經一卷
百法經一卷
惟日三昧經一卷
月電三昧經一卷
無言三昧經一卷
阿和三昧經一卷

禪行法經一卷今疑是藏中禪行法相經

須彌山譬經一卷　日月譬經一卷

海水譬經一卷　藥草喻經一卷

功德天譬經一卷　賢劫譬經一卷

金剛譬經一卷　寶藏譬經一卷

明珠譬經一卷　聚木譬經一卷

四大譬經一卷

五部威儀所服經一卷或云五部僧服經高僧傳云白法祖譯

結界文經一卷　沙彌離戒一卷

五戒報應經一卷　六足阿毗曇一卷

雜譬喻經六卷或云諸雜譬喻

譬喻經一卷祐云異出更有一本今且存一

雜譬喻經一卷凡十一事

右三百七部三百四十卷唯初九部九卷有本餘者並闕

並是梁代沙門僧祐録中新集失譯諸經然僧祐本録祐所新集總一千三百六部一千五百七十卷今細檢括餘九百九十九部一千二百三十卷多是諸别生經或長房等失譯録中已載及有代録之中標其譯主除此之外有三百七部三百四十卷檢括長房等録皆未曾載今新集於此以爲失源然祐録中但云失譯不標年代今且附於宋録之末庶免遺漏焉

開元釋教録卷第五下

開元釋教録卷第六

唐西崇福寺沙門智昇撰

總括羣經録上之六

齊蕭氏都建業亦云南齊

自高帝建元元年巳未至和帝中興二年壬午凡經七主二十四年沙門七人所譯經律

總一十二部三十三卷於中七部二十八卷見在五部五卷闕本

蕭齊沙門曇摩伽陀耶舍一部一卷經

沙門摩訶乘二部二卷經律

沙門僧伽跋陀羅一部一十八卷律

沙門達摩摩提一部二卷經

沙門求那毗地三部六卷經集

沙門釋曇景二部三卷經

沙門釋法化一部一卷經

無量義經一卷第二出見僧祐録荆州隱士劉虬爲序

右一部一卷其本見在

沙門曇摩伽陀耶舍齊言法生稱中印度人悟物居情導利無捨以高帝道成建元三年辛酉於廣州朝亭寺譯無量義經一部耶舍手善隸書口解齊言傳受經人武當山沙門惠表永明三年齎至揚都繕寫流布

五百本生經一卷見僧祐録祐云未詳卷數房云一卷

他毗利律一卷齊言宿德律見僧祐録云未詳卷數房云一卷

右二部二卷其本並闕

沙門摩訶乘西域人也栖心妙道結志弘通以武帝賾永明年中於廣州譯五百本生經等二部

善見律毗婆沙十八卷或云毗婆沙律亦直云善見律見道惠宋齊録及僧祐録

右一部一十八卷其本見在

沙門僧伽跋陀羅齊言衆賢西域人懷道放曠化惠無窮師資相傳云佛涅槃後優波離既結集律藏訖即於其年七月十五日受自恣竟以香華供養律藏便下一點置律藏前年年如是優波離欲涅槃持付弟子陀寫俱陀寫俱欲涅槃付弟子須俱須俱付弟子悉伽婆悉伽婆付弟子目揵連子帝須目揵連子帝須付弟子栴陀跋闍如是師師相付至今三藏法師(不知其名)三藏法師將律藏至廣州臨上舶返還去以律藏付弟子僧伽跋陀羅跋陀以武帝永明六年戊辰(房云巳巳)共沙門僧禕於廣州竹林寺譯出名爲善見律毗婆沙因共安居以永明七年巳巳歲(房云庚午)七月半受自恣竟如前師法以香華供養律藏訖即下一點當其年計得九百七十五點點是一年趙伯休梁大同九年於廬山值苦行律師弘度得此佛涅槃後衆聖點記年月訖齊永明七年伯休訪弘度云自永明七年已後云何不復見點弘度答云自此已前皆是得道聖人手自下點貧道凡夫止可奉持頂戴而已不敢輒點伯休因此舊點下推至梁大同九年癸亥歲合得一千二十八年昇依伯休所計推至大唐開元十八年庚午之歲合得一千二百一十六年若然則是如來滅度遠近參差未堪取行(此墨點記與法顯所傳師子國佛牙精舍唱記年歲全懸此云優波離集律藏竟自恣了以手自下點年年如是展轉相付流傳至今者此或不然尋此善見毗婆沙非是波離所集乃是部分已後二十部中隨彼所宗釋一家義撮要而解非全部毗尼也即此撰集已後年下一點此或如然若言波離手自下點者未可即爲指南也)

妙法蓮華經提婆達多品第十二一卷(今編入妙

法蓮華經在第四卷中沙門法獻於于闐國得梵本來見道惠宋齊録僧祐録云於高昌郡獲梵本未詳執正

觀世音懺悔除罪呪經一卷 永明八年十二月十五日譯出見僧祐録及寶唱録

右二部二卷 提婆達多品見在觀世音呪經闕本

沙門達摩摩提齊言法意西域人悟物情深隨方啓喻以武帝永明八年庚午爲沙門法獻於揚都瓦官寺譯提婆達多品等二部獻時爲僧正初獻以宋元徽三年遊歷西域於于闐國得經梵本并及佛牙有迦毗羅神衞護還宋經至齊朿明中共沙門法意譯出佛牙安置鍾山上定林寺 佛牙可長三寸圍亦如之色帶黃白其牙端窊凸若今印文而溫潤光潔顱類珠玉按内經佛有四牙一在忉利天一在龍王宮一在師子國一在烏萇國此即烏萇國牙也後忽失之乃現于闐獻於于闐請還 到梁普通三年正月忽有數人並執罷仗初夜扣門稱臨川殿下奴叛有人告云在佛牙閣上請開閣檢視寺僧從其言主師至佛牙座前開函取牙作三禮以錦巾盛牙繞山東去後尋却得還安定林隋文併陳仍在鍾岳至仁壽三年内使令豫章王暕從揚州將獻文帝其年五月十五日勑送東禪定寺供養佛牙靈異具如僧祐佛牙記此不復廣其東禪定寺即今大莊嚴寺是也

須達經一卷 一名須達長者經出中阿含第三十九卷異譯見長房録及高僧傳祐云建武二年出

百喻經四卷 亦云百句譬喻經或五卷天竺僧伽斯那撰永明十年九月十日譯見僧祐録等並云譯成十卷此之四卷百事足矣

十二因緣經一卷 第五出與具多樹下經等同本祐云建武二年出見高僧傳及長房録

右三部六卷 前二部五卷見在後一部一卷闕本

沙門求那毗地齊言德進中印度人弱齡從道師事天竺大乘法師僧伽斯聰慧强記勤於諷習所誦大小乘經十餘萬言兼學世典明解陰陽其候時逢占多有徵驗故道術之稱有聞西域建元初來至江淮止毗耶離寺執錫從徒威儀端肅王公已下競相請謁初僧伽斯於天竺國抄集修多羅藏十二部經中要切譬喻撰爲一部凡有百事以教授新學毗地悉皆通誦兼明義旨以武帝永明十年壬申秋九月譯爲齊文即百喻經也復出須達及十二因緣自宋大明已後譯經殆絶及其宣流法寶世咸美之毗地爲人弘厚有識度善於接誘勤躬行道夙夜匪懈是以外國僧衆萬里歸集南海商人悉共宗事供贈往來歲時不絶性頗稸積富於財寶然營建法事已無私焉於建業淮側造正觀寺重閣層門殿房整飾養徒施化德業甚著以中興二年冬卒

摩訶摩耶經一卷（第二出一名佛昇忉利天爲母說法亦直云摩耶經或二卷見王宗寶唱法上等三錄）

未曾有因緣經二卷（度羅睺羅沙彌序亦直云未曾有經第二出見始興錄）

右二部三卷其本見在

沙門釋曇景不知何許人於齊代譯摩耶經等二部羣錄直云齊世譯出既不顯年未詳何帝

腹中女聽經一卷（第五出與無垢賢女經等同本房云見古錄）

右一部一卷闕本

沙門釋法化以廢帝寶卷永元年中誦出腹中女聽經一部衆錄相承並云誦出未詳誦

意依而列之以有先譯故免疑失又長房內典等録云
齊時江州沙門道政删改彌勒成佛經一卷
此或不然如後大乘録中廣述又房等復云
齊大沙門法度於揚都出灰河經一卷毗跋
律一卷今以灰河經出雜阿含其毗跋律隋
法經録云法度偽造以濫律名今廢不立房
等又云齊代沙門釋法尼譯益意經二卷今
以此經即是齊末梁初僧法尼閇目誦出者
今見有本文理差舛不可流行若言齊末出
者祐録何故不載今編疑邛正録不存房等
又云齊代沙門道備出九傷等經五部五卷
羣録注疑今
依舊爲定

梁蕭氏都建業亦云前梁
自武帝天監元年壬午至敬帝太平二年丁
丑凡經四主五十六年緇素八人所出經律
論及諸傳記等并新集失譯諸經總四十六
部二百一卷於中四十部一百九十一卷見在六部十卷闕本
梁沙門釋僧祐二部三十九卷譜録集
沙門曼陀羅仙三部一十一卷經
沙門僧伽婆羅一十部三十二卷經論傳
沙門釋寶唱二部五十四卷經集尼傳
沙門釋明徽一部一卷尼戒
王子月婆首那一部一卷經
沙門波羅末陀一十部二十四卷經論
沙門釋惠皎一部一十四卷僧傳
新集失譯諸經一十四部二十五卷經論
集
釋迦譜十卷於齊代撰別有五卷本與此廣略異房云四卷恐誤也僧祐録及長房內典等録合入齊録隨入附梁
出三藏記集十五卷祐録云十卷見有十五卷長房內典二録云十六卷見僧祐長房內典等録亦齊時撰
弘明集十四卷祐等三録並云十卷今見十四卷見僧祐長房內典等録
右三部三十九卷其本並在
沙門釋僧祐揚都建初寺僧也本姓俞氏其
先彭城下邳人父世居建業祐年數歲入建

初寺禮拜因踊躍樂道不肯還家父母憐其志且許入道師事僧範道人年十四家人容爲訪婚祐知而避至定林投法達法師達亦戒德精嚴爲法門梁棟祐師奉竭誠及年滿具戒執操堅明初受業於沙門法頴既一時名匠爲律學所宗祐迺竭思鑚求無懈昏曉遂大精律部有邁先哲武帝衍深相禮遇凡僧事顧疑皆勅就審決年衰脚疾勅聽乗轝入内爲六宫受戒其見重如此及齊竟陵文宣王子良梁臨川王宏南平王偉儀同陳郡袁昂永康定公主貴嬪丁氏等並崇其戒範盡師資之敬凡白黑門徒萬有餘衆祐洞明律藏兼善文藻搜集記録撰爲部袠庶尋覽之者功省而博達實法門之綱要釋氏之元宗也自蕭齊末爰及梁代撰釋迦譜等三部自外法苑集世界記師資傳等以非入藏故闕不論並如三藏記等具顯

文殊師利所説摩訶般若波羅蜜經二卷（或一卷亦直云文殊般若波羅蜜經初出與僧伽婆羅出者及大般若第十會曼殊室利分同本亦編入寶積當四十六會見李廓録及續高僧傳）

法界體性無分別經二卷（第二出今編入寶積當第八會見李廓寶唱二録及續高僧傳）

寶雲經七卷（初出與陳代須菩提大乘寶雲經及唐達摩流支寶雨經等同本異譯見陳録及續高僧傳）

右三部一十一卷其本並在

沙門曼陀羅仙梁言弱聲亦云弘弱扶南國人神解超悟幽明畢覩無憚夷險志存開化大齎梵經遠來貢獻以武帝天監二年癸未屆于揚都勅僧伽婆羅令共翻譯遂出文殊

般若等經三部雖事傳譯未善梁言故所出經文多隱質

文殊師利所説般若波羅蜜經一卷 第二出與前曼陀羅出者及大般若曼殊室利分同本房云少勝前曼陀羅所出二卷者

大乘十法經一卷 初出與元魏覺定所出十法經同本普通年譯

度一切諸佛境界智嚴經一卷 第二出與元魏曇摩流支入佛境界經同本

八吉祥經一卷 若人聞此八佛名號不爲一切諸鬼神衆難所侵第四出與八吉祥呪及八陽神呪經等同本

孔雀王呪經二卷 亦云孔雀王陀羅尼經第七譯與唐義淨大孔雀呪王經等同本見寶唱録

舍利弗陀羅尼經一卷 此呪大有神力若能持者雪山有八夜又王常來擁護所欲隨心第九譯與支謙所出無量門微密持經等同本

文殊師利問經二卷 亦直云文殊問經天監十七年於占雲館譯袁曇允筆受光宅寺沙門法雲詳定

菩薩藏經一卷

解脱道論十二卷 亦云十三卷天監四年於占雲館譯

阿育王經十卷 或加大字第二出與西晉安法欽育王傳同本異譯天監十一年六月二十日揚都壽光殿譯見寶唱録

右一十部三十三卷其本並在 並見長房録續高僧傳中都有部數名不備列

沙門僧伽婆羅梁言衆鎧亦云僧養扶南國人也幼而頴悟早附法律雖經論俱探而偏習對法聲聞漸布垂譽海南具足已後廣精律藏勇意觀方樂崇開化聞齊國弘法隨舶至都住正觀寺爲天竺沙門求那跋陀弟子復從跋陀研精方等未盈炎燠博涉多通乃解數國書語值齊曆亡墜道教陵夷婆羅靜

潔身心外絶交故擁室栖閑養素資業大梁御寓捜訪術能以天監五年被勑徵召於揚都壽光殿華林園正觀寺占雲舘扶南舘等五處傳譯即以天監五年景戌至普通元年庚子譯文殊般若等經十部（其梵本並是曼陀羅獻者長房等録復云婆羅更出育王傳五卷者非也前育王經即是其傳不合重載）初翻經日於壽光殿武帝躬臨法座筆受其文然後乃付譯人盡其經本勑沙門寳唱慧超僧智法雲及袁曇允等相對疏出華質有敘不墜譯宗天子禮接甚厚引爲家僧所司資給道俗改觀婆羅不畜私財以其嚫施成立住寺太尉臨川王宏接遇隆重普通五年因疾卒于正觀寺春秋六十有五

經律異相五十卷（天監十五年奉勑撰録云并目録五十五卷今闕其目但五十卷其目但纂篇題應無別事見寳唱録及長房録）

比丘尼傳四卷（述晉宋齊梁四代尼行新編入録）

右二部五十四卷其本並在

沙門釋寳唱揚都莊嚴寺僧也俗姓岑氏吴郡人僧祐律師之高足也博識洽文罕有其匹武帝甚相崇敬天監年中頻勑撰集皆愜帝旨十五年景申又勑撰經律異相一部唱又別撰尼傳四卷房録之中復有名僧傳等七部非此入藏故闕不論餘並備在續高僧傳

五分比丘尼戒本一卷（亦云彌沙塞尼戒本見寳唱録）

右一部一卷其本見在

沙門釋明徽揚都建初寺僧也戒行精苦習彌沙塞部徽以宋時覺壽譯彌沙塞律但出比丘戒本而無尼戒遂以武帝普通三年壬寅於大律内抄出尼戒一卷即今見行者是

撰録者曰檢此戒中衆學之後無七滅諍律本雖略准義合安豈可尼僧有諍不殄祇律正文與僧同有故彼律第四十云衆學法中唯除汗草及水七滅諍法法隨順法並同比丘彼師不安理不通也

大乘頂王經一卷亦云維摩見經第三出與西晉法護方等頂王及隋崛多善思童子經等同本見長房録及續高僧傳等

右一部一卷其本見在

王子月婆首那中印度優禪尼國王之子此優禪尼國或云在南天竺亦云在西天竺未能定矣或可此國據在中天之維博西近南故傳說差誤不定一方生而俊朗體悟幽微專學佛經尤工義理洞曉音韻兼善方言先於東魏興和年中譯經三部梁大同中從魏之梁武帝留住勅遣總知外國使命因譯頂王經一部

金光明經七卷或六卷二十二品承聖元年於正觀寺及楊雄宅出涼世無讖出四卷者有十八品眞諦更出四品足前成二十二分爲七卷今在刪繁録

無上依經二卷梁紹泰三年丁丑九月八日於平固縣南康內史劉文陀請令譯出見後記房云陳代出者非也諸家年曆並無紹泰三年如別録中會

涅槃經本有今無偈論一卷房云太清四年出檢諸年曆太清不至四年巳下並同

決定藏論三卷中有梁言字是梁代譯尋其文句是眞諦出也

大乘起信論一卷初出與唐實叉難陀出者同本承聖二年癸酉九月十日於衡州始興郡建興寺出月婆首那等傳語沙門智愷等執筆并製序見論序

如實論一卷初題云如實論返質難品房云太清四年

仁王般若經一卷承聖三年於豫章寶田寺譯第三出與西晉法護等出者同本

彌勒下生經一卷承聖三年於豫章寶田寺譯第五出與羅什等出者同本

十七地論五卷與唐譯瑜伽師地論同本翻得五卷遇難遂輟見續高僧

傳太清四年於富春令陸元哲宅爲沙門寶瓊等二十名德譯

中論一卷房云太清四年出

三世分別論一卷房云太清四年出

已上並見長房内典等録

右一十一部二十四卷如實論上六部一十五卷見在仁王經下五部九卷闕本

沙門波羅末陀梁言眞諦或云拘羅那他此曰親依並梵文之名字也本西印度優禪尼國人婆羅門種姓頗羅墮景行澄明器宇清肅風神爽拔悠然自遠羣藏廣部罔不厝懷藝術異能偏素諳練雖遵融佛理而以通道知名遠涉艱關無憚夷險歷遊諸國遂止中天梁武大同中勑直省張汜等送扶南獻使返國仍遣聘中天竺摩伽陀國請名德三藏并求大乘諸論雜華經等眞諦遠聞行化儀軌聖賢搜選名匠惠益氓品彼國乃屈眞諦并賫經論恭膺帝旨既素蓄在心渙然聞命以大同十二年八月十五日達于南海沿歷險闊仍滯兩春以太清二年閏八月始届都邑武皇面伸禮敬安置於寶雲殿竭誠供養帝欲傳翻經教不羨秦時更出新文有逾齊日屬道銷梁季寇羯憑陵法爲時崩不果宣述乃步入東土又往富春令陸元哲創奉問津將事傳譯招延英秀沙門寶瓊等二十餘人翻十七地論適得五卷而國難未靜側附通傳至大寶年爲侯景請還在臺供養于斯時也兵飢相接法幾頹焉會元帝啓祚承聖清夷乃止于金陵正觀寺與願禪師等二十餘人翻金光明經三年二月還返豫章又往新吴始興復隨蕭太保度嶺至于南康並隨

方翻譯栖遑靡託諦於梁代所出經論總十一部梁末入陳復出經論如後所述長房内典等録有十八部論一卷亦云諦譯今尋文句非是諦翻既與部執本同不合再出今此删之如别録中述復有金光明疏等六部二十六卷並是眞諦所撰亦並删之長房内典等録復云天監十五年末道賢獻優婁頻經一卷直云獻上不辨委曲且編疑録此删不載

高僧傳十四卷序録一卷傳十三卷共成十四天監十八年撰見長房内典二録

右一部一十四卷其本見在

沙門釋惠皎未詳氏族會稽上虞人學通内外博訓經律住嘉祥寺春夏弘法秋冬著述撰涅槃梵網義疏又以唱公所撰名僧頗多浮冗因遂開例成廣著高僧傳一部始于漢明帝永平十年終至梁天監十八年凡四百五十三載二百五十七人又傍出附見者二百三十九人都合四百九十六人開其德業大爲十例其序略云前之作者或嫌以繁廣删減其事而抗迹之奇多所遺削謂出家之士處國賓王不應慠然自遠高蹈獨絶辭榮棄愛本以勵俗爲賢若此而不論竟何所紀又云前代所撰多曰名僧竊謂名之與高如有優劣至若實行潛光則高而不名寡德適時則名而不高名而不高本非所紀高而不名則備之今録故省彼名音代以高字謹詳覽此傳義例甄著文詞婉約實可以傳之不朽永爲龜鏡矣

新集失譯諸經

摩利支天經一卷或云小摩利支天經是陀羅尼集第十卷初摩利支天經少分異譯

六字神呪王經一卷第二出與六字呪王經同本

虛空藏菩薩問佛經一卷亦云虛空藏菩薩問七佛陀羅尼呪經亦云七佛神呪經初出與隋譯如來方便善巧呪經同本

三劫三千佛名經三卷過去莊嚴劫千佛名經卷上現在賢劫千佛名經卷中未來星宿劫千佛名經卷下見長房入藏録彼爲三本經今合爲一部

牟梨曼陀羅呪經一卷或無經字

阿吒婆拘鬼神大將上佛陀羅尼經一卷亦直云阿吒婆拘呪經

阿彌陀鼓音聲王陀羅尼經一卷

大普賢陀羅尼經一卷

大七寶陀羅尼經一卷

六字大陀羅尼經一卷

長者女菴提遮師子吼了義經一卷

菩薩五法懺悔文一卷亦名菩薩五法懺悔經

陀羅尼雜集十卷

大乘五陰論一卷婆藪盤豆菩薩造見陳朝大乘寺藏經初出與唐譯大乘五蘊論同本此論闕

右十四部二十五卷除五陰論餘並入藏見長房等失譯録中闕而不載尋其文句非是遠代故編梁末以爲梁代失源云

魏元氏初都恒安南遷洛陽後遷鄴亦云後魏始從道武帝皇始元年景申即東晉太元二十一年也終東魏孝靖帝武定八年庚午凡一十三帝一百五十五年五帝都恒安至孝文帝太和十八年南遷七帝都洛陽一主都鄴緇素一十二人所譯經論傳等總八十三部二百七十四卷於中七十三部二百五十五卷見在一十部一十九卷闕本

元魏沙門釋惠覺一部一十二卷集經

沙門釋曇曜三部七卷經傳
沙門吉迦夜五部一十九卷經論傳集
沙門曇摩流支三部八卷經
沙門釋法場一部一卷經
沙門勒那摩提三部九卷論
沙門菩提留支三十部一百一卷經論
沙門佛陀扇多一十部一十一卷經論
婆羅門瞿曇般若流支一十八部九十二卷經戒論
王子月婆首那三部七卷經
沙門毗目智仙五部五卷論
沙門達磨菩提一部一卷論
賢愚經十三卷或十五卷或十六卷或十七卷亦云賢愚因縁經見道慧宋齊録及僧祐録
右一部一十三卷其本見在
沙門釋惠覺一云曇覺祐云曇覺涼州人墻㑚連霄風神爽悟戒地清拔慧鑒通微於于闐國得經梵本以太武皇帝太平眞君六年乙酉從于闐還到高昌國共沙門威德譯賢愚經一部見靖邁經圖按梁沙門僧祐賢愚經記云河西沙門釋曇覺威德等凡有八僧結志遊方遠尋經典於于闐大寺遇般遮于瑟之會般遮于瑟者漢言五年一切大衆集也三藏諸學各弘法寶説經講律依業而教學等八僧隨縁分聽於是競習梵音析以漢義精思通譯各書所聞還至高昌乃集爲一部既而踰越流沙齎到涼州于時沙門釋惠朗河西宗匠道業淵博總持方等以爲此經所記源在譬喻譬喻所明兼載善惡善惡相翻即賢愚之分也前代傳經已多譬喻故因事改名號曰賢愚經
大吉義神呪經二卷或四卷見法上録
淨度三昧經一卷第四出見竺道祖録及續高僧傳
付法藏傳四卷第二出見菩提留支録及續高僧傳
右三部七卷大吉義呪經一部二卷見在淨度等二部五卷闕本
沙門釋曇曜未詳何許人也少出家攝行堅貞風鑒閑約以魏和平年中住北臺爲昭玄

統綏緝僧衆妙得其心住恒安石窟通樂寺即魏帝之所造也去恒安西北三十里武周山北面石崖就而鐫之建立佛寺名曰靈巖龕之大者舉高二十餘丈可受三千許人面別鐫像窮諸巧麗龕別異狀駭動人神櫛比相連三十餘里東頭僧寺恒供千人碑碣見存未卒陳委先是太武皇帝太平眞君七年司徒崔皓邪佞諛詞令帝崇重道士冠謙之拜爲天師珍敬老氏殘害釋種焚毀寺塔至庚寅年太武感致癘疾方始開悟兼有白足禪師來相啓發生愧悔心即誅崔皓埋之都市以口爲厠令衆穢之至壬辰年武帝云崩孫文成立即起塔寺搜訪經典毀法七載三寶還興曜慨前陵廢欣令重復以和平三年壬寅故於北臺石窟集諸德僧對天竺沙門譯吉義等經三部流通後賢意存無絶

大方廣菩薩十地經一卷 第五出與羅什莊嚴菩提心經等同本見始興録及道慧宋齊録

稱揚諸佛功德經三卷 亦名集諸佛華經亦直云集華經一名現在佛名經或四卷第三出與羅什等出者同本見道慧宋齊録

方便心論一卷 或二卷凡四品第二出與東晉覺賢出者同本見道慧宋齊録僧祐録

付法藏因緣傳六卷 或無因緣字亦云付法藏經或四卷或云二卷見道慧宋齊録第三出與宋智嚴魏曇曜出者同本亦見僧祐録

雜寶藏經八卷 録云十三卷未詳今只有八卷或可即分此八爲十三也見道慧宋齊録及僧祐録

右五部一十九卷其本並在

沙門吉迦夜魏云何事西域人也遊化在慮導物爲心以孝文帝延興二年壬子爲昭玄

統沙門曇曜譯大方廣十地等經五部劉孝標筆受

信力入印法門經五卷 正始元年出華嚴眷屬經

如來莊嚴智慧光明入一切佛境界經二卷 亦名如來入一切佛境界經景明二年於白馬寺出第一譯與梁僧伽婆羅度一切諸佛境界智嚴經同本

金色王經一卷 初出與瞿曇流支譯者同本正始四年出法上録云菩提留支後更重勘

右三部八卷 前二部一卷見在後一部一卷闕本

沙門曇摩流支魏云法希亦云法樂南印度人棄家入道偏以律藏傳名弘道爲務感物而動宣武帝世遊化洛陽以景明二年辛巳至正始四年丁亥爲宣武帝譯信力等經三部沙門道寶筆受見長房等録

辯意長者子經一卷 或云辯意長者子所問經一名長者辯意經見法上録

右一部一卷其本見在

沙門釋法場未詳何許人也亦以宣武帝時於洛陽譯辯意經一部 撰録者曰謹按高僧等傳並云晉時道安出家數載方啓師求經師付辯意經一卷可五千言一覽便誦又安公失譯復載其名准此東晉之時辯意已行於世如何至魏宣武始云法場出也

妙法蓮華經論一卷 婆數盤豆菩薩造亦云法華經論侍中崔光僧朗等筆受見長房録初出與菩提留支譯者大同小異題云妙法蓮華經優波提舍

究竟一乘寶性論四卷 亦云寶性分別七乘增上論或三卷或五卷於趙欣宅出見寶唱録第二譯與菩提留支出者同本

寶積經論四卷 第二出與菩提留支大乘寶積經論同本見寶唱録

右三部九卷 前二部五卷見在後一部四卷闕本

沙門勒那摩提或云婆提魏言寶意中印度人學識優贍理事兼通三藏教文凡誦一億

偈偈三十二字尤明禪觀意存遊化以宣武帝正始五年戊子初届洛邑遂譯法華論等三部沙門僧朗覺意侍中崔光等筆受當翻經日於洛陽内殿菩提留支傳本勒那扇多參助其後三德乃徇流言各傳師習不相詢訪帝以弘法之盛略敍曲煩勑三處各翻訖乃參校其間隱没互有不同致有文旨時兼異綴後人合之共成通部見寶唱等録所以法華寶積寶性等論各有兩本耳初寶意沙門神理標異領牒魏詞偏盡隅隩帝每令講華嚴經披釋開悟精義每發一日正處高座忽有持笏執名者形如大官云奉天帝命來請法師講華嚴經意曰今此法席尚未停止待訖經文當從來命雖然法事所資獨不能建都講香火維那梵唄咸亦須之可請令定使者即如所請見講諸僧既而法事將了又見前使云奉天帝命故來下迎意乃含笑熈怡告衆辭訣奄然卒於法座都講等四僧亦同時俱逝凡所聞見歎未曾有

毗耶娑問經二卷長房等録並云寶意於洛陽譯今按經序乃云興和四年瞿曇流支於鄴都譯今移在瞿曇流支於鄴都譯今移存瞿曇録中

十地經論十二卷注云初譯論時未善魏言名器世間爲蓋子世間後因入殿齋見諸宿德從弟子索器乃總捷鉢幞因悟器是總名遂改爲器世間此十地論長房等録勒那菩提二處俱載今按崔光論序乃云菩提留支勒那摩提在洛陽殿内二人同譯佛陀扇多傳語帝親筆受二録各存理將未可今合爲一本在留支録中

龍樹菩薩和香方一卷凡五十法今以非三藏教故不録之

上之三部今並删也

金剛般若波羅蜜經一卷 永平二年於胡相國第譯是第二出僧朗筆受與秦世羅什及大般若第九會能斷金剛分等同本見法上録

彌勒菩薩所問經一卷 第二出與大乘方等要慧經同本於趙欣宅譯覺意筆受今編入寶積當第四十一會改名彌勒菩薩問八法會

勝思惟梵天所問經六卷 神龜元年於洛陽譯是第三出與法護持心羅什思益並同本異出見法上録及續高僧傳

深密解脱經五卷 全本初譯延昌三年於洛陽出僧辯筆受與唐譯解深密經及相續解脱解節經等並同本見法上録及續高僧傳

入楞伽經十卷 延昌二年譯是第三出與宋功德賢四卷楞伽及唐譯大乘楞伽經等並同本僧朗道湛筆受見續高僧傳

大薩遮尼乾子所説經十卷 或加受記無所説字或七卷或八卷一名菩薩境界奮迅法門經正光元年於洛陽爲司州牧汝南王於第出第二譯與神通變化經同本

無字寶篋經一卷 初出僧朗筆受與唐譯大乘離文字經等同本

伽耶山頂經一卷 亦云伽耶頂經第二出與羅什文殊問菩提經等同本

謗佛經一卷 第二出與西晉法護決定總持經同本

大方等修多羅王經一卷 初出與覺定轉有經同本

文殊師利巡行經一卷 初出與隋崛多文殊尸利行經同本覺意筆受

佛語經一卷 初出與周世崛多出者同本僧朗筆受

佛名經十二卷 或云十三卷或分爲二十卷正光年於胡相國第譯見續高僧傳

法集經六卷 或七卷或八卷延昌四年於洛陽出僧朗筆受見法上録及續高僧傳

護諸童子陀羅尼經一卷 亦云護諸童子請求男女陀羅尼經

差摩婆帝受記經一卷 正光年於洛陽出

不增不減經一卷 正光年於洛陽出紙録云二卷者誤

十地經論十二卷 或十五卷天親菩薩造釋十地經永平元年四月於

太極紫亭譯帝親筆受後付沙門僧辯等訖盡論文至四年夏首畢見崔光序

彌勒菩薩所問經論五卷或六卷或七卷或十卷釋彌勒所問經即寶積第四十一會是在洛陽趙欣宅出

大乘寶積經論四卷第一譯與寶意出者同本釋單卷寶積經即大寶積第四十三會普明菩薩會是

金剛般若波羅蜜經論三卷天親菩薩造永平二年於胡相國宅出僧朗筆受第一譯與唐義淨所出能斷金剛論釋同本

文殊師利菩薩問菩提經論二卷一名伽耶山頂經論婆藪槃豆菩薩造天平二年在鄴城殷周寺出僧辯道湛筆受

法華經論二卷題云妙法蓮華經優波提舍或一卷曇琳筆受并製序第二出與前寶意出者同本初有歸敬頌者是見續高僧傳

勝思惟梵天所問經論四卷或三卷普泰元年於洛陽元於湯宅出僧辯僧朗筆受録云十卷應誤見續高僧傳

無量壽經論一卷題云無量壽經優波提舍願生偈婆藪盤豆菩薩造

永安二年於洛陽永寧寺出僧辯筆受

十二因緣論一卷淨意菩薩造

百字論一卷提婆菩薩造

破外道小乘四宗論一卷提婆菩薩造

破外道小乘涅槃論一卷提婆菩薩造

寶性論四卷或五卷初出與寶意出者同本已上並見長房録及內典録

右三十部一百一卷前二十九部見在後寶性論一部闕本

沙門菩提留支魏言道希北印度人也偏通三藏妙入總持志在弘法廣流視聽遂挾道宵征遠莅葱左以魏永平之歲至止東華宣武下勅慇懃敬勞後處之永寧大寺供待甚豐七百梵僧並皆周給勅以留支爲譯經之元匠也其寺本孝明帝熈平元年靈太后胡氏所立在宮前閶闔門南御道之東中有九

層浮圖架木爲之舉高九十餘丈上有金剎復高十丈出地千尺去臺百里已遥見之初營基日掘至黄泉獲金像三十二軀太后以爲嘉瑞奉信法之徵也是以飾制瓌奇窮世華美剎表置金寶瓶容二十五斛承露金盤一十一重鐵鎖角張盤及鎖上皆有金鐸如一石甕九級諸角皆懸大鐸上下凡有一百三十枚其塔四面九間六窻三戶皆朱漆扇扉垂諸金鈴層有五千四百枚復施金鐸鋪首佛事精妙殫土木之工繡柱金鋪驚駭心日高風永夜鈴鐸和鳴鏗鏘之音聞十餘里北有正殿形擬太極中諸像設金玉珠繡作工巧綺冠絶當世僧房周接千有餘間臺觀星羅參差間出彫飾朱紫繢以丹青栝栢楨松異草叢集院牆周帀皆施椽瓦正南三門門樓開三道三重去地二百餘尺狀若天門赫弈華麗夾門列四力士四師子飾以金玉莊嚴煥爛東西兩門例皆如此所可異者唯樓兩重北門通道但路而置其四門外樹以青槐亙以淥水京師行旅多庇其下路斷飛塵不由渰雲之潤清風送涼豈藉合歡之發乃詔中書舍人常景製寺碑文故云須彌寶殿兜率淨宫莫尚於斯是也外國所獻經像皆在此寺寺既初成明帝及太后共登浮圖視宫中如掌内下臨雲雨上天清朗以見宫中事故禁人不聽登之時有西域沙門菩提達摩者波斯國人也越自西域來遊洛京見金盤炫日光照雲表寶鐸含風響出天外歌詠讃歎疑是神工自云年一百五十歳歴涉諸國靡不周遍如此寺精廬閻浮所無也説

佛境界亦無有比口唱南無合掌連日孝昌二年大風發屋拔樹刹上寶瓶隨風而墮入地丈餘復命工人更安新者至永熈三年二月爲天所震帝登淩雲臺望火遣南陽王寳炬録尚書長孫稚將羽林一千來救于斯時也雷雨晦冥霰雪交注第八級中平旦火起有二道人不忍焚燼投火而死其焰相續經餘三月入地刹柱乃至周年猶有煙氣其年五月有人從東萊郡至云見浮圖在於海中光明儼然同覩非一俄而雲霧亂起失其所在至七月平陽王爲侍中斛斯椿所挾西奔長安至十月而洛京遷于漳鄴先時留支奉勑創翻十地經論厥初命章宣武皇帝親自筆受然後方付沙門僧辯等訖盡論文佛法隆盛英俊蔚然相從傳授孜孜如也三藏留支從洛陽宣武帝永平元年戊子至鄴都孝靖帝天平二年乙卯將三十年相繼翻譯出金剛般若等經十地等論共三十部帝又勑清信士李廓撰衆經録廓學通玄素條貫經論雅有標擬故其録云三藏法師留支房内經論梵本可有萬夾所翻新文筆受藁本滿一間屋然其慧解與勒那相亞而神悟聰敏洞善方言兼工咒術則無抗衡矣嘗坐井口澡鑵内空弟子未來無人汲水留支乃操柳枝聊撝井中密加誦呪纔始數遍泉水上涌平及井欄即以鉢酌用之盥洗傍僧具見莫測其神咸共驚歎大聖人也留支曰勿妄褒賞斯乃術法外國共行此方不習謂爲聖耳懼惑世網遂祕不行

奮迅王問經二卷　不必定入印經一卷

一切法高王經一卷　第一義法勝經一卷

順中論二卷　已上五部七卷長房等録並云菩提留支所譯今按經初本譯序記並云瞿曇流支非菩提也今移在瞿曇録中

寶髻菩薩四法經論一卷

三具足經論一卷

轉法輪經論一卷　已上三部三卷房等亦云菩提留支所譯今按序記乃是毗目智仙故此三部亦移彼録

衆經論目録一卷　此是留支所撰非是梵本别翻今目録中敘此不復存也

菩薩境界奮迅法門經十卷　寶唱録云菩提留支譯今以即是薩遮尼乾子經異名故不别存也

十法經一卷　元象二年於鄴都出第二譯與梁僧伽婆羅出者同本今編入寶積當第九會名大乘十法會

無畏德菩薩經一卷　亦云無畏德女經元象二年於鄴都譯第五出與阿術達經等同本今編入寶積當第三十二會曇林筆受

如來師子吼經一卷　正光六年於洛陽出第一譯與唐日照方廣師子吼經同本

銀色女經一卷　元象二年於鄴都譯第二出與西晉法炬前三世轉經同本

正恭敬經一卷　一名威德陀羅尼中說經或名正法恭敬經元象二年於鄴都出第一譯與隋闍那崛多善恭敬經同本

轉有經一卷　元象二年於鄴都譯第二出與菩提留支方等修多羅經同本

阿難陀目佉尼訶離陀隣尼經一卷　第八譯與支謙無量門微密持經等同本

金剛上味陀羅尼經一卷　正光六年於洛陽出第二譯與隋崛多金剛場經同本

攝大乘論二卷　普泰元年於洛陽出與陳真諦唐玄奘所譯攝論同本阿僧佉作

無字寶篋經一卷　元象二年於鄴都出第二譯與留支等出者同本上十部並見隋費長房録及唐内典録等

右一十部一十一卷前九部十卷見在後一部一卷闕本

沙門佛陀扇多魏言覺定北印度人神悟聰敏内外博通特善方言尤工藝術以孝明帝正光六年乙巳至孝靖帝元象二年己未於洛陽白馬寺及鄴都金華寺譯十法等經十部沙門曇林等筆受

得無垢女經一卷或無得字一名論義辯才法門經興和三年於鄴都出第三譯與寶積無垢施會及法護離垢施經同本見長房録

聖善住意天子所問經三卷興和三年於鄴城金華寺出曇林筆受第五譯或四卷與寶積善住意會及法護如幻三昧經等同本見長房録

毗耶娑問經二卷初出與寶積廣博仙人會同本興和四年七月十七日於尚書令儀同高公第譯三十日畢沙門曇林筆受見經前序記

奮迅王問經二卷第二出與羅什自在王經同本興和四年七月三十日於尚書令儀同高公第内啓夾創譯沙門曇林筆受見經前序記

不必定入定入印經一卷初出與義淨入定不定印經同本典和四年九月十九日於尚書令儀同高公第譯沙門曇林筆受見經前序記

一切法高王經一卷一名一切法義王經第三出與諸法勇王經等同本興和四年六月二十三日在賓太尉定昌寺譯沙門曇林筆受見經前序記

第一義法勝經一卷初出與大威燈光仙人經同本興和四年九月一日於尚書令儀同高公第譯沙門曇林筆受見經前序記

金色王經一卷興和四年於金華寺出沙門曇林筆受第二出與曇學流支出者同本見長房録

八部佛名經一卷亦云八佛名經興和四年於金華寺出沙門曇林筆受見長房録

順中論二卷無著菩薩造武定元年八月十日於尚書令儀同高公第譯沙

門曇林筆受見經前序記

唯識論一卷一名破色心或云唯識無境界論在金華寺出天親菩薩造第一譯與陳眞諦唯識論及唐譯二十唯識論並同本見長房録

壹輸盧迦論一卷龍樹菩薩造在金華寺出見長房録云伊迦輸盧迦論

正法念處經七十卷興和元年於鄴城大丞相高澄第譯曇林僧昉筆受見長房録

無垢優婆夷問經一卷興和四年出見長房録

解脫戒本一卷出迦葉毗部武定元年在鄴都侍中尚書令高澄請出見經前序僧昉筆受并製序亦見長房録

菩薩四法經一卷金華寺出曇林李希義等筆受見長房録

寶意猫兒經一卷於金華寺爲高仲密出見長房録

犢子道人問論一卷於金華寺爲高仲密出李希義筆受見長房録

右一十八部九十二卷解脫戒上一十五部八十九卷見在菩薩四法經下三部三卷闕本

婆羅門瞿曇般若流支魏云智希中印度波羅柰城淨志之種少學佛法妙閑經旨神理標異領悟方言以孝明帝熈平元年遊寓洛陽後京師遷鄴亦與時徙以孝靖帝元象元年戊午至武定元年癸亥於鄴城内在金華定昌二寺及尚書令儀同高公第内譯得無垢女等經一十八部沙門僧昉曇林居士李希義等筆受迴諍論一卷業成就論一卷已上二論長房等録皆云瞿曇流支譯今按經初本譯序記乃云毗目智仙今依經記爲正又續高僧傳云當魏時有沙門菩提流支與般若流支前後出經而衆録傳寫率多輕略各去上字但云流支而不知是何流支迄今羣録譯目相涉難得詳定昇今搜訪實録件注如前所未見者俟諸後進耳

摩訶迦葉經二卷亦云大迦葉經或無大字興和三年於驃騎大將軍

左僕射内侍中司徒公孫騰弟譯見經前序今編入寶積當弟二十三會

僧伽吒經四卷　元象元年於司徒公孫騰弟譯見續高僧傳

頻婆娑羅王問佛供養經一卷　興和三年出出增一阿含弟二十六卷異譯見長房録

右三部七卷　前二部六卷見在後一部一卷闕本

王子月娑首那魏言高空中印度優禪尼國王子以孝靖帝元象元年戊午訖興和三年辛酉於鄴都司徒公孫騰之第譯迦葉等經三部沙門僧昉筆受首那從魏之梁乃於陳代更譯諸經如别所述

寶髻菩薩四法經論一卷　題云寶髻經四法優波提舍天親菩薩造興和三年九月一日在金華寺爲御史中尉高仲密譯沙門曇林筆受見經前序記

三具足經一卷　題云三具足經優波提舍天親菩薩造興和三年九月十三日在金華寺爲驃騎大將軍高仲密譯沙門曇林筆受見經前序記

轉法輪經論一卷　題云轉法輪經優波提舍天親菩薩造興和三年八月十一日在金華寺爲開府儀同三司勃海高仲密譯沙門曇林筆受見經前序記

業成就論一卷　天親菩薩造初出與唐譯大乘成業論同本興和三年七月二十五日爲高仲密於金華寺譯沙門曇林筆受見經前序記

迴諍論一卷　龍樹菩薩造興和三年三月二十日於金華寺爲驃騎大將軍開府儀同三司御史中尉勃海高仲密譯沙門曇林筆受見經前序記

右五部五卷其本見在

沙門毗目智仙北印度烏萇國人剎利王種釋迦之苗裔㬥者毗瑠璃王壞迦毗羅城誅殘釋種當斯時也有四釋子僉其見逼不思

犯戒出外拒軍瑠璃遂退歸還本國城中不受告曰吾爲法種誓不行師汝退彼軍非吾族也既被放斥遂投諸國本是聖胤竟宗樹之四釋支離皆王一國今烏萇梵衍王等並其後也嗣胤相承于今不絶智仙法師即斯王種妙閑三藏最善毗曇與瞿曇流支同遊魏境而瞿曇流支尊事爲師以孝靖帝興和三年辛酉於鄴城内在金華寺共瞿曇流支譯寶髻論等五部沙門曇林筆受驃騎大將軍開府儀同三司御史中尉勃海高仲密爲檀越啓請供養並見經前序記而智仙法師遊方弘化踰越沙險志在利生既啓梵文應多部卷但余見淺狹尋覽未周所覩五經件述如右後進儻遇幸希續補使法門無謬豈不善歟自魏及唐傳録非一智仙法師未蒙編載弘法之名莫著高行之迹靡彰傷哉悲哉深可嗟矣

涅槃論一卷（或云大般涅槃經論婆藪槃豆菩薩造略釋大經見内典録初出）

右一部一卷其本見在

沙門達磨菩提此云法覺内典録云達磨菩提譯涅槃論不顯帝代而編魏末今亦同彼附於此中（復有涅槃論二卷亦題達磨菩提譯尋文乃釋前論或疑是人造也）

齊高氏都鄴（亦云北齊）

從文宣帝天保元年庚午至高恒（無謚）承光元年丁酉凡經六主二十八年緇素一人所出經論八部五十二卷

高齊沙門那連提黎耶舍（七部五十一卷論）

居士萬天懿（一部一卷經）

菩薩見實三昧經十六卷（或十四卷天統四年於天平寺出今

大集月藏經十卷（編入寶積當第十六會）（題云大集經月藏分第十二或十二卷或十五卷或直云月藏經天統二年於天平寺出）

大集須彌藏經二卷（內題云大乘大集經須彌藏分第十五或直云須彌藏經天保九年於天平寺出）

大悲經五卷（天保九年於天平寺出大周録云涅槃支派）

月燈三昧經十一卷（或十卷天保八年於天平寺出）

施燈功德經一卷（亦名然燈經天保九年於天平寺出）

法勝阿毗曇心論經六卷（大德優婆扇多造或七卷或無經字或無法勝字或加別譯字或云法勝阿毗曇論河清二年於天平寺出並見長房録）

右七部五十一卷其本見在

沙門那連提黎耶舍齊言尊稱北印度烏萇國人正音應云鄔茶（茶音持耶切奘法師云烏杖那唐翻云苑謂昔輪王之苑囿也）其王與佛同氏亦姓釋迦剎帝利種（齊云土田主也由劫初之時先爲分地主因即號焉今所謂國王者是也）舍年十七發意出家尋值名師備聞正教二十有一得受具篇聞諸宿老歎佛影迹或言其國有鉢其國有衣頂骨牙齒神變非一遂即起心願得瞻奉以戒初受須知律相既滿五夏發足遊方所以天梯石臺之迹龍廟寶塔之方廣周諸國並親頂禮僅無遺逸曾竹園寺一住十年遍履僧坊多值明德有一尊者深識人機見語舍云若能靜修應獲聖果恐汝遊涉終無所成爾日雖聞情無領悟晚來却想悔將何及耶舍北背雪山南窮師子歷覽聖迹仍旋故壤乃覩烏萇國主眞大士焉自所經見罕儔其類試略述之安民以理民愛若親後夜五更先禮三寶香華妓樂竭誠供養日出陞殿方覽萬機次到辰時香水浴像宮

中常設日百僧齋王及夫人手自行食齋後消食習諸武藝日景將昳寫十行經與諸德僧共談法義復與羣臣量議治政暝入佛堂自奉燈燭禮拜讀誦各有恒條了其常業乃還退靜三十餘年斯功不替王有百子誠孝居懷釋種餘風胤流此國但以寺接山阜野火所焚各相差遣四遠投告六人爲伴行化雪山之北至于峻頂見有人鬼二路人道荒險鬼道利通行客心迷多尋鬼道漸入其境便遭殺害昔有聖王於其路首作毗沙門天王石像手指人路同伴一僧錯入鬼道耶舍覺已口誦觀音神呪百步追及已被鬼害自以呪力得免斯厄因復前行又逢山賊專念前呪便蒙靈衛賊來相對目不見循路東指到芮芮國值突厥亂西路不通返鄉意絕乃隨流轉北至泥海之傍南距突厥七千餘里彼既不安遠投齊境天保七年屆於鄴都文宣帝洋極見殊禮偏異恒倫耶舍時年四十骨梗雄雅物議憚之緣是文宣禮遇隆重安置太平寺中請爲翻經三藏殿內梵本千有餘夾勅送於寺處以上房爲建道場供窮珍妙別立廚庫以表尊崇舍從文宣帝天保八年丁丑至高緯(無諡)天統四年戊子於鄴城天平寺譯菩薩見實等經七部勅昭玄大統沙門法上等二十餘人監掌翻譯昭玄都瞿曇般若流支長子沙門達摩闍那(齊言法智)及居士萬天懿傳語舍於齊時大興正法弘暢衆心文宣重法殊異躬禮梵本顧謂羣臣曰此乃三寶洪基故我偏敬其奉信推誠爲如此也耶舍每於宣譯之暇時陳神呪冥救顯助

立功多矣未幾授昭玄都俄轉爲統所獲供祿不專自資好起慈惠樂興福業設供飯僧施諸貧乏獄囚繫畜咸將濟之市鄽鬧所多造義井親自漉水津給衆生又於汲郡西山建立三寺依泉旁谷制極山美又收養癘疾男女別坊四事供承務令周給又往突厥客館勸持六齋羊料放生受行素食又曾遇病百日不起天子皇后躬問起居耶舍歎曰我本外客德行未隆乘輿今降重法故爾內撫其心愧懼交集耶舍後至隋代更出諸經備在隋錄具如彼述

尊勝菩薩所問一切諸法入無量門陀羅尼經一卷（第三出與無崖際持法門經等同本或直云尊勝菩薩所問經亦直云入無量門陀羅尼經）

右一部一卷其本見在

居士萬天懿本姓拓跋北岱雲中人也魏分十姓因爲方俟氏世居洛陽故復爲河南人也後單稱萬氏少曾出家師婆羅門而聰慧有志力善梵書梵語兼工呪術由是應召得預翻傳之數懿以武成帝湛河清年中於鄴都自譯尊勝菩薩所問經一部見長房錄

開元釋教錄卷第六

開元釋教録卷第七

唐西崇福寺沙門智昇撰

總括羣經録上之七

周宇文氏都長安

從閔帝元年丁丑 依古無號直稱元年 至靖帝大定元年辛丑凡經五帝二十五年沙門四人所出經論一十四部二十九卷 於中六部一十一卷見在八部一十八卷闕本

周沙門攘那跋陀羅 一部一卷論

沙門闍那耶舍 六部一十五卷經

沙門耶舍崛多 三部八卷經論

沙門闍那崛多 四部五卷經

五明論合一卷 一聲論二醫方論三工巧論四呪術論五符印論見長房録

右一部一卷本闕

沙門攘那跋陀羅周云智賢波頭摩國人雖善達三藏而偏釋律部以明帝二年戊寅於長安舊城婆伽寺共闍那耶舍譯五明論一部耶舍崛多闍那崛多等傳譯沙門智僊筆受 又長房等録云周武帝代天和四年己丑摩勤國沙門達摩流支周言法希爲大冢宰晉陽公宇文護譯婆羅門天文二十卷今以非三藏教故不存之也

大乘同性經二卷 亦名一切佛行入智毗盧遮那藏說經一名佛十地經或四卷天和五年譯上儀同城陽公蕭吉筆受初出與唐日照證契大乘經同本

大雲請雨經一卷 内題云大雲經請雨品第六十四房云品第一百非也天和五年譯沙門圓明筆受初出與大雲輪請雨及大方等大雲請雨二經並同本

寶積經三卷 天和六年譯沙門道晉筆受

定意天子所問經五卷 天和六年譯沙門圓明筆受出大集今疑與善住意經同本

八如來智不思議經三卷 見翻經圖第二出與度諸佛境界智光嚴經等同本建德元年譯

佛頂呪經幷功能一卷 保定四年譯學士鮑永筆受五部見長房録

右六部一十五卷 請雨經上二部三卷見在寶積經下四部十二卷闕本

沙門闍那耶舍周言藏稱亦曰勝名中印度摩伽陀國人專修宴坐妙窮定業共二弟子耶舍崛多闍那崛多以武帝保定四年甲申至建德元年壬辰爲大冡宰晉陽公宇文護於長安舊城四天王寺譯大乘同性經等六部柱國平高公侯伏壽爲總監檢校

金光明經更廣壽量大辯陀羅尼經五卷 於歸聖寺譯智僊筆受此五卷金光明經非是全譯但於曇無讖四卷經中續壽量大辯二品今在刪繁録

十一面觀世音神呪經一卷 於四天王寺譯上儀同城陽公蕭吉筆受初出與唐譯十一面神呪心經等同本

須跋陀羅因緣論二卷 於四天王寺譯沙門圓明筆受並見長房録

右三部八卷 前二部六卷見在後一部二卷闕本

沙門耶舍崛多周言稱藏優婆國人共小同學闍那崛多於武帝時爲大冡宰宇文護於四天王寺及歸聖寺譯金光明經等三部 靖邁經圖中又有大雲請雨經一卷亦云稱藏所譯今以此經即是與前闍那耶舍共出之者不合別上二處俱存者誤也

妙法蓮華經普門品重誦偈一卷 在益州龍淵寺譯今編入第八卷普門品

種種雜呪經一卷 或無經字呪總二十三首在益州龍淵寺譯

佛語經一卷 第二出與元魏菩提留支譯者本同在益州龍淵寺譯

金色仙人問經二卷 於長安舊城四天王寺譯蕭吉筆受並見長房

録

右四部五卷前二部二卷見在後二部三卷闕本

沙門闍那崛多周言志德北印度揵達國人師徒同遊來達兹境以武帝時於四天王寺譯金色仙人問經後隨譙王宇文儉往益州於龍淵寺復譯普門偈等三部崛多入隋更廣翻譯備如後述

陳氏都建業

自武帝永定元年丁丑至後主禎明三年己酉凡經五主三十三年緇素三人所出經律論及集傳等總四十部一百三十三卷於中二十六部八十九卷見在一十四部四十四卷闕本

陳沙門拘羅那他三十八部一百一十八卷經律論集

王子月婆首那一部七卷經

沙門須菩提一部八卷經

金剛般若波羅蜜經一卷第三譯與姚秦羅什元魏留支等出者同本

解節經一卷是解深密經初五品異譯出第一卷此經非是全部真諦略出以證義耳

遺教經論一卷釋遺教經

十八空論一卷

攝大乘論三卷無著菩薩造第二出與元魏佛陀扇多等譯者同本天嘉四年於廣州制旨寺譯惠愷筆受

攝大乘論釋十五卷天親菩薩釋亦云釋論或十二卷第一譯與隋笈多等出者同本天嘉四年於廣州制旨寺出惠愷筆受

佛性論四卷天親菩薩造

中邊分別論二卷婆藪槃豆造或三卷於臨川郡出第一譯與唐譯辯中邊論同本

顯識論一卷內題云顯識品從無相論出題云真諦譯新附此

轉識論一卷即出前顯識論中題云真諦譯新附此

唯識論一卷 天親菩薩造初云修道不共他在臨川郡譯第二出與元魏般若流支等出者同本

寶行王正論一卷

三無性論二卷 出無相論或一卷

無相思塵論一卷 初出與唐譯觀所緣論同本見靖邁經圖及内典録

解捲論一卷 初出與唐義淨掌中論同本見靖邁經圖及内典録

廣義法門經一卷 第三出與漢安高所出普法義經等同本題云是中阿含一品別譯天嘉四年十一月十日於廣州制旨寺譯

佛阿毗曇經二卷 亦云論録云九卷今只二軸未詳所以又内典録中更載佛阿毗曇一卷非也

律二十二明了論一卷 亦直云明了論出正量部波羅提木叉論中覺護法師造光太二年正月二十日於廣州譯沙門惠愷筆受

阿毗達磨俱舍釋論二十二卷 婆藪槃豆造第一譯與唐譯俱舍論同本天嘉四年正月二十五日於制旨寺出至閏十月十日訖至五年二月二日更勘至光太元年十二月二十五日畢

隨相論一卷 或云求那摩諦隨相論德惠法師造或一卷

立世阿毗曇論十卷 題云立世毗曇藏或無論字亦云天地記經永定三年出録云十五卷未詳

四諦論四卷 婆藪跋摩造

部執異論一卷 亦名部異執論第二出與大部論及宗輪論同本

婆藪槃豆法師傳一卷 此曰天親第二出

金七十論三卷 外道迦毗羅仙人造二十五諦謂數論也或二卷長房等録別存僧佉論三卷者非也謂梵名僧佉此翻爲數

金剛般若論一卷

大般涅槃經論一卷 或無般字第二出

反質論一卷 今疑即藏中如實論是故彼題云如實論反質難品

墮負論一卷

成就三乘論一卷

正說道理論一卷

意業論一卷

大空論三卷（於豫章栖隱寺出）
僧澀多律一卷（陳言總攝）
俱舍論偈一卷（初出與唐譯俱舍頌同本天嘉四年於制旨寺出）
俱舍論本十六卷（據其論本即前偈是今復言本未詳所以）
翻外國語七卷（一名俱舍論因緣事一名雜事）
修禪定法一卷（除四部外餘三十六部見長房録）
右三十八部一百一十八卷（金七十論上二十五部八十二卷見在金剛論下一十三部三十六卷闕本）

沙門拘羅那他陳曰親依或云波羅末陀此云眞諦並梵文之名字也本西印度優禪尼國人以梁武太清二年屆于建業頃屬梁季崩亂不果宣傳雖復翻經栖遑靡託逮陳武永定二年七月還返豫章又上臨川晉安諸郡眞諦雖傳經論道缺情離本意不伸更觀機壤遂欲汎舶往楞伽修國道俗虔請結誓留之不免物議遂停南越便與前梁舊齒重覈所翻其有文旨乖意者皆鎔冶成範始末倫通至文帝天嘉四年揚都建元寺沙門僧宗法准僧忍律師等並建業標領欽聞新教故使遠浮江表親承芳問諦欣其來意乃爲翻攝大乘等論首尾兩載覆疎宗旨而飄寓投委無心寧寄又汎小舶至梁安郡更裝大舶欲返西國學徒追逐相續留連太守王萬奢述衆元情重伸邀請諦又且循人事權止海隅伺旅東裝未思安堵至三年九月發自梁安汎舶西引業風賦命飄還廣州十二月中上南海岸刺史歐陽穆公頠延住制旨寺請翻新文諦顧此業緣西還無指乃對沙門慧愷等翻廣義法門經及唯識論等後穆公薨没世子紇重爲檀越開傳經論時又許焉

而神思幽通量非情測甞居別所四絶水洲紆徃造之嶺峻濤涌未敢凌犯諦乃鋪舒坐具在於水上加坐其内如乘舟焉浮波達岸既登接對而坐具不濕依常敷置有時或以荷葉搨水乘之而度如斯神異其例甚衆至光太二年六月諦猒世浮雜情弊形骸未若佩理資神早生勝壤遂入南海北山將捐身命時智愷正講俱舍聞告馳往道俗奔赴相繼山川刺史又遣使人伺衞防遏躬自稽顙致留三日方紆本情因爾迎還止于王園寺時宗愷諸僧欲延還建業會揚輦碩望恐奪時榮乃奏曰嶺表所譯衆部多明無塵唯識言乖治術有蔽國風不隸諸華可流荒服帝然之故南海新文有藏陳世以太建元年遘疾少時遺訣嚴正勗示因果書傳累紙其文付弟子智休至正月十一日午時遷化時年七十有一明日於潮亭焚身起塔十三日僧宗法准等各齎經論返匡山自諦來東夏雖廣出衆經而偏宗攝論故討尋教旨者通覽所譯則彼此相發綺繢鋪顯故隨處翻傳親流疏解諦從陳武永定二年戊寅至孝宣太建元年己丑更譯金剛般若經等三十八部微附華飾盛顯隋唐見曹毗別曆及隋費長房録唐内典録等餘有未譯梵本書並多羅樹葉凡有二百四十夾若依陳紙翻之則列二萬餘卷今見譯訖止是數夾之文並在廣州制旨王園兩寺是知法寶弘博定在中天識量玼璅誠歸東夏何以明之見譯藏經四千餘卷生便棄擲習學全希用此量情情可知矣初諦傳度攝論宗愷歸心窮括教源銓

題義旨遊心既久懷敞相承諦又面對闡揚
情理無伏一日氣嚴厲衣服單疎忍噤通宵
門人側席愷等終夜靜立奉侍諮詢言久情
昏有時眠寐愷密以衣被覆足諦潛覺知便
曳之于地其節儉知足如此愷如先奉侍逾
久逾親諦以他日便喟然憤氣衝口者三愷
問其故答曰君等欵誠正法實副忝傳但恨
弘法非時有阻來意耳愷聞之如噎良久聲
淚俱發跪而啓曰大法絶塵遠通赤縣羣生
無感可遂埋耶諦以手指西北曰此方有大
大國非近非遠吾等没後當盛弘之但不覩
其典以爲太息耳即驗往隣令統敷揚有宗
傳者以爲神用不同妄生異執惟識不識其
識不無慨然無上依經二卷准經後記云梁代譯今編梁録
又長房內典等録復有正論釋義等一十三
部一百八卷今並是經論義疏眞諦所撰非
梵本翻故刪不録又內典録中梁陳二代俱
載起信論者非也

勝天王般若波羅蜜經七卷初出與大般若第六會同本

右一部七卷其本見在

王子月婆首那陳言高空中印度優禪尼國
王之子從魏之梁譯業無輟以梁太清二年
六月有于闐沙門求那跋陀陳言德賢齎勝天王
般若一部梵文凡十六品始泊建業首那忽
見德賢有此經典敬戀寘懷如對眞佛因從
祈請畢命弘宣德賢嘉其雅操虛心授與那
得保持以爲希遇屬侯景作亂未暇翻傳貿
載東西諷持供養民之所欲天必從焉遂屬
陳朝霸於建業首那貿笈懷經自遠而至江
州刺史儀同黄法氍渴仰大乘護持正法以

文帝膺天嘉六年歲次乙酉七月辛巳朔二十三日癸卯勸請首那於州廳事略開題序設無遮大會四衆雲集五千餘人匡山釋僧果及遠邇名德並學冠百家博通五部各有碩難紛綸靡不渙然冰釋到其月二十九日還興業伽藍犍椎既響僧徒咸萃首那躬執梵文譯爲陳語揚州阿育王寺釋智昕暫遊彭匯服膺至教耳聽筆跡一言敢失再三循環撰爲七卷訖其年九月十八日文句乃盡江州僧正釋慧恭博通三學始末監掌具經前序及長房等録那雖一身而備經涉歷元魏梁陳相繼宣譯後不測其終

大乘寶雲經八卷第二出與梁世曼陀羅七卷寶雲及唐譯十卷寶雨並同本見一乘寺藏録

右一部八卷本闕

沙門須菩提陳言善現或云善吉亦云善業扶南國人解悟超羣詞彩逸俗化物無倦遊方届茲於揚都城内至敬寺爲陳主譯大乘寶雲經一部

隋楊氏都大興

自文帝開皇元年辛丑至恭帝義寧二年戊寅相承三帝三十八年緇素九人所出經論及傳録等總六十四部三百一卷於中六十二部二百八十七卷見在二部一十四卷闕本

隋洋川郡守瞿曇法智一部一卷經

沙門毗尼多流支二部二卷經

沙門那連提黎耶舍八部二十三卷經

沙門闍那崛多三十九部一百九十二卷

沙門釋法經等二部一十二卷經録目

沙門釋寶貴一部八卷合經

沙門菩提登一部二卷經
翻經學士費長房一部一十五卷三寶録
沙門達摩笈多九部四十六卷經論
業報差別經一卷開皇二年三月譯房云第二出與罪業報應經大同小異者全乖也見長房録及續高僧傳
右一部一卷其本見在
優婆塞達磨闍那隋云法智姓瞿曇氏即元魏般若流支長子本中印度婆羅痆斯國人婆羅門種流滞東川遂郷華俗父子相承祖習傳譯高齊之季爲昭玄都齊國既平佛法同毁智因僧職轉任俗官冊授洋州洋川郡守隋受周禪梵牒即來勑召智還使掌翻譯智既妙善隋梵二言執本自翻無勞傳度以開皇二年壬寅譯業報差別經一部成都沙門釋智鉉筆受文詞銓序義體趙郡沙門釋彦琮製序長房等録並云於興善寺譯業報差別經今謂不然此經二年季春譯出季夏有詔始遷大興云興善寺翻小非詳審也
大乘方廣總持經一卷或無乘字開皇二年七月譯第二出與西晉法護濟諸方等學經同本見房録
象頭精舍經一卷開皇二年二月譯第三出與羅什文殊問菩提經等同本見長房録
右二部二卷其本並在
沙門毗尼多流支隋言滅喜北印度烏萇國人不遠五百由延振錫巡方來觀盛化至止便召入令翻經以文帝開皇二年壬寅譯方廣總持等經二部給事李道寶般若流支次子曇皮二人傳語長安沙門釋法纂筆受爲隋言并整比文義沙門彦琮並皆製序長房等録亦云於興善寺出此亦不然過如前述
大方等大集日藏經十卷或十二卷或十五卷題云大乘大方

等日藏分經與大集日密分同本當第四出開皇四年五月起翻五年二月訖沙門智鉉費長房等筆受

大雲輪請雨經二卷 開皇五年正月出沙門惠獻筆受是大雲經第六十四品第二出與周世闍那耶舍大雲請雨經及隋崛多方等請雨經並同本

大莊嚴法門經二卷 一名文殊師利神通力經亦名勝金色光明德女經開皇三年正月出第三譯與法護大淨法門經等同本沙門智鉉筆受

德護長者經二卷 一名尸利崛多長者經開皇三年六月出沙門僧琨筆受第四譯與法護月光童子經等同本

百佛名經一卷 開皇二年十二月出沙門惠獻筆受第二出

力莊嚴三昧經三卷 開皇五年十月出費長房筆受

蓮華面經二卷 開皇四年三月出沙門惠獻筆受

堅固女經一卷 開皇二年十二月出沙門惠獻筆受亦云牢固女上八部並見長房録

右八部二十三卷其本並在

沙門那連提黎耶舍隋言尊稱北印度烏萇國人先於齊國爲昭玄統共昭玄都沙門法智譯經七部備在齊録建德之季周武克齊佛教與國一時平殄耶舍外假俗服内襲三衣避地東西不遑寧息五衆彫窘投厝無所儉餓溝壑者減食施之老病扶力者隨緣濟益雖事力匱薄拒諫行之而神志休强說導無倦屯負留難便歷四年有隋御寓重興三寶開皇之始梵經遥應爰降璽書請來弘譯二年七月弟子道密等侍送入京住大興善寺其年季冬草創翻業勑昭玄統沙門曇延等三十餘人令對翻傳主上禮問殷繁供奉隆渥年雖朽邁行轉精勤曾依舍利弗陀羅尼具依修業夢得境界自當作佛如此靈祥

雜沓其例非一後移住廣濟寺（煬帝名廣改為弘濟今復避諱為崇濟焉）為外國僧主存撫羇客妙得物心忽一旦告弟子曰吾年老力微不久去世及今明了誠爾門徒佛法難逢宜勤修學人身難獲慎勿空過言訖就枕奄爾而化時滿百歲即開皇九年八月二十九日初耶舍先逢善相者云年必至百亦合登仙中壽果終其言驗矣登仙冥理猶難測之然其形貌瓌奇頂如肉髻耳長而聳目正處中有異常倫特為殊相固是傳法之碩德也法主既傾哀驚道俗紹隆之事將漸墜焉凡於隋代譯經八部即大集日藏大雲輪大莊嚴法門等經是也並沙門僧琛明芬給事李道寶學士曇皮等僧俗四人更遞度語沙門智鉉道邃惠獻僧琨奉朝請庾質學士費長房等筆受昭玄統沙門曇延昭玄都大興善寺主靈藏等二十餘德監護始末至五年冬勘練俱了並沙門彥琮製序尋耶舍遊涉四十許年國五十餘里十五萬瑞景靈迹勝寺高僧駛水深林山神海獸無非奉敬並預徵降事既廣周未遑陳敘沙門彥琮為之本傳具流於世

護國菩薩經二卷（見內典錄今編入寶積當第十八會）

移識經二卷（今編入寶積當第三十九會改名賢護長者會初出與唐譯顯識經同本開皇十六年十月出十二月訖學士費長房筆受見長房錄）

發覺淨心經二卷（初出與寶積發勝志樂會同本開皇十五年九月出十月訖沙門僧琨等筆受見長房錄）

虛空孕菩薩經二卷（與大集第十六分第四出與虛空藏經及虛空藏神呪經等同本開皇七年正月出三月訖沙門僧曇筆受彥琮製序見長房錄）

大方等大集賢護經五卷或六卷題云十方等大集經賢護分亦云賢護菩薩第七譯與般舟三昧經等同本開皇十四年十二月出十五年二月訖沙門明芬等筆受

大集譬喻王經二卷或無大集字是大集別品開皇十五年五月出六月訖沙門道密等筆受兼前賢護經並見長房録

佛華嚴入如來德智不思議境界經一卷第二出與度諸佛境界智光嚴經等同本見内典録

四童子三昧經三卷或直云四童子經第二出與法護方等泥洹同本開皇十三年五月出七月訖沙門僧琨筆受見長房録

妙法蓮華經添品七卷或八卷二十七品寶塔天授連之爲一故二十七仁壽元年因普曜寺沙門上行所謂崛多笈多二法師重勘梵本闕者添之具經前序

善思童子經二卷第四出與大方等頂王經及大乘頂王經等同本開皇十一年七月出九月訖學士費長房筆受沙門彦琮製序見長房録

金光明經銀主陀羅尼品囑累品一卷曇無讖出四卷眞諦七卷周世崛多五卷並無此二品檢梵本有故復出之見長房録後十七年沙門寶貴取前後譯合成八卷故不別存

大方等大雲請雨經一卷内題云大方等大雲經請雨品第六十四第三出與大雲請雨及大雲輪請雨二經並同本異譯見内典録

諸法本無經二卷第三出與諸法無行經等同本開皇十五年六月出七月訖學士劉憑筆受見長房録

大威燈光仙人問疑經一卷第二出與第一義法勝經同本開皇六年正月出二月訖沙門道遂筆受沙門彦琮製序見長房録

入法界體性經一卷或無體性字第二出與寶積三昧文殊問法身經等同本開皇十五年七月出八月訖沙門道密等筆受見長房録

希有希有校量功德經一卷 或云希有校量功德經初出與唐譯最無比經同本開皇六年六月出其月訖沙門僧曇筆受沙門彥琮製序見長房録

善敬經一卷 亦名善恭敬經一名善恭敬師經第二出與正恭敬經同本開皇六年七月出八月訖沙門僧曇等筆受彥琮製序見長房録

文殊尸利行經一卷 第二出與文殊巡行經同本開皇六年三月出四月訖沙門僧曇筆受沙門彥琮製序見長房録

八佛名號經一卷 第五出與八吉祥神呪八陽神呪經等同本開皇六年五月出六月訖沙門道邃等筆受彥琮製序見長房録

不空羂索呪經一卷 亦云不空羂索觀世音心呪經初出與唐譯不空羂索神呪心經等同本開皇七年四月出五月訖僧曇等筆受琮序見長房録

十二佛名神呪經一卷 題云十三佛名神呪校量功德除障滅罪經初出與唐譯稱讚如來功德神呪經同本開皇七年五月出其月訖僧琨等筆受琮序見長房録

一向出生菩薩經一卷 第十譯與無量門微密持經等同本開皇五年十一月出十二月訖沙門僧曇等筆受沙門彥琮製序見長房録

金剛場陀羅尼經一卷 第二出與金剛上味陀羅尼經同本開皇七年六月出八月訖沙門僧琨等筆受沙門彥琮製序見長房録

如來方便善巧呪經一卷 第二出與虛空藏菩薩問佛經同本開皇七年正月出二月訖沙門僧曇筆受沙門彥琮製序見長房録

東方最勝燈王如來經一卷 題云東方最勝燈王如來遣二菩薩送呪奉釋迦如來助護持世間經第四出與持句神呪經等同本見內典録

大法炬陀羅尼經二十卷 開皇十二年四月出十四年六月訖沙門道邃筆受見長房録

大威德陀羅尼經二十卷 開皇十五年七月出十六年十二月

訖沙門僧琨等筆受見長房録

五千五百佛名經八卷開皇十三年八月出十四年九月訖沙門僧曇等筆受見長房録

觀察諸法行經四卷開皇十五年四月二十四日出五月二十五日訖學士費長房等筆受見長房録

無所有菩薩經四卷見内典録

月上女經二卷開皇十一年四月出六月訖學士劉憑筆受沙門彦琮製序見長房録

出生菩提心經一卷開皇十五年十月出其月訖學士劉憑等筆受見長房録

商主天子所問經一卷或無所問字開皇十五年八月出九月訖學士費長房等筆受見長房録

諸法最上王經一卷開皇十五年五月出七月訖沙門明芬等筆受見長房録

大乘三聚懺悔經一卷見内典録

起世經十卷第五譯是長阿含記世經異出見經題上云崛多笈多二法師共譯新編入

佛本行集經六十卷開皇七年七月出十一年二月訖沙門僧曇學士費長房劉憑等筆受沙門彦琮製序見長房録

聖善住意天子所問經四卷第六出與如幻三昧經及寶積善住意會等同本開皇十五年四月出沙門道邃等筆受見長房録

諸佛護念經十卷開皇十四年十月出十二月訖沙門僧曇等筆受見長房録

右三十九部一百九十二卷本行集上二十七部一百七十八卷見在聖善住下二部一十四卷闕本

沙門闍那崛多隋云志德北賢豆賢豆本音因陀羅婆陀那此云主處謂天帝釋所護故也賢豆之音彼國之訛畧耳身毒天竺此方之訛稱也而彼國人總言賢豆而已約之以為五方也唐西域記云正音印度印度者唐翻為月月有多名斯其一稱言諸羣生輪迴不息無明長夜莫有司晨其猶白日既隱宵燭斯繼雖

有星光之照豈如朗月之明苟緣斯致因而譬月良以其土聖賢繼軌導凡御物如月照臨由是義故謂之印度印度種姓族類羣分而婆羅門特爲清貴從其雅稱傳以成俗無云經界之別總謂婆羅門國焉揵陀囉國人也隋云香行國也居富留沙富邏城隋云丈夫宮也剎帝利種姓金俱凡切步隋云項也謂如孔雀之項彼國以爲貴姓父名跋闍邏娑羅隋云金剛堅也幼懷遠量長垂清範位居冢宰爕理有經崛多昆季五人身居最小宿植德本早發道心適在髫年便求出離二親識其誠量仍爲賛成即入大林伽藍因蒙度脱其郁波弟耶隋云常近受持者今所謂和尚此乃于闐之訛略也奘法師云中天正音鄔波柁耶唐云親教亦云依學名嗜那耶舍隋云勝名專修宴坐妙窮定業其阿遮利夜隋云傳授或云正行即所謂阿闍梨也亦近國之訛畧耳奘法師云阿遮利耶唐云軌範亦云教名闍若那跋達囉隋云智賢遍通三學偏明律藏崛多自出家後孝敬專誠教誨積年指歸通觀然以賢豆聖境靈迹尚存便隨本師具得瞻奉時年二十有七受戒三夏師徒結志遊方弘法初有十人同契出境路由迦臂施國淹留歲序國王敦請其師奉爲法主益利頗周將事巡歷便踰大雪山西足固是天險之峻極也至猒怛國既初至止野曠民希所須食飲無人營造崛多遂捨具戒竭力供待數經時艱冥靈所祐幸免災横又經渴囉槃陀及于闐等國屢遭夏雨寒雪暫時停住既無弘演栖寓非久又達吐谷渾國漸至鄯州于時即西魏後元年也雖歷艱危心逾猛厲發蹤跋涉三載于茲同伴十人唯存四箇以周明武成之歲初届長安止草堂寺師徒遊化已果來心更登淨壇再受具足精誠從道尤甚由來既處京華漸通隋語名聞稍遠時輩所欽被詔延入後園共

論佛法殊禮別供充諸禁中思欲通法無由自展具情上啓即蒙別勑爲造四天王寺聽在居住自茲已後乃翻新經及接先闕既非弘泰羇縻而已會譙王宇文儉鎮蜀復請同行於彼三年恒任益州僧主住龍淵寺建德隳運像教不弘五衆一期同斯俗服武帝下勑追入京輦重加爵禄逼從儒禮秉操鏗然守死無懼帝愍其貞亮哀而放歸路出甘州北由突厥遇值中面他鉢可汗殷重請留因往復曰周有成壞勞師去還此無廢興幸安意住資給供養當使稱心遂爾併停十有餘載闍梨智賢還西滅度未久之間和尚遷化隻影孤寄莫知所安頼以北狄君民頗弘福利因斯飄寓隨方利物有齊僧寶暹道邃智周僧威法寶僧曇智昭僧律等十人以武平六年相結同行採經西域往返七載將事東歸凡獲梵本二百六十部迴至突厥聞周滅齊併毁佛法退則不可進無所歸遷延彼間遂逢至德如渴值飲若暗遇明因與同居講道相翫所齎新經仍共尋閱請翻名題勘舊録目轉覺巧便有異前人律等内誠各私慶幸獲寶遇匠得不虚行同誓焚香共契宣布大隋受禪佛法即興暹等齎經先來應運開皇元年季冬届止勑付所司訪人令譯二年仲春便就傳述季夏詔曰殷之五遷恐民盡死是則以吉凶之土制長短之命謀新去故如農望秋龍首之山川原秀麗卉木滋阜宜建都邑定鼎之基永固無窮之業在茲可域城曰大興城殿曰大興殿門曰大興門縣曰大興縣園苑池沼其號並同寺曰大興善也

於此寺中傳受法本于時崛多仍住北狄至開皇四年大興善寺沙門曇延等三十餘人以躬當翻譯音義乖越承崛多在北乃奏請還京帝乃别勑追延崛多西歸已絶流滯十年深思明世重遇三寶忽蒙遠訪欣願交并即與使命同來入國于時文帝巡幸洛陽於彼奉謁天子大悦賜問頻仍未還京闕尋勑敷譯新至梵本衆部彌多或經或書且内且外諸有翻傳必以崛多爲主僉以崛多言識異方字曉殊俗故得宣辯自運不勞傳度理會義門句圓詞體文意粗定銓本便成筆受之徒不費其力試比先達抑亦繼之五年勑令崛多共婆羅門沙門若那竭多開府高恭息都督天奴和仁及婆羅門毗舍達等道俗六人令於内史内省翻梵古書及乾文等于時廣濟寺唯獨耶舍一人譯經别勑崛多使兼翻經兩頭來往到十二年翻書訖了合得二百餘卷進畢爾時耶舍先已終亡仍勑崛多專主翻譯移法席就大興善寺更召婆羅門沙門達摩笈多幷勑高天奴高和仁兄弟等同傳梵語又增置十大德沙門僧休法粲法經慧藏洪遵慧遠法纂僧暉明穆曇遷等監掌翻事銓定宗旨沙門明穆彦琮重對梵本再審覆勘整理文義崛多曾傳于闐東南二千餘里有遮拘迦國彼王純信敬重大乘宮中自有摩訶般若大集華嚴三部大經並十萬偈王躬受持親執鎖鑰轉讀則開香華供養又道場内種種莊嚴誘諸小王令入禮拜此國東南二十餘里山甚巖險有深淨窟置大集華嚴方等寶積楞伽方廣舍利弗華

聚二陀羅尼都薩羅藏摩訶般若八部般若大雲經等凡十二部減十萬偈國法相傳防衛守護又有入滅定羅漢三人窟中禪寂每至月半諸僧就山爲其淨髮此則人法住持有生之所憑賴崛多道性純厚神志剛正愛德無猒求法不懈傳聞三藏遠究眞宗遍學五明兼閑世論經行得道場之趣總持通神呪之理三衣一食終固其誠仁濟弘誘非關勸請勸誦佛經老而彌篤强識先古久而逾諳士庶欽重道俗崇敬隋滕王遵仰戒範奉以爲師因事塵染流擯東越又在甌閩道聲載洽身心兩救爲益極多至開皇二十年便從物故春秋七十有八准添品法華序仁壽元年辛酉崛多笈多二法師於大興善寺重勘梵本闕者添譯既在仁壽之元出此添品即非開皇二十年卒也又於內典録云仁壽之末崛多以緣他事流擯東越續高僧傳即云開皇二十年卒傳録俱宣所撰而自相矛盾何也崛多自從西服來至東華循歷翻傳自開皇五年訖仁壽之末出護國等經總三十九部合一百九十二卷並詳括陶冶理教圓通文明義結具流於世見隋唐二録護國菩薩經佛華嚴入如來德智經大方等大雲請雨經東方最勝燈王如來經無所有菩薩經大乘三聚懺悔經已上六部內典録云崛多所譯靖邁經圖云笈多出今依內典爲正大集譬喻王經移識經法炬陀羅尼經已上三部經圖之中崛多笈多二録俱載者誤也今並載崛多録笈多録內除之

衆經目録七卷開皇十四年五月十日勑典善寺法經撰至七月十四日畢別録六卷總録一卷總別成七見長房録

衆經目録五卷仁壽二年勑請與善寺翻經沙門及學士等撰見續高僧傳

右二部一十二卷其本並在

沙門釋法經等並大興善寺翻經大德也開皇十四年甲寅文帝勑撰一切經録法經等

二十大德緝撰成之總標綱紀位爲九録區别品類有四十二分合有二千二百五十七部五千三百一十卷揚化寺沙門明穆區域條分指蹤紘絡日嚴寺沙門彦琮覼縷緝維考校同異見長房録又至仁壽二年勅所司請興善寺大德與翻經沙門及學士等披檢法藏詳定經録隨類區辨總爲五分單本第一重翻第二别生第三賢聖集傳第四疑僞第五見闕都合二千一百九部五千五十八卷别生疑僞不須抄寫已外三分入藏見録並沙門彦琮綜理裁定見續高僧傳

合金光明經八卷二十四品開皇十七年合當第四本見長房録沙門彦琮製序

右一部八卷其本見在

沙門釋寶貴大興善寺僧也開皇十七年丁巳合金光明經一部貴即周世智度論師道安之神足訖閲羣典見昔晉世沙門支敏度合兩支兩竺一白五家首楞嚴爲一部作八卷今准祐録及合經記四本合成無白延也又合一支兩竺三家維摩爲一部作五卷又沙門僧就合四家大集爲六十卷諸此合經文義宛具斯既先哲遺蹤貴遂依承以爲規矩遂合涼世法豊四卷十八品者周朝稱藏續演壽量大辯二品分爲五卷梁時眞諦出更四品謂三身分别品業障滅品陀羅尼最淨地品依空滿願品通前十八成二十二分成七卷隋代志德復出銀主陀羅尼品及囑累品前後所出共二十四品分爲八卷沙門彦琮重覆勘校品部究足始自于斯文號經王義稱深妙願言幽顯頂戴護持又長房録云招提寺沙門僧就開皇六年合大集經成六十卷者今尋就所合經難爲憑准中有差舛如後大乘録及删繁録中具述故此録中存其别本合部之者刪之不存

占察善惡業報經二卷（云出六根聚經亦名大乘實義經亦名地藏菩薩亦直云占察經）

右一部二卷其本見在

沙門菩提登外國人也不知何代譯占察經一部長房録云此經檢録無目而經首題云菩提登在外國譯似近代出今諸藏內並寫流傳而廣州有一僧行塔懺法以皮作二枚帖子一書善字一書惡字令人擲之得善者好得惡者不好又行自撲法以爲滅罪青州亦有一居士同行此法開皇十三年有人告廣州官司云是其妖官司推問其人引證云塔懺法依占察經自撲法依諸經中五體投地如太山崩廣州司馬郭誼來京向歧州具狀聞奏勑不信占察經道理令內史侍郎李元操共郭誼就寶昌寺問諸大德沙門法經等報云占察經目録無名及譯處塔懺法與衆經復異不可依行勑云諸如此者不須流行令謂不然豈得以己管窺而不許有博見之士耶法門八萬理乃多途自非金口所宣何得顯斯奥旨大唐天后天册萬歲元年勑東都佛授記寺沙門明佺等刋定一切經録以編入正經訖後諸覧者幸無惑焉

開皇三寶録十五卷（開皇十七年十二月二十三日上內題云歷代三寶紀見內典録及續高僧傳）

右一部一十五卷見在

翻經學士費長房成都人也房本出家周廢僧侶及隋興復仍襲白衣時預參傳筆受詞義以歷代羣録多唯編經至於佛僧紀述蓋寡乃撰三寶履歷帝年始自周莊魯莊至於開皇末歲首列甲子傍列衆經翻譯時代附

見綸綜號爲開皇三寶録撰成陳奏下勅行之其序略云今之所撰略准三書以爲指南顯兹三寶佛生年瑞依周夜明經度時祥承漢宵夢僧之元始城塹棟梁毗賛光耀崇於慧皎其外傍採隱居歷年國誌典墳僧祐集記諸史傳等僅數十家摘彼翠翎成斯已翮扇之千載風於百王共秉智炬之光照時昏暗同傳法流之潤洽世焦枯闡我皇猷導開厥始昔結集之首並指在某國城今宣譯之功理須各宗時代故此録體率舉號稱爲漢魏吴及大隋録也失譯疑僞依舊注之人以年爲先經隨本而次有重列者猶約世分總其華戎黒白道俗合有一百九十七人都所出經律戒論傳二千一百四十六部六千二百三十五卷位而分之爲十五軸一卷總目兩卷入藏三卷帝年九卷代録代録編鑒經翻譯之少多帝年張知佛在世之遐邇入藏別識教小大之淺深云云

大方等善住意天子所問經四卷　第七譯與如幻三昧聖善住意經等同本見内典録今編入寶積當第三十六會

大方等大集菩薩念佛三昧經十卷　第二出與宋功德直菩薩念佛三昧經同本是大集別分見内典録

縁生初勝分法本經二卷　初出與唐譯分別縁起經同本亦直云縁生經見内典録大業十二年十月出至十三年九月秉論並訖見經前序

藥師如來本願經一卷　第二出與灌頂第十三卷及唐譯藥師本願功德經等同本見内典録大業十二年十一月八日於翻經館譯訖沙門行矩製序

金剛般若論二卷　無著菩薩造見内典録

菩提資粮論六卷　聖者龍樹本比丘自在釋見内典録

攝大乘論釋論十卷第二出與眞諦譯者及唐譯世親攝論並同本世親菩薩釋見内典録

緣生論一卷聖者鬱楞伽造與緣生經同時出見内典録

起世因本經十卷第六出與長阿含第四分記世經及樓炭經等同本亦直云起世經見内典録

右九部四十六卷其本並在

沙門達摩笈多隋云法密亦云法藏本南印度羅囉力加切國人也内典録及翻經圖並云北天竺烏場國人者非也剎帝利種姓弊耶伽囉隋云虎氏有弟四人身居長子父母留戀不聽出家然以篤愛法門深願離俗年二十三往中印度界鞬拏究撥闍城隋云耳出於究牟地隋云黄華色僧伽羅磨隋云衆園舊云僧伽藍者訛略也笈多於此寺中方得落髮改名法密年二十五方受具戒其郁波弟耶名佛馱笈多隋云覺密阿遮利夜名舊拏達多隋云德施又一阿遮利夜名爲普照通大小乘經論咸能誦說行賓荼夜法謂行乞食者舊爲分衛訛略也入第耶那隋云念修舊爲禪那及持訶那並訛辭也恒入此觀以爲常業笈多受具之後仍住三年就師學問師之所得略窺戸牖後以普照師爲吒迦國王所請從師至彼經停一載師還本國笈多更留四年住於提婆鼻何囉隋云天遊也天謂國王遊謂僧處其所王立故名天遊舊以寺代之寺乃此土公院之名謂之司也廷也又云招提者亦訛略也世依字解招謂招引提謂提攜並浪語也此乃西言耳正音云招鬬提奢此云四方謂處所爲四方衆僧之所依住也於是歷諸大小乘國及以僧寺聞見倍多北路商人頗至於彼遠傳東域有大支那國焉舊名眞丹振旦者並非正音無義可譯唯知是此神州之總名初雖傳述不甚明信未作來心但以志在遊方情無所繫遂往迦臂施國六人爲伴仍留此國停住王寺笈多遂將四伴於國城中二年停

止遍歷諸寺備觀所學遠遊之心尚未寧處其國乃是北路之會雪山北陰商旅咸湊其境於商客所又聞支那大國三寶興盛同侶一心屬意來此非唯觀其風化願在利物弘經便踰雪山西足薄佉羅國沙多叉拏國達摩悉鬒多國此諸國中並不久住足知風土諸寺儀式又至渴羅槃陀國留停一年未多開道又至沙勒國同伴一人復還本邑餘有三人停在王寺謂沙勒王之所造也經住兩載仍爲彼僧講念破論有二千偈旨明三印多破外道又爲講如實論亦二千偈約其文理乃是世間論義之法又至龜兹國亦停王寺又住二年仍爲彼僧講釋前論其王篤好大乘多所開悟留引之心旦夕相造笈多係心東夏無忘潛停密將一僧間行至烏耆國在阿蘭拏寺講通前論又經二年漸至高昌客遊諸寺其國僧侶多學漢言雖停二年無所宣述又至伊吾便停一載值難避地西南路純砂磧水草俱乏同侶相顧性命莫投乃以所齎經論權置道旁越山求水冀以存濟求既不遂勞弊轉增專誦觀世音呪夜雨忽降身心充悦尋還本途四顧茫然方道迷失踟躕進退乃任前行遂達于瓜州方知曲取北路之道也笈多遠慕大國跋涉積年初契同徒或留或没獨顧單影届斯勝地静言思之悲喜交集尋蒙帝旨延入京城處之名寺供給豐渥即開皇十年冬十月也至止未淹華言略悉又奉别勑令就翻經移住興善執本對譯允正寔繁所誦大小乘論並是深要至於宣解大弘微旨此方舊學頻遣積疑然

而慈恕立身柔和成性心非道外行在言前戒地夷而静智水幽而潔經洞字源論窮聲意加以威容詳正勤節高猛誦響繼晨宵法言通内外又性好端居簡絶情務寡薄嗜欲息杜希求無倦誨人有踰利已曾不忤顔於賤品輕心於微類遂使未覩者傾風暫謁者欽敬自居譯人之首唯存傳授所有覆疎務存綱領煬帝定鼎東都敬重隆厚至於佛法彌增崇樹乃下勑於洛水南濵上林園内置翻經館搜舉翹秀永鎮傳法登即下徵笈多并諸學士並預集焉四事供承復恒常度致使譯人不墜其緒成簡無替於時及隋綱云頹郊壘烟構梵本新經一時斯斷笈多藴其深解遂闕陳弘始於開皇中歳届京師即與崛多共參傳譯于時崛多控權令望居最傳度梵隋時唯稱美至於深義莫不反啓斯人而容範滔然無涉世路所以傳譯聲望抑已揚人仁壽之末崛多以縁他事流擯東越笈多秉機專主傳譯從大業初年終大業末歳譯大方等善住意等經九部並文義澄潔華質顯暢沙門彦琮明則行矩等筆受至大唐武德二年終于洛汭沙門彦琮爲之作傳初笈多翻金剛斷割般若波羅蜜經一卷及普樂經一十五卷未及練覆值僞鄭淪廢不暇重修今卷部在京多明八相等事今謂大唐翻方廣大莊嚴一十二卷與舊普曜梵本是同於中亦明八相等事與此普樂經亦應梵本同也

開元釋教録卷第七

開元釋教録卷第八上

唐西崇福寺沙門智昇撰

總括群經録上之八

大唐李氏都長安自高祖神堯皇帝武德元年歲次戊寅至開元神武皇帝開元十八年庚午之歲兼天后代凡經一百一十三載傳譯緇素已有三十七人所出經律論及傳録等總三百一部二千一百七十卷於中二百八十一部二千一百四十三卷見在二十部二十七卷訪本未獲

唐沙門波羅頗迦羅蜜多羅三部三十八卷經論

沙門釋法琳二部一十卷集論

沙門釋玄奘七十六部一千三百四十七卷經律論記傳

沙門釋道宣八部八十一卷譜録傳集

沙門釋玄應一部二十五卷經音義

沙門釋靖邁一部四卷圖紀

沙門釋智通四部五卷經

沙門伽梵達摩一部一卷經

沙門阿地瞿多一部一十二卷經

沙門釋玄惲一部二十卷集

沙門釋彦悰一部六卷集議

沙門那提一部三卷經

沙門若那跋陀羅一部三卷經

沙門地婆訶羅一十八部三十四卷經論

清信士杜行顗一部一卷經

沙門釋復禮一部二卷集論

沙門釋慧立一部一十卷集傳

沙門釋懷素四部八卷戒本羯磨

沙門佛陀多羅一部一卷經
沙門佛陀波利一部一卷經
沙門提雲般若六部七卷經論
沙門釋惠智一部一卷讚頌
沙門釋明佺一部一十五卷目録
沙門實叉難陀一十九部一百七卷經
婆羅門李無諂一部一卷經
沙門彌陀山一部一卷經
沙門釋玄嶷一部三卷集論
沙門阿你真那七部九卷經
沙門釋義淨六十一部二百三十九卷
經律論傳
沙門菩提流志五十三部一百一十卷
經論
沙門釋愛同一部一卷羯磨
沙門釋慧苑一部二卷經音義
沙門釋智嚴四部六卷經集
沙門跋日羅菩提四部七卷經
沙門釋懷迪一部一十卷經
沙門輸波迦羅四部一十四卷經
沙門釋智昇五部二十五卷經録懺儀
等

寶星陀羅尼經十卷或八卷見内典録貞觀三年三月於興善寺出四年四月訖沙門法琳製序佛於大集會中重説此經即大集寶幢分是非重譯也

般若燈論釋十五卷龍樹菩薩本分別明菩薩釋見内典録貞觀四年六月於勝光寺出至六年十月十七日畢沙門慧賾製序

大乘莊嚴經論十三卷或十五卷無著菩薩造見内典録貞觀四年夏於勝元寺與般若燈論同時出至七年春訖勑太子右庶子李百藥爲序

右三部三十八卷其本並在

沙門波羅頗迦羅蜜多羅唐言作明知識略云明友或一云波頗唐言光智中印度人也本刹利王種姓刹帝利十歳出家隨師習學誦一洛叉大乘經可十萬偈受具已後便學律藏既通戒網心樂禪思又隨勝德修習定業因循不捨經十二年末復南遊摩伽陀國那蘭陀寺值戒賢論師盛弘十七地論因復聽採以此論中兼明小教又誦一洛叉偈小乘諸論波頗識度通敏器宇沖邃博通內外研精大小傳燈教授同侶所推承化門人般若因陀羅跋摩等學功樹勣深達義綱相繼領徒本國匡化爲彼王臣之所欽重但以出家釋子不滯一方六月一移任緣靡定承北狄貪勇未識義方法藉人弘敢欲傳化乃與道俗十人展轉北行達西面可汗葉護衙所以法訓勗曾未浹旬特爲戎主深所信伏日給二十人料旦夕祇奉同侶道俗咸被珍遇生福增敬日倍於前武德九年高平王出使入蕃因與相見承此風化將事東歸而葉護君臣留戀不許王即奏聞下勑徵入乃與高平同來謁帝以貞觀元年歳次丁亥十一月二十日達京勑住興善釋門英達莫不脩造自古教傳詞旨有所未喻者皆委其宗緒括其同異內計外執指掌釋然徵問相訓披解無滯乃上簡聞蒙引內見躬傳法理無爽對揚賜綵四十段并宮禁新納一領所將五僧加料供給重頻慰問勞接殊倫至三年三月上以諸有非樂物我皆空眷言眞要無過釋典流通之極豈尚翻傳下詔所司搜敭碩德

兼閑三教備舉十科者一十九人於大興善創開傳譯沙門玄謨僧伽等譯語及三藏同學崛多律師證譯沙門法琳惠明慧賾慧淨等執筆承旨慇懃詳覆審定名義具意成文沙門慧乘法常慧朗曇藏智解智首僧辯僧珍道岳靈佳文順等證義又勑上柱國尚書左僕射邗國公房玄齡散騎常侍太子詹事杜正倫禮部尚書趙郡王李孝恭等參助詮定右光禄大夫太府卿蘭陵男蕭璟總知監護百司供送四事豐華至四年四月譯寶星經訖後移勝光又譯般若燈大莊嚴經論至七年春勘閲既周繕寫云畢所司詳讀乃上聞奏下勑各寫十部散流海内仍賜頗物百段餘承譯僧有差束帛波頗意在傳法餘無挂懷而時輩不詢或生異議云頗僥倖時譽取馳於後故聚名達廢講經論斯未是弘通者時有沙門靈佳卓犖拔群妙通機會對監護使具述事理云頗遠投東夏情乖名利欲使道流千載聲震上古昔符姚兩代翻經學士乃有三千今大唐譯人不過二十意在明德同證信非徒説後代昭奉無疑於今耳識者僉議攸同後遂不行時爲太子染患衆治無効下勑延頗入内一百餘日親問承對不虧帝旨疾既漸降辤出本寺賜綾帛等六十段并及時服十具頗誓傳法化不憚艱危遠度葱河來歸震旦經途所亘四萬有餘躬齎梵文望並翻盡不言英彦有墜綸言本志頹然雅懷莫訴因而遘疾自知不救分散衣資造諸淨業端坐觀佛遺表施身下勑特聽尋爾而卒於勝光寺春秋六十有九東宮下令

給二十人輿屍坐送至于山所闍維既了沙門玄謨收拾餘骸爲之起塔於勝光寺在乘法師塔東即貞觀七年四月六日也有識同嗟法輪輟軫群生無導良可悲夫(内典録云于斯時也大集梵文將事廣傳陶津後代而恨語由唐化弘匠不行致使梵寶無由分布故十載之譯三部獻功可悲深矣今考覈序中譯時年月三年三月創譯七年獻春功畢讀高僧傳云六年訖傳録俱是宣修年月自矛盾也)

破邪論二卷(或一卷見内典録)

辯正論八卷(見内典録)

右二部十卷其本見在

沙門釋法琳姓陳氏潁川人遠祖隨官寓居襄陽少而出家遊獵儒釋博綜詞義金陵楚郢從道問津自文苑才林靡不尋造而意存綱梗不營浮綺野栖木食於青溪等山晝則承誨佛經夜則吟覽俗典故於内外詞旨經緯遺文精會所歸咸肆其抱而風韻閑雅韜德潛形氣揚采飛方陳神略隋季承亂入關觀化流離入水顧步三秦每以槐里仙宗互陳名實昔在荆楚梗槩其文而祕法奇章猶未探括自非同其形服陳其本情方可體彼宗師靜兹紛結乃權捨法服長髮多年外統儒門内希聃術遂以義寧初歲假被巾褐從其居館琳素通莊老談吐清奇道侶服其精華膜拜而從遊處情契莫二共叙金蘭故彼所禁文詞並用諮琳取定致令李宗奉釋之典包舉具舒張僞葛妄之言銓題品録武德初運還莅釋宗擁帙延光栖遑問道以帝壤同歸名教是則鼓言鄭衛易可箴規乃住京師濟法寺至武德四年有太史令傅弈先是黄巾深忌佛法上廢佛法事十有一條云釋

經誕妄言妖事隱損國破家未聞益世請胡佛邪教退還天竺凡是沙門放歸桑梓則家國昌大李孔之教行焉武皇容其小辯朝輔未能抗也時謂遵其邪徑通廢宏衢莫不懼焉乃下詔問曰棄父母之鬚髮去君臣之章服利在何間之中益在何情之外損益二宜請動妙釋琳憤激傳詞側聽明勑承有斯問即陳對曰琳聞至道絶言豈九流能辨法身無象非十翼所詮但四趣茫茫漂淪欲海三界蠢蠢顛墜邪山諸子迷以自焚凡夫溺而不出大聖爲之興世至人所以降靈遂開解脫之門示以安隱之路於是中天王種辭恩愛而出家東夏貴遊猒榮華而入道誓出二種生死志求一妙涅槃弘善以報四恩立德以資三有此其利益也毀形以成其志故棄鬚髮美容變俗以會其道故去君臣華服雖形闕奉親而內懷其孝禮乖事主而心戢其恩澤被怨親以成大順福沾幽顯豈拘小違上智之人依佛語故爲益下凡之類虧聖教故爲損懲惡則濫者自新進善則通人感化此其大略也而傅氏所奏在司猶未施行弈乃多寫表狀遠近公然流布京室閭里咸傳秃丁之誚劇談酒席昌言胡鬼之謠佛日翳而不明僧威阻而無勢于時達量道俗動毫成論者非一各陳佛理具引梵文委示業緣曲垂邪正但並是弈之所廢豈有引廢證成雖曰破邪終歸邪破琳情出玄機獨覺千載器局天授博悟生知睹作者之無功信乘權之有據乃著破邪論二卷用擬傳詞文有三十餘紙自琳之綴採貫絶群篇野無遁賢朝

無遺士家藏一本咸誦在心並流略之菁華文章之冠冕茂譽於是乎騰廣昏情由之而開尚矣琳又以論卷初出意在弘通自非廣露其情則皂隸不塵其道乃上啓儲后諸王及公卿侯伯等並文理弘被燕績咸嘉其博詣焉故弈奏狀因之致寢遂得釋門重敞琳寔其功東宮庶子虞世南詳琳著論乃爲之序徵而傅氏不悛其情重施密譖構扇黄巾用爲黨類道士李仲卿上十異九迷論道士劉進喜上顯正論皆貶量佛聖塵黕釋宗昏冒生靈衒曜朝野薰蕕既雜時所疑焉武德九年春下詔京置三寺唯立千僧餘並放還桑梓嚴勑既下莫敢致詞五衆哀號於槁街四民顧嘆於城市于時道俗蒙然投骸無措賴由震方出帝氛祲廓清素襲啓闡博究宗

領登即大赦還返神居故佛日重朗於唐世又由琳矣琳頻逢黜陟誓結維持道挫世情良資寡學乃探索典藉隱括玄與撰辯正論八卷潁川陳子良注之并製序良文學雄伯群儒仰戴誘勸成則其從如雲貞觀初文帝捨終南山太和舊宮置龍田寺後却爲翠微宮即今翠微寺是琳性欣幽靜就而住之衆所推美舉知寺任從容山服詠歌林野三年勑波頗三藏翻寶星經及般若燈等論召琳令執筆承旨兼詳覆名義至十三年冬有黄巾秦世英者挾方術以要榮遂程器於儲貳素嫉釋種陰陳琳論謗訕皇宗罪當誷上帝勃然下勑沙汰僧尼見有衆侶宜依遺教仍訪琳身據法推勘琳扼腕奮發不待追徵獨詣公庭輕生徇理乃縶以縲紲下詔問曰周

之宗盟異姓爲後尊祖重親寔由先古何爲追逐其短首尾兩端廣引形似之言備陳不遜之喻犯毀我祖禰謗黷我先人如此要君罪有不恕琳荅曰文王大聖周公大賢追遠慎終昊天靡荅孝悌之至通於神明雖有宗周義不爭長何者皇天無親竟由輔德古人黨理而不黨親不自我先不自我後雖親有罪必罰雖踈有功必賞賞罰理當故天下和平老子習訓道宗德教加於百姓恕已謙光仁風形于四海又云吾師名佛佛者覺一切人也乾竺古皇西昇逝矣討尋老教始末可追日授中經示誨子弟言吾師者善入泥洹綿綿常存吾今逝矣今劉李所述謗滅老氏之師世莫能知著茲辯正論有八卷略對道士六十餘條並陳史籍前言實非謗毀家國

自後辯對二十餘列並據琳詞具狀聞奏勑云所著辯正論信毀交報篇曰有念觀音者臨刃不傷且赦七日令爾自念試及刑決能無傷不琳外纏桎梏內迫刑期水火交懷訴仰無路乃緣生來所聞經教及三聖尊名銘誦心府擬爲顯應至于限滿忽神思飄勇橫逸舒懷歡慶相尋頓忘死畏立待對問須臾勑至云今赦期已滿當至臨刑有何所念念有靈不琳援筆荅曰自隋季擾攘四海沸騰疫毒流行干戈競起興師相伐各擅兵威臣佞君荒不爲正治遏絕王路固執一隅自皇王弔伐載清陸海斯寔觀音之力咸資勢至之恩比德連蹤道齊上聖救橫死於帝庭免淫刑於都市琳於七日已來不念觀音惟念陛下勑治書侍御韋琮問琳有詔令念觀音

何因不念乃云惟念陛下琳答伏承觀音聖鑒塵形六道上天下地皆爲師範然大唐光宅四海九夷奉職八表刑清君聖臣賢不爲枉濫今陛下子育恒品如經即是觀音旣其靈鑒相符所以惟念陛下且琳所著正論爰與書史倫同一句參差任從斧鉞陛下若順忠順正琳則不損一毛陛下若刑濫無辜琳則有伏屍之痛具以事聞遂不加罪有勑徙于益部僧寺行至百牢關菩提寺因疾而卒時年六十九沙門慧序經理所苦情結斷金曉夕同衾慰撫承接及命將盡在序膝上序慟哭崩摧淚如駛雨乃召諸關旁道俗葬於東山之頂高樹白塔勒銘誌之行路望者知便下淚琳所著詩賦啓頌碑表章誄大乘教法并諸論記傳合三十餘卷並金石擊其風韻縟錦繪其文思流靡雅便騰焰彌穆又善應機說導即事騁詞言會宫商義符玄籍其秦英竟以狂悖被誅公私怪其死晚劉李傳氏相從化往故其遺文往行可爲萬代宗轄矣

大般若波羅蜜多經六百卷見翻經圖佛於四處十六會說顯慶五年正月一日於玉華宮寺玉華殿譯至龍朔三年十月二十日畢沙門大乘光大乘欽嘉尚等筆受

能斷金剛般若波羅蜜經一卷見內典錄第四出與姚秦羅什等出者同本貞觀二十二年十月一日於坊州宜君縣玉華宮弘法臺譯直中書杜行顗筆受

般若波羅蜜多心經一卷見內典錄第二出與摩訶般若大明呪經等同本貞觀二十三年五月二十四日於終南山翠微宮譯沙門知仁筆受

大菩薩藏經二十卷見內典錄今編入寶積當第十二會貞觀十九

年五月二日於西京弘福寺翻經院譯至九月二日畢沙門智證筆受道宣證文

大乘大集地藏十輪經十卷見內典録是大集第十三分與大舊方廣十輪同本永徽二年正月二十三日於西京大慈恩寺翻經院譯至六月二十九日畢沙門大乘光筆受

顯無邊佛土功德經一卷見內典録是華嚴經壽量品異譯永徽五年九月二十八日於大慈恩寺翻經院譯沙門大乘雲筆受

說無垢稱經六卷見內典録第七譯與羅什維摩經等同本永徽元年二月八日於大慈恩寺翻經院譯至八月一日畢沙門大乘光筆受

解深密經五卷見內典録全本第二譯與深密解脫解節相續解脫等經同本貞觀十一年五月十八日於弘福寺譯至七月十三日畢沙門大乘光筆受

分別緣起初勝法門經二卷見內典録第二出與隋笈多緣生經同本永徽元年二月三日大慈恩寺翻經院譯至八日畢沙門大乘詢筆受

藥師瑠璃光如來本願功德經一卷見內典録第三出與隋笈多等出者同本永徽元年五月五日於大慈恩寺翻經院譯沙門惠立筆受

稱讚淨土佛攝受經一卷見內典録第三出與羅什阿彌陀經等同本永徽元年正月一日於大慈恩寺翻經院譯沙門大乘詢筆受

甚希有經一卷見內典録第三出與未曾有經同本貞觀二十三年五月十八日於終南山翠微宮譯沙門大乘欽筆受

最無比經一卷見內典録第二出與隋譯希有校量功德經同本貞觀二十三年七月十九日於大慈恩寺翻經院譯沙門大乘光筆受

稱讚大乘功德經一卷見內典録初出與決定業障經同本永徽五年六月五日於大慈恩寺翻經院譯沙門大乘光筆受

如來示教勝軍王經一卷見內典録第二出與諫王經等同本

貞觀二十三年二月六日於大慈恩寺翻經院譯沙門大乘光筆受

緣起聖道經一卷 見內典録第六出與貝多樹下經等同本貞觀二十三年正月一日於西京北闕內紫微殿右弘法院譯沙門大乘光筆受

不空羂索神呪心經一卷 見內典録第二出與隋崛多等出者同本顯慶四年四月十九日於大慈恩寺翻經院譯沙門大乘光筆受

十一面神呪心經一卷 見內典録第二出與周耶舍崛多等出者同本顯慶元年三月二十八日於大慈恩寺翻經院譯沙門玄則筆受

呪五首經一卷 見翻經圖麟德元年正月一日於玉華寺玉華殿譯沙門大乘光筆受

勝幢臂印陁羅尼經一卷 見內典録初出與妙臂印幢陁羅尼同本永徽五年九月二十九日大慈恩寺翻經院譯沙門大乘雲筆受

諸佛心陁羅尼經一卷 見內典録永徽元年九月二十六日於六慈恩寺翻經院譯沙門大乘雲筆受

拔濟苦難陁羅尼經一卷 見內典録永徽五年九月十日於六慈恩寺翻經院譯沙門大乘光筆受

八名普密陁羅尼經一卷 見內典録永徽五年九月二十七日於大慈恩寺翻經院譯沙門大乘雲筆受

持世陁羅尼經一卷 見內典録永徽五年十月十日於慈恩寺翻經院譯沙門神察筆受

六門陁羅尼經一卷 見內典録貞觀十九年七月十四日於弘福寺翻經院譯沙門辯機筆受

佛地經一卷 見內典録貞觀十九年七月十五日於弘福寺翻經院譯沙門辯機筆受

受持七佛名號所生功德經一卷 見內典録永徽二年正月九日於大慈恩寺翻經院譯沙門大乘光筆受

佛臨涅槃記法住經一卷 見翻經圖永徽三年四月四日於慈恩寺翻經院譯沙門大乘光筆受

寂照神變三摩地經一卷 見翻經圖龍朔三年十二月二十九日於玉華寺玉華殿譯沙門大乘光筆受

菩薩戒本一卷 見內典録第三譯出瑜伽論本地分中菩薩地與曇無讖等出者同本貞觀二十三年七月二十一日於大慈恩寺翻經院譯大乘光筆受

菩薩戒羯磨文一卷 見內典録出瑜伽論本地分中菩薩地貞觀二十三年七月十五日於大慈恩寺翻經院譯沙門大乘光筆受

佛地經論七卷 見內典録親光等菩薩造貞觀二十三年十月三日於慈恩寺翻經院譯至十一月二十四日畢沙門大乘光筆受

瑜伽師地論一百卷 見內典録彌勒菩薩說貞觀二十年五月十五日於弘福寺翻經院譯至二十一年五月十五日畢沙門靈會明濬等筆受

顯揚聖教論二十卷 見內典録無著菩薩造貞觀十九年十月一日於弘福寺翻經院譯至二十年正月十五日畢沙門智證等筆受

瑜伽師地論釋一卷 見翻經圖最勝子等菩薩造永徽九年二月一日於大慈恩寺翻經院譯沙門大乘暉筆受

顯揚聖教論頌一卷 見內典録無著菩薩造貞觀十九年六月十日於弘福寺翻經院譯沙門辯機筆受

王法正理論一卷 見內典録彌勒菩薩造貞觀二十三年七月十八日於大慈恩寺翻經院譯沙門大乘林筆受

大乘阿毗達磨集論七卷 見內典録無著菩薩造永徽三年正月十六日於大慈恩寺翻經院譯至三月二十八日畢沙門大乘光大乘雲筆受

大乘阿毗達磨雜集論十六卷 見內典録安慧菩薩造貞觀二十年正月十七日於弘福寺翻經院譯至閏十二月二十九日畢沙門玄賾等筆受

廣百論本一卷 見內典録聖天菩薩造永徽元年六月十日於大慈恩寺

翻經院譯沙門大乘諶筆受

大乘廣百論釋論十卷 見内典録護法菩薩釋永徽元年六月二十七日於大慈恩寺翻經院譯至十二月二十三日畢沙門敬明等筆受

攝大乘論本三卷 見内典録無著菩薩造第三出貞觀二十二年閏十二月二十六日於北闕紫微殿西弘法院譯至二十三年六月十七日慈恩寺畢大乘巍筆受

攝大乘論世親釋十卷 見内典録第三出與陳眞諦隋笈多出者同本貞觀二十二年二月八日於北闕弘法院譯至二十三年六月十七日慈恩寺畢大乘巍等筆受

攝大乘論無性釋十卷 見内典録貞觀二十一年三月一日於弘福寺翻經院譯至二十三年六月十七日於慈恩寺翻經院畢沙門大乘巍大乘林等筆受

辨中邊論頌一卷 見内典録彌勒菩薩造龍朔元年五月一日於玉華寺嘉壽殿譯沙門大乘基筆受

辨中邊論三卷 見内典録世親菩薩造第二出與中邊分別論同本龍朔元年五月十日於玉華寺嘉壽殿譯至三十日畢沙門大乘基筆受

大乘成業論一卷 見内典録世親菩薩造第二出與業成就論同本永徽二年閏九月五日於大慈恩寺翻經院譯沙門大乘光筆受

因明正理門論本一卷 見内典録大域龍菩薩造初出與義淨出者同本貞觀二十二年十二月二十五日於慈恩寺翻經院譯沙門知仁筆受

因明入正理論一卷 見内典録商羯羅主菩薩造貞觀二十一年八月六日於弘福寺翻經院譯沙門明濬筆受

唯識二十論一卷 見翻經圖世親菩薩造第三出與元魏智希陳眞諦出者同本龍朔元年六月一日於玉華寺慶福殿譯沙門大乘基筆受

唯識三十論一卷 見内典録世親菩薩造貞觀二十二年五月二十九日於弘福寺翻經院譯沙門大乘光筆受

成唯識論十卷 見内典録護法菩薩造顯慶四年閏十月於玉華寺雲光殿譯沙門大乘基筆受

大乘掌珍論二卷 見内典録清辯菩薩造貞觀二十三年九月八日於大慈恩寺翻經院譯至十三日畢沙門大乘暉筆受

大乘五蘊論一卷 見内典録世親菩薩造第二出與五陰論同本貞觀二十一年二月二十四日於弘福寺翻經院譯沙門大乘光等筆受

觀所緣緣論一卷 見内典録陳那菩薩造第二出與無相思塵論同本顯慶二年十二月二十九日於東都大内麗日殿譯沙門大乘光筆受

大乘百法明門論一卷 見内典録世親菩薩造貞觀二十一年十一月十七日於北闕弘法院譯沙門玄忠筆受

緣起經一卷 見翻經圖出增一阿含第四十六卷異譯龍朔元年七月九日於玉華寺八桂亭譯沙門神昉筆受

本事經七卷 見内典録永徽元年九月十日於大慈恩寺翻經院譯至十一月八日畢沙門靖邁神昉等筆受

天請問經一卷 見内典録貞觀二十二年三月二十日於弘福寺翻經院譯沙門辯機筆受

阿毗達磨發智論二十卷 見内典録迦多衍尼子造第二出與舊八犍度論同本顯慶二年正月二十六日於西京大内順賢閣譯至五年五月七日於玉華寺畢沙門玄則等筆受

阿毗達磨法蘊足論十二卷 見内典録大采菽氏造顯慶四年七月二十七日於大慈恩寺翻經院譯至九月十四日畢沙門大乘光等筆受

阿毗達磨集異門足論二十卷 見内典録舍利子説顯慶五年十一月二十六日於玉華寺明月殿譯至龍朔三年十二月二十九日畢沙門弘彦釋詮等筆受

阿毗達磨識身足論十六卷 見内典録提婆設摩造貞觀二十三年正月十五日於北闕弘法院譯至八月八日於慈恩寺畢沙門大乘光等筆受

阿毗達磨品類足論十八卷見内典録筏蘇蜜多羅造第二出與衆事分阿毗曇同本顯慶五年九月一日於玉華寺雲光殿譯至十月二十三日畢沙門大乘光等筆受

阿毗達磨界身足論三卷見翻經圖筏蘇蜜多羅造龍朔三年六月四日玉華寺八桂亭譯畢沙門大乘基筆受

阿毗達磨大毗婆沙論二百卷見内典録五百大阿羅漢等造顯慶元年七月二十七日於慈恩寺翻經院譯至四年七月三日畢沙門嘉尚大乘光等筆受

阿毗達磨俱舍論本頌一卷見内典録世親造第二出與眞諦出者同本永徽二年於大慈恩寺翻經院譯沙門元瑜等筆受

阿毗達磨俱舍論三十卷見内典録世親造第二出與眞諦出者同本永徽二年五月十日於大慈恩寺翻經院譯至五年七月二十七日畢沙門元瑜筆受

阿毗達磨順正理論八十卷見内典録衆賢造永徽四年正月一日於慈恩寺翻經院譯至五年七月十日畢沙門元瑜筆受

阿毗達磨顯宗論四十卷見内典録衆賢造永徽二年四月五日於大慈恩寺翻經院譯至三年十月二十日畢沙門惠朗嘉尚等筆受

入阿毗達磨論二卷見内典録塞建地羅造顯慶三年十月八日於大慈恩寺翻經院譯至十三日畢沙門釋詮嘉尚筆受

五事毗婆沙論二卷見翻經圖法救造龍朔三年十二月三日於玉華寺玉華殿譯至八日畢沙門釋詮筆受

異部宗輪論一卷見翻經圖世友造第三出與十八部論部執異論並同本龍朔二年七月十四日於玉華寺慶福殿譯沙門大乘基筆受

大阿羅漢難提蜜多羅所說法住記一卷見内典録永徽五年閏五月十八日於大慈恩寺翻經院譯沙門大乘光筆受

勝宗十句義論一卷見翻經圖惠月造貞觀二十二年五月十五日於弘福寺翻經院譯沙門靈雋筆受

大唐西域記十二卷見內典録貞觀二十年奉勑於弘福寺翻經院撰沙門辯機承旨綴緝秋七月絶筆

右七十六部一千三百四十七卷其本

並在

開元釋教録卷第八上

音釋

惲紆憤切 顗魚豈切 佺此緣切 嶷魚力切 賾鋤陌切 勣則歷切 邘雲俱切國名 僥古堯切倖胡耿切冀望也 犖呂角切卓犖超絶也 覈下革切考實也 韜土刀切藏也 聃他酣切老聃也 膜蒙晡切 菁子盈切菁華精英也 衒黃絹切自矜也 蕕羽求切臭草也 祲子鴆切氛祲妖氣也 縶陟力切繫也 縲紲縲力追切黑索也紲思列切長繩也 黷徒谷切垢濁也 桎梏桎之日切足械也梏古沃切手械也 駛踈士切疾也 慝惕德切惡也 轄胡戛切輨轄也 羂古泫切 昉甫往切

開元釋教録卷第八下

唐 西 崇 福 寺 沙 門 智昇 撰

沙門釋玄奘本名禕俗姓陳氏陳留人也漢太丘長仲弓之後曾祖欽後魏上黨太守祖康北齊國子博士食邑周南子孫因家又爲緱氏人也父惠英潔有雅操早通經術形長八尺美眉明目拜江陵令解纓而返即大業年識者以爲克終隱淪之候故也有四男奘最小幼而珪璋特達聰悟不群年八歲父坐於几側口授孝經至曾子避席忽整襟而起問其故對曰曾子聞師命尚猶避席其今奉慈訓豈宜安坐父甚悦知其必成器召宗人語之皆賀之曰此公之揚烏也其早慧如此自後備通經典次兄長捷先出家住東都淨土寺以奘少罹窮酷攜以奬之日授精理旁兼巧論年十一誦維摩法華東都恒度便預其次自爾卓然梗正不偶朋流口誦目緣略無閑鈌覩諸沙彌劇談掉戲奘謂之曰經不云乎夫出家者爲無爲法豈復恒爲兒戲可謂徒喪百年時寺有景法師講涅槃經執卷服膺遂忘寢食又學嚴法師攝大乘論一聞將盡再覽無遺時年十三也其後隋氏失御天下沸騰昆季相攜届于京邑住莊嚴寺是時武德元年也國基草創兵甲尚興所以京城未有講肆然綿蜀之中法事甚盛遂與兄從之經子午谷入漢川遂逢空景二法師停月餘日從之受學仍相與進向成都諸德既萃大建法筵於是更聽基暹攝論毗曇道震迦旃延論敬惜寸陰勵精無怠二三年間究通諸部年滿二十即以武德五年於成都受

具夏坐學律五篇七聚之宗一遍斯得奘自惟曰學貴經遠義重疎通鑽仰一方未成探賾遂從蜀至荊詢求先德漸至相州造慧休法師質問疑礙次到趙州謁道深法師學成實論又入長安止大覺寺就岳法師學俱舍論皆一遍而盡其旨經目而記於心雖宿學耆年不能出也至於鉤深致遠開微發伏衆所不至獨悟於幽奥者固非一義焉時長安有常辯二法師爲上京法匠奘又諮稟然其所有深致亦一拾斯盡二德並深嗟賞乃謂奘曰汝可謂釋門千里之駒其再明慧日當在爾躬恨吾輩老朽恐不見也自是學徒改觀譽滿京邑僕射宋公蕭瑀敬其脫穎奏住莊嚴然非本志情栖物表乃又惟曰余周流吳蜀爰逮趙魏末及周秦預有講筵率皆登

踐已布之言今雖蘊匄襟未吐之詞宗解籤無地若不輕生徇命誓往華胥何能具覿成言用通神解一覩明法了義真文要返東華傳揚聖化則先賢高勝豈決疑於彌勒後進鋒穎寧輟想於瑜伽耶遂厲然獨舉詣闕陳表有司不爲通引頓迹京皐廣就諸蕃遍學書語行坐尋授數日便通側席面西思聞機候會貞觀三年時遭霜儉下勑道俗隨豐四出幸因斯際徑往姑臧漸至燉煌路由天塞裹粮弔影前望悠然但見平沙絶無人徑迴遑委命任業而前展轉因循達高昌境王麹文泰得信於佛殊禮供待請留弘法奘告誠慇至遂任西行厚相贈遺以充資什仍勑殿中侍郎史歡齎綾帛五百疋果味兩車獻葉護可汗書二十四封通屈支等二十四國每

一封書附大綾一疋爲信給馬三十疋手力二十五人送至突厥葉護衙所以大雪山北六十餘國皆其部統故重遺達爲奘開前路也可汗遂勑所部諸國令供給傳送展轉遂達迦濕彌羅國斯並高昌麴王葉護可汗之力也奘周遊五印遍師明匠至如五明四含之典三藏十二之筌七例八轉之音三聲六釋之句皆盡其微畢究其妙初那爛陀寺大德師子光等立中百論宗破瑜伽等義奘曰聖人作論終不相違但學者有向背耳因造會宗論三千頌融會瑜伽中百之旨先有南印度王灌頂師名般若毱多明正量部造破大乘論七百頌奘申大乘義破之名制惡見論千六百頌諸師咸曰斯論窮天下之勍寇也何敵當之又東印度拘摩羅王因奘通化初開信門請問諸佛何所功德奘讚如來三身利物因造三身論三百頌以贈之王曰未曾有也頂戴歸依斯之三論義府幽奥五印度境盛傳流布是知道風昭著德行高明學藴三冬聲馳萬里印度學人咸仰盛德旣曰經笥亦稱法將小乘學徒號奘爲木叉提婆唐言解脫天大乘法衆號摩訶耶那提婆唐言大乘天斯乃高其德而傳徽號敬其人而議嘉名又戒日大王五印臣伏彼聞奘名遣人邀請奘初至止王即問云聞彼支那國有秦王破陣樂歌舞之曲秦王何人致此歌詠奘曰即今正國之天子也未登皇極之前封爲秦王是大聖人撥亂反正恩霑六合故有斯詠王曰如此之人故天縱之爲物主也王於奘所盡心師敬欲使芳音布於遐邇故於

曲女城施大論場集五印度沙門婆羅門能言之士今奘立論竟十八日無敢問者王大嗟賞施金錢一萬銀錢三萬上氎衣一百具悉皆不受五印度境戒日王等慇重請留用光玄化奘志存弘益傳於未聞確擬東旋拒而不受王重請暫住觀七十五日大施場相事訖辭還王勑所部遞送出境并施象一頭金銀錢各數萬戒日拘摩羅等十八大國王流淚執別奘便辭而不受諸僧勸受象施皆曰斯勝相也佛滅度來王雖崇敬種種布施未聞以象用及釋門象爲國寶今既見惠信之極矣因即納象而返錢寶然其象也其形圓大高可丈三長二丈許上容八人并諸什物緣國北旋出印度境奘歷遊諸國觀禮聖迹及感靈應具如 大唐西域記及續高僧傳兼奘法師傳等備顯奘於西域請得如來肉舍利一百五十粒金佛像一軀通光座高尺有六寸擬摩揭陀國前正覺山龍窟影像金佛像一軀通光座高三尺三寸擬婆羅痆斯國鹿野苑初轉法輪像刻檀佛像一軀通光座高尺有五寸擬憍賞彌國出愛王思慕如來刻檀寫眞像刻檀佛像一軀通光座高二尺九寸擬劫比他國如來自天宮下降寶階像銀佛像一軀通光座高四尺擬摩揭陀國鷲峯山說法華等經像金佛像一軀通光座高三尺五寸擬那揭羅曷國伏毒龍所留影像刻檀佛像一軀通光座高尺有三寸擬吠舍釐國巡城行化像大乘經二百二十四部大乘論一百九十二部上座部經律論一十四部大衆部經律論一十五部三彌底部經

律論一十五部彌沙塞部經律論二十二部迦葉臂耶部經律論一十七部法密部經律論四十二部説一切有部經律論六十七部因論三十六部聲論一十三部凡五百二十夾六百五十七部並載之巨象還返帝城初奘既度葱嶺先遣侍人齎表陳露達國化也下勑流問令早相見行達于遁以象致死所齎經像交無運致又上表請尋下别勑令于遁王給其鞍乘既奉嚴勑駞馬相運至于沙州又蒙别勑計其行程酬雇價直並不受而還自爾乘傳二十許乘以貞觀十九年正月二十四日届于京郊之西道俗相趍屯赴闐闉數十萬衆如值下生將欲入都人物諠擁取進不前遂停别館通夕禁衛候備遮斷停駐道旁從故城之西南至京師朱雀街之都亭驛二十餘里列衆禮謁動不得旋于時駕幸洛陽奘乃留諸經像送弘福寺京邑僧衆競列幢帳助運莊嚴四部諠譁又倍初至當斯時也復感瑞雲現于日北團圓如蓋紅白相映當于像上顯發輪光既非遶日同共嗟仰從午至晡像入弘福方始歇滅致使京都五日四民廢業七衆歸承當此一期仰之彌高終古罕類也謁帝於洛陽宫見于儀鸞殿特蒙慰問面奉天顔談叙真俗無爽帝旨從夘至酉不覺時延迄于閉鼓上即事戎旆問罪遼左明旦將發下勑同行固辭疾苦不違其請先是中印度菩提寺僧三人送經初至下勑普請京城設齋仍於弘福寺譯大嚴等經不久之間奘信又至乃勑且停待到方譯既見洛宫深沃虚想即陳翻譯搜擢賢明上

曰法師唐梵具贍詞理通敏將恐徒揚仄陋終虧聖典奘曰昔二秦之譯門徒三千雖復翻傳猶恐後代無聞懷疑乖信若不搜舉同奉玄規豈以褊能妄參朝委頻又固請乃蒙降許帝曰自師行後朕奉爲穆太后於西京造弘福寺可就翻譯所須人物吏力並與玄齡商量務令優給既承明命返迹京師遂召證義大德諳解大小乘經論爲時輩所推者一十一人至即京弘福寺沙門靈潤沙門文備羅漢寺沙門惠貴實際寺沙門明琰寶昌寺沙門法祥靜法寺沙門普賢法海寺沙門神昉廓州法講寺沙門道深汴州演覺寺沙門玄忠蒲州普救寺沙門神泰綿州振響寺沙門敬明等綴文大德九人至即京普光寺沙門栖玄弘福寺沙門明濬會昌寺沙門辯機終南山豐德寺沙門道宣簡州福聚寺沙門靖邁蒲州普救寺沙門行友棲巖寺沙門道卓豳州昭仁寺沙門惠立洛州天宮寺沙門玄則等字學大德一人至即京大總持寺沙門玄應證梵語梵文大德一人至即京大興善寺沙門玄謨其年五月方操貝葉開演梵文創譯大菩薩藏經沙門道宣執筆并删綴詞理又復旁翻佛地經六門陀羅尼經顯揚聖教論二十年春正月又譯大乘阿毗達磨雜集論次譯瑜伽師地論法師於論重加陶練微有餘隙又出西域記十二卷沙門辯機親受時事連比前後自前代已來所譯經教初從梵語倒寫本文次乃迴之順同此俗然後筆人亂理文句中間增損多墜金言今所翻傳都由奘旨意思獨斷出語成章詞人

隨寫即可披翫于時駕返西京奘乃進新譯經論并大唐西域記表請題序首勑答書略云朕學淺心拙在物猶迷況佛教幽微豈能仰測請爲經題非己所聞其新撰西域記者當自披覽又再三表請方蒙允許遂謂駙馬都尉高履行曰卿前請朕爲父作碑今氣力不如昔願作功德爲法師作序不能作碑卿知之貞觀二十二年春幸玉華宮六月勑追法師赴宮見於玉華殿帝問比翻何經論答近翻瑜伽師地論訖凡一百卷帝曰此論甚大何聖所說復明何義答曰論是彌勒菩薩說明十七地義又問何名十七地奘舉綱提目陳列大義帝深愛焉遣使向京取瑜伽論帝自詳覽覩其詞義宏遠非從來所聞歎謂侍臣曰朕觀佛經譬猶瞻天望海莫測高深法師能於異域得是深法朕比以軍國務殷不及委尋佛教而今觀之宗源杳曠靡知涯際其儒道九流比之猶汀瀅之池方溟渤耳而世云三教齊致此妄談也因勑所司簡祕書書手寫新翻經論爲九本頒與雍洛兖相荊揚涼益等九大州展轉流通使率土之人同稟未聞之義帝先許作新經序機務繁劇未及措意至此法師重啓方爲染翰少頃而成名大唐三藏聖教序神筆自寫勑貫衆經之首帝居慶福殿百僚侍衛命法師坐使弘文館學士上官儀以所製序對群僚宣讀霞煥錦舒極褒揚之美致天皇在春宮奉覩聖文又製述三藏聖記自此常參内禁扣問沉隱翻譯相續不爽法機帝又讀法師所進菩薩藏經美之因勑春宮作其後序秋七月夏

罷勑賜雲納袈裟一領妙絶今古又勑天下
諸寺各度五人弘福寺宜度五十人維持聖
種皆奘正言之力也冬十月隨駕還京勑所
司於北闕紫微殿西別營一所號弘法院令
奘居之晝則帝留談説夜乃還院翻經更譯
無性攝論世親攝論緣起聖道經百法明門
論皇太子泰爲文德聖皇后於晉昌里置慈
恩寺度三百人別造翻經院令法師移就翻
譯仍綱維寺任給新度弟子一十五人弘福
舊處仍給十人皇儲親降製詩褒飾二十三
年夏四月駕幸翠微宮仍勑陪從既至處分
之外唯談玄論道問因果報應及西域先聖
遺芳故迹皆引經訓對帝深信納數攘袂歎
曰朕共師相逢晚不得廣興佛事逮高宗嗣
録素所珍敬追入優問禮殊恒帙永徽二年
請造梵本經臺蒙勑賜物尋得成就又追入
内於修文殿翻發智等論降手詔飛白書慰
問優洽顯慶元年正月爲皇太子於慈恩寺
設大齋朝宰總至黄門侍郎薛元超中書侍
郎李義府曰譯經佛法之大未知何德可以
光揚耶奘曰公之此問常所懷矣譯經雖位
在僧光價終憑朝貴至如符秦時曇摩難提
譯經黄門侍郎趙文業執筆姚秦時鳩摩羅
什譯經秦主及安成侯姚嵩筆受元魏時菩
提留支譯經則宣武皇帝及侍中崔光録文
齊梁周隋並皆如是大唐貞觀初波頗翻譯
勑左僕射房玄齡趙郡王李孝恭太子詹事
杜正倫太府卿蕭璟等監閲詳定今並無之
不足光遠公等能爲致言則斯美可至二公
許爲陳奏尋下勑曰慈恩翻譯文義須精宜

令左僕射于志寧中書令來濟禮部尚書許敬宗黄門侍郎薛元超中書侍郎李義府等時爲看閲有不穩便處即隨事潤色若須學士任量追兩三人冬十一月中宫在難歸依三寶請垂加祐法師啓曰聖體必安和無苦然所懷者是男平安之後願聽出家當蒙勑許其月一日皇后施納袈裟一領妙勝前者并時服玩百有餘件五日有勑令報法師皇后分難已訖端正奇特神光滿院自庭燭天朕歡喜無已内外舞躍必不違所許願法師護念遂號爲佛光王當即受三歸被袈裟服十二月五日滿月勑爲佛光王度七人仍請法師爲王剃髮其佛光王即中宗孝和皇帝初生之瑞號也創登皇極勑爲法師於兩京各置一佛光寺并度人居之其東都佛光寺即法師之故宅也復内出畫影裝之寶轝送慈恩寺翻譯堂中追謚法師稱大遍覺顯慶二年春二月駕幸洛陽宫法師與佛光王駕前而發并翻經僧五人陪從弟子各一事事公給既到安置積翠宫召入大内麗日殿翻觀所緣緣等論夏四月車駕避暑於明德宫法師亦陪從安置飛花殿譯大毗婆沙等論五月勑法師還於積翠宫翻譯法師初謁文帝已請於少林寺翻經至是秋九月復請入少林天皇手詔抑而不許三年二月隨駕還京秋七月西明寺成勑法師居之令給上房一口新度沙彌海會等十人充弟子天皇以法師先朝所重嗣位之後禮敬逾隆中使朝臣問慰無絶東國重於般若前代雖翻文不周備衆人更請委悉重翻然般若部大京師

多務又人命無常恐難得了請就於玉華宮翻譯即以四年冬十月徙於玉華宮并翻經大德及門徒等同去其供給諸事一如京下至彼安置肅誠院焉五年春正月一日起首翻大般若經梵本總有二十萬頌佛於四處十六會說文既廣大學徒每請刪略如羅什所翻除繁去重法師將順衆意於夜夢中即有極怖畏事以相警誡覺已驚懼向諸衆說還依廣翻夜中乃見諸佛菩薩勝吉祥事覺而喜慶不敢更刪至龍朔三年十月二十日功畢絶筆合成六百卷合掌歡喜告徒衆曰此經於此地有緣玄奘來此玉華者經之力也向在京師諸緣牽亂豈有了時今得終訖並是諸佛冥加龍天擁祐此乃鎮國之典人天大寶徒衆宜各踴躍欣慶於間又翻成唯識論辨中邊論唯識二十論品類足論等至十一月二十二日令弟子窺基奉表奏聞請御製經序至十二月七日通事舍人馮義宣勅垂許麟德元年正月一日翻經大德及玉華寺衆慇懃啓請翻大寶積經法師見衆情專至俛仰翻數行訖便攝梵本停住告衆曰此經部軸與大般若同玄奘自量氣力不復辦此奘自貞觀十九年乙巳於弘福寺創啓梵文訖麟德元年甲子終於玉華宮寺凡二十載總出大小乘經律論等合七十五部一千三百三十五卷又別撰西域記一部自般若翻了唯自策勤行道禮懺告翻經僧及門人曰有爲之法必歸磨滅泡幻形質何得久停行年六十五矣必卒玉華於經論有疑者今可速問又謂門人曰吾來玉華本緣般若

今經事既終吾生涯亦盡若無常後汝等遣吾宜從省儉可以籧篨裹送仍擇山澗僻處安置勿近宮寺不淨之身宜從屏遠門徒等聞之莫不哀哽奘生常已來願生彌勒及遊西域又聞無著兄弟皆生彼天又頻祈請咸有顯證懷此專至益增翹勵所造功德皆願往生至正月九日脚跌傷脛因即寢疾開目閉目見大蓮華鮮白而至又見偉相知生佛前遂命僧嘉尚讀所翻經論名目及造像寫經施僧濟乏然燈放生具令讀訖自懷欣悅總召門人有緣並集於是罄捨衣資更令造像及轉讀齋䞋又命素工宗法智於嘉壽殿竪菩提像骨對寺僧門人辭訣并遺表訖便默念彌勒又令傍人稱願生頌至二月四日右脇累足右手支頭左手申髀暨于屬纊竟不迴轉不飲不食至五日中夜弟子法光等問云和尚決定得生彌勒內衆不答曰得生言訖氣息漸微少間神逝侍人不覺屬纊方委從足漸冷最後頂煖顏色赤白怡悅勝常過七七日竟無改變亦無異氣自非定慧莊嚴戒香資被孰能致此又冥應衆多具於別傳此略不述時坊州刺史竇師倫奏法師已亡帝聞之哀慟傷感爲之罷朝曰朕失國寶矣時文武宰僚莫不悲咽流涕帝言已嗚咽悲不能勝翌日又謂群臣曰惜哉朕國內失奘法師一人可謂釋衆梁摧矣四生無導矣亦何異苦海方割舟檝遽沉闇室猶昏燈炬斯掩帝言已嗟惋不怡尋下勑移神柩歸京安置慈恩寺葬事所須並令官給又勑葬日聽京城僧尼幢蓋送至墓所法師道茂德高

爲明時痛惜故於亡後重疊降恩求之古人無以加也於是素蓋素幢浮空雲合哀笳哀梵氣遏人神四俗以之悲涼七衆惜其沉没以四月十五日葬於滻東白鹿原四十里中皂素彌滿其塋與兄捷公相近䓤然白塔近燭帝城禁中多見時傷聖慮至總章元年四月八日有勑改葬鑾川北原與州縣相知供給吏力乃又出之衆咸歎異經久理瘞色相如初自非願力所持焉能致此法師形長七尺板身赤白色眉目疎朗體貌端凝談論清華音詞遠暢使聽者無倦瞻者忘疲或處徒衆或對嘉賓一坐半日略無傾動服尚乾陀裁唯細氎脩廣適中行步雍容直前而視輒不顧眄滔滔焉若大江之紀地灼灼焉類芙蕖之在水加以戒範端凝始終如一愛惜之志過護浮囊持敬之堅超踰繫草性愛怡簡不好交遊一入道場非朝命不出又聞盛暑之辰體無霑液祈寒之際貌不慘悽又不夭不申不欠不嚏斯蓋未詳其地位何賢聖之可格哉又北宮現疾之時徵應繁縟將終滅之日色貌敷愉亦難得而測也及終後月餘日有人齎栴檀末香至請依西國法以塗三藏身衆咸莫之許其人作色曰弟子別奉進止師等若不許請録狀以聞衆從之及開棺發殮已人覺異香等蓮花之氣互相驚問皆云若兹向人徐併殮衣唯留襯服衆覩三藏顔貌如生人皆號絶其視向人塗香服殮蓋棺已俄失所在衆疑天人焉又其聽言觀行名實相守精厲晨昏計時分業虔虔不懈專思法務言無名利行絶虚浮曲識機緣善通

物性不倨不謟行藏適時吐味幽深辯開疑議寔當代之英賢乃釋門之法將矣且其發蒙入法特異常倫聽覽經論用爲恒任旣周行東夏挹酌諸師披露肝膽盡其精義莫不傾倒林藪更新學府遂能不遠數萬諮求勝法誓捨形命必會爲期發趾張掖途次龍沙中途艱險身心僅絶旣達高昌倍光來價傳國祖送備閱靈儀路出鐵門石門躬乘沙嶺雪嶺歷天險而志逾慷慨遭凶賊而神彌厲勇兼以歸禀正教師承戒賢理逐言揚義非再授廣開異論包藏智臆致使梵侶傾心不遺其法又以起信一論文出馬鳴印度諸僧思承其本奘乃譯唐爲梵通布五天斯則法化之緣東西互舉又西華餘論深尚聲明奘乃畢心請決隨授隨曉致有七變其勢動發異蹤三循廣論恢張懷抱故得施無猒寺三千學僧皆號智囊護持城壍及覩其脣吻聽其詞義皆彈指讚歎何斯人也隨其遊歷塞外海東百三十國道俗邪正承其名者莫不仰德歸依更崇開信可以家國增榮光宅推遠獻奉歲至咸奘之功若非天挺英靈生知聖授何能振斯鴻緒導達遺蹤前後僧傳往天竺者首自法顯法勇終于道邃道生相繼中途一十七返取其通言華梵妙達文筌揚導國風開悟邪正莫高於法師矣恨其經部不翻其數猶衆年未遲暮足得出之無常奄及惜哉

四分律删補隨機羯磨一卷　序題云曇無德部四分律删補隨機羯磨見內典録

釋迦氏略譜一卷　或無略字見內典録麟德二年九月十八日於西明

寺撰訖

釋迦方志二卷 見内典録永徽元年撰

大唐内典録十卷 見内典録麟德元年於西明寺撰

集古今佛道論衡四卷 見内典録前三卷龍朔元年於西明寺撰第四卷麟德元年撰或三卷

東夏三寶感通録三卷 亦云集神州三寶感通録見内典録麟德元年夏六月一清官精舍集

續高僧傳三十卷 見内典録

廣弘明集三十卷 見内典録

右八部八十一卷其本並在

沙門釋道宣俗姓錢氏呉興人也彭祖之後彵宣少尋教相長慕尋師關之東西河之南北追訪賢友無憚苦辛外博九流内精三學戒香芬潔定水澄漪存護法城著述無輟尤工律藏刪補章儀常於終南山以堅其志凡所修撰並行於代護法綱要此録載之餘别行門在於内典貞觀末年方事修緝撰四分刪補羯磨等八部内典録中更有後續高僧傳十卷尋本未獲故闕

一切經音義二十五卷 見内典録

右一部二十五卷其本見在

沙門釋玄應大慈恩寺翻經沙門也博聞強記鏡林苑之宏標窮討本支通古今之互體故能訓校源流勘閲時代刪雅古之野素削澆薄之浮雜悟通俗而顯教舉集略而騰美真可謂文字之鴻圖言音之龜鏡者也以貞觀之末勑召參傳綜經正緯咨爲實録因譯尋閲捃拾藏經爲之音義注釋訓解援引群籍證據卓明煥然可領昔高齊沙門釋道慧爲一切經音依字直反曽無追顧致失教義

寔迷匡俗應所作者全異恒倫徵覈本據務存實録即萬代之師宗亦當朝之難偶也恨敘綴纔了未及覆疎遂從物故惜哉

古今譯經圖紀四卷

右一部四卷其本見在

沙門釋靖邁簡州人也以博學馳譽大唐三藏翻譯衆經召充綴文大德後大慈恩寺翻經堂中壁畫古來傳譯緇素靖邁於是緝維其事撰成圖紀題之于壁但略費長房録續逮皇朝直述譯經餘無所紀

千眼千臂觀世音菩薩陀羅尼神呪經二卷（或一卷貞觀中在内譯初出與唐流志千手身經同本沙門波崙製序）

千囀陀羅尼觀世音菩薩呪經一卷（或無經字永徽四年於總持寺譯）

觀自在菩薩隨心呪經一卷（亦云多唎心經永徽四年於總持寺譯）

清淨觀世音普賢陀羅尼經一卷（永徽四年於總持寺譯見大周録）

右四部五卷其本並在

沙門釋智通律行精苦兼明經論於總持門特所留意通以隋大業年中出家住京大總持寺有遊方之志遂於洛京翻經舘學梵書語早通精奥唐貞觀中有北天竺僧齎千臂千眼經梵本奉進文帝勑通共梵僧相對譯出勒成二卷後於天皇永徽四年癸丑於總持寺又出千囀等經三部

千手千眼觀世音菩薩廣大圓滿無礙大悲心陁羅尼經一卷

右一部一卷其本見在

沙門伽梵達摩唐云尊法西印度人也譯千手千眼大悲心經一卷然經題云西天竺伽梵達摩譯不標年代推其本末似是皇朝新譯但以傳法之士隨緣利見出經流布更適餘方既不記年號故莫知近遠昇親問梵僧云有梵本既非謬妄故載斯録准千臂經序亦云智通共出

陀羅尼集經十二卷見大周録永徽四年三月十四日於慧日寺譯至五年四月十五日畢沙門玄楷筆受

右一部一十二卷其本見在

沙門阿地瞿多唐言無極高中印度人學窮滿字行潔圓珠精練五明妙通三藏加以大士利生無悋鄉國志弘像教罔憚艱險遂西踰雪嶺東越沙河載歷艱難來儀帝闕以天皇永徽三年壬子正月廣將梵本來届長安勑令慈恩寺安置沙門大乘琮等一十六人英公鄂公等一十二人請高於慧日寺浮圖院建陀羅尼普集會壇縁壇所須並皆供辦法成之日屢降靈異京中道俗咸歎希逢沙門玄楷等遂固請翻其法本後以四年癸丑至五年甲寅於慧日寺從金剛大道場經中撮要鈔譯集成一十二卷沙門玄楷筆受于時有中印度大菩提寺僧阿難律木叉師迦葉師等於經行寺譯功德天法編在集經第十卷内故不別存也

諸經要集二十卷顯慶年西明寺撰

右一部二十卷其本見在

沙門釋玄惲本名道世律學高譽慕重前良綴緝爲務兼有鈔疏注解衆經西明創居召爲大德顯慶年中讀一切經鈔諸要事撰成

一部名諸經要集餘如內典録載
集沙門不拜俗議六卷見內典録
右一部六卷其本並在
沙門釋彦悰識量聰敏博曉群經善屬文華尤工著述天皇龍朔二年壬戌有詔令拜君親恐傷國化令百司遍議于時沙門道宣等共上書啓聞于朝廷衆議異端所司進入聖躬親覽下勑罷之悰恐後代無聞故纂斯事并前代故事及先賢答對名爲集沙門不拜俗議傳之後代永作楷模墻壍法城玄風不墜也兼撰大唐京師寺録行於代矣

開元釋教録卷第八下

音釋

緱古侯切緱氏縣名　劇奇逆切戲劇也　遲息廉切　瑀于矩切　覿徒歷切見也　燉煌燉徒昆切煌乎光切燉煌郡名　確苦角切堅也　遞大計切傳遞也　疕女黠切　闐亭年切滿也　闉烏結切塞也　擢直角切拔也　濬私閏切　汀瀅汀他丁切瀅烏定切小水也　溟澂溟莫經切澂蒲没切溟澂海也　璟俱永切　籧篨籧求於切篨陳如切竹席也　嚫初覲切　胜旁禮切股也　纊苦謗切絮之細者曰纊　櫼即涉切與楔同　柩巨救切尸在棺也　滻所簡切水名　樊扶園切鄉名　瘞於例切與瘞同藏也　液羊益切津潤也　嚏都計切與嚔同氣噴鼻也　殮力驗切衣死也　塹七豔切　漪於羈切漣漪也　鄂五各切

開元釋教録卷第九

唐 西崇福寺沙門 智昇 撰

總括群經録上之九 大唐傳譯之餘

師子莊嚴王菩薩請問經一卷 一名八曼荼羅經龍朔三年於慈恩寺譯見大周録

離垢慧菩薩所問禮佛法經一卷 龍朔三年於慈恩寺譯見大周録

阿吒那智經一卷 龍朔三年於慈恩寺譯見續高僧傳

右三部三卷 前二部二卷見在後一部一卷本闕

沙門那提唐曰福生具依梵言則云布如烏伐耶以言煩多故此但訛略而云那提也本中印度人少出家名師開悟志氣雄遠弘道爲懷歷遊諸國務在開物而善達聲明通諸詁訓大夏召爲文士擬此土蘭臺著作者性汎愛好奇尚聞有涉悟不憚遠夷曽往執師子國又東南上楞伽山南海諸國隨緣達化承脂那東國盛轉大乘佛法崇盛贍洲稱最乃搜集大小乘經律論五百餘夾合一千五百餘部以天皇永徽六年創達京師有勑令於慈恩安置所司供給時玄奘法師當途翻譯聲華騰蔚無由克彰掩抑蕭條般若是難那提不蒙引致無由自敷顯慶元年勑往崑崙諸國采取異藥既至南海諸王歸敬爲別立寺度人授法弘化之廣又倍於前以昔被勑往理須返命慈恩梵本擬重尋研龍朔三年還返舊寺所齎諸經並爲奘將北出意欲翻度莫有依憑唯譯八曼荼羅等經三部要約精最可常行學禪林寺沙門慧澤譯語豊德寺沙門道宣綴文并製序其年南海真臘國爲那提素所化者奉敬無已思見其人互

相牽率假途遠請乃云國有好藥惟提識之請自採取下勑聽往返亦未由曾有博訪大夏行人云那提三藏乃龍樹之門人也所解無相與奘頗反西梵僧云大師隱後斯人第一深解實相善達方便小乘五部毗尼外道四韋陀論莫不洞達源底通明言義詞出珠聯理暢霞舉所著大乘集義論可有四十餘卷將事譯之被遣遂闕夫以抱麟之歎代有斯蹤知人難哉千齡罕遇那提挾道遠至投俾北冥既無所待乃三被毒再充南役崎嶇數萬頻歷瘴氣委命遭命斯人斯在嗚呼惜哉

大般涅槃經後譯荼毗分二卷亦云闍維分亦云後分沙門慧立製序見大周録

右一部二卷其本見在

沙門若那跋陀羅唐云智賢南海波陵亦曰訶陵國人也善三藏學往者麟德年中益府成都沙門會寧故遊天竺觀禮聖跡汎舶西逝路經波陵國遂共智賢譯涅槃後分二卷寄經達於交州會寧方之天竺後至儀鳳年初交州都督梁難敵遣使附經入京三年戊寅大慈恩寺沙門靈會於東宫啓請施行

大乘顯識經二卷第二出與寶積賢護長者會同本見大周録永隆元年於東都東太原寺譯

大方廣佛華嚴經續入法界品一卷或無續字續舊華嚴經闕文見大周録垂拱元年於西太原寺歸寧院譯

方廣大莊嚴經十二卷一名神通遊戲第四出與竺法護普曜經等同本見大周録永淳二年九月十五日於西太原寺歸寧院譯沙門復禮筆受

證契大乘經二卷亦名入一切佛境智毗盧遮那藏第二出與大乘同

性經同本見大周録永隆元年於東太原寺譯

大乘離文字普光明藏經一卷　第三出與元魏菩提留支所出無字寶篋經等同本見大周録永淳二年於西太原寺歸寧院譯

大乘遍照光明藏無字法門經一卷　第四出即與次前離文字經同本日照重出

大方廣師子吼經一卷　第二出與如來師子吼經同本見大周録永隆元年於東太原寺譯

大乘百福相經一卷　初出見大周録永淳二年於西太原寺歸寧院譯

大乘百福莊嚴相經一卷　第二出即與次前百福相經同本日照重出

大乘四法經一卷　初出見大周録永隆元年於東太原寺譯

菩薩修行四法經一卷　永隆二年正月於京弘福寺譯沙門彦悰製序第二出與前大乘四法同本於京再出

七俱胝佛大心准提陀羅尼經一卷　初出與金剛智出者同本見大周録垂拱元年於西太原寺歸寧院譯

佛頂最勝陀羅尼經一卷　第二出與杜行顗等出者同本永淳元年五月二十三日於京弘福寺共沙門彦悰譯悰兼製序見經前序

最勝佛頂陀羅尼淨除業障經一卷　第四出與前經同本日照後欲歸國於東都共沙門惠智再譯前録後法二文並廣

大乘密嚴經三卷　見大周録

造塔功德經一卷　見大周録永隆元年於東太原寺譯

金剛般若波羅蜜經破取著不壞假名論二卷　功德施菩薩造亦名功德施論見大周録永淳二年九月十五日於西太原寺歸寧院譯

大乘廣五蘊論一卷　安惠菩薩造或無廣字見大周録垂拱元年六月二十五日於西太原寺歸寧院譯

右一十八部三十四卷其本並在

沙門地婆訶羅唐言日照中印度人洞明八藏博曉四含戒行清高學業優贍尤工呪術兼洞五明志在利生來遊此國以天皇儀鳳初至天后垂拱末於兩京東西太原寺(西太原寺即今西崇福寺是也東太原寺即今大福先寺是也)及西京弘福寺譯大乘顯識經等一十八部沙門戰陀般若提婆譯語沙門惠智證梵語勅召名德十人助其法化沙門道成薄塵嘉尚圓測靈辯明恂懷度等證義沙門思玄復禮等綴文筆受天后親敷睿藻製序標首光飾像教傳之不朽也

佛頂勝陀羅尼經一卷(初出與日照等出者同本儀鳳四年正月五日譯畢)

右一部一卷其本見在

清信士杜行顗京兆人儀鳳中任朝散郎行鴻臚寺典客署令顗明諸蕃語兼有文藻天竺語書亦窮其妙于時有罽賓國僧佛陀波利齎梵經一夾詣闕奉獻天皇有詔令顗翻出名爲佛頂勝陀羅尼寧遠將軍度婆及中印度三藏法師地婆訶羅證譯是時儀鳳四年正月也此杜譯者有廟諱國諱皆隱而避之即世尊爲聖尊世界爲生界大勢爲大趣救治爲救除譯訖奉進皇上讀訖顧謂顗曰既是聖言不須避諱杜時奉詔以正屬有故而寢焉荏苒之間杜君長逝未遑改正其經遂行後日照三藏奉詔再譯名佛頂最勝陀羅尼大周録云佛頂勝陀羅尼日照三藏譯者誤也

十門辯惑論二卷(答太子文學權無二釋典稽疑或三卷)

右一部二卷其本見在

沙門釋復禮京兆人俗姓皇甫氏少出家住興善寺性虚靜寡嗜欲遊心内典兼博玄儒尤工賦詠善於著述俗流名士皆慕仰之三藏地婆訶羅實叉難陀等譯大莊嚴華嚴等經皆勑召禮令同翻譯綴文裁義實屬斯人天皇永隆二年辛巳因太子文學權無二述釋典稽疑十條用以問禮請令釋滯遂爲答之撰成二卷名曰十門辯惑論賓主酬答剖析稽疑文出於智府義在於心外如斯答對非此而誰可謂龍猛更生馬鳴再出權文學覩斯論已衆疑頓遣頂戴遵行此雖一時之酬答寔爲萬代之龜鏡也法師兼有文集行於當代

大唐慈恩寺三藏法師傳十卷

右一部十卷其本見在

沙門釋慧立本名子立天皇改爲慧立俗姓趙氏天水人也遠祖因官徙寓新平故爲豳（今改爲邠）人焉爰祖及父俱馳高譽立即隋祕書郎毅之第三子也生而岐嶷有棄俗之志年十五貞觀三年出家住豳州昭仁寺此寺即破薛舉之戰場也立識敏才俊神清道遠習琳遠之高風有肇融之識量聲譽聞徹勑召充大慈恩寺翻經大德次補西明寺都維那後授太原寺主皆降綸旨令維寺任天皇之代頻召入内與黄冠對論皆愜帝旨事在別傳立以玄奘法師求經印度若無紀述季代罕聞遂撰慈恩三藏行傳未成而卒後弘福沙門彦悰續而成之總十卷故初題云沙門惠立本釋彦悰箋

四分比丘戒本一卷 題云四分戒本并序西太原寺沙門懷素集

四分比丘尼戒本一卷 題加尼字餘同前

四分僧羯磨三卷 題云羯磨卷上并序出四分律西太原寺沙門懷素集

四分尼羯磨三卷 題加尼字餘同前

右四部八卷其本並在

沙門釋懷素俗姓范氏京兆人世襲冠冕貞觀十九年出家師奘法師爲弟子而立性聰敏專尋經論進具之後偏肆毗尼依道成律師學四分律不淹時序而爲上首先居弘濟後住太原學侶雲奔教授無輟以先德所集多不依文率已私見妄生增減遂乃撿尋律藏抄出戒心羯磨但取成文非妄穿鑿可謂嗣徽迦葉繼軌波離而已焉又別撰四分記鈔兼經論疏記等五十餘卷行於代

大方廣圓覺修多羅了義經一卷

右一部一卷其本見在

沙門佛陀多羅唐云覺救北印度罽賓人也於東都白馬寺譯圓覺了義經一部此經近出不委何年且弘道爲懷務甄詐妄但真詮不謬豈假具知年月耶

佛頂尊勝陀羅尼經一卷 第三出與杜顗等出者同本見大周録及經前序

右一部一卷其本見在

沙門佛陀波利唐言覺護北印度罽賓國人忘身徇道遍觀靈跡聞文殊師利在清涼山遠涉流沙躬來禮謁以天皇儀鳳元年景子杖錫五臺虔誠禮拜悲泣雨淚望覩聖容倏焉見一老翁從山中出來作婆羅門語謂波利曰師精誠懇惻何所求耶波利答曰聞文

殊大士隱跡此山從印度來欲求瞻禮翁曰師從彼國將佛頂尊勝陀羅尼經來不此土衆生多造諸罪出家之輩亦多所犯佛頂神呪除罪祕方若不將經徒來何益縱見文殊何必能識師可還西國取彼經來流傳此土即是遍奉衆聖廣利群生拯濟幽冥報諸佛恩也師取經來至此弟子當示師文殊師利菩薩所在波利聞此語已不勝喜躍遂裁抑悲淚向山更禮舉頭之頃忽不見老人波利驚愕倍增虔敬遂返歸本國取得經來既達帝城便求進見有司具狀聞奏天皇賞其精誠崇斯祕典遂詔鴻臚寺典客令杜行顗及日照三藏於內共譯譯訖䞋絹三十疋經留在內波利因乃垂泣奏曰委棄身命志在利人請布流行是所誠望帝愍其專至遂留所譯之經還其梵本任將流布波利得經不勝喜躍將向西明寺訪得善梵語僧順貞奏共翻譯帝允其請遂對諸大德共貞翻出名佛頂尊勝陀羅尼與前杜令所翻之者呪韻經文大同小異波利所願已畢持經梵本入於五臺于今不出莫知所之比諸衆譯此最弘布准經前序乃云永淳二年迴至西京具狀聞奏其年即共順貞再譯名佛頂尊勝陀羅尼經今尋此說年月稍乖其杜令譯者乃儀鳳四年正月五日也日照再譯乃永淳元年五月二十三日也既云永淳二年方達唐境前之二本從何而得又永淳二年天皇已幸東都如何乃云在京譯出其序復是永昌已後有人述記却叙前事致有參差此波利譯者不可依序定其年月也

大方廣佛華嚴經不思議佛境界分一卷或二卷十二紙永昌元年於魏國東寺譯見大周錄初出與後寶叉難陀所譯不思議境界經同本

大方廣佛華嚴經修慈分一卷天授二年於大周東寺譯

見大周録

大乘造像功德經二卷（或一卷天授二年於大周東寺譯見大周録）

智炬陀羅尼經一卷（天授二年於大周東寺譯見大周録）

諸佛集會陀羅尼經一卷（天授二年於大周東寺譯見大周録）

大乘法界無差別論一卷（天授二年十月十四日於大周東寺譯見大周録）

右六部七卷其本並在

沙門提雲般若或云提雲陀若那唐云天智于闐國人學通大小智兼眞俗呪術禪門悉皆諳曉以天后永昌元年來届于此即以其年謁帝于洛勑於魏國東寺（後改爲大周東寺）翻經以永昌元年己丑至天授二年辛卯總出經論六部沙門戰陀慧智等譯語沙門處一等筆受沙門復禮等綴文沙門德感惠儼法明弘景等證義

讃觀世音菩薩頌一卷（見大周録）

右一部一卷其本見在

沙門釋慧智父印度人也婆羅門種因使遊此而生於智少而精勤有出俗之志天皇時因長年婆羅門僧奉勑度爲弟子本既梵人善閑天竺書語又生唐國復練此土言音三藏地婆訶羅提雲若那實思惟等所有翻譯皆召智爲證兼令度語智以天后長壽二年癸巳於東都佛授記寺自譯讃觀世音頌一卷

大周刊定衆經目録十五卷

右一部十五卷其本見在

沙門釋明佺東都佛授記寺僧也尤精律學兼閑經論天后天策萬歲元年乙未勑刊定

經目佺首末條録編比次序與翻經大德二十餘人同共條定雖云刊定繁穢尤多雖見流行實難憑准中有乖舛如别所述

大方廣佛華嚴經八十卷 第二出與東晉覺賢譯者同本證聖元年三月十四日於東都大内大遍空寺譯天后親受筆削至聖曆二年十月八日於佛授記寺功畢

文殊師利授記經三卷 於清禪寺譯第三出與文殊佛土嚴淨經等同本今編入寶積當第十五會

大方廣入如來智德不思議經一卷 於東都佛授記寺譯第四出與度諸佛境界智光嚴經等同本

大方廣如來不思議境界經一卷 第二出與提雲般若所出境界分同本

大方廣普賢所說經一卷

大乘入楞伽經七卷 第四出與宋功德賢等出者同本久視元年五月五日於東都三陽宮初出至長安四年正月五日繕寫功畢

觀世音菩薩祕密藏神呪經一卷 初出與寶思惟等出者同本

妙臂印幢陀羅尼經一卷 第二出與勝幢臂印陀羅尼經同本

百千印陀羅尼經一卷

救面然餓鬼陀羅尼神呪經一卷

右繞佛塔功德經一卷 亦云繞塔功德經

大乘四法經一卷 與前日照三藏出者名字雖同經體全異

十善業道經一卷

大乘起信論二卷 第二出與真諦出者同本

摩訶般若隨心經一卷

大方廣不生不滅經一卷

大方廣如來難思議境界經一卷

離垢淨光陀羅尼經一卷 初出與彌陀山譯者同本

菩薩出生四法經一卷

右一十九部一百七卷 起信論上一十四部一百二卷

見在摩訶般若隨
心經下五卷闕本

沙門實叉難陀唐云學喜于闐國人智度弘曠利物爲心善大小乗兼異學論天后明揚佛日敬重大乗以華嚴舊經處會未備遠聞于闐有斯梵本發使求訪并請譯人實叉與經同臻帝闕以天后證聖元年乙未於東都大内大遍空寺譯華嚴經天后親臨法座煥發序文自運仙毫首題名品南印度沙門菩提流志沙門義淨同宣梵本後付沙門復禮法藏等於佛授記寺譯至聖曆二年已亥功畢又至久視元年庚子於三陽宫内譯大乗入楞伽經及於西京清禪寺東都授記寺譯文殊授記等經前後總譯一十九部沙門波崙玄軌等筆受沙門復禮等綴文沙門法寶弘景等證義太子中舍賈膺福監護至長安四年實叉縁母年老請歸覲省表書冊上方蒙允許勑御史霍嗣光送至于闐後和帝龍興重暉佛日勑再徵召方届帝城以景龍二年達于茲土帝屈萬乗之尊親迎於開遠門外京城緇侶備諸幢旛逆路導引仍裝飾青象令乗入城勑於大薦福寺安置未遑翻譯遘疾彌留以景雲元年十月十二日右脇累足終于大薦福寺春秋五十有九緇徒悲噎歎法棟之遽摧俗侶哀號恨群生之失導有詔聽依外國法葬以十一月十二日於開遠門外古然燈臺焚之薪盡火滅其舌猶存斯是弘法之嘉瑞也至十二月二十三日本國門人悲智勑使哥舒道元送其餘骸及斯靈舌還歸于闐起塔供養後人復於焚屍之所起七層塔焉

不空羂索陀羅尼經一卷一名普門此有一十六品是梵本經抄沙門波崙製序第二出與寶思惟譯三卷者同本

右一部一卷其本見在

婆羅門李無諂北印度嵐波國人識量聰敏內外該通唐梵二言洞曉無滯三藏阿伱真那菩提流志等翻譯衆經並無諂度語於天后代聖曆三年庚子三月有新羅國僧明曉遠觀唐化將欲旋途於總持門先所留意遂慇懃固請譯此真言使彼邊維同聞祕教遂於佛授記寺翻經院爲譯不空羂索陀羅尼經一部沙門波崙筆受至久視元年八月將所譯經更於罽賓重勘梵本方爲流布

無垢淨光大陀羅尼經一卷第二出與實叉難陀離垢淨光陀羅尼同本

右一部一卷其本見在

沙門彌陀山唐言寂友覩貨邏國人也幼小出家遊諸印度遍學經論於楞伽俱舍最爲精妙志弘像法無悋鄉邦杖錫而遊來臻皇闕於天后代共實叉難陀譯大乘入楞伽經後於天后末年共沙門法藏等譯無垢淨光陀羅尼經一部譯畢進內辭帝歸邦天后厚遣任歸本國

甄正論三卷

右一部三卷其本見在

沙門釋玄嶷俗姓杜名乂先是黃冠爲東都大弘道觀主遊心七籍妙善三玄黃宗之中此爲綱領天后心崇大法弘闡釋宗乂遂歸心請求剃落詔許度之住佛授記寺後爲寺都兼預翻譯悉彼宗之虛誕知正教之可憑遂造甄正論一部指陳虛僞主客問答極爲

省要

不空羂索陀羅尼自在王呪經三卷亦名不空羂索心呪王經長壽二年十月於東都佛授記寺譯沙門德感筆受初出與李無諂出一卷者同本

浴像功德經一卷神龍元年正月二十三日於東都大福先寺譯婆羅門李無諂譯語初出與後義淨出者同本

校量數珠功德經一卷神龍元年正月二十三日於大福先寺譯李無諂譯語初出與後義淨出者同本

觀世音菩薩如意摩尼陀羅尼經一卷第二出與實叉難陀等出者同本

文殊師利根本一字陀羅尼經一卷長安二年於天宮寺譯沙門慧智等證梵文婆羅門李無諂譯語直中書李無礙筆受初出與後義淨出者同本

大陀羅尼末法中一字心呪經一卷神龍元年於大福先寺譯李無諂譯語

隨求即得大自在陀羅尼神呪經一卷亦云所得見大周録長壽二年於東都天宮寺譯罽賓沙門尸利難陀設等證梵文李無諂譯語李無礙筆受

右七部九卷其本並在

沙門阿你眞那唐云寶思惟北印度迦濕蜜羅國人刹帝利種彼王之華胄幼而捨家禪誦爲業進具之後專精律品復慧解超群學兼眞俗乾文呪術尤功其妙加以化導爲心無戀鄉國以天后長壽二年癸巳届于洛都勑於天宮寺安置即以天后長壽二年癸巳至中宗神龍二年景午於授記天宮福先等寺譯不空羂索陀羅尼經等七部後至睿宗太極元年壬子四月太子洗馬張齊賢等繕寫進内至延和元年六月勑令禮部尚書晉國公薛稷右常侍高平侯徐彦伯等詳定入

目施行三藏自神龍二年已後更不譯經唯精勤禮誦修諸福業每於晨朝磨香爲水塗浴佛像後方飲食從始至終此爲恒業衣鉢之外隨得隨施後於龍門山請置一寺依外國法式製造呼爲天竺巳及門人同居此寺精誠所感其數寔多壽年百餘以開元九年終於寺矣

金光明最勝王經十卷（第五出與北涼曇無讖四卷金光明等同本長安三年十月四日於西明寺譯畢沙門波崙惠表筆受）

能斷金剛般若波羅蜜多經一卷（第五出與姚秦羅什元魏留支陳真諦等出者同本長安三年十月四日於西明寺譯）

佛爲難陀說出家入胎經二卷（出根本說一切有部毗柰耶雜事第十一十二卷景龍四年於大薦福寺譯今編入寶積當第十四會改名入胎藏會）

入定不定印經一卷（第二出與元魏瞿曇流支所出不必定入定入印經同本久視元年五月五日譯）

藥師瑠璃光七佛本願功德經二卷（第四出隋笈多等出者同本但廣略有異神龍三年夏於大內佛光殿譯時帝親御法筵手自筆受）

彌勒下生成佛經一卷（第六出與羅什彌勒下生經等同本大足元年九月二十三日於東都大福先寺譯）

佛爲勝光天子說王法經一卷（第三出與舊諫王經及唐譯勝軍王經並同本神龍元年七月十五日於東都大福先寺譯沙門玄傘筆受）

浴像功德經一卷（第二出與寶思惟出者同本景龍四年四月十五日於大薦福寺翻經院譯）

數珠功德經一卷（第二出與寶思惟出者同本景龍四年四月十五日於大薦福寺翻經院譯）

觀自在菩薩如意心陀羅尼咒經一卷（第三出與

實叉難陀寶思惟等出者同本景龍四年於大薦福寺翻經院譯

曼殊室利菩薩呪藏中一字呪王經一卷 第二出與寶思惟出者同本長安三年十月四日於西明寺譯

稱讚如來功德神呪經一卷 第二出與隋譯十二佛名神呪經同本景雲二年閏六月二十三日於大薦福寺翻經院譯沙門玄傘智積等筆受

大孔雀呪王經三卷 第八出與梁僧伽婆羅等出者同本神龍元年於東都內道場譯

佛頂尊勝陀羅尼經一卷 第五出與杜行顗日照波利等出者同本景龍四年於大薦福寺翻經院譯

莊嚴王陀羅尼呪經一卷 大足元年九月二十三日於東都大福先寺譯

香王菩薩陀羅尼呪經一卷 神龍元年於東都大福先寺譯

一切功德莊嚴王經一卷 神龍元年七月十五日於東都大福先寺譯沙門玄傘筆受

拔除罪障呪王經一卷 景龍四年於大薦福寺翻經院譯

善夜經一卷 大足元年九月二十三日於東都大福先寺譯

大乘流轉諸有經一卷 大足元年九月二十三日於東都大福先寺譯

妙色王因緣經一卷 大足元年九月二十三日於東都大福先寺譯

佛爲海龍王說法印經一卷 景雲二年閏六月二十三日於大薦福寺翻經院譯沙門玄傘智積等筆受

能斷金剛般若波羅蜜多經論頌一卷 無著菩薩造景雲二年於大薦福寺翻經院譯沙門玄傘智積等筆受

能斷金剛般若波羅蜜多經論釋三卷 無著菩薩頌世親菩薩釋景雲二年於大薦福寺翻經院譯沙門玄傘智積等筆受

因明正理門論一卷 大域龍菩薩造第二出與奘法師譯者同本景雲二年於大薦福寺翻經院譯沙門玄傘智積等筆受

成唯識寳生論五卷 一名二十唯識順釋論護法菩薩造景龍四年四月十五日於大薦福寺翻經院譯沙門玄傘智積等筆受

觀所緣論釋一卷 護法菩薩造景龍四年四月十五日於大薦福寺翻經院譯沙門玄傘智積等筆受

掌中論一卷 陳那菩薩造第二出與解捲論同本長安三年十月四日於西明寺譯

取因假設論一卷 陳那菩薩造長安三年十月四日西明寺譯沙門惠表筆受

觀總相論頌一卷 陳那菩薩造景雲二年於大薦福寺翻經院譯沙門智積等筆受

止觀門論頌一卷 世親菩薩造景雲二年於大薦福寺翻經院譯沙門玄傘等筆受

手杖論一卷 尊者釋迦稱造景雲二年大薦福寺翻經院譯沙門玄傘等筆受

六門教授習定論一卷 無著菩薩本世親菩薩釋長安三年十月四日於西明寺譯

五蘊皆空經一卷 出雜阿含經第二卷異譯景龍四年於大薦福寺翻經院譯沙門智積等筆受

三轉法輪經一卷 出雜阿含經第十五卷異譯景龍四年於大薦福寺翻經院譯沙門玄傘等筆受

無常經一卷 亦名三啓經大足元年九月二十三日於東都大福先寺譯

八無暇有暇經一卷 大足元年九月二十三日東都大福先寺譯

長爪梵志請問經一卷 久視元年十二月二十三日於東都大福先寺譯

譬喻經一卷 景龍四年於大薦福寺翻經院譯沙門玄傘筆受

略教誡經一卷 景雲二年閏六月二十三日於大薦福寺翻經院譯沙門玄傘等筆受

療痔病經一卷 亦云痔瘻景龍四年於大薦福寺翻經院譯沙門玄傘等筆受

根本說一切有部毗柰耶五十卷 長安三年十月四日

於西明寺譯沙門波崙惠表等筆受

根本説一切有部苾芻尼毗柰耶二十卷 景龍四年於大薦福寺翻經院譯

根本説一切有部毗柰耶雜事四十卷 景龍四年於大薦福寺翻經院譯

根本説一切有部尼陀那目得迦十卷 或八卷長安三年十月四日於西明寺譯

根本説一切有部戒經一卷 景龍四年於大薦福寺翻經院譯

根本説一切有部苾芻尼戒經一卷 景龍四年於大薦福寺翻經院譯

根本説一切有部百一羯磨十卷 長安三年十月四日於西明寺譯

根本説一切有部毗柰耶頌五卷 尊者毗舍佉造景龍四年於大薦福寺翻經院譯先在西域那爛陀寺譯出還都刪正景龍奏行

根本説一切有部毗柰耶雜事攝頌一卷 景龍四年於大薦福寺翻經院譯

根本説一切有部尼陀那目得迦攝頌一卷 景龍四年於大薦福寺翻經院譯

根本薩婆多部律攝二十卷 尊者勝友集或十四卷久視元年十二月二十三日於東都大福先寺譯

一百五十讚佛頌一卷 尊者摩咥里制吒造於中印度那爛陀寺譯至景龍二年於薦福寺重更迴綴

龍樹菩薩勸誡王頌一卷 第三出與舊勸發諸王要偈等同本於東印度耽摩立底國譯至都重綴

大唐西域求法高僧傳二卷 從西國還在南海室利佛逝撰寄歸

大唐南海寄歸内法傳四卷 從西國還在南海室利佛逝撰寄歸

別說罪要行法一卷或無別字

受用三水要法一卷或云要行法

護命放生軌儀一卷或云軌儀法

法華論五卷莫知造者單重未悉景雲二年譯

集量論四卷景雲二年譯已上多取奏行年月所以出日多同

右六十一部二百三十九卷法華論下二部九卷失本

沙門釋義淨齊州人俗姓張字文明髫齔之年辤榮落髮於是遍詢名匠廣探群籍内外閑曉今古遍知年十有五志遊西域仰法顯之雅操慕玄奘之高風加以勤無棄時手不釋卷弱冠登具逾厲堅貞咸亨二年三十有七方叶夙懷遂之廣府初結誓同志數滿十人泊乎汎舶餘皆退罷唯淨堅心轉熾遂即孤行備歷艱難漸達印度所至之境皆洞言音凡遇王臣咸蒙禮重鷲峯雞足並親登陟祇園鹿苑咸悉周遊惣那爛陀禮菩提樹遍師明匠學大小乘所爲事周還歸故里凡所歷遊三十餘國往來問道出二十年以天后證聖之元乙未仲夏還至河洛將梵本經律論近四百部合五十萬頌金剛座眞容一鋪舍利三百粒天后敬法重人親迎于上東門外洛陽緇侶備設幢旛兼陳鼓樂在前導引勑於佛授記寺安置所將梵本並令翻譯初共于闐三藏實叉難陀翻華嚴經久視已後方自翻譯即以久視元年庚子至長安三年癸卯於東都福先寺及西京西明寺譯金光明最勝王能斷金剛般若入定不定印彌勒成佛一字呪王莊嚴王陀羅尼善夜流轉諸有妙色王因緣無常八無暇有暇長爪梵志

等經根本說一切有部毗柰耶尼陀那目得迦百一羯磨及律攝等掌中取因假設六門教授等論及龍樹勸誡頌已上二十部一百一十五卷北印度沙門阿你眞那證梵文義沙門波崙復禮慧表智積等筆受證文沙門法寶法藏德感勝莊神英仁亮大儀慈訓等證義成均太學助教許觀監護繕寫進內天后製新翻聖教序令標經首暨和帝龍興神龍元年乙巳於東都內道場譯孔雀王經又於大福先寺譯勝光天子香王菩薩呪一切功德莊嚴王等經上四部六卷沙門盤度讀梵文沙門玄傘筆受沙門大儀證文沙門勝莊利貞等證義兵部侍郎崔湜給事盧粲等潤文正字祕書大監駙馬都尉觀國公楊愼交監護和帝 心崇釋典製序褒揚號爲大唐龍興三藏聖教序帝御洛城西門宣示群辟淨所新翻並令標引二年景午隨駕歸京勅於大薦福寺別置翻經院處之三年丁未帝召入內并同翻經沙門九旬坐夏帝以昔居房部幽厄無歸祈念藥師遂蒙降祉荷茲往澤重闡洪猷因命法徒更令翻譯於大佛光殿譯成二卷名藥師瑠璃光七佛本願功德經帝御法筵手自筆受又至景龍四年庚戌於大薦福寺譯浴像功德數珠功德如意心尊勝拔除罪障出家入胎五蘊皆空三轉法輪譬喻療痔病等經根本說一切有部苾芻尼毗柰耶毗柰耶雜事二衆戒經毗柰耶頌雜事攝頌尼陀那目得迦攝頌唯識寶生觀所緣釋等已上二十部八十八卷吐火羅沙門達磨末磨中印度沙門拔弩證梵義罽賓

沙門達磨難陀證梵文居士東印度首領伊舍羅證梵本沙門惠積居士中印度李釋迦度頗多等讀梵本沙門文綱惠沼利貞勝莊愛同思恒等證義沙門玄傘智積等筆受居士東印度瞿曇金剛迦濕彌羅國王子阿順等證譯修文館大學士特進趙國公李嶠兵部尚書逍遥公韋嗣立中書侍郎趙彦昭吏部侍郎盧藏用兵部侍郎張説中書舍人李乂蘇頲等二十餘人次文潤色左僕射舒國公韋巨源右僕射許國公蘇瓌等監譯祕書大監嗣虢王邕監護又至睿宗景雲二年辛亥於大薦福寺復譯稱讚如來功德神呪佛爲龍王説法印略教誡等經能斷般若論頌及釋因明理門觀總相頌止觀門頌手杖等論及法華集量百五十讚合一十二部二十一卷沙門昌利末底烏帝提婆等讀梵本沙門玄傘智積等筆受沙門惠沼等證義太常卿衛國公薛崇胤監護合從天后久視元年庚子至睿宗景雲二年辛亥都譯五十六部二百三十卷又别撰大唐西域求法高僧傳南海寄歸内法傳别説罪要行法受用二水要法護命放生軌儀凡五部合九卷又出説一切有部跋窣堵（即諸律中犍度跋渠之類也梵有楚夏耳）約七八十卷但出真本未遑删綴遽入泥洹其文遂寢淨又於一切有部律中抄諸縁起别部流行如摩竭魚因縁等四十二經四十九卷既是别生抄經不合爲翻譯正數今載别生録中如刪繁録中具列名目淨雖遍翻三藏而偏攻律部譯綴之暇曲授學徒凡所行事皆尚其急濾漉滌穢特異常倫學侶傳行遍

於京洛美哉亦遺法之盛事也以先天二年卒春秋七十九矣

大寶積經一百二十卷單重合譯神龍二年創首先天二年功畢

右此部經新譯舊譯四十九經合成一部於中析取二十六會三十九卷爲菩提流志新譯餘二十三會八十一卷並是舊譯勘同編入巳備餘録故不重存其新譯會名具如別録初第十一卷寶積部中依次編列

實相般若波羅蜜經一卷見大周録第二出與大般若第十會理趣分同本廣略少異長壽二年於東都大周東寺譯

文殊師利所說不思議佛境界經二卷見大周録或一卷初出與寶積第二十五善德天子會同本長壽二年於大周東寺譯

大乘金剛髻珠菩薩修行分一卷見大周録亦名金剛髮菩薩加行品是華嚴眷屬經長壽一年於大周東寺譯

寶雨經十卷見大周録第三出與梁曼陀羅所出寶雲經等同本長壽二年於佛授記寺譯沙門處一等筆受

大乘伽耶山頂經一卷見大周録第四出與羅什文殊問菩提經等同本長壽二年於大周東寺譯

不空羂索神變眞言經三十卷當第四出舊譯單卷即是此經初品神龍三年夏於西崇福寺譯弟子般若丘多助宣梵本至景龍三年春工畢

千手千眼觀世音菩薩姥陀羅尼身經一卷第二出與唐智通譯二卷者同本景龍三年夏於西崇福寺譯弟子般若丘多助宣梵本

如意輪陀羅尼經一卷第四出與實叉難陀等出者同本此法稍具景龍三年夏於西崇福寺譯弟子般若丘多助宣梵本

六字神呪經一卷或云六字呪法經第四出長壽二年於佛授記寺譯

護命法門神呪經一卷見大周録第三出與善法方便陀羅尼經

等同本長壽二年於佛授記寺譯

廣大寶樓閣善住祕密陀羅尼經三卷 神龍二年九月十五日於西崇福寺譯畢東天竺伊舍羅譯語沙門雲觀筆受

一字佛頂輪王經五卷 亦云五佛頂經或四卷景龍三年夏於西崇福寺譯弟子般若丘多助宣梵本其年冬譯畢

文殊師利寶藏陀羅尼經一卷 景龍四年於西崇福寺譯弟子般若丘多助宣梵本

金剛光燄止風雨陀羅尼經一卷 景龍四年於西崇福寺譯弟子般若丘多助宣梵本

有德女所問大乘經一卷 見大周録長壽二年於大周東寺譯

般若波羅蜜多那經一卷 第三出與摩訶大明呪經等同本長壽二年於佛授記寺譯

妙惠童女所問經一卷 第三出與須摩提經等同本長壽二年於大周東寺譯

不空羂索呪心經一卷 見大周録第三出與不空羂索神呪經等同本長壽二年於佛授記寺譯

妙德婆羅門女問佛轉何法輪經一卷 今疑即有德女所問大乘經是長壽二年於大周東寺譯

智猛長者問經一卷 長壽二年於佛授記寺譯

佛入毗耶離除一切鬼病經一卷 長壽二年於佛授記寺譯

那耶經一卷 長壽二年於佛授記寺譯

大陀羅尼經一卷 長壽二年於佛授記寺譯

文殊師利呪法藏經一卷 長壽二年於佛授記寺譯

一字呪王經一卷 今疑與前呪法藏共是一經長壽二年於佛授記寺譯

無迦略叉菩薩造廣大摩尼祕密善住經一卷 長壽二年於佛授記寺譯

釋般若六字三句論一卷 長壽二年於佛授記寺譯

右五十三部寶積二十六會即爲二十六部一百一十一卷般若波羅蜜多那下一十二部一十二卷尋本未獲

沙門菩提流志本名達摩流支唐言法希天后改爲菩提流志唐云覺愛南印度人婆羅門種姓迦葉氏聰叡絶倫風神爽異生年十二外道出家師禀波羅奢羅學彼經術遂洞曉聲明尤閑數論陰陽曆數地理天文呪術醫方皆如指掌年登耳順自謂孤行撩僧論議賜以身事時有大乗上座部三藏厥號耶舍瞿沙知其根熟遂與交論未越幾關詞理俱屈始知佛日高明匪螢燈並照法海深廣豈消滴等潤於是沒身敬事專學佛乗奉戒無虧志節高峻崇慧有在解學寛深未越五年通達三藏天皇遠聞雅譽遣使往邀未及使還白雲遽駕暨天后御極方赴帝京以長壽二年癸巳創達都邑即以其年於佛授記寺譯寶雨經中印度王使沙門梵摩同宣梵本沙門戰陀居士婆羅門李無諂譯語沙門惠智證譯語沙門處一等筆受沙門思玄等綴文沙門圓測神英等證義司賔寺丞孫辟監護後於大周東寺譯實相般若金剛髻大乗伽耶頂有德妙慧文殊不思議境界妙德女問佛等經又於佛授記寺譯護命法門六字神呪般若審多那不空羂索呪心智猛長者問除鬼病那耶大陀羅尼文殊呪法藏一字呪王摩尼祕密善住等經及般若六字三句論已上一十九部合二十卷沙門行感等同譯後至和帝龍興神龍二年景午隨駕歸京勅於西崇福寺安置遂譯廣大寶樓閣不空羂索神變一字佛頂千手千眼姥陀羅尼

如意輪文殊寶藏金剛光燄等經及大寶積此經都有四十九會上代譯者摘會别翻而不終部帙往者貞觀中玄奘法師往遊印度將梵本還於弘福寺譯大菩薩藏經即是寶積第十二之一會後於玉華宮寺翻大般若竟諸德慇懃請翻寶積奘法師云譯寶積之功不謝於般若余生涯已窮恐不終其事固請不已遂啓夾譯之可得數行乃嗟歎曰此經與此土群生未有縁矣余氣力衰竭不能辦也因而遂輟流志來日復齎其梵本和帝命志續奘餘功遂廣鳩碩德并召名儒尋譯舊翻之經考校新來之夾上代譯者勘會同即附昔來未出梵本具翻兼復舊義擁迷詳文重譯始乎神龍二年景午創筵迄于睿宗先天二年癸丑畢席於中二十六會三十九

卷流志新譯謂三律儀會無邊莊嚴會無量壽如來會不動如來會被甲莊嚴會文殊師利普門會出現光明會佛爲阿難説處胎會無盡伏藏會授幻師䟦陀羅記會大神變會優波離會發勝志樂會善順菩薩會勤授長者會優陀延王會妙慧童女會恒河上優婆夷會功德寶花敷菩薩會善德天子會阿闍世王子會淨信童女會彌勒菩薩所問會無盡慧菩薩會勝鬘夫人會廣博仙人會創發題日於大内佛光殿和帝親御法筵筆受經旨百僚侍坐妃后同觀求之古人無以加也逮睿宗嗣曆復於北苑白蓮華亭及大内甘露等殿别開會首亦親筆受並沙門思忠及東印度大首領伊舍羅直中書度頗具等譯梵文北印度沙門達摩南印度沙門波若丘

多等證梵義沙門慧覺宗一普敬履方等筆受沙門勝莊法藏塵外無著深亮懐迪等證義沙門承禮神暕雲觀等次文太子詹事東海郡公徐堅邠王傅固安伯盧粲尚書右丞東海男盧藏用中書舍人野王男蘇瑨禮部郎中彭景直左補闕祁縣男王瑨太府丞顔溫之太常博士賀知章等潤色中書侍郎平輿侯陸象先侍中鉅鹿公魏知古等監譯前太常卿薛崇胤通事舍人弘農男楊仲嗣監護繕寫旣了將本進内睿宗外總萬方内崇三寶御筆製序標於經首前後總譯五十三部合一百一十一卷三藏流志自翻寶積經了更不譯經禪觀怡神金丹養志壽雖過百道業無虧持誦經行晨昏靡替至開元十二年隨駕入洛勑於長壽寺安置以流志所住

加號開元至十五年九月顧謂門人曰泡幻之身日就衰朽縱然久住終歸磨滅吾生年攝養兾免衰弊今漸遲暮徒更延時遂從二十日不飲不食藥餌俱絶雖向五旬神色不異至十一月三日遂索香水洗浴換新潔衣至四日晨朝取梵本衆經手擎頂戴一一讃歎至五日齋時告諸侍人皆令四散吾暫就靜汝勿喧聲遂於淨室之中右脇而卧奄然而卒春秋一百五十有六自非積修勝業脫屣塵勞焉能保此遐齡去留專已者也旣聞天聽皇衷感慕慟歎久之追贈鴻臚大卿謚曰開元一切遍知三藏詔遣内侍杜懐敬往東都監葬勑内庫出物供葬所須務令優贍無限其數於是鹵簿羽儀旛幢華蓋闐塞衢巷而不可數遂遷窆於龍門起塔供養焉

五分羯磨一卷題云彌沙塞羯磨本

右一部一卷其本見在

沙門釋愛同俗姓趙氏本天水人代襲冠冕同弱齡出家後以律學馳譽講彌沙塞律遠近師稟昔宋朝罽賓三藏覺壽譯彌沙塞律因出羯磨一卷時運遷移其本零落尋求不獲學者無依同遂於大律之内抄出羯磨一卷彼宗學者盛傳流布

新譯大方廣佛華嚴經音義二卷

右一部二卷其本見在

沙門釋慧苑京兆人華嚴藏法師上首門人也勤學無惰内外兼通華嚴一宗尤所精達苑以新譯之經未有音義披讀之者取決無從遂博覽字書撰成二卷使尋讀之者不遠求師而決於字書義也

説妙法決定業障經一卷第二出與奘法師稱讚大乘功德經同本開元九年六月於終南山石鼈谷老尹蘭若譯

出生無邊門陀羅尼經一卷第十一譯與無量門微密持經等同本開元九年於奉恩寺譯

師子素馱娑王斷肉經一卷開元九年奉恩寺譯

大乘修行菩薩行門諸經要集三卷開元九年六月二十日於終南山石鼈谷老尹蘭若譯

右四部六卷其本並在

沙門釋智嚴于闐國王之質子姓尉持名樂盧各切幻至大唐早居榮禄授左領軍衛大將軍上柱國封金滿郡公而立性淳質貞信居懷請捨宅置寺奉爲國家神龍二年五月十一日勅允其所請又自惟生居異域長自中華幸得侍奉四朝班榮寵極猶恐叨承厚禄濫沐殊恩於是固請出家兾酬玄澤神龍二

年十二月二十四日墨制云人之情也莫不貪惜禄位卿之願也乃欲棄俗出家襲蘭若之蹤起禪那之行忽省來奏嗟賞兼懷特遂所祈式成高志以景龍元年十一月五日和帝生日捨家剃落髮號智嚴仍請住於終南山至相寺蘭若修道於是虛心靜慮宴坐經行精苦居懷幽棲積念加以經明唐梵智照幽微寶積真詮如來祕偈莫不屢承綸旨乆預翻詳頻奉綸言兼令證譯常於石鼈谷居阿練若習頭陀行開元九年於石鼈練若及奉恩寺譯決定業障經等四部並文質相兼得其深趣又譯尊勝陀羅尼呪一首及法華經藥王菩薩等呪六首時有經本寫新呪入幸勿怪之

七俱胝佛母准泥大明陀羅尼經一卷　第二出與

日照三藏譯者同本

金剛頂瑜伽中略出念誦法四卷　開元十一年於資聖寺譯

金剛頂經曼殊室利菩薩五字心陀羅尼品一卷

觀自在如意輪菩薩瑜伽法要一卷　上二經並出梵本金剛頂經撮要抄譯非全部

右四部七卷其本並在

沙門跋日羅菩上聲提地之上聲唐云金剛智南印度摩賴耶國人此云光明國其國近觀音宮殿補陀落山婆羅門種幼而出家遊諸印度雖內外博達而偏善總持於此法門罕有其匹隨緣遊化隨處利生聞大支那佛法崇盛遂汎舶東遊達于海隅開元八年中方届京邑於是廣弘祕教建曼荼羅依法作成皆感靈瑞沙門一行欽斯

祕法數就諮詢智一一指陳復為立壇灌頂一行敬受斯法請譯流通以十一年癸亥於資聖寺為譯瑜伽念誦法及七俱胝陀羅尼東印度婆羅門大首領直中書伊舍羅譯語嵩岳沙門温古筆受至十八年庚午於大薦福寺出曼殊室利五字心及觀自在瑜伽要沙門智藏譯語又於舊隨求中更續新呪智執總持契所至皆驗祕教流傳寔斯人矣

大佛頂如來密因修證了義諸菩薩萬行首楞嚴經十卷

右一部十卷其本見在

沙門釋懷迪循州人也住本州羅浮山南樓寺其山乃仙聖遊居之處迪久習經論多所該博九流七略粗亦討尋但以居近海隅數有梵僧遊止迪就學書語復皆通悉往者三藏菩提流志譯寶積經遠召迪來以充證義所為事畢還歸故鄉後因遊廣府遇一梵僧（未得其名）齎梵經一夾請共譯之勒成十卷即大佛頂萬行首楞嚴經是也迪筆受經旨兼緝綴文理其梵僧傳經事畢莫知所之有因南使流經至此

大毗盧遮那成佛神變加持經七卷（第七一卷是念誦法）

蘇婆呼童子經三卷（唐云妙臂童子亦云蘇婆呼律或二卷）

蘇悉地羯羅經三卷（唐云妙成就法此與蘇婆呼並是呪毗柰耶不曾入大曼荼羅不合輙讀同未受具人盜聽戒律便成盜法）

虛空藏菩薩能滿諸願最勝心陀羅尼求聞持法一卷（出梵本金剛頂經成就一切義品略譯少分）

右四部一十四卷其本並在

沙門輸波迦羅唐言善無畏中印度人釋迦之苗裔風儀爽俊聰叡超群解究五乘行該三學總持禪觀妙達其源藝術奇能無不諳曉加以弘法爲務豈憚艱危遂發跡中天來遊東夏塗至北印度境聲譽已達帝京令上搜集賢良發使迎接以開元四年景辰大齋梵本來達長安初於興福寺南院安置次後有勑令住西明至五年丁巳於菩提院譯虚空藏求聞持法一卷沙門悉達譯語沙門無著綴文筆受其無畏所將梵本有勑並令進内緣此未得廣譯諸經曩時沙門無行西遊天竺學畢言歸迴至北天不達而卒所將梵本有勑迎還比在西京華嚴寺收掌無畏與沙門一行於彼簡得數本梵經並總持妙門先未曾譯至十二年隨駕入洛於大福先寺安置遂爲沙門一行譯大毗盧遮那經其經具足梵文有十萬頌今所出者撮其要耳沙門寶月譯語沙門一行筆受承旨兼刪綴詞理文質相半妙諧深趣又出蘇婆呼蘇悉地二經無畏性愛恬簡靜慮怡神時開禪觀獎勸初學慈悲作念接誘無虧人或問疑剖析無滯

開元釋教録二十卷上帙總録下帙別録十八年庚午於西崇福寺東塔院撰

續大唐内典録一卷同前十八年撰

續古今譯經圖記一卷同前十八年撰

續集古今佛道論衡一卷同前

集諸經禮懺儀二卷同前

右上五部二十五卷智昇所撰昇早預釋流志弘大教但才微力寡無遂本懷

俛仰之間亟經寒暑曾未能宣傳正法荷擔菩提而近閲藏經仍探衆録覩其差謬惑所未安狂簡斐然考成斯記雖文詞靡叙而事有所憑但鄙見未弘固多踈闕耳其續内典録等附於本部之末幸諸來哲無貽誚焉

右從後漢迄至皇朝合一十九代所出大小乘經律論并賢聖集傳總二千二百七十八部都合七千四十六卷於中一千一百二十四部五千四十八卷見行入藏其梁代曼陀羅譯文殊般若經般若部中已載寶積經中亦復編入故此一經録中重載也據其實數但一千一百二十三部五千四十七卷是見行數其集傳中有四十部三百六十八卷並是此方撰集非梵本翻出也一千一百四十八部一千九百八十卷是闕本數兩件見闕合有二千二百七十一部七千二十七卷與前都數欠七部一十九卷不同者其東晉無垢眼譯毗尼序合入十誦其蕭齊法意譯提婆達多品一卷及周武帝代志德譯普門品重誦偈一卷並合入妙法華中其隋朝崛多譯銀主品囑累品共一卷合入金光明中其北涼曇無讖譯四卷金光明梁朝眞諦譯七卷金光明周世崛多譯五卷金光明隋沙門寶貴取前三本合成八卷故上三經在刪繁録加此七部一十九卷還與都數扶同一無欠少

開元釋教録卷第九

音釋

蔚於胃切文深密貌　崎嶇崎去奇切嶇豈俱切山路不平也　臚力居切　豳卑巾切地名　愕五各切驚遽貌　痔池爾切後病也　瘻落候切瘺病也　咥徒結切　髫齓髫徒聊切童子垂髮也齓初覲切毀齒也　⿱髟条此宰切髻也　頲他鼎切　瓌古回切　濾良遇切　漉盧谷切　⿰貝爲几僞切　暕古限切　斐數尾切文貌

開元釋教録卷第十

唐西崇福寺沙門智昇撰

總括群經録上之十

叙列古今諸家目録

古經録一卷

右尋諸舊録多稱爲古録似是秦始皇時釋利防等所齎經録

舊經録一卷

右似是前漢劉向校書天閣往往見有佛經即謂古藏經録謂孔壁所藏或秦正焚書人中所藏者

漢時佛經目録一卷

右似是明帝時迦葉摩騰創譯四十二章經因即撰録

朱士行漢録一卷

右曹魏時潁川沙門朱士行於洛陽講道行經因撰其録後往西域求經於彼而卒

衆經録一卷

右西晉武帝代長安青門外大寺西域沙門竺法護翻譯衆經因出其録

衆經録一卷

右西晉懷帝代永嘉中清信士聶道真稟受護公之筆匠也後自翻經因出其録

趙録一卷

右似是二趙時諸録遥注未知姓氏

綜理衆經目録一卷

右苻秦代沙門釋道安所撰自前諸録但列經名至於品類時代蓋闕而不紀

後人披覽莫測根由安乃總集名題表其時代銓品新舊定其製作衆經有據自此而明在後群録資而增廣是知高懷獨悟足以垂範後昆所撰之文見僧祐録

二秦録一卷

右後秦姚興弘始年長安沙門釋僧叡所撰叡即安公之弟子神用通朗思力標舉參譯什門多有撰緝

衆經録四卷（魏世録吳世録晋世雜録河西録）

右東晋廬山東林寺遠公弟子釋道流創撰未就而卒同學竺道祖續而成之

經論都録一卷　别録一卷

右東晋成帝豫章山沙門支敏度撰其人總校古今群經故撰都録敏度又撰别録一部

衆經目録二卷

右蕭齊武帝時沙門釋王宗撰見梁三藏記

釋弘充録一卷（南齊揚都人）

釋道慧宋齊録一卷（南齊）

釋道憑録一卷（北齊）　釋正度録一卷

王車騎録一卷

始興録一卷（未詳撰者亦云南録）

廬山録一卷　岑號録一卷

菩提留支録一卷（元魏洛京永寧寺天竺沙門也）

華林佛殿衆經目録四卷（梁天監十四年勅沙門僧紹撰）

隋沙門釋靈裕譯經録一卷（長房録中無隋字）

衆經都録八卷（似是總合諸家未詳作者）

已前諸録二十五家長房内典二録云

上件諸録檢傳記有之未見其本故列名而已

衆經別録二卷 未詳作者言似宋時總分十例具如後列

大乘經録第一 三百七十部七百七十九卷

三乘通教録第二 五十一部九十七卷

三乘中大乘録第三 一十七部三十八卷

右上卷三録 總四百三十八部九百一十四卷

小乘經録第四 四百三十六部六百一十卷

第五篇目本闕 此闕本録不顯部卷應散在諸録中故耳

大小乘不判録第六 一百七十四部一百八十四卷

疑經録第七 一十七部二十卷

律録第八 一十二部一百九十五卷

數録第九 六部一百二十一卷

論録第十 六部一百五十二卷

右下卷七録 總六百五十一部一千六百八十二卷

上下兩卷合有十篇都一千八十九部二千五百九十六卷 其下卷七録部數勘同卷數少四百未詳所以

元魏衆經目録 永熙年勅舍人李廓撰一卷成

大乘經目録一 二百一十四部

大乘論目録二 二十九部

大乘經子注目録三 一十二部

大乘未詳經論目録四 二十三部

小乘經律目録五 六十九部

小乘論目録六 二部

有目未得經目録七 一十六部

非眞經目録八 六十二部

非眞論目録九 四部

全非經愚人妄作目録十 一十一部

都十件經律論眞僞四百二十七部二

千五十三卷部數勘與都數不同贖十五部未詳所以

梁代衆經目録天監十七年勅沙門寶唱撰

衆經目録卷第一大乘二百六十二部六百七十四卷

有譯人多卷一六十九部四百六十七卷

無譯人多卷二五部一十九卷

有譯人一卷三九十部九十卷

無譯人一卷四九十八部九十八卷

衆經目録卷第二小乘二百八十五部四百卷

有譯人多卷一一十七部一百二十卷

無譯人多卷二五部一十七卷

有譯人一卷三五十部五十卷

無譯人一卷四二百一十三部二百一十三卷

衆經目録卷第三三百六十二部一千六百八十二卷

先異譯經一四十五部多卷二百七十九卷三十六部一卷三十六卷

禪經二九部多卷三十八卷三十一部一卷三十一卷

戒律三六十八部二百七十五卷

疑經四六十二部六十七卷

注經五四十部二百四十六卷

數論六三十一部三百六十七卷

義記七三十八部三百四十一卷

衆經目録卷第四一百二十九部九百八十五卷後部數勘欠五不同

隨事別名一一十三部四百一十三卷

隨事共名二三十五部四百七十卷

譬喻三一十五部三一六卷

佛名四一十四部一十九卷

神呪五四十七部四十七卷

總四卷都二十件凡一千四百三十三部三千七百四十一卷此都部數與前數勘贖三百九十五部未詳所以

高齊衆經目録武平年沙門統法上撰梵名達摩欝多羅一卷成

雜藏録一（二百九十一部八百七十四卷）
修多羅録二（一百七十九部三百三十卷）
毗尼録三（一十九部二百五十六卷）
阿毗曇録四（五十部四百二十一卷）
別録第五（三十七部七十四卷）
衆經抄録六（一百二十七部一百三十七卷）
集録第七（三十三部一百四十七卷）
人作録八（五十一部一百六卷）
都八件經律論真僞七百八十七部二千三百三十四卷（此部數與前數勘欠十一卷不同未詳所以）

從衆經別録下四家目録長房内典二録具列篇題今尋本未獲但具存其目

唐衆經目録五卷（貞觀初普光寺沙門玄琬撰出内典録）

右内典録中引用云唐舊録未見其本似取隋五卷衆經録編新經入餘者大同

衆經目録五卷（於隋録内加奘譯經餘皆異唐大唐愛寺沙門靜泰撰）

右從古録已下三十一家諸録之中雖皆備述欲尋其本難可備焉且列名題知其有據（撰録者曰又如長房録中引真寂寺録義善寺録玄法寺録福林寺録上之五録但引其名不言卷數又有陳朝大乘寺藏録四卷並不知何人製作似是當寺藏經略記由委既局寺名爲録未可通行故叙録次闕而不載）

梁出三藏記集一十五卷（建初寺沙門釋僧祐撰）

其序略云祐以庸浅豫憑法門翹仰玄風誓弘末化每至昏曉諷持秋夏講說未嘗不心馳菴園影躍靈鷲於是牽課羸恙沿波討源綴其所聞名曰出三藏記集一撰緣記二詮名録三總經序四述列傳緣記

撰則原始之本克昭名録詮則年代之目
不墜經序總則勝集之時足徴列傳述則
伊人之風可見並鑽析内經研鏡外籍云云

出三藏記集卷第一第一卷撰緣記第二至第五詮名録第六至第十二總經序第十三至第十五述列傳

集三藏緣記第一出大智度論
十誦律五百羅漢出三藏記第二
菩薩處胎經出八藏記第三
梵漢譯經文字音義同異記第四
前後出經異記第五

出三藏記集卷第二

新集撰出經律論録第一四百五十部一千八百六十七卷
新集條解異出經録第二直約部名以配重譯不云卷數筭極難矣
新集表序四部律録第三初題有卷中無四部一百八十卷

出三藏記集卷第三

新集安公古異經録第一九十二部九十二卷
新集安公失譯經録第二一百四十二部一百四十七卷
新集安公涼土異經録第三五十九部七十九卷
新集安公關中異經録第四二十四部二十四卷
新集律分爲五部記録第五出毗婆沙
新集律分爲十八部記録第六
新集律來漢地四部記録第七

出三藏記集卷第四

新集續撰失譯雜經録第一一千三百六部一千三百七十卷

出三藏記集卷第五

新集抄經録第一四十六部三百五十二卷
新集安公疑經録第二二十六部三十卷

新集疑經僞撰雜録第三（二十部三十六卷）

新集安公注經及雜經志録第四（四十八部二百五十九卷）

小乘迷學竺法度造異儀記第五

長安叡法師喻疑第六

出三藏記集卷第六（四十二章經序等十首）

出三藏記集卷第七（道行經序等二十首）

出三藏記集卷第八（般若鈔經序等一十九首）

出三藏記集卷第九（華嚴經記等二十四首）

出三藏記集卷第十（道地經序等二十一首）

出三藏記集卷第十一（中論序等一十六首）

出三藏記集卷第十二（雜記序録十首）

出三藏記集卷第十三（安世高傳等十二）

出三藏記集卷第十四（鳩摩羅傳等十）

出三藏記集卷第十五（白法祖傳等十）

撰録者曰祐録所撰條例可觀若細尋求非無乖失只如第一卷前後出經異記中云舊經恒薩阿竭阿羅訶三耶三佛新經阿耨多羅三藐三菩提者一悮若新舊相對應云舊經恒薩阿竭阿羅訶三耶三佛新經多陀阿伽度阿羅訶三藐三佛陀舊經阿耨多羅三耶三菩提新經阿耨多羅三藐三菩提二義全殊不可交互又如曇摩羅剎與竺法護乃是一人曇摩云法羅剎言護分爲二人二誤異出經論録中但名目相似即云重譯而不細料簡大小混雜三誤僧伽羅剎集序云衆護撰者僧伽云衆羅剎言護衆護乃是集經之人序是翻譯者作題云衆護四誤比諸衆作乖謬全勘此亦璠璵之一玷也

隋衆經目録七卷（總録一卷別録六卷開皇十四年勅翻經所法經等二十大德撰）

大乘修多羅藏録一分（六分合七百八十四部一千七百一十八卷）

衆經一譯分（合一百三十三部四百二十一卷）

衆經異譯分（合一百九十五部五百三十二卷）

衆經失譯分（合一百三十四部二百七十五卷）

衆經別生分（合二百二十一部二百六十四卷）

衆經疑惑分（合二十一部三十卷）

衆經僞妄分合八十部一百九十六卷

小乘修多羅藏録二六分合八百四十二部筭得四十五部一千三百一卷筭得三百四卷

衆經一譯分合七十二部二百九十二卷

衆經異譯分合一百部二百七十卷

衆經失譯分合二百五十部二百七十二卷

衆經別生分合三百四十一部三百四十六卷

衆經疑惑分合二十九部三十一卷

衆經僞妄分合五十三部九十三卷

大乘毗尼藏録三六分合五十部八十二卷

衆律一譯分合一十二部三十二卷

衆律異譯分合七部七卷

衆律失譯分合一十二部一十四卷

衆律別生分合一十六部一十六卷

衆律疑惑分合一部二卷

衆律僞妄分合二部二卷

小乘毗尼藏録四六分合六十三部三百八十一卷

衆律一譯分合一十五部一百九十八卷

衆律異譯分合八部一百二十六卷

衆律失譯分合二十九部四十五卷

衆律別生分合六部六卷

衆律疑惑分合二部二卷

衆律僞妄分合三部三卷

大乘阿毗曇藏五六分合六十八部三百八十一卷

衆論一譯分合四十二部二百六卷

衆論異譯分合八部五十二卷

衆論失譯分合一部二卷

衆論別生分合一十五部一十九卷

衆論疑惑分合一部一卷

衆論僞妄分合一部一卷

小乘阿毗曇藏六六分合一百一十六部四百八十二卷

衆論一譯分合一十四部二百七十六卷

衆論異譯分合八部六十六卷

衆論失譯分合五部二十二卷

衆論別生分合八十六部一百七卷

衆論疑惑分合一部一卷

衆論偽妄分合二部一十卷

佛滅度後抄集録七二分合一百四十四部六百二十七卷

西域賢聖抄集分合四十八部一百一十九卷

此方諸德抄集分合九十六部五百八卷

佛滅度後傳記録八二分合六十八部一百八十五卷

西域賢聖傳記分合一十三部三十卷

此方諸德傳記分合五十五部一百五十五卷

佛滅度後著述録九二分合一百一十九部一百三十四卷

西域聖賢著述分合一十五部一十九卷

此方諸德著述分合一百四部一百一十五卷

右九録合二千二百五十七部五千三百一十卷筭得一千二百五十四部五千一百九十一卷細勘別録部卷復與總録不同分爲六卷總録第七合爲七卷撰録者曰余檢尋此録非無差錯即如曇摩剎皆言法護總是一人録中分二云各出須真天子經二卷編爲重譯不識梵晉之言一誤也如律二十二明了論總是一經録中分爲二部律二十二卷編在律中明了論一卷在於論録一經之題分二上録二誤也其律二十二乃是明了論半題今云二十二卷誤之甚也真諦譯攝論十二卷與十五卷者二本不殊存其二部而言重譯三誤也以仁王經起信論等編在疑録四誤也不能備陳略述如此

隋開皇三寶録一十五卷内題云歷代三寶記開皇十七年與

善寺翻經學士成都費長房撰

歷代三寶紀第一帝年上周秦

從周莊王他十年甲午至秦始皇帝子子嬰甲午年凡二十六主四百八十一載

歷代三寶紀第二帝年次前漢新王後漢
從前漢高帝元年乙未至後漢獻帝建安二十四年己亥凡二十六君四百一十五載
歷代三寶紀第三帝年下魏晉宋齊梁周隋
從魏文帝黄初元年庚子至隋開皇十七年丁巳凡四十四主三百七十八載
歷代三寶紀第四譯經後漢
右從明帝永平十年丁夘至獻帝末年歷一十一主一百五十二年華戎道俗十有一人并古失譯合出經律三百三十四部四百一十六卷
歷代三寶紀第五譯經魏吳
右魏吳兩代道俗十人所出經律羯磨并舊失譯合三百一十二部四百八十二卷
歷代三寶紀第六譯經西晉
右西晉代華戎道俗十有三人并前失譯諸經戒等合四百五十一部七百一十七卷
歷代三寶紀第七譯經東晉
右東晉代華戎道俗二十七人而所出經并舊失譯合二百六十三部五百八十五卷
歷代三寶紀第八譯經苻秦姚秦
右二秦之代華戎釋種一十六人合出經論傳等一百六十四部九百四卷
歷代三寶紀第九譯經西秦北涼元魏高齊陳氏
右五代緇素共二十七人所出三藏及記録等并及失譯合二百三部八百五

十五卷

歷代三寶紀第十譯經宋

右宋代華戎道俗二十三人出經律論及傳録等凡二百一十部四百九十卷

歷代三寶紀第十一譯經齊梁周

右三代緇素共五十一人出經律論及傳録等一百六十二部一千三百二十六卷

歷代三寶紀第十二譯經大隋

右隋代華戎緇素十有九人所翻新文及維舊本論傳法式合七十五部四百六十二卷

歷代三寶紀第十三大乘録入藏目五百五十一部一千五百八十六卷

大乘修多羅有譯一二百三十四部八百八十五卷

修多羅失譯二二百三十五部四百二卷

毗尼有譯三一十九部四十卷

毗尼失譯四一十二部一十四卷

阿毗曇有譯五四十九部二百三十八卷

阿毗曇失譯六二部七卷

歷代三寶紀第十四小乘録入藏目五百二十五部一千七百三十九卷録云七百一十二卷誤

小乘修多羅有譯一一百八部五百二十七卷

修多羅失譯二三百一十六部四百八十二卷

毗尼有譯三三十九部二百八十五卷

毗尼失譯四三十一部六十七卷

阿毗曇有譯五二十一部三百五十一卷

阿毗曇失譯六一十部二十七卷

開皇三寶録總目一卷内典録云房録所出經律論傳總二千一百四十六部六千二百三十五卷非入藏數筭得七十四部三

十七卷與內典不同

右兼總目共成一千五卷其第十三十四大小乘入藏目録合一千七十六部三千三百二十五卷房録本數三千三百九十二卷者計數錯也

內典録云房所撰者入藏之中尾玉相謬得在繁富未可釐通非無憑准未可偏削撰録者曰余撿長房入藏録中事實雜謬其闕本疑僞皆編入藏竊爲不可又如大乘録中賢劫經賢劫三昧經此是一經兩名今存二部一誤須菩提品及長安品此並般若鈔之異名今別存兩部二誤須眞天子經須眞天子問四事經並一經兩名重載二部三誤象步經即無所希望經異名二名各存四誤菩提無行經即文殊問菩提經異名存其二本五誤以僧佉外道論入大乘中六誤小乘録中達摩多羅禪經與不淨觀禪經總是一經其不淨觀約法爲名達摩多羅就人立稱二部俱存七誤十誦律六十一卷十誦律五十九卷二本不殊其六十一卷者卑摩羅叉加毗尼序置之於後餘並無異今云重譯二本俱存八誤律二十二明了論在於律中明了論在於論録一題分二九誤其律二十二卷乃是明了論之半題今存律二十二卷誤中重誤也衆

隋衆經目録五卷事分阿毗曇論代録之中即言宋朝求那跋陀羅共菩提耶舍譯入藏之內則言失源前後差違十誤餘者在録不能繁叙

仁壽二年勑請興善寺大德與翻經沙門及學士等撰

都合二千一百九部五千五十九卷

單本原來一本更無別翻合三百七十部一千七百八十六卷

右第一卷

重翻本是一經或有二重翻者乃至大重翻者合二百七十七部五百八十三卷

賢聖集傳賢聖所撰翻譯有源合四十一部一百六十四卷

右第二卷已前二卷三分合六百八十八部二千五百三十三卷入藏見録

別生於本部內抄出別行合八百一十部一千二百八十八卷

右第三卷

疑僞名雖似正義涉人造合二百九部四百九十一卷

右第四卷 已前二卷二分合一千一十九部一千七百七十九卷不須抄寫

闕本 舊録有目而無經本合四百二部七百四十七卷請訪

右第五卷

其序略云別生疑僞不須抄寫已外三分入藏所收至如法寶集之流淨住子之類還同略抄例入別生餘有僧傳等詞參文史體非淳正事雖可尋義無在録內典録云即今京輦通寫盛行直列經名仍銓傳譯所略過半未足尋之 撰録者曰余檢尋此録非無差謬只如弘道廣顯三昧經與阿耨達龍王經此是一經兩名俱云竺法護譯存其兩本一誤又如普曜經八卷云西晉竺法護譯闕本録中復云普曜經八卷亦云竺法護譯見闕俱載二誤又入藏録中普曜經八卷即云單本闕本録中復云重譯闕本前後差舛三誤真諦所譯攝大乘論十二卷者與十五卷者卷雖增減文則不殊今二本俱存四誤彌沙塞羯磨闕本録中前後重載五誤以隨願往生經遺教論等編爲疑僞六誤餘在録中不能備記

大唐內典録十卷 麟德元年甲子西明寺沙門釋道宣撰

歷代衆經傳譯所從録第一 謂代別出經及人述作無非通法並入經收故隨經出

後漢朝傳譯道俗一十二人所出經律等 三百三十四部四百一十六卷失譯經一百二十五部一百四十八卷

前魏朝傳譯僧六人所出經律等 一十三部二十四卷

南吳孫氏傳譯道俗四人所出經傳等 一百四十八部一百九十五卷失譯經一百一十部二百九十二卷

西晉朝傳譯道俗一十三人所出經戒等 四百四十六部七百一十三卷失譯經八部一十五卷

東晉朝傳譯道俗二十七人所出經傳等 二百六十四部五百七十四卷失譯經五十部五十四卷

前秦苻氏傳譯僧八人所出經傳等四十部二百三十九卷

西秦乞伏氏傳譯僧一人所出經一十五部二十二卷失譯經八部一十一卷

後秦姚氏傳譯僧八人所出經傳等一百二十四部六百七十六卷

北涼沮渠氏傳譯道俗九人所出經傳三十四部二百七十卷失譯經五部一十七卷

宋朝傳譯道俗二十四人所出經傳二百一十七部五百三卷

前齊朝傳譯道俗二十人所出經傳五十二部三百九十六卷

梁朝傳譯道俗二十一人所出經律傳等八十九部九百三卷

後魏元氏傳譯道俗一十四人所出經論傳録八十八部二百九十八卷

後齊高氏傳譯道俗二人所出經論等八部五十二卷

後周宇文氏傳譯道俗一十一人所出經論天文等三十二部一百五卷

陳朝傳譯道俗三人所出經論傳疏等五十四部二百五十一卷

隋朝傳譯道俗二十五人所出經論等一百六部六百三十二卷

皇朝傳譯僧等十有二人所出經論等一百一十七部一千六百六十八卷

都合一十八代所出衆經總有二千四百八十七部八千四百七十六卷其第一卷初都數與第十卷中都數多少不同又與諸本校勘數亦少多差互未詳何者為正

已上一録分為五卷從第一至第五

歷代翻本單重人代存亡録第二 謂前後異出人代不同又遭離亂道俗波迸今總計會故有單重緣叙莫知致傳失譯

大乘經單重譯本并譯有無録 合三百八十六部一千一百五十二卷一萬八千五百二十二紙

大乘律單重譯本并譯有無録 合二十二部三十四卷四百六十一紙

大乘論單重譯本并譯有無録 合七十二部五百卷九千二百二十紙

小乘經單重譯本并譯有無録 合二百四部五百四十四卷七千六百七十四紙

小乘律本譯有無録 合三十五部二百七十四卷五千八百一十三紙

小乘論單重譯本并譯有無録 合三十三部六百七十六卷一萬二千一百七十七紙

賢聖集録通大小乘 合四十七部一百八十四卷一千七百六十紙

右一録分爲第六第七卷

歷代衆經分乘入藏録第三 謂經部繁多綱要備列從帙入藏以類相從故分大小二乘顯單重兩譯

衆經律論傳 合八百一部三千三百六十一卷五萬六千一百七十紙三百二十六帙

大乘經一譯 二百四部六百八十五卷一萬一千四百三十三紙六十六帙

大乘經重翻 二百二部四百九十七卷七千二百九十紙四十九帙

小乘經一譯 一百八部四百三十五卷六千六百九十紙三十九帙

小乘經重翻 九十六部一百一十四卷九百七十七紙六帙

小乘律 三十五部二百七十四卷五千八百一十三紙二十八帙

大乘論 七十四部五百二卷九千一百三十紙五十二帙

小乘論 三十三部六百七十六卷一萬二千一百七十七紙六十八帙

賢聖集傳 四十九部一百八十四卷二千八百八紙一十八帙

右一録爲八卷撰録者曰尋此録數與不同者前録出大乘律此合入經中又單重交雜前後差舛憑何准定

歷代衆經舉要轉讀録第四謂轉讀尋説務在要博繁文重義非曰被時故隨部撮舉簡取通道自餘重本存而未暇

大乘經正本五百一十四部七百九十五卷一萬三千七十九紙

大乘律本二十部三十三卷四百三十紙

大乘論本二十三部四百四十五卷八千一百一十五紙

都合大乘經律論合三百二十七部一千二百六十七卷二萬一千六百二十五紙

小乘經合一百一十八部四百三十三卷六千七百一十三紙

小乘律合三十五部二百七十四卷五千七百一十八紙

小乘論合二十九部五百六十五卷九千九百九十七紙

都合小乘經律論合一百八十二部一千二百五十二卷二萬二千四百二十八紙

賢聖集傳合四十三部一百七十七卷二千九百九十紙

右一録爲第九卷撰録者曰尋此中意諸重譯經但存一本餘並義理無異删而不存上所列者是轉讀數

歷代衆經有目闕本録第五謂統檢群録校本則無隨方别出未能遍訪之

歷代道俗述作注解録第六謂注述聖言用通未悟前已雜别顯目故

歷代諸經支流陳化録第七謂别生諸經顯時俗未通廣典題録使尋覽易曉顯未足申明今别

歷代所出疑僞經論録第八本且接初心一四句頌未可輕削故也謂正法深遠凡愚未達隨俗下化有悖真宗若不標顯玉石斯濫

歷代衆經目録始終序第九謂經録代出須識其源

歷代衆經應感興敬録第十謂經翻東夏應感徵祥而有蒙祐增信故使傳持惟遠

右六録合爲第十卷欲具委之恐繁故略

内典録中宣律師云余少沐法流五十餘載

宗匠成教軌範賢明每值經誥德能無不目閱親謁至於經部大録欣悟良多無論眞僞思聞其異云云故魏晉之後騰譯鬱蒸制録討論居然非一或以數列或用名求或憑時代或寄參譯各紀一隅務存所見斯並當時稽古識量修明而綴撰筆削不至詳密者非爲才不足而智不周也云云上集群目取訊僧傳等文勘閱詳定便參祐房等録祐録微據文義可觀然大小雷同三藏糅雜抄集參正傳記亂經考括始終莫能通決房録後出該贍前聞然三寶共部僞眞淆亂自餘諸録胡可勝言今余所撰望革前弊撰録者曰宣公所撰類例明審實有可觀作者之風見於兹矣然少有差雜未能盡善述作之事誠謂難哉今略叙數科以詳厥誤非欲指陳臧否實惟甄異是非只如人代存亡録中雜少品等六經並云大品之同本者不然義理雖通據會全異而言同本一誤菩薩淨行

經與寶髻菩薩經俱云竺法護譯此是一經兩名存其二本二誤弘道廣顯三昧經與阿耨達龍王經亦是一經兩名二本俱存三誤須彌藏經二卷此是高齊耶舍所翻前後重上四誤攝大乘論陳眞諦譯者有十二卷本有十五成者二本俱存五誤般若鈔經大乘録中及集傳内二處俱載六誤又如分乘入藏録中深密解脱經前後重上前與菩薩處胎經同帙後與解深密經同帙七誤以舊十輪經爲單本新十輪經爲重譯入誤起世經爲單本樓炭經爲重譯九誤此類非一不能備舉如舉要轉讀録中信力入印法門經雖是華嚴支類大部中無同於度世漸備等經攝歸大部不爲轉讀之數一不然也諸部般若唯舉大品一經放光等九部云重沓罕尋擧前以統大義斯盡王華後譯大般若者明佛一化十有六會得在供養難用常行令謂不然豈可以凡愚淺智而堙截法海乎人性不同所樂各異豈以自情好略令他同已見耶般若大經轉讀極衆佛記弘闡在東北方而言難用常行竊爲未可又小品大品據會全殊一廢一興二不然也如須彌藏經等雖是大集別分大部中無攝而不行理爲未當又須彌藏經前則攝歸大集後即別擧流行前後差殊三不然也如樓炭經等攝入長含起世一經別令轉讀起世之與樓炭梵本何殊一廢一興四不然

也如安般守意與大安般無殊此乃何緣二俱轉讀五不然也如十八部論與部異執梵本不殊此復何緣俱令轉讀六不然也云録外有外道金七十論破外道涅槃論破外道四宗論未暇故闕者如金七十論外道所撰非是佛法除之可然涅槃四宗同彼刪削將爲未可此是内論破於外宗一例刪除七不然也又如人代存亡録及舉要轉讀録大乘録中三藏備具入藏録中大乘無律豈可前後俱有中間獨無自爲矛盾八不然也如上所列非無乖舛而云華弊或所未然差錯極多卒難陳委明達之輩幸自詳焉

續大唐内典録一卷　開元庚午歲西崇福寺沙門智昇撰

歷代衆經傳譯所從録　從麟德元年甲子至開元十八年庚午前録未載今故續之

大唐古今譯經圖紀四卷　大慈恩寺翻經沙門靖邁撰

大慈恩寺翻經堂内壁畫古今翻譯圖變靖邁因撰題之于壁但略費長房録翻經之者紀之餘撰集者不録逺至皇朝總成四卷房所錯者此亦同然更欲廣陳恐繁故止

續古今譯經圖紀一卷　開元庚午歲西崇福寺沙門智昇撰

從奘法師後至輸波迦羅前紀未載今故續之

大周刊定衆經目録十五卷　天后天策萬歲元年乙未勑東都佛授記寺沙門明佺等撰定

大小乘經律論及賢聖集傳　合三千六百一十六部八千六百四十卷其見定入藏流行部卷不在此數

大乘單譯經目卷第一　二百八十三部五百二十五卷

大乘重譯經目之一卷第二　一百七十八部一千三百九十四卷

大乘重譯經目之二卷第三　一百六十八部三百三十八卷

大乘重譯經目之三卷第四　一百八十部四百二十一卷

大乘重譯經目之四卷第五 一百六十八部三百六十五卷

大乘律大乘論目卷第六 一百六十二部七百一十六卷

小乘單譯經目卷第七 二百二十八部三百一十卷

小乘重譯經目之一卷第八 三百七十一部八百四十二卷

小乘重譯經目之二卷第九 二百七十九部三百八十一卷

小乘律論賢聖集傳目卷第十 一百九十四部一千三百四十一卷

大小乘失譯經目卷第十一 三百七十七部五百八卷

大小乘闕本經目卷第十二 四百七十八部六百七十七卷

見定入藏流行目上卷第十三

見定入藏流行目下卷第十四

合大小乘三藏及賢聖集傳等八百七十四部四千二百五十三卷 上卷入藏大乘經律論五百六十三部二千五百二十二卷下卷小乘經律論及集傳二百九十九部一千六百二十卷

大乘經 四百六十二部一千九百六十三卷一百九十六帙

大乘律 二十三部四十九卷五帙

大乘論 八十八部五百二十卷五十一帙

已上爲入藏録上卷

小乘經 二百七部四百四十三卷四十四帙

小乘律 三十五部二百六十卷二十八帙

小乘論 三十六部七百四十四卷七十三帙

賢聖集傳 二十一部四十一卷四帙

已上爲入藏録下卷 細筭都部卷數與卷中數並悉差互

不同未見定本

僞經目録一卷 二百二十八部四百一十九卷

右兼僞録總一十五卷撰録者曰當刊定此録法匠如林德重名高未能親覽但指撝末學令緝撰成之中間乖失幾將大半此乃委不得人過在於能使也且如第十二卷闕本經數總四百七十八部六百七十七卷前十一卷中以舍有訖今通計此數總成三千六百一十六部八千六百四十一卷者此不然也妄增部卷推實即無諸餘處交雜難可備記删繁録中已述多少更欲細委恐繁故止

大唐開元釋教録二十卷庚午歲西崇福寺沙門智昇撰

右此中所撰總分上下兩録具件如左

總括群經録上從漢至唐所出經教區別人代具顯此中目録始終續於後列

後漢傳譯緇素一十二人所出經律并新舊集失譯諸經總一百九十二部合三百九十五卷九十七部一百三十一卷見在九十五部二百六十四卷闕本

曹魏傳譯沙門五人所出經戒羯磨總一十二部合一十八卷四部五卷見在八部一十三卷本闕

右爲第一卷

呉代傳譯緇素五人所出經等并及失譯總一百八十九部合四百一十七卷六十一部九十二卷見在一百二十八部三百二十五卷本闕

西晉傳譯緇素一十二人所出經戒等并新舊集失譯諸經總三百三十三部合五百九十卷一百五十六部三百二十二卷見在一百七十七部二百六十九卷本闕

右爲第二卷

東晉傳譯緇素一十六人所出經律論并新舊集失譯諸經總一百六十八部合四百六十八卷八十五部三百三十六卷見在八十三部一百三十二卷本闕

苻秦傳譯沙門六人所出經律論等總一十五部合一百九十七卷七部六十五卷見在八部一百

三十二卷本闕

右爲第三卷

姚秦傳譯沙門五人所出經律論等總九十四部合六百二十四卷六十六部五百二十八卷見在二十八部九十六卷闕本

乞伏秦傳譯沙門一人所出經并三秦代新舊失譯經律論等五十六部合一百一十卷三十二部七十九卷見在二十四部三十一卷本闕

前涼傳譯外國優婆塞一人所出經總四部合六卷一部一卷見在三部五卷本闕

北涼傳譯緇素九人所出經律論等并新舊集失譯諸經總八十二部合三百一十一卷二十五部二百九十卷見在五十七部一百二卷本闕

右爲第四卷

宋代傳譯緇素二十二人所出經律論等并新集失譯諸經總四百六十五部合七百一十七卷九十三部二百四十三卷見在三百七十二部四百七十四卷本闕

右爲第五卷

蕭齊傳譯沙門七人所出經律總一十二部合三十三卷七部二十八卷見在五部五卷本闕

梁代傳譯緇素八人所出經論及諸傳記并新集失譯經律集等總四十六部合二百一卷四十部一百九十一卷見在六部十卷本闕

元魏傳譯緇素一十二人所出經律總八十三部合二百七十四卷七十三部二百五十五卷見在一十部一十九卷本闕

高齊傳譯緇素二人所出經論總八部合五十二卷並在無闕

右爲第六卷

周朝傳譯沙門四人所出經論等總一十四部合二十九卷六部一十一卷見在八部一十八卷本闕

陳代傳譯緇素三人所出經律論及集傳等總四十部合一百三十三卷二十六部八十八卷見在一十四部四十四卷本闕

隋朝傳譯緇素九人所出經論傳録等總六十四部合三百一卷六十二部二百八十七卷見在二部一十四卷本闕

右爲第七卷

皇朝傳譯緇素已有三十七人所出經律論及傳録等總三百一部合二千一百七十卷二百八十一部二千一百四十三卷見在二十部二十七卷訪本未獲

都計一十九代傳譯道俗總一百七十六人所出大小乘經律論及賢聖集傳總二千二百七十八部都合七千四十六卷一千一百三十部五千六十六卷見在一千一百四十八部一千九百八十卷本闕

右爲第八第九卷

合從古録至開元釋教新録及續補舊闕總有四十一家具如前列

右爲第十卷

別分乘藏録下上録所辯總顯出經而大小未分三藏混雜此録之内具件科條闕本等經續附於後

就別録中曲分爲七

有譯有本録第一一千一百二十四部五千四十八卷

復就此録更開爲三

菩薩三藏録第一六百八十六部二千七百四十五卷

菩薩契經藏五百六十三部二千一百七十三卷

大乘經單重合譯總四百三十二部一千八百八十卷

般若經新舊譯二十一部七百三十六卷

寶積經新舊譯八十二部一百六十九卷
大集經新舊譯二十四部一百四十二卷
華嚴經新舊譯二十六部一百八十七卷
涅槃經新舊譯六部五十八卷
五大部外諸重譯經二百七十三部五百八十八卷
大乘經單譯總一百三十一部二百九十三卷
菩薩調伏藏二十六部五十四卷
菩薩對法藏九十七部五百一十八卷
大乘釋經論二十一部一百五十五卷
大乘集義論七十六部三百六十三卷
右爲第十一十二卷
聲聞三藏録第二三百三十部一千七百六十二卷
聲聞契經藏二百四十部六百一十八卷
小乘經單合譯總一百五十三部三百九十四卷
根本四阿含經五部二百三卷

長阿含中別譯經一十三部四十二卷
中阿含中別譯經五十三部五十三卷
增壹阿含中別譯經二十四部二十四卷
雜阿含中別譯經一十六部一十六卷
四含外諸重譯經四十二部五十六卷
小乘經單譯總八十七部二百二十四卷
聲聞調伏藏五十四部四百四十六卷
正調伏藏四十一部三百五十八卷
調伏藏眷屬一十三部八十八卷
聲聞對法藏三十六部六百九十八卷
有部根本身足論八部一百三十一卷
有部及餘支派論三十八部五百六十七卷
聖賢傳記録第三一百八部五百四十一卷
梵本翻譯集傳六十八部一百七十三卷
此方撰述集傳四十部三百六十八卷

右爲第十三卷

有譯無本録第二一千一百四十八部一千九百八十卷

大乘經闕本四百八部八百一卷

大乘經重譯闕本總二百部四百八十四卷

般若部中闕本二十部二十七卷

寶積部中闕本三十部五十四卷

大集部中闕本一十三部九十七卷

華嚴部中闕本一十二部二十七卷

涅槃部中闕本四部二十六卷

諸重譯經闕本一百三十一部二百五十三卷

大乘經單譯闕本總二百八部三百一十七卷

大乘律闕本二十二部二十五卷

大乘論闕本二十部四十八卷

大乘釋經論闕本四部一十一卷

大乘集義論闕本一十六部三十七卷

右爲第十四卷

小乘經闕本六百五部八百一十五卷

小乘經重譯闕本總一百二十五部二百六十五卷

根本四阿含闕本二部一百九卷

長阿含部分闕本二十四部二十八卷

中阿含部分闕本一十四部一十四卷

增壹阿含部分闕本七部八卷

雜阿含部分闕本四十五部四十五卷

諸重譯經闕本四十三部六十一卷

小乘經單譯闕本總四百八十部五百五十卷

小乘律闕本三十七部四十二卷

小乘論闕本九部六十五卷

賢聖集傳闕本四十七部一百八十四卷

右爲第十五卷

支派別行録第三六百八十二部八百一十二卷

大乘別生經二百九部三百二十八卷

般若部中別生一十部一百一十九卷

寶積部中別生一十三部一十五卷

大集部中別生五十一部五十八卷

華嚴部中別生一十部一十一卷

諸大乘經別生一百二十五部一百二十五卷

大乘律別生七部七卷

大乘論別生七部一十一卷

小乘別生經二百八十三部二百八十三卷

長阿含部別生一十四部一十四卷

中阿含部分別生二十四部二十四卷

增一阿含部分別生二十六部二十六卷

雜阿含部分別生一百三十六部一百三十六卷

諸小乘經別生八十三部八十三卷

小乘律別生小乘論無別生四十二部四十九卷

賢聖集傳別生一百三十四部一百三十四卷

右爲第十六卷

刪略繁重録第四一百四十七部四百八卷

新括出別生經六十六部一百八十五卷

新括出名異文同經二十部五十二卷

新括出重上録經八部三十卷

新括出合入大部經五十二部一百四十一卷

補闕拾遺録第五三百六部一千一百一十一卷

大乘經舊譯五十九部六十九卷

大乘律舊譯二部二卷

大乘論舊譯三部四卷

小乘經舊譯五十五部六十八卷

小乘律舊譯五部五卷

賢聖集傳舊譯三十六部五十七卷

右已上一百六十四部二百五卷並是

舊譯今見有本大周入藏中無今拾遺
編入
新譯大乘經六十一部三百三十六卷
新譯大乘律一部一卷
新譯大乘論一十二部一十九卷
新譯小乘經八部八卷
新譯小乘律一十一部一百五十九卷
新譯賢聖集傳三部五卷
右已上九十六部五百二十八卷並是
大周刊定録後新譯所以前録未載今
補闕編入
又小乘律戒羯磨六部一十卷然並撰述有據時代盛行補闕編入
又此方所撰集傳四十部三百六十八卷然皆裨助正教故並補闕編入見録

右爲第十七卷
疑惑再詳録第六一十四部一十九卷
僞妄亂真録第七二百九十二部一千五十五卷
開元釋教録新編僞經二十七部五十四卷
苻秦釋道安録中僞經二十五部二十八卷
梁釋僧祐録中僞經一十四部一十六卷
蕭齊釋道備僞撰經見長房録五部五卷
蕭齊僧法尼誦出經僧祐等録並編入僞二十一部三十五卷
元魏孫敬德夢授經見内典録一部一卷
梁沙門妙光僞造經見僧祐録一部一卷
隋開皇衆經録中僞經八十六部一百四十一卷
隋仁壽衆經録中僞經一十一部四十一卷
大唐内典録中僞經二十二部八十七卷
大周刊定録中僞經八十部一百一卷
隋沙門信行三階集録周録雖載收之不盡三十五部四十

四卷

諸雜抄經增減聖説五十四部五百一卷

右爲第十八卷

大乘入藏録上大乘經律論總六百三十八部二千七百四十五卷二百五十八帙此直述經名及標紙數餘如廣録

大乘經五百一十五部二千一百七十三卷二百三帙

大乘律二十六部五十四卷五帙

大乘論九十七部五百一十八卷五十帙

右爲第十九卷

小乘入藏録下小乘經律論總三百三十部一千七百六十二卷一百六十五帙集傳録附此末此直述經名及標紙數餘如廣録

小乘經二百四十部六百一十八卷四十八帙

小乘律五十四部四百四十六卷四十五帙

小乘論三十六部六百九十八卷七十二帙

賢聖集一百八部五百四十一卷五十七帙

都計大小乘經律論及賢聖傳見入藏者總一千七十六部合五千四十八卷四百八十帙此入藏中大乘經部數與前廣録部數不同者前以大寶積經諸部合成一故存本數爲四十九部上録此中合爲一部故欠四十八不同

右爲第二十卷

開元釋教録卷第十

音釋

賸石證切餘也　尠息淺切少也　淆何交切雜也　髻古詣切　緇側持切黑紺色　裨班麋切補也

開元釋教目録卷第十一上別録之一

唐西崇福寺沙門智昇撰

別分乘藏録下

就別録中更分爲七

有譯有本録第一 一千一百二十四部五千四十八卷

有譯無本録第二 一千一百四十八部一千九百八十卷

支派別行録第三 六百八十二部八百一十二卷

刪略繁重録第四 一百四十七部四百八卷

補闕拾遺録第五 三百六部一千一百一十一卷

疑惑再詳録第六 一十四部一十九卷

僞妄亂眞録第七 三百九十二部一千五十五卷

有譯有本録第一之一

此有本録中復有三録

菩薩三藏録第一 六百八十六部二千七百四十五卷

聲聞三藏録第二 三百三十部一千七百六十二卷

聖賢傳記録第三 一百八部五百四十一卷

有譯有本録中菩薩三藏録第一之一

菩薩藏者大乘所詮之教也統論教主則法身常在無滅無生所詮之理則方廣眞如忘名離相總乃三藏差異別則一十二科始乎發心終於十地三明八解之説六度四攝之文若是科條名爲此藏始自漢明丁卯之歳至我開元庚午之載見流行者總六百八十六部合二千七百四十五卷二百五十八帙結爲大乘法藏總別條例具如後列

菩薩契經藏 五百六十三部二千一百七十三卷二百三帙

菩薩調伏藏 二十六部五十四卷五帙

菩薩對法藏 九十七部五百一十八卷五十帙

大乘經重單合譯 四百三十二部一千八百八十卷一百七十九帙

尋諸舊録皆以單譯爲先今此録中以重譯者居首所以然者重譯諸經文義備足

名相揩定所以標初也又舊録中直名重譯今改名重單合譯者以大般若經九會單本七會重譯大寶積經二十會單本二十九會重譯直云重譯撝義不周餘經例然故名重單合譯也又古譯經首皆無譯人時代年月浸遠尋訪莫知失譯之言寔由於此今尋諸舊録參定是非時代譯人具標經首失譯之者載之於録庶釋尊遺教終六萬之脩齡矣

般若部 新舊譯本及枝派經並編於此總二十一部七百三十六卷七十三帙

般若經建初者謂諸佛之母也舊録之中編此無次今此録中大小乘經皆以部類編爲次第小乘諸律據本末而爲倫次大乘諸論以釋經者爲先集解義者列之於後小乘諸論據有部次第發智爲初六足居次毗婆沙等枝派編末聖賢傳内外兩分大夏神州東西有異欲使科條各別覽者易知也

大般若波羅蜜多經 六百卷六十帙唐三藏玄奘於玉華宮寺譯出

翻經圖

右此經梵本都有二十萬頌總四處十六會唐言譯之成六百卷重單合譯具列如左

第一會王舍城鷲峯山說 四百卷

右新譯單本梵文一十三萬二千六百頌唐譯成四百卷七十九品從第一卷至四百卷

第二重會王舍城鷲峯山說 七十八卷第四譯

右新譯重本梵文二萬五千頌唐譯成七十八卷八十五品與舊大品放光光讚般若同本異譯從四百一卷至四百七十八比於舊經闕無常啼等品餘意大同

第三重會王舍城鷲峯山說 五十九卷

右新譯單本梵文一萬八千頌譯成五十九卷三十一品從四百七十九卷至五百三十七卷

第四重會王舍城鷲峯山說 一十八卷第八譯

右新譯重本梵文八千頌譯成一十八卷二十九品與舊道行小品明度長安品等同本異譯從五百三十八卷至五百五十五比於舊經亦闕常啼等品餘意不殊

第五重會王舍城鷲峯山說十卷

右新譯單本梵文四千頌譯成十卷二十四品從五百五十六卷至五百六十五卷

第六重會王舍城鷲峯山說八卷第二譯

右新譯重本梵文二千五百頌譯成八卷一十七品與舊勝天王般若同本異譯從五百六十六卷至五百七十三卷

第七會室羅筏城給孤獨園說曼殊室利分二卷第三譯

右新譯重本梵文八百頌譯成二卷無品與舊兩譯文殊般若同本異譯當第五百七十四至五百七十五卷

第八重會室羅筏城給孤獨園說那伽室利分一卷第三譯

右新譯重本梵文四百頌譯成一卷無品與舊輭首菩薩分衛經等同本異譯當第五百七十六卷

第九重會室羅筏城給孤獨園說能斷金剛分一卷第四譯

右新譯重本梵文三百頌譯成一卷無品與新舊四譯金剛般若同本異譯當第五百七十七卷

第十會他化自在天王宮說般若理趣分一卷第一譯

右新譯重本梵文三百頌譯成一卷無品與後譯實相般若同本異譯當第五百七十八卷

第十一重會室羅筏城給孤獨園說布施波羅蜜多分五卷

右新譯單本梵文二千頌譯五卷無品從五百七十九卷至五百八十三卷

第十二重會室羅筏城給孤獨園說淨戒波羅蜜多分五卷

右新譯單本梵文二千頌譯成五卷無品從五百八十四卷至五百八十八卷

第十三重會室羅筏城給孤獨園說安忍波羅蜜多分一卷

右新譯單本梵文四百頌譯成一卷無品當第五百八十九卷

第十四重會室羅筏城給孤獨園說精進波羅蜜多分一卷

右新譯單本梵文四百頌譯成一卷無品當第五百九十卷

第十五重會王舍城鷲峯山說靜慮波羅蜜多分二卷

右新譯單本梵文八百頌譯成二卷無品當第五百九十一至九十二卷

第十六會王舍城竹林園中白鷺池側說般若波羅蜜多分八卷

右新譯單本梵文二千五百頌譯成八卷無品從五百九十三卷至第六百卷

放光般若波羅蜜經三十卷或二十卷三帙西晉三藏無羅叉共竺叔蘭譯第二譯

摩訶般若波羅蜜經四十卷亦名大品般若或三十卷四帙

姚秦三藏鳩摩羅什共僧叡等譯第二譯

光讚般若波羅蜜經十五卷或十卷西晉三藏竺法護譯第一譯

右三經與大般若第二會同本異譯其光讚般若比於新經三分將一至散花品後文並闕又按姚秦僧叡小品序云斯經正文凡有四種是佛異時適化廣略之說也其多者云有十萬偈少者六百偈此之大品即是天竺之中品也准斯中品故知與大經第二會同梵文也

龍樹菩薩造智度論釋大品經

摩訶般若波羅蜜經五卷一名須菩提品亦名長安品第六譯符秦天竺沙門曇摩蜱共竺佛念譯

右一經長房内典二録云是外國經鈔者尋之未審也據其文理乃與小品道行經等同本異譯故初題云摩訶般若波羅蜜經道行品第一但文不足三分過二准道行經後闕十品

上二經二十卷二帙

道行般若波羅蜜經十卷亦名般若道行品或八卷一帙後漢月支二藏支婁迦讖譯第一譯

小品般若波羅蜜經十卷或七卷或八卷一帙姚秦三藏鳩摩羅什譯第一譯

大明度無極經四卷亦直云大明度經或六卷吳月支優婆塞支謙譯第二譯

右四經與大般若第四會同本異譯其西晉三藏竺法護譯新道行經但有其名而無其本諸藏縱有即與小品文同但題目異故不重出前後八譯五存三闕

勝天王般若波羅蜜經七卷陳優禪尼國王子月婆首那譯第一譯

右一經與大般若第六會同本異譯

上二經十一卷同帙

文殊師利所説摩訶般若波羅蜜經二卷或一卷二十一紙梁扶南三藏曼陁羅仙譯第一譯

右一經亦名文殊般若波羅蜜經初文無十重光後文有一行三昧文言文殊師利童眞者是又編入寶積在第四十六會爲與後經名同恐有差錯故復出之也

文殊師利所説般若波羅蜜經一卷二十紙梁扶南三藏僧伽婆羅譯拾遺編入第二譯

右一經初文有十重光後文無一行三昧文言文殊師利法王子者是初歎菩薩德及列菩薩名此本稍廣又此二經亦互有廣略右二經與大般若第七會

曼殊室利分同本異譯

濡首菩薩無上清淨分衛經二卷一名決了諸經如幻化三昧經宋沙門翔公於南海郡譯第二譯

右一經與大般若第八會那伽室利分同本異譯新舊相比舊經稍廣前後三譯二存一闕

金剛般若波羅蜜經一卷舍衛國姚秦三藏鳩摩羅什譯第一譯

金剛般若波羅蜜經一卷婆伽婆元魏天竺三藏菩提留支譯第二譯

金剛般若波羅蜜經一卷祇樹林陳天竺三藏眞諦譯第三譯

金剛能斷般若波羅蜜多經一卷隋大業年中三藏笈多譯第四譯

能斷金剛般若波羅蜜經一卷室羅筏唐三藏玄奘譯出內典録

能斷金剛般若波羅蜜多經一卷名稱城唐天后代三藏義淨譯新編入録第五譯

右六經同本異譯其第五本能斷般若貞觀二十二年沙門玄奘從駕於玉華宮弘法臺譯後至顯慶五年於玉華寺翻大般若即當第九能斷金剛分全本編入更不重翻准諸經例合入大部者即同別生此録之中不合重載爲與沙門義淨譯者名同恐有差錯故復出之

三師造論同釋此經

實相般若波羅蜜經一卷唐天后代天竺三藏菩提流志譯出大周録第二譯

右一經與大般若第十會般若理趣分同本異譯西域梵文有廣略二本故實相理趣文意乃同呪大小異

仁王護國般若波羅蜜經二卷或云一卷姚秦三藏鳩摩羅什譯第二譯三譯二闕

摩訶般若波羅蜜大明呪經一卷姚秦三藏鳩摩羅什譯出經題第一譯拾遺編入

般若波羅蜜多心經一卷唐三藏玄奘譯出内典録第二譯

右二經同本異譯前後三譯二存一闕其般若心經舊録爲單本新勘爲重譯仁王般若等三經文義雖通大部全本大部中無是支泒攝非從彼出

上十三經十五卷同帙

寶積部但諸會重本並次第編之總八十二部此以諸部合成故存本數上録一百六十九卷一十七帙

大寶積經一百二十卷一十二帙唐南天竺三藏菩提流志等譯新編入録

右此經新舊重單合譯共四十九會合古沓切成一部新舊共二十會單本新舊共二十九會重譯於中二

十六會大唐三藏菩提流志新譯二十三會古譯及唐舊譯菩提流志勘梵本同編入會次具列如左

第一三律儀會三卷唐三藏菩提流志新譯第二譯

右新譯重本與舊大方廣三戒經同本異譯從第一卷至第三卷

第二無邊莊嚴會四卷唐三藏菩提流志新譯

右新譯單本從第四卷至第七卷

第三密迹金剛力士會七卷西晉三藏竺法護譯勘同編入

右舊譯單本從第八卷至第十四

第四淨居天子會二卷西晉三藏竺法護譯出法上録勘同編入

右舊譯單本本名菩薩說夢經新改名淨居天子會當第十五及十六卷細詳文句與竺法護經稍不相類長房等録皆云失譯法上録中云竺護出今者且依法上録定

第五無量壽如來會二卷唐三藏菩提流志新譯第十一譯

右新譯重本與舊無量清淨平等覺大阿彌陀無量壽經等同本異譯當第十七十八卷

第六不動如來會二卷唐三藏菩提流志新譯第三譯

右新譯重本與舊阿閦佛國經等同本異譯當第十九卷及二十卷

第七被甲莊嚴會五卷唐三藏菩提流志新譯

右新譯單本從第二十一卷至第二十五卷

第八法界體性無分別會二卷梁三藏曼陀羅仙譯第二譯勘同編入

右舊譯重本與姚秦童壽所譯法界體性經同本異譯當第二十六二十七卷秦本闕

第九大乘十法會一卷元魏三藏佛陀扇多譯第二譯勘同編入

右舊譯重本與梁衆鎧所譯大乘十法經同本異譯初云婆伽婆者是也當第二十八卷經本題爲僧伽婆羅譯者誤也

第十文殊師利普門會一卷唐三藏菩提流志新譯第三譯

右新譯重本與舊普門品經等同本異譯當第二十九卷

第十一出現光明會五卷唐三藏菩提流志新譯

右新譯單本從第三十卷至第三十四卷

第十二菩薩藏會二十卷唐三藏玄奘譯出內典録勘同編入

右唐舊譯單本從第三十五卷至第五十四其菩薩藏會准大周録入重譯中云與三卷菩薩藏經同本異譯者誤之甚也名目雖同多少全異檢尋文義更復差殊其三卷菩薩藏經亦編入此中即富樓那會是今改舊轍以爲單譯

第十三佛爲阿難說處胎會一卷唐三藏菩提流志新譯第二譯

右新譯重本與舊胞胎經同本異譯當第五十五卷

第十四佛說入胎藏會二卷唐三藏義淨譯勘同編入

右唐舊譯單本當第五十六卷及五十七卷此入胎藏會本名佛爲難陀說出家入胎經在根本說一切有部毗奈耶雜事第十一十二卷三藏義淨析出別行今菩提流志勘梵本同編入會次既不重譯故爲單本又與雜寶藏經難陀爲佛逼出家緣初雖少同後乃全異不合以爲重譯此會及前會據其文理合入聲聞藏內今爲編入寶積通在菩薩藏收

第十五文殊師利授記會三卷唐天后代于闐三藏實叉難陀譯第三譯勘同編入

右唐舊譯重本與舊文殊師利佛土嚴淨經同本異譯從第五十八卷至第六十卷

第十六菩薩見實會十六卷高齊三藏那連提耶舍譯勘同編入

右舊譯單本從第六十一卷至第七十六卷

第十七富樓那會三卷姚秦三藏鳩摩羅什譯第三譯勘同編入

右舊譯重本本名菩薩藏經亦名大悲心經與西晉竺法護所譯菩薩藏經同本異譯從第七十七卷至第七十九晉譯本闕

第十八護國菩薩會二卷隋三藏闍那崛多譯出內典録勘同編

右舊譯單本當第八十卷及八十一卷

第十九郁伽長者會一卷曹魏三藏康僧鎧譯第三譯勘同編入

右舊譯重本與法鏡經及郁迦羅越問菩薩行經等同本異譯當第八十二卷經本題爲康僧顗者誤也

第二十無盡伏藏會二卷唐三藏菩提流志新譯

右新譯單本當第八十三卷及第八十四卷

第二十一授幻師跋陁羅記會一卷唐三藏菩提流志新譯第二譯

右新譯重本與舊幻士仁賢經同本異譯當第八十五卷

第二十二大神變會二卷唐三藏菩提流志新譯

右新譯單本當第八十六卷及第八十七卷

第二十三摩訶迦葉會二卷元魏優禪尼國王二月婆首那譯勘同編入

右舊譯單本當第八十八卷及第八十

九卷

第二十四優波離會一卷唐三藏菩提流志新譯第二譯

右新譯重本與舊決定毗尼經同本異譯當第九十卷

第二十五發勝志樂會二卷唐三藏菩提流志新譯第二譯

右新譯重本與舊發覺淨心經同本異譯當第九十一卷及第九十二

第二十六善臂菩薩會二卷姚秦三藏鳩摩羅什譯出法上録勘同編入

右舊譯單本當第九十三卷及第九十四此善臂會大周録云與持人菩薩經及持世經善肩品經等同本異譯者非也尋其文理與持人經等義旨懸殊其善肩經從善臂經鈔出與法華經普門品同類既有斯異故爲單譯

第二十七善順菩薩會一卷唐三藏菩提流志新譯

右新譯單本當第九十五卷

第二十八勤授長者會一卷唐三藏菩提流志新譯

右新譯單本當第九十六卷

第二十九優陁延王會一卷唐三藏菩提流志新譯第二譯

右新譯重本與舊優填王經同本異譯當第九十七卷新舊二經互有廣略

第三十妙慧童女會一卷唐三藏菩提流志新譯第四譯兼後一

右新譯重本與舊兩譯須摩提經及流志先譯妙慧童女經同本異譯當第九十八卷從初至半其先譯妙慧經本在東都尋之未獲

第三十一恒河上優婆夷會與前同卷唐三藏菩提流志新譯

右新譯單本當第九十八卷從半至末

第三十二無畏德菩薩會一卷元魏三藏佛陀扇多譯第五譯勘同編入

右舊譯重本與阿闍世王女阿術達菩

薩經等同本異譯當第九十九卷

第三十三無垢施菩薩應辯會一卷 西晉居士聶道真譯第二譯勘同編入

右舊譯重本與離垢施女經及得無垢女經同本異譯當第一百卷 經本題爲竺法護譯

第三十四功德寶華敷菩薩會 兼後一卷唐三藏菩提流志新譯

右新譯單本當第一百一卷從初至半

第三十五善德天子會 與前同卷唐三藏菩提流志新譯第二譯

右新譯重本與流志先譯文殊師利所說不思議佛境界經同本異譯當第一百一卷從半至末

第三十六善住意天子會四卷 隋三藏達磨笈多譯出內典録第七譯勘同編入

右舊譯重本與如幻三昧經及聖善住意經等同本異譯從第一百二卷至第一百五

第三十七阿闍世王子會 兼後三卷唐三藏菩提流志新譯第三譯

右新譯重本與舊太子刷護太子和休二經同本異譯當第一百六卷從初至半

第三十八大乘方便會 兼前三卷東晉天竺居士竺難提譯第三譯勘同編入

右舊譯重本與慧上菩薩問大善權經等同本異譯從第一百六卷半至一百八卷盡 經本題云西晉者誤

第三十九賢護長者會二卷 隋三藏闍那崛多譯第一譯勘同編入

右舊譯重本本名移識經新改名賢護

長者會本移識經無證信序今寶積中者新加之與顯識經
同本異譯當第一百九卷及一百一十
此賢護會元編移識時或有經改編顯識者二經梵本雖則不殊輒然改換竊爲未可
第四十淨信童女會兼後三會同卷唐三藏菩提流志新譯
右新譯單本當第一百一十一卷初
第四十一彌勒菩薩問八法會元魏三藏菩提留支譯第一譯勘同編入
右舊譯重本本名彌勒菩薩所問經與
大乘方等要慧經同本異譯當第一百
二十一卷中此八法會有釋論五卷其要慧經文少略耳
第四十二彌勒菩薩所問會兼前三會同卷唐三藏菩提流志新譯第三譯
右新譯重本與舊彌勒菩薩所問本願
經等同本異譯當第一百一十一卷末

經本題爲西晉竺法護譯者錯也其舊本願經是竺法護譯如後所顯
第四十三普明菩薩會一卷失譯今附秦録勘同編入第三譯
右舊譯重本是舊單卷大寶積經新改
名普明菩薩會與摩訶衍寶嚴佛遺日
摩尼寶二經同本異譯當第一百一十
二卷此舊寶積經有釋論四卷
第四十四寶梁聚會二卷北涼沙門釋道龔譯勘同編入
右舊譯單本當第一百一十三卷及一
百一十四卷
第四十五無盡慧菩薩會兼後二卷唐三藏菩提流志新譯
右新譯單本當第一百一十五卷初
第四十六文殊說般若會兼前三卷梁三藏曼陁羅仙譯第一譯勘同編入
右舊譯重本與大般若曼殊室利分及

衆鎧所譯文殊般若同大異譯從第一百一十五卷中至一百一十六卷末經本題爲僧伽婆羅譯者誤也

第四十七寶髻菩薩會二卷西晋三藏竺法護譯別品第二譯勘同編入

右舊譯重本亦名菩薩淨行經與大集寶髻品及康僧會所出菩薩淨行經同本異譯當第一百一十七卷及一百一十八此寶髻會有釋論一卷

第四十八勝鬘夫人會一卷唐三藏菩提流志新譯第三譯

右新譯重本與舊勝鬘師子吼一乘大方便經等同本異譯當第一百一十九卷

第四十九廣博仙人會一卷唐三藏菩提流志新譯第二譯

右新譯重本與舊毗耶娑問經同本異譯當第一百二十卷其新譯本比於舊經後文不足向少一紙或有將舊經續入者欲使意珠圓滿故也

大方廣三戒經三卷北涼天竺三藏曇無讖譯出法上録第一

右一經與寶積第三律儀會同本異譯

無量清淨平等覺經二卷亦直云無量清淨經後漢月支三藏支婁迦讖譯第二譯

阿彌陀經二卷内題云佛說諸佛阿彌陀三耶三佛薩樓佛檀過度人道經呉月支優婆塞支謙字恭明譯第三譯

無量壽經二卷曹魏天竺三藏康僧鎧譯第四譯

右三經與寶積第五無量壽會同本異譯此第五會新舊十一譯七闕本天親菩薩依經義造論一卷

上四經九卷同帙

阿閦佛國經二卷一名阿閦佛刹諸菩薩學成品經後漢月支三藏支婁迦讖譯第一譯三譯一闕

右一經與寶積第六不動如來會同本異譯

大乘十法經一卷初云佛住王舍城梁扶南三藏僧伽婆羅譯第一譯 拾遺編入

右一經與寶積第九大乘十法會同本異譯

普門品經一卷亦云普門經西晉三藏竺法護譯第一譯

右一經與寶積第十文殊師利普門會同本異譯周録將爲法華支派者誤之甚也新舊三譯一譯闕本

胞胎經一卷一名胞胎受身經西晉三藏竺法護譯第一譯

右一經與寶積第十三佛爲阿難説處胎會同本異譯此胞胎經准舊録中編爲小乘單本今以類相從附之於此

文殊師利佛土嚴淨經二卷或直云嚴淨佛土經或直云佛土嚴淨經西晉三藏竺法護譯第一譯三譯一闕

右一經與寶積第十五文殊授記會同本異譯

法鏡經二卷或一卷後漢安息優婆塞安玄共沙門嚴佛調譯第一譯

上六經九卷同帙

郁迦羅越問菩薩行經一卷或云郁伽長者經或二卷西晉三藏竺法護譯第四譯六譯三闕

右二經與寶積第十九郁伽長者會同本異譯

幻士仁賢經一卷或云仁賢幻士經西晉三藏竺法護譯第一譯

右一經與寶積第二十一授幻師記會同本異譯

決定毗尼經一卷一名破壞一切心識群録皆云燉煌譯竟不顯人名年代今附東晉録第一譯

右一經與寶積第二十四優波離會同本異譯

發覺淨心經二卷隋天竺三藏闍那崛多等譯第一譯

右一經與寶積第二十五發勝志樂會同本異譯

優塡王經一卷西晉沙門釋法炬譯第一譯拾遺編入

右一經與寶積第二十九優陁延王會同本異譯

須摩提經一卷亦直云須摩經西晉三藏竺法護譯第一譯

須摩提菩薩經一卷姚秦三藏鳩摩羅什譯第二譯新舊四譯一闕拾遺編入

右二經與寶積第三十妙慧童女會同本異譯

阿闍貰王女阿術達菩薩經一卷亦云阿闍貰女經亦直云阿述達經西晉三藏竺法護譯第二譯五譯三闕

右一經與寶積第三十二無畏德會同本異譯

離垢施女經一卷西晉三藏竺法護譯第一譯

上九經十卷同帙

得無垢女經一卷或云無垢女經一名論議辯才法門元魏婆羅門瞿曇般若流支譯第三譯

右二經與寶積第三十三無垢施會同本異譯

文殊師利所説不思議佛境界經二卷唐天后代天竺三藏菩提流志譯出大周録第一譯

右一經與寶積第三十五善德天子會同本異譯

開元釋教録卷第十一上

音釋

敿俞芮切　蜱符支切　鍇可亥切　貰始制切

開元釋教録卷第十一下

唐西崇福寺沙門智昇撰

如幻三昧經二卷（或三卷或四卷西晋三藏竺法護譯第二譯）

聖善住意天子所問經三卷（或四卷元魏婆羅門瞿曇般若流支譯第五譯七譯四闕）

右二經與寶積第三十六善住意會同本異譯

太子刷護經一卷（西晋三藏竺法護譯第一譯出法上録）

太子和休經一卷（或作私休僧祐録云安公録中失譯經第二譯今附西晋録）

右二經與寶積第三十七阿闍世王子會同本異譯

上六經十卷同帙

慧上菩薩問大善權經二卷（或一卷西晋三藏竺法護譯第二譯五譯三闕問下加大字）

右一經與寶積第三十八大乘方便會同本異譯

大乘顯識經二卷（唐中天竺三藏地婆訶羅譯第二譯出大周録）

右一經與寶積第三十九賢護長者會同本異譯

大乘方等要慧經一卷（後漢安息三藏安世高譯第一譯）

右一經與寶積第四十一彌勒問八法會同本異譯

彌勒菩薩所問本願經一卷（西晋三藏竺法護譯第一譯二譯一闕）

右一經與寶積第四十二彌勒所問會同本異譯

佛遺日摩尼寶經一卷（亦名古品遺日說般若經後漢月支三藏支婁迦讖譯第一譯）

摩訶衍寶嚴經一卷（一名大迦葉品晋代譯失三藏名舊在漢録今

右二經與寶積第四十三普明菩薩會且依舊第二譯

同會異譯

勝鬘師子吼一乘大方便廣經一卷亦云勝鬘經宋天竺三藏求那跋陁羅譯第二譯三譯一闕

右一經與寶積第四十八勝鬘夫人會

同本異譯

毗耶娑問經二卷元魏婆羅門瞿曇般若流支譯出序記第一譯

右一經與寶積第四十九廣博仙人會

同本異譯其序記云魏興和四年歲次壬戌月建在申朔次乙丑婆羅門名瞿曇流支沙門曇琳於尚書令儀同高公第譯建功辛巳甲午畢功凡有一萬四千四百五十七字諸録皆云勒那摩提或云菩提留支譯者二皆誤也今依序記爲正此毗耶娑經舊譯爲小乘單本今勘爲大乘重譯

右入經十一卷同帙

大集部但是大集流類皆編於此總二十四部一百四十二卷一十四帙

大方等大集經三十卷或四十卷三帙北涼天竺三藏曇無讖於姑臧譯第三譯三譯二闕

謹按梁沙門僧祐大集記云有十二段說共成一經第一瓔珞品第二陁羅尼自在王品第三寶女品第四不眴品第五海慧品第六無言品七不可說品八虛空藏品九寶幢分十虛空目分十一寶髻菩品十二無盡意品今檢經本與祐記不同第一陁羅尼自在王菩薩品亦有經本分爲瓔珞品者不然此是一段不合分二後大哀經即是此品第二寶女品第三不眴菩薩品第四海慧菩薩品第五虛空藏菩薩品第六無言菩薩品第七不可說菩薩品第八寶幢分第九虛空目分第十寶髻菩薩品第十一日密分尋檢群録此大集經卷無定准或云二十九或云三十或

三十一或三十二或四十卷今時大集多分三十其日密分文不具足合少一卷其三十一卷者文應備具今尋求未獲然僧祐記中無日
密分有無盡意品者不然今以無盡意
經雖是大集別分非無讖譯又非次第
不合入中其虛空藏品祐在不可說後
未詳所以今從隨羅尼自在王品至日
密分總十一分其日藏經與日密分同
本異譯亦是第十一分日密日藏初俱云說虛空目安
那般那甘露門已次說此經又日密分
既於虛空目後說准義不合隔寶髻品
今經本中有此品隔未詳所以又日密
日藏雖是同本其日密分又文極攝略
後文復闕可少卷餘月藏經是第十二分或有經本題云
大乘大集經月藏分第十二經初又云化諸龍衆說日藏經已次說此經十
輪經是第十三分初云說月藏經已次說此經此十輪後第
十四分本在西方未流於此須彌藏經是第十五分
經初題云大乘大集經須彌藏分第十五第十六分合是虛

空孕經初云授功德天記剏法已次說此經然須彌藏經因功德天問如來方說故知此經合居其次其日藏經初在迦蘭陁
竹園說次昇須彌頂後因龍請往佉羅
帝耶山月藏等四經並在佉羅帝耶山
說次第如是其念佛三昧賢護譬喻王
無盡意經等雖是大集別分既不知次
第難可編記然隋朝僧祐合大集經乃
將明度五十校計經題爲十方菩薩品
編月藏後及無盡意經成五十八卷者
非也既無憑准故不依彼其合大集經亦有六十卷
成者三十一二兩卷重有寶髻品足成
六十其寶髻品在日密前二十六七卷
是此復重編未詳何意又日密日
藏梵本不殊重重編載誤之甚矣若欲
合者前大集中除日密分有二十七卷
以日藏分替處續次日密日藏梵本雖同日密分中文略
闕少故以日藏替之次月藏次地藏十輪唐譯十卷成者

次須彌藏次虚空孕後之四經雖不知説次以意合之亦將無失虚空孕後次念佛三昧以宋朝譯六卷者充其隋譯十卷者後闕二品次賢護次譬喻王末無盡意總成八十卷亦將契矣其無盡意經初首題云大集經中無盡意菩薩説不可盡義品第三十二品即分也是第三十二分然僧祐記中在寶髻品後及僧就所合大集編之於末者是非明矣又有善住意天子所問經詳其文義合是大集別分今已編入大寶積中不可雙載故此闕

大方等大集日藏經十卷或十五卷一帙第十一分隋天竺三藏那連提耶舍譯與日密同當第四譯

右一經與前大集經末日密分同本異譯日密文略此中稍廣

大集月藏經十卷或十五卷一帙第十二分高齊天竺三藏那連提耶舍譯單本

大乘大集地藏十輪經十卷第十三分一帙唐三藏玄奘譯

出内典録第二譯

大方廣十輪經八卷失譯今附北凉録第一譯

右二經同本異譯其舊十輪經大周録云曇無讖譯出長房録檢長房入藏録中乃云失譯周録誤也

大集須彌藏經二卷第十五分高齊天竺三藏那連提耶舍共法智譯單本

上二經十卷同帙

虚空藏菩薩經一卷或無菩薩字姚秦罽賓三藏佛陁耶舍歸罽賓譯寄來秦國第一譯

虚空藏菩薩神呪經一卷宋罽賓三藏曇摩蜜多譯第三譯

虚空孕菩薩經二卷合是第十六分隋天竺三藏闍那崛多等譯第四譯

右三經同本異譯前後四譯一譯闕本

觀虚空藏菩薩經一卷亦名虚空藏觀經或無觀字宋罽賓三藏曇摩蜜多譯單本

菩薩念佛三昧經六卷或無菩薩字宋天竺沙門功德直共玄暢譯第一譯

大方等大集菩薩念佛三昧經十卷一帙隋天竺三藏達摩笈多譯出内典録第二譯

上五經十一卷同帙

右二經同本異譯其隋譯本比於前經後闕二品文不足矣

般舟三昧經三卷或加大字或二卷後漢月支三藏支婁迦讖譯第一譯

拔陂菩薩經一卷或名拔波僧祐録云安公古典經是般舟經第五出初四品異譯今附漢録

大方等大集賢護經五卷亦直云賢護經或六卷隋天竺三藏闍那崛多等譯第七譯

右三經同本異譯前後七譯四譯本闕

上三經九卷同帙

阿差末經七卷晉曰無盡意或四卷或五卷西晉三藏竺法護譯第三譯

無盡意菩薩經六卷亦云阿差末經出大集經宋涼州沙門智嚴共寶雲譯第四譯

右二經同本異譯前後五譯三譯闕本

上二經十三卷同帙

大集譬喻王經二卷大集别品隋天竺三藏闍那崛多等譯拾遺編入單本

大哀經八卷或云如來大哀經或六卷或七卷西晉三藏竺法護譯

右一經是大集經初陁羅尼自在王菩薩品異譯出第一卷初至第五卷半

上三經十卷同帙

寶女所問經三卷亦云寶女問慧經或四卷西晉三藏竺法護譯

右一經是大集經寶女品異譯出第五卷半後至第七卷半前

無言童子經二卷或云無言菩薩經或一卷西晉三藏竺法護譯

右一經是大集經無言品異譯出第十七卷半

（至十八卷過半）

自在王菩薩經二卷（姚秦三藏鳩摩羅什於逍遥園譯第一譯）

奮迅王問經二卷（元魏婆羅門瞿曇般若流支等譯出序記第二譯）

右二經同本異譯（其奮迅王經序記云魏興和四年歲次壬戌月建在申朔次乙丑甲午之日啓夾創筆沙門曇琳瞿曇流支於尚書令儀同高公第譯凡有一萬八千三百四十一字諸録皆云菩提留支譯者誤也今依序記爲正又上二經内典録云抄大集經陁羅尼自在王菩薩品異譯者不然尋其文理懸絶不同但可爲大集別分耳或可此之二經非大集分但以上代群録皆云異譯抄陁羅尼自在王品勘撿雖則不同且記於大集之末）

上四經九卷同帙

寶星陁羅尼經十卷（或八卷一帙大唐天竺三藏波羅頗蜜多羅譯）（出内典録單本）

右一經内典録云是大集經別分（譯檢前大）集經中寶幢分佛於欲色二界中間大寶坊中重説此寶星陁羅尼經故寶幢分初云佛在欲色二界中間大寶坊中告大衆言我昔初得菩提已住王舍城迦蘭陁竹林爾時城中有二智人一名優波提舍二名拘律陁等次第至末文意並同此經可爲重説不可爲重譯也又舊録中有寶髻菩薩所問經是寶髻品異譯今編入寶積在第四十七會既入彼中此不重載又有虚空藏經八卷檢無異本即是虚空藏品抄出別行又有虚空藏問持經得幾福經亦是虚空藏品別文抄出既是別生除之不録又内典録及大周録中更有大集經八卷尋其文句即是合部大集經第六帙也初之兩卷名十方菩薩品此品乃是明度五十校計經不知何故編入此中後六卷乃是無盡意經既是繁重亦除之不録

華嚴部（華嚴本部及眷屬經皆纂於此總二十六部一百八十七卷一十八帙）

大方廣佛華嚴經六十卷（或五十卷六帙東晉天竺三藏佛陁跋陁羅等譯）（大本初譯）

右此經總七處八會合三十四品會列如左

第一寂滅道場會（合二品四卷）

第二普光法堂會（合六品四卷）

第三忉利天宮會合六品三卷
第四夜摩天宮會合四品三卷
第五兜率天宮會合三品十卷
第六他化天宮會合十一品十三卷新經開爲二會
第七普光法堂重會二品七卷
第八給孤獨園會一品一十六卷

大方廣佛華嚴經八十卷八帙唐天后代于闐三藏實叉難陁等譯新編入録大本再譯

右二經同本異譯其新譯經總七處九會合三十九品會列如左

第一會菩提場中說合六品十一卷
第二會普光明殿說合六品四卷
第三會忉利天宮說合六品三卷
第四會夜摩天宮說合四品三卷
第五會兜率天宮說合三品十二卷
第六會他化自在天宮說一品六卷
第七重會普光明殿說合十一品十三卷
第八重會普光明殿說一品七卷
第九會給孤獨園說一品二十一卷

信力入印法門經五卷元魏天竺三藏曇摩流支譯單本

度諸佛境界智光嚴經一卷失譯今附秦録第一譯

右一經大周録云元魏三藏菩提留支譯出長房録今按長房等録留支所譯無此經名今爲失譯附於秦録又云與如來莊嚴智慧光明入一切佛境界經及度一切諸佛境界智嚴經同本異譯者誤也今尋文理義旨全殊名雖似同所詮乃異求其旨趣乃與佛華嚴入如來德智不思議境界經等同本異譯故移編此

佛華嚴入如來德智不思議境界經二卷隋天竺三藏闍那崛多等譯出内典録第三譯

大方廣入如來智德不思議經一卷唐天后代于闐三藏實叉難陀譯新編入録第四譯

右三經同本異譯新舊四録一譯本闕

大方廣佛華嚴經不思議佛境界分一卷或二卷唐天后代于闐三藏提雲般若譯出大周録第一譯

大方廣如來不思議境界經一卷唐天后代于闐三藏實叉難陀譯新編入録第二譯

右二經同本異譯

大乘金剛髻珠菩薩修行分一卷亦名金剛鬘菩薩加行品唐天后代天竺三藏菩提流志譯出大周録單本

大方廣佛華嚴經修慈分一卷唐天后代于闐三藏提雲般若譯新編入録單本

右八經十三卷同帙

大方廣普賢菩薩所說經一卷唐天后代于闐三藏實叉難陀譯新編入録單本

莊嚴菩提心經一卷姚秦三藏鳩摩羅什譯第四譯

大方廣菩薩十地經一卷元魏西域三藏吉迦夜共曇曜譯第五譯

右二經同本異譯前後五譯三譯闕本此菩薩十地經大周録云是華嚴十住品異譯者謬也尋閲文句義旨懸殊但可爲華嚴眷屬耳

右信力入印法門等十一經並與華嚴分有相似是眷屬攝而非正部以其三種世間嚴事劣故

兜沙經一卷後漢月支三藏支婁迦讖譯

右一經是華嚴經如來名號品異譯舊經在第五卷新經在第十二比於大本此經稍畧

菩薩本業經一卷亦直云本業經亦云淨行品經吳月支優婆塞支謙譯

諸菩薩求佛本業經一卷或無諸字西晉清信士聶道真譯

右二經是華嚴淨行品異譯舊經在第六卷新經在第十四其支謙譯者兼十住品略無偈大周入藏錄中更有菩薩本業經一卷亦是異譯淨行品尋本不獲故闕之耳

菩薩十住行道品一卷亦直云菩薩十住西晉三藏竺法護譯出法上經錄拾遺編入

菩薩十住經一卷東晉西域三藏祇多蜜譯

右二經是華嚴菩薩十住品異譯舊經在第九卷新經在第十六卷略無偈

漸備一切智德經五卷或十卷西晉三藏竺法護譯

上九經十三卷同帙

十住經四卷或五卷姚秦三藏鳩摩羅什共佛陀耶舍譯

右二經是華嚴十地品異譯舊經從第二十五卷至第二十九新經從第三十四卷至第三十九天親菩薩造十地釋論十二卷

等自菩薩所問三昧經二卷一名普賢菩薩定意或三卷西

晉三藏竺法護譯

右一經是新華嚴十定品異譯從第四十卷至第四十三舊華嚴經無十定品此等目所問經周錄爲單本今勘爲重譯

顯無邊佛土功德經一卷唐三藏玄奘譯出內典錄

右一經是華嚴壽量品異譯舊經在第三十一卷新經在第四十五

如來興顯經四卷一名興顯如幻經西晉三藏竺法護譯

右一經是舊華嚴寶王如來性起品及十忍品異譯從第三十五卷半至第三十七卷盡其十忍品在第三十卷此略無偈不知何故前後差異新經名如來出現品從第五十卷至第五十二其十忍品在第四十四舊錄中又有如來性起微密藏經二卷即是舊經性起品抄出別行其文不異但取第二會初緣標於經首加證信序既非別翻故不重載

上四經十一卷同帙

度世品經六卷或五卷西晉三藏竺法護譯

右一經是華嚴離世間品異譯舊經從第三十八卷至第四十新經從第五十三卷至第五十九

羅摩伽經三卷乞伏秦沙門釋聖堅譯出内典録

右一經是華嚴入法界品異譯此羅摩伽經比於本品文闕不足於其間譯出少分舊經從第五十一卷無上勝長者至第五十三卷初妙德救護衆生夜摩天所其文即盡新經從第六十七卷半至第七十卷初

大方廣佛華嚴經續入法界品一卷或無續字唐中天竺三藏地婆訶羅譯出大周録

右一經續舊華嚴經入法界品或有經本續入大部之中在第五十七卷

上三經十卷同帙從兜沙下一十三經並是大部之中别品異譯

涅槃部及支派經並纂於此總六部五十八卷六帙

大般涅槃經四十卷或三十六卷四帙北涼天竺三藏曇無讖於姑藏譯第五單重合譯

其涅槃經宋文帝代元嘉年中達于建業時有豫州沙門范惠嚴清河沙門崔惠觀陳郡處士謝靈運等以識前經品數踈簡乃依舊泥洹經加之品目文有過質頗亦改治結爲三十六卷行於江左比於前經時有小異有論一卷略釋大經又論一卷釋本有今無一偈

大般涅槃經後譯荼毗分二卷亦云闍維分亦云後分唐南海波凌國沙門若那跋陀羅共唐國沙門會寧於彼國譯出大周録單本

右一經是前大般涅槃經之餘憍陳如品之末兼説滅度已後焚燒等事義淨三藏求法傳云益府成都沙門會寧麟德年中往遊天竺到南海訶凌國遂與彼國三藏沙門若那跋陀羅唐云智賢於阿笈摩經抄出如來涅槃焚燒之事非大乘涅槃經也遣使寄來方之天竺今尋此經與長阿含初分遊行經少分相似而不全同經中復言法身常存常樂我淨佛菩薩境界非二乘所知與大涅槃義理相涉經初復題陳如品末文勢相接且編於此後諸博識詳而定之

大般泥洹經六卷或十卷東晉平陽沙門釋法顯共覺賢譯第四譯

右一經是大般涅槃經之前分盡大衆問品同本異譯兼荼毗分前後七譯四譯闕本

上三經八卷同帙

方等般泥洹經二卷亦名大般泥洹經或三卷西晉三藏竺法護譯第一譯

四童子三昧經三卷或直名四童子經隋天竺三藏闍那崛多等譯第二譯

右二經同本異譯按群録中又有哀泣經二卷或三卷云與方等泥洹同本異譯亦不述其翻譯所由尋其文句即是方等泥洹更無有異其方等泥洹初品名爲哀泣但取此品題目以作經名比於方等泥洹同本三品餘並無別既是繁重刪之不録也

大悲經五卷高齊天竺三藏那連提耶舍共法智譯單本

上三經十卷同帙方等泥洹等三經涅槃支派

五大部外諸重譯經二百七十三部五百八十八卷五十一帙

方廣大莊嚴經十二卷一名神通遊戲唐中天竺三藏地婆訶羅譯出大周録第四譯

普曜經八卷一名方等本起西晉三藏竺法護譯第二譯四譯二闕

右二經同本異譯其大莊嚴經周録編爲單譯或有以普曜經在小乘藏者二俱誤

上二經二十卷二帙

法華三昧經一卷法華支派宋涼州沙門釋智嚴譯單本

無量義經一卷法華前說蕭齊天竺沙門曇摩伽陁耶舍譯第二譯二譯一闕

薩曇分陁利經一卷是異出法華寶塔天授二品各少分僧祐録云安公録中失譯經今附西晉録拾遺編入

妙法蓮華經八卷二十八品或七卷姚秦三藏鳩摩羅什譯第五譯

上四經十一卷同帙此妙法蓮華經第五卷初提婆達多品蕭齊武帝時外國三藏達磨菩提共揚都僧正沙門法獻於瓦官寺譯其經梵本是法獻於于闐將來其第八卷初普門品中重誦偈周武帝時北天竺三

藏闍那崛多於益州龍淵寺譯秦本並闕後續編入又第八卷中藥王菩薩等呪六譯大唐三藏玄奘重譯在音義中此不別出

正法華經十卷　或云方等正法華或七卷一帙西晉三藏竺法護譯第三譯

妙法蓮華經七卷　三十七品或八卷隋天竺三藏崛多笈多二法師添品出經前序及内典録

右二經同本異譯　其添品序略云正法護翻妙法什譯檢驗二本文皆有闕護所闕者普門品偈也什所闕者藥草喻品之半富樓那及法師等二品之初提婆達多二品普門品偈也什移囑累在藥王之前二本陀羅尼並置普門之後其間異同言不能極竊見提婆達多品及普門品偈先賢續出補闕流行余景仰遺風憲章成範大隋仁壽元年辛酉之歲因普曜寺沙門上行所請遂共崛多笈多二法師於大興善重勘天竺多羅葉本富樓那及法師等二品之初勘本猶闕藥草喻品更益其半提婆達多通入寶塔品陀羅尼次神力之後囑累還結其終字句差舛頗亦改正儻有披尋幸勿疑惑兼此添品總成六譯三在三闕

維摩詰所說經三卷　一名不可思議解脫或直云維摩詰經姚秦三藏鳩摩羅什譯第六譯

上二經十卷同帙

維摩詰經二卷　或三卷吳月支優婆塞支謙譯第二譯

說無垢稱經六卷　唐三藏玄奘譯出内典録第七譯

右三經同本異譯　前後七譯四譯闕本

大方等頂王經一卷　一名維摩詰子問亦名善思童子經西晉三藏竺法護譯第一譯

大乘頂王經一卷　亦名維摩兒經梁優禪尼國王子月婆首那譯第三譯

上四經十卷同帙

善思童子經二卷　隋天竺三藏闍那崛多等譯第四譯

右三經同本異譯　其善思童子經周録在單本中是也前後四譯第二本闕

大悲分陁利經八卷　亦云大乘悲失譯今附秦録第二譯

上二經十卷同帙

悲華經十卷一帙北涼天竺三藏曇無讖於姑臧譯第四譯

右二經同本異譯前後四譯二譯闕本

金光明最勝王經十卷一帙唐天后代三藏義淨譯新編入錄第五譯

金光明經八卷二十四品隋大興善寺沙門寶貴合出當第四卷本

右二經同本異譯其序略云而金光明見有三本初在涼世有曇無讖譯爲四卷止十八品其次周世闍那崛多譯爲五卷成二十品後逮梁世真諦三藏於建康譯三身分別業障滅陁羅尼最淨地依空滿願等四品足前出沒爲二十二品寶貴每歎此經祕奧後分如何竟無囑累舊雖三譯本疑未周長想梵文願言逢遇大隋馭寓新經即來帝勑所司相續翻譯至開皇十七年法席小間因勸請此天竺犍達國三藏法師此云志德重尋後本果有囑累品復有銀主陁羅尼品在京大興善寺即爲翻譯并前先出合二十四品寫爲八卷學士成都費長房筆受通梵沙門日嚴寺釋彥琮校練撰錄者曰此合部經文義備足其無讖四卷真諦七卷崛多五卷並皆有闕故此五經無繁重載謹按長房等錄同武帝代天竺三藏耶舍羅多譯出一本名金光明經更廣壽量大辯陁羅尼經五卷成部今詳此名乃非全譯但於無讖四卷經中續演二品其壽量品更續其文大辯品中更廣呪法餘品之中亦有續者故云更廣壽量大辯陁羅尼經故六卷合經序云壽量大辯又補其闕以此證知但是續闕非是別翻又經序云闍那崛多譯爲五卷房等諸錄乃云耶舍崛多者此二三藏乃是同師當時共翻互載皆得其合部經有六卷本與此八卷明同異者其六卷經一品顛倒比校新經入卷者是又二經囑累文意全別六卷囑累乃與法華囑累大況相似未詳何以今勘入卷之者亦與新經扶同二本少殊不可雙載故存入卷爲正編之入藏後尋覽者幸無惑焉兼此合經總成五譯二本在藏三本入刪繁錄

伅真陁羅所問經二卷或三卷後漢月支三藏支婁迦讖譯第一譯

上二經十卷同帙

大樹緊那羅王所問經四卷亦名說不可思議品姚秦三藏鳩摩羅什譯第二譯

右二經同本異譯

佛昇忉利天爲母說法經二卷 亦云佛昇忉利天品經或三卷西晉三藏竺法護譯第一譯

道神足無極變化經四卷 一名合道神足經或二卷或三卷西晉安息三藏安法欽譯第二譯

右二經同本異譯 前後三譯第三闕本

上三經十卷同帙

寶雨經十卷 一帙唐天后代南印度三藏達摩流支等譯出大周録第三譯

寶雲經七卷 梁扶南三藏曼陀羅仙共僧伽婆羅等譯第一譯

右二經同本異譯 新舊三譯第二本闕

阿惟越致遮經三卷 或無遮字或四卷西晉三藏竺法護譯第一譯

上二經十卷同帙

不退轉法輪經四卷 僧祐録云安公涼土異經在北涼録第二譯

廣博嚴淨不退轉輪經四卷 或六卷宋涼州沙門智嚴共寶雲等譯第三譯

右三經同本異譯 其阿惟越致遮經周録在單本中誤也

不必定入定入印經一卷 元魏婆羅門瞿曇般若流支譯出序記第一譯又經初序記云魏興和四年歲次降婁月建在戌朔次甲子壬午之日瞿曇流支沙門曇林於尚書令儀同高公第譯九千一百九十三字諸録皆云菩提留支譯者誤也依序記爲正

入定不定印經一卷 唐天后代三藏義淨譯新編入録第二譯

右二經同本異譯 其舊譯經周録爲單本新勘爲重譯

上四經十卷同帙

等集衆德三昧經三卷 或二卷西晉三藏竺法護譯第一譯

集一切福德三昧經三卷 姚秦三藏鳩摩羅什譯出真寂寺録第三譯

右二經同本異譯 前後二譯一譯本闕

持心梵天經四卷 一名莊嚴佛法經又名等御諸法經西晉三藏竺法護譯或六卷十七品第一譯

上三經十卷同帙 按姚秦釋僧叡思益序云恭明前譯頗麗其辭而迷其旨今按群録吳時月支國優婆塞支謙字恭明翻譯衆經而無思益同本之者其持心經與思益同乃是西晉竺法護譯叡云恭明先譯失旨者誤也

思益梵天所問經四卷 或直云思益經祐云思益義經姚秦三藏鳩摩羅什第二譯

勝思惟梵天所問經六卷 元魏天竺三藏菩提留支譯第三譯

右三經同本異譯 其勝思惟經有釋論四卷

上三經十卷同帙

持人菩薩經四卷 有加所問二字或三卷西晉三藏竺法護譯第一譯

持世經四卷 一名法印經或三卷姚秦三藏鳩摩羅什譯第三譯

右二經同本異譯 前後三譯第二本闕

濟諸方等學經一卷 或無學字西晉三藏竺法護譯第一譯

大乘方廣總持經一卷 或無乘字隋天竺三藏毗尼多流支譯第二譯

右二經同本異譯 周録爲單本新勘爲重譯

上四經十卷同帙

文殊師利現寶藏經三卷 或直云寶藏經或二卷西晉三藏竺法護譯第一譯

大方廣寶篋經三卷 或二卷宋天竺三藏求那跋陀羅譯第四譯

右二經同本異譯 前後四譯兩譯闕本

大乘同性經二卷 亦名一切佛行入智毗盧遮那藏說經或四卷周宇文氏天竺三藏闍那耶舍等譯第一譯

證契大乘經二卷 亦名入一切佛境智盧遮那藏唐中天竺三藏地婆訶羅譯出大周録第二譯

右二經同本異譯

上四經十卷同帙

深密解脫經五卷 元魏天竺三藏菩提留支譯全本初譯

解深密經五卷 唐三藏玄奘譯出内典録全本再譯

上二經十卷同帙

解節經一卷 陳天竺三藏真諦譯

右一經是解深密經初五品異譯出第一譯

相續解脫地波羅蜜了義經一卷 亦名解脫了義經亦云相續解脫經宋天竺三藏求那跋陀羅譯

右一經是解深密經後二品異譯出四五二卷

右四經同本異譯 二是全本二是抄譯

緣生初勝分法本經二卷 隋天竺三藏達摩笈多譯出內典録第一譯

分別緣起初勝法門經二卷 唐三藏玄奘譯出內典録第二譯

右二經同本異譯

楞伽阿跋多羅寶經四卷 宋天竺三藏求那跋陀羅譯第二譯

上五經十卷同帙

入楞伽經十卷 一帙元魏天竺三藏菩提留支譯第三譯

大乘入楞伽經七卷 唐天后代于闐三藏實叉難陀譯新編入録第四譯

右三經同本異譯 新舊四譯一譯闕本

菩薩行方便境界神通變化經三卷 宋天竺三藏求那跋陀羅譯第一譯

上二經十卷同帙

大薩遮尼乾子所說經十卷 或七卷或八卷一帙元魏天竺三藏菩提留支譯第二譯

右二經同本異譯

大方等大雲經六卷 亦名大方等無相經或四卷或五卷北涼天竺三藏曇無讖譯第二譯二譯一闕

大雲請雨經一卷 內題云大雲經請雨品第六十四周宇文氏天竺三藏闍那耶舍等譯第一譯

大雲輪請雨經二卷 隋天竺三藏那連提耶舍譯第二譯

大方等大雲請雨經一卷 内題云大方等大雲經請雨品第六十四隋天竺三藏闍那崛多等譯出内典録第三譯

右三經同本異譯

上四經十卷同帙

諸法無行經二卷 或一卷姚秦三藏鳩摩羅什譯第一譯

諸法本無經三卷 隋天竺三藏闍那崛多等譯第三譯

右二經同本異譯 前後三譯一譯闕本

無極寶三昧經一卷 或直云無極寶經西晉三藏竺法護譯第一譯

寶如來三昧經二卷 一名無極寶三昧經或一卷東晉西域三藏祇多蜜譯第二譯

右二經同本異譯

慧印三昧經一卷 一名寶田慧印三昧經吳月支優婆塞支謙譯第一譯

如來智印經一卷 一名諸佛法身僧祐録中失譯經今附宋録第二譯

右二經同本異譯

上六經十卷同帙

大灌頂經十二卷 一帙或無大字録云九卷未詳東晉西域三藏帛尸梨蜜多羅譯單重合譯

右卷別各是一經具列如左

第一卷灌頂三歸五戒帶佩護身呪經

第二卷灌頂七萬二千神王護比丘呪經

第三卷灌頂十二萬神王護比丘呪經

第四卷灌頂百結神王護身呪經

第五卷灌頂宮宅神王守鎮左右呪經

第六卷灌頂塚墓因緣四方神呪經

第七卷灌頂伏魔封印大神呪經

第八卷灌頂摩尼羅亶大神呪經

第九卷灌頂召五方龍攝疫毒神呪經

第十卷灌頂梵天神策經

第十一卷灌頂普廣菩薩隨願往生十方淨

土經或云普廣品第十一即別行隨願往生經是

第十二卷灌頂拔除過罪生死得度經即是舊藥師經佛遊維耶離者此爲本譯第一譯

藥師如來本願經一卷隋天竺三藏達摩笈多譯出内典録第二譯

藥師瑠璃光如來本願功德經一卷唐三藏玄奘譯出内典録第三譯

藥師瑠璃光七佛本願功德經二卷唐三藏義淨於大内佛光殿譯新編入録第四譯

右三經同本異譯與前灌頂第十二卷拔除過罪生死得度經同本其三藏義淨所譯二卷者更加六佛本願及呪餘文大同奘法師譯者其舊藥師經群録皆云宋時鹿野寺沙門慧簡所譯尋檢其文即是灌頂第十二卷析出別行更無異本其隨願往生經群録或云吳時支謙譯或云西晉竺法護譯其見流行者即是大灌頂經第十二卷普廣品更無別本比之二經既在大部之中其別生流行者刪之不録

阿闍世王經二卷後漢月支三藏支婁迦讖譯第一譯

普超三昧經三卷或上加文殊師利字或四卷西晉三藏竺法護譯第二譯

放鉢經一卷是普超經舉鉢品異譯出第一卷僧祐録云安公録中失譯經安公云出方等部今附西晉録

右三經同本異譯前後六譯三譯闕本

上六經十卷同帙

開元釋教録卷第十一下

音釋

眴舒閏切　剃并列切　憍古喬切　馭牛倨切統馭也　奘在朗切

塚知隴切

開元釋教目録卷第十二上別録之二

唐西崇福寺沙門智昇撰

有譯有本録中菩薩三藏之二大乘經重單合譯下

月燈三昧經十一卷或十卷一帙高齊天竺三藏那連提耶舍譯合本後出單重合譯

月燈三昧經一卷一名文殊師利菩薩十事行經宋沙門釋先公譯第二別譯

右一經出前大月燈經第七卷異譯第一

別譯單卷者本闕

無所希望經一卷一名象步經西晉三藏竺法護譯第一譯

象腋經一卷宋罽賓三藏曇摩蜜多譯第四譯

右二經同本異譯前後四譯兩譯本闕

大淨法門經一卷西晉三藏竺法護譯第一譯

大莊嚴法門經二卷隋天竺三藏那連提耶舍譯第三譯

右二經同本異譯前後三譯一譯闕本

如來莊嚴智慧光明入一切佛境界經二卷元魏天竺三藏曇摩流支譯第一譯

度一切諸佛境界智嚴經一卷梁扶南三藏僧伽婆羅等譯第一譯

右二經同本異譯

後出阿彌陀佛偈經一卷與後異本或無經字後漢失譯第二譯兩譯一闕

觀無量壽佛經一卷或云無量壽觀經與前後經異本宋西域三藏畺良耶舍譯第一譯一譯一闕

阿彌陀經一卷亦名無量壽經姚秦三藏鳩摩羅什譯第一譯第二本闕

稱讚淨土佛攝受經一卷亦直云稱讚淨土經唐三藏玄奘譯出内典録第三譯

右二經同本異譯其求那跋陀羅所譯小無量壽經尋本不獲諸藏縱有即與阿彌陀文同不異

上十一經十三卷同帙

觀彌勒菩薩上生兜率天經一卷亦云彌勒上生經宋居士沮渠京聲譯單本

右上生經雖是單譯隨成佛經次第編此

彌勒成佛經一卷與後經異本姚秦三藏鳩摩羅什譯第二譯兩譯一闕

彌勒來時經一卷失譯出法上録今附東晉録第三譯

彌勒下生經一卷一名彌勒受決經初云大智舍利弗姚秦三藏鳩摩羅什譯第四譯謹依長房内典二録竝云彌勒下生經初云大智舍利弗者其經先是長安沙門釋道標譯蕭齊江州沙門道政刪改今詳此說或謂不然其釋道標乃是什公門下詮義之僧元非翻譯之主縱使是標譯出文義有何不同降至齊朝政重刪改年月懸遠敘述參差彼云道政所刪難爲准的經中子注乃曰泰言故是秦翻無煩惑矣什録先載是其出焉

彌勒下生成佛經一卷唐天后代三藏義淨譯第六譯新編入録

右三經同本異譯前後六譯三譯本闕

諸法勇王經一卷宋罽賓三藏曇摩蜜多譯第二譯

一切法高王經一卷一名一切法義王經元魏婆羅門瞿曇般若流支譯出序記第三譯又經初序記云魏興和四年歲次壬戌季夏六月朔次乙未二十三日丁巳創譯婆羅門客瞿曇流支沙門曇琳在竇大尉定昌寺譯八千四百四十九字諸録皆云菩提留支譯誤也今依序記爲正其一切法高王經周録爲單本者誤也

右二經同本異譯前後三譯一譯本闕

第一義法勝經一卷元魏婆羅門瞿曇般若流支譯出序記第一譯又經初序記云魏興和四年歲次壬戌九月一日甲子瞿曇流支沙門曇琳於尚書令儀同高公第譯五千五百七十六字諸録皆云菩提留支譯者誤也今依序記爲正

大威燈光仙人問疑經一卷隋天竺三藏闍那崛多等譯第二譯

右二經同本異譯

順權方便經二卷一名轉女身菩薩經或一卷西晉三藏竺法護譯第二譯

樂瓔珞莊嚴方便品經一卷亦云轉女身菩薩問答經姚秦罽賓三藏曇摩耶舍譯出經後記第三譯

右二經同本異譯其樂瓔珞莊嚴經按尋群録或云姚秦羅什所翻亦云宋朝法海所譯今准經後記云比丘惠法於罽賓秦寺請毗婆沙曇摩耶施譯梵爲秦其罽賓秦寺未詳其處耶施譯出故應無謬群録咸云曇摩耶舍善毗婆沙時人共號爲毗婆沙故僧祐録云舍利弗毗曇毗婆沙譯者即其人也舍之與施聲相近耳今什録中除附耶舍之録前後四譯二譯闕本

上十一部十二卷同帙

六度集經八卷亦名六度無極經或九卷吳天竺三藏康僧會譯重單合譯

太子須大拏經一卷或云須達拏乞伏秦沙門釋聖堅譯周録爲單譯今爲重譯

右一經出六度經第二卷施度中異譯

菩薩睒子經一卷亦云孝子睒經僧祐録云安公録中失譯經今附西晉録第二譯

睒子經一卷乞伏秦沙門釋聖堅譯第四譯

右二經同本出六度經第二卷施度中異譯

太子慕魄經一卷後漢安息三藏安世高譯第一譯

太子沐魄經一卷或作慕魄西晉三藏竺法護譯第三譯拾遺編入

右二經同本出六度經第四卷戒度中異譯

九色鹿經一卷吳月支優婆塞支謙譯出法上録

右一經出六度經第六卷精進度中異譯

上七經十四卷同帙其九色鹿經周録爲單本誤也

無字寶篋經一卷元魏天竺三藏菩提留支譯第一譯

大乘離文字普光明藏經一卷唐中天竺三藏地婆訶羅於西太原寺譯出大周録第三譯

大乘徧照光明藏無字法門經一卷唐中天竺三藏

地婆訶羅重譯拾遺編入第四譯

右三經同本異譯 大周録云與大方廣寶篋經同本異譯者誤也前後四譯一譯闕本

老女人經一卷 亦名老母經或云老女經吳月支優婆塞支謙譯拾遺編入第一譯

老母經一卷 僧祐録中失譯今附宋録第二譯

老母女六英經一卷 亦云老母經宋天竺三藏求那跋陀羅譯第三譯

右三經同本異譯

月光童子經一卷 一名月明童子經或名申日經西晉三藏竺法護譯第一譯

申日兒本經一卷 録作兒本誤也或無日字宋天竺三藏求那跋陀羅譯第三譯

德護長者經一卷 一名尸利崛多長者經隋天竺三藏那連提耶舍譯第四譯四譯一闕

右三經同本異譯 上之三經雖是同本而廣略全異互有增減又支謙譯中有申日經一卷云與月光童子經同本異譯今撿尋文句二經不殊父名申日子號月光約父子名以分二軸兩本既同故不雙出其申日經或在小乘藏中云出阿含其增一阿含中雖有尸利崛多長者緣起無月光童子事編在彼中亦將誤也

文殊師利問菩提經一卷 一名菩提無行經亦直名菩提經姚秦三藏鳩摩羅什譯第一譯

伽耶山頂經一卷 亦名伽耶頂經元魏天竺三藏菩提留支譯第二譯

象頭精舍經一卷 隋天竺沙門毘尼多流支譯第三譯

大乘伽耶山頂經一卷 唐天竺三藏菩提流志譯出大周録第四譯

右四經同本異譯 其沙門靖邁翻經圖中別載菩提經一卷大周録中又有菩提無行經一卷此之二經並是什公所譯文殊問菩提經之異名無繁重載

長者子制經一卷 一名制經後漢安息三藏安世高譯第四譯

菩薩逝經一卷 或云逝童子經或直云逝經西晉沙門白法祖譯第三譯

逝童子經一卷 西晉沙門支法度譯第四譯五譯二闕

右三經同本異譯 又大周錄中別載制經一卷即安高譯者異名不合重載

犢子經一卷 吳月支優婆塞支謙譯出法上錄第一譯

乳光佛經一卷 亦云乳光經西晉三藏竺法護譯第二譯

右二經同本異譯 廣畧稍異前後四譯兩譯闕本

無垢賢女經一卷 或名胎藏經西晉三藏竺法護譯出舊道真録第二譯

右一經云與胎藏經同本俱云竺法護譯今勘二本文句全同但名有異今存一本

腹中女聽經一卷 一名不莊校女經北涼天竺三藏曇無讖譯第三譯

轉女身經一卷 宋罽賓三藏曇摩蜜多譯第四譯

右三經同本異譯 前二經稍畧總五譯二闕

上二十一經二十二卷同帙

無上依經二卷 梁天竺三藏真諦譯全本第二譯出經後記

右此無上依經謹按長房等錄並云陳永定元年丁丑真諦三藏於南康郡淨土寺出其經後記乃云梁紹泰三年太歲丁丑九月八日三藏真諦於平固縣南康内史劉文陀請全譯出今尋諸家年曆差互不同長房年曆但至承聖五年景子梁國即絕甄鸞及王道珪年紀至紹泰二年景子改爲太平元年太平二年丁丑改爲永定元年陳霸先立號爲陳國又有年紀不知何人所撰彼云承聖三年甲戌改爲大定元年建於後梁凡經八載方改年號然四家年曆並無紹泰一年四本既並不同未詳孰爲

正說或可梁太平二年丁丑即是陳初永定元年也曆中但紀後號不載前名今者且依經記爲梁代譯也

未曾有經一卷 後漢失譯舊録在小乘單本中誤也第一譯

甚希有經一卷 唐三藏玄奘譯出內典録第三譯

右二經同本異譯 是前無上依經初品出第一卷

決定總經一卷 或云決定總持經亦云總持經西晉三藏竺法護譯第一譯

謗佛經一卷 元魏天竺三藏菩提留支譯第二譯

右二經同本異譯

寶積三昧文殊問法身經一卷 後漢安息三藏安世高譯第一譯

入法界體性經一卷 隋天竺三藏闍那崛多等譯拾遺編入第二譯

右二經同本異譯

如來師子吼經一卷 元魏天竺三藏佛陀扇多譯第二譯

大方廣師子吼經一卷 唐中天竺三藏地婆訶羅譯出大周録第二譯

右二經同本異譯

大乘百福相經一卷 唐中天竺三藏地婆訶羅譯出大周録第一譯

大乘百福莊嚴相經一卷 唐中天竺三藏地婆訶羅再譯拾遺編入第二譯

右二經同本異譯

大乘四法經一卷 唐中天竺三藏地婆訶羅於東太原寺譯出大周録第一譯

菩薩修行四法經一卷 唐中天竺三藏地婆訶羅於弘福寺譯拾遺編入第二譯

右二經同本異譯

希有希有校量功德經一卷 或直云希有校量功德經隋天竺三藏闍那崛多等譯第一譯

最無比經一卷 唐三藏玄奘譯出內典録第二譯

右二經同本異譯廣畧少異

前世三轉經一卷西晉沙門釋法炬譯第一譯

銀色女經一卷元魏天竺三藏佛陀扇多譯第二譯

右二經同本異譯

阿闍世王受決經一卷西晉沙門釋法炬譯第一譯

採蓮違王上佛授決號妙華如來經一卷亦直云採蓮違王經東晉西域沙門竺曇無蘭譯拾遺編入第二譯

右二經同本異譯從無上依經下一十九經大周録中在單本之內今勘爲重譯

正恭敬經一卷或名正法恭敬經元魏天竺三藏佛陀扇多譯第一譯

善敬經一卷亦名善恭敬經一名善恭敬師經隋天竺三藏闍那崛多等譯第二譯

右二經同本異譯廣畧少異

稱讚大乘功德經一卷唐三藏玄奘譯出内典録第一譯

説妙法決定業障經一卷唐至相寺沙門智嚴譯新編入録第二譯

右二經同本異譯其稱讚大乘經舊爲單本今爲重譯

上二十三經二十四卷同帙

諫王經一卷亦云大小諫王經宋沮渠京聲譯第一譯

如來示教勝軍王經一卷亦直云勝軍王經唐三藏玄奘譯出内典録第二譯

佛爲勝光天子説王法經一卷亦直云勝光天子經唐三藏義淨譯新編入録第三譯

右三經同本異譯其諫王經周在小乘録勝軍王經在大乘録並云單本者誤也

大方等修多羅王經一卷元魏天竺三藏菩提留支譯第一譯

轉有經一卷元魏天竺三藏佛陀扇多譯第二譯

右二經同本異譯

文殊師利巡行經一卷元魏天竺三藏菩提流支譯第一譯

文殊尸利行經一卷隋天竺三藏闍那崛多等譯第二譯

右二經同本異譯

貝多樹下思惟十二因緣經一卷（吳月支優婆塞支謙譯第二譯）

緣起聖道經一卷（唐三藏玄奘譯出內典録第六譯）

右二經同本異譯（前後六譯四譯闕本其緣起聖道經周録在單本中誤也又有聞城十二因緣經一卷即與貝多樹下思惟十二因緣經文同不異但名別今存一本）

稻芉經一卷（失譯今附東晉録）

了本生死經一卷（吳月支優婆塞支謙譯自注解三譯二闕）

右二經同本異譯（莫辨先後）

自誓三昧經一卷（題下注獨證品第四出比丘淨行中後漢安息三藏安世高譯拾遺編入第一譯）

如來獨證自誓三昧經一卷（西晉三藏竺法護譯第二譯）

右二經同本異譯（前後二譯一譯闕本）

灌洗佛形像經一卷（亦云四月八日灌經亦直云灌經西晉沙門釋法炬譯拾遺編入第一譯）

摩訶剎頭經一卷（亦名灌佛形象經乞伏秦沙門釋聖堅譯第二譯）

右二經同本異譯

造立形像福報經一卷（失譯今附東晉録）

作佛形像經一卷（亦云優塡王作佛形像經失譯今在漢録周録在小乘單本中及云西晉沙門法炬譯者誤也）

右二經同本失譯（莫辨先後）

龍施女經一卷（或無女字吳月支優婆塞支謙譯第二譯）

龍施菩薩本起經一卷（或云龍施女經亦云龍施本經西晉三藏竺法護譯第二譯）

右二經同本異譯（廣畧少異）

八吉祥神呪經一卷（或無神字吳月支優婆塞支謙譯第一譯）

八陽神呪經一卷（亦直云八陽經新勘爲重譯西晉三藏竺法護譯第二譯）

八吉祥經一卷（梁扶南三藏僧伽婆羅譯第四譯）

八佛名號經一卷隋天竺三藏闍那崛多等譯第五譯

右四經同本異譯緣起大同佛名稍異前後五譯一譯闕本

盂蘭盆經一卷亦云盂蘭經西晉三藏竺法護譯

報恩奉盆經一卷失譯人今附東晉録

右二經同本異譯莫辨先後廣略稍異

浴像功德經一卷唐天竺三藏寶思惟譯新編入録第一譯

浴像功德經一卷唐三藏義淨譯新編入録第二譯

右二經同本異譯後本稍廣

校量數珠功德經一卷唐天竺三藏寶思惟譯新編入録第一譯

數珠功德經一卷内云曼殊室利呪藏中校量數珠功德法唐三藏義淨譯新編入録第二譯

右二經同本異譯

上二十九經二十九卷同帙

不空羂索神變真言經三十卷三帙唐南天竺三藏菩提流志譯新編入録當第四譯

不空羂索呪經一卷隋天竺三藏闍那崛多等譯第一譯

不空羂索神呪心經一卷唐三藏玄奘譯出内典録第二譯

右二經同本異譯是前大經序品三藏流志先譯一卷名不空羂索呪心經尋本未獲

不空羂索陀羅尼自在王呪經三卷亦名不空羂索心呪王經唐天后代天竺三藏寶思惟譯新編入録第一譯

不空羂索陀羅尼經一卷一名普門唐天后代北天竺婆羅門李無諂譯新編入録第二譯

右二經同本異譯此是梵本經抄非是全部與前三經同名異本

千眼千臂觀世音菩薩陀羅尼神呪經二卷或一卷唐總持寺沙門釋智通譯拾遺編入第一譯

千手千眼觀世音菩薩姥陀羅尼身經一卷或云千臂千眼唐南天竺三藏菩提流志譯新編入録第二譯

右二經同本異譯其初譯本貝葉交錯文少失次

千手千眼觀世音菩薩廣大圓滿無礙大悲心陀羅尼一卷唐西天竺沙門伽梵達摩譯拾遺編入單本

右此心經雖是單本隨前身經編之於此

觀世音菩薩秘密藏神呪經一卷唐天后代于闐三藏實叉難陀譯新編入録第一譯

觀世音菩薩如意摩尼陀羅尼經一卷唐天竺三藏寶思惟譯新編入録第二譯

上九經十二卷同帙

觀自在菩薩如意心陀羅尼呪經一卷唐三藏義淨譯新編入録第三譯

如意輪陀羅尼經一卷唐天竺三藏菩提流志譯新編入録

右四經同本異譯上四本經雖有廣畧據其梵文並譯未盡義淨譯者其法最畧

文殊師利根本一字陀羅尼經一卷亦名一字呪王

曼殊室利菩薩呪藏中一字呪王經一卷唐天

經唐天后代天竺三藏寶思惟譯新編入録第一譯

后代三藏義淨譯新編入録第二譯

右二經同本異譯

十二佛名神呪經一卷隋天竺三藏闍那崛多等譯第一譯

稱讃如來功德神呪經一卷唐三藏義淨譯新編入録第二譯

右二經同本異譯其五千五百佛名經第一卷初十二佛號與前十二佛名同而不別又十二佛名經舊録爲單本新勘爲重譯

孔雀王呪經一卷亦名大金色孔雀王經并結界場法具姚秦三藏鳩摩羅什譯第四譯

大金色孔雀王呪經一卷失譯今附秦録拾遺編入第五譯

佛說大金色孔雀王呪經一卷失譯亦附秦録拾遺編入第六譯

孔雀王呪經二卷梁扶南三藏僧伽婆羅譯第七譯

大孔雀呪王經三卷 唐三藏義淨於東都内道場譯新編入錄第八譯

右五經同本異譯 新舊八譯五存三闕前六文畧後二稍廣

上十一經十四卷同帙

陀羅尼集經十二卷 唐中天竺三藏阿地瞿多譯出大周錄單重合譯

右出金剛大道場經大明呪藏之少分也撮要而譯 此集之中大般若呪經等有別行者錄不具顯人多生疑恐非正典今爲除疑故別條示列之如後

第一卷佛部卷上 大神力陀羅尼釋迦佛頂三昧陀羅尼品

第二卷佛部卷下 初畫一切佛頂像法次有二十六印并呪諸佛呪印法第三阿彌陀佛大思惟經序分呪印法并說持誦得往生事及數珠法第四大金輪陀羅尼第五拔折羅功德法相品也

第三卷 摩訶般若波羅蜜多心經佛在舍衛國說大般若理趣中呪及般若心經皆在此中於中第十二印并呪名般若無盡藏注云是一印呪

夜叉黎耶忌𠼝伽法師譯末卷復有大輪金剛陀羅尼若誦此呪即當入壇及得用印不成盜法

第四卷觀世音卷上 十一面觀世音神呪經

第五卷觀世音卷中 初有二印及呪千轉觀世音菩薩呪次有六印及呪觀世音雜呪印第三十二臂觀世音菩薩一印并呪第四不空羂索觀世音四印并呪第五畫觀世音像法第六觀世音毗俱知菩薩三昧法印呪品也

第六卷觀世音等諸菩薩卷下 初阿耶揭唎婆觀世音菩薩法印呪唐云馬頭第二諸大菩薩法會印呪品大勢至菩薩文殊師利菩薩彌勒菩薩地藏菩薩普賢菩薩虛空藏菩薩等並有印呪法

第七卷金剛部卷上 初金剛藏大威神力三昧法印呪品第二金剛藏眷屬法印呪品諸眷屬金剛說呪并印

第八卷金剛部卷中 初金剛阿蜜哩哆軍荼利菩薩自在神力呪印品第二跋折羅吒訶娑印呪法唐云大笑金剛

第九卷金剛部卷下初金剛烏樞沙摩法印呪品唐云不淨潔金剛即火頭金剛是第二大青面金剛呪法也

第十卷諸天卷上初摩利支天經第二功德天法中天竺國菩提寺僧阿難律木义師迦葉師等於經行寺翻流行於唐國

第十一卷諸天卷下諸天等歡佛助成三昧法印呪品大梵摩天帝釋摩醯首羅四天王日天月天星宿天地天火天閻羅天一切龍王呪印并祈雨法那羅延天乾闥婆緊那羅摩呼囉伽孔雀王師子王伽嚕茶大辯天神王餤摩檀陀水天風天阿脩羅王遮文茶天法一切毘那夜迦法一切藥叉法一切羅剎法右大梵摩天等皆獻呪印

第十二卷諸佛大陀羅尼都會道場印呪品是灌頂並集會壇法

十一面觀世音神呪經一卷周宇文氏天竺三藏耶舍崛多等譯第一譯

十一面神呪心經一卷唐三藏玄奘譯出內典錄第二譯

右三經與前陀羅尼集經第四卷十一面神呪經同本異譯而集經中印法稍廣

摩利支天經一卷或加小字失譯今附梁錄拾遺編入

右一經是集經第十卷初摩利支天經少分異譯

呪五首經一卷唐三藏玄奘譯出翻經圖單重合譯

呪五首者能滅諸罪千囀陀羅尼呪一六字陀羅尼呪二七俱胝佛所說神呪三隨一切如來意神呪四觀自在菩薩隨心呪五其千囀呪亦有別寫以為一經既在此中故不別出大周錄中分為五經者非也

千囀陀羅尼觀世音菩薩呪經一卷唐總持寺沙門釋智通譯拾遺編入第二譯

右千囀呪二首與上集經第五卷初千囀觀世音呪及雜呪中千囀陀羅尼同本異譯

六字神呪經一卷或云六字呪唐天后代天竺三藏菩提流志譯新編入錄四譯

右一經與上集經第六卷中文殊師利菩薩呪法及呪五首經六字陀羅尼并雜呪中六字陀羅尼呪同本異譯

七俱胝佛大心准提陀羅尼經一卷 唐中天竺三藏地婆訶羅譯出大周錄第一譯

七俱胝佛母准提大明陀羅尼經一卷 唐天竺三藏金剛智譯新編入錄第二譯

右二經同本異譯 此於舊經新者稍廣然據梵文譯仍未盡

呪五首中及新呪內唯獨譯呪更無餘法

上九經二十卷二帙 上帙七卷 下帙十三

觀自在菩薩隨心呪經一卷 亦云多唎心經 唐總持沙門釋智通譯新編入錄

右此觀自在隨心呪前呪五首經及雜呪中觀世音初隨心呪并集經第五並先譯出故編於此

種種雜呪經一卷 或無經字周宇文氏天竺三藏闍那崛多譯拾遺編 入單本合譯

雜呪總二十三首 法華經內呪六首旋塔滅罪陀羅尼一禮拜滅罪命終諸佛來迎呪一供養三寶呪一觀世音懺悔呪一金剛呪地呪一坐禪安隱呪一呪腫呪一金剛呪治惡鬼病一千轉陀羅尼一觀世音隨心呪四首七俱胝佛神呪一隨一切如來意神呪一與呪五首中者同本六字陀羅尼呪一歸依三寶呪一

佛頂尊勝陀羅尼經一卷 唐朝散郎杜行顗奉制譯出大周錄 第一譯

佛頂最勝陀羅尼經一卷 唐中天竺三藏地婆訶羅譯拾遺編 入第二譯

佛頂尊勝陀羅尼經一卷 唐罽賓沙門佛陀波利譯出大周錄 第二譯

最勝佛頂陀羅尼淨業障經一卷 唐中天竺三藏地婆訶羅於東都再譯拾遺編入第四譯

佛頂尊勝陀羅尼經一卷或加呪字唐三藏義淨譯新編入録第五譯

右五經同本異譯

無量門微密持經一卷一名成道降魔得一切智經吴月支優婆塞支謙譯第一譯

出生無量門持經一卷或云新微密持經東晋天竺三藏佛陀跋陀羅譯第五譯

阿難陀目佉尼呵離陀經一卷或云無量門持經宋天竺三藏求那跋陀羅譯拾遺編入第六譯

無量門破魔陀羅尼經一卷或直云破魔陀羅尼經宋西域沙門功德直共玄暢譯第七譯

阿難陀目佉訶離陀隣尼經一卷元魏天竺三藏佛陀扇多譯第八譯

舍利弗陀羅尼經一卷梁扶南三藏僧伽婆羅譯第九譯

一向出生菩薩經一卷隋天竺三藏闍那崛多等譯第十譯

出生無邊門陀羅尼經一卷唐至相寺沙門釋智嚴譯新編入録第十一譯

右八經同本異譯長房等録中覺賢經數更有新微密持經一卷即是出生無量門持經是功德賢經數復有出無量門持經一卷即是阿難陀目佉尼訶離陀經是既是重載故不別存新舊一十一譯三譯闕本

勝幢臂印陀羅尼經一卷唐三藏玄奘譯出内典録第一譯

妙臂印幢陀羅尼經一卷唐天后代于闐三藏實叉難陀譯新編入録第二譯

右二經同本異譯其勝幢臂印經舊録爲單本新勘爲重譯

上十七經十七卷同帙

無崖際持法門經一卷一名無際經乞伏秦沙門釋聖堅譯第一譯

尊勝菩薩所問一切諸法入無量門陀羅尼經一卷高齊天竺居士萬天懿譯第三譯

右二經同本異譯前後三譯一譯闕本

金剛上味陀羅尼經一卷 元魏天竺三藏佛陀扇多譯第一譯

金剛場陀羅尼經一卷 隋天竺三藏闍那崛多等譯第二譯

右二經同本異譯

師子奮迅菩薩所問經 失譯今附東晋録

華聚陀羅尼呪經一卷 失譯今附東晋録

華積陀羅尼神呪經一卷 吴月支優婆塞支謙譯

右三經同本異譯 莫辯先後其華積經周録在單本中誤也

六字呪王經一卷 失譯今附東晋録第一譯

六字神呪王經一卷 失譯拾遺編入第三譯今附梁録

右二經同本異譯

虚空藏菩薩問佛經一卷 亦云虚空藏菩薩問七佛陀羅尼呪經失譯今附梁録拾遺編入第一譯

如來方便善巧呪經一卷 隋天竺三藏闍那崛多等譯第二譯

右二經同本異譯 其如來方便經舊録爲單本新勘爲重譯

持句神呪經一卷 亦云陀羅尼句呪吴月支優婆塞支謙譯拾遺編入第一譯

陀隣尼鉢經一卷 亦云陀隣鉢呪東晋西域沙門竺曇無蘭譯拾遺編入第一譯

東方最勝燈王如來經一卷 隋天竺三藏闍那崛多等譯出內典録第四譯

右三經同本異譯 前二本畧後經稍廣前後四譯三存一闕其最勝燈王經舊録爲單本新勘爲重譯

善法方便陀羅尼呪經一卷 失譯今附東晋録

金剛秘密善門陀羅尼經一卷 失譯今附東晋録

護命法門神呪經一卷 唐天后代天竺三藏菩提流志譯出大周録第三譯

右三經同本異譯 前之二經莫辨先後其護命法門經周録在單本中誤也

無垢淨光大陀羅尼經一卷 唐天后代西域沙門彌陀山等譯新編入録第二譯又于闐三藏實叉難陀初譯名離垢淨光

陀羅尼經尋本未獲故闕之耳

請觀世音菩薩消伏毒害陀羅尼呪經一卷 亦直云請觀世音經東晉外國居士竺難提譯第二譯二譯一闕

上十九經十九卷同帙

内藏百寶經一卷 亦云内藏百品經後漢月支三藏支婁迦讖譯第一譯二譯一闕

温室洗浴衆僧經一卷 亦直云温室經後漢安息三藏安世高譯拾遺編入第一譯前本二譯一本闕

須頼經一卷 前涼月支優婆塞支施崙譯出經後記第三譯前後四譯三本闕

私訶三昧經一卷 一名菩薩道樹經亦名道樹三昧經呉月支優婆塞支謙譯第一譯二譯一闕

菩薩生地經一卷 一名差摩竭經呉月支優婆塞支謙譯周爲單本誤第一譯前後兩譯一本闕

四不可得經一卷 西晉三藏竺法護譯第二譯兩譯一闕

梵女首意經一卷 一名首意女經西晉三藏竺法護譯第一譯二譯一闕

成具光明定意經一卷 或云成具光明三昧經或直云成具光明經後漢西域三藏支曜譯第一譯二譯一闕

寶網經一卷 亦云寶網童子經西晉三藏竺法護譯第二譯兩譯一闕

菩薩行五十縁身經一卷 西晉三藏竺法護譯第一譯兩譯一闕

菩薩修行經一卷 亦云威施長者問觀身行經西晉河内沙門白法祖譯第三譯三譯二闕

諸德福田經一卷 或云諸福田經或直云福田經西晉沙門法立法炬共譯第一譯兩譯一闕

大方等如來藏經一卷 東晉天竺三藏佛陀跋陀羅譯第三譯三譯二闕

佛語經一卷 元魏天竺三藏菩提留支譯第一譯二譯一闕

金色王經一卷 元魏婆羅門瞿曇般若流支譯第二譯兩譯一闕

演道俗業經一卷 乞伏秦沙門釋聖堅譯第二譯兩譯一闕

百佛名經一卷 隋天竺三藏那連提耶舍譯第二譯兩譯一闕

上十七經十七卷同帙

稱揚諸佛功德經三卷 一名集諸佛華或四卷元魏西域三藏吉迦夜共曇曜譯第三譯三譯二闕

須真天子經三卷 亦云問四事經或二卷西晉三藏竺法護譯第一譯兩譯一闕

摩訶摩耶經一卷 亦直云摩耶經或二卷蕭齊沙門釋曇景譯第二譯兩譯一闕

除恐災患經一卷 乞伏秦沙門釋聖堅譯第二譯兩譯一闕

孛經一卷 或云孛經鈔吳月支優婆塞支謙譯拾遺編入第二譯前後三譯兩本闕

觀世音菩薩受記經一卷 一名觀音受決經宋黃龍沙門釋曇無竭譯第三譯三譯二闕

上六經十卷同帙

海龍王經四卷 或三卷西晉三藏竺法護譯第一譯二譯一闕

首楞嚴三昧經三卷 亦直云首楞嚴經或二卷姚秦三藏鳩摩羅什譯第九譯九譯八闕

觀普賢菩薩行法經一卷 云出深功德經中亦云普賢觀經宋罽賓三藏曇摩蜜多譯第三譯三譯二闕

觀藥王藥上二菩薩經一卷 宋西域三藏畺良耶舍譯第二譯二譯一闕

不思議光菩薩所問經一卷 亦云所說姚秦三藏鳩摩羅什譯第二譯二譯一闕

上五經十卷同帙

十住斷結經十卷 或云十地斷結經或十一卷或十四姚秦涼州沙門竺佛念譯第二譯兩譯一闕

諸佛要集經二卷 亦直云要集經西晉三藏竺法護譯第一譯兩譯一闕

未曾有因緣經二卷亦直云未曾有經蕭齊沙門釋曇景譯第一譯二譯一闕

上三經十四卷二帙

菩薩瓔珞經十二卷或十四卷或十六卷姚秦涼州沙門竺佛念譯第二譯兩譯一闕

超日明三昧經二卷或無三昧字或三卷西晉清信士聶承遠譯第二譯二譯一闕

上二經十四卷二帙

賢劫經十三卷亦名颰陀劫三昧經或七卷或十卷一帙西晉三藏竺法護譯第一譯二譯一闕

從無垢淨光陀羅尼經下三十六經雖云重譯但一本存餘皆遺失尋求不獲

大乘經單譯一百三十一部二百九十三卷二十四帙

大法炬陀羅尼經二十卷二帙隋天竺三藏闍那崛多等譯

大威德陀羅尼經二十卷二帙隋天竺三藏闍那崛多等譯

佛名經十二卷或十三卷元魏天竺三藏菩提留支譯

三劫三千佛名經三卷過去莊嚴劫千佛名經卷上現在賢劫千佛名經卷中未來星宿劫千佛名經卷下失譯拾遺編入今附梁録

上二經十五卷二帙其三劫佛名出長房入藏録中今合成一部其中賢劫佛名出賢劫經中合爲重譯今以上下佛名是其單本以類相從編之於此

五千五百佛名經八卷隋天竺三藏闍那崛多等譯

不思議功德諸佛所護念經二卷亦出衆經或四卷曹魏代譯失三藏名拾遺編入

上二經十卷同帙其不思議功德經大周録云與不思議光菩薩所問經等同本者誤也

華手經十三卷一名攝諸善根經或十卷或十一卷或十二卷一帙姚秦三藏鳩摩羅什譯

大方等陀羅尼經四卷一名方等檀持陀羅尼經北涼沙門法衆

僧伽吒經四卷於高昌郡譯出寶唱録元魏優禪尼國王子月婆首那譯

力莊嚴三昧經三卷隋天竺三藏那連提耶舍譯

大方廣圓覺修多羅了義經一卷唐罽賓沙門佛陀多羅譯拾遺編入

上四經十二卷同帙

開元釋教録卷第十二上

音釋

脓羊益切 睒失冉切 炬其吕切 醯許稽切 俱胝梵語也此云百億胝丘迦切 佉丘迦切 懿乙冀切 颰蒲撥切 陟離切

開元釋教録卷第十二下

唐西崇福寺沙門智昇撰

觀佛三昧海經十卷（或八卷一帙或無海字東晉天竺三藏佛陀跋陀羅譯）

右此觀佛三昧經大周録云宋永初年求那跋陀羅譯出内典録者謹按内典録云是東晉覺賢所譯非宋代功德賢周録誤也又云與後秦羅什所譯單卷觀佛三昧經同本編爲重譯今以什公譯者久闕其本卷數全殊不可懸配今依諸舊録編單本内

大方便佛報恩經七卷（失譯在後漢録）

菩薩本行經三卷（失譯今附東晉録拾遺編入）

上二經十卷同帙（按大周録中其七卷報恩經云與漢代支讖所譯單卷大方便報恩經同本其三卷菩薩本行經云與西晉聶道真所譯單卷菩薩本行經同本今以單卷報恩及本行二經先是闕本卷數全殊不可懸配今依諸舊録編單本内）

法集經六卷（或七卷或八卷元魏天竺三藏菩提留支譯）

觀察諸法行經四卷（隋天竺三藏闍那崛多等譯）

上二經十卷同帙

菩薩處胎經五卷（亦直云胎經或八卷姚秦涼州沙門竺佛念譯）

弘道廣顯三昧經四卷（或無三昧字亦名阿耨達龍王經亦名入金剛問定意經凡十二品西晉三藏竺法護譯）

右一經仁壽大周等録皆云與阿耨達龍王經同本異譯二經俱云竺法護出編爲重譯按僧祐録竺護所出但有阿耨達經二卷下注云一名弘道廣顯三昧經長房録中竺護所譯有弘道廣顯三昧經二卷下注云亦名阿耨達請佛經唐内典録護公所譯雙載二經又長

房內典二録西晉失譯復有阿耨達龍王經二卷今對勘二經文並無異但以立名多種致使群録差殊或有雙載二經或有互題名目時無悟者流濫日深今一廢一存庶無謬失但留一本編入單中

施燈功德經一卷（一名然燈經高齊天竺三藏那連提耶舍譯）

上三經十卷同帙

鴦崛魔羅經四卷（宋天竺三藏求那跋陀羅譯）

右此鴦崛魔羅經大周録云與竺法護譯指髻等七經同本異譯者誤也不可以名目似同懸即配為重譯謹按隋録其指髻結出增一阿含中鴦崛悔過等六經從前大經抄出既非同本異譯依舊編在單本

無所有菩薩經四卷（隋天竺三藏闍那崛多等譯出內典録）

明度五十校計經二卷（或無明度字或無五十字後漢安息三藏安世高譯）

上三經十卷同帙

中陰經二卷（姚秦凉州沙門竺佛念譯）

大法鼓經二卷（宋天竺三藏求那跋陀羅譯）

文殊師利問經二卷（亦直云文殊問經梁扶南三藏僧伽婆羅譯）

月上女經二卷（維摩詰之女隋天竺三藏闍那崛多等譯）

大方廣如來祕密藏經二卷（失譯今附秦録）

上五經十卷同帙（其大方廣如來祕密藏經大周録云與大方等如來藏經同本異譯今尋文理義旨懸殊故為單本）

大乘密嚴經三卷（唐中天竺三藏地婆訶羅譯出大周録）

占察善惡業報經二卷（亦名大乘實義經云出六根聚經外國沙門菩提登譯莫知年代出大周録今附隋録）

蓮華面經二卷（隋天竺三藏那連提耶舍譯）

文殊師利問菩薩署經一卷（一名問署經後漢月支三藏支婁迦讖譯拾遺編入）

大乘造像功德經二卷（或一卷唐天后代于闐三藏提雲般若譯出大周録）

上五經十卷同帙（其大乘造像功德經大周録云與造立形像福報經同本異譯者誤也文意既殊故爲單譯）

廣大寶樓閣善住祕密陀羅尼經三卷

一字佛頂輪王經五卷（亦云五佛頂經或四卷唐南天竺三藏菩提流志譯新編入録）

大陀羅尼末法中一字心呪經一卷（唐北天竺三藏寶思惟譯新編入録）

上三經九卷同帙

大佛頂如來密因修證了義諸菩薩萬行首楞嚴經十卷（一帙唐循州沙門懷迪共梵僧於廣州譯新編入録）

大毗盧遮那成佛神變加持經七卷（唐中天竺三藏輸波迦羅共沙門一行譯新編入録）

蘇婆呼童子經三卷（或云蘇婆呼律或二卷唐中天竺三藏輸波迦羅譯新編入録）

上二經十卷同帙

蘇悉地羯羅經三卷（唐中天竺三藏輸波迦羅譯新編入録）

牟棃曼陀羅呪經一卷（或無經字失譯拾遺編入今附梁録）

金剛頂瑜伽中略出念誦法四卷（亦云經唐南天竺三藏金剛智譯新編入録）

上三經八卷同帙

七佛所説神呪經四卷（或無所説字晉代譯失三藏名今附東晉録）

右此七佛神呪經大周録中編爲重譯云與呉代外國優婆塞支謙所譯單卷七佛神呪經同本今以此單卷經久闕其本卷數復殊不可懸記今依舊録編

單本内

大吉義神呪經二卷 或四卷元魏昭玄統沙門釋曇曜譯出法上録

文殊師利寶藏陀羅尼經一卷

金剛光焰止風雨陀羅尼經一卷 唐南天竺三藏菩提流志譯新編入録

阿吒婆拘鬼神大將上佛陀羅尼經一卷

阿彌陀鼓音聲王陀羅尼經一卷

大普賢陀羅尼經一卷

大七寶陀羅尼經一卷

六字大陀羅尼經一卷 失譯拾遺編入今附梁録

安宅神呪經一卷 後漢失譯

摩尼羅亶經一卷

玄師颰陀所説神呪經一卷 録云幻師無所説字東晉西域沙門竺曇無蘭譯拾遺編入

護諸童子陀羅尼呪經一卷 元魏天竺三藏菩提留支譯

諸佛心陀羅尼經一卷

拔濟苦難陀羅尼經一卷

八名普密陀羅尼經一卷

持世陀羅尼經一卷

六門陀羅尼經一卷 唐三藏玄奘譯出内典録

清淨觀世音普賢陀羅尼經一卷 唐總持寺沙門釋智通譯出大周録

上十九經二十三卷同帙

智炬陀羅尼經一卷

諸佛集會陀羅尼經一卷 唐于闐三藏提雲般若譯出大周録

隨求即得大自在陀羅尼神呪經一卷 亦云所得 唐北天竺三藏寶思惟譯出大周録

百千印陀羅尼經一卷

救面然餓鬼陀羅尼神呪經一卷 亦云施餓鬼食呪經 後兼有施水呪唐于闐三藏實叉難陀譯新編入録

莊嚴王陀羅尼呪經一卷
香王菩薩陀羅尼呪經一卷
一切功德莊嚴王經一卷
拔除罪障呪王經一卷
善夜經一卷 唐三藏義淨譯新編入録
虚空藏菩薩能滿諸願最勝心陀羅尼求聞持法一卷 出成就一切義品唐中天竺三藏輸波迦羅譯新編入録
金剛頂經曼殊室利菩薩五字心陀羅尼品一卷
觀自在如意輪菩薩瑜伽法要一卷 唐南天竺三藏金剛智譯新編入録
右虚空藏等三經及前四卷瑜伽並出金剛頂經彼經梵本有十萬頌此之四經略要抄譯非全部也
佛地經一卷 唐三藏玄奘譯出内典録有論七卷釋

佛垂般涅槃略説教誡經一卷 亦云佛臨般涅槃略説教誡經一名遺教經姚秦三藏鳩摩羅什譯有釋論一卷
右此遺教經舊録所載多在小乘律中或編小乘經内今以真諦法師譯遺教論彼中解釋多約大乘小宗不顯故移編此
出生菩提心經一卷 隋天竺三藏闍那崛多等譯
佛印三昧經一卷 後漢安息三藏安世高譯拾遺編入
文殊師利般涅槃經一卷
異出菩薩本起經一卷 或無起字西晉居士聶道真譯拾遺編入
千佛因緣經一卷 姚秦三藏鳩摩羅什譯出法上録
賢首經一卷 一名賢首夫人經乞伏秦沙門釋聖堅譯
月明菩薩經一卷 或云月明童子或云月明童男吳月支優婆塞支謙譯
右此月明菩薩經大周録中編爲重譯

云與月光童子經等同本者誤也文意
全異故爲單譯
心明經一卷一名心明女梵志婦飯汁施經
滅十方冥經一卷或云十方滅冥經
鹿母經一卷
又群録中更有鹿子經一卷云是吳代
外國優婆塞支謙所譯即與前鹿母經
文句全同但立名殊故不雙出
魔逆經一卷西晉三藏竺法護譯
上二十六經二十六卷同帙
德光太子經一卷一名賴吒和羅所問德光太子經西晉三藏竺法護譯
右德光太子經大周録中編爲重譯云
與須賴經等同本異譯者誤也文意既
異故爲單本

大意經一卷宋天竺三藏求那跋陀羅譯
堅固女經一卷一名牢固女經隋天竺三藏那連提耶舍譯
商主天子所問經一卷或無所問字
諸法最上王經一卷隋天竺三藏闍那崛多等譯
師子莊嚴王菩薩請問經一卷一名八曼荼羅經唐天竺三藏那提譯出大周録
離垢慧菩薩所問禮佛法經一卷唐天竺三藏那提譯出大周録拾遺編入
受持七佛名號所生功德經一卷唐三藏玄奘譯出內典録
佛臨涅槃記法住經一卷或加般字
寂照神變三摩地經一卷唐三藏玄奘譯出翻經圖
差摩婆帝受記經一卷
不增不減經一卷或云二卷者誤元魏天竺三藏菩提留支譯
造塔功德經一卷唐中天竺三藏地婆訶羅譯出大周録拾遺編入

右遶佛塔功德經一卷 亦云遶塔功德經

大乘四法經一卷 唐天后代于闐三藏實叉難陀譯新編入録

有德女所問大乘經一卷 第三譯與梵女守意經同本新勘出

大乘流轉諸有經一卷 唐天后代天竺三藏菩提流志譯出大周録

妙色王因緣經一卷 唐天后代三藏義淨譯新編入録

佛爲海龍王說法印經一卷 唐三藏義淨譯新編入録

師子素駄娑王斷肉經一卷 唐至相寺沙門釋智嚴譯新編入録

般泥洹後灌臘經一卷 一名四輩灌臘經亦直云灌臘經西晉三藏竺法護譯

右此灌臘經大周等録皆爲重譯云與
盂蘭盆經等同本異譯者誤也今尋文
異故爲單本

八部佛名經一卷 亦云八佛經元魏婆羅門瞿曇般若流支譯

上二十二經二十二卷同帙 其八部佛名經大周録云與八吉祥呪經等同本異譯者誤也八數雖同說處全異所爲復別故爲單本

菩薩內習六波羅蜜經一卷 或云內六波羅蜜經安公云出方等部後漢臨淮沙門嚴佛調譯拾遺編入

菩薩投身餓虎起塔因緣經一卷 僧祐録云以身施餓虎經北涼高昌沙門釋法盛譯出經後記

金剛三昧本性清淨不壞不滅經一卷 亦名金剛清淨經

師子月佛本生經一卷 新爲失譯附三秦録

右金剛清淨經群録並云吳代外國優
婆塞支謙譯漢後失譯復有其名師子
月佛經群録並云西晉三藏竺法護譯
今詳二經文句並非謙護所翻似是秦
涼已來什公等譯今爲失源附於秦録

長者法志妻經一卷失譯安公涼土異經録中有名今亦附涼録

薩羅國經一卷或云薩羅國王經失譯今附東晉録

右二經法上録中並云姚秦三藏鳩摩羅什譯今詳二經文句並非什公所翻似是晉魏代譯其法志妻經安公涼土異經録中先無其名今亦附涼録薩羅國經附於晉録

十吉祥經一卷失譯今附秦録

長者女菴提遮師子吼了義經一卷失譯今附梁録拾遺編入

一切智光明仙人慈心因緣不食肉經一卷失譯今附秦録

金剛三昧經二卷或一卷北涼失譯拾遺編入

天王太子辟羅經一卷或無天王字亦云譬羅僧祐録云安公關中異經今附秦録拾遺編入

優婆夷淨行法門經二卷亦直云淨行或無經字僧祐録云中公涼土異經今附涼録

法滅盡經一卷

甚深大迴向經一卷僧祐録中失譯經今附宋録

八大人覺經一卷後漢安息三藏安世高譯出寶唱録

三品弟子經一卷亦云弟子學有三輩經吳月支優婆塞支謙譯

四輩經一卷或云四輩弟子經亦云四輩學經西晉三藏竺法護譯出法上録

當來變經一卷或云當來變識經

過去佛分衛經一卷或云過世西晉三藏竺法護譯

十二頭陀經一卷一名沙門頭陀經宋天竺三藏求那跋陀羅譯

樹提伽經一卷宋天竺三藏求那跋陀羅譯

長壽王經一卷僧祐録安公失譯經今附西晉録

右此長壽王經大周録等云出阿含謹檢四阿含內並無此經雖增一第十六

中有長壽王縁起文意全異此乃大乘故編於此

法常住經一卷僧祐録云安公失譯經今附西晉録

上二十三經共二十五卷同帙從優婆夷淨行經下十經舊録之中皆編小乘部内今檢尋文理多涉大乘編在小中恐乖至理故移於此

菩薩調伏藏二十六部五十四卷五帙

夫戒者防患之總名也菩薩淨戒唯禁於心聲聞律儀則防身語故有託縁興過聚徒訶結菩薩大人都無此事佛直爲說令使遵行既無犯制之由故闕訶結之事諸大乘經明學處者撫之於此爲菩薩調伏藏云

菩薩地持經十卷或名地持論或八卷一帙北涼天竺三藏曇無讖於姑臧譯

右一經初有歸敬頌出瑜伽論本地分中菩薩地昔高齊昭玄統沙門法上答高句麗問云地持是阿僧佉比丘從彌勒受得阿僧佉者即無著菩薩是也又按梁沙門僧祐地持記云菩薩地持經八卷有二十七品分爲三段第一段十八品第二段四品第三段五品文中不出有異名而今此本或題云菩薩戒經或題云菩薩地經今檢尋經末亦有多名文云名爲菩薩地名爲菩薩藏摩得勒伽名摩訶衍攝名不懷顯亦名無障礙清淨智根本祐云不出異名者不然又檢群録曇無讖所譯别存菩薩戒經或云菩薩地經者誤也

菩薩善戒經九卷一名菩薩地或十卷宋罽賓三藏求那跋摩等譯

右一經群録皆云與地持經同本異譯今詳文理非不差殊其善戒經前有序品後有奉行地持經並無其地持戒品中有受菩薩戒文及菩薩戒本善戒經即無自餘之外文意大同地持復出瑜伽諸録或編入論既有差殊未敢爲耳又按梁沙門僧祐菩薩善戒經記云此名善戒名菩薩地名菩薩毗尼摩夷名如來藏名一切善法根本名安樂國名諸波羅蜜聚凡有七名第一卷先出優波離問受戒法第二卷始方有如是我聞次第列品乃有三十而復有別本題爲菩薩地經今按尋經本與祐記不同經初即有如是我聞而無優波離問受戒法但有九卷其優波離問受戒法即後單卷菩薩善戒經是若將此爲初卷即與祐記扶同然此地經本離之已久乍合成十或恐生疑此善戒經亦同地持作其三段第一段名菩薩地有二十品第二段名如法住有四品第三段名畢竟地有六品祐云次第列品者或恐尋之未審也

淨業障經一卷 失譯今附秦録單本

上二經十卷同帙 其淨業障經法上録云竺法護譯詳其文句與護公譯經文勢全異故爲失譯

優婆塞戒經七卷 是在家菩薩戒或五或六或十北涼天竺三藏曇無讖於姑臧譯單本

梵網經二卷 姚秦三藏鳩摩羅什譯第二譯前本闕

受十善戒經一卷 後漢失譯拾遺編入單本

上三經十卷同帙

菩薩瓔珞本業經二卷 或無菩薩字新編削爲律姚秦涼州沙門竺佛念譯第一譯三譯二闕

佛藏經四卷 一名選擇諸法經或二卷或三卷姚秦三藏鳩摩羅什譯單本

菩薩戒本一卷 出地持戒品中慈氏菩薩說北涼天竺三藏曇無讖於姑臧譯拾遺編入第二譯

菩薩戒本一卷 出瑜伽論本地分中菩薩地彌勒菩薩說唐三藏玄奘譯出內典録第三譯

右二經同本異譯 前後三譯一譯闕本

菩薩戒羯磨文一卷 出瑜伽論本地分中菩薩地彌勒菩薩說唐三藏玄奘譯出內典録單本

菩薩善戒經一卷 優波離問菩薩受戒法宋罽賓三藏求那跋摩譯出寶唱録單本

上六經十卷同帙

菩薩內戒經一卷 宋罽賓三藏求那跋摩譯出法上録單本

優婆塞五戒威儀經一卷 宋罽賓三藏求那跋摩譯出寶唱録單本

右此優婆塞五戒威儀經群録編在小乘律中者誤也初是菩薩戒本後是受菩薩戒文及捨懺等法既非小宗故移編此

文殊師利淨律經一卷 或直云淨律經西晉三藏竺法護譯第一譯

清淨毗尼方廣經一卷 姚秦三藏鳩摩羅什譯出法上録第三譯

寂調音所問經一卷 一名如來所說清淨調伏經宋沙門釋法海譯第四譯

右三經同本異譯 前後四譯一譯闕本

大乘三聚懺悔經一卷 隋天竺三藏闍那崛多等譯出內典録單本

菩薩五法懺悔文一卷 或云菩薩五法懺悔經失譯今附梁録單本

菩薩藏經一卷 梁扶南三藏僧伽婆羅譯單本

三曼陀颰陀羅菩薩經一卷 西晉清信士聶道真譯單本

菩薩受齋經一卷 西晉清信士聶道真譯第一譯三譯二闕

文殊悔過經一卷 一名文殊五體悔過經 西晉三藏竺法護譯第一譯 二譯一闕

舍利弗悔過經一卷 亦直云悔過經 後漢安息三藏安世高譯第一譯 二譯二闕

法律三昧經一卷 亦直云法律經 吳月支優婆塞支謙譯第一譯 二譯一闕

十善業道經一卷 唐天后代于闐三藏實叉難陀譯新編入録單本

上十四經十四卷同帙 謹按舊録大乘律中有寶梁經迦葉經今爲編入寶積會中故不重出其大方廣三戒經與寶積三律儀會同本決定毗尼經與寶積優波離會同本今並編入寶積部中故此不載

菩薩對法藏 九十七部五百一十八卷五十帙

菩薩阿毗達磨有其二類一者解釋契經二者詮法體相舊録所載和雜編之今所集者分爲二例釋契經者列之於前詮法性者編之於後庶無糅雜覽者易知

大乘釋經論 二十一部一百五十五卷一十五帙

大智度論一百卷 或一百一十或七十一帙 姚秦三藏鳩摩羅什譯單本

右龍樹菩薩造釋摩訶般若波羅蜜經 什法師云若具足翻應有千卷秦人識弱故略之十分存一

十地經論十二卷 或十五卷一帙 元魏天竺三藏菩提留支等譯單本

右天親菩薩造釋十地經即華嚴十地品是 論序云菩提留支勒那摩提在洛陽殿内二人同譯佛陀扇多傳語帝親筆受長房録中留支摩提二録俱載者不然今合爲一本在留支録

彌勒菩薩所問經論五卷 或六卷或七卷或十卷 元魏天竺三藏菩提留支譯單本

右釋彌勒所問經即寶積經第四十一會是

大乘寶積經論四卷 元魏天竺三藏菩提留支譯第一譯二譯一闕

右釋舊單卷大寶積經即寶積第四十三會是

寶髻菩薩四法經論一卷 天親菩薩造元魏天竺三藏毗目智仙等譯出序記單本

右釋大集經寶髻品今入寶積在第四十七會 論序記云魏興和三年歲次辛酉九月庚午日烏萇國人刹利王種三藏法師毗目智仙中天竺國婆羅門人瞿曇流支護法大士驃騎大將軍開府儀同三司御史中尉勃海高仲密愛法之人沙門曇林道俗相假於鄴城内在金華寺譯四千九百九十七字諸録皆云菩提留支譯者誤也今依序記爲正

上三論十卷同帙

佛地經論七卷 親光等菩薩造釋佛地經唐三藏玄奘譯出内典録單本

金剛般若經論二卷 無著菩薩造隋天竺三藏達磨笈多譯出内典録單本

能斷金剛般若波羅蜜多經論頌一卷 無著菩薩造唐三藏義淨譯新編入録

上三論十卷同帙

金剛般若波羅蜜經論二卷 天親菩薩造元魏天竺三藏菩提留支譯第一譯

能斷金剛般若波羅蜜多經論釋二卷 無著菩薩頌世親菩薩釋唐三藏義淨譯新編入録第一譯

右二論反頌同本異譯

金剛般若波羅蜜經破取著不壞假名論二卷 功德施菩薩造亦云功德施論唐中天竺三藏地婆訶羅譯出大周録單本

上四論及頌造者雖異並釋金剛般若經又有金剛仙論十卷尋閱文理乃是元魏三藏菩提留支所撰釋天親論既

非梵本翻傳所以此中不載

文殊師利菩薩問菩提經論二卷 一名伽耶山頂經論婆藪槃豆菩薩造元魏天竺三藏菩提留支譯單本第一譯

妙法蓮華經論一卷 婆藪槃豆菩薩造元魏中天竺三藏勒那摩提共僧朗等譯第一譯

法華經論二卷 初有歸敬頌者或一卷元魏北天竺三藏菩提留支共曇林等譯拾遺編入第二譯

上五論十一卷同帙

右二論同本異譯 其三藏義淨新譯法華論五卷尋本未獲

勝思惟梵天所問經論四卷 釋勝思惟經或三卷單本元魏天竺三藏菩提留支譯

涅槃論一卷 婆藪槃豆菩薩造略釋涅槃經沙門達摩菩提譯不知年代內典録中附元魏代第一譯後本闕

涅槃經本有今無偈論一卷 釋涅槃一頌梁天竺三藏真諦譯單本

遺教經論一卷 釋遺教經陳天竺三藏真諦譯拾遺編入單本

無量壽經論一卷 婆藪槃豆菩薩造元魏天竺三藏菩提留支譯單本

三具足經論一卷 天親菩薩造有釋論無經本元魏天竺三藏毗目智仙等譯出序記單本

右論初記云三藏法師毗目智仙婆羅門人瞿曇流支愛敬法人沙門曇林於鄴城內在金華寺魏興和三年歲次辛酉月建在戌朔次庚午十三日譯一千一百一十言驃騎大將軍開府儀同三司御史中尉勃海高仲密啓請供養守護流通諸録皆云菩提留支譯者誤也

今依序記爲正

轉法輪經論一卷 天親菩薩造有釋論無經本元魏天竺三藏毗目智仙等譯出序記單本

右論初記云魏驃騎大將軍開府儀同

三司御史中尉渤海高仲密善求義方選眞簡僞故請法師毗目智仙并其弟子瞿曇流支於鄴城内在金華寺與和三年歲次大梁建酉之月朔次庚子十一日譯三千九百四十三言沙門曇林對譯録記諸録皆云菩提流支譯者誤也今依序記爲正

上八論十二卷同帙

大乘集義論七十六部三百六十三卷三十五帙

瑜伽師地論一百卷彌勒菩薩說十帙唐三藏玄奘譯出内典録單重合譯

右此瑜伽論梁代三藏眞諦譯者名十七地論只得五卷縁礙遂輟北涼三藏曇無讖譯地持論但成十卷乃是本地分中菩薩地此瑜伽論當第三譯前之二本部帙不終大唐譯者方具備矣

顯揚聖教論二十卷無著菩薩造二帙唐三藏玄奘譯出内典録單本

瑜伽師地論釋一卷最勝子等菩薩造唐三藏玄奘譯出翻經圖單本

顯揚聖教論頌一卷無著菩薩造

王法正理論一卷彌勒菩薩造

大乘阿毗達磨集論無著菩薩造

上四論十卷同帙

大乘阿毗達磨雜集論十六卷安慧菩薩糅釋上集論唐三藏玄奘譯出内典録單本

中論四卷龍樹菩薩本梵志青目釋姚秦三藏鳩摩羅什譯單本或八卷

上二論二十卷二帙

般若燈論釋十五卷龍樹菩薩本分別明菩薩釋唐天竺三藏波羅頗蜜多譯出内典録單本

右與中論本同釋異

十二門論一卷　龍樹菩薩造姚秦三藏鳩摩羅什譯單本

十八空論一卷　陳天竺三藏真諦譯出翻經圖

百論二卷　提婆菩薩造婆藪開士釋姚秦三藏鳩摩羅什譯單本

廣百論本一卷　聖天菩薩造

上五論二十卷二帙

大乘廣百論釋論十卷　聖天本護法釋一帙唐三藏玄奘譯出内典録單本

十住毗婆沙論十四卷　龍樹菩薩造或十二或十五姚秦三藏鳩摩羅什譯單本

菩提資粮論六卷　聖者龍樹本比丘自在釋隋天竺三藏達摩笈多譯出内典録單本

上二論二十卷二帙

大乘莊嚴經論十三卷　無著菩薩造或十五卷二帙唐天竺三藏波羅頗蜜多羅譯出内典録單本

大莊嚴經論十五卷　馬鳴菩薩造或十卷姚秦三藏鳩摩羅什譯單本

順中論二卷　無著菩薩釋龍樹造元魏婆羅門瞿曇般若流支譯出序記單本

右順中本論序記云魏尚書令儀同高公延國上賔瞿曇流支在第供養正通佛法對釋曇琳出斯義論武定元年歲次癸亥八月十日揮辭景寅凡有一萬二千七百二十七字諸録皆云菩提留支譯者誤也今依序記爲正

攝大乘論三卷　無著菩薩造陳天竺三藏真諦譯第二譯

上三論二十卷二帙

攝大乘論二卷　無著菩薩造元魏天竺三藏佛陀扇多譯第一譯

攝大乘論本三卷　無著菩薩造唐三藏玄奘譯出内典録第三譯

右三本論同本異譯

攝大乘論釋十五卷天親菩薩釋或十二卷陳天竺三藏眞諦譯第一譯

上三論二十卷二帙右按仁壽大周等録復有攝論一本十二卷成部亦云眞諦所譯勘與此同今者但存一本

攝大乘論釋論十卷世親菩薩釋一帙隋天竺三藏達摩笈多譯出內典録第二譯

攝大乘論釋十卷世親菩薩釋一帙唐三藏玄奘譯出內典録第三譯

右三釋論同本異譯

攝大乘論釋十卷無性菩薩釋一帙唐三藏玄奘譯出內典録單本

右與前三論本同釋異譯

佛性論四卷天親菩薩造陳天竺三藏眞諦譯單本

決定藏論三卷梁天竺三藏眞諦譯單本

右此決定藏論大周録中乃云失譯而不指言何代翻出今詳此論文勢乃是眞諦所翻論中子注乃曰梁言前代録家遺之不上今爲眞諦所譯編於梁代録中

辯中邊論頌一卷彌勒菩薩造唐三藏玄奘譯出內典録單本

中邊分別論二卷婆藪槃豆造或三卷陳天竺三藏眞諦譯第一譯

上四論十卷同帙

辯中邊分別論三卷世親菩薩造唐三藏玄奘譯出內典録第三譯

右二釋論同本異譯

究竟一乘寶性論四卷或三卷或五卷元魏天竺三藏勒那摩提譯第二譯二譯一闕

業成就論一卷天親菩薩造元魏天竺三藏毗目智仙等譯出序記第一譯

右論序記云魏興和三年歲次大梁七月辛未朔二十五日驃騎大將軍開府儀同三司御史中尉勑海高仲密敬請三藏法師烏萇國人中天竺國婆羅門

人瞿曇流支釋曇林等在鄴城内金華寺譯四千八百七十二字序中三藏雖不列名準例即是毗目智仙群録直云瞿曇流支譯者誤也今依序記爲正

大乘成業論一卷　世親菩薩造唐三藏玄奘譯出内典録第二譯

右二論同本異譯

因明正理門論本一卷　大域龍菩薩造唐三藏玄奘譯出内典録第一譯

上五論十卷同帙

因明正理門論一卷　大域龍菩薩造唐三藏義淨譯新編入録第二譯

右二論同本異譯　舊理門論周録爲單本新勘爲重譯

因明入正理論一卷　商羯羅王菩薩造唐三藏玄奘譯出内典録單本

顯識論一卷　内題云顯識品從無相論出天竺三藏眞諦譯出論題單本附陳代録

轉識論一卷　即出前顯識論天竺三藏眞諦譯出論題單本附陳代録

唯識論一卷　一名破色心初云唯識無境界元魏婆羅瞿曇般若流支譯第一譯

唯識論一卷　初云修道不共他上二論並天親造陳天竺三藏眞諦譯第二譯

唯識二十論一卷　世親菩薩造唐三藏玄奘譯出翻經圖第三譯

右三論同本異譯　同録不言同本新勘爲重譯

成唯識寶生論五卷　一名二十唯識順釋論護法菩薩造唐三藏義淨譯新編入録單本

唯識三十論一卷　世親菩薩造唐三藏玄奘譯出内典録單本拾遺編入

上九論十三卷同帙

成唯識論十卷　護法等菩薩造釋上三十論一帙唐三藏玄奘譯出内典録單本

大丈夫論二卷 提波羅菩薩造北涼沙門釋道泰譯出翻經圖單本

入大乘論二卷 堅意菩薩造北涼沙門釋道泰譯出内典録單本

大乘掌珍論二卷 清辯菩薩造唐三藏玄奘譯出内典録單本

大乘五藴論一卷 世親菩薩造唐三藏玄奘譯出内典録第二譯初譯失譯

大乘廣五藴論一卷 安恵菩薩造與前論異本唐中天竺三藏地婆訶羅譯出大周録單本

寶行王正論一卷 陳天竺三藏眞諦譯單本

大乘起信論一卷 馬鳴菩薩造梁天竺三藏眞諦譯第一譯

上七論十卷同帙

大乘起信論二卷 馬鳴菩薩造唐天后代于闐三藏實叉難陀譯新編入録第二譯

右二論同本異譯 舊起信論周録爲單本新勘爲重譯

發菩提心論二卷 或云發菩提心經姚秦三藏鳩摩羅什譯單本

右此發菩提心論大周録中經論二録倶有其名今以菩薩所造編於論録但存一本或云天親菩薩所造云彌勒菩薩所説未詳孰是

三無性論二卷 出無相論或一卷陳天竺三藏眞諦譯單本

方便心論一卷 又四品或二卷元魏西域沙門吉迦夜共曇曜譯第二譯二譯一闕

如實論一卷 題云如實論反質難品梁天竺三藏眞諦譯單本

無相思塵論一卷 或直云思塵論陳天竺三藏眞諦譯出翻經圖第一譯

觀所緣論一卷 陳那菩薩造唐三藏玄奘譯出内典録第二譯

右二論同本異譯 周録不言同本新勘爲重譯

觀所緣論釋一卷 護法菩薩造唐三藏義淨譯新編入録單本

上八論十一卷同帙

迴諍論一卷 龍樹菩薩造元魏天竺三藏毗目智仙等譯出序記單本

右論序記云魏興和三年歳次大梁建

辰之月朔次癸酉辛卯之日烏萇國人剎利王種三藏法師毗目智仙共天竺國婆羅門人瞿曇流支在鄴城内金華寺譯凡有一萬一千九十八字沙門曇琳之筆受驃騎大將軍開府儀同三司御史中尉勃海高仲密啓請供養群録直云瞿曇流支譯者誤也今依序説爲正

緣生論一卷 聖者鬱楞伽造隋天竺三藏達摩笈多譯出内典録單本

十二因緣論一卷 淨意菩薩造元魏天竺三藏菩提留支譯單本

壹輸盧迦論一卷 龍樹菩薩造元魏婆羅門瞿曇般若流支譯單本

大乘百法明門論一卷 世親菩薩造唐三藏玄奘譯出内典録單本

百字論一卷 提婆菩薩造元魏天竺三藏菩提留支譯單本

解捲論一卷 陳天竺三藏眞諦譯出翻經圖第一譯

掌中論一卷 陳那菩薩造唐天后代三藏義淨譯新編入録第二譯

右二論同本異譯其解捲論周録爲單本新勘爲重譯

取因假設論一卷 陳那菩薩造唐天后代三藏義淨譯新編入録單本

觀總相論頌一卷 陳那菩薩造

止觀門論頌一卷 世親菩薩造

手杖論一卷 尊者釋迦稱造唐三藏義淨譯新編入録單本

六門教授習定論一卷 無著菩薩本世親菩薩釋唐天后代三藏義淨譯新編入録單本

大乘法界無差別論一卷 堅慧菩薩造唐天后代于闐三藏提雲般若譯出大周録單本

破外道小乘四宗論一卷 提婆菩薩造元魏天竺三藏菩提流支譯單本

破外道小乘涅槃論一卷 提婆菩薩造元魏天竺三藏菩提留支譯單本

上十六論十六卷同帙

都計大乘經律論見流行者總六百八十六部二千七百四十五卷二百五十八帙

開元釋教録卷第十二下

音釋

萇直良切 驃騎驃毗名切騎奇寄切驃騎官名 鄴魚怯切

開元釋教目録卷第十三 上別録之三

唐西崇福寺沙門智昇撰

有譯有本録中聲聞三藏録第二

聲聞藏者小乘所詮之教也能説教主則示生示滅應物隨緣所詮之教則九部四含毗曇戒律善男善女稟之而脱屣塵勞緣覺聲聞奉之而昇乎彼岸蓋眞乘之小駕乃菩提之化城誘進初心莫斯爲勝始乎仙苑迄彼金河所詮半字之文是謂聲聞之藏洎乎百川同會三車共適齊登妙覺俱證泥洹豈有小大之異名信爲我尊之漸誘者也始自漢明丁卯之歲終我開元庚午之年小乘三藏見流行者總三百三十部一千七百六十二卷一百六十五帙結爲聲聞法藏科條別顯具如後列

聲聞契經藏 二百四十部六百一十八卷四十八帙

聲聞調伏藏 五十四部四百四十六卷四十五帙

聲聞對法藏 三十六部六百九十八卷七十二帙

小乘經重單合譯 一百五十三部三百九十四卷三十一帙

四阿笈摩經小乘契經之本故標初首後列餘經

長阿含經二十二卷 二帙姚秦罽賓三藏佛陀耶舍共竺佛念譯單重合譯

右此部經凡有四分總三十經別 僧肇序云長含四分四誦合二十經以爲一部

中阿含經六十卷 或五十八卷六帙東晉罽賓三藏瞿曇僧伽提婆譯第二譯二譯一闕

右此部經凡有五誦都十八品總二百二十二經別 僧肇長含序云中含四分五誦

增壹阿含經五十一卷 或五十卷或四十二卷或三十三五帙東

晉罽賓三藏瞿曇僧伽提婆譯第二譯二譯一闕

右此部經凡有五十品總四百七十二經別僧肇長含序云增一阿含四分八誦

雜阿含經五十卷五帙宋天竺三藏求那跋陀羅譯單重合譯

右此部經說事旣雜故無品次誦等差別僧肇長含序云雜含四分十誦

別譯雜阿含經二十卷二帙失譯經中子註有秦言字雖不的知譯人姓名必是三秦代譯今附秦録

右此部經與前經文雖先後不次仔細尋究不出前經此但撮要故為別部佛般泥洹下諸經並是四含中別經異譯

佛般泥洹經二卷或直云泥洹經西晉河内沙門白法祖譯

大般涅槃經三卷或二卷東晉平陽沙門釋法顯譯今為法顯譯如總録中述

般泥洹經二卷或無般字新為失譯附東晉録

右三經出長阿含經第二至第四卷與初分遊行經同本異譯其般泥洹經群録皆云宋代求那跋陀羅譯者非也尋其文句多是古譯與功德賢所翻全不相類諸藏之中但有上卷無其下卷今為失源編在晉録或有經本其佛般泥洹經上卷與般泥洹經上卷文句全同者本錯也

人本欲生經一卷後漢安息三藏安世高譯

右出長阿含經第十卷與第二分大方便經同本異譯此人本欲生經上代群録皆編在大乘經中者誤也

尸迦羅越六向拜經一卷或云尸迦羅越六方禮經後漢安息三藏安世高譯

右出長阿含經第十一卷與第二分善生經同本異譯比於本經此稍略中阿含三十三卷中亦有此經

梵志阿颰經一卷一加佛開解字一名阿颰摩納經吳月支優婆塞支

謙譯

右出長阿含經第十三卷與第三分阿摩晝經同本異譯

梵網六十二見經一卷一名梵網經吳月支優婆塞支謙譯

右出長阿含經第十四卷與第三分梵動經同本異譯

寂志果經一卷東晉西域沙門竺曇無蘭譯

右出長阿含經第十七卷與第三分沙門果經同本異譯

起世經十卷一帙隋天竺三藏闍那崛多等譯出經題上第五譯

上八經十二卷同帙

起世因本經十卷恐濫前本題下別云起世因本經一帙隋天竺三藏達摩笈多譯第六譯拾遺編入出内典録

謹按大唐内典録及靖邁經圖並云笈多三藏大業年中於東都上林園翻經館譯起世經十卷檢尋諸藏乃有兩本大意雖同文句稍異至於品目時有差殊前經初云婆伽婆在舍婆提城後經乃云婆伽婆在舍囉婆悉帝城若據梵言後經爲正今謂崛多笈多各翻一本又前經初首題云崛多笈多二師同出今以前爲崛多所譯後是笈多再翻二經文既有殊今故雙存二部故録生經亦云婆伽婆在舍囉婆悉帝城故知同是笈多譯也恐二本相濫題下別云起世因本焉

樓炭經六卷或云大樓炭經或五卷或八卷西晉沙門釋法立共法炬譯第二譯

右三經出長阿含經第十八至二十二卷與第四分起世經同本異譯

長阿含十報法經二卷一名多增道章經或直云十報經後漢安息三藏安世高譯

右出長阿含經第九卷與第二分上十經同本異譯廣略少異

中本起經二卷或云太子中本起經初題云出長阿含經後漢西域沙門曇果共康孟詳譯

上三經十卷同帙其中本起經題云出長阿含檢尋長阿含

（本無此一經或恐梵文譯之未盡既云出彼且編於末大周録云與過去現在因果修行本起瑞應本起經等同本異譯者誤也又此中本起經羣録咸云後漢代譯其經本中有翻梵語處乃曰晉言未詳何以）

從佛般泥洹下一十三經並出長阿含中

別經異譯

七知經一卷（或云七智經吳月支優婆塞支謙譯）

右出中阿含經第一卷與初善法經同本異譯

鹹水喻經一卷（或云鹹水譬僧祐録云安公失譯經今附西晉録）

右出中阿含經第一卷與水喻經同本異譯

一切流攝守因經一卷（後漢安息三藏安世高譯）

右出中阿含經第二卷與漏盡經同本異譯

四諦經一卷（後漢安息三藏安世高譯）

右出中阿含經第七卷與分別聖諦經同本異譯

恒水經一卷（亦云恒河喻經西晉沙門釋法炬譯）

右出中阿含經第九卷與瞻波經同本異譯

本相倚致經一卷（亦云大相倚致後漢安息三藏安世高譯）

緣本致經一卷（失譯今附東晉録）

右二經同本異譯出中阿含經第十卷與本際經同本

頂生王故事經一卷（或直云頂生王經西晉沙門釋法炬譯）

文陀竭王經一卷（北涼天竺三藏曇無讖譯拾遺編入）

右二經同本異譯出中阿含經第十一卷與四洲經同本

閻羅王五天使者經一卷（一名鐵城泥黎經宋沙門釋慧簡譯）

鐵城泥黎經一卷（東晉西域沙門竺曇無蘭譯拾遺編入）

右二經同本異譯出中阿含經第十二卷與天使經同本（比於本經此稍略耳）

古來世時經一卷（失譯今附東晉録）

右出中阿含經第十三卷與說本經同本異譯（比於本經此文稍略）

四那律八念經一卷（一名禪行斂意經或直云八念經後漢西域三藏支曜譯）

右出中阿含經第十八卷與八念經同本異譯

離睡經一卷（西晉三藏竺法護譯拾遺編入）

右出中阿含經第二十卷與長老上尊睡眠經同本異譯

是法非法經一卷（後漢安息三藏安世高譯）

右出中阿含經第二十一卷與眞人經同本異譯

求欲經一卷（西晉沙門釋法炬譯）

右出中阿含經第二十二卷與穢經同本異譯

受歲經一卷（西晉三藏竺法護譯拾遺編入）

右出中阿含經第二十三卷初與比丘請經同本異譯

梵志計水淨經一卷（失譯拾遺編入今附東晉録）

右出中阿含經第二十三卷與水淨梵志經同本異譯

苦陰經一卷（失譯在後漢録拾遺編入）

右出中阿含經第二十五卷與前苦陰經同本異譯

釋摩男本經一卷（一名五陰因事經吳月支優婆塞支謙譯）

苦陰因事經一卷（西晉沙門釋法炬譯拾遺編入）

右二經同本異譯出中阿含經第二十

五卷與後苦陰經同本
樂想經一卷西晉三藏竺法護譯拾遺編入
右出中阿含經第二十六卷與想經同本異譯
漏分布經一卷後漢安息三藏安世高譯
右出中阿含經第二十七卷與達梵行經同本異譯
阿耨颰經一卷阿耨颰此言依次東晉西域沙門竺曇無蘭譯拾遺編入
右出中阿含經第二十七卷與阿奴波經同本異譯
諸法本經一卷吳月支優婆塞支謙譯
右出中阿含經第二十八卷初與諸法本經同本異譯
瞿曇彌記果經一卷宋沙門釋慧簡譯
右出中阿含經第二十八卷與瞿曇彌經同本異譯
瞻婆比丘經一卷或云瞻波西晉沙門釋法炬譯拾遺編入
右出中阿含經第二十九卷與瞻波經同本異譯
伏婬經一卷西晉沙門釋法炬譯拾遺編入
右出中阿含經第三十卷與行欲經同本異譯
魔嬈亂經一卷一名弊魔試目連經一名魔王入目揵蘭腹經失譯在後漢録
弊魔試目連經一卷一名魔嬈亂經吳月支優婆塞支謙譯拾遺編入
右二經同本異譯出中阿含經第三十卷與降魔經同本
上三十經三十卷同帙
賴吒和羅經一卷一名羅漢賴吒和羅經吳月支優婆塞支謙譯

右出中阿含經第三十一卷與賴吒和羅經同本異譯

善生子經一卷　西晋沙門支法度譯拾遺編入

右出中阿含經第三十三卷與善生經同本異譯

數經一卷　西晋沙門釋法炬譯拾遺編入

右出中阿含經第三十五卷與筭數目揵連經同本異譯

梵志頞羅延問種尊經一卷　東晋西域沙門竺曇無蘭譯拾遺編入

右出中阿含經第三十七卷與阿攝和經同本異譯

三歸五戒慈心猒離功德經一卷　失譯今附東晋録拾遺編入

須達經一卷　一名須達長者經蕭齊天竺三藏求那毗地譯

右二經同本異譯出中阿含經第三十九卷與須達哆經同本　其慈心猒德經文句稍略或有題云出增一阿含第十二者非

佛爲黄竹園老婆羅門説學經一卷　僧祐録中失譯經拾遺編入今附宋録

右出中阿含經第四十卷與黄蘆園經同本異譯

梵摩喻經一卷　吳月支優婆塞支謙譯

右出中阿含經第四十一卷與梵摩經同本異譯　比於本經此稍略耳

尊上經一卷　西晋三藏竺法護譯拾遺編入

右出中阿含經第四十三卷與釋中禪室尊經同本異譯

鸚䳇經一卷　亦名兜調經宋天竺三藏求那跋陀羅譯

兜調經一卷　僧祐録云安公失譯經今附西晋録拾遺編入

右二經同本異譯出中阿含經第四十四卷與鸚鵡經同本

意經一卷西晉三藏竺法護譯拾遺編入

右出中阿含經第四十五卷與心經同本異譯

應法經一卷西晉三藏竺法護譯拾遺編入

右出中阿含經第四十五卷與後受法經同本異譯

泥犂經一卷或云中阿含泥犂經東晉西域沙門竺曇無蘭譯

右出中阿含經第五十三卷與癡慧地經同本異譯

優陂夷墮舍迦經一卷僧祐録中失譯經今附宋録

齋經一卷一名持齋經吳月支優婆塞支謙譯拾遺編入

右二經同本異譯出中阿含經第五十五卷與持齋經同本

鞞摩肅經一卷宋天竺三藏求那跋陁羅譯拾遺編入

右出中阿含經第五十七卷與鞞摩那修經同本異譯

婆羅門子命終愛念不離經一卷後漢安息三藏安世高譯拾遺編入

右出中阿含經第六十卷與愛生經同本異譯

十支居士八城人經一卷亦直云十支經後漢安息三藏安世高譯

右出中阿含經第六十卷與八城經同本異譯

邪見經一卷僧祐録中失譯經拾遺編入今附宋録

右出中阿含經第六十卷與見經同本異譯

箭喻經一卷失譯拾遺編入今附東晉録

右出中阿含經第六十卷與箭喻經同

本異譯

普法義經一卷一名具法行經亦名普義經後漢安息三藏安世高譯第一譯

廣義法門經一卷陳天竺三藏眞諦譯第三譯三譯一闕

右二經同本異譯其廣義法門經初首題云是中阿含經一品別譯今檢中阿含大本無此一經或恐梵文譯之未盡既云出彼且編於末其大周入藏録中編爲大乘單本者誤也又普法義經作舍利曰具法行經作舍利弗但此一字別餘文並無異

從七知經下五十三經並出中阿含中別

經異譯

戒德香經一卷或云戒德經東晉西域沙門竺曇無蘭譯

右出增壹阿含經第一十三卷地主品

異譯

四人出現世間經一卷宋天竺三藏求那跋陀羅譯拾遺編入

右出增壹阿含經第十八卷四意斷品

異譯

波斯匿王太后崩塵土坌身經一卷西晉沙門釋法炬譯

右出增壹阿含經第十八卷四意斷品

異譯

須摩提女經一卷吳月支優婆塞支謙譯拾遺編入

右出增壹阿含經第二十二卷須陀品

異譯比於本經此稍文略

婆羅門避死經一卷後漢安息三藏安世高譯拾遺編入

右出增壹阿含經第二十三卷增上品

異譯

食施獲五福報經一卷一名施色力經一名福德經失譯今附東晉録

右出增壹阿含經第二十四卷善聚品

異譯

頻毗娑羅王詣佛供養經一卷（亦云頻婆　西晉沙門釋法炬譯）

右出增壹阿含經第二十六卷等見品異譯（比於本經此稍文略諸録編在大乘藏中誤也）

長者子六過出家經一卷（宋沙門釋慧簡譯）

右出增壹阿含經第二十七卷聚品異譯（本經稍廣）

鴦崛摩經一卷（或有作魔字一名指髻經　西晉三藏竺法護譯拾遺編入）

上三十二經三十二卷同帙

鴦崛髻經一卷（西晉沙門釋法炬譯）

右二經同本異譯出增壹阿含經第三十一卷力士品（此文稍廣）

力士移山經一卷（或直云移山經　西晉三藏竺法護譯）

四未曾有法經一卷（亦云四未有經或無法字　西晉三藏竺法護譯）

右二經出增壹阿含經第三十六卷八難品異譯（本是一經別譯分二　本經稍廣此出不盡）

舍利弗摩訶目揵連遊四衢經一卷（後漢外國三藏康孟詳譯）

右出增壹阿含經第四十一卷馬王品異譯（周録編在大乘重譯中者誤也）

七佛父母姓字經一卷（一名七佛姓字經　曹魏失譯）

右出增壹阿含經第四十五卷不善品異譯

放牛經一卷（亦云牧牛經　姚秦三藏鳩摩羅什譯）

右出增壹阿含經第四十六卷放牛品異譯（此文稍廣）

緣起經一卷（亦云十二緣起經　大唐三藏玄奘譯出翻經圖）

右出增壹阿含經第四十六卷放牛品異譯（比於本經此文稍略周録編爲大乘單本者誤也）

十一想思念如來經一卷（或云十一思惟　宋天竺三藏求那跋

陀羅譯拾遺編入

右出增壹阿含經第四十八卷禮三寶品初異譯此十一想連有二經初十一事文意勘同後十一事尋之未見

四泥犁經一卷或云四大泥黎東晉西域沙門竺曇無蘭譯拾遺編入

右出增壹阿含經第四十八卷禮三寶品異譯本經稍廣

阿那邠邸化七子經後漢安息三藏安世高譯

右出增壹阿含經第四十九卷非常品異譯本經唯有四子餘意大同

大愛道般泥洹經一卷西晉河內沙門白法祖譯

佛母般泥洹經一卷宋沙門釋慧簡譯拾遺編入

右二經同本異譯出增壹阿含經第五十卷大愛道般涅槃品

國王不犁先尼十夢經一卷東晉西域沙門竺曇無蘭譯

舍衛國王夢見十事經一卷僧祐録云安公失譯經今附西晉録拾遺編入

右二經同本異譯出增壹阿含經第五十一卷大愛道般涅槃品

阿難同學經一卷後漢安息三藏安世高譯

右阿難同學經首題云出增一阿含檢其本末無此一經既云出彼且結其末

從誡德香經下二十四經並出增一阿含中別經異譯

五蘊皆空經一卷大唐三藏義淨譯新編入録

右出雜阿含經第二卷異譯此五蘊皆空經根本說一切有部毗柰耶雜事第三十九卷中雖有此經然不例別生所以存而不廢此乃律引契經非是契經後律而生也

七處三觀經一卷或二卷後漢安息三藏安世高譯

右出雜阿含經中異譯此經首末有三十經初是七處

三觀後名積骨以初標名故也其初七處三觀經出第二卷後積骨經出第三十四卷餘者散在諸文不次第一處也

聖法印經一卷亦直云聖印經亦云慧印經西晉三藏竺法護譯

右出雜阿含經第三卷異譯

雜阿含經一卷失譯在魏吳録

右出雜阿含經中異譯此經首末有二十七經初之三經出第四卷中而先後不次七處三觀經居其卷末文句大同前經此中稍廣其積骨經亦在其中未詳何以二經相涉餘者散在廣文自古群録皆云失譯尋閱文句與七處三觀辭理稍同似是安高所出未見實録且依舊爲失譯

五陰譬喻經一卷一名水沫所漂經亦云五陰喻經後漢安息三藏安世高譯

水沫所漂經一卷一名河中大聚沫經一名聚沫譬經東晉西域沙門竺曇無蘭譯拾遺編入

右二經同本出雜阿含經第十卷異譯

不自守意經一卷或無意字吳月支優婆塞支謙譯

右出雜阿含經第十一卷異譯

滿願子經一卷晉代失譯今附東晉録拾遺編入

右出雜阿含經第十三卷異譯

轉法輪經一卷或云法輪轉經後漢安息三藏安世高譯

三轉法輪經一卷大唐三藏義淨譯所編入録

右二經同本出雜阿含經第十五卷異譯此三轉法輪經根本說一切有部毗奈耶雜事第十九卷中雖有此經然不例别生所以存而不廢此乃律引經亦非幷經從律而生也其轉法輪經與其本經後同前異未詳所以

八正道經一卷後漢安息三藏安世高譯

右出雜阿含經第二十八卷異譯

難提釋經一卷西晉沙門釋法炬譯

右出雜阿含經第三十卷異譯大本有二經此中合爲一其文稍廣舊録在單本中今編在此

馬有三相經一卷亦云善馬有三相後漢西域三藏支曜譯

馬有八態譬人經一卷亦直云馬有八態後漢西域三藏支曜譯

右二經並出雜阿含經第三十三卷異譯

相應相可經一卷西晉沙門釋法炬譯拾遺編入

右出前單卷雜阿含經中異譯

治禪病祕要經一卷或云法無經字或二卷宋居士沮渠京聲譯

右一經初首題云尊者舍利弗所問出雜阿含經阿練若雜事中今尋雜含大本無此等文或恐梵經譯之未盡既云出彼且編於末然尋文理與大乘經微有相涉舊録編在集傳中恐將乖僻也

上三十一經三十一卷同帙

從五蘊皆空經下一十六經並出雜阿含中別經異譯

摩鄧女經一卷一名阿難爲蠱道女惑經後漢安息三藏安世高譯第一譯

摩鄧女解形中六事經一卷失譯第五譯今附東晉録

摩登伽經三卷或二卷吳天竺沙門竺律炎共支謙譯第三譯出法上録

舍頭諫經一卷一名大子二十八宿經一名虎耳經第四譯西晉三藏竺法護譯

右四經同本異譯前之二經但是後經一品前後五譯一譯闕本

鬼問目連經一卷後漢安息三藏安世高譯第一譯

雜藏經一卷與前後經文理稍別東晉平陽沙門釋法顯譯第二譯

餓鬼報應經一卷一名目連説地獄餓鬼因緣經失譯第三譯今附東晉録

右三經同本異譯前後四譯一譯闕本

阿難問事佛吉凶經一卷或云阿難問事經亦云事佛吉凶經後漢安息三藏安世高譯第一譯

慢法經一卷西晉沙門釋法炬譯拾遺編入

阿難分別經一卷 乞伏秦沙門釋聖堅譯第三譯

右三經同本異譯 其慢法經新爲重譯前後四譯一譯闕本

五母子經一卷 吴月支優婆塞支謙譯第一譯

沙彌羅經一卷 僧祐録云安公關中異經在三秦録第二譯

右二經同本異譯 其沙彌羅經大周録云曇無讖譯出長房録今檢房録中無周録誤

玉耶女經一卷 或云玉耶經僧祐録云安公失譯拾遺編入今附西晉録初出

玉耶經一卷 一名長者詣佛說子婦無敬經東晉西域沙門竺曇無蘭譯第二譯

阿遬達經一卷 宋天竺三藏求那跋陀羅譯第三譯

右三經同本異譯

修行本起經二卷 一名宿行本起後漢西域沙門竺大力共康孟詳譯第三譯

上十六經十九卷同帙

太子瑞應本起經二卷 亦名本起瑞應亦直云瑞應本起吴月支優婆塞支謙譯第四譯

過去現在因果經四卷 宋天竺三藏求那跋陀羅譯第六譯

右三經同本異譯 前之二經文略不備前後六譯三譯闕本

法海經一卷 西晉沙門釋法炬譯第二譯拾遺編入

海八德經一卷 姚秦三藏鳩摩羅什譯出法上録第三譯拾遺編入

右二經同本異譯 前後三譯一譯闕本

四十二章經一卷 後漢天竺沙門迦葉摩騰共竺法蘭譯第一譯二譯一闕

柰女耆域因緣經一卷 或無因緣字或直云柰女經後漢安息三藏安世高譯第一譯二譯一闕

罪業應報教化地獄經一卷 或云地獄報應經第一譯二譯一闕後漢安息三藏安世高譯

龍王兄弟經一卷 一名難龍王經一名降龍王經吴月支優婆塞支謙譯第一譯兩譯一闕

長者音悅經一卷 或云長者音悅不蘭迦葉經吳月支優婆塞支謙譯第一譯二譯一闕

上九經十三卷同帙 其長者音悅經周錄之中編在大乘藏內今尋文理移之於此

禪祕要經三卷 或云禪祕要法或四卷姚秦三藏鳩摩羅什譯第二譯三譯二闕

右此禪祕要經古舊群錄之中皆編集傳之內今檢此經首末三分極以分明上下經文多明禪觀於中觀佛觀等明懺滅重罪事然與大乘微有相涉既非製撰故移於此又群錄中更有禪祕要經五卷云是宋代三藏曇摩蜜多所譯文甚交錯不可流行如刪繁錄中廣述

七如經一卷 一名七女本經吳月支優婆塞支謙譯第一譯三譯二闕

八師經一卷 吳月支優婆塞支謙譯第一譯二譯一闕

越難經一卷 一名曰難長者經一名難經西晉清信士聶承遠譯第一譯三譯二闕

所欲致患經一卷 西晉三藏竺法護第一譯二譯一闕

阿闍世王問五逆經一卷 西晉沙門釋法炬譯拾遺編入第一譯兩譯一闕

五苦章句經一卷 一名五道章句經東晉西域沙門竺曇無蘭譯第一譯二譯一闕

堅意經一卷 一名堅心正意經一名堅心經後漢安息三藏安世高譯第一譯二譯一闕

淨飯王涅槃經一卷 宋居士沮渠京聲譯第二譯二譯一闕

進學經一卷 或云勸進學道宋居士沮渠京聲譯拾遺編入第二譯二譯二闕

得道梯隥錫杖經一卷 亦直云錫杖經失譯今附東晉錄

右此錫杖經大周錄云出雜譬喻經今大本既無難爲定準且編於此

貧窮老公經一卷一名貧老經宋沙門釋惠簡譯第一譯兩譯一闕

三摩竭經一卷一名恕和檀王經一名難國王經吴天竺沙門竺律炎譯第一譯兩譯一闕

右此三摩竭經大周録云出增一阿含檢彼中無且編於此

蓱沙王五願經一卷一名弗沙迦王經吴月支優婆塞支謙譯第一譯三譯二闕

右此蓱沙王五願經大周等録皆云出中阿含檢彼文無且編於此

瑠璃王經一卷西晉三藏竺法護譯第三譯二譯一闕

右此瑠璃王經大周等録云出增一阿含其增一二十六中雖有瑠璃王縁起文意全異故編於此

上十五經十七卷同帙

生經五卷有五十五經或四卷西晉三藏竺法護譯第一譯二譯一闕

義足經二卷有一十六經吴月支優婆塞支謙譯第一譯二譯一闕

上二經七卷同帙合從四十二章經下三十一經雖是重譯今見流行但有一本餘並零落尋求不獲

小乘經單譯八十七部二百二十四卷一十七帙

正法念處經七十卷七帙元魏婆羅門瞿曇般若流支譯

右此正法念經大周録中編爲重譯云與善時鵝王經同本異譯者誤也其善時鵝王經從此經抄出彼是別生此爲單本

佛本行集經六十卷六帙隋天竺三藏闍那崛多等譯

右此佛本行經大周録中編爲大乘重譯云與七卷本行經同本異譯者誤也彼是偈讚與此懸殊諸録或在大乘經中或編集傳之内恐將乖僻今移編此

本事經七卷大唐三藏玄奘譯出内典録

興起行經二卷 亦名嚴誡宿緣經題云出雜藏後漢外國三藏康孟詳譯

右此興起行經大周録中編爲重譯云與木槍刺脚因緣經同本異譯者誤也比尋經本總有十緣其木槍刺脚經即十緣之一緣也鈔出别行如觀世音經等類既非再翻故爲單本

業報差别經一卷 隋洋川郡守瞿曇法智譯

上三經十卷同帙 其業報差别經大周録云與罪福報應經同本異譯者非也尋其文句義旨懸殊差異不同故爲單本

大安般守意經二卷 亦直云大安般經安公云小安般或一卷後漢安息三藏安世高譯

右大周等録更有大安般經一卷亦云安世高譯勘其文句即是大安般守意經上卷文既全同故不重載

陰持入經二卷 或作除字誤也或一卷後漢安息三藏安世高譯

處處經一卷 後漢安息三藏安世高譯

罵意經一卷 後漢安息三藏安世高譯拾遺編入

分别善惡所起經一卷 後漢安息三藏安世高譯拾遺編入

出家緣經一卷 一名出家因緣經後漢安息三藏安世高譯

阿含正行經一卷 一名正意經後漢安息三藏安世高譯

十八泥犂經一卷 或云十八地獄經後漢安息三藏安世高譯

法受塵經一卷 後漢安息三藏安世高譯

禪行法想經一卷 後漢安息三藏安世高譯

長者子懊惱三處經一卷 一名長者懊惱經亦云三處惱經後漢安息三藏安世高譯

犍陀國王經一卷 或無國字後漢安息三藏安世高譯

須摩提長者經一卷 吳月支優婆塞支謙譯

阿難四事經一卷 吳月支優婆塞支謙譯

未生怨經一卷 吳月支優婆塞支謙譯

四願經一卷 吳月支優婆塞支謙譯

黒氏梵志經一卷 吴月支優婆塞支謙譯拾遺編入

猘狗經一卷 祐云與猘狗同吴月支優婆塞支謙譯拾遺編入

分別經一卷 舊云與阿難分別經等同本者非也西晋三藏竺法護譯拾遺編入

八關齋經一卷 宋居士沮渠京聲譯拾遺編入

阿鳩留經一卷 僧祐録云安公古典經今附漢録拾遺編入

孝子經一卷 亦云孝子報恩經僧祐録云安公失譯經今附西晋録拾遺編入

上三十二經二十四卷同帙

五百弟子自說本起經一卷 或無自說字亦云本末西晋三藏竺法護譯

大迦葉本經一卷 或無大字西晋三藏竺法護譯

四自侵經一卷 西晋三藏竺法護譯

羅云忍辱經一卷 或直云忍辱經西晋沙門釋法炬譯

佛為年少比丘說正事經一卷 西晋沙門釋法炬譯

沙曷比丘功德經一卷 西晋沙門釋法炬譯

時非時經一卷 或直云時經外國法師若羅嚴譯莫知帝代出經後記

右此時非時經群録皆云西晋沙門法炬所譯經後題云外國法師若羅嚴手執胡本口自宣譯涼州道人釪鐐城中寫記今依經記為正既莫知於帝代且附西晋録中

自愛經一卷 或云自愛不自愛東晋西域沙門竺曇無蘭譯

中心經一卷 亦云中心正行經東晋西域沙門竺曇無蘭譯拾遺編入

見正經一卷 一名生死變識經東晋西域沙門竺曇無蘭譯

開元釋教目録卷第十三上

音釋

嬈 乃了切亂也　頞 烏葛切　陂 彼為切　鞞 駢迷切　隥 丁鄧切

猘 居刈切　擽 書藥切　釪 烏胡二音　鐐 聊料二音

開元釋教目録卷第十三下

唐西崇福寺沙門智昇撰

大魚事經一卷

阿難七夢經一卷（或直云七夢經）

呵鵰阿那含經一卷（一名荷鵰或作苛字巳上三經東晉西域沙門竺曇無蘭譯）

燈指因緣經一卷（姚秦三藏鳩摩羅什譯）

婦人遇辜經一卷（一名婦遇對經乞伏秦沙門釋聖堅譯）

四天王經一卷（宋涼州沙門釋智嚴共寶雲譯）

摩訶迦葉度貧母經一卷

十二品生死經一卷

罪福報應經一卷（大周録中更有轉輪五道罪福報應經一卷今檢尋文句與此不殊但立名題廣畧有異文既無別但存一本耳巳上三經宋天竺三藏求那跋陀羅譯）

五無返復經一卷（一名五反覆大義經）

佛大僧大經一卷

耶祇經一卷

末羅王經一卷

摩達國王經一卷

旃陀越國王經一卷（或無國王字）

五恐怖世經一卷（或無世字）

弟子死復生經一卷（或云死亡更生經拾遺編入巳上八經宋沮渠京聲譯）

懈怠耕者經一卷（或云耕兒宋沙門釋惠簡譯）

辯意長者子經一卷（或云長者辯意經或加所問字元魏沙門釋法場譯）

無垢優婆夷問經一卷（元魏婆羅門瞿曇般若流支譯）

上三十經三十卷同帙

賢者五福經一卷（西晉河內沙門白法祖譯）

天請問經一卷（唐三藏玄奘譯出內典録）

右賢者五福天請問二經大周等録皆編大乘經中今尋文理頗涉小宗故移編此

僧護經一卷或有因緣

護淨經一卷

木槵子經一卷或作患又作櫰

無上處經一卷

盧志長者因緣經一卷

五王經一卷已上六經失譯今附東晉録

出家功德經一卷失譯今附三秦録拾遺編入

右出家功德經有三本流行餘二雖有廣略並從賢愚抄出云佛在王舍城迦蘭陀竹園中說今並載別生録中此本佛在毗舍離國爲梨車子鞞羅羨那説其中復云鞞羅羨那秦言勇軍雖不知

譯人姓名必是秦朝者也

栴檀樹經一卷僧祐録云安公古典經法上録云羅什譯者非也今附漢録

頞多和多耆經一卷

普達王經一卷

佛滅度後棺斂葬送經一卷一名比丘師經亦名師比丘經

鬼子母經一卷拾遺編入

梵摩難國王經一卷拾遺編入已上五經僧祐録云安公失譯今附西晉録

父母恩難報經一卷亦云勤報經後漢安息三藏安世高譯拾遺編入

孫多耶致經一卷或上加梵志字吳月支優婆塞支謙譯

新歲經一卷東晉西域沙門竺曇無蘭譯

右父母恩難報等三經大周等録皆云出中阿含經檢其中含大本無此等經

其增一阿含第二十四中雖有受歳縁
起文意全異故編於此
羣牛譬經一卷 西晋沙門釋法炬譯
右羣牛譬經大周録云出增一阿含檢
彼中無故編於此
九横經一卷
禪行三十七經一卷 或加品字已上二經後漢安息三藏安世高譯
比丘避女惡名欲自殺經一卷 西晋沙門釋法炬譯
比丘聽施經一卷 一名聽施比丘經東晋西域沙門竺曇無蘭譯
身觀經一卷 西晋三藏竺法護譯拾遺編入
右九横等四經大周録云出雜阿含是
異譯本其身觀經云是別生檢文並無
故編於此
無常經一卷 亦名三啓經
八無暇有暇經一卷

長爪梵志請問經一卷
譬喻經一卷
略教誡經一卷 已上五經唐三藏義淨譯新編入録
右此略教誡經有云出根本說一切有
部毗柰耶雜事第十九卷者誤也彼中
雖有略教文意與此懸殊既非別生故
編於此
療痔病經一卷 亦云痔瘻唐三藏義淨譯
右此療痔病經根本說一切有部尼陀
那第二卷中亦有此呪或有編爲重譯
今謂不然彼云告諸苾芻此痔病經我
於餘處已曾宣說而所爲復別處亦不
同此是重說非重譯
上三十經三十卷同帙
聲聞調伏藏 五十四部四百四十六卷四十五帙

調伏藏者經云勝故祕故佛獨制故如郣經中諸弟子說法或諸天說法律則不爾一切佛說自古羣録皆將摩得勒伽善見論等編爲正毗柰耶藏今者尋思恐將非當此等並是分部已後諸聖賢等依宗讃述非佛金口所宣又非千聖結集今之撰録分爲二例初明五部正調伏藏次明諸論柰耶眷屬庶根條不離本末區分幸諸達人重垂刊正

摩訶僧祇律四十卷或云三十卷四帙東晉天竺三藏佛陀跋陀羅共法顯譯單本

右一經是根本調伏藏即大衆部毗柰耶也佛圓寂後尊者迦葉集千應眞於王舍城竹林石室之所結也

十誦律六十一卷前五十八卷六帙姚秦三藏弗若多羅等共羅什譯後毗尼序三卷東晉三藏卑摩羅叉續譯

右一經即說一切有部毗柰耶藏佛圓寂後三百年初從上座部之所出也此十誦律中毗尼序三卷或有經本編在第九誦後第十誦前從第五十五卷至五十七卷者錯也今檢古本皆在其末今者依古爲正也

根本說一切有部毗柰耶五十卷五帙

根本說一切有部苾芻尼毗柰耶二十卷二帙

根本說一切有部毗柰耶雜事四十卷四帙

根本說一切有部尼陀那目得迦十卷或八卷或十卷一帙

唐三藏義淨譯新編入録

右四經與十誦律俱是說一切有部然其文理與十誦律非無有異未詳所以

五分律三十卷亦云彌沙塞律或三十四卷三帙宋罽賓三藏佛陀什共竺道生譯單本

右一經即化地部毗柰耶藏佛圓寂後三百年中從說一切有部之所出也

四分律六十卷 或四十五卷或七十卷六帙姚秦罽賓三藏佛陀耶舍共竺佛念等譯單本

右一經即法密部毗柰耶藏佛圓寂後三百年中從化地部之所出也 其飲光部但有戒本律藏未翻

僧祇比丘戒本一卷 亦云摩訶僧祇戒本東晉天竺三藏佛陀跋陀羅譯第二譯二譯一闕

僧祇比丘尼戒本一卷 亦云比丘尼波羅提木叉僧祇戒本東晉平陽沙門法顯共覺賢譯單本

十誦比丘戒本一卷 亦云十誦波羅提木叉戒姚秦三藏鳩摩羅什譯第三譯三譯二闕

十誦比丘尼戒本一卷 亦云十誦比丘尼波羅提木叉戒本宋長干寺沙門法穎集出

根本說一切有部戒經一卷

根本說一切有部苾芻尼戒經一卷 已上二經唐三藏義淨譯新編入録

五分比丘戒本一卷 亦云彌沙塞戒本宋罽賓三藏佛陀什等譯單本

上七經七卷同帙

五分比丘尼戒本一卷 亦云彌沙塞尼戒梁沙門釋明徽於建初寺集出出寶唱録拾遺編入

四分比丘戒本一卷 題云四分戒本

四分比丘尼戒本一卷 題云四分尼戒本已上二經唐西太原寺沙門懷素依律集出新編入録

四分僧戒本一卷 或云曇無德戒或無僧字姚秦罽賓三藏佛陀耶舍譯單本

右此戒本初無稽首頌有入堂等偈者是 其四分律尼戒乃有數本流行而皆不依正文妄生增減今留姚秦耶舍譯本及太原祖師依文纂者餘皆簡棄不載録中

解脫戒本一卷 出迦葉毗部元魏婆羅門瞿曇般若流支譯單本

沙彌十戒法并威儀一卷　亦云沙彌威儀戒本失譯今附東晉録

沙彌威儀一卷　或有經字與前威儀大同小異宋罽賓三藏求那跋摩譯

沙彌尼雜戒文一卷　失譯今附東晉録

沙彌尼戒經一卷　失譯在後漢録拾遺編入

舍利弗問經一卷

上十經十卷同帙

根本說一切有部百一羯磨十卷　一帙唐三藏義淨譯新編入録

大沙門百一羯磨法一卷　出十誦律僧祐録中失譯經今附宋録

十誦羯磨比丘要用一卷　出十誦律或二卷宋沙門釋僧璩於揚都中興寺依律撰出

優波離問佛經一卷　或云優波離律失譯在後漢録單本

五分羯磨一卷　題云彌沙塞羯磨本唐大開業寺沙門釋愛同集新編入録

四分雜羯磨一卷　題云曇無德律部雜羯磨以結戒場爲首曹魏天竺三藏康僧鎧譯拾遺編入

曇無德羯磨一卷　以結大界爲首或二卷曹魏安息沙門曇諦譯

四分比丘尼羯磨法一卷　祐云曇無德羯磨或云雜羯磨宋罽賓三藏求那跋摩譯

上七經七卷同帙

四分律刪補隨機羯磨一卷　唐崇義寺沙門釋道宣集新編入録

四分僧羯磨三卷　題云羯磨卷上出四分律唐西太原寺沙門釋懷素依律集出新編入録

四分尼羯磨三卷　題云尼羯磨卷上出四分律唐沙門釋懷素依律集出新編入録

上三經七卷同帙　上六本羯磨並出四分然文有廣略先後異耳

大愛道比丘尼經二卷 亦云大愛道受戒經或直云大愛道經失譯僧祐録云安公涼土異經今附北涼單本

迦葉禁戒經一卷 一名摩訶比丘經亦名眞僞沙門經宋居士沮渠京聲譯第二譯兩譯一闕

右群録中更有眞僞沙門經一卷云是宋代沙門惠簡所譯與迦葉禁戒經同本檢尋文句與禁戒經首末全同旣無異文故不雙出

犯戒報應輕重經一卷 出目連問毗尼經或云目連問經後漢安息三藏安世高譯拾遺編入單本

戒銷灾經一卷 或名戒伏銷灾經吳月支優婆塞支謙譯單本

優婆塞五戒相經一卷 一名優婆塞五戒略論宋罽賓三藏求那跋摩譯第一譯二譯一闕

右已上經律正調伏藏已下論等爲順前宗故名眷屬其戒心羯磨但依文纂要無增減故列之於前其律攝等據其本文屢有增減輒編於後

根本說一切有部毗柰耶頌五卷 尊者毗舍佉造

根本說一切有部毗柰耶雜事攝頌一卷

根本說一切有部毗柰耶尼陀那目得迦攝頌一卷 已上三經唐三藏義淨譯新編入録單本

五百問事經一卷 失譯今附東晉録拾遺編入

上九經十四卷同帙

根本薩婆多部律攝二十卷 尊者勝友集或十四卷二帙唐三藏義淨譯新編入録單本

毗尼摩得勒伽十卷 一帙宋天竺三藏僧伽跋摩譯單本

鼻柰耶律十卷 一名戒因緣經一帙姚秦涼州竺佛念於苻秦代譯單本

善見律毗婆沙十八卷 或云毗婆沙律亦直云善見律蕭齊外國沙門僧伽跋陀羅譯單本

佛阿毗曇經二卷 亦云佛阿毗曇論陳天竺三藏眞諦譯單本

上二經二十卷二帙其佛阿毗曇論群録並云九卷未詳所以今只有二卷舊録編在大乘論中今者尋其文理多說度人受戒等事爲此相應故移編此

毗尼母經八卷亦云毗尼母論失譯今附秦録單本

大比丘三千威儀經二卷亦云大僧威儀經或四卷後漢安息三藏安世高譯單本

上二經十卷同帙其毗尼母經大周録云東晉太安年符蘭譯出法上録謹按帝王代録於東晉代無太安年其太安年乃西晉惠帝代其法上録尋之未獲年代既錯未可依憑又檢文中有翻梵語處皆曰秦言故是秦時譯也今爲失源編於秦録其三千威儀經僧祐失譯録中分爲兩部部各二卷房等諸録並云兩本合之成其四卷今只有二餘二莫存

薩婆多毗尼婆沙九卷失譯今附秦録單本

律二十二明了論一卷亦直云明了論陳天竺三藏眞諦譯單本

上二經十卷同帙其明了論出正量部波羅提木叉論中其大論未譯凡有六千頌彼部法師阿那含人厥名覺護依律毗婆沙及五足等造於中與律相應者略成一卷謂明了論此論解釋律藏中二十二條眞實要義能除正法人迷闇心通達律義故稱明了隋沙門法經録及長房入藏録中並分爲兩部律二十二卷編在律中明了論一卷載於論録又律二十二乃是明了論半題彼存二十二卷誤之甚也誤之甚也

聲聞對法藏三十六部六百九十八卷七十二帙

此對法藏諸部不同流布此方比諸爲衆今者據其有部根本身論爲初足論居次毗婆沙等支派編末餘部既衆難以科條以俟將來此無先後

阿毗曇八揵度論三十卷迦旃延子造或二十一卷三帙苻秦罽賓三藏僧伽提婆共竺佛念譯第一譯

阿毗達磨發智論二十卷迦多衍尼子造二帙唐三藏玄奘譯第二譯出内典録

右上二論同本異譯即是說一切有部對法藏之根本佛圓寂後三百年中論

師迦多衍尼子之所造也後代傳人本
有廣略此發智論文義具足傳習之者
號爲身論以餘六論各辯一支有異於
身故名爲足次編於後諸部繼焉

一阿毗達磨法蘊足論十二卷尊者大釆菽氏造一帙

二阿毗達磨集異門足論二十卷尊者舍利子說二帙

已上二論唐三藏玄奘譯出內典錄單本

三施設足論有一萬八千頌尊者大迦多衍那造迦多此云剪剃衍此云種那是男聲婆羅門中一姓其論未譯上二足論並佛在世時造

四阿毗達磨識身足論十六卷佛圓寂後一百年中尊者提婆設摩阿羅漢造提婆設摩此云天寂唐三藏玄奘譯出內典錄單本

五阿毗達磨品類足論十八卷佛圓寂後三百年中尊者筏酥密多羅造筏酥密多羅此云世友第二譯唐三藏玄奘譯出內典錄

衆事分阿毗曇論十二卷宋天竺三藏求那跋陀羅共菩提那舍譯第一譯

右二論同本異譯三十卷三帙

六阿毗達磨界身足論三卷佛圓寂後三百年中尊者世友造與上識身足論共一十九卷二帙唐三藏玄奘譯出翻經圖單本

阿毗曇毗婆沙論六十卷六帙或八十四卷或一百九卷北涼天竺沙門浮陀跋摩共道泰等譯第二譯

右此論創譯百卷成部沙門道挻製序
屬魏併涼失四十卷今唯六十卷在但
畢第三犍度下五犍度時闕其本新譯
之者八蘊並足其八十四卷本及一百
九卷者後人分此六十卷成非是元來
不闕又按梁僧祐法苑云天監十一年二月勑僧伽婆羅更出婆沙餘五

犍度雖有此說本仍未覩也

阿毗達磨大毗婆沙論二百卷二十帙唐三藏玄奘譯第二譯出内典録

右上二論同本異譯即釋上發智論佛圓寂後四百年中五百大阿羅漢等於迦濕彌羅國造

阿毗達磨俱舍釋論二十二卷婆藪槃豆造陳天竺三藏真諦譯第一譯

阿毗達磨俱舍論本頌一卷尊者世親造或二卷唐三藏玄奘譯第二譯出内典録真諦譯者闕本

上二論二十三卷三帙

阿毗達磨俱舍論三十卷尊者世親造三帙唐三藏玄奘譯第二譯出内典録

右二論及頌同本異譯

阿毗達磨順正理論八十卷尊者衆賢造八帙

阿毗達磨顯宗論四十卷尊者衆賢造四帙已上二論唐三藏玄奘譯出内典録單本

上二部論與俱舍論頌同釋異名並衆賢造衆賢尊者先述正理文廣難尋後造顯宗略而易曉所以重釋

阿毗曇心論四卷尊者法勝造或無論字東晉罽賓三藏瞿曇僧伽提婆譯單本

法勝阿毗曇心論六卷大德優波扇多造或七卷高齊天竺三藏那連提耶舍共法智譯單本

右上二論十卷同帙

雜阿毗曇心論十一卷亦云雜阿毗曇毗婆沙尊者法救造或十四卷宋天竺三藏僧伽跋摩等譯第四譯四譯三闕

右上三論俱名阿毗曇心然其所釋廣略有異雜阿毗曇心論第一卷初注云諸師釋法勝阿毗曇心義廣略不同法勝所釋最爲略也優波扇多有八千偈釋又有一師萬二千偈釋此二論名爲廣也和修槃頭以六千偈釋又論初頌云敬禮尊法勝所說我頂受我

達摩多羅說彼未曾說故上三論初四卷者是法勝本論次六卷者是優波扇多釋故彼論初云大德優波扇多爲利益弟子故造此阿毗曇心論故知此即釋法勝論非法勝造而論外題有法勝字者或恐不然論卷中題無此二字群録皆云法勝阿毗曇或云别譯法勝阿毗曇後雜心論是法救造比前二論文義稍廣

阿毗曇甘露味論二卷或云甘露味阿毗曇尊者瞿沙造曹魏代譯失三藏名單本

隨相論一卷或云求那摩帝隨相論德慧法師造或二卷陳天竺三藏眞諦譯單本

上三論十四卷二帙

尊婆須蜜菩薩所集論十卷尊者婆須蜜造十三卷或十四卷符秦罽賓三藏僧伽跋澄等譯單本

三法度論二卷或無論字或云經或三卷或云一卷東晋罽賓三藏瞿曇僧伽提婆譯第二譯一譯一闕

右此三法度論有本有釋本有三章九眞度釋亦有九品廬山遠法師序云本是尊者山賢造釋是天竺大乘居士僧伽先撰經後記云大乘比丘釋僧伽先撰二說少殊未詳孰正也

入阿毗達磨論二卷塞建地羅阿羅漢造唐三藏玄奘譯出内典録單本

上三論十四卷二帙

成實論二十卷訶梨跋摩造有二百三品或二十四卷二帙姚秦三藏鳩摩羅什譯單本

立世阿毗曇論十卷或無論字或云十五卷一帙陳天竺三藏眞諦譯單本

解脫道論十二卷或十三卷一帙梁扶南三藏僧伽婆羅譯單本

舍利弗阿毗曇論二十二卷或二十卷或三十卷姚秦罽賓三藏曇摩耶舍共曇摩崛多譯單本

五事毗婆沙論二卷亦云阿毗達磨五事論尊者法救造唐三藏玄

奘譯出翻經圖單本

上二論二十四卷三帙大周録中別載阿毗達摩五事論者誤也

鞞婆沙論十四卷亦云鞞婆沙阿毗曇論阿羅漢尸陀槃尼撰苻秦罽賓三藏僧伽跋澄譯單本

三彌底部論三卷或無部字或云四卷失譯三彌底者此云正量即正量部中論也今附秦録單本

分別功德論四卷或云分別功德經或三卷或五卷失譯在後漢録單本

右此一論釋增一阿含經義後初序品至弟子品過半釋王比丘即止法上録云竺法護譯者不然此中牒經解釋文句並同本經以爲增壹阿含同一人譯而餘録並云失源且依此定僧祐録云迦葉阿難撰者此亦不然如論第一卷中引外同師及薩婆多説故知非是二尊所撰

四諦論四卷婆藪跋摩造陳天竺三藏眞諦譯單本

辟支佛因縁論二卷失譯今附秦録單本

十八部論一卷新爲失譯第一譯附三秦録

右十八部論按尋群録並云梁代三藏眞諦所譯今詳眞諦已譯十八部論不合更譯部異執論其十八部論初首引文殊問經分別部品品後次云羅什法師集後方是論若是羅什所翻秦時未有文殊問經不合引之置於初也或可唯別録中文殊問經編爲失譯秦時引證此亦無疑若是眞諦再譯論中于註不合有秦言之字詳其文理多是秦時羅什譯出諸録脱漏致有疑焉其

眞諦十八部疏即部異執疏是雖有斯
理未敢指南後諸博聞請求實録
部執異論一卷亦名部異執論陳天竺三藏眞諦譯第二譯
異部宗輪論一卷世友菩薩造唐三藏玄奘譯第三譯出翻經圖
右三論同本異譯
上六論十三卷同帙
有譯有本録中聖賢傳記録第三合一百八部五百四十一卷五十七帙
右傳記録者佛圓寂後聖弟子之所撰
集雖非三藏正典然亦助揚玄化於此
之中總爲五類一讃揚佛德二明法眞
理三述僧行軌四摧邪護法五外宗異
執讃佛德者所行讃傳釋迦譜等也明
法理者修行道地經經律異相等也述
僧行者龍樹馬鳴法顯玄奘等傳也摧
邪護法者辯正弘明破邪辯惑論等也
外宗異計者數勝二論是也以類科分
莫過此五五中所辯通大小乘又於此
中更開二例梵本翻譯者於先此土傳
揚者於後庶東西不雜覽者除疑焉
梵本翻譯集傳六十八部一百七十三卷一十五帙
佛所行讃經傳五卷亦云佛本行經北涼天竺三藏曇無讖譯單本
佛本行經七卷一名佛本行讃傳宋涼州沙門釋寶雲譯單本
右大周録編在大乘重譯經中云與六
十卷佛本行集經同本異譯者誤也
上二集十二卷同帙
撰集百緣經十卷一帙吳月支優婆塞支謙譯出内典録拾遺編入單本
出曜經二十卷或云出曜論或十九卷姚秦涼州沙門竺佛念於符秦代

譯單本

賢愚經十三卷或十五卷或十六或十七元魏涼州沙門慧覺等在高昌郡譯出翻經圖單本

謹按梁沙門僧祐賢愚序云河西慧覺等八僧遊方問道到于闐大寺遇五年大會八人分聽各記所聞還至高昌乃集爲一部即上賢愚經是上代群録皆編經藏今以共集所聞則非慶喜本誦與餘集等亦復何殊編入正經理將未當故今移附集傳録中其出曜百縁一經亦是別集還非本誦亦附此焉

上二集三十三卷四帙上三帙各八卷第四帙九卷

道地經一卷或加大字是修行經抄元外國略本後漢安世高譯拾遺編入第二譯

右一經是後修行道地經之少分異譯準安法師序云沙門衆護撰述經要以爲一部二十七章世高折護所集者七章以爲漢文今以章名爲數二種皆同故知即是安高所出此經七章總十八紙群録皆云二卷者誤

三譯一闕

修行道地經六卷或直云修行經或七卷西晉三藏竺法護譯第三譯

右二經同本異譯佛圓寂後七百年中西域沙門衆護所撰衆護者是此方言天竺梵音名僧伽羅刹舊録編入經者理不然也與後僧伽羅刹集經撰人不殊何得一載正經一編集内例既如此故附此中

僧伽羅刹所集經三卷僧伽羅刹撰或五卷符秦罽賓三藏僧伽跋澄等譯第一譯二譯一闕

上三集十卷同帙

百喻經四卷僧伽斯那撰或五卷蕭齊天竺三藏求那毗地譯單本

菩薩本縁經三卷僧伽斯那撰或四卷或二卷吳月支優婆塞支謙譯

單本

大乘修行菩薩行門諸經要集三卷 唐至相寺沙門釋智嚴譯新編入録單本

上三集十卷同帙

付法藏因緣傳六卷 或無因緣字或四卷或二卷元魏西域三藏吉迦夜共曇曜譯第三譯三譯二闕

坐禪三昧經三卷 一名菩薩禪法經或云禪經或二卷姚秦三藏鳩摩羅什譯第一譯二譯一闕

右群録中復有阿蘭若習禪法經二卷云與坐禪三昧經同本異譯亦云羅什法師所出尋閲文句首末全同但爲殊名分成兩部既非别譯未可雙行

佛醫經一卷 亦云佛醫王經吳天竺沙門竺律炎共支越譯拾遺編入

惟日雜難經一卷 吳月支優婆塞支謙譯拾遺編入單本

佛般泥洹摩訶迦葉赴佛經一卷 亦云迦葉赴佛般涅槃經東晉西域沙門竺曇無蘭譯單本

菩薩呵色欲法一卷 亦云經姚秦三藏鳩摩羅什譯第一譯二譯一闕

四品學法經一卷 或無經字宋天竺三藏求那跋陀羅譯單本

佛入涅槃密迹金剛力士哀戀經一卷 失譯今附秦録單本

迦旃延說法沒盡偈經一卷

佛治身經一卷 或云治身經

治意經一卷 或云佛治意已上三經僧祐録云安公失譯經拾遺編入今附西晉録單本

上十一集十八卷同帙

雜寶藏經八卷 或十三卷元魏西域三藏吉迦夜共曇曜譯單本

那先比丘經二卷 或直云那先經或三卷失譯在東晉録第一本兩譯

上二集十卷同帙

五門禪經要用法一卷 大禪師佛陀密多撰宋罽賓三藏曇摩密

多譯拾遺編入第二譯二譯一闕

達摩多羅禪經二卷一名不淨觀禪經修行方便東晉天竺三藏佛陀跋陀羅譯單本

右達摩多羅及佛大先所造先罽賓人也彼國禪匠佛陀跋陀羅之師智嚴往遊西域亦於先所學禪從坐禪三昧下一十四經周録之中編在經内今以並非佛說移之於此其雜寶藏經雖集佛語兼雜餘緣非全佛說故編集内

禪法要解二卷一名禪要經姚秦三藏鳩摩羅什譯第一譯二譯一闕

禪要呵欲經一卷題云禪要經呵欲品

内身觀章句經一卷題云禪要經呵欲品後漢失譯拾遺編入單本

法觀經一卷西晉三藏竺法護譯拾遺編入單本

思惟略要法一卷或加經字姚秦三藏鳩摩羅什譯拾遺編入第二譯三譯二闕

十二遊經一卷第二譯拾遺編入三譯二闕東晉西域沙門迦留陀伽譯

舊雜譬喻經二卷亦云雜譬喻集經吳天竺三藏康僧會譯拾遺編入單本

雜譬喻經一卷後漢月支三藏支婁迦讖譯拾遺編入單本

上十集十三卷同帙

雜譬喻經二卷一名菩薩度人經失譯在後漢録拾遺編入單本

雜譬喻經二卷比丘道略經姚秦三藏鳩摩羅什譯拾遺編入單本

阿育王譬喻經一卷失譯今附東晉録拾遺編入單本

阿育王經十卷或加大字梁扶南三藏僧伽婆羅譯第二譯拾遺編入

上四集十四卷同帙

阿育王傳七卷亦云大阿育王經或五卷西晉安息三藏安法欽譯第一譯

右二傳同本異譯佛圓寂後一百餘年育王出世方有此傳大周録中編在大乘經中者誤也長房等録復云僧伽婆羅更出育王傳五卷者誤也前經即傳不合重載

阿育王息壞目因緣經一卷（一名王子法益壞目因緣經苻秦天竺三藏曇摩難提於姚秦代譯拾遺編入第二譯三譯二闕）

四阿含暮抄解二卷（阿羅漢婆素跋陀撰苻秦西域沙門鳩摩羅什佛提等譯拾遺編入單本）

上三集十卷同帙

法句經二卷（亦云法句集尊者法救撰吳天竺沙門維衹難等譯第二譯二譯一闕）

阿毗曇毗婆沙論第一云如法句經世尊於處處方邑爲衆生故種種演說尊者達摩多羅（此云法救）於佛滅後種種說中無常義者立無常品乃至梵志義者立梵志品故知此經是法救撰周入藏録編在大乘經中及集傳内前後重載誤之甚也

法句譬喻經四卷（一名法句本末經或五卷或六卷西晉沙門釋法立共法炬譯第二譯二譯一闕）

右與前法句經明同異者前經但纂偈句不兼長行今此後經兼說偈之由起有其因緣世尊方說比前偈文此略不備又前後偈文互有增減周録編在大乘經中者誤也

迦葉結經一卷（後漢安息三藏安世高譯拾遺編入第一譯三譯二闕）

撰集三藏及雜藏傳一卷（失譯今附東晉録拾遺編入單本）

三慧經一卷（僧祐録云安公涼土異經今附北涼録拾遺編入單本）

阿毗曇五法行經一卷（亦云阿毗曇苦慧經或無行字後漢安息三藏安世高譯拾遺編入單本）

阿含口解十二因緣經一卷（亦直云阿含口解經亦名斷十二因緣經後漢安息優婆塞安玄共嚴佛調譯單本）

小道地經一卷（後漢西域三藏支曜譯拾遺編入單本）

文殊師利發願經一卷或加偈字東晉天竺三藏佛陀跋陀羅譯拾遺編入單本

六菩薩名一卷房入藏録云六菩薩名亦當誦持後漢失譯拾遺編入單本

一百五十讚佛頌一卷尊者摩咥里制吒撰唐三藏義淨譯新編入録單本

讚觀世音菩薩頌一卷唐天后代佛授記寺沙門釋慧智譯出大周録拾遺編入單本

上十二集十六卷同帙

無明羅刹集一卷亦云無明羅刹經或二卷失譯拾遺編入單本今附秦録

馬鳴菩薩傳一卷

龍樹菩薩傳一卷

提婆菩薩傳一卷已上三傳姚秦三藏鳩摩羅什譯拾遺編入單本

婆藪槃豆法師傳一卷此曰天親陳天竺三藏眞諦譯拾遺編入

第二譯兩譯一闕

龍樹菩薩爲禪陁迦王說法要偈一卷宋罽賓三藏求那跋摩譯出唐舊録第一譯

勸發諸王要偈一卷龍樹菩薩撰宋天竺三藏僧伽跋摩譯拾遺編入第二譯

龍樹菩薩勸誡王頌一卷唐三藏義淨譯新編入録第三譯

右三集同本異譯前二本偈諸經藏中連爲一卷今分二軸

賓頭盧突羅闍爲優陀延王說法經一卷又有賓頭盧爲王說法經一卷文與此同故不復出宋天竺三藏求那跋陀羅譯單本

請賓頭盧法一卷或加經字宋沙門釋慧簡譯第二譯二譯一闕

分別業報略一卷大勇菩薩撰或加集字宋天竺三藏僧伽跋摩譯拾遺編入單本

迦丁比丘說當來變經一卷僧祐録中失譯經今附宋録拾遺編入單本

大阿羅漢難提蜜多羅所説法住記一卷唐三藏玄奘譯出内典録單本

金七十論三卷亦名僧佉論或二卷陳天竺三藏真諦譯單本

右一論外道迦毗羅仙人造明二十五諦所謂數論經中云迦毗羅論是也長房内典二録真諦譯中有金七十論二卷復有僧佉論三卷二目俱存者誤也

勝宗十句義論一卷唐三藏玄奘譯出翻經圖單本

右一論勝者慧月造明十句義鵂鶹仙人本所造論但六句義慧月加四足成十句本末通論故名勝宗十句論也經中云衛世師論是也其數勝二論非是佛法諸外道宗此二爲上欲令博學之者委悉異道之宗故譯之耳

上十五集十七卷同帙

此方撰述集傳四十部三百六十八卷四十二帙

釋迦譜十卷別有五卷本與此廣略異蕭齊建初寺沙門僧祐撰出長房録新編入藏

釋迦氏略譜一卷或無略字

釋迦方志二卷唐西明寺沙門道宣撰出内典録新編入藏

上三集十三卷二帙上帙七下帙六

經律異相五十卷五帙梁天監十五年勅沙門寶唱等撰出長房録新編入藏

陀羅尼雜集十卷一帙未詳撰者今附梁録

右一呪集大周録中爲大乘單本復云失譯者不然尋檢其文乃是此方抄集而非梵本別翻所以知者如七佛神呪經及陀鄰尼鉢經等並是晉朝所翻護諸童子陀羅尼經元魏菩提流支所譯又陀鄰尼鉢經共最勝燈王經二是同本如此等經並皆集入故非梵本所傳必是此方撰集未知的是何人所撰故此述之

諸經要集二十卷 唐西明寺沙門釋道世撰新編入録

上一集二十卷分爲三帙 上下各七中帙六卷

出三藏記集十五卷 梁建初寺沙門釋僧祐撰出長房録新編入藏

衆經目録七卷 隋開皇十四年勅翻經沙門法經等撰出長房録新編入藏

上二集二十二卷二帙 上帙十卷下帙十二

開皇三寶録十五卷 内題云歷代三寶紀隋開皇十七年翻經學士成都費長房撰出内典録新編入藏

衆經目録五卷 隋仁壽二年勅翻經沙門及學士等撰出内典録新編入藏

上二集二十卷二帙

大唐内典録十卷 唐西明寺沙門道宣撰出内典録新編入録

續大唐内典録一卷 唐西崇福寺沙門釋智昇撰新編入藏

古今譯經圖紀四卷 唐翻經沙門釋靖邁撰新編入藏

續古今譯經圖紀一卷 唐西崇福寺沙門釋智昇撰新編入藏

大周刊定衆經目録十五卷 唐天后勅佛授記寺沙門明佺等撰新編入藏

上四集二十一卷二帙 上帙十一下帙十卷

開元釋教目録二十卷二帙 唐西崇福寺智昇撰新編入藏

一切經音義二十五卷 唐翻經沙門釋玄應撰出内典録新編入藏

新譯大方廣佛華嚴經音義二卷 唐淨法寺沙門釋惠苑撰新編入藏

上二集二十七卷四帙 第一帙六卷下三帙各七

大唐西域記十二卷 唐三藏玄奘撰出内典録新編入藏

集古今佛道論衡四卷 或三卷唐西明寺沙門道宣撰出内典録新編入藏

續集古今佛道論衡一卷 唐西崇福寺沙門智昇撰新編入藏

上三集十七卷二帙 上帙八下帙九

東夏三寶感通録三卷 唐西明寺沙門釋道宣撰出内典録新編

入藏

集沙門不拜俗議六卷 唐弘福寺沙門釋彥悰撰出內典録新編入藏

上二集九卷同帙

大唐慈恩寺三藏法師傳十卷一帙 唐西太原寺沙門釋慧立等撰新編入藏

大唐西域求法高僧傳二卷 唐三藏義淨撰新編入藏

法顯傳一卷 亦云歷遊天竺記傳東晉沙門釋法顯自記遊天竺事出長房録新編入藏

高僧傳十四卷 一卷是目録梁會稽嘉祥寺沙門釋惠皎撰出長房録新編入藏

上三集十七卷二帙 上帙九 下帙八

續高僧傳三十卷 唐西明寺沙門釋道宣撰出內典録新編入藏

上一集三十卷分爲四帙 第一第二各八第三第四各七

辯正論八卷 一帙唐終南山龍田寺釋法琳撰出內典録新編入藏

破邪論二卷 或一卷唐終南山龍田寺釋法琳撰出內典録新編入藏

甄正論三卷 唐佛授記寺沙門釋玄嶷撰新編入藏

十門辯惑論二卷 或三卷唐大興善寺沙門釋復禮撰新編入藏

弘明集十四卷 梁建初寺沙門釋僧祐撰出長房録新編入藏

上四集二十一卷二帙 上帙十一 下帙十卷

廣弘明集三十卷 唐西明寺沙門釋道宣撰出內典録新編入藏

上一集三十卷分爲四帙 第一帙十第二帙七第三帙七第四帙六

集諸經禮懺儀二卷 唐西崇福寺沙門釋智昇撰新編入藏

唐南海寄歸內法傳四卷 唐三藏義淨撰新編入藏

比丘尼傳四卷 梁莊嚴寺沙門釋寶唱撰新編入藏

別說罪要行法一卷 或無別字

受用三水要法一卷 或云要行法

護命放生軌儀一卷 或云軌儀法唐三藏義淨撰新編入藏

上六集十三卷同帙

從釋迦譜下四十部合三百六十八卷並是此方賢德撰集然於大法裨助光揚季代維持寔爲綱要故編此録繕布流行若寫藏經隨情取捨諸餘傳記雖涉釋宗非護法者此中不録

都計小乘經律論及賢聖集傳見流行者總四百三十八部合二千三百三卷二百二十二帙

開元釋教目録卷第十三下

音釋

棇胡慣切　擐胡慣切　挻式延切　鵂鶹鵂許尤切鶹力求切　譜博古切籍録也

開元釋教目録卷第十四 別録之四上

唐西崇福寺沙門智昇撰

別録中有譯無本録第二之一

有譯無本者謂三藏教文及聖賢集傳名存本闕之類也自聖教東移殆乎千祀質文亟故鍾鼎屢遷重以周武陵夷緇徒喪滅致使法燈藏耀慧日韜光三藏要文多從散缺或東都近譯未達西京或創出本稀尋求匪獲詎聞精與空閱名題引領既勞撫膺奚及今者討求諸録備載遺亡冀望名賢共垂詢訪

合大小乘經律論及聖賢集傳闕本者

總一千一百四十八部一千九百八十卷

大乘經闕本四百八部八百一卷

大乘律闕本二十二部二十五卷

大乘論闕本二十部四十八卷

小乘經闕本六百五部八百一十五卷

小乘律闕本三十七部四十二卷

小乘論闕本九部六十五卷

賢聖集傳闕本四十七部二百八十四卷

大乘經重譯闕本二百部四百八十四卷

吳品經五卷 即是小品般若

吳天竺三藏康僧會譯 第三譯

新道行經十卷 亦名小品或七卷 祐録名更出小品

西晉三藏竺法護譯 第四譯

又按長房等録竺法護譯中更有小品經七卷者不然護公既有新道行經不合別出小品又道行脚注亦名小品又義善寺録中有大智度無極經四卷亦云護公所出既與道行同本更亦不合別翻既並繁重此故不存

大智度經四卷

東晉西域三藏祇多蜜譯 第五譯

右三經與大般若第四會同本前後八譯五本在藏三本闕長房等録羅什經數後有放光般若二十卷者不然什公既譯大品不合重出放光有者誤也

輭首菩薩無上清淨分衛經二卷一名決了諸法如幻三昧經

後漢臨淮沙門嚴佛調譯第一譯或一卷

右一經與大般若第八會同本前後三譯兩本在藏一本闕

仁王般若經一卷或二卷三十一紙

西晉三藏竺法護譯第一譯

仁王般若經一卷

梁天竺三藏真諦譯第二譯

右前後三譯一本在藏二本闕

般若波羅蜜多那經一卷

大唐天后代天竺三藏菩提流志譯

新編入録第三譯

右與大明呪經等同本前後三譯兩本在藏一本闕

道行經一卷安公云是般若抄外國高明者所撰安爲之製序

後漢天竺沙門竺佛朔譯

右一經雖名道行卷部全小不可與前道行等以爲同本且別記之

摩訶般若波羅蜜呪經一卷或無摩訶字

吳月支優婆塞支謙譯

摩訶般若隨心經一卷

大唐天后代于闐三藏實叉難陀譯新編入録

從吳小品經下十部二十七卷般若部中闕本

無量壽經二卷

後漢安息三藏安世高譯 第一譯
無量清淨平等覺經二卷
曹魏西域三藏白延譯 第五譯
又長房等録白延譯中更有平等覺經
一卷即是前經無繁重載
無量壽經二卷 亦名無量清淨平等覺經
西晉三藏竺法護譯 第六譯
無量壽至眞等正覺經一卷 一名樂土經亦名極樂佛土經
東晉外國沙門竺法力譯 第七譯
新無量壽經二卷
東晉天竺三藏佛陀跋陀羅譯 亦云宋永初二年出第八譯
新無量壽經二卷
宋涼州沙門釋寶雲譯 第九譯
新無量壽經二卷
宋罽賓三藏曇摩蜜多譯 出眞寂寺録第十譯
右七經與大寶積第五無量壽會同本
此經前後經十一譯四本在藏七本闕
阿閦佛刹諸菩薩學成品經三卷
東晉沙門支道根譯 第二譯
右一經與第六不動如來會同本前後
三譯二存一闕
法界體性無分別經二卷
姚秦三藏鳩摩羅什譯 出法上録第一譯
右一經與第八法界體性會同本前後
兩譯一存一闕
普門品經一卷
東晉西域三藏祇多蜜譯 第二譯
右一經與第十文殊普門會同本前後
三譯兩存一闕

嚴淨佛土經二卷亦云淨土經

西晉河内沙門白法祖譯第三譯

右一經與第十五文殊授記會同本前

後三譯二存一闕

菩薩藏經三卷

西晉三藏竺法護譯第一譯

右一經與第十七富樓那會同本前後

兩譯一存一闕

法鏡經二卷或一卷

吳月支優婆塞支謙譯第二譯

又長房等録支謙所譯更有郁伽長者

經二卷即法鏡經是不繁重載

郁伽羅越問菩薩經一卷

西晉河内沙門白法祖譯第五譯

郁伽長者所問經一卷

宋罽賓三藏曇摩蜜多譯第六譯

右三經與第十九郁伽長者會同本前

後六譯三存三闕

妙慧童女所問經一卷

大唐天后代天竺三藏菩提流志譯新編

入録第三譯

右一經與第三十妙慧童女會同本前

後四譯三存一闕

阿闍世王女阿術達菩薩經一卷

吳月支優婆塞支謙譯第一譯

阿術達經一卷

東晉西域三藏祇多蜜譯第三譯

阿逑達菩薩經一卷

宋天竺三藏竺法眷譯第四譯

右三經與第三十二無畏德菩薩會同

本前後五譯二存三闕（又長房等録竺法譯更有阿闍世王女無憂施經一卷此乃梵晉音異不合重上阿術達是梵言無憂施是晉語二經雙載録家誤也）

如幻三昧經二卷（或一卷）

後漢安息三藏安世高譯（第一譯）

如幻三昧經二卷

東晉西域三藏祇多蜜譯（第三譯）

如幻三昧經二卷

前涼月支優婆塞支施崘譯（出首楞嚴後記第四譯新編入）

聖善住意天子所問經四卷

隋天竺三藏闍那崛多譯（第六譯）

右四經與第三十六善住意天子會同

本前後七譯三存四闕

慧上菩薩問大善權經二卷（或無菩薩字或一卷）

後漢臨淮沙門嚴佛調譯（第一譯）

大善權經二卷

姚秦三藏鳩摩羅什譯（第四譯）

慧上菩薩問大善權經二卷（一名慧上菩薩經一名大乘方便經一直名大善權經）

北涼西域三藏僧伽陀譯（第五譯）

右三經與第三十八大乘方便會同本

前後五譯二存三闕

彌勒所問本願經一卷

東晉西域三藏祇多蜜譯（第二譯）

右一經與第四十二彌勒所問會同本

前後三譯二存一闕

菩薩淨行經二卷（亦云淨律經）

吳天竺經藏康僧會譯（別品初譯）

右一經與第四十七寶髻菩薩會同本

此是大集寶髻品除其本經前後兩譯
一存一闕

勝鬘經一卷 亦云勝鬘師子吼一乘大方便經
北涼天竺三藏曇無讖譯 第一譯
右一經與第四十八勝鬘夫人會同本
前後三譯二存一闕

寶積經三卷
周宇文氏三藏禪師闍那耶舍譯
右一經雖云寶積既無本可校不知與
何會同本且記於末

從無量壽經下三十部五十四卷寶積
部中闕本

大方等大集經二十七卷
後漢月支三藏支婁迦讖譯 第一譯
大方等大集經三十卷 或有新字或二十四卷
姚秦三藏鳩摩羅什譯 第二譯
右二經同本前後三譯一本在藏兩本
闕

虛空藏菩薩經一卷
宋天竺三藏求那跋陀羅譯 第二譯
右一經前後四譯三存一闕

般舟三昧經二卷 或加大字或一卷
後漢天竺三藏竺佛朔譯 第二譯
般舟三昧經一卷 是後十品重翻祐有一卷無三卷者
後漢月支三藏支婁迦讖譯 出靜泰録第三譯
般舟三昧念佛章經一卷 是行品別翻
後漢代失譯 第四譯
般舟三昧經二卷 安公録云更出般舟三昧經
西晉三藏竺法護譯 第六譯
右四經同本前後七譯三存四闕 四是全本

三是抄譯

阿差末菩薩經四卷

吳天竺沙門維祇難譯（第一譯）

阿差末菩薩經四卷

吳月支優婆塞支謙譯（第二譯）

無盡意經十卷

宋天竺三藏竺法眷譯（第五譯）

右三經同本前後五譯二本藏中三本

闕（又長房等録竺法護譯中更有無盡意經四卷據其法護已出阿差末經不合再出無盡意其阿差末經題云晉日無盡意録中脚注云或四卷此是梵晉名異理實一經録存二本誤之甚也）

小阿差末經二卷

吳月支優婆塞支謙譯

右一經既加小字與前諸經應非同本

方等主虛空藏經八卷（亦云虛空藏所問或五卷）

乞伏秦沙門釋聖堅譯

右一經是大集虛空藏品異譯藏中縱

有乃是别生虛空藏品無識所翻非異

譯者（或即此經是無識譯非聖堅出）

定意天子所問經三卷（出大集今疑與善住意經同本）

周宇文氏三藏禪師闍那耶舍譯

從大集經下一十三部九十七卷大集

部中闕本

入如來智不思議經三卷

周宇文氏三藏禪師闍那耶舍譯（出翻經圖第二譯）

右一經前後四譯三存一闕

菩薩十地經一卷（亦云大方廣經亦直云十地經）

西晉三藏竺法護譯（第一譯）

大方廣菩薩十地經一卷

西晉清信士聶道真譯第二譯

十地經一卷

東晉西域三藏祇多蜜譯第三譯

右三經同本前後五譯二存三闕

大方廣不生不滅經一卷

大唐天后代于闐三藏實叉難陀譯新編入録單本

大方廣如來難思議境界經一卷

大唐天后代于闐三藏實叉難陀譯新編入録單本

佛藏大方等經一卷亦名問明顯經

宋沙門釋道嚴譯

右一經隋代沙門法經録云是華嚴經明難品異譯今闕此經舊經在第六卷新經在第十三

菩薩本業經一卷是華嚴淨行品亦直云本業經

東晉天竺三藏佛陀跋陀羅譯第三譯

右兼本品前後五譯四本在藏一本闕其舊華嚴經既是覺賢所譯不合別出此本業經以大周録入藏中有未見其本且此述之又長房録中支謙再出淨行品經者誤也其淨行經脚注云一名菩薩本業經

菩薩十法住經一卷是十住品

西晉清信士聶道真譯第三譯

右兼本品前後五譯四本在藏一本闕長房等録更有菩薩十住一卷云是東晉佛陀跋陀羅譯詳其覺賢既譯大本不合別出此經房録誤也

十住經十二卷是十地品

西晉清信士聶道真譯第二譯

右兼本品前後五譯四本在藏一本闕

羅摩伽經三卷是入法界品少分

曹魏西域三藏安法賢譯第一譯

羅摩伽經一卷是入法界品少分

北涼天竺三藏曇無讖譯第四譯

右兼本品前後五譯三本在藏二本闕

從入如來智不思議經下十二部二十

七卷華嚴部中闕本

梵般泥洹經二卷舊録云胡般今改爲梵字或一卷

後漢月支三藏支婁迦讖譯第一譯

大般涅槃經二卷

曹魏外國三藏安法賢略前品爲二卷第二譯

大般泥洹經二卷

吳優婆塞支謙譯序品哀歎品爲二卷第二譯

般泥洹經二十卷

北涼雍州沙門智猛於涼州譯第六譯

右兼涅槃大本及新譯後分前後七譯

三本在藏四本闕又大周録中指竺道祖録云東晉義熙十三年佛陀跋陀羅於道場寺譯大般泥洹經一卷或云十卷是大本前分十卷盡大衆問品今尋諸録及傳記等其法顯譯大般泥洹亦是義熙十三年於道場寺譯其法顯所出諸經並與覺賢共譯諸録題注多相參涉時處既同必非再出今合爲一更不別存

從梵般泥洹經下四部二十六卷涅槃

部中闕本

普曜經八卷　失譯似是蜀土所出在魏吳録第一譯

普曜經八卷或六卷或四卷

宋沙門智嚴共寶雲譯第三譯

右二經與方廣莊嚴經同本前後四譯

二在二闕

無量義經一卷

宋天竺三藏求那跋陀羅譯第一譯

右一經前後兩譯一存一闕

法華三昧經六卷一本加正字

吳外國三藏支彊良接譯出翻經圖第一譯

薩芸芬陀利經六卷

西晉三藏竺法護太始年譯第一譯

謹按長房録其正法華是竺法護太康七年譯見聶道真録復云太始元年譯薩芸芬陀利經六卷出竺道祖録同是一經不合再出名目既殊本復存沒未詳所以或可薩芸芬陀利是梵語正法華是晉名梵晉俱存録家誤也

方等法華經五卷

東晉沙門支道根譯第四譯

右三經同本兼及添品前後六譯三存三闕

佛以三車喚經一卷

吳月支優婆塞支謙譯

右一經出法華經中異譯應是譬喻品

古維摩詰經二卷

後漢臨淮沙門嚴佛調譯第一譯

異毗摩羅詰經三卷祐云異維摩詰經或作思字或二卷

西晉西域優婆塞竺叔蘭譯第三譯

維摩詰所說法門經一卷或云維摩詰經

西晉三藏竺法護譯第四譯

謹按僧祐録中更有刪維摩詰經一卷亦云竺法護譯下注云祐意謂先出維摩繁重護刪出逸偈也今意與前異故不別存又周録中更有毗摩羅詰經二卷亦云吳黃武年支謙譯出長房録檢長房録無此經名周録誤也

維摩詰經四卷

東晉西域三藏祇多蜜譯第五譯

右四經同本前後七譯三存四闕其西晉沙門支敏度合一支兩竺三本共爲五卷者以非別翻又闕其本故不存之

大方等頂王經一卷

姚秦三藏鳩摩羅什譯第二譯

右一經前後四譯三存一闕

閑居經十卷

西晉三藏竺法護譯第一譯

悲華經十卷

北涼沙門釋道龔譯第三譯

右二經同本前後四譯二存二闕

佛昇忉利天爲母說法經一卷

宋罽賓三藏曇摩蜜多譯第三譯

右一經前後三譯二存一闕

大乘寶雲經八卷

陳扶南國沙門須菩提譯第二譯

右一經前後三譯二存一闕

等集三昧經一卷

西晉河内沙門白法祖譯第二譯

右一經前後三譯二存一闕

持人菩薩經三卷

姚秦涼州沙門竺佛念譯第二譯

右一經前後三譯二存一闕

文殊師利現寶藏經二卷亦云示現寶藏或三卷

西晉安息三藏安法欽譯第二譯

文殊師利現寶藏經二卷

西晉沙門支法度譯第三譯

右二經同本前後四譯二存二闕

楞伽經四卷

北涼天竺三藏曇無讖譯第一譯

右一經前後四譯三存一闕

大方等無相經五卷一名大方等大雲經亦云大雲經或四卷

姚秦涼州沙門竺佛念譯第一譯

右一經前後兩譯一存一闕

諸法無行經一卷

宋天竺三藏求那跋陀羅譯第二譯

右一經前後三譯二存一闕

阿闍世王經二卷

西晉安息王藏安法欽譯第三譯

更出阿闍世王經二卷

西晉三藏竺法護重譯第四譯

右竺法護太康七年譯普超經此後再翻故題更出若准安録但有更出阿闍世王經無普超三昧對彼支識先譯故云更出祐録之中二本俱載

阿闍世經二卷

姚秦三藏鳩摩羅什譯第五譯

右三經同本兼放本經前後六譯三存三闕

月燈三昧經一卷出大月燈經第七

後漢安息三藏安世高譯第一別譯

右兼大本前後三譯二存一闕

象腋經一卷

後漢月支三藏支婁迦讖譯出法上録第一譯

無所希望經一卷

東晉西域三藏祇多蜜譯第三譯

右二經同本前後四譯二存二闕

上金光首經一卷

前涼月支優婆塞支施崙譯出首楞嚴後記第二譯新編入

右一經與大淨法門經等同本前後三譯二存一闕

阿彌陀佛偈一卷失譯在後漢録第一譯

右與後出阿彌陀偈同本前後兩譯一存一闕

觀無量壽佛經一卷

宋罽賓三藏曇摩蜜多譯（出寶唱録第二譯）

右一經前後兩譯一存一闕

小無量壽經一卷（一名阿彌陀經或無小字）

宋天竺三藏求那跋陀羅譯（第三譯）

右與阿彌陀經等同本前後三譯二存一闕（大周入藏録中有小無量壽經其文乃與阿彌陀不異故爲闕本）

彌勒成佛經一卷（一名彌勒當來下生經十七紙）

西晉三藏竺法護譯（第一譯）

右一經前後兩譯一存一闕

彌勒當來生經一卷（僧祐録云安公録中失譯今附西晉録第一譯）

彌勒作佛時事經一卷（祐録無事字）

失譯（出寶唱録八紙今附東晉録第二譯）

彌勒下生經一卷

梁天竺三藏眞諦譯（第五譯）

右三經同本前後六譯三存三闕

諸法勇王經一卷

後漢月支三藏支婁迦讖譯（出法上録第一譯）

右一經前後三譯二存一闕

權方便經一卷

吳天竺三藏康僧會譯（第一譯）

樂瓔珞莊嚴方便經一卷（一名大乘瓔珞莊嚴經亦名轉女身菩薩經）

宋沙門法海譯（第四譯）

右二經同本前後四譯二存二闕（長房等録中竺法護譯順權方便經二卷又譯隨權女經二卷其順權方便經下又注云亦名順權女經今以隨權順權二義相似故僧祐録云隨權女經別録所載安録中無故知即順權經是多是諸家造録名差誤耳隨權女經今刪不立）

睒本起經一卷（一名睒經出六度經）

姚秦三藏鳩摩羅什譯（第三譯）

右兼六度本經前後四譯三存一闕

無字寶篋經一卷
元魏天竺三藏佛陀扇多譯第二譯
右一經前後四譯三存一闕
失利越經一卷僧祐録云安公録中失譯經今附西晉録第二譯
右一經與月光童子經等同本前後四譯三存一闕
長者子誓經一卷
曹魏失譯第二本
菩薩誓經一卷
宋居士沮渠京聲譯第五譯
右二經同本前後五譯三存二闕
犢牛經一卷一云犢子經
東晉西域沙門竺曇無蘭譯第三譯
浮光經一卷或作乳光
東晉西域三藏祇多蜜譯第四譯

右二經同本前後四譯二存二闕
不莊校女經一卷
吳月支優婆塞支謙譯第一譯
腹中女聽經一卷
蕭齊沙門釋法化誦出第五譯
右二經同本前後五譯三存二闕
十二因緣經一卷亦云聞城十二因緣
後漢安息三藏安世高譯第一譯
聞城十二因緣經一卷
後漢西域三藏支曜譯第二譯
十二因緣經一卷亦云貝多樹下思惟十二因緣
西晉三藏竺法護譯第四譯
十二因緣經一卷
蕭齊天竺三藏求那毗地譯第五譯
右四經同本前後六譯二存四闕其聞城經

藏中雖有其文即與具多樹下經同文有十二因録經一卷乃出增一阿含第四十六卷故此二經不寫入藏別求異本

異了本生死經一卷 僧祐録云安公録中失譯經今附西晉録

右一經前後三譯二存一闕

如來獨證自誓三昧經一卷

東晉西域三藏祇多蜜譯 第三譯

右一經前後三譯二存一闕

八吉祥經一卷

宋天竺三藏求那跋陀羅譯 第三譯

右一經前後五譯四存一闕

不空羂索呪心經一卷

大唐天后代天竺三藏菩提流志譯 出大周録第三譯

右一經新舊廣略總經四譯三存一闕

大孔雀王神呪經一卷

東晉西域三藏帛尸梨蜜多羅譯 第一譯

孔雀王雜神呪經一卷

東晉西域三藏帛尸梨蜜多羅譯 第一譯

孔雀王呪經一卷

東晉西域沙門竺曇無蘭譯 第三譯

右三經同本前後八譯五存三闕 前六本略後二本廣其尸梨蜜再出雜神呪經應是異本既未覩其經難爲指定

無端底持經一卷 舊録云總持

魏吳失譯 第三譯

阿難目佉經一卷

西晉安息三藏安法欽譯 第三譯

無量破魔陀羅尼經一卷

西晉河内沙門白法祖譯 第四譯

右三經同本前後十一譯八存三闕

無崖際持法門經一卷

宋天竺三藏求那跋陀羅譯第二譯
右一經前後三譯二存一闕
陀羅尼章句經一卷祐無章字
東晉失譯第三譯
右一經與持句神呪經等同本前後四
譯三存一闕
離垢淨光陀羅尼經一卷
大唐天后代于闐三藏實叉難陀譯新編
入録第一譯
右一經前後兩譯一存一闕
請觀世音經一卷
姚秦三藏鳩摩羅什譯第一譯
右一經前後兩譯一存一闕
内藏經一卷或云内藏百品經或云内藏百寶經
後漢安息三藏安世高譯第二譯

右一經前後兩譯一存一闕
温室洗浴衆僧經一卷或云温室經
西晉三藏竺法護譯第二譯
右一經前後兩譯一存一闕
又須頼經一卷或無又字
曹魏西域三藏白延譯第一譯
須頼經一卷或名須頼菩薩經
吳月支優婆塞支謙譯第二譯
貧子須頼經一卷
宋天竺三藏求那跋陀羅譯第四譯
右三經同本前後四譯一存三闕
道樹三昧經二卷安録云一卷即應私呵昧經是
失譯出支敏度録今附東晉録第二譯
右一經與私呵三昧經同本前後兩譯
一存一闕又長房等録吳代康僧會注道樹經一卷今以僧會注者

即是支謙所翻此之注經不可爲翻譯之數者

菩薩所生地經一卷一名摩竭所問

乞伏秦沙門釋聖堅譯第二譯

右一經前後兩譯一存一闕大周入藏録有今尋求未獲

四不可得經一卷或無可字

後漢安息三藏安世高譯第一譯

右一經前後兩譯一存一闕

梵女首意經一卷

宋沙門釋勇公譯第二譯

右一經前後兩譯一存一闕

光明三昧經一卷

後漢月支三藏支婁迦讖譯出僧祐録第一譯

右一經與成具光明定意經同本前後兩譯一存一闕

寶網經一卷

姚秦三藏鳩摩羅什譯第二譯

右一經前後兩譯一存一闕

菩薩緣身五十事經一卷

西晉清信士聶道真譯第二譯

右一經前後兩譯一存一闕

菩薩修行經一卷

吳月支優婆塞支謙譯第一譯

菩薩修行經一卷一名長者威施所問菩薩修行經一名長者修行經

曹魏西域三藏白延譯第二譯

右二經同本前後三譯一存二闕

福田經一卷一名諸德福田經

西晉沙門釋法炬譯第二譯

右一經前後兩譯一存一闕

大方等如來藏經一卷一名佛藏方等經

西晉沙門法立共法炬譯第一譯

大方等如來藏經一卷

西晉河内沙門白法祖譯第二譯

右二經同本前後三譯一存二闕

佛語經一卷

周宇文氏天竺三藏闍那崛多譯第二譯

右一經前後兩譯一存一闕

金色王經一卷

元魏天竺三藏曇摩流支譯第一譯

右一經前後兩譯一存一闕

演道俗業經一卷一云無業字

呉月支優婆塞支謙譯第一譯

右一經前後兩譯一存一闕

百佛名經一卷

西晉三藏竺法護譯第一譯

右一經前後兩譯一存一闕

開元釋教目録卷第十四

音釋

韜土刀切藏也　輭而兗切　讖楚譖切　睒失冉切

開元釋教目録卷第十四 別録之四下

唐 西崇福寺沙門智昇撰

稱揚諸佛功德經三卷 一名集華

姚秦三藏鳩摩羅什譯 第一譯

現在佛名經三卷 一名華數現在佛名

宋天竺三藏求那跋陀羅譯 第二譯

右二經同本前後三譯一存二闕 藏中一本

合是元魏代譯中有晉言之字未詳所以

須真天子經一卷

北涼天竺三藏曇無讖譯 第二譯

右一經前後兩譯一存一闕

大摩耶經一卷 或無大字或二卷

後漢西域三藏支曜譯 第一譯

右一經前後兩譯一存一闕

除災患經一卷

曹魏西域三藏白延譯 第一譯

右一經前後兩譯一存一闕

孛本經二卷

後漢月支三藏支婁迦讖譯 第一譯

孛經一卷

乞伏秦沙門釋聖堅譯 第三譯

右二經同本前後三譯一存二闕

光世音大勢至受決經一卷 亦云觀世音受記

西晉三藏竺法護譯 第一譯

觀世音受記經一卷

西晉清信士聶道真譯 第二譯

右二經同本前後三譯一存二闕

海龍王經四卷 或加新字

北涼天竺三藏曇無讖譯 第二譯

右一經前後兩譯一存一闕

首楞嚴經二卷 或三卷
後漢月支三藏支婁迦讖譯 第一譯
方等首楞嚴經二卷
吳月支優婆塞支謙譯 第二譯
蜀首楞嚴經二卷 似蜀土出
曹魏失譯 第三譯
後出首楞嚴經二卷
曹魏失譯 第四譯
首楞嚴經二卷
曹魏西域三藏白延譯 第五譯
勇伏定經二卷 安公云更出首楞嚴
西晉三藏竺法護譯 第六譯 又僧祐長房等錄竺法護更有首楞嚴經二卷今以首楞嚴與勇伏定梵晉名異二經不殊故勇伏定經後記云元康元年四月九日燉煌菩薩支法護手執梵經口出首楞嚴三昧優婆塞聶承遠筆受以此證知首楞嚴經與勇伏定不

首楞嚴經二卷 合分二賢劫經亦然首楞嚴經今廢不立經後記言支法護者據其本姓耳
西晉西域優婆塞竺叔蘭譯 第七譯
首楞嚴經二卷
前涼月支優婆塞支施崙譯 出首楞嚴後記第八譯新編入
右八經同本前後九譯第九本存前八並闕 又按祐房等錄西晉惠帝代沙門支敏度合兩支兩竺四本經共為一部八卷者既非梵本別翻不合入傳譯正數故不別存也
普賢觀經一卷 一名觀普賢菩薩
東晉西域三藏祇多蜜譯 第一譯
觀普賢菩薩經一卷
姚秦三藏鳩摩羅什譯 第二譯
右二經同本前後三譯一存二闕
藥王藥上菩薩觀經一卷

後漢安息三藏安世高譯第一譯
右一經前後兩譯一存一闕
無思議光孩童菩薩經一卷亦云無思議孩童經亦名無思議光經舊録直云孩童經
西晉三藏竺法護譯第一譯
右一經前後兩譯一存一闕
十地斷結經八卷或云十住或四卷
後漢天竺三藏竺法蘭於白馬寺譯第一譯
右一經前後兩譯一存一闕又長房等録竺佛念復譯十地斷結經十卷者誤也即十住斷結經是地之與住其義大同僧祐録中但有一本今依祐録爲正
諸佛要集經二卷
西晉清信士聶道真譯第二譯
右一經前後兩譯一存一闕
未曾有因緣經二卷

姚秦三藏鳩摩羅什譯出法上録第一譯
右一經前後兩譯一存一闕
瓔珞經十二卷一名現前報或十四卷
東晉西域三藏祇多蜜譯第二譯
右一經前後兩譯一存一闕
超日明三昧經二卷或直云超日明經或三卷
西晉三藏竺法護譯第一譯
右一經前後兩譯一存一闕
賢劫經七卷亦名賢劫定意亦名賢劫三昧祐録云新賢劫經
姚秦三藏鳩摩羅什譯第二譯
右一經前後兩譯一存一闕又長房等録竺法護經中更有颰陀劫三昧經七卷今詳此名録家誤也颰陀與賢梵晉異耳故賢劫經初云颰陀劫三昧經晉曰賢劫定意祐録之中但有一本存爲二經誤之甚也今合爲一也
賢劫千佛名經一卷

後漢失譯房云唯有佛名與曇無蘭所出四諦經千佛名異

右一佛名出賢劫經中異譯闕本

淨度三昧經一卷

宋沙門釋智嚴譯第一譯

淨度三昧經二卷

宋沙門釋寶雲譯第二譯

淨度三昧經三卷

宋天竺三藏求那跋陀羅譯第三譯

淨度三昧經一卷

元魏昭玄統釋曇曜譯第四譯

右四經同本異譯並闕大周入藏録中有淨度三昧經三卷尋其文詞踈淺義理差違事涉人謀難爲聖典故編疑録別訪真經

思意經一卷亦云益意經

後漢臨淮沙門嚴佛調譯第一譯

益意經三卷

東晉三藏康道和譯第二譯

右二經同本異譯並闕長房等録並云蕭齊僧法尼譯益意經二卷者多是録家相傳誤也其南齊末年太學博士江泌女小而出家名爲僧法閉目誦出二十一部凡三十五卷於中有益意經二卷長房以爲眞習有由編在正録諸録以非梵本傳譯置在僞中存此一經恐爲乖也其名或云僧法尼或云尼僧法此之尼字或上或下故使然也祐是齊人録中不載故知餘録並誤同入藏中有益意經兩卷尋其文義亦涉人謀下卷初有一紙半許文與前卷末文句全同其益意菩薩兩重受記名字國土各異不同諸經之中皆無此類故編疑品更訪真經

照明三昧經一卷

西晉三藏竺法護譯第一譯

照明三昧經一卷

東晉西域三藏祇多蜜譯第二譯

右二經同本異譯並闕

惟明二十偈經一卷或無經字

吳月支優婆塞支謙譯第一譯

惟明二十偈經一卷或無經字

西晉三藏竺法護譯第二譯

右二經同本異譯並闕

空淨天感應三昧經一卷亦云空淨三昧經

後漢安息三藏安世高譯第一譯

空淨三昧經一卷亦云空淨天感應三昧經

宋沙門釋勇公譯第二譯

右二經同本異譯並闕

法滅盡經一卷亦云空寂菩薩所問亦云法沒盡

吳月支優婆塞支謙譯第一譯

法沒盡經一卷或云空寂菩薩所問或云法滅盡

西晉三藏竺法護譯第二譯

右二經同本異譯並闕

從蜀普曜經下一百二十一部二百五十二卷除五大部外諸重譯經闕本

大乘經單譯闕本二百八部三百一十七卷

大方便報恩經一卷

後漢月支三藏支婁迦讖譯

卒逢賊結衣帶呪經一卷

後漢安息三藏安世高譯

呪賊經一卷一名除辟賊害呪祐録更有一本呪賊經

後漢安息三藏安世高譯

十四意經一卷一名菩薩十四意經

後漢安息三藏安世高譯

七佛神呪經一卷云與結纏者異本或無經字祐録更有本名與此同

吳月支優婆塞支謙譯

摩訶精進經一卷一名大精進經

吳月支優婆塞支謙譯

十二門大方等經一卷

呉月支優婆塞支謙譯

佛從上所行三十偈經一卷（或無經字）

呉月支優婆塞支謙譯

菩薩二百五十法經一卷（替大僧戒示孫皓者或二卷）

呉西域三藏康僧會譯

諸神呪經三卷

西晉三藏竺法護譯

文殊師利菩薩經一卷

西晉三藏竺法護譯

小郁伽經一卷（與大郁伽經不同或作迦字）

西晉三藏竺法護譯

諸方佛名功德經一卷（祐無功德字）

西晉三藏竺法護譯

十方佛名經一卷（祐無經字）

西晉三藏竺法護譯

慈仁問八十種好經一卷（或直云八十種好經）

西晉三藏竺法護譯

三十二相因緣經一卷（或云菩薩三十二相經）

西晉三藏竺法護譯

嚴淨定經一卷（一名序世經）

西晉三藏竺法護譯

寶施女經一卷（一名須摩提法律三昧經）

西晉三藏竺法護譯

金益長者子經一卷

西晉三藏竺法護譯

離垢蓋經一卷

西晉三藏竺法護譯

慧明經一卷

西晉三藏竺法護譯

衆祐經一卷

西晉三藏竺法護譯
三轉日明經一卷
西晉三藏竺法護譯
十等藏經一卷
西晉三藏竺法護譯
決道俗經一卷
西晉三藏竺法護譯
植衆德本經一卷
西晉三藏竺法護譯
小法没盡經一卷
西晉三藏竺法護譯
猛施經一卷一名猛施道地經
西晉三藏竺法護譯
目連上淨居天經一卷亦出佛本行集一本無天字
西晉三藏竺法護譯

惟逮菩薩經一卷
西晉河内沙門白法祖譯
檀持陀羅尼經一卷
西晉河内沙門白法祖譯
如來興顯經一卷
西晉河内沙門白法祖譯
善權經一卷
西晉河内沙門白法祖譯
海龍王經一卷
西晉河内沙門白法祖譯
持心梵志經一卷
西晉河内沙門白法祖譯
諸經菩薩名經二卷
西晉沙門釋法炬譯
正意經一卷房録注云第二出未詳初出何者是

西晉沙門釋法炬譯
明帝釋施經一卷
西晉沙門釋法炬譯
寂音菩薩願經一卷
西晉清信士聶道眞譯
菩薩求五眼法經一卷 祐無經字或云五眼文
西晉清信士聶道眞譯
菩薩道行六法經一卷
西晉清信士聶道眞譯
菩薩初地經一卷
西晉清信士聶道眞譯
菩薩十道地經一卷
西晉清信士聶道眞譯
文殊師利與離意女論議極似維摩經一卷
西晉清信士聶道眞譯

菩薩雜行法一卷
西晉清信士聶道眞譯
菩薩所行四法一卷
西晉清信士聶道眞譯
菩薩宿命經一卷
西晉清信士聶道眞譯
七佛所結麻油述呪經一卷 祐失譯録重載兩本一云異本
東晉西域沙門竺曇無蘭譯
大神母結誓呪經一卷
東晉西域沙門竺曇無蘭譯
伊洹法願神呪經一卷
東晉西域沙門竺曇無蘭譯
解日厄神呪經一卷
東晉西域沙門竺曇無蘭譯
六神名神呪經一卷

東晉西域沙門竺曇無蘭譯
檀持羅麻油述神呪經一卷
東晉西域沙門竺曇無蘭譯
麻油述呪經一卷
東晉西域沙門竺曇無蘭譯
東晉西域沙門竺曇無蘭譯
摩尼羅亶神呪案摩經一卷
東晉西域沙門竺曇無蘭譯
醫王惟樓延神呪經一卷一名阿難所問醫王惟樓延神呪經
東晉西域沙門竺曇無蘭譯
龍王呪水浴經一卷
東晉西域沙門竺曇無蘭譯
十八龍王神呪經一卷
東晉西域沙門竺曇無蘭譯
請雨呪經一卷
東晉西域沙門竺曇無蘭譯

止雨呪經一卷
東晉西域沙門竺曇無蘭譯
嚫水經一卷
東晉西域沙門竺曇無蘭譯
幻師阿夷鄒神呪經一卷大周録有入藏今闕
東晉西域沙門竺曇無蘭譯
呪水經一卷
東晉西域沙門竺曇無蘭譯
藥呪經一卷
東晉西域沙門竺曇無蘭譯
呪毒經一卷
東晉西域沙門竺曇無蘭譯
呪時氣病經一卷
東晉西域沙門竺曇無蘭譯
呪小兒經一卷

東晉西域沙門竺曇無蘭譯
呪齒經一卷更有一本名與此同云異出本一云蟲齒二云齲齒
東晉西域沙門竺曇無蘭譯
呪牙痛經一卷更有一本名與此同云異出本或作齒痛
東晉西域沙門竺曇無蘭譯
呪眼痛經一卷
東晉西域沙門竺曇無蘭譯
五眼文經一卷今疑是聶道真所出菩薩求五眼法異名
東晉西域沙門竺曇無蘭譯
淨六波羅蜜經一卷
東晉天竺三藏佛陀跋陀羅譯
禪經四卷
東晉西域三藏祇多蜜譯
法沒盡經一卷
東晉西域三藏祇多蜜譯

菩薩普處經三卷
姚秦涼州沙門竺佛念譯
善信摩訶神呪經二卷
姚秦三藏鳩摩羅什譯
持地經一卷
姚秦三藏鳩摩羅什譯
觀佛三昧經一卷
姚秦三藏鳩摩羅什譯
差摩經一卷今疑與差摩婆帝受記經同本
姚秦罽賓三藏曇摩耶舍於晉代譯
功德寶光菩薩經一卷
北涼天竺三藏曇無讖譯
無憂王經一卷
宋天竺三藏求那跋陀羅譯
大行六波羅蜜經一卷

宋天竺三藏求那跋陀羅譯
中陰經一卷
宋居士沮渠京聲譯
觀世音觀經一卷
宋居士沮渠京聲譯
海意經七卷
宋天竺三藏竺法眷譯
如來恩智不思議經五卷
宋天竺三藏竺法眷譯
寶頂經五卷
宋天竺三藏竺法眷譯
三蜜底耶經一卷宋名賢人用律經
宋天竺三藏竺法眷譯
觀世音懺悔除罪呪經一卷
蕭齊西域三藏達磨摩提譯

菩薩四法經一卷
元魏婆羅門瞿曇般若流支譯
寶意猫兒經一卷
元魏婆羅門瞿曇般若流支譯
佛頂呪經并功能一卷
周宇文氏天竺三藏闍那耶舍等譯
右一經大周録中編爲重譯云與佛頂尊勝經同本今以佛頂部中呪法極廣未覩其經不可懸配故爲單本也
金色仙人問經二卷
周宇文氏天竺三藏闍那崛多譯
諸佛護念經十卷
隋天竺三藏闍那崛多譯
阿吒那智呪經一卷此一經名出續高僧傳
大唐天竺三藏那提龍朔年慈恩寺譯周録中遺今新編入

妙德婆羅門女問佛轉何法輪經一卷今疑有德女所問大乘經即是
大唐天后代天竺三藏菩提流志譯新編
入録
智猛長者問經一卷
大唐天后代天竺三藏菩提流志譯新編
入録
佛入毗耶離除一切鬼病經一卷
大唐天后代天竺三藏菩提流志譯新編
入録
那耶經一卷
大唐天后代天竺三藏菩提流志譯新編
入録
大陀羅尼經一卷
大唐天后代天竺三藏菩提流志譯新編

入録
文殊師利呪法藏經二卷今疑是重譯
大唐天后代天竺三藏菩提流志譯新編
入録
一字呪王經一卷今疑與前呪法藏經共是一經
大唐天后代天竺三藏菩提流志譯新編
入録
無迦略叉菩薩造廣大摩尼祕密善住經一卷
大唐天后代天竺三藏菩提流志譯新編
入録
菩薩出生四法經一卷今有一本外題出生四法內是修行四法
大唐天后代于闐三藏實叉難陀譯新編
入録
梵本經四卷似長安中出舊云胡本

後漢失譯
泥洹後千歲變記經四卷一名千歲變經祐録云一卷
後漢失譯
諸經佛名二卷今疑不思議功德經是
後漢失譯
三千佛名經一卷
後漢失譯
稱揚百七十佛名經一卷亦直云百七十佛名經今疑出稱揚功德經
後漢失譯
南方佛名經一卷舊云一名治城寺經有誤
後漢失譯
滅罪得福佛名經一卷
後漢失譯
觀世音所説行法經一卷是呪經

後漢失譯
薩陀波崘菩薩求深般若圖像經一卷
後漢失譯
受持佛名不墮惡道經一卷
後漢失譯
五龍呪毒經一卷
後漢失譯
取血氣神呪一卷舊録云血呪
後漢失譯
呪賊呪法一卷異本
後漢失譯
七佛安宅神呪經一卷
後漢失譯
阿惟越致轉經十八卷
魏吳失譯

摩訶乘經十四卷（或云摩訶衍）

魏吳失譯

摩訶衍優波提舍經五卷

魏吳失譯

三昧王經五卷

魏吳失譯

梵王請問經五卷

魏吳失譯

佛從兜率降中陰經四卷

魏吳失譯

四天王經四卷（房云疑一部四本）

魏吳失譯

魔王請問經四卷

魏吳失譯

釋提桓因所問經三卷

魏吳失譯

大梵天王請轉法輪經三卷

魏吳失譯

法華光瑞菩薩現壽經三卷（今疑抄正法華）

魏吳失譯

普賢菩薩荅難二千經三卷（今疑抄度世品）

魏吳失譯

梵天王請佛千首經二卷（又大梵天王經二卷似此）

魏吳失譯

菩薩常行經一卷

魏吳失譯

熒火六度經一卷（舊録有明度經一卷亦名熒火明度經）

魏吳失譯

內禪波羅蜜經一卷

魏吳失譯

六波羅蜜經一卷
魏吳失譯
大總持神呪經一卷（或無神字）
魏吳失譯
方等陀羅尼經一卷
西晉失譯
寶嚴經一卷
西晉失譯
五福德經一卷（亦直云五福經）
西晉失譯
內藏大方等經一卷（今疑是佛藏大方等經）
僧祐録云安公失譯經附西晉録
小阿闍世經一卷
僧祐録云安公失譯經附西晉録
小須賴經一卷
僧祐録云安公失譯經附西晉録
目佉經一卷（安公云出方等部今疑是阿難目佉經）
僧祐録云安公失譯經附西晉録
菩薩道地經一卷（安公云出方等部）
僧祐録云安公古典經今附漢録
菩薩本行經一卷
僧祐録云安公關中異經今附秦録
大珍寶積惟日經一卷
僧祐録云安公關中異經今附秦録
墮迦羅問菩薩經一卷
僧祐録云安公關中異經今附秦録
菩薩等行經一卷
僧祐録云安公涼土異經今附涼録
四無畏經一卷
僧祐録云安公涼土異經今附涼録

權變經一卷舊録云文殊師利權變三昧經或直云權變三昧經
僧祐録云安公涼土異經今附涼録
十漚和經一卷
僧祐録云安公涼土異經今附涼録
七言禪利經一卷舊録云漚和七言禪利經
僧祐録云安公涼上異經今附涼録
菩薩十漚和經一卷今疑與前十漚和同
僧祐録云安公涼土異經今附涼録
大忍辱經十卷
北涼失譯
金輪王經十卷
北涼失譯
賢劫五百佛名一卷
北涼失譯
十方佛名經一卷一本作千方疑錯

華嚴淨經一卷
三十七品經一卷祐載兩本並云異出今且存一
七佛各說偈一卷
乳王如來經一卷或云乳王經今疑與乳光佛經同本
現在十方佛名經一卷
過去諸佛名一卷　千五百佛名一卷
五百七百佛名經一卷或云五百七十
觀世音成佛經一卷　文殊因縁經一卷
文殊本願經一卷　文殊觀經一卷
彌勒須河經一卷　導師問佛經一卷
颰陀菩薩百二千難經一卷
持身菩薩經一卷或云持身經
賢首菩薩二百問經一卷
金剛女菩薩經一卷　善意菩薩經一卷
菩薩行喜經一卷

菩薩從兜率天降中陰經一卷
菩薩淨本業經一卷　菩薩初業經一卷
菩薩四事經一卷　菩薩十六願經一卷
菩薩五十德行經一卷
菩薩教法經一卷　菩薩正行經一卷
菩薩出入諸則經一卷
菩薩毋姓字經一卷　菩薩家姓經一卷
菩薩比丘經一卷　菩薩經一卷今疑本上脱字
菩薩作六牙象本事經一卷
菩薩師子王經一卷
浴像功德經一卷與新譯者梵本未詳同别
浴僧功德經一卷
陁憐尼目佉經一卷今疑即是阿難陁目佉尼經
禮敬諸塔經一卷
般若波羅蜜偈經一卷

佛清淨偈經一卷
太子出國二十偈一卷
佛十力偈一卷　十方佛神呪一卷
四天王神呪一卷
十二因緣結縷神呪一卷
摩訶神呪一卷　移山神呪一卷
降魔神呪一卷
威德陁羅神呪一卷本作成字錯也
和摩結神呪一卷

右十方佛名下五十二經並是梁僧祐録中新集失譯經今附宋録
從梵本經下失譯諸經群録之中但題名曰乆虧其本無可披尋大小二乘實難詮定且粗分判尚多參涉幸諸明士詳而定之

大乘律闕本二十二部二十五卷

梵網經二卷或三卷

後漢西域三藏康孟詳譯第一譯

右前後兩譯一本在藏一本闕

菩薩瓔珞本業經二卷

宋沙門釋智嚴譯第二譯

瓔珞本業經二卷一名菩薩瓔珞經

宋沙門釋道嚴譯第三譯

右前後三譯一本在藏二本闕

菩薩戒本一卷

姚秦三藏鳩摩羅什譯第一譯

右前後三譯二存一闕

文殊師利淨律經一卷

西晉清信士聶道眞譯第二譯

右前後四譯三存一闕

菩薩齋法經一卷或無經字一名賢首菩薩齋法經一名正齋一名持齋

西晉三藏竺法護譯第一譯

菩薩正齋經一卷

東晉西域三藏祇多蜜譯第三譯

右與菩薩受齋經同本前後三譯一存二闕

文殊悔過經一卷亦云文殊懺悔經

姚秦三藏鳩摩羅什譯第二譯

右前後兩譯一存一闕

舍利弗悔過經一卷亦直云悔過經

西晉三藏竺法護譯第二譯

舍利弗悔過經一卷

姚秦三藏鳩摩羅什譯出法上録第三譯

右前後三譯一存二闕

法律三昧經一卷
後漢安息三藏安世高譯 出法上錄 第一譯
右前後兩譯一存一闕
佛悔過經一卷
西晉三藏竺法護譯 單本
菩薩戒獨受壇文一卷
西晉清信士聶道真譯 單本
菩薩懺悔法一卷 房錄云異出本
西晉清信士聶道真譯 單本
離欲優婆塞優婆夷戒文一卷 亦云具行二十二戒文
東晉西域沙門竺曇無蘭譯 單本
菩薩戒壇文一卷 亦云優婆塞戒壇文
北涼天竺三藏曇無讖譯 單本
善信二十二戒一卷 亦云離欲優婆塞優婆夷具行二十二戒文不名三歸優婆塞戒

宋罽賓三藏求那跋摩譯 單本
菩薩受戒法經一卷 祐錄無經字 房云異出本
後漢失譯
受菩薩戒次第十法一卷
後漢失譯
菩薩懺悔法一卷
後漢失譯
初發意菩薩常晝夜六時行五事一卷
後漢失譯
阿惟越致菩薩戒經一卷 舊錄無菩薩字
魏吳失譯
大乘論闕本二十部四十八卷
寶積經論四卷
元魏天竺三藏勒那摩提譯 第三譯
右前後兩譯一存一闕 周入藏中有今尋本未獲

金剛般若論一卷莫知造者單重未悉
陳天竺三藏眞諦譯
法華論五卷莫知造者單重未悉
大唐三藏義淨譯新編入録訪本未獲
大般涅槃經論一卷
陳天竺三藏眞諦譯第二譯
右前後兩譯一存一闕已上四部釋經論
十七地論五卷
梁天竺三藏眞諦譯重本
右與瑜伽論同本異譯既闕其本十七
地中未知與何地相應
中論一卷未知造者單重莫悉
梁天竺三藏眞諦譯
寶性論四卷或五卷
元魏天竺三藏菩提留支譯第一譯

右前後兩譯一存一闕大周入藏録有本尋本未獲
大乘五陰論一卷
婆藪槃豆菩薩造
失譯出陳朝大乘寺藏録第一譯新附梁録
右陳録云陳太建四年五月沙門慧布
北將來前後兩譯一存一闕
方便心論一卷
東晉天竺三藏佛陀跋陀羅譯第一譯
右前後兩譯一存一闕
三世分別論一卷
梁天竺三藏眞諦譯單本
反質論一卷今疑即藏中如實論是故後題云如實論反質難品
陳天竺三藏眞諦譯單本
墮負論一卷
陳天竺三藏眞諦譯單本

成就三乘論一卷
陳天竺三藏眞諦譯 單本
正說道理論一卷
陳天竺三藏眞諦譯 單本
意業論一卷
陳天竺三藏眞諦譯 單本
大空論三卷
陳天竺三藏眞諦譯 單本
五明論合一卷 一聲論二醫方論三工巧論四呪術論五符印論
周宇文氏天竺沙門攘那跋陀羅譯 單本
十住論十卷
龍樹菩薩造
姚秦三藏鳩摩羅什譯 單本
右長房録云什公弘始年譯未訖卷末
似六度集見二秦録 陳朝大乘寺藏録云一名十住毗婆沙今疑即是藏中十住毗婆沙也

釋般若六字三句論一卷
大唐天后代南天竺三藏菩提流志譯新
編入録 單本
集量論四卷
大唐三藏義淨譯新編入録 單本
又法上録云梁太清二年眞諦三藏譯攝大乘論二十卷者此應誤也多是十二傳寫者錯今按長房等録諦譯攝論在於陳代梁録既無故不在也
都計大乘經律論闕本者總四百五十部八
百七十四卷

開元釋教目録卷第十四 別録之四下

音釋
嚫 初覲切
熒 余傾切
漚 於侯切
攘 汝羊切

開元釋教目録卷第十五 別録之五上

唐西崇福寺沙門智昇撰

別録中有譯無本録之二

小乘經重譯闕本一百二十五部二百六十五卷

中阿含經五十九卷

符秦天竺三藏曇摩難提譯 第一譯

右一經前後兩譯一本在藏一本闕

增壹阿含經五十卷 房云四十一卷 祐云三十三卷

符秦天竺三藏曇摩難提譯 第一譯

右一經前後兩譯一本在藏一本闕

鳩摩迦葉經一卷 一名童迦葉解難經

僧祐録中失譯經 法經録云出中阿含第十六卷異譯本

童迦葉解難經一卷 亦云童迦葉經 祐云出長阿含

乞伏秦沙門聖堅譯 房云與羅什迦葉同本什無迦葉經

右二經同本異譯出長阿含第七卷與蔱宿經同本其本並闕

大六向拜經一卷 一名尸迦羅越六向拜經亦直云六向拜經

西晉三藏竺法護譯

右兼長阿含第十一中善生經前後三譯二存一闕

佛開解梵志阿颰經一卷

東晉沙門釋法勇譯

右兼長阿含第十三中阿摩晝經前後三譯二存一闕

六十二見經一卷 亦云梵經六十二見經

西晉三藏竺法護譯

右兼長阿含第十四中梵動經前後三譯二存一闕

樓炭經六卷 或五卷 或八卷

西晉三藏竺法護譯第一譯

樓炭經八卷

西晉沙門釋法炬譯第三譯

右兼長阿含第四分中記世經前後六

譯四存二闕

道意發行經二卷房録云出長阿含或一卷

後漢安息三藏安世高譯

大十二門經二卷或一卷安注解房録云出長阿含

後漢安息三藏安世高譯

小十二門經一卷房録云出長阿含安公注解

後漢安息三藏安世高譯

七法經一卷舊録云阿毗曇七法行經或直云七法行經房云長阿含

後漢安息三藏安世高譯

多增道章經一卷舊録無道字異出十報法房云出長阿含

後漢安息三藏安世高譯

義決律經一卷或無經字亦云義決律法行經房云出長阿含

後漢安息三藏安世高譯

彌勒經一卷安公云出長阿含

僧祐録云安公失譯經附西晉録

鳩摩迦葉經下一十四部二十八卷並

是長含部分闕本

四諦經一卷

後漢西域三藏康孟詳譯

右兼中阿含第七卷中分別聖諦經前

後四譯二存二闕

魔王入目揵蘭腹經一卷亦云弊魔試目連經舊録云魔王入目連腹中經

僧祐録云安公古典經今附漢録

右兼中含第三十卷中降魔經前後五

譯三存二闕

賴吒和羅經一卷
後漢西域三藏支曜譯
右兼中阿含第三十一中賴吒和羅經
前後四譯二存二闕
威革長者六向拜經一卷或作威華
東晉西域三藏祇多蜜譯第二譯
威華長者六向拜經一卷
東晉天竺居士竺難提譯第三譯
善生子經一卷亦云異出六向拜經
宋沙門釋慧簡譯第四譯
右兼中阿含第三十三中善生經前後
六譯二存四闕
隨藍經一卷安公云出中阿含
僧祐録云安公失譯經附西晉録
七事經一卷安公云出中阿含
僧祐録云安公失譯經附西晉録
賴吒譯羅經一卷安公云出中阿含
僧祐録云安公失譯經附西晉録
右一經疑與第三十一中賴吒和羅經
同本
歡豫經一卷法經録云歡豫云出中阿含第十二
僧祐録云安公失譯經附西晉録
佛有五百比丘經一卷安公云出中阿含
僧祐録云安公古典經今附漢録
凡人有三事愚癡不足經一卷安公云出中阿含
僧祐録云安公古典經今附漢録
佛誡諸比丘言我以天眼視天下人生死好
醜尊者卑者經一卷安公云出中阿含
僧祐録云安公古典經今附漢録
普法義經一卷亦云普義經

西晉三藏竺法護譯第二譯三譯一闕

四諦經下一十四部一十四卷並是中

含部分闕本

波斯匿王喪母經一卷或云波斯匿王經祐云波耶匿王經

宋居士沮渠京聲譯

右兼增一本經前後四譯二存二闕出

第十八卷

頻婆娑羅王問佛供養經一卷

元魏優禪尼國王子月婆首那譯

右兼增一本經前後四譯二存二闕出

第二十六卷

指鬘經一卷或作指髻經

東晉西域三藏祇多蜜譯

右兼增一本經前後五譯三存二闕出

第三十一卷

舍利弗目連遊諸國經一卷亦云遊諸四衢

西晉三藏竺法護譯

右兼增一本經前後四譯二存二闕出

第四十一卷

佛母般泥洹經一卷一名大愛道般泥洹經

宋居士沮渠京聲譯

右兼增一本經前後五譯三存二闕出

第五十卷

雜四十四篇經二卷安公云出增一阿含或云一卷

後漢安息三藏安世高譯

右或云雜經四十四篇既不顯别名未

詳出何卷中

百六十品經一卷舊録云增一阿含百六十章經

後漢安息三藏安世高譯

波斯匿王喪母經下七部八卷並是增

一阿含部分闕本

異處七處三觀經一卷或無異處字出雜阿含

宋天竺三藏求那跋陀羅譯

佛涅槃後諸比丘經一卷出雜阿含

宋沙門釋惠簡譯

自見自知爲能盡結經一卷

僧祐録云安公古典經今附漢録

有四求經一卷

僧祐録云安公古典經今附漢録

佛本行經一卷

僧祐録云安公古典經今附漢録

河中大聚沫經一卷或云水沫所飄經或云聚沫譬經

僧祐録云安公古典經今附漢録

便賢者坑經一卷坑字或作㧖

僧祐録云安公古典經今附漢録

所非汝所經一卷

僧祐録云安公古典經今附漢録

兩比丘得割經一卷

僧祐録云安公古典經今附漢録

道德舍利日經一卷

僧祐録云安公古典經今附漢録

舍利日在王舍國經一卷

僧祐録云安公古典經今附漢録

獨居思惟自念止經一卷

僧祐録云安公古典經今附漢録

問所明種經一卷

僧祐録云安公古典經今附漢録

欲從本相有經一卷或云欲從本經

僧祐録云安公古典經今附漢録

獨坐思惟意中生念經一卷

僧祐録云安公古典經今附漢録

佛說如是有諸比丘經一卷

僧祐録云安公古典經今附漢録

比丘所求色經一卷

僧祐録云安公古典經今附漢録

道有比丘經一卷

僧祐録云安公古典經今附漢録

色爲非常念經一卷

僧祐録云安公古典經今附漢録 安公本録從自見自知下有二十二經云是阿含一卷於中五經已備餘録不復重載安公云是阿含一卷者四種阿含之中而不的指何部今且附此雜阿含之録

色比丘念本起經一卷

僧祐録云安公古典經今附漢録

善惡意經一卷

僧祐録云安公古典經今附漢録

比丘一法相經一卷

僧祐録云安公古典經今附漢録

有二力本經一卷

僧祐録云安公古典經今附漢録

有三力經一卷

僧祐録云安公古典經今附漢録

有四力經一卷

僧祐録云安公古典經今附漢録

人有五力經一卷

僧祐録云安公古典經今附漢録

不聞者類相聚經一卷 舊録云類相聚經

僧祐録云安公古典經今附漢録

天上釋爲故世在人中經一卷 或作無上釋錯也

僧祐録云安公古典經今附漢録

爪頭土經一卷
僧祐録云安公古典經今附漢録
身爲無有反復經一卷
僧祐録云安公古典經今附漢録
師爲畜生王經一卷
僧祐録云安公古典經今附漢録
阿須倫子婆羅門經一卷
僧祐録云安公古典經今附漢録
婆羅門子名不侵經一卷
僧祐録云安公古典經今附漢録
生聞婆羅門經一卷舊録云生聞梵志經
僧祐録云安公古典經今附漢録
有際竭經一卷
僧祐録云安公古典經今附漢録
署杜乘婆羅門經一卷
僧祐録云安公古典經今附漢録
佛在拘薩國經一卷
僧祐録云安公古典經今附漢録
佛在優墮國經一卷經作優隨
僧祐録云安公古典經今附漢録
是時自梵守經一卷
僧祐録云安公古典經今附漢録
有三方便經一卷舊録云三方便經法經録云出七處三觀
僧祐録云安公古典經今附漢録
婆羅門不信重經一卷
僧祐録云安公古典經今附漢録
佛告舍日經一卷
僧祐録云安公古典經今附漢録
四意止經一卷舊録云四意止本行經法經録云出中阿含
僧祐録云安公古典經今附漢録

説人自説人骨不知腐經一卷
僧祐録云安公古典經今附漢録
色比丘念本起經下二十五經安公云
並出雜阿含
雜阿含三十章經一卷 法經録云出雜阿含異本
僧祐録云安公古典經今附漢録
右異處三觀經下四十五部四十五卷
並是雜阿含部分闕本
舍頭諌經一卷 亦云舍頭諌太子明二十八宿亦云太子明星二十八宿經亦云虎耳經
後漢安息三藏安世高譯 第二譯
右前後五譯四存一闕 藏中摩鄧女經是世高譯今復有舍頭諌經其摩鄧女與舍頭諌既是同本不合雙出今二本俱載未詳所以或可此經即是藏中舍頭諌經法護譯者録家錯上
雜藏經一卷
宋天竺三藏求那跋陀羅譯 第二譯
右前後四譯三存一闕
弟子慢爲耆域述經一卷 亦云弟子爲耆域述慢戒羽弟子戲誕經
宋居士沮渠京聲譯 第四譯
右與阿難問事佛經等同本前後四譯
三存一闕
小本起經二卷 近加小字或云修行本起
後漢西域三藏支曜譯 第一譯
太子本起瑞應經二卷 亦云瑞應本起
後漢外國三藏康孟詳譯 第二譯
過去因果經四卷
東晉天竺三藏佛陀跋陀羅譯 第五譯
右前後六譯三存三闕
法海藏經一卷 或云法海經

後漢天竺三藏竺法蘭譯 第一譯

右前後三譯二存一闕

四十二章經一卷 房録云與摩騰譯者少異

吳月支優婆塞支謙譯 第二譯

右前後兩譯一存一闕

柰女耆域經一卷 或云柰女經

西晉三藏竺法護譯 第二譯

右前後兩譯一存一闕

罪業報應經一卷

東晉西域沙門竺曇無蘭譯 第二譯

右前後兩譯一存一闕

目連降龍王經一卷 或無王字或云降龍經

宋天竺三藏求那跋陀羅譯 第二譯

右前後兩譯一存一闕

長者音悅經一卷

宋居士沮渠京聲譯 第二譯

右前後兩譯一存一闕

禪祕要經四卷 或無經字

吳月支優婆塞支謙譯 第一譯

禪祕要經五卷 一名禪法要或無經字或三卷

宋罽賓三藏曇摩蜜多譯 第三譯

右前後三譯一存二闕 今有禪祕要經五卷文極交錯不可流行如刪繁録中具述

七女本經一卷

西晉三藏竺法護譯 第二譯

七女本經一卷 亦名女本心明經亦名七女經

乞伏秦沙門釋聖堅譯 第三譯

右前後三譯一存二闕

八師經一卷

東晉西域沙門竺曇無蘭譯 第二譯

右前後兩譯一存一闕

日難經一卷一名越難經
東晉沙門釋嵩公譯第二譯

日難經一卷一名越難經
宋天竺三藏求那跋陀羅譯第三譯

右前後三譯一存二闕

所欲致患經一卷
東晉西域三藏祇多蜜譯第二譯

右前後兩譯一存一闕

阿闍世王問五逆經一卷一名阿闍世王經
後漢月支三藏支婁迦讖譯第一譯

右前後兩譯一存一闕

五苦章句經一卷
宋居士沮渠京聲譯第二譯

右前後兩譯一存一闕

堅意經一卷或云堅心經
吳月支優婆塞支謙譯第二譯

右前後兩譯一存一闕

淨飯王般泥洹經一卷
西晉沙門釋法炬譯第一譯

右前後兩譯一存一闕

勸進學道經一卷一本無勸字
吳月支優婆塞支謙譯第一譯

勸進學道經一卷亦名勸進經
宋沙門釋勇公譯第二譯

右前後三譯一存二闕

貧窮老公經一卷
西晉沙門釋法炬譯出法上録第一譯

右前後兩譯一存一闕

分和檀王經一卷

宋居士沮渠京聲譯第二譯

右與三摩竭經同本前後兩譯一存一闕

蓱沙王五願經一卷一名弗迦王經

東晉西域沙門竺曇無蘭譯第二譯

蓱沙王五願經一卷一名弗沙王經

東晉沙門釋嵩公譯第三譯

右前後三譯一存二闕

瑠璃王經一卷

後漢安息三藏安世高譯第二譯

右前後兩譯一存一闕

生經五卷

宋涼州沙門釋智嚴譯第二譯

右前後兩譯一存一闕

義足經二卷

東晉西域沙門竺曇無蘭譯第二譯

右前後兩譯一存一闕

五蓋疑結失行經一卷

西晉三藏竺法護譯第一譯

五蓋疑結失行經一卷

東晉西域三藏祇多蜜譯第二譯

右二經同本異譯二本俱闕

太子夢經一卷

後漢安息三藏安世高譯第一譯

佛爲菩薩五夢經一卷一名佛五夢經一名太子五夢經一名仙人五夢經

西晉三藏竺法護譯第二譯

右二經同本異譯二本俱闕

十善十惡經一卷

西晉沙門支法度譯第一譯

十善十惡經一卷安公云出阿毗曇
東晉西域沙門竺曇無蘭譯第二譯
右二經同本異譯二本俱闕
禪經一卷
後漢月支三藏支婁迦讖譯第一譯
禪經二卷
後漢安息三藏安世高譯第三譯
右二經同本異譯二本俱闕
恒水經一卷寶唱録云恒水誡經亦云恒水不説戒經
後漢安息三藏安世高譯第一譯出法上録
恒水戒經一卷或云恒水經
吴月支優婆塞支謙譯第二譯
右二經同本異譯其本並闕
從舍頭諫經下四十三部六十一卷除四阿含外諸重譯經闕本

小乘經單譯闕本四百八十部五百五十卷
佛本行經五卷
後漢天竺三藏竺法蘭譯
佛本生經一卷
後漢天竺三藏竺法蘭譯
悔過法經一卷
後漢安息三藏安世高譯
五法經一卷
後漢安息三藏安世高譯
五行經一卷
後漢安息三藏安世高譯
小般泥洹經一卷祐録云或名泥洹後諸比丘經或云泥洹後變記經或云泥洹後比丘世變經或云佛般泥洹後比丘世變經
後漢安息三藏安世高譯
正齊經一卷

後漢安息三藏安世高譯

分明罪福經一卷

後漢安息三藏安世高譯

難提迦羅越經一卷

後漢安息三藏安世高譯

禪定方便次第法經一卷

後漢安息三藏安世高譯

禪法經一卷 祐録無經字

後漢安息三藏安世高譯

當來變滅經一卷

後漢安息三藏安世高譯 第二譯

墮落優婆塞經一卷 或云優抜塞

後漢西域三藏支曜譯

問地獄事經一卷

後漢外國沙門康臣譯

報福經一卷 或云福報經

後漢外國三藏康孟詳譯

梵志經一卷

吳天竺沙門竺律炎譯

七漏經一卷 安公古典中有亦名七漏鈔云出阿含

吳月支優婆塞支謙譯

悔過法經一卷 一名敘十方禮拜悔過文或無法字

吳月支優婆塞支謙譯

賢者德經一卷

吳月支優婆塞支謙譯

梵志結淨經一卷

吳月支優婆塞支謙譯

阿質國王經一卷 祐録無國字

吳月支優婆塞支謙譯

惟婁王師子湩譬喻經一卷 一本無譬喻字

吳月支優婆塞支謙譯
藍達王經一卷亦云目連因緣功德亦云目連功德
吳月支優婆塞支謙譯
百喻經一卷
吳月支優婆塞支謙譯
五陰事經一卷
吳月支優婆塞支謙譯
魔化作比丘經一卷
吳月支優婆塞支謙譯
優多羅毋經一卷或無毋字
吳月支優婆塞支謙譯
人民求願經一卷
吳月支優婆塞支謙譯
坐禪經一卷
吳西域三藏康僧會譯

摩目揵連本經一卷一本有訶字無揵字
西晉三藏竺法護譯
五福施經一卷
西晉三藏竺法護譯
觀行不移四事經一卷
西晉三藏竺法護譯
四婦喻經一卷
西晉三藏竺法護譯
盧夷亘經一卷
西晉三藏竺法護譯
盧羅王經一卷
西晉三藏竺法護譯
檀若經一卷
西晉三藏竺法護譯
龍施經一卷今疑是龍施菩薩本起經

西晉三藏竺法護譯
給孤獨明德經一卷 亦云給孤獨氏經
西晉三藏竺法護譯
龍王兄弟陀達誡王經一卷
西晉三藏竺法護譯
勸化王經一卷
西晉三藏竺法護譯
鴈王經一卷
西晉三藏竺法護譯
鴈王五百鴈俱經一卷
西晉三藏竺法護譯
解無常經一卷
西晉三藏竺法護譯
城喻經一卷
西晉三藏竺法護譯

降龍經一卷
西晉三藏竺法護譯
邪法經一卷
西晉三藏竺法護譯
犯罪經一卷
西晉三藏竺法護譯
苦應經一卷
西晉三藏竺法護譯
三品修行經一卷 一名三品悔過經
西晉三藏竺法護譯
夫那羅經一卷
西晉三藏竺法護譯
賈客經二卷
西晉三藏竺法護譯
沙門果證經一卷 今疑與寂志果經同本

貧女爲國王夫人經一卷
西晉三藏竺法護譯
誡王經一卷
西晉三藏竺法護譯
誡具經一卷
西晉三藏竺法護譯
誡羅云經一卷
西晉三藏竺法護譯
危脆經一卷
西晉沙門釋法炬譯
大蛇譬喻經一卷亦名大蛇經
西晉沙門釋法炬譯
羅漢迦留陀夷經一卷或無羅漢
西晉沙門釋法炬譯

爪甲擎土譬經一卷一名爪甲取土經
西晉沙門釋法炬譯
衰利經一卷
西晉沙門釋法炬譯
衆生未然三界經一卷
西晉沙門釋法炬譯
求欲經一卷
西晉沙門釋法炬譯
羅旬喻經一卷今疑是别生中羅彌壽經異名
西晉沙門釋法炬譯
治禪法經一卷
東晉西域沙門竺曇無蘭譯
梵天策數經一卷一名諸天事經
東晉西域沙門竺曇無蘭譯
諸天地經一卷

東晉西域沙門竺曇無蘭譯
分衞經一卷
東晉西域三藏祇多蜜譯
檢諸罪福經十卷
姚秦三藏鳩摩羅什譯
十二因緣觀經一卷
姚秦三藏鳩摩羅什譯
善德優婆塞經一卷
宋涼州沙門釋智嚴譯
阿那含經二卷
宋涼州沙門釋智嚴譯
釋六十二見經四卷祐録云一卷
宋天竺三藏求那跋陀羅譯
請般特比丘經一卷或作般特亦云般時
宋天竺三藏求那跋陀羅譯

十二頭陀經一卷
宋天竺三藏求那跋陀羅譯
阿那律七念章經一卷
宋天竺三藏求那跋陀羅譯
十報法三統略經一卷
宋天竺三藏求那跋陀羅譯
弟子事佛吉凶經一卷祐云弟子問事佛吉凶經
宋居士沮渠京聲譯
生死變識經一卷今疑是藏中見正經異名
宋居士沮渠京聲譯
譬喻經一卷
宋沙門釋惠簡譯
五百本生經一卷
蕭齊西域三藏摩訶乘譯
頂生王因緣經一卷舊録云頂生王經

後漢失譯
長者賢首經一卷
後漢失譯
梵志喪女經一卷
後漢失譯
獑狗齧王經一卷舊録云獑狗經
後漢失譯
勤苦泥黎經一卷
後漢失譯
地獄經一卷
後漢失譯
十一因緣章經一卷舊録云十一因緣經或作十二
後漢失譯
沙門爲十二頭陀經一卷
後漢失譯

五十五法誡經一卷或云五十五法行
僧祐録云安公古典經今附漢録
一切義要經一卷
僧祐録云安公古典經今附漢録
説善惡道經一卷
僧祐録云安公古典經今附漢録
愛欲聲經一卷一本云愛欲一聲經
僧祐録云安公古典經今附漢録
摩訶遮曷旋經一卷
僧祐録云安公古典經今附漢録
天王下作豬經一卷
僧祐録云安公古典經今附漢録
始造浴佛時經一卷
僧祐録云安公古典經今附漢録
十二賢者經一卷舊録云十二賢經

僧祐録云安公古典經今附漢録

佛併父弟調達經一卷（安公云上十經出阿毗曇今移一本入重譯中）

僧祐録云安公古典經今附漢録

憂墮羅迦葉經一卷

僧祐録云安公古典經今附漢録

四部本文經一卷（安公云上二經出長阿含一本出阿毗曇）

僧祐録云安公古典經今附漢録

讓德經一卷

僧祐録云安公古典經今附漢録

有賢者法經一卷

僧祐録云安公古典經今附漢録

摩訶厥彌難問經一卷（或云大厥彌經）

僧祐録云安公古典經今附漢録

大本藏經一卷

僧祐録云安公古典經今附漢録

說阿難持戒經一卷

僧祐録云安公古典經今附漢録

阿難問何因緣持戒見世間貧示現道貧經一卷

僧祐録云安公古典經今附漢録

給孤獨四姓家問應受施經一卷

僧祐録云安公古典經今附漢録

曉所諍不解經者經一卷（今疑上經字錯）

僧祐録云安公古典經今附漢録

奇異道家難問住處經一卷

僧祐録云安公古典經今附漢録

奇異道家難問法本經一卷

僧祐録云安公古典經今附漢録

賢者手力經一卷

僧祐録云安公古典經今附漢録

僧祐録云安公古典經今附漢録
八法行經一卷
僧祐録云安公古典經今附漢録
憂多羅經一卷或作夏字
僧祐録云安公古典經今附漢録
栴檀凋佛經一卷
僧祐録云安公古典經今附漢録
惡人經一卷
僧祐録云安公古典經今附漢録
難提和難經一卷或云難提和羅經
僧祐録云安公古典經今附漢録
四姓長者難經一卷舊録云四姓長者經
僧祐録云安公古典經今附漢録
折佛經一卷
僧祐録云安公古典經今附漢録

開元釋教目録卷第十五別録之五上

音釋

諤羽俱切　傺徒協切　湩都隴切　鑠書藥切　盧烏合切山旁穴也

開元釋教目録卷第十五 別録之五下

唐西崇福寺沙門智昇撰

雜數經二十卷　那先譬喻經四卷
太子試藝本起經二卷
深斷連經二卷
摩訶目揵連與佛捔能經一卷
阿難得道經一卷　阿難般泥洹經一卷
阿那律念復生經一卷
沙門分衛見怪異經一卷
弟子本行經一卷 高僧傳云白法祖譯
爲壽盡天子説法經一卷 舊録云命盡天子經
魔試佛經一卷
阿須倫問八事經一卷 舊録云阿須倫所問八事經
魔竭王經一卷 舊録云摩竭國王經
薩波達王經一卷　年少王經一卷
是光太子經一卷　長者難提經一卷
女利行經一卷　四婦因縁經一卷
須多羅經一卷 舊録云須多羅入胎經
墮迦經一卷 晉言堅強合在晉録
槃達龍王經一卷
牛來自供養經一卷 舊録無養字
行牧食牛經一卷 或作放字
墮釋迦牧牛經一卷 或作隨字
法嚴經一卷 疑即是等入法嚴經
譬四經一卷　止寺中經一卷
安般行道經一卷　解慧微妙經一卷
失道得道經一卷　心情心識經一卷 有注
檢意向正經一卷　道得果證經一卷
父子因縁經一卷　小觀世樓炭經一卷
大四諦經一卷　五方便經一卷

五惟越羅名解脱經一卷
五陰經一卷　中五濁世經一卷
大七車經一卷
八正邪經一卷 祐云八正八邪經
八總持經一卷
八輩經一卷　大十二因緣經一卷
十八難經一卷
五十二章經一卷 別有孝明四十二章經
百八愛經一卷 以抄五蓋疑結經
小安般舟三昧經一卷
禪數經一卷　群生偈經一卷
巳上魏吴失譯
十二死生經一卷 今疑是十二品生死經
七婦經一卷
阿難邠坻四時施經一卷 舊録云阿難邠祁四時布施經

七車經一卷 今疑是中阿含中七車譬喻經
海有八事經一卷
難等各第一經一卷 舊録云阿難迦葉名説第一經
惟留經一卷 舊録云惟留王經
理家難經一卷　迦留多王經一卷
梵志闍孫經一卷 祐録云梵志闍遜經
波達王經一卷　悲心悒悒經一卷
趣度世道經一卷　長者威勢經一卷
癡注經一卷　調達經一卷
和達經一卷　鉢呿沙經一卷
分八舍利經一卷 或作分身
巳上僧祐録云安公失譯經附西晉録
薩和薩王經一卷
阿多三昧經一卷 或作阿陀
阿賢王經一卷　颰陀悔過經一卷

方等決經一卷

比丘二事經一卷（祐録云三事）

已上三秦失譯

阿難爲蠱道呪經一卷（舊録云阿難爲蠱道所呪經今疑是藏中摩鄧女經）

王舍城靈鷲山經一卷（舊録云王舍城靈鷲山要直經）

思道經一卷　佛在竹園經一卷

法爲人經一卷　道意經一卷

阿夷比丘經一卷

八德經一卷（今疑是海八德經）

善德經一卷

摩訶揵陀惟衛羅盡信比丘等度經一卷（舊録云盡信比丘經）

已上僧祐録云安公關中異經今附秦録

缾沙王經一卷　有無經一卷

五百偈經一卷

須耶越國貧人經一卷（舊録云須耶越國貧人賃剔頭經）

浮木經一卷　坏喻經一卷

妖怪經一卷

阿般計泥洹經一卷（一本作洵射計泥洹經）

四非常經一卷　五失蓋經一卷

要眞經一卷　本無經一卷

勸德經一卷　十五德經一卷

父毋因緣經一卷（今疑與父子因緣同）

慧行經一卷

未生王經一卷（今疑是未生怨經）

內外無爲經一卷　道淨經一卷

七事本末經一卷（舊録云七事行本經）

百寶三昧經一卷　三乘經一卷

耆域術經一卷舊録云耆域四術經
五蓋離疑經一卷今疑是五蓋疑結失行經
太子智止經一卷　道德章經一卷
苦相經一卷　須佛得度經一卷
由經一卷
分然洹國迦羅越經一卷
五陰事經一卷　義決法事經一卷
十思惟經一卷　分别六情經一卷
三失蓋經一卷　佛寶三昧經一卷
法志女經一卷
已上僧祐録云安公涼土異經今附涼録
出要經二十卷　行道經七卷
長阿含經三卷祐云疑是殘缺長阿含經
弘道經二卷

四天王經一卷祐云從有呪似人所附
諸天阿須倫鬪經一卷
金色女經一卷雜譬喻中有祐云異出本
治禪鬼魅不安經一卷
瞻波國佛説戒經一卷
佛在耆枝山説法經一卷
佛三毒事經一卷　佛意事經一卷
佛開和伏經一卷　佛七行經一卷
因佛生三心經一卷　佛聚經一卷
七佛本緣經一卷　釋迦文枝鉢經一卷
佛袈裟經一卷　佛大衣經一卷
迦葉解經一卷　迦葉因緣經一卷
舍利弗問署經一卷
迦葉獨證自誓經一卷
舍利弗歎度女人經一卷

舍利弗生西方經一卷

舍利弗目連泥洹經一卷（今疑是生經中舍利弗般泥洹經）

目連所問經一卷　目連因緣經一卷

阿難見變經一卷　難陀經一卷

阿那含七念經一卷　羅漢菩薩經一卷

賓頭盧取鉢經一卷　愛行比丘經一卷

愛身比丘經一卷　栴比丘經一卷

善星比丘經一卷　六群比丘經一卷

自在王比丘經一卷　羅邪達比丘經一卷

比丘和須蜜經一卷

玄戒未來比丘經一卷（今疑玄字錯）

比丘法相經一卷　釋種子經一卷

尊者婆蹉律經一卷　罽賓二沙彌經一卷

沙彌持戒經一卷

海洲優婆塞會經一卷

賢者雜事經一卷　弟子修學經一卷

弟子行澤中遇賊劫經一卷

弟子精進經一卷

迦提羅越問五戒經一卷

那羅延天王經一卷　毗沙門天王經一卷

四大天王經一卷　諸天壽經一卷

魔現成佛經一卷　魔王誡（疑是試字）經一卷

淨飯王經一卷

佛葬閱頭檀王經一卷

阿育王作小兒時經一卷（今疑出育王傳）

小阿育王經一卷

優塡王照逝心女經一卷（今疑是大乘藏中優塡王經）

迦夷王頭布施經一卷

果尊王經一卷　佛居士經一卷

降恐王經一卷（今疑恐字錯）　摩羅王經一卷

摩登王經一卷　舍夷國經一卷
羅提坻王經一卷（或作國王羅提揮經）
摩訶惟越王經一卷　流沙王經一卷
十四王經一卷　王以竹施經一卷
勸王持五戒經一卷
太子旃舍羅差經一卷
長者盛德經一卷　長者法心經一卷
長者仁賢經一卷　長者洹羅越經一卷
佛問淳陀長者愛樂淨行經一卷
婆羅門問事經一卷
婆羅門等爭說經一卷
六師詣波斯匿王經一卷
尼犍齋經一卷　明星梵志經一卷
兜率梵志經一卷　梵志拔陀經一卷
梵志計火淨經一卷　梵志問疑經一卷

梵志意經一卷　梵志好毋經一卷
梵志淫女經一卷　梵志六師經一卷
天后賢女經一卷　德女問經一卷
貧女少施獲弘報經一卷
彌家女經一卷
二人作沙門弟斷兄舌經一卷
氣嘘殺旃陀羅經一卷
眼能視殺人經一卷　孤獨三兄弟經一卷
阿劒他經一卷　不蘭伽經一卷
小申日經一卷
波羅柰婢四姓經一卷（或作婦字）
大姓家主叩書不經一卷
提謂經一卷　强羅經一卷
金轉龍王經一卷　蘇曷龍王經一卷
三龍王經一卷　虎王經一卷

蠍王經一卷　毒龍蛇施經一卷
放牛法經一卷（今疑是藏中放牛經）
養牛經一卷
閻羅王經一卷（今疑是藏中閻羅王五天使者經）
餓鬼經一卷　鐵杵泥犂經一卷
縁經一卷　藥經一卷
苦慧經一卷　慧達經一卷
法足經一卷　身數經一卷
選福經一卷　布施經一卷
助善經一卷
古來經一卷（今疑是藏中古來世時經）
孝順經一卷
縁本經一卷（今疑是藏中縁本致經）
度世經一卷　法藏經一卷
明住經一卷　善悤經一卷

植質經一卷　名相經一卷
怪異經一卷　滅怪經一卷
本鉢經一卷　案鉢經一卷
諸法經一卷　與脫經一卷
伏願經一卷　寶見經一卷
眞提經一卷　明義經一卷
見在經一卷
釋論一卷（祐云疑是大智度論抄之一卷）
雜事經一卷
旨解經一卷（祐云疑即義旨雜解）　釋學經一卷
度道俗經一卷　諸福德經一卷
說人身經一卷　施色力經一卷
色入施經一卷　戒法律經一卷
未生火經一卷　未生災經一卷
念佛品經一卷　須彌山經一卷

成敗品一卷 經月或云成敗品第四似是樓炭經之一品今檢樓炭無此品
世間珍寶經一卷 舊録云世間所望珍寶經
現道神足經一卷　成行無想經一卷
悔過除罪經一卷　深自僥倖經一卷
布施持戒經一卷　生西方齋經一卷
造浴室法經一卷　有疑往解經一卷
長阿含方法經一卷　令人孝有德經一卷
人於出家者經一卷　心應深貪慕經一卷
地水火風空經一卷　求欲者除意經一卷
持戒教人不殺生經一卷
七月十五日臘法經一卷
功高憍慢有二輩經一卷
歡喜布施有五事經一卷 本作勸字誤
三夢經一卷　三悔處經一卷
三乘無當經一卷　四署經一卷

四等意經一卷　四正斷經一卷
四厚經一卷　五署經一卷
五穀世經一卷　五亂經一卷
五邪經一卷　六禪經一卷
六度六十行經一卷
六葷阿惟越致經一卷
七衆經一卷　七流經一卷
七使經一卷　七輩人橫死經一卷
七歲作善經一卷
八方萬物無常經一卷
八雙經一卷　九結經一卷
九惱經一卷　九道觀身經一卷
十部僧經一卷　十二意經一卷
十二阿練若高行經一卷
十二部經名一卷　三十二僧那經一卷

三十四意經一卷　五十德相經一卷
六十品經一卷　六十二疑經一卷
七十二觀經一卷　百法經一卷
惟日三昧經一卷　月電三昧經一卷
無言三昧經一卷　阿和三昧經一卷
禪行法經一卷（今疑是藏中禪行法想經）
須彌山譬經一卷　日月譬經一卷
海水譬經一卷　藥草喻經一卷
功德天譬經一卷　賢劫譬經一卷
金剛譬經一卷　寶藏譬經一卷
明珠譬經一卷　聚禾譬經一卷
四大譬經一卷

出要經下二百三十七經並是梁僧祐録中新集失譯（今附宋録）

從頂生王因緣經下諸失譯經群録之中但題名目久虧其本無可披尋大小二乘實難詮定且粗分判尚多參涉幸諸明士詳而正之

小乘律闕本三十七部四十二卷

僧祇戒本一卷

曹魏天竺沙門曇柯迦羅譯（第一譯）

右前後兩譯一本在藏一本闕

十誦比丘戒本一卷（或云十誦大比丘戒）

苻秦西域沙門曇摩持共竺佛念譯（第一譯）

十誦比丘戒本一卷

東晉西域沙門竺曇無蘭合出（第二譯）

右長房録云太元六年曇無蘭合僧純曇摩持竺僧舒三家本以爲一卷見寶唱録謹按群録僧純於拘夷國得十誦尼戒梵本將來令曇摩持等譯出准此僧純與曇摩持同是一本其竺僧舒群録無名不知合本從何而得未詳所以也

右兼合本前後三譯一存二闕

比丘尼戒一卷 或云比丘尼戒經出十誦律

西晉三藏竺法護譯 第一譯

比丘尼大戒一卷 亦云十誦比丘尼戒

苻秦西域沙門曇摩持共佛念等譯 第二譯

十誦比丘尼戒所出本末一卷

姚秦涼州沙門竺佛念譯 第三譯

右長房録云僧純於拘夷國得梵本佛念爲譯文煩後竺法汰刪改正之見寶唱録今疑佛念譯者與曇摩持同是尼戒所出何異而别存之

前後三譯其本並闕

彌沙塞羯磨一卷 出彌沙塞律

宋罽賓三藏佛陀什等譯 單本

彌沙塞律抄一卷 亦名提阿波檀那眷屬鼻膩經不知年代出寶唱録單本今附宋録

師子國沙門僧伽跋彌譯

迦葉禁戒經一卷 一名摩訶比丘經名眞僞沙門經

東晉沙門釋退公譯 第一譯

右前後兩譯一存一闕

優婆塞五戒經一卷 一名五戒相經

宋居士沮渠京聲譯 第二譯

右前後兩譯一存一闕

雜問律事二卷

東晉西域沙門曇摩譯 第一譯

雜問律事二卷

東晉罽賓沙門卑摩羅叉譯 第二譯

右二雜事同本異譯其本並闕

靜泰録云後秦曇摩蜱譯十誦律釋雜事問二卷寶唱録云後秦罽賓沙門曇摩耶舍譯十誦律雜事一卷此之二說多是録家人名差謬或即是前第一譯者長房内典二録並云東晉所翻非秦代譯依此二録爲正房録又云曇摩譯者明佛法僧物互相交涉分齊差殊甚要須善防護今藏中有五百問事經一

卷有三十三紙亦明佛法僧物不得參沙事然名目不同莫知所以餘録云出十誦律者即五百問經中明三十九夜受日等事即與十誦符同但以名目有殊未爲尅定後諸傳見詳而正之

教授比丘尼法一卷

東晉罽賓三藏瞿曇僧伽提婆譯 單本

教授比丘尼二歲壇文一卷 或無尼字

苻秦西域沙門曇摩持共竺佛念譯 單本

三百六十戒三部合異二卷 序加大比丘字

東晉西域沙門竺曇無蘭撰

右合戒序云晉太元六年辛巳六月二十五日比丘竺曇無蘭在謝鎮西寺合此三戒到七月十八日訖故記之又長房内典二録及靖邁經圖之中並云漢明帝時沙門竺法蘭譯二百六十戒合異二卷今詳此説理定不然當佛法初興戒律未備戒之合異從何而來今愚見所裁只是竺曇無蘭所合之者二人名姓俱同録家誤上曇無即法還是法蘭故高僧傳法蘭所譯但標餘部無此戒名今此録中廢之不立其曇無所合非是正翻此録之中亦不合載但以二說差誤故存而記之

他毗利律一卷 齊言宿德律

蕭齊西域三藏摩訶乘譯 單本

僧澀多律一卷 陳言總攝

陳天竺三藏眞諦譯 單本

遺教法律經三卷 或云遺教法律三昧亦云遺教三昧或二卷

西晉沙門釋法炬譯 單本

六齋八戒經一卷

宋天竺三藏求那跋陀羅譯 單本

賢者律儀經一卷 亦云威儀

宋居士沮渠京聲譯 單本

僧名數事行一卷　比丘諸禁律一卷

摩訶僧祇律比丘要集一卷 一名摩訶僧祇部比丘隨用要集法

沙彌十戒經一卷 舊録云沙彌戒

比丘尼十戒經一卷　賢者五戒經一卷
優婆塞威儀經一卷
已上後漢失譯
大戒經一卷　衣服制經一卷
沙彌離威儀一卷　道本五戒經一卷
威儀經一卷法經録中無經字
已上魏吳失譯
應行律一卷
僧祐録云安公失譯經附西晉録
五部威儀所服經一卷或云五部僧服經高僧傳云白法祖譯
結戒文經一卷　沙彌離戒一卷
五戒報應經一卷
已上僧祐録中失譯經今附宋録
小乘論闕本九部六十五卷
俱舍論偈一卷
陳天竺三藏眞諦譯第二譯
右前後兩譯一存一闕
俱舍論本十六卷
陳天竺三藏眞諦譯
右據俱舍本論即前偈是今復言論本一十六卷未詳所以
阿毗曇心十六卷或十三卷
苻秦罽賓三藏僧伽提婆譯第一譯
雜阿毗曇心十三卷
東晉沙門法顯共覺賢譯第二譯
雜阿毗曇心十三卷根本十卷續或十三或十四卷
宋外國沙門伊葉波羅等譯第三譯
右長房録云宋文帝代外國沙門伊葉波羅譯至擇品緣礙未竟遂輟後求那跋摩續譯都訖成十三卷見高僧傳房録之中伊葉波羅及求那跋摩各存其本唐内典録及翻經圖同此今以求那跋摩但續前闕更不再翻前後俱存理

爲未當今合爲一本其第四譯見流行者見房録云宋文帝代天竺沙門僧伽跋摩元嘉十年届自建業善律藏明雜心道場慧觀以跋摩妙解雜心諷誦通利先三藏等雖復譯出未及繕寫更請重翻寶雲傳語觀自筆受一周乃訖故知見行之者是其後本

前後四譯一存三闕

三法度論二卷或云三法度無論字

苻秦天竺三藏曇摩難提譯第一譯

右前後兩譯一存一闕

犢子道人問論一卷

元魏婆羅門瞿曇般若波流支譯單本

須跋陀羅因縁論二卷

周宇文氏天竺三藏耶舍崛多等譯單本

六足阿毗曇一卷

僧祐録中失譯論今附宋録

聖賢集傳闕本四十七部一百八十四卷

修行道地經七卷或云順道行經或六卷

後漢安息三藏安世高譯第一譯

右前後三譯二存一闕

僧伽羅刹集二卷

苻秦天竺三藏曇摩難提譯第二譯

右前後兩譯一存一闕

付法藏經六卷

宋涼州沙門釋寶雲譯第一譯

付法藏傳四卷

元魏昭玄統釋曇曜譯第二譯

右前後三譯一存二闕

阿蘭若習禪經二卷

宋天竺三藏求那跋陀羅譯第二譯

右與坐禪三昧經同本前後兩譯一存一闕

菩薩呵欲經一卷
宋天竺三藏求那跋陀羅譯第二譯
右前後兩譯一存一闕
那先經一卷
宋天竺三藏求那跋陀羅譯第二譯
右前後兩譯一存一闕
禪法要解二卷
北凉安陽侯沮渠京聲譯第二譯
右前後兩譯一存一闕
修行方便經二卷亦云修行方便禪經
吳月支優婆塞支謙譯單本
右此修行方便經詳其名目與達摩多羅禪經合是同本而彼禪經亦名修行方便經是東晉代覺賢所譯佛大先造先罽賓人也覺賢之師賢與支謙相去一百四十餘年恐佛大先彼時未出配爲同本或將未當故爲單譯
五門禪要用法經一卷
後漢安息三藏安世高譯第一譯
右前後兩譯一存一闕
思惟要略經一卷或直云思惟經
後漢安息三藏安世高譯第一譯
右前後兩譯一存一闕
十二遊經一卷
西晉西域沙門彊梁婁至譯第一譯
十二遊經一卷
宋天竺三藏求那跋陀羅譯第三譯
右前後三譯一存二闕
阿育王太子壞目因緣經一卷或無經字
後漢月支三藏支婁迦讖譯第一譯

王子法益壞目因緣經一卷或云阿育王壞目因緣經

姚秦涼州沙門竺佛念譯第三譯

右前後三譯一存二闕姚秦建初六年辛卯佛念共難提出壞目因緣經二人共出合是一本二處俱存或恐誤也

法句經二卷或云法句集

吳月支優婆塞支謙譯第二譯

右前後兩譯一存一闕

法句經四卷

後漢安息三藏安世高譯第一譯

右與法句喻經同本前後兩譯一存一闕

迦葉結集傳經一卷或無傳字亦云迦葉結經或云結集戒經

西晉三藏竺法護譯第二譯

迦葉結集戒經一卷

東晉沙門釋嵩公譯第三譯

右前後三譯一存二闕

婆藪槃豆傳一卷

後秦三藏鳩摩羅什譯出翻經圖第一譯

右前後兩譯一存一闕

請賓頭盧法一卷

後漢安息三藏安世高譯出內典錄第一出

右前後兩譯一存一闕

阿毗曇九十八結經一卷

後漢安息三藏安世高譯單本

耆闍崛山解一卷

西晉三藏竺法護譯單本

佛遊天竺記一卷

東晉沙門釋法顯譯出僧祐錄單本

經律分異記一卷或云戒律

宋罽賓三藏求那跋摩譯單本

請聖僧浴文一卷
宋天竺三藏僧伽跋摩譯單本
第一義五相略集一卷
宋天竺三藏求那跋陀羅譯單本
雜譬喻三百五十首經二十五卷祐云譬喻三百首經
西晉三藏竺法護譯單本
翻外國語七卷一名俱舍論因緣事一名雜事
陳天竺三藏眞諦譯單本
修禪定法一卷
陳天竺三藏眞諦譯單本
庾伽三磨斯經一卷譯言修行略一名達磨多羅禪法或云達磨多羅菩薩撰禪經要集
梵音偈本一卷舊云胡音　讚七佛偈一卷
恒和尼百句一卷
五言詠頌本起一卷一百四十二首

道行品諸經梵音解一卷舊云胡音
法句譬喻經一卷祐録云凡十七事或無喻字
已上後漢失譯
雜譬喻經八十卷
魏吳失譯
道地經中要語章一卷或云出道地經
數諫意章一卷舊録云數練經
已上僧祐録云安公古典經今附漢録
安公云上二經出生經祐按今生經無
此章名
惒曇慕二卷　吉法驗一卷
口傳劫起盡一卷　打犍稚法一卷
已上僧祐録云安公失譯經附西晉録
雜譬喻經六卷或云諸雜譬喻
譬喻經一卷祐云異出更有一本今且存一

雜譬喩經一卷凡十一事

已上僧祐録中失譯經今附宋録

都計小乘經律論及聖賢集傳闕本者

總六百九十八部一千一百六卷

開元釋教目録卷第十五别録之五下

音釋

邠坻邠必鄰切坻直離切 悒於汲切 蠱公戶切 坏鋪杯切 㛹牛昆切 憩去例切

開元釋教目録卷第十六 別録之六

唐西崇福寺沙門智昇撰

別録中支派別行録第三 六百八十二部 八百二十二卷

支派經者謂大部之中抄出別行大般若第二會之類是也夫法門浩廣罕究津涯典籍紛綸靡窮邊際故有隨宜化誘應物施緣多於大部之中隨時略用披尋者莫知所出翫習者將義不終今統集多端會歸當部仍删夷舊録增減有無具載名題備詳差互庶使將來學者覽派知源或恐未周用希來哲

大乘別生經二百九部三百二十八卷

大般若第二會經七十八卷 時俗題云新譯大品放光般若 新編上

大般若第四會經一十八卷 時俗題云新譯道行小品般若 新編上

最勝天王般若經八卷 亦云新譯勝天王般若是大般若第六會 新編上

曼殊般若經二卷 亦云新譯文殊般若是大般若第七會新編上

理趣般若經一卷 是大般若第十會新編上

第二會下五經並出大般若

大智度無極經四卷 非藏中者

智度無極譬經三卷 或云無極譬經或四卷或加大字

總攝無盡義經二卷

般若波羅蜜神咒經一卷

大智度無極下四經隋衆經録云並出

大品

摩訶般若波羅蜜道行經二卷 亦直云道行經新編上

右一經長房等録並云西晉惠帝代優婆塞衛士度略出從舊道行中删改亦是小品及放光等要別名耳 撰録者曰既從大經

大般若第二會經下一十部一百一十（略出即類別生編正經中恐將來誤故附斯録）
九卷般若部中別生經
密迹金剛力士經二卷（出密迹力士會下文內典等録編入正經中者誤也新編上）
菩薩見實三昧經二卷（出菩薩見實會抄六界差別品中重文新編上）
具善根經一卷（出富樓那會下卷即舊三卷菩薩藏經抄）
善肩品經一卷（出善臂菩薩會）
抄寶積經一卷（出普明菩薩會即舊單卷寶積經抄）
密迹下五經並出大寶積經
菩薩奉施詣塔作願經一卷（或作諸塔抄上卷）
往古性和佛國願行法典經一卷（或作生和祐録云抄上卷新編上）
師子步雷音菩薩問文殊師利發心經一卷（抄上卷）
師子步雷音菩薩問文殊師利成佛時事經一卷（抄下卷）
菩薩三法經一卷
棄惡長者問菩薩法經一卷
菩薩奉施下六經出文殊佛土嚴淨經
三十五佛名經一卷（出決定毗尼經）
菩薩布施懺悔法一卷（亦出決定毗尼經）
密迹力士經下一十三部一十五卷寶積部中別生經
佛入三昧以一毛放大光明經一卷（抄第一卷）
菩薩瓔珞莊嚴經一卷（僧祐録云菩薩莊嚴瓔珞經抄第一卷）
自在王菩薩問如來警戒經一卷（或云菩薩戒身自在經抄第一卷新編上）
佛謦欬徹十方經一卷（抄第二卷）

八光經一卷（抄第二卷）

不與婆羅門等爭訟經一卷（抄第三卷）

調伏衆生業經一卷（抄第三卷）

大慈無減經一卷（抄第三卷）

諸天問如來境界不可思議經一卷（抄第四卷或作警字）

舍利弗問寶女經一卷（出寶女品）

舍利弗歎寶女説不思議經一卷（出寶女品亦云歎寶女經）

菩薩導示行經一卷（出寶女品）

寶女問三十二相經一卷（或云明三十二相一云問惠經一云三十二事經一云寶女問經出寶女品）

寶施女經一卷（出寶女品云寶女施）

寶女問慧經一卷（抄別譯四卷寶女經亦云抄寶女品）

見水世界經一卷（抄第八卷）

穿菩提心經一卷（抄第九卷海慧品三紙新編上）

功德光菩薩問護持經一卷（祐録云抄陳録云抄大集第九 新編上）

菩薩初發心時經一卷（抄第九卷或作持字）

佛臍化出菩薩經一卷（抄無言品）

無言菩薩流通法經一卷（抄無言品）

無言菩薩經一卷（抄無言品）

魔業經一卷（抄第十一卷）

過去無邊光淨佛土經一卷（抄第十一卷）

菩薩本願經一卷（抄第十一卷出海慧品）

佛問四童子經一卷（抄第十二卷）

菩薩出要行無礙法門經一卷（抄第十二卷虛空藏品）

虛空藏菩薩問持經得幾福經一卷（抄第十六卷虛空藏品新編上）

過魔法界經一卷（抄第十六卷虛空藏品新編上）

虚空藏所問經八卷亦云方等主虚空藏經或五卷或六卷是大集經虚空藏品一品新編上

太白魔王堅信經一卷出寶幢分抄第十七卷

佛弟子化魔子誦偈經一卷出第二十卷寶幢分

魔女聞佛說法得男身經一卷出寶幢分

開化魔經一卷出寶幢分

魔王入苦宅經一卷出寶幢分抄第十九卷

寶幢呪經一卷出寶幢分

魔王變身經一卷是寶幢分中授記一品出第二十二卷四紙新編上

光味仙人覩佛身經一卷出寶幢分

光味菩薩造七寶梯經一卷出寶幢分

梵王變身經一卷出寶幢分

波斯匿王蒙佛神力到寶坊經一卷抄第二十三卷

明星天子問慈經一卷抄第二十三卷

調伏王子道心經一卷抄第二十六卷

功德莊嚴王八萬四千歲請佛經一卷

法心呪經一卷

十八不共品經一卷云抄異譯寶女品

申越長者悔過供佛經一卷亦云由起長者悔過經申越由起未詳何正新編上

偈經一卷僧祐録云抄大集經新編上

已上四十八經竝出大集

菩薩如意神通經一卷出自在王經上卷舊云出大集非也

四自在神通經一卷出自在王經上卷

菩薩戒自在經一卷出自在王經上卷

佛入三昧經下五十一部五十八卷大

集部中別生經

大方廣如來性起微密藏經二卷是舊華嚴經如來性起全一品新編上

華嚴經十種生法經一卷

佛名經一卷

菩薩名經一卷

淨行品經一卷

妙華嚴經一卷

菩薩十地經一卷 抄出

已上七經並出舊華嚴經

曇昧摩提菩薩説經一卷 法經録云出菩薩十住行道品

金剛藏問菩薩行經一卷 出漸備一切智德經

漸備經一卷 出漸備一切智德經

大方廣如來性起經下一十部一十一

卷華嚴部中別生經

名字功德品經一卷 出大般涅槃

還國品經一卷 出普曜經云抄中本起經上卷

提婆達多品經一卷 出妙法蓮華經第五卷

藥王菩薩經一卷 陳録云抄妙法華經第七卷新編上

觀世音經一卷 是妙法華經普門品出第七卷

光世音經一卷 出正法華經

陀羅尼法門六種動經一卷 抄第一卷或無種字

彌勒菩薩本願待時成佛經一卷 抄第一卷

寶日光明菩薩問蓮華國相貌經一卷 亦云寶日光明菩薩經抄第一卷

梵志向佛説夢經一卷 抄第二卷

寶海梵志請如來經一卷 抄第二卷

寂意菩薩問五濁經一卷 抄第二卷或云寂音

梵志勸轉輪王發菩提心經一卷 抄第二卷

轉輪聖王發心求淨土經一卷 抄第二卷

樹提摩納發菩提心誓願經一卷 抄第五卷

寶海梵志成就大悲經一卷 抄第七卷

佛變時會身經一卷 抄第十卷

當來選擇諸惡世界經一卷 抄第十卷

一音演正法經一卷 抄第十卷或云顯正法

五百王子作淨土願經一卷

過去行檀波羅蜜經一卷
觀世音求十方佛各爲受記經一卷
東方善華世界佛坐震動經一卷
文殊師利所説經一卷
大悲比丘本願經一卷
過去香蓮華佛世界經一卷
陀羅尼法門經下二十部二十卷並出
悲華經
寶雲經一卷 出寶雲經抄禪行
不退轉法輪經一卷 出阿惟越致遮經第一
等御諸法經一卷 出持心梵天經第一
楞伽阿跋多羅經一卷 僧祐録云楞伽阿跋多羅寶一切佛語斷肉章經一卷或云楞伽抄經
右一經出入楞伽經斷肉品 勘文出四卷楞伽第四卷

人弘法經一卷
善得婆羅門求舍利經一卷
善得婆羅門問提婆達經一卷
大雲密藏菩薩問大海三昧經一卷
大雲密藏菩薩請雨經一卷
四百三昧名經一卷
人弘法經下六部六卷並出大方等大雲經
三歸五戒帶佩護身呪經一卷
三歸五戒神王名經一卷 亦云三歸五戒三十六善神王名經
陳朝大乘寺藏録云抄灌頂經新編上
龍王結願五龍神呪經一卷
五龍呪經一卷　大將軍神呪經一卷
隨願往生經一卷 亦云灌頂隨願往生十方淨土經亦云普廣菩薩經
新編上

藥師瑠璃光經一卷 亦云灌頂拔除過罪生死得度經新編上

三歸五戒帶佩下七部七卷並出大灌頂經

無吾我經一卷

三幼童經一卷 或作幻童非也

往古造行經一卷

舉鉢經一卷

心本淨經一卷

溥首童真經一卷 或作普首

無吾我經下六部六卷並出普超三昧經

布施度無極經一卷 出第一卷

菩薩爲魚王經一卷 出第一卷

乾夷王經一卷 出第一卷

仙歎經一卷 出第一卷

波耶王經一卷 出第二卷

一切施王所行檀波羅蜜經一卷 亦云薩和檀王經出第二卷 有此一切施王經群録並云羅什所譯別生録中名薩和檀王經漢後失譯亦有此經經云薩和檀者一切施也將彼經勘文同不異故編於此

和默王經一卷 出第三卷 新編上

維藍經一卷 舊録云隨藍本經出第三卷

戒度無極經一卷 出第四卷 新編上

象王經一卷 舊録云出生經中誤也新編上

太子法施經一卷 或云法惠出第四卷

太子暮魄經一卷 或云沐魄出第四卷在藏中者是別譯本

彌蘭經一卷 或云彌連亦云彌蓮出第四卷

普明王經一卷 出第四卷

忍度無極經一卷 出第四卷

羼提和經一卷 出第五卷

摩天羅王經一卷 或云國王出第五卷

槃達龍王經一卷 出第五卷

雀王經一卷 出第五卷

釋家畢罪經一卷 出第五卷

菩薩爲鹿王經一卷 亦云佛昔爲鹿王經出第六卷新編上

九色鹿經一卷 出第六卷在藏中者是別譯本

馬王經一卷 安公云出六度出第六卷新編上

菩薩作龜本事經一卷 出第六卷

菩薩身爲鴿王經一卷 出第六卷

蜜蜂王經一卷 出第六卷

佛以三事笑經一卷 出第六卷

小兒聞法即解經一卷 出第六卷

殺身濟賈人經一卷 出第六卷

以金貢太山贖罪經一卷 出第六卷

調達教人爲惡經一卷 出第六卷

殺龍濟一國經一卷 出第六卷

彌勒爲女身經一卷 出第六卷

禪度無極經一卷 出第七卷

尸呵遍王經一卷 出第八卷 又舊録中有車匿本末經一卷亦云出第八卷今撿其文即是尸呵遍王經更無有異尸呵遍王約經初緣立名車匿本末經據後文立稱既是一緣不可分二今存一名耳

遮羅國王經一卷 或無國字出第八卷

菩薩以明離鬼妻經一卷 出第八卷

儒童經一卷 出第八卷

摩調王經一卷 事同中阿含大天經出第八卷或無王字

阿難念彌經一卷 或云阿難念經出第八卷

鏡面王經一卷 與義足經中鏡面王經大同出第八卷新編上

察微王經一卷 出第八卷

梵皇經一卷 或云梵皇王經亦云梵摩皇經出第八卷

明度無極經一卷 陳録云抄六度經合出第八卷新編上

右施度無極經下四十四部四十四卷

並出六度集經舊録中有忠心正行經一卷亦出六度經文中檢無故闕之耳

其和默王經象王經菩薩爲鹿王經馬王經鏡面王經此之五經雖載群録名與此同並新編上

能滅諸罪千轉陀羅尼經一卷此是奘法師所譯呪五首中一首之呪既類別生故載斯録新編上

寶鬘品抄經一卷出寶網經

稱揚諸佛功德經一卷僧祐録云抄三卷稱揚諸佛功德經或與後經二文無別新編上

寶海如來等十方百七十佛名經一卷陳録云抄稱揚功德經亦云禮佛功德經新編上

德内豐嚴王佛名經一卷祐録云抄今檢稱揚功德經上卷有此佛名即出彼經上卷也新編上

過去五十三佛名經一卷亦云五十三佛名經出觀藥王藥上經

定意三昧經一卷出十住斷結經第四

賢劫千佛名經一卷出賢劫經僧祐録云東晋沙門竺曇無蘭抄出千佛名初序云賢劫經說二千一百諸度無極以拘樓孫佛爲首此經有別譯本以拘那提佛爲首者是

觀佛相好經一卷出觀佛三昧海經新編上

央崛魔羅母因緣經一卷抄第一卷新編上

無量樂佛土經一卷或云國土抄第三卷

有稱十方佛名得多福經一卷祐録云抄陳録云抄央崛經第三卷新編上

佛降央崛魔羅人民歡喜經一卷抄第四卷

帝釋施央崛魔羅法服經一卷

央崛魔羅歸化經一卷或云婦死應誤

央崛魔羅悔過法經一卷或無法字

波斯匿王欲伐央崛魔羅經一卷祐録云抄新編上

央崛魔羅母下八部八卷並出央崛魔

羅經

七佛八菩薩所說神呪經一卷 陳録云抄七佛經新編上

三十七品經一卷 安公云出律經新編上 僧祐録云東晉沙門竺曇無蘭太元二十一年六月謝鎮西寺撰蘭序自記而不標所出

大光明菩薩百四十八願經一卷 祐録云抄新編上

菩薩六法行經一卷 祐録云抄新編上

菩薩本願行品一卷 祐録云抄新編上

菩薩苦行經一卷 祐録云抄或無諸字四紙餘少許新編上

菩薩訶睡眠經一卷 祐録云抄新編上

菩薩訶家過經一卷 祐録云抄新編上

阿難見水光瑞經一卷 祐録云抄新編上

棄惡長者問菩薩法經一卷 祐録云抄新編上

陀羅尼偈經一卷 祐録云抄新編上

六淨經一卷 安公云出律經失譯中義八紙半新編上

菩薩等入法嚴經一卷 或無菩薩字安録失譯中載五紙新編上

菩薩本願行品經一卷 祐録云抄新編上

同號佛名經一卷 三紙新編上

散侍法經一卷 或作持字二紙新編上

三十七品等十經祐録云抄而不指所出於中菩薩諸苦行經檢見其本是抄不疑亦未知出何經律其六淨等四經今並見其本還是抄經又隋仁壽衆經録中大乘別生抄經總有一百一十七部一百三十七卷亦不指陳所出今檢諸代録中多已載訖彼以護諸童子經陀鄰鉢經等爲別生抄者理不然也既無的據難可依憑略述如前餘删不載

大乘律別生七部七卷

菩薩地持戒經一卷 法經録云出菩薩地持

菩薩戒要義經一卷僧祐録云抄菩薩戒即地持是法經録同

菩薩善戒受戒經一卷法經録云出善戒經

淨除業障經一卷僧祐録云抄淨業鄣經法經録同

優婆塞戒本一卷法經録云出優婆塞戒經

勸德經一卷法經録云出舍利弗悔過經

在家菩薩戒一卷新編上

右一戒法經録中編爲失譯今親見其本雖未知出處是抄不疑乃取五分戒序置之於初後方是戒此是人集非翻譯出也法經録中更有十經云衆律抄既不陳所出故不存之諸代録中或有載者此中故闕

大乘論別生七部一十一卷

大乘優波提舍論五卷眞寂寺録云是衆論抄法經録同

摩訶衍精集度中罪報品經一卷陳録云抄智度論第十七新編上

菩薩悔過法經一卷出龍樹十住論或無經字新編上

菩薩五法行經一卷祐録云抄陳録云抄十住論新編上

初發意菩薩行易行法一卷僧祐録云出十住論易行品新編上

十住毗婆沙經一卷僧祐録云抄十住論新編上

易行品諸佛名經一卷法經録云出十住毗婆沙或即與前易行法同

法經録中更有十經云衆論抄既不陳所出故不存之諸代録中或有載者此中故闕

小乘別生經二百八十三部二百八十三卷

大迦葉遇尼乾子經一卷陳録云抄第四卷

三劫經一卷陳録云抄第五卷

韋提希子月夜問夫人經一卷或作天人祐録云抄陳録

云抄長含第七新編上

三因緣經一卷 陳録云抄第二十卷

天地成敗經一卷 陳録云抄世記經祐録云是抄衆經

大迦葉下五經並出長阿含經

阿難成經一卷 出人本欲生經

人從所來經一卷 長房録云出人本欲生經亦云人所從來新編上

閻浮利經一卷 僧祐失譯録中載今檢是樓炭經初品新編上

三小劫經一卷 是樓炭經三小劫品出第五卷陳録云抄長含第二十二卷新編上

變化本起經一卷 出中本起經亦云即中本起上卷

第一四門經一卷 抄十二門經三乘通教明定新編上

第二四門經一卷 抄十二門經與前新編上

第三四門經一卷 即是甘露道律經祐云檢雜目録或有不稱第三四門而直云甘露道律經者新編上

甘露正意經一卷 亦云佛入甘露調正意經明定祐云佛入甘露調意經

第一四門下四經並出十二大門經 祐云從第一四門至甘露調意凡四品並是大十二門經一部後人分品寫出遂成四經

大迦葉遇尼乾子經等一十四部一十四卷並是長阿含部分別生經

福行經一卷 出第二卷

婆拘羅答異學問經一卷 眞寂寺録云尊者薄拘羅經一直云薄拘羅經出第八卷

佛問阿須倫大海有減經一卷 一名海有八事經出第八卷

佛爲訶利曠野鬼說法經一卷 祐録云訶到出第九卷

摩夷比丘經一卷 一名摩夷經出第十卷

惡道經一卷 一名惡意經出第十五卷亦云出第四十九卷

四意止經一卷 一名四意止本行經出第二十四卷

息恚經一卷或云自恚經出第二十七卷
貧窮經一卷出第二十九卷
柔輭經一卷出第二十九卷
優婆塞五法經一卷出第三十卷
受持經一卷出第三十卷亦云出雜阿含第三十五
福經一卷雜阿含第三十五出第三十四卷
商人求財經一卷出第三十四卷
名稱經一卷出第三十六卷
何苦經一卷出第三十六卷
婆羅門行經一卷出第三十九卷
阿蘭那經一卷出第四十卷
浮彌經一卷出第四十卷祐録云抄增一
瞿曇彌經一卷出第四十七卷
中阿含本文經一卷出第六十卷
七車譬喻經一卷

長者梨師達多兄弟二人往佛所經一卷亦云長者兄弟詣佛經亦云抄雜阿含第三十
柰女經一卷祐録云抄中阿含新編上
福行經下二十四部二十四卷並出中阿含經准隋開皇仁壽二衆經録中更有七知經離睡經受歲經梵志計水淨經苦陰經苦陰因事經樂想經阿耨風經伏婬經黄竹園經尊上經意經應法經鞞摩肅經邪見經箭喻經上十六經亦云出中阿含今與本經文勘乃是異譯非是別生也已編入正録訖其父母恩難報經亦云別生今勘文不同且編見録
飛鳥喻經一卷抄第十五卷
三十三天園觀經一卷抄第一五卷
五戰鬭人經一卷抄第十八卷
波斯匿王何欲最樂經一卷抄第十九卷
舍衛城人喪子狂經一卷一名梵志喪女經抄第二十卷
大枯樹經一卷一名枯樹經無大字一名積木燒然經抄第二十二卷亦

云出中阿含第一卷

鷹鵄獵經一卷 抄第二十三卷

毗羅斯那居士五欲娱樂經一卷 抄第二十四卷

長者詣佛説子婦不恭敬經一卷 祐録云抄阿含陳録云抄增一二十四卷新編上

比丘成就五法入地獄經一卷 祐録云抄阿含陳録云抄增一三十四卷新編上

波斯匿王詣佛有五威儀經一卷 抄第四十一卷

調達入地獄經一卷 或云調達入地獄事經祐云抄中阿含

掃地經一卷

世間强盜布施經一卷

羅閱城人民請佛經一卷

梵天詣婆羅門講堂經一卷

郁伽居士見佛聞法醒悟經一卷 亦云修伽陀居士佛爲説法得性悟經

水喻經一卷　七寶經一卷

鵄鳥事經一卷

學人意亂經一卷 一名毋子作僧尼意亂經亦名亂意

六衰事經一卷 祐録失譯中有今見其本云出增一四紙半新編上

彌勒下生經一卷 出第四十四卷佛在舍衛國因阿難請説七紙新編上

增一阿含經一卷 出第二十一卷三紙新編上

行七行現報經一卷 出第三十四卷一紙新編上

十二因緣經一卷 出第四十六卷舊在大乘藏中誤三紙新編上

飛鳥喻經下二十六部二十六卷並出

增一阿含經 准隋開皇仁壽二衆經中更有三經謂四人出現世間經婆羅門避死經四泥犂經亦云出增一阿含今檢是異譯本非别生者已編入正録訖故此除之其增一阿含行七行現報二經舊云出增一中言是異譯編入見録今檢是别生經非異譯者其十二因緣經及彌勒下生經六衰事經亦出增一故附斯録也

佛爲婆羅門說四法經一卷出第二卷
佛跡見千輻輪相經一卷出第四卷
普施經一卷出第四卷
佛爲事火婆羅門說悟道經一卷出第四卷
佛爲婆羅門說耕田經一卷或無田字出第四卷
佛爲老婆羅門說偈經一卷出第四卷
佛爲憍慢婆羅門說偈經一卷出第四卷
差摩比丘諭重病經一卷出第五卷
佛爲比丘說燒頭喻經一卷出第七卷
優陀夷坐樹下寂靜調伏經一卷出第九卷
色無常經一卷出第十卷
諸漏盡經一卷或云諸盡經出第十卷
恒河譬經一卷祐録云抄出第十卷新編上
佛爲比丘說大力經一卷出第十一卷
佛爲頻頭婆羅門說像類經一卷出第十一卷

四大色身生猒離經一卷出第十二卷
佛爲阿支羅迦葉說自他作苦經一卷祐録云抄陳録云抄雜含出第十三卷新編上
異信異欲經一卷出第十四卷
佛爲比丘說三法經一卷出第十四卷
葉喻多少經一卷出第十四卷
四食經一卷出陳朝大乘寺藏録第十四卷新編上
醫王經一卷出第十五卷
佛爲比丘說極深險處經一卷出第十六卷
佛爲諸比丘說莫思惟世間思惟經一卷或無下思惟字出第十六卷
佛爲比丘說大熱地獄經一卷出第十六卷
舍利弗等比丘得身作證經一卷出第十八卷
釋提桓因詣目連放光經一卷出第十九卷
目連見大身衆生然鐵纏身經一卷出第十卷

目連見衆生身毛如箭經一卷出第十九卷
見一衆生舉體糞穢塗身經一卷亦名衆生身穢經出第十九卷
阿那律思惟目連神力經一卷出第十九卷
衆生頂有鐵磨盛火熾然經一卷出第十九卷
三行經一卷出第二十一卷
眼色相繫經一卷出第二十一卷
無畏離車白阿難經一卷出第二十一卷
質多羅長者請比丘經一卷出第二十一卷
外道誘質多長者經一卷出第二十一卷新編上
世尊繫念經一卷出第二十二卷
商人脫賊難經一卷出第二十二卷
長者命終生兜率天經一卷出第二十二卷
如來神力經一卷出第二十三卷
大力士出家得道經一卷亦云力士跋陀經出第二十三卷

阿育王獲果報經一卷出第二十三卷
阿育王於佛所生大敬信經一卷出第二十三卷
二童子見佛說偈供養經一卷出第二十三卷
羅婆鳥爲鷹所捉經一卷此言半雉出第二十四卷
世間言美色經一卷出第二十四卷
純陀沙彌經一卷或云沙門或作淳字出第二十四卷
雪山無獼猴經一卷或作玃猴出第二十四卷
商人子作佛事經一卷出第二十五卷
婆羅門通達經論經一卷出第二十五卷
比丘於色猒離經一卷出第二十六卷
捨諸世務經一卷出第二十六卷
嬰兒譬經一卷亦云嬰兒喻出第二十六卷
外道出家經一卷出第二十七卷
轉輪聖王七寶現世間經一卷出第二十七卷
無毋子經一卷出第二十八卷

婆羅門服白經一卷 出第二十八卷
向邪違法經一卷 出第二十八卷
精勤四念處經一卷 出第二十九卷
田夫喻經一卷 出第二十九卷
不淨觀經一卷 出第二十九卷
信人者生五種過患經一卷 出第三十卷
婆羅門虛僞經一卷 出第三十卷
轉輪聖王七寶具足經一卷 祐録云抄陳録云抄雜含出第三十卷新编上
三種良馬經一卷 出第三十三卷
佛將比丘優婆塞乞人遊行遇外道說法經一卷 出第三十二卷
外道進問佛生歡喜天因緣經一卷 出第三十二卷
佛爲調馬聚落主說法經一卷 出第三十卷
外道問佛鬬戰生天因緣經一卷 出第三十二卷

少多制戒經一卷 出第三十三卷
四種良馬經一卷 出第三十三卷
釋種問優婆塞經一卷 出第三十三卷
無始本際經一卷 出第三十四卷
一切行不恒安住經一卷 或無住字出第三十四卷
婆羅門問世尊將來有幾佛經一卷 出第三十四卷
悉鞞梨天子詣佛說偈經一卷 出第三十六卷
長壽童子病見世尊經一卷 出第三十七卷
婆羅門問佛布施得福經一卷 出第三十七卷
十法成就惡業入地獄經一卷 出第三十七卷
蛇行法經一卷 出第三十七卷
羅漢遇缾沙王經一卷 祐録云抄阿含陳録云雜含
佛見牧牛者示道經一卷 出第三十八卷
比丘浴遇天子放光經一卷 出第三十八卷
魔作不淨色欲嬈亂經一卷 出第三十九卷

尊者瞿低迦獨一思惟經一卷出第三十九卷
人民疾疫受三歸經一卷出第三十九卷
仙人説阿脩羅王歸化經一卷出第三十九卷
魔化年少詣佛説偈經一卷出第三十九卷
壽命促經一卷出第三十九卷
天於阿脩羅欲戰鬬經一卷出第四十卷
天帝釋受戒經一卷出第四十卷
比丘問佛釋提桓因因縁經一卷出第四十卷
四天王案行世間經一卷出第四十卷
帝釋禮三寶供養經一卷或無供養字出第四十卷
四種人經一卷出第四十一卷
豆遮婆羅門論議出家經一卷出第四十二卷
佛化火與婆羅門出家經一卷或作大典出第四十二卷
二老男女見佛出家得道經一卷出第四十二卷
河中草龜經一卷出第四十三卷

四蛇經一卷一名四虵喻經或云四虵經出第四十三卷
恒水流樹經一卷一名浮木譬喻經或作流澍出第四十三卷
灰河經一卷一名塵灰河譬喻經出第四十三卷
四吒婆羅門出家得道經一卷出第四十四卷
佛見梵天頂經一卷出第四十四卷
帝釋慈心戰勝經一卷出第四十六卷
波斯匿王祖母命終經一卷出第四十六卷
鑄金喻經一卷出第四十七卷
離車不放逸經一卷出第四十七卷
木杵喻經一卷出第四十七卷
金師精舍尊者病經一卷出第四十七卷
過去鳴鼓人經一卷出第四十七卷
過去彈琴人經一卷出第四十八卷
天神禁寶經一卷出第五十卷
羊群喻經一卷或云群羊喻

處中行道經一卷
阿育王供養道場樹經一卷
長者命終生無熱天經一卷
不壞淨經一卷　勸行有證經一卷
婆羅門解知衆術經一卷 陳録云出增一第二十二
波斯匿王女命過詣佛經一卷 陳録云出增一第三十四
國王成就五法久存於世經一卷 陳録云前譯增一第三十八
三時過經一卷 陳録云抄出曜第十二
戒相應法經一卷 或云戒相應經出第二十卷新編上
比丘問佛多優婆塞命終經一卷 出第三十卷新編上
獨富長者經一卷 亦云獨富長者財物無付經亦云長者命終無子付囑經出第四十六卷亦云出增一第十二
佛為年少婆羅門說知善不善經一卷 出第四卷新編上

佛為那拘羅長者說根熟經一卷 或無羅根熟三字出第五卷新編上
佛為外道須深說離欲經一卷 出第十四卷新編上
阿育王施半阿摩勒果經一卷 出第二十五卷
禪思滿足經一卷 第二十九卷新編上
佛為婆羅門說四法經下一百三十二
經並出雜阿含經 唯隋開皇仁壽二本衆經録中更有八經謂七處三觀經滿願子經水沫所漂經馬有八態經相應相可經此之五經勘文乃是異譯非是別生又有數經十一相思念如來經身觀經其數經出中阿含是異譯本十一相經出增一中亦是異譯其身觀經文中檢無上之八經並編見録故此除之其戒相應法下三經大周録中編單本内今檢並出雜阿含中其年少婆羅門下五經周録之中編闕本内今檢得其本勘與雜阿含同於中獨富長者經半阿摩勒果經隋衆經録別生經中已載今並相從編之於此
三方便經一卷　積骨經一卷
地獄讃經一卷 經後有地獄讃非此經出勘本不同未詳所以

三方便下三經並出七處三觀經

禪祕要經一卷（僧祐等録並云抄禪要祕密治病經即是治病祕要法中出新編上）

佛為婆羅門說四法經下一百三十六部一百三十六卷並是雜阿含部分別生經

那賴經一卷（出第一卷）

分衛比丘經一卷（亦云比丘分衛經出第一卷）

和難經一卷（出第一卷）

邪業自活經一卷（出第一卷）

是我所經一卷（出第一卷）

野雞經一卷（出第一卷）

前世諍女經一卷（出第一卷）

墮珠海水中經一卷（出第一卷）

旃闍摩暴志謗佛經一卷（出第一卷）

鼈獼猴經一卷（出第一卷）

五仙人經一卷（出第一卷）

舅甥經一卷（出第一卷）

閑居經一卷（出第二卷）

舍利弗般泥洹經一卷（出第二卷）

子命過經一卷（出第二卷）

比丘各言志經一卷（出第二卷）

迦旃延無常經一卷（出第二卷）

和利長者問事經一卷（出第二卷）

佛心總持經一卷（或云總持經出第二卷）

護諸比丘呪經一卷（出第二卷新編上）

吉祥呪經一卷（出第二卷）

和難釋經一卷（出第三卷）

國王五人經一卷（一名五福德子經出第三卷）

蠱狐烏經一卷（或作烏字出第三卷）

比丘疾病經一卷（出第三卷）

審裸形子經一卷 一名佛覆裸形子經出第三卷
腹使經一卷 出第三卷
弟子命過經一卷 出第三卷
水牛王經一卷 出第四卷
兎王經一卷 出第四卷
無懼經一卷 出第四卷新編上
五百幼童經一卷 亦云五百童子出第四卷
毒草喻經一卷 出第四卷
鼈喻經一卷 出第四卷新編上
菩薩曾爲鼈王經一卷 祐云失譯出第四卷新編上
毒喻經一卷 舊録新譬喻中亦有今彼中除出第四卷
誨子經一卷 出第四卷新編上
負爲牛者經一卷 亦云負責爲牛出第四卷
光華梵志經一卷 出第四卷
毒悔喻經一卷 出第四卷

馬喻經一卷 出第四卷新編上
比丘尼現變經一卷 出第四卷
梵志經一卷 出第五卷　驢駝經一卷 出第五卷
君臣經一卷 出第五卷
拘薩羅國烏王經一卷 或無羅字出第五卷
蜜具經一卷 出第五卷　雜讃經一卷 出第五卷
孔雀經一卷 出第五卷
仙人撥劫經一卷 僧祐録云仙人撥劫喻經出第五卷
清信士阿夷扇持父子經一卷 或無父子字出第五卷
夫婦經一卷 出第五卷
薩和達王經一卷 出第五卷新編上
首達經一卷 亦云惟先首達經出第五卷新編上
那賴經 下五十四部五十四卷並出生
經 此生經上下總有五十五經其第五十五名譬喻經於中離出薩和達及首達二經合五十六此五十六中除總持經孤獨經除二經外有五十四經上

別生録又隋衆經録別生經中更有四經謂命過神經象王經猘狗經八陽神呪經並云出生經中今檢生經之内總無此經檢本既無除之不上此五十四經中有護諸比丘呪經無懼經鼈喻經菩薩曾爲鼈王經誨子經馬喻經薩和達經首達經上之八經新編此録於中無懼鼈喻誨子馬喻首達等五經衆經録云出雜譬喻護諸比丘呪薩和達二經衆經録云是大小乘抄未知所出今以並與生經之中經名目同編之於此菩薩曾爲鼈王經祐云失譯者誤也既與此同故編斯録也

梵志觀無常得解脱經一卷　與桀貪王同是一經約緣分二出上卷

桀貪王經一卷　出上卷

須陀利經一卷　祐云失譯出上卷新編上

摩竭梵志經一卷　祐云出義足出上卷新編上

梵志疑爭得解脱經一卷　與鏡面王同是一經約緣分二出上卷

鏡面王經一卷　六度集中亦有此經與此大同出上卷

老少俱死經一卷　祐云失譯出上卷新編上

彌勒難經一卷　祐云失譯出上卷新編上

敵辭梵志經一卷　出上卷

婬人曳踵行經一卷　房云失譯六度集中亦有與此大同出上卷新編上

猛觀梵志經一卷　出下卷

法觀梵志經一卷　出下卷

兜勒梵志經一卷　出下卷

蓮華色比丘尼經一卷　祐云失譯出下卷新編上

桀貪王經下一十四部一十四卷並出義足經　其摩竭梵志經僧祐録云出義足經其須陀利經老少俱死經彌勒難經蓮華色比丘尼經此之四經祐云失譯其婬人曳踵行經房云失譯今勘並與此同故編斯録檢其義足上下總有一十六經今除優塡王經異學摘飛經子父共會經維樓勒誅釋經除此四外餘十二經離爲十四具載斯録

善時鷄王經一卷　出正法念處經

木槍刺脚因縁經一卷 出興起行經

譬喻六人經一卷 亦云六人喻經出罵意經

阿闍世王問瞋恨從何生經一卷 祐録云抄新編上

不與婆羅門等爭訟經一卷 祐録云抄新編上

摩訶比丘經一卷 祐録云抄新編上

外道仙尼説度經一卷 祐録云抄新編上

度梵志經一卷 祐録云抄新編上

祭亡人不得食經一卷 祐録云抄新編上

三毒經一卷 祐録云抄新編上

四食經一卷 祐録云抄新編上

調達喻經一卷 祐録云抄新編上

二十八天經一卷 祐録云失譯中載八紙半新編上

首至問佛十四事經一卷 亦云十四意亦云十四章兩紙半新編上

數息事經一卷 祐云説數息事兩紙新編上

阿闍世王等九經祐録云抄而不指所出其二十八天等三經檢見其本並是抄經而未的知出何經律又隋仁壽衆經録中小乘別生抄經總二百一十三部二百二十七卷亦不指陳所出今檢諸代録多已載訖彼録以受十善戒經迦丁比丘經等爲別生抄者理不然也既無的據難可依憑略述如前餘刪不載

小乘律別生四十二部四十九卷

摩竭魚因縁經一卷 出第九卷新編上

尊者鄔陀夷引導諸人禮佛僧經一卷 出第十一卷新編上

還本國度父王經一卷 出第十七卷末第十八卷初新編上

水生太子經一卷 出第十九卷新編上

施物法非法經一卷出第二十四卷新編上

教誡羅怙羅經一卷出第二十五卷新編上

五趣生死輪轉經一卷出第三十四卷新編上

善來苾芻因緣經一卷出第四十二卷新編上

七有事無事福業經一卷出第四十六卷新編上

摩竭魚下九經並出根本說一切有部

毗奈耶中

火生長者受報經二卷出第三卷第四卷新編上

尊者善和好聲經一卷出第四卷新編上

五種水羅經一卷出第五卷新編上

勝鬘夫人本緣經一卷出第七卷新編上

勝光王信佛經一卷出第八卷新編上

誅釋種受報經二卷出第八第九卷新編上

大世主苾芻尼入涅槃經一卷出第十卷新編上

佛爲難陀說出家入胎經二卷編入寶積第十四會出第十一十二卷新編上

敬法捨身經一卷出第十四卷初新編上

度二邪見童子得果經一卷出第十四卷新編上

清淨威儀經一卷或作洗淨出第十六卷新編上

大目連受報經一卷出第十八卷新編上

初誕生現大瑞應經一卷出第二十卷新編上

度迦多演那經一卷出第二十一卷新編上

醫羅鉢龍王業報因緣經一卷出第二十一卷新編上

安樂夫人因緣經一卷出第二十一卷新編上

增養因緣經三卷出第二十二二十三二十四卷新編上

妙光因緣經一卷出第二十五卷新編上

降伏外道現大神通經一卷出第二十六卷新編上

大藥善功方便經二卷出第二十七二十八卷新編上

佛從天下贍部洲經一卷出第二十九卷新編上

度瘦瞿答彌經一卷出第三十卷新編上

訶利底母因緣經一卷（出第二十一卷新編上）

法與尼在家得果經一卷（出第三十二卷新編上）

樹生婆羅門憍慢經一卷（出第三十四卷末第三十五卷初新編上）

弟子事師經一卷（出第三十五卷新編上）

七種不退轉經一卷（出第三十五卷新編上）

佛爲長者説放逸經一卷（出第三十六卷新編上）

地動因緣經一卷（出第三十六卷新編上）

四種黑白法印經一卷（出第三十七卷新編上）

佛般涅槃行兩大臣告王經一卷（出第二十八卷新編上）

佛將入涅槃度善賢經二卷（出第三十七卷半後三十八卷前半新編上）

八大國王分舍利經一卷（出第三十八卷末第三十九卷初新編上）

火生長者下三十三經並出根本説一切有部毗柰耶雜事中（又有給孤長者請畫寺因緣一卷出雜事第十七及毗奈耶頌第五卷）

從摩竭魚因緣經下四十二部四十九卷並是説一切有部律中緣起三藏義淨鈔出流行既是別生故編斯録

賢聖集別生一百三十四部一百三十四卷

羅彌壽經一卷（一名羅句鍮一名那彌壽一名羅貧壽）

栴檀塗塔經一卷

右上二經出撰集百緣經

無常經一卷（非新譯者出第一卷）

阿難見妓樂啼哭無常經一卷（出第一卷）

比丘求證人經一卷（出第一卷）

群牛千頭經一卷（出第一卷）

竊爲沙門經一卷（出第一卷）

瓦師逃走經一卷 出第一卷
七老婆羅門請爲弟子經一卷 出第一卷
瞎鼈經一卷 出第一卷
阿梵和利比丘無常經一卷 出第二卷
集修行士經一卷 或云修士行 出第二卷
比丘問佛何故捨世學道經一卷 出第二卷
梵志問世間滅損經一卷 出第二卷
梵志避死經一卷 出第二卷
佛看比丘病不受長者請經一卷 出第二卷
童子善射術經一卷 出第二卷
孤母喪一子經一卷 出第二卷
三魚失水經一卷 出第二卷
慳貪長者經一卷 出第三卷
斫毒樹復生經一卷 亦云更生 出第三卷
女人欲熾荒迷經一卷 出第三卷

獵師捨家學道經一卷 出第三卷
坐禪比丘命過生天經一卷 出第三卷
貧子得財發狂經一卷 出第三卷
放逸經一卷 出第四卷　甘露道經一卷 出第四卷
多聞經一卷 出第四卷
求離牢獄經一卷 出第四卷
深淺學比丘經一卷 出第五卷
降千梵志經一卷 出第五卷
暴象經一卷 出第五卷
拘提比丘經一卷 出第五卷
良時難遇經一卷 出第五卷
梵志子死稻敗經一卷 出第六卷
歡喜過差天經一卷 出第六卷
昔有二人相愛敬經一卷 出第六卷
佛往慰迦葉病經一卷 出第六卷

護口意經一卷 出第七卷
波利比丘謗梵行經一卷 出第七卷
慈仁不殺經一卷 出第七卷
摩耶祇女人謗佛生身入地獄經一卷 出第七卷
佛命阿難諳最勝長者經一卷 出第八卷
最勝長者受呪願經一卷 或直云受呪願經出第八卷
北方世利經一卷 出第八卷
佛神力救長者子經一卷 出第八卷
流離王攻釋子經一卷 出第八卷
信能度河經一卷 出第八卷
有衆生三世作惡經一卷 出第八卷
昔爲鹿王經一卷 出第九卷
梵志誡火恩經一卷 或作試出第十卷
二僑士經一卷 出第十卷
聰明比丘經一卷 出第十卷
寤意經一卷 出第十卷

長壽王經一卷 出第十卷
說法難值經一卷 出第十一卷
調達問佛顏色經一卷 出第十一卷
無害梵志執志經一卷 出第十二卷
國王猒世典經一卷 出第十二卷
佛度旃陀羅兒出家經一卷 或無出家字出第十三卷
出曜華經一卷 出第十三卷
承事勝已經一卷 出第十四卷
梵志問佛師經一卷 出第十四卷
善唄比丘經一卷 出第十四卷
六師結誓經一卷 出第十四卷
無病第一利經一卷 出第十五卷
法施勝經一卷 出第十五卷
水上泡經一卷 出第十六卷
流離王生身入地獄經一卷 或無生身字出第十六卷

目連弟布施望即報經一卷 出第十六卷
調達生身入地獄經一卷 出第十六卷
童子問佛乞食事經一卷 出第十六卷
多倒見衆生經一卷 或無多字出第十六卷
乞兒發惡心經一卷 出第十八卷
長者夜輸得非常觀經一卷 亦云得非常觀經出第十九卷
八歲沙彌降伏外道經一卷 舊録云八歲沙彌折外異學經
鐘磬貧乏經一卷
無常經下七十五部七十五卷並出出曜經其有衆生三世作惡經周録云是異本編在藏録者誤也
優波斯那優婆夷經一卷 陳録云抄出第三卷賢愚經新編上
出家功德經一卷 抄出家功德品初兼福增因經出第七卷二紙新編上
出家功德度福增因縁經一卷 抄出家功德品初兼福增因縁少分顛倒安置加謚信序并度人儀五紙新編上
叔離比丘尼本縁經一卷 陳録云抄賢愚經出第七卷新編上
沙彌守戒自殺經一卷 出第七卷
二鸚鵡聞四諦經一卷 出第十二卷
鳥聞比丘法生天經一卷 出第十二卷
五百鴈聞佛法生天經一卷 出第十三卷
堅誓師子經一卷 出第十三卷
優波斯那經下九部九卷並出賢愚經
人受身入陰經一卷 出第一卷
人身八十種蟲經一卷 出第一卷
人身四百四病經一卷 出第一卷
五陰成敗經一卷 出第一卷
除恐怖品經一卷 出第一卷
修行慈經一卷 出第一卷
修行勸意經一卷 祐録云抄中阿含出第二卷

忍辱經一卷 陳録云抄修行道地出第三卷

曉食經一卷 抄曉了食品出第三卷

地獄罪人衆苦經一卷 或云衆苦事出第三卷

地獄衆生相害經一卷 出第三卷

歡悦品經一卷 或作歡悦出第四卷

人病醫不能治經一卷 或云不能自治

人受身入陰經 下一十三經並出修行道地經

阿練若習禪法經一卷 即是抄菩薩禪法第一卷其菩薩禪法即坐禪三昧經是新編上

禪經偈一卷 祐云抄禪經中偈即是禪法要解抄新編上

形疾三品風經一卷 祐云抄思惟略要法新編上

諸法實相觀經一卷 亦抄思惟略要法新編上

阿恕伽王本緣經一卷 出阿育王傳第二卷新編上

蓮華女經一卷 是法句喻

初受道經一卷

賣智慧經一卷

福子經一卷

國王癡夫人經一卷

八歲沙彌開解國王經一卷

化譬經一卷 一名化喻經

獼猴與婢共戲致變經一卷

居士没故爲婦鼻中蟲經一卷

度脱狗子經一卷 或無脱字

俱夷懷羅云本經一卷

須河譬喻經一卷 或無譬字陳録云抄雜含第十

流離王入地獄經一卷 出曜中亦有未詳所以

福報經一卷 法經録中重上

教子經一卷 祐云一名須達教子經舊録云須達訓子經

迦葉詰阿難經一卷 亦云迦葉責阿難雙度羅漢喻經隋衆經録有

人詐名爲道經一卷 爲二經者誤

貧女人聽經爲毒蛇所囓命終生天經一卷
明宿願果報經一卷　聽四因譬喻經一卷
王后爲蟯蜋經一卷
金色女經一卷 安公出阿毗曇　赤觜烏喻經一卷
神通應化經一卷 一名羅漢比丘答問
阿難多桓羅云毋經一卷 一名羅云毋經
種田經一卷　覺福經一卷 或云學福
四飯聖法章一卷　八部僧行名經一卷
阿難邠祁四時布施經一卷
初受道下二十九經並出雜譬喻經 准隋

仁壽衆經録中有三十九經今以罵意經一卷檢諸代録云安世高譯今編入藏此中故闕其六人喻經云出罵意前已編上故此除之其得道梯隥經亦云出雜譬喻今以大本既無且編入藏其無懼經鼈喻經毒喻經誨子經罵喻經首達經已上六經並出生經之中舊云出雜譬喻者誤也今編彼録此亦除之其迦葉貴阿難雙度羅漢喻經即迦葉詰阿難經異名不名雙上除此十經之外有二十九經如前所列既云出雜譬喻未知的出何者其雙卷譬喻二本檢並無此等經應出八十卷者或可出讙公所譯雜譬喻三百五十首經其經並在闕本録内也

開元釋教目録卷第十六 別録之六

音釋

罄欬 罄苦定切 欬苦亥切
羼 初限切
鷂 弋照切
鵄 赤脂切
鞞 駢迷切
鑄 之戍切
鼈 并列切
祼 郎果切
甬 于隴切
毉 火佳切
囓 五結切
蟯蜋 蟯去羊切 蜋呂章切

開元釋教目録卷第十七（別録之七）

唐西崇福寺沙門智昇撰

別録中刪略繁重録第四（一百四十七部四百八卷）

刪繁録者謂同本異名或廣中略出以爲繁賸今並刪除但以年歲久淹共傳訛替徒盈卷帙有費功勞今者詳校異同甄明得失具爲條目有可觀焉

新括出別生經六十七部一百八十五卷

虛空藏所問經八卷（亦云方等王虛空藏經或云虛空藏經或五卷）

右一經是大集經中虛空藏菩薩品別抄流行大周録云乞伏秦代沙門聖堅譯者謬也彼聖堅譯者闕本

虛空藏菩薩問持經得幾福經一卷

右一經亦是大集虛空藏品中別文抄出諸録皆云姚秦三藏鳩摩羅什譯者謬也

一切施王所行檀波羅蜜經一卷

右一經出六度集經施度無極中諸録皆云姚秦三藏鳩摩羅什譯者謬也

大方廣如來性起微密藏經二卷

右一經即是舊華嚴經寶王如來性起品別出流行初加證信序及取第二會初緣起置之於首長房等録並云西晉失譯者謬也

隨願往生經一卷（亦名灌頂隨願往生十方淨土經亦云普廣菩薩經）

右一經是大灌頂經第十一卷普廣品或有經本在第十二長房等録皆云吳代優婆塞支謙譯或云西晉三藏竺法護譯者二俱謬也

藥師瑠璃光經一卷（亦名灌頂拔除過罪生死得度經）

右一經是大灌頂經第十二卷或有經本在第十一長房等録皆云宋代鹿野寺沙門慧簡譯者謬也

大般若第二會經七十八卷（時俗題云新譯大品放光般若）

大般若第四會經一十八卷（時俗題云新譯道行小品般若）

右二經時俗共傳云是三藏義淨所譯別改題目抄寫流行檢尋淨公經目不曾別譯此經及勘其文乃與大般若無異恐不知委故此述之

最勝天王般若經八卷（亦云新譯勝天王般若）

右一經即大般若第六會與舊勝天王般若同本異譯

曼殊般若經二卷（亦云新譯文殊般若）

右一經即大般若第七會曼殊室利分與舊文殊般若同本異譯

理趣般若經一卷

右一經即大般若第十會般若理趣分

密迹金剛力士經二卷

右一經内典録云失譯者非也今尋其本乃出五卷密迹力士經中從第四卷初第四紙五言偈後第五行第五字下生起至第五卷末文句全同

增壹阿含經一卷（三紙）

右一經出增壹阿含經第二十一卷抄出三經初明四梵福次明四食後明四辯長房録云西晉沙門法炬譯者謬也

行七行現報經一卷（一紙）

右一經出增壹阿含經第三十四卷

十二因緣經一卷（三紙）

右一經出增壹阿含經第四十六卷

周録編在大乘藏中云與貝多樹下思惟十二因縁經同本異譯者謬也

戒相應法經一卷

右一經出雜阿含經第三十卷長房録云東晉西域沙門竺曇無蘭譯者謬也

比丘問佛多優婆塞命終經一卷

右一經亦出雜阿含經第三十卷長房録云西晉沙門法炬譯者謬也

獨富長者經一卷

右一經出雜阿含經第四十六卷長房録云後漢三藏安世高譯者謬也

有衆生三世作惡經一卷

右一經出出曜經第八卷長房録云西晉沙門法炬譯者謬也

出家功德經一卷

右一經出賢愚經出家功德品初長房録云吳代優婆塞支謙譯者謬也

佛爲年少婆羅門説知善不善經一卷（出雜阿含經第四卷長房録云後漢三藏安世高譯者謬也）

佛爲那拘羅長者説根熟經一卷（出雜阿含經第五卷長房録云後漢三藏安世高譯者謬也）

佛爲外道須深説離欲經一卷（出雜阿含經第十四卷長房録云吳代優婆塞支謙譯者謬也）

阿育王施半阿摩勒果經一卷（出雜阿含經第二十五卷）

禪思滿足經一卷（出雜阿含經二十九卷據長房録前後兩譯者謬也）

右上五經周録之中編在闕本經内今檢得其本並出雜阿含中既是别生除之不録

摩竭魚因縁經一卷（出第九卷）

尊者鄔陀夷引導諸人禮佛僧經一卷（出第十一）

卷
還本國度父王經一卷出第十七卷末第十八卷初
水生太子經一卷出第十九卷
施物法非法經一卷出第二十四卷
教誡羅怙羅經一卷出第二十五卷
五趣生死輪轉經一卷出第三十四卷
善來苾芻因緣經一卷出第四十二卷
七有事無事福業經一卷出第四十六卷
　摩竭魚因緣下九經並出根本說一切
　有部毗奈耶中
火生長者受報經二卷出第二第三卷
尊者善和好聲經一卷出第四卷
五種水羅經一卷出第五卷
勝鬘夫人本緣經一卷出第七卷
勝光王信佛經一卷出第八卷

誅釋種受報經二卷出第八第九卷
大世主苾芻尼入涅槃經一卷出第十卷
佛爲難陀說出家入胎經二卷編入寶積第十四會出第十一十二卷
敬法捨身經一卷出第十四卷初
度二邪見童子得果經一卷出第十四卷
清淨威儀經一卷或云淨威儀出第十六卷
大目連受報經一卷出第十八卷
初誕生現大瑞應經一卷出第二十卷
度迦多演那經一卷出第二十卷
醫羅鉢龍王業報因緣經一卷出第二十一卷
此醫羅鉢龍王經與度迦多演那經明同異者但前經初文別賸四紙緣起下文並同何煩重鈔分爲二經
安樂夫人因緣經一卷出第二十一卷
增養因緣經三卷出第二十四卷

妙光因縁經一卷（出第二十五卷）

降伏外道現大神通經一卷（出第二十六卷）

大藥善巧方便經二卷（出第二十七卷二十八卷）

佛從天下贍部洲經一卷（出第二十九卷）

度瘦瞿答彌經一卷（出第三十卷）

訶利底母因縁經一卷（出第三十一卷）

法與尼在家得果經一卷（出第三十二卷）

樹生婆羅門憍慢經一卷（出第三十五卷初）

弟子事師經一卷（出第三十五卷）

七種不退轉經一卷（出第三十五卷）

佛爲長者説放逸經一卷（出第三十六卷）

地動因縁經一卷（出第三十六卷）

四種黑白法印經一卷（出第三十七卷）

佛將入涅槃度善賢經二卷（出第三十八卷半前）

佛般涅槃行雨大臣告王經一卷（出第三十八卷）

八大國王分舍利經一卷（出第二十八卷末第二十九卷初）（此上二經文相錯渉其大臣告王經比於後經前文賸兩紙餘其分舍利經比於前經後文可賸三紙餘並無異鈔爲二經繁而不當）

火生長者下三十三經並出根本説一切有部毗柰耶雜事中（又有給孤長者請畫寺因縁一卷出雜事第十七及毗柰耶頌第五卷）

從摩竭魚因縁經下四十二經四十九卷並是説一切有部律中縁起三藏義淨鈔出流行既類別生故並刪削於中施物法非法經弟子事師經比於廣文雖少增減義既不異於本豈繁別爲部卷類諸別生亦並刪也

新括出名異文同經二十部五十二卷

菩薩境界奮迅法門經十卷

元魏三藏菩提留支譯（出寶唱録）

右一經即薩遮尼乾子經之異名周録別載復云闕本者誤也

新道行經七卷或十卷

西晉三藏竺法護譯出長房等録

右一經檢諸藏本並與小品般若文句全同者其本錯也護公所譯新道行經時無其本承聞東都有護譯本尋之未獲

大方等大集經八卷

右一經唐内典録及大周録二録俱載今檢其文即是合部大集經第六帙也初之二卷名十方菩薩品即是明度五十校計經後之六卷乃是無盡意經其明度五十校計經不知何故編入大集以有差殊今存別部之者此既重載今故删除

阿耨達龍王經二卷

右一經與弘道廣顯三昧經文句全同但名別異今存一在

合道神足經三卷

右一經與道神足無極變化經文同名異

哀泣經三卷或二卷六品

右一經與方等般泥洹經文同名異其方等泥洹初品名爲哀泣乃取此品名目以作經題比於方等泥洹後闕三品文不足矣

寶田慧印三昧經一卷

右一經與慧印三昧經文句全同名廣略異長房録云慧印三昧經亦名寶田慧印三昧經周入藏録二本俱載一單

一重誤之甚也

鹿子經一卷

右一經與鹿母經文同名異據其文義合從毋立名長房録云鹿子經吳代優婆塞支謙譯者謬也

小無量壽經一卷

右一經與阿彌陀經文同名異其宋代三藏求那跋陀羅所譯小無量壽經時無其本

胎藏經一卷出長房録

右一經與無垢賢女經文同名異

聞城十二因縁經一卷

右一經與貝多樹下思惟十二因縁經文同名異此聞城經合有異本尋之未獲

大安般經一卷或二卷内典録云二卷長房録云一卷

右一經與大安般守意經文句全同名廣略異群録之中存其二本者誤之甚也

申日經一卷

右一經與大乘藏中月光童子經文同名異父名申日子號月光約此不同立經名別長房録云申日經吳代優婆塞支謙譯者謬也

輪轉五道罪福報應經一卷

右一經與罪福報應經文句全同名廣略異

旃陀越經一卷

右一經與旃陀越國王經文句全同名廣略異周入藏中旃陀越經編在單本

旃陀越國王經在於重譯二處載者誤之甚也

眞僞沙門經一卷 長房録云一名摩訶比丘經亦名迦葉禁戒經

右一經即迦葉禁戒經之異名文句全同或云宋代鹿野寺沙門慧簡譯者謬也

轉法輪經一卷

右一經檢無其本諸經藏内皆以轉法輪論替之者誤也 近於東都尋得正本編入藏訖

賔頭盧爲王說法經一卷

右一經與賔頭盧突羅闍爲優陀延王說法經文句全同名廣略異

阿蘭若習禪法經二卷

右一經與坐禪三昧經文同名異

禪祕要經五卷

右一經云是宋代三藏曇摩蜜多譯云與姚秦三藏鳩摩羅什所譯禪祕要法同本異出今檢尋上下文極交錯非是本經初之一卷乃是治禪病祕要法文仍不盡至半而止第二卷已去即是羅什所譯禪祕要法從第一卷過半生起至第三卷末文亦不盡欠十餘紙均爲四卷通前成五其曇摩蜜多譯者時闕其本

新括出重上録經八部三十卷

菩薩地持經十卷 或八卷亦名菩薩戒經又名菩薩地經

右一經亦名菩薩地持論今此録中編之爲律存其經名除其論録周録中云菩薩地持經闕本者誤也又周録中此一本經既有多名前後差互凡六處重

上錯之甚也（大乘經中一處上大乘律中二處上大乘論中一處上闕本録中二處上）餘經重載其數非一恐繁紙墨故略述之

無畏德女經一卷（今編入寶積）

第一義法勝經一卷

彌勒菩薩所問本願經一卷

右三經周入藏録中單本重譯二處俱載者誤也今除單本編重譯中

發菩提心經二卷（亦云發菩提心論）

右一經周入藏録大乘經中及大乘論二處俱載者誤也今以菩薩所造除其經名存於論録

諫王經一卷（亦名大小諫王經）

右一經周入藏闕本二録俱載者誤也

法句經二卷（亦云法句集）

右一經周入藏録大乘重譯及集傳内二處俱載者誤也尋文並同不可分二雖曾再譯一本闕無今經中除編於集内

攝大乘釋論十二卷

右一論隋開皇仁壽年衆經録及唐内典周録等皆存二本云與十五卷攝論同本異出俱是陳朝三藏眞諦所譯者誤也今勘文句首末全同卷雖多少殊不可分爲二部但存十五卷本十二成者除之

新括出合入大部經五十二部一百四十一卷

金光明經四卷（一十八品）

北涼三藏曇無讖譯

金光明經七卷（二十二品或六卷）
陳三藏眞諦全譯四品合成十卷
金光明經更廣壽量大辯陀羅尼經五卷（續四卷本周宇文氏三藏耶舍崛多續壽量大辯二品）
右隋興善寺沙門寶貴取前三本及闍那崛多所譯銀主囑累二品總二十四品合成八卷前之三本並合入中一無增減其八卷成者留之入藏上之三本既重故略
密迹金剛力士經七卷
西晉三藏竺法護譯在第三會（或四卷或五卷八卷）
菩薩夢經二卷
西晉三藏竺法護譯在第四會（新改名淨居天子會）
法界體性無分別經二卷
梁三藏曼陀羅仙譯在第八會
十法經一卷
元魏三藏佛陀扇多譯在第九會（改名大乘十法會）
大菩薩藏經二十卷
大唐三藏玄奘譯在第十二會
佛爲難陀說出家入胎經二卷（出說一切有部律）
大唐三藏義淨譯在第十四會（改名入胎藏會）
文殊師利授記經三卷
大唐三藏實叉難陀譯在第十五會
菩薩見實三昧經十六卷
高齊三藏那連提耶舍譯在第十六會（或十四卷或十卷）
菩薩藏經三卷（一名富那問經）
姚秦鳩摩羅什譯在第十七會（亦名大悲心經改名富樓那會或二卷）

護國菩薩經二卷
隋三藏闍那崛多譯在第十八會
郁伽長者所問經一卷
曹魏三藏康僧鎧譯在第十九會（或二卷）
迦葉經二卷
元魏外國王子月婆首那譯在第二十三會
善臂菩薩所問經二卷（或一卷）
姚秦三藏鳩摩羅什譯在第二十六會
無畏德女經一卷
元魏三藏佛陀扇多譯在第三十二會
無垢施菩薩分別應辯經一卷（或二卷）
西晉清信士聶道眞譯在第三十三會
大方等善住意天子問經四卷
隋三藏達摩笈多譯在第三十六會

大乘方便經三卷
東晉外國居士竺難提譯在第三十八會
移識經二卷
隋三藏闍那崛多譯在第三十九會（改名賢護長者會）
彌勒菩薩所問經一卷
元魏三藏菩提留支譯在第四十一會（改名彌勒問八法會）
大寶積經一卷
失譯在第四十三會（改名普明會）
寶梁經二卷
北涼沙門道龔譯在第四十四會
文殊般若波羅蜜經一卷（或二卷）
梁三藏曼陀羅仙譯在第四十六會（般若部中重出一本此以在次不可偏除故存其目）

寶髻菩薩所問經二卷（亦名菩薩淨行經）
西晉三藏竺法護譯在第四十七會
右寄迹力士經下合二十三部共八十一卷並是大寶積經諸會舊譯三藏菩提流志勘梵本同更不重翻直編會次既合入大部別者刪之

三律儀經三卷（與舊大方廣三戒經同本）在第一會
無邊莊嚴經四卷在第二會
無量壽如來經二卷（與舊大阿彌陀經等同本）在第五會
不動如來經二卷（與舊阿閦佛國經同本）在第六會
被甲莊嚴經五卷在第七會
文殊師利普門經一卷（與舊普門品經同本）在第十會
出現光明經五卷在第十一會
佛爲阿難說處胎經一卷（與舊胞胎經同本）在第十三會
無盡伏藏經二卷在第二十會
授幻師跋陀羅記經一卷（與舊幻士仁賢經同本）在第二十一會
大神變經二卷在第二十二會
優波離問經一卷（與舊決定毗尼經同本）在第二十四會
發勝志樂經一卷（與舊發覺淨心經同本）在第二十五會
善順菩薩經一卷在第二十七會
勤授長者經一卷在第二十八會
優陀延王經一卷（與舊優填王經同本）在第二十九會
妙慧童女經一卷（與舊須摩提經同本）在第三十會
恒河上優婆夷經一卷在第三十一會
功德寶華敷菩薩經一卷在第三十四會
善德天子經一卷（與舊文殊不思議境界同本）在第三十

五會

阿闍世王太子經一卷與舊太子刷護經等同本在第三十七會

淨信童女經一卷在第四十會

彌勒菩薩所問經一卷與舊彌勒所問本願經同本在第四十二會

無盡慧菩薩經一卷在第四十五會

勝鬘夫人經一卷與舊勝鬘經同本在第四十八會

廣博仙人問經一卷與舊毗耶娑問經同本在第四十九會

右三律儀經下合二十六部共四十四卷大唐先天二年南印度三藏沙門菩提流志此云覺愛於西崇福寺譯並是寶積諸會編在大部之中亦有鈔寫別部流行恐不知根源故具條示若新舊相合共成一百二十卷若各別分之則成一百二十五卷

別録中補闕拾遺録第五三百六部一千一百一十一卷

補拾録者謂舊録闕題新翻未載之類今並詳而具之也所冀法輪無玷慧日增暉永燭幽途恒霑潤沃者矣

文殊師利問菩薩署經一卷

後漢三藏支婁迦讖譯

自誓三昧經一卷

後漢三藏安世高譯

温室洗浴衆僧經一卷

後漢三藏安世高譯

佛印三昧經一卷

後漢三藏安世高譯

菩薩内習六波羅蜜經一卷

後漢沙門嚴佛調譯

老女人經一卷　持句神呪經一卷
孛經一卷
右三經吳優婆塞支謙譯
菩薩十住行道品一卷
太子沐魄經一卷
右二經西晉三藏竺法護譯
優填王經一卷　灌洗佛形像經一卷
右二經西晉沙門釋法炬譯
文殊師利般涅槃經一卷
異出菩薩本起經一卷
右二經西晉居士聶道真譯
採蓮違王上佛授決號妙華經一卷
陀憐尼鉢經一卷　摩尼羅亶經一卷
玄師颰陀所說神呪經一卷
右四經東晉沙門竺曇無蘭譯

摩訶般若波羅蜜大明呪經一卷
須摩提菩薩經一卷
右二經姚秦三藏鳩摩羅什譯
申日兒本經一卷
阿難陀目佉尼呵離陀經一卷
右二經宋三藏求那跋陀羅譯
彌勒菩薩所問經一卷今編入寶積
元魏三藏菩提留支譯
文殊師利所說般若波羅蜜經一卷
大乘十法經一卷
右二經梁三藏僧伽婆羅譯
種種雜呪經一卷
周三藏闍那崛多譯
大集譬喻王經二卷
入法界體性經一卷

右二經隋三藏闍那崛多譯
離垢慧菩薩所問禮佛法經一卷
大唐三藏那提譯
大乘遍照光明藏無字法門經一卷
大乘百福莊嚴相經一卷
菩薩修行四法經一卷
佛頂最勝陀羅尼經一卷
最勝佛頂陀羅尼淨除業障經一卷
造塔功德經一卷
右六經大唐三藏地婆訶羅譯
千手千眼觀世音菩薩廣大圓滿無礙大悲
心陀羅尼經一卷
西晉天竺沙門伽梵達磨譯
千手千臂觀世音菩薩陀羅尼神咒經二卷或一卷

千囀陀羅尼觀世音菩薩咒經一卷
觀自在菩薩隨心咒經一卷
右三經大唐沙門釋智通譯
大方廣圓覺修多羅了義經一卷
大唐罽賓沙門佛陀多羅譯
不空羂索陀羅尼自在王咒經三卷
大唐三藏寶思惟長壽二年譯
薩曇分陀利經一卷
不思議功德諸佛所護念經二卷
菩薩本行經三卷
大金色孔雀王咒經一卷
佛說大金色孔雀王咒經一卷
天王太子辟羅經一卷
金剛三昧經二卷　摩利支天經一卷
六字神咒王經一卷

虛空藏菩薩問佛經一卷或云問七佛陀羅尼經
三劫三千佛名經三卷
牟梨曼陀羅呪經一卷
阿彌陀鼓音聲王陀羅尼經一卷
阿吒婆拘鬼神大將上佛陀羅尼經一卷
大普賢陀羅尼經一卷
大七寶陀羅尼經一卷
六字大陀羅尼經一卷
長者女菴提遮師子吼了義經一卷
右一十八經失譯
已上大乘經五十九部拾遺編入
菩薩戒本一卷
北涼三藏曇無讖譯
受十善戒經一卷
失譯

已上大乘律二部拾遺編入
法華經論二卷或一卷
元魏三藏菩提留支譯
遺教經論一卷
陳三藏眞諦譯
唯識三十論一卷
大唐三藏玄奘譯
已上大乘論三部拾遺編入
婆羅門子命終愛念不離經一卷
分別善惡所起經一卷
婆羅門避死經一卷 罵意經一卷
父母恩難報經一卷
右五經後漢三藏安世高譯
弊魔試目連經一卷 齋經一卷
須摩提女經一卷

黑氏梵志經一卷　猘狗經一卷
右五經吳優婆塞支謙譯
離睡經一卷　受歲經一卷
樂想經一卷　尊上經一卷
意經一卷　應法經一卷
鴦崛摩經一卷　分別經一卷
身觀經一卷
右九經西晉三藏竺法護譯
苦陰因事經一卷　瞻波比丘經一卷
伏婬經一卷　數經一卷
相應相可經一卷　慢法經一卷
法海經一卷
阿闍世王問五逆經一卷
右八經西晉沙門釋法炬譯
善生子經一卷

西晉沙門支法度譯
鐵城泥犁經一卷　阿耨風經一卷
梵志頞羅延問種尊經一卷
四泥犁經一卷　水沫所漂經一卷
中心經一卷
右六經東晉沙門竺曇無蘭譯
海八德經一卷
姚秦三藏鳩摩羅什譯
文陀竭王經一卷
北涼三藏曇無讖譯
鞞摩肅經一卷
四人出現世間經一卷
十一想思念如來經一卷
右三經宋三藏求那跋陀羅譯
進學經一卷　八關齋經一卷

弟子死復生經一卷
右三經宋居士沮渠京聲譯
佛母般泥洹經一卷
宋沙門釋惠簡譯
起世因本經十卷
隋三藏達磨笈多譯
苦陰經一卷　阿鳩留經一卷
兜調經一卷
舍衛國王夢見十事經一卷
玉耶女經一卷　孝子經一卷
鬼子母經一卷　梵摩難國王經一卷
梵志計水淨經一卷
三歸五戒慈心猒離功德經一卷
箭喻經一卷　滿願子經一卷
出家功德經一卷

佛爲黄竹園老婆羅門說學經一卷
邪見經一卷
右十五經失譯
已上小乘經五十九部拾遺編入
五分比丘尼戒本一卷
梁沙門釋明徽集出
四分雜羯磨一卷（以結戒場爲首）
曹魏三藏康僧鎧譯
犯戒報應輕重經一卷
後漢三藏安世高譯
沙彌尼戒經一卷　五百問事經一卷
右二經失譯
已上小乘律五部拾遺編入小乘論無
遺
道地經一卷　迦葉結經一卷

阿毗曇五法行經一卷
右三經後漢三藏安世高譯
小道地經一卷
後漢三藏支曜譯
雜譬喻經一卷
後漢三藏支婁迦讖譯
舊雜譬喻經二卷
吳三藏康僧會譯
佛醫經一卷
吳沙門竺律炎譯
撰集百緣經十卷　惟日雜難經一卷
右二經吳優婆塞支謙譯
法觀經一卷
西晉三藏竺法護譯
十二遊經一卷

東晉沙門迦留伽陀譯
文殊師利發願經一卷
東晉三藏佛陀跋陀羅譯
五門禪經要用法一卷
宋三藏曇摩蜜多譯
勸發諸王要偈一卷
分別業報略一卷（或加集字）
右二經宋三藏僧伽跋摩譯
阿育王經十卷
梁三藏伽婆羅譯
阿育王息壞目因緣經一卷
符秦三藏曇摩難提譯
四阿含暮抄解二卷
苻秦三藏鳩摩羅佛提譯
思惟略要法一卷　雜譬喻經一卷

馬鳴菩薩傳一卷　龍樹菩薩傳一卷
提婆菩薩傳一卷
右五經姚秦三藏鳩摩羅什譯
婆藪盤豆法師傳一卷
梁三藏眞諦譯
讃觀世音菩薩頌一卷
大唐沙門釋惠智譯
禪要呵欲經一卷　内身觀章句經一卷
雜譬喻經二卷　六菩薩名一卷
佛治身經一卷　治意經一卷
阿育王譬喻經一卷
撰集三藏及雜藏傳一卷
無明羅刹集一卷　三慧經一卷
迦丁比丘說當來變經一卷
右一十一經失譯

已上賢聖傳三十六部拾遺編入
右文殊問署經下一百六十四部合二百五卷並是舊譯經律論等周廣録有目入藏之内並無闕本録中有載不載或有周録遺漏諸録有者今並拾遺編入藏録
大方廣佛華嚴經八十卷
文殊師利授記經三卷今編入寶積
大方廣入如來智德不思議經一卷
大方廣如來不思議境界經一卷
大方廣普賢菩薩所說經一卷
大乘入楞伽經七卷
觀世音菩薩祕密藏神呪經一卷
妙臂印幢陀羅尼經一卷
百千印陀羅尼經一卷

救面然餓鬼陀羅尼神呪經一卷
右遶佛塔功德經一卷
大乘四法經一卷
右一十二經唐三藏實叉難陀譯
不空羂索陀羅尼經一卷
大唐婆羅門李無謟譯
無垢淨光大陀羅尼經一卷
大唐三藏彌陀山等譯
文殊師利根本一字陀羅尼經一卷
大唐三藏寶思惟譯
六字神呪經一卷
大唐三藏菩提流志譯
金光明最勝王經十卷
能斷金剛般若波羅蜜多經一卷
入定不定印經一卷

彌勒下生成佛經一卷
曼殊室利一字呪王經一卷
莊嚴王陀羅尼經一卷
善夜經一卷
大乘流轉諸有經一卷
妙色王因緣經一卷
右九經大唐三藏義淨譯已上並於天后代譯
浴像功德經一卷
校量數珠功德經一卷
觀世音菩薩如意摩尼陀羅尼經一卷
大陀羅尼末法中一字心呪經一卷
右四經大唐三藏寶思惟譯
藥師瑠璃光七佛本願功德經二卷
佛爲勝光天子説王法經一卷
浴像功德經一卷　數珠功德經一卷

觀自在菩薩如意心陀羅尼呪經一卷
稱讚如來功德神呪經一卷
大孔雀呪王經三卷
佛頂尊勝陀羅尼經一卷
香王菩薩陀羅尼呪經一卷
一切功德莊嚴王經一卷
拔除罪障呪王經一卷
佛爲海龍王說法印經一卷
右一十二經大唐三藏義淨譯
大寶積經一百二十卷
大唐三藏菩提流志等譯
不空羂索神變眞言經三十卷
千手千眼觀世音菩薩姥陀羅尼身經一卷
如意輪陀羅尼經一卷
廣大寶樓閣善住祕密陀羅尼經三卷

一字佛頂輪王經五卷
文殊師利寶藏陀羅尼經一卷
金剛光焰止風雨陀羅尼經一卷
右七經大唐三藏菩提流志譯
大毗盧遮那成佛神變加持經七卷
蘇婆呼童子經三卷　蘇悉地羯羅經三卷
虛空藏菩薩能滿諸願最勝心陀羅尼求聞持法一卷
右四經大唐三藏輸波迦羅譯
七俱胝佛母准泥大明陀羅尼經一卷
金剛頂瑜伽中略出念誦法四卷
金剛頂經曼殊室利菩薩五字心陀羅尼品一卷
觀自在如意輪菩薩瑜伽法要一卷
右四經大唐三藏金剛智譯

大佛頂如來密因修證了義諸菩薩萬行首楞嚴經十卷
大唐沙門懷迪於廣州譯
說妙法決定業障經一卷
出生無邊門陀羅尼經一卷
師子素馱娑王斷肉經一卷
右三經大唐沙門釋智嚴譯
已上大乘經六十一部新譯補闕編入
十善業道經一卷
已上大乘律一部新譯補闕編入
大乘起信論二卷
右大唐三藏實叉難陀譯
掌中論一卷　取因假設論一卷
六門教授習定論一卷 十善經已下天后代譯
能斷金剛般若波羅蜜多經論頌一卷

能斷金剛般若波羅蜜多經論釋三卷
因明正理門論一卷　成唯識寶生論五卷
觀所緣論釋一卷　觀總相論頌一卷
止觀門論頌一卷　手杖論一卷
右大唐三藏義淨譯
已上大乘論十二部新譯補闕編入
無常經一卷　八無暇有暇經一卷
長爪梵志請問經一卷 無常等三經天后代譯
五蘊皆空經一卷　三轉法輪經一卷
譬喻經一卷　療痔病經一卷 亦云痔瘻
略教誡經一卷
右八經大唐三藏義淨譯
已上小乘經八部新譯補闕編入
根本說一切有部毗柰耶五十卷 天后代譯
根本說一切有部苾芻尼毗柰耶二十卷

根本說一切有部毗柰耶雜事四十卷
根本說一切有部尼陀那目得迦八卷（或十卷天后代譯）
根本說一切有部戒經一卷
根本說一切有部苾芻尼戒經一卷
根本說一切有部百一羯磨十卷（天后代譯）
根本薩婆多部律攝二十卷（或十四卷天后代譯）
根本說一切有部毗柰耶頌五卷
根本說一切有部毗柰耶雜事攝頌一卷
根本說一切有部毗柰耶尼陀那目得迦攝頌一卷

右大唐三藏義淨譯

已上小乘律一十一部新譯補闕編入

一百五十讚佛頌一卷
龍樹菩薩勸誡王頌一卷

右大唐三藏義淨譯

大乘修行菩薩行門諸經要集三卷

大唐沙門釋智嚴譯

已上賢聖集傳三部新譯補闕編入

右華嚴經下九十六部合五百二十八卷並是周刋定録後新譯所以前録未載今並補闕編入藏録（大乘論録後無新譯）

四分比丘戒本一卷
四分比丘尼戒本一卷

右大唐沙門懷素依律集

四分僧羯磨三卷　四分尼羯磨三卷

右大唐沙門懷素依律撰

四分律刪補隨機羯磨一卷

大唐沙門釋道宣撰

五分羯磨一卷（亦云彌沙塞羯磨）

大唐沙門釋愛同撰
右四分戒本下並小乘律合六部十卷
然並撰述有據時代盛行故補先闕編
之見録
釋迦譜十卷
蕭齊沙門釋僧祐撰
釋迦氏略譜一卷或無略字釋迦方志二卷
右大唐沙門釋道宣撰
經律異相五十卷
梁沙門寶唱等撰
陀羅尼雜集十卷
未詳撰者舊録亦載
諸經要集二十卷
大唐沙門釋玄惲撰
出三藏記集十五卷
梁沙門釋僧祐撰
衆經目録七卷
隋沙門法經等撰
開皇三寶録十五卷內題云歷代三寶記
隋翻經學士費長房撰
衆經目録五卷
隋翻經沙門學士等撰
大唐内典録十卷
大唐沙門釋道宣撰
續大唐内典録一卷
大唐沙門釋智昇撰
古今譯經圖紀四卷
大唐沙門釋靖邁撰
續古今譯經圖紀一卷
大唐沙門釋智昇撰

大周刊定衆經目録十五卷
大唐沙門明佺等撰
開元釋教録二十卷
大唐沙門釋智昇撰
一切經音義二十五卷
大唐沙門釋玄應撰
新譯大方廣佛華嚴經音義二卷
大唐沙門釋慧苑撰
大唐西域記十二卷
大唐三藏玄奘撰
集古今佛道論衡四卷或三卷
大唐沙門釋道宣撰
續集古今佛道論衡一卷
大唐沙門釋智昇撰
東夏三寶感通録三卷
大唐沙門釋道宣撰
集沙門不拜俗儀六卷
大唐沙門釋彦悰撰
大唐慈恩寺三藏法師傳十卷
大唐沙門慧立等撰
大唐西域求法高僧傳二卷
大唐三藏義淨撰
法顯傳一卷亦云遊歷天竺記傳
東晉沙門法顯自述
高僧傳十四卷二卷是目録
梁沙門釋惠皎撰
續高僧傳三十卷
大唐沙門釋道宣撰
辯正論八卷　破邪論二卷或一卷
右大唐龍田寺釋氏撰

甄正論三卷
大唐沙門釋玄嶷撰
十門辯惑論二卷或三卷
大唐沙門釋復禮撰
弘明集十四卷
梁沙門釋僧祐撰
廣弘明集三十卷
大唐沙門釋道宣撰
集諸經禮懺儀二卷
大唐沙門釋智昇撰
大唐南海寄歸内法傳四卷
大唐三藏義淨撰
比丘尼傳四卷
梁沙門釋寶唱撰
別説罪要行法一卷　受用三水要法一卷
護命放生軌儀一卷
右大唐三藏義淨撰
右釋迦譜下合四十部三百六十八卷
並是此方所撰傳記然於大法裨助光
揚故補先闕編之見録

開元釋教目録卷第十七別録之七

音釋

賸以證切與剩同多也
罥古泫切
姥莫補切
瘵力嶠切
痔池爾切

開元釋教目録卷第十八 別録之八

唐西崇福寺沙門智昇撰

別録中疑惑再詳録第六 一十四部一十九卷

疑惑録者自梵經東闡年將七百教有興廢時復遷移先後翻傳卷將萬計部帙既廣尋閲難周定録之人隨聞便上而不細尋宗旨理或疑焉今恐眞僞交參是非根涉故爲別録以示將來庶明達高人重爲詳定

毗羅三昧經二卷

決定罪福經一卷

慧定普遍國土神通菩薩經一卷 余見其本全非聖言

救護身命濟人病苦厄經一卷 與救疾經文勢相似一眞一僞將爲未可

最妙勝定經一卷 與最妙初敎經文勢相似一眞一僞亦將未可

觀世音三昧經一卷

清淨法行經一卷 記說孔老顔回事

五百梵志經一卷 亦名五百婆羅門問有無經經云人身從五穀生

右毗羅三昧經下八部九卷古舊録中皆編僞妄大周刊定附入正經尋閲宗徒理多乖舛論量義句頗涉凡情且附疑科難從正録或云貶量聖教罪有所歸佛有誠言此非責難經云於我所說若生疑者尚不應受況如是等准斯道理須簡是非仍俟諸賢共詳眞僞 上之八經舊録編僞今此僞録之次亦存而不削舊録僞經周録刊爲正者更有數部余未見本故此不論

法社經二卷 內題云業報輪轉償債引導地獄慈善莊嚴法社經

右一經周録云西晉三藏竺法護譯謹按長房等録竺法護所譯有法社經一卷脚下注云世注爲疑此應多是舊僞録中小法社經前經初題復云皇鹵

三藏翻胡經出然尋此文意狀涉人情題注參差難爲指准且編疑録待更詳之

淨度三昧經三卷（蕭子良抄撰中有淨度三昧經三卷疑此經是）

益意經二卷（僧法尼誦中有益意經二卷疑此經是）

右二部五卷周録中編之入藏尋閲文句亦涉人情事須重詳且編疑録

優婁頻經一卷（僧法尼誦中有名疑此經是）

右一經長房内典二録直云梁天監十五年木道賢獻上更不辯委曲既無其本眞僞難定且附疑録

淨土盂蘭盆經一卷（五紙）

右一經新舊之録皆未曾載時俗傳行將爲正典細尋文句亦涉人情事須審詳且附疑録

三厨經一卷

右一經新舊諸録並未曾載然尋文理亦涉人謀依而行之獲驗非一復須詳審且附疑科

別録中僞妄亂眞録第七（三百九十部一千五十五卷）

僞經者邪見所造以亂眞經者也自大師韜影向二千年魔教競興正法衰損自有頑愚之輩惡見迷心僞造諸經誑惑流俗邪言亂正可不哀哉今恐眞僞相參是非一槩譬如崑山寶玉與瓦石而同流贍部眞金共鉛鐵而齊價今爲件別眞僞可分庶涇渭殊流無貽後患

佛名經十六卷（或三十二卷本經雖眞以有僞雜編之於此）

右一經時俗號爲馬頭羅剎佛名似是近代所集乃取流支所譯十二卷者錯

綜而成於中取諸經名目取後辟支佛名及菩薩名諸經阿羅漢名以爲三寶次第總有三十二件禮三寶後皆有懺悔懺悔之下仍引馬頭羅刹僞經置之於後乃以凡俗鄙語雜於聖言經言抄前著後抄後著前前後著中中著前後此正當也尋其所集之者全是庸愚只如第四卷中云南無法顯傳經在法寶中列此傳乃是東晉平陽沙門法顯往遊天竺自記行迹元非是經置法寶中誤謬之甚又如第九卷云南無富樓那南無彌多羅尼子此是一人之名分爲二唱次云南無阿難羅睺羅此乃二人之名合之爲一如斯謬妄其數寔繁不能廣陳略指如右群愚傚習邪黨共傳若不指明恐穢真教故述之也

要行捨身經一卷（三紙餘後有捨身願文共有五紙）

右一經不知何人所造邪黨盛行經初題云三藏法師玄奘譯按法師所譯無有此經僞謬之情昭然可見且述四件用曉愚心

一僞經初云王舍城靈鷲山者靈鷲山名古譯經有奘法師譯皆曰鷲峯今言靈鷲一僞彰也

一僞經初又云靈鷲山屍陀林側者按諸傳記其鷲峯山在摩伽陀國山城之内宮城東北十四五里豈有都城之内而安棄屍之處事既不然二僞彰也

一僞經中又云佛說過去然燈佛時初願捨身者然燈如來是釋迦牟尼佛第二

無數劫滿授記之師豈有得記當成方能死捨事與理乖三僞彰也一僞經中又云若有人殺害有情遍索訶界四重五逆謗方等經及盜常住現前僧物如是等罪合墮地獄若能捨身罪必消滅者謗經造逆合墮阿鼻死捨得除便無重報如外道妄計殑伽河浴罪垢消除輕命自沉生天受福此言死捨除罪與彼妄計何殊愚夫造惡用此除愆智者審思勿被欺誑永淪惡趣無解脫期事與理乖四僞彰也誑舛極多不能備記

瑜伽法鏡經二卷或一卷兼有僞序

右一經即舊僞録中像法決疑經前文增加二品共成一經初云佛臨涅槃爲阿難說法住滅品此品乃取奘法師所譯佛臨涅槃記法住經改換增減置之於首次是地藏菩薩讚歎法身觀行品後是常施菩薩所問品此品即是舊經據其文勢次第不相聯貫景龍元年三階僧師利僞造序中妄云三藏菩提流志三藏寶思惟等於崇福寺同譯師利云有梵夾流志曾不見聞以舊編入僞中再造望獨疑録僞上加僞誑舛尤多目閱可知不勞廣叙撰録者曰余曾以此事親問流志三藏三藏口云吾邊元無梵夾不曾翻譯此經三藏弟子般若丘多識量明敏具委其事恐時代緜遠謬濫真詮故此指明以誡於後其僧師利因少鬪訟聖躬親處時令還俗豈非上天不祐降罰斯人又臨終之時腹大如瓮惡徹遐及可不懼歟

彌勒下生遣觀世音大勢至勸化衆生捨惡作善壽樂經一卷亦直云壽樂經十紙

光愍菩薩問如來出世當用何時普告經一

隨身本宮彌勒成佛經一卷賢樹菩薩問佛品卷八紙

金剛密要論一卷亦名萬明王緣起經兼說彌勒下生事或無論字十四紙

右上四經並是妖徒僞造其中說彌勒如來即欲下生等事謹按正經從釋迦滅後人間經五十七俱胝六十百千歲贍部洲人壽增八萬彌勒如來方始出世豈可壽年減百而有彌勒下生耶以斯妖妄誘惑凡愚淺識之流多從信受因斯墜沒可謂傷哉故此甄明特希詳鑒耳

佛昇忉利天後阿難爲諸四部眾說禮佛持齋經一卷亦云佛昇忉利天持齋儀式經一卷七紙

彌勒摩尼佛說開悟佛性經一卷經後題云人身因緣開悟佛性經或直云開悟佛性經九紙

淨行優婆塞戒經一卷或云淨行優婆塞戒經滅應品第十三攺

遺教經作六紙

甲申年洪災大水經一卷與彼佛鉢記中甲申年水事不同二紙

蝦蟇經青蛙品一卷半紙

自省經一卷二紙

父母恩重經一卷經引丁蘭董黯郭巨等故知人造三紙

如來正教祕要藏經一卷十紙

毗尼藏經一卷八紙

頂蓋經一卷內題云佛說深妙法義論說深義生死道七紙

天地八陽經一卷卷末題云八陽神呪經與正經中八陽神呪義理全異此說陰陽吉凶禳災除禍法八紙

禪門經一卷五紙

嫉妬新婦經一卷亦云妬婦經

右一經近代人造忘其人名緣妻嫉妬僞造此經以誑之於中說嫉妬之人受

報極重

央崛摩羅經二卷亦直云央崛經與眞經名同鴦子良抄撰中有央崛摩羅經三卷疑此經是

清淨居士子度人經一卷亦云清淨士經

重樓戒經一卷

摩登者經一卷

譬喻經一卷宋惠簡譯中有譬喻經一卷時問無本與此名同眞僞相濫故兩存之

目連問經一卷與眞經名同語意全異

小法滅盡經一卷與眞經中法滅盡經文意全異

鳴鍾經一卷　持戒法經一卷

金鉀決口經一卷

地獄經一卷漢代失譯有地獄經一卷疑即此是且兩存之

優鉢祇王經一卷　阿難請福報論一卷

阿難請問毗尼論一卷或即阿難請問戒律論是

決正二部毗尼論一卷或即毗尼決正論是

沙門論一卷　獨乞辟支迦論一卷

毗尼請問論一卷　地獄傳一卷

央崛經下一十九部合二十卷並義理乖背僞妄昭然章疏共引靡知虛僞故載斯録傳示後賢儻悟非眞希同革弊又僞經之類其數寔繁更待尋求續編此例

從佛名經下三十七部五十四卷承前諸録皆未曾載今開元新録搜集編上

定行三昧經一卷一名摩訶目犍所問經或云佛遺定行經

眞諦比丘慧明經一卷或云惠明比丘經或云清淨眞諦經

尼吒國王經一卷或云尼吒黄羅國王經或云黄羅王經

冐有萬字經一卷或云冐現萬字經

薩惒菩經一卷舊録云國王薩惒菩經或云薩惒薩經法經録云一名一

切度經

善信女經二卷或云善信經

護身主妙經一卷一名度世護世經有云十二妙音娱

度護經一卷或云度護法經法經録云度法護經

毗羅三昧經二卷

善王皇帝經二卷或云善王皇帝功德尊經或爲一卷

惟務三昧經一卷或作惟無三昧

阿羅呵公經一卷或作相國阿羅訶公經

慧定普遍神通菩薩經一卷舊録云惠定普遍國土神通菩薩經

陰馬藏經一卷或云陰馬藏光明經法經録云一名身土王所問治國經

大阿育王經一卷云佛在波羅奈者

四事解脫經一卷或云四事解脫度人經

大阿那律經一卷非是八念者

貧女人經一卷名難陀者舊録云貧女難陀經謹按賢愚經第十一卷有貧女難陀緣起若與彼同即非是僞

鑄金像經一卷　四身經一卷

普慧三昧經一卷

阿秋那經一卷舊録云阿秋那三昧經

兩部獨證經一卷

法本齋經一卷云西涼州來

覓歷所傳大比丘尼戒一卷周録云異比丘尼戒本尸梨蜜弟子覓歷所傳

右定行三昧經下二十五部二十八卷

苻秦沙門彌天釋道安録中僞疑經安公僞録本有二十六經今以寶如來三昧經翻譯有源以曾兩譯編之正録故此除之

安公云外國僧法學皆跪而口受同師所受若十二十轉以授後學若有一字異者共相推核得便擯之僧法無縱也經至晉土其年未遠而喜事者以沙

糅金珷珷如也而無括正何以別真僞乎農者禾草俱存后稷爲之歎息金匱玉石同緘卞和爲之懷恥安敢豫學次見涇渭淆雜龍蛇並進豈不恥之今列意謂非佛經者如右以示將來學士共知鄙倍焉

比丘應供法行經一卷 亦云如來初度五比丘即說應供行經

僧祐録云此經前題云羅什出祐按經卷舊無譯名兼羅什所出又無此經故入疑録

居士請僧福田經一卷 祐云此經前題云曇無讖出按讖所出無此經故入疑録

灌頂度星招魂斷絶復連經一卷 法經録云此經更有一小本盡是人作

無爲道經二卷 長房等録云無讖譯復云世注爲疑隋法經録及仁壽録云大乘抄經

右一經余親見其本似是漢魏之代此方撰集非梵本翻周録之中編之入正今以名濫眞經依祐編之僞録

決定罪福經一卷 法經録云一名惠法經仁壽録云二卷

情離有罪經一卷 題云情離有罪經品下

燒香呪願經一卷 一名呪願經

安墓呪願經一卷 法經録云安墓神呪經長房録云蕭齊道備撰

觀月光菩薩記一卷 或有經字

佛鉢記一卷 或云佛鉢記甲申年大水及月光菩薩事

彌勒下教經一卷 或作鉢記後

九十六種道經一卷 法經録云九十五種道經仁壽録云二卷且題云除去九十五種邪道雜類神呪經

右一十二部經記僧祐録云或義理乖背或文偈淺鄙故入疑録庶耘蕪穢以

顯法寶（祐録又有灌頂藥師經一卷云宋代惠簡依經抄撰今以此經令出灌頂新舊已經四譯所以僞録除之）

提謂波利經二卷（宋武時北國比丘曇靖撰舊别有提謂經一卷與此眞僞全異）

寶車經一卷（或云妙好寶車經北國淮州沙門曇辯撰青州比丘道持改治）

右比丘應供經下一十四部一十六卷梁僧祐録中僞經祐録略云祐校閲群經廣集同異約以經律頗見所疑夫眞經體趣融然深遠假託之文辭意淺雜玉石朱紫無所逃形也今區别所疑注之於録并近世妄撰亦標于末並依倚雜經而自製名題進不聞遠適西域退不見承譯東賓我聞與於戶牖印可出於胷懷誑誤後學良足寒心旣躬所見聞寧敢默已嗚呼來葉愼而察焉（祐録又有菩提福藏法化三昧經一卷衆經要覽法偈二十一首一卷並云沙門道歡所撰唯長房等録道歡更有僞經故從於後一處編上）

九傷經一卷（房云見别録）

菩提福藏法化三昧經一卷（房云武帝世出見三藏記及寶唱録）

七佛各説偈經一卷（房云見吳録）

深自知身偈經一卷（房云見吳録祐云失譯）

衆經要覽法偈二十一首一卷（梁天監三年撰見三藏記及長房録）

右五部五卷長房録云蕭齊沙門釋道備撰備後改名道歡雖見衆録然並注入疑經今依舊編（長房録中道備更有安墓呪經一卷祐録雖不題造人以僞録此不重載）

淨土經七卷　寶頂經一卷

正頂經一卷　法華經一卷

勝鬘經一卷　　藥草經一卷
右六經蕭齊永元元年出時年九歲
太子經一卷　　伽耶波經一卷
右二經永元二年出時年十歲
波羅柰經一卷　　優婁頻經一卷
右二經中興元年出時年十二
益意經二卷　　般若得經一卷
華嚴瓔珞經一卷
右三經梁天監元年出時年十三歲智
遠承旨
出乗師子吼經一卷
天監三年出時年十五
踰陀衞經一卷
天監四年臺内華光殿出時年十六
阿那含經二卷　　妙音師子吼經三卷

右二經天監四年出時年十六
優曇經一卷　　妙莊嚴經四卷
維摩經一卷　　序七世經一卷
右二十一種經凡三十五卷如前所列
(并得三十四卷)梁僧祐録云齊末太學博士江
泌處女尼子所出初尼子年在齠齔有
時閉目靜坐誦出此經或說上天或稱
神授發言通利如有宿習令人寫出俄
而還止經歷旬朔續復如前京都道俗
咸傳其異今上勑見面問所以其依事
奉答不異常人然篤信正法少修梵行
父毋欲嫁之誓而弗許後遂出家名僧
法住青園寺祐既收集正典檢括異聞
事接耳目就求省視其家祕隱不以見
示唯得妙音師子吼經三卷以備疑經

之録此尼天監年三月亡有好事者得其文疏前後所出定二十餘卷厥男孫質以爲真經行疏勸化收拾傳寫既染毫牘必在於世昔漢建安末濟陰丁氏之妻忽如中疾便能胡語又求紙筆自爲胡書復有西域胡人見其此書云是經別推尋往古不無此事但義非金口又無師譯取捨兼懷附之疑例（長房以爲熏習有由置之正目仁壽録及内典等録以非梵本翻傳編於僞録今依仁壽等録定亦編僞中也）

高王觀世音經一卷（亦云小觀世音經半紙餘）

右一經昔元魏天平年中定州募士孫敬德在防造觀世音像年滿將還在家禮事後爲賊所引不堪考楚遂妄承罪明日將刑其夜禮懺流淚忽如夢睡見一沙門教誦救生觀世音經經有諸佛名令誦千遍得免苦難敬德覺如夢所緣了無參錯遂誦一百遍有司執縛向市且行且誦臨刑滿千刀下斫之折爲三段皮肉不傷易刀又斫凡經三換刀折如初監司問之具陳本末以狀聞丞相高歡乃爲表請免死因此廣行于世所謂高王觀世音經也敬德還設齋迎像乃見項上有三刀痕見齊書及辯正論内典録等（撰録者曰此經周録之内編之入藏今則不然此雖冥授不因傳譯與前僧法所謂何殊何得彼入僞中此編正録例既如此故附此中）

薩婆若陀眷屬莊嚴經一卷（二十餘紙）

右一經僧祐録云梁天監九年郢州頭陀道人妙光戒歳士臘矯以勝相諸尼

嫗人僉稱聖道彼州僧正議欲驅擯遂潛下都住普弘寺造作此經又寫在屏風紅紗映覆香花供養雲集四部嚫供煙塞事源顯發勑付建康辨覈疑伏云抄略諸經多有私意妄造偁書人路琰屬辭潤色獄牒妙光巧詐事應斬刑路琰同謀十歲讁戍即以其年四月二十一日勑僧正慧超令喚京師能講大法師宿德如僧祐曇准等二十人共至建康前辯妙光事超即奉旨與曇准僧祐法寵慧令慧集智藏僧旻法雲等二十人於縣辯問妙光伏罪事事如牒衆僧詳議依律擯治天恩免死恐於偏地復爲惑亂長繫東冶即收拾此經得二十餘本及屏風於縣燒除然猶有零散恐亂後生故復略記薩婆若陀長者是妙光父名妙光弟名金剛德體弟子名師子撰錄者曰餘錄之中略述由委今具明者欲使委悉根源共同監勗

阿那含經二卷余親見一本一卷成部

右按長房等代錄及失譯錄俱有此經僧法尼誦中復有阿那含經二卷既並無本詮定眞僞難分且各存其目

像法決疑經一卷　清淨法行經一卷

龍種尊國變化經一卷與安公僞錄中四事解脫經大同

觀世音十大願經一卷仁壽錄云一名大悲觀世音經具題云大悲觀世音弘猛惠海十大願品第七百

觀世音三昧經一卷

大乘蓮華馬頭羅剎經一卷亦云寶遠菩薩問報應沙門經

空淨三昧經一卷一名空靜天感應三昧經謹按代錄已經兩譯恐濫竊眞名故兩存其目

初波羅耀經二卷
大法尊王經三十一卷
十方佛決狐疑經一卷
八方根原八十六佛名經一卷亦云根本
普賢菩薩說此證明經一卷
彌勒成佛本起經一十七卷仁壽錄云七十卷
彌勒下生觀世音施珠寶經一卷
彌勒成佛伏魔經一卷一云救度衆生經
妙法蓮華度量天地經一卷亦云沙法蓮華度量天地品第二十九
觀世音詠託生經一卷
滅七部莊嚴成佛經一卷
空寂菩薩所問經一卷一名法滅盡經亦云法沒盡經法經錄云此經僞妄炳然固非竺護所譯
右空寂所問經謹按群録已經兩譯恐濫竊真名故兩存其目又有法滅盡經一卷即此異名不復重載其法滅盡經大小二乘僞録皆載者誤也
照明菩薩經一卷一加頭陀字
照明菩薩方便譬喻治病經一卷
首羅比丘見月光童子經一卷
阿難現變經一卷
般若玄記經一卷
幽深玄記經一卷
玄記經二卷周録云一卷
大契經四卷周録云一名彌勒下生結大善契經或三卷
發菩提心經一卷今有兩卷者是其真經此雖名同卷多少異
菩薩求五眼經一卷聶道真所譯有此經名此中復載應僞竊真名所以真僞俱有
般泥洹後諸比丘經一卷按僧祐録即小般泥洹異名
小般泥洹經一卷一名大法滅盡經
右按安世高譯處有小般泥洹經此既

名同復無本可定且二處俱載

五濁惡世經一卷　又有大五濁經應即此是

妙法蓮華天地變異經一卷

華嚴十惡經一卷　觀世樓炭經一卷

小樓炭經一卷　須彌四域經一卷

正化内外經二卷　一名老子化胡經傳録云晉時祭酒王浮作

魔化比丘經三卷　支謙録内有此經名恐偽竊真名且兩存其目

善信神呪經二卷　羅什録内有善信摩訶神呪經二卷名目相濫真偽未分且兩存其目

五濁經一卷　又有小五濁經應此經是

華鮮經中説罪福經一卷　亦直云華鮮經

五龍悔過經一卷　一名五悔過護法經　一名空息悔過經

戒具三昧道門經一卷

最妙勝定經一卷　天竺沙門經一卷

救護身命濟人病苦厄經一卷　亦直云救護身命經亦云護身經

右此經更有一本題云大佛頂陀羅尼經初云婆羅門三藏流支譯加呪一首餘文大同　撰録者曰經題流支未詳何者若其流支再譯經語與舊全殊今乃呪異餘同未能令人除惑推尋無據不可妄編故依舊録列之於此

大那羅經一卷　慧明正行經一卷

天皇梵摩經一卷　安墓經一卷

安塚經一卷

安宅經一卷　正録中安宅神呪經與此異

天公經一卷

度生死海神船經一卷

救蟻沙彌經一卷　謹按雜寶藏經第四卷有沙彌救蟻事如與彼同即非是偽此既未覩且復存之

北方禮佛呪經一卷

敬福經一卷　具題云如來在金棺囑累清淨莊嚴敬福經

阿羅訶條國王經一卷

五百梵志經一卷 一名亦有亦無經

修行方便經一卷　偈令經一卷

度世不死經一卷　齋法清淨經一卷

無爲法道經一卷　呪媚經一卷

正齋經一卷 安世高譯中有正齋經竺法護録中亦有恐濫竊真名故各存其目

屍陀林經一卷

招魂魄經一卷 亦云招魂經周録云招魄經

法社經一卷 法經録云拔尋古録更應別有法社制度但未見此經無服具題

右此單卷法社經曾見三本説處雖同文辭乃異尋其義理並是人造 一本三紙名爲法社罪福報應經一本兩紙一本一紙餘少許

太子讚經一卷

比丘法藏見地獄變經一卷

人民求願經一卷

閻羅王東太山經一卷

七寶經一卷　字論經一卷

救護衆生惡疾經一卷 亦云救疾經

五果譬喻經一卷　孤兒孤女經一卷

庶人王并庶民受五戒正信除邪經一卷

遺教法律三昧經二卷

右按長房等代録及失譯録俱有此經既並無本詮定寔難且各存其目 撰録者曰此經余雖不覩全本見所引者多是人造疑録

二百五十戒經一卷 法經録云諸録並云有六七種異先所出故入

毗跋律一卷 法經録云此律乃南齊永明年沙門法度於揚州作以濫律名及録注譯故附僞

右按梁僧祐録隋費長房録唐道宣録等並云齊武帝時沙門釋法度出而不言譯未詳出字其意云何爲是集出爲是僞出其本復闕詮定寔難且依法經録中載之僞録

異威儀一卷（法經録云宋元嘉世曇摩耶舍弟子法度造違反正律詐耀僧尼揚州于今尚有行者故指明）

五凡夫論一卷

右阿那舍經下八十六部一百四十一卷隋開皇十四年勅沙門法經等所撰衆經録内僞疑經録云並名號乖眞或首標金言而末申謡讖或初論世術後託法詞或引陰陽吉凶或明神鬼禍福諸如此比僞妄灼然今宜祕寢以救世患（然法經録中以隨願往生經藥師經梵天神策經仁王經實如來三昧經占察經梵網經五苦章句經安宅神呪經遺教論等並編疑僞者不然其隨願往生等三經出大灌頂仁王等七經並翻譯有源編載疑僞將爲未可今編正録此中不載）

金剛藏經三十卷（周録或云三十一卷）

隨葉佛説須菩提經二卷（一名須菩提經）

般若得道經一卷（法經録云般若得經或可般若得經即是僧法尼所誦者）

造天地經一卷

蒺蔾園經一卷

危脆經一卷（竺曇無蘭譯中有此經名既未見本實難詮定且兩存也）

墮落優婆塞經一卷（後漢支曜譯中有經既無本定且各存也）

銀蹄金角犢子經一卷（或云孝順子應變破惡業修行經）

後母經一卷

應行律一卷（或云應律行或有經字）

大空般若論一卷

右金剛藏經下一十一部四十一卷隋

仁壽二年勑請興善寺大德與翻經沙門及學士等共定衆經録内僞疑經撰録者曰此僞録中復有大光明菩薩百四十八願經僧祐録内注云抄經令別生録載僞録除之

諸佛下生大法王經六十卷宣律師云余於汾部親見此文

方廣滅罪成佛經三卷亦云大通方廣懺悔滅罪莊嚴成佛經亦直云大通方廣經

法句經二卷下卷寶明菩薩時間多有一卷流行與集傳中法句經名同文異此是人造

罪福決疑經一卷

五辛經一卷周録云大乘般若五辛經

初教經一卷亦云最妙初教經與最妙勝定經文勢相似

罪報經一卷與正經罪報輕重全異

日輪供養經一卷

乳光經一卷其文全異於正經云不得服乳服之獲罪

福田報應經一卷　寶印經一卷

究竟大悲經四卷或三卷亦云八卷

獨覺論一卷　毗尼決正論一卷

優波離論一卷或云優波離經

普決論一卷或云惟識普決論

阿難請問戒律論一卷

迦葉問論一卷或云迦葉問毗尼論

大威儀請問論一卷或云大威儀請問經

寶鬘論一卷　沙彌論一卷或云彌沙論

文殊請問論一卷

右大法王經下二十二部八十七卷唐麟德元年京師西明寺沙門道宣所撰内典録中僞經宣云諸僞經論人間經藏往往有之其本尚多待見更録撰録者曰内典中復有金棺囑累經一卷即是法經録中敬福經是故不重載又有古察

經遺教論並翻傳有據文義可觀編之僞錄將爲未可已編正錄其僞中不載

諸佛下生經二十卷　善惡因果經一卷

內三十七品經一卷（或無內字）

戒正信邪經一卷

達空道士分別善惡度苦經一卷

老子教人服藥修常住經一卷

佛道定行經一卷（今疑是佛遺定行經）

決定要慧經一卷

須彌像圖山經一卷（今疑與法經錄中須彌四域經文同名異）

滿子經卷下一卷

法王經一卷（具題云蹬乃梯解脫道甘露藥流瀑泉如來智心造眼者除煩惱法王經一名涅槃若波羅蜜經）

決疑經一卷　不死經一卷

大辨邪正法門經一卷

佛性海藏經二卷（具題云佛性海藏智慧解脫破心相經）

心王菩薩說頭陀經一卷

新像法決疑經一卷

護身經一卷（今疑是救護身命經）

勝德長者所問菩薩觀行經一卷

內天兄弟五人得天品經一卷

反流盡源經一卷

師子鳩摩羅所問經一卷

大方廣不謗佛經一卷

本事經一卷

無量門淨除三障陀羅尼經一卷

三昧經童子菩薩四重問品一卷

天地圖像經一卷　大乘無盡藏經一卷

梵天王經二卷

側土經一卷（或云惻土亦云勑土）

彌勒下生經一卷　聖水經一卷

彌勒下生救度苦厄經一卷
菩薩決定經一卷　新觀世音經一卷
延壽經一卷（或云延年益壽經）
閻羅王經一卷　續命經一卷
益筭經一卷（亦云七佛神符經亦云益筭神符經周偽録分爲三經者誤也）
四讃偈及七佛名字禮懺經一卷
閻羅王說免地獄經一卷
華光經一卷
三塗累劫不竟經一卷
慈敎經一卷
去惡除病經一卷　慈力王經一卷
寶登王太子經一卷
勇意菩薩將僧忍見彌勒并示地獄經一卷
天宮經一卷　析刀經一卷（或作折字）
五戒本行經一卷　修善行經一卷

大通菩薩普利廣度經一卷
佛悲海中勇出一如無二行經一卷
流炭經一卷　如來成道經一卷
阿彌陀佛覺諸大衆觀身經一卷
十往生阿彌陀佛國經一卷（撰録者曰此上二經余親見本但前廣後略餘並無異）
律藏經一卷
日藏觀世音經一卷（一紙半）
救度大劫燒三災起經一卷
一乘不假羊鹿經一卷
聞善生信迴惡經一卷
彌勒下生甄別罪福經一卷
大薩若經一卷　摩訶薩埵經一卷
祕要經一卷　五無經一卷
清淨精進無上眞諦大比丘慧法經一卷

佛初置塔經一卷今疑是法經録中天公經異名
太子成道經一卷　恒伽達緣經一卷
寶圖經卷下一卷　譬喻折羅漢經一卷
降棄魔菩薩經一卷　審多三昧經一卷
發問罪福應報經一卷
五戒經一卷　現報當受經一卷
觀音無畏論一卷隋日有人僞造釋高王觀世音經
右諸佛下生經下八十部一百一卷唐
天后天冊萬歲元年勑東都佛授記寺
沙門明佺等刊定衆經録中僞經周録
云古來相傳皆云僞謬觀其文言糅雜
義理澆浮雖偷佛說之名終露人謀之
狀迷墜群品罔不由斯故具疏條列之
如上撰録者曰此八十經自古僞録皆未曾載周録獨編雖云古來相傳皆云僞謬而不別顯出何録中且依周録件之如上

三階佛法四卷内典録云三階別集四卷者即此是
十大段明義三卷長房録云三階別集三卷者此是
根機普藥法二卷周録中除此之外更六有三清集録二卷者誤
三十六種對面不識錯法一卷明一切三十六種對面不識錯
右三階法都有四部初是四卷三階次
是三卷三階三是兩卷三階後是一卷
三階後之三本入集録數
大乘驗人通行法一卷
對根淺深發菩提心法一卷上加明諸經中四字
對根淺深同異法一卷同前加四字
末法衆生於佛法内廢興所由法一卷上加明諸經中對相淺深八字
學求善知識發菩提心法一卷明世間五濁惡世界末法惡時十惡衆生福德下行於此種種具足人中謂當三乘器人

廣明法界衆生根機法一卷依諸大乘經論學求善知識學發菩提心一卷廣明法界衆生根機上下起行淺深法

略明法界衆生根機法一卷略明法界衆生根機上下起行淺深法

世間出世間兩階人發菩提心法一卷明諸大乘修多羅內世間出世間兩階人發菩提心同異法

世間十種惡具足人迴心入道法一卷明十種惡具足人內最惡人迴心入道斷惡修善法

行行同異法一卷明世間出世間人行行同異法

當根器所行法一卷明佛滅度第二五百年已後一切最大顛倒最大邪見最大惡衆生當根器所行法

明善人惡人多少法一卷明佛滅度一千五百年已後善人惡人多法少

就佛法內明一切佛法一切六師外道法二卷就一切佛法內明一切佛法六師外道法同異

明大乘無盡藏法一卷

明諸經中發願法一卷

略發願法一卷

明人情行法一卷

大衆制法一卷

敬三寶法一卷明諸經中對根起行淺深敬三寶法

對根起行法一卷明一切衆生對根上下起行法於內有五段

頭陀乞食法一卷依諸經論略頭陀乞食法

明乞食八門法一卷

諸經要集二卷

十輪依義立名二卷大方廣十輪經學依義立名

十輪略抄一卷大方廣十輪經人集録略抄出

大集月藏分依義立名一卷大集月藏分經明像法中要行法人集録略抄依義立名

大集月藏分抄一卷大集月藏分經明像法中要行法人集録略抄出

月燈經要略一卷
迦葉佛藏抄一卷明一切出家人內最惡出家人斷惡修善法如迦葉佛藏經說
廣七階佛名一卷觀藥王藥上菩薩經佛名一卷
略七階佛名一卷巳上三階法等於中多題人集録字其廣題目具如脚注
右三階法及雜集録總三十五部四十
四卷隋眞寂寺沙門信行撰長房録云總三十五卷內典録中都四十卷周偽録但載二十二部二十九卷並收不盡其三階與教碑云四十餘卷而不別列部卷篇目今細捜括具件如上信行所
撰雜引經文皆黨其偏見妄生穿鑿既
乖反聖旨復冐眞宗開皇二十年有勑
禁斷不聽傳行其徒既衆蔓莚彌廣同
習相黨朋援繁多即以信行為教主別行異法似同天授立邪三寶
隋文雖斷流行不能杜其根本我

唐天后證聖之元有制令定偽經及雜
符録遣送祠部進內前件教門既違背
佛意別構異端即是偽雜符録之限又
准天后聖曆二年勑其有學三階者唯
得乞食長齋絶穀持戒坐禪此外輒行
皆是違法逮我開元神武皇帝聖德光
被普洽黎元聖日麗天無幽不燭知彼
反眞構妄出制斷之開元十二年乙丑
歲六月三日勑諸寺三階院並令除去
隔障使與大院相通衆僧錯居不得別
住所行集録悉禁斷除毀若綱維縱其
行化誘人而不糺者勒還俗幸承明旨
使華徃非不敢妄編在於正録並從刊
削以示將來其廣略七階但依經集出雖無異義即是信行集録之數明制除廢不敢輒存故載斯録

佛法有六義第一應知經一卷祐無經字房録中有

六通無礙六根淨業義門經一卷祐無經字房録中有

右二部二卷梁僧祐録云齊武帝時比丘釋法願抄集經義所出雖弘經義異於僞造然既立名號則別成部卷懼後代疑亂故明注于録長房録云世皆共別用爲疑經故復載傳後葉識源幸同鑒勗

佛所制名數經五卷

右一部五卷梁僧祐録云齊武帝時比丘釋王宗所撰抄集衆經有似數林但題稱佛制懼亂名實故注于録長房録中云首題經名編預於録既非正經世所疑惑也

戒果莊嚴經一卷或無經字有八章頌

右一部一卷隋翻經學士費長房録云蕭齊武帝代永明五年常侍庾頡採經意撰撰録者曰採意爲頌不同僞造既別立經名恐濫於聖典隋仁壽録及周録編在僞中今亦同彼編於僞録

抄華嚴經一十四卷長房録云十二卷

抄方等大集經一十二卷

抄菩薩地經一十二卷長房録云抄地持

抄法句譬經三十八卷長房録云抄百喻

抄阿差末經四卷仁壽録云十四卷

抄淨度三昧經四卷仁壽録云三卷

抄摩訶摩耶經三卷　抄胎經三卷

抄央崛摩羅經二卷　抄報恩經二卷

抄頭陀經二卷抄律中事長房録云抄律頭陀事經

抄義足經二卷　抄法華藥王品一卷

抄維摩所說佛國品一卷

抄維摩方便品一卷

抄維摩問疾品一卷內典録中佛國方便問疾三品共爲一卷

抄安般守意經一卷　抄菩薩本業經一卷
抄菩薩本業願行品一卷
抄四諦經要數一卷　抄法律三昧經一卷
抄照明三昧不思議事經一卷
抄諸佛要集經一卷
抄大乘方等要慧經一卷
抄普賢觀懺悔法一卷
抄樂瓔珞莊嚴方便經一卷
抄未曾有因緣經一卷
抄阿毗曇五法行經一卷
抄諸法無行經一卷　抄無爲道經一卷
抄分別經一卷　抄德光太子經一卷
抄魔化比丘經一卷
抄優婆塞受戒品一卷
抄優婆塞受戒法一卷

抄貧女爲國王夫人經一卷
梁僧祐録云從華嚴經至貧女爲國王夫人經凡三十六部並齊竟陵文宣王所抄凡抄字在題上者皆文宣所抄也
抄妙法蓮華經五十九卷
抄阿毗曇毗婆沙五十九卷
抄維摩經二十六卷
抄菩薩決定要行經十卷亦云淨行優婆塞經法經録云菩薩決定經
抄成實論九卷長房録云八卷
右成實論梁僧祐録云永明七年文宣王請定林上寺釋僧柔小莊嚴寺釋慧次等於普弘寺共抄出
抄勝鬘經七卷
法華經下六部長房録云是文宣抄出

抄爲法捨身經六卷仁壽録云三卷

已上一經内典録云是文宣所抄

右華嚴經下四十三部二百九十八卷

勘校群録並是南齊司徒竟陵文宣王

蕭子良所抄長房録云土愛好傳尋躬目得撰備忘擬歷不謂傳行後代學人相踵抄讀世人參雜惑亂正文故舉本綱庶知由委但上題抄字者悉是其流類例細尋始末自別内典録云既異本經題抄顯別今後尋者知有所因然諷味弘通義理惬附接蒙俗之繁博考性欲之殊塗有道存焉義非疑妄而僧祐長房等諸録並注疑經莫不恐涉澆浮餘波失本故也

淨度三昧抄一卷　律經雜抄一卷

大趣抄經一卷　賧抄經一卷祐云舊録所載

五百梵律經抄一卷祐云舊録所載

大海深嶮抄經一卷祐云上六經並是舊抄

法苑經一百八十九卷祐云此一經近代抄集撮撰群經以類相從雖立號法苑經入抄數

右從佛法六義下五十四部五百一卷

並名濫真經文句增減或雜糅異義別

立名題若從正收恐玉石斯濫若一例

爲僞而推本有憑進退二途實難詮定

且依舊録編之僞末後學尋覽幸詳得

失耳

開元釋教目録卷第十八別録之八

音釋

舛昌兗切錯亂也　糅女又切雜也　穬古猛切穀芒也　齠齓齠徒聊切童子垂髫也齓初僅切毀齒也　牘徒谷切書版也　嫗威遇切毋也　頡胡結切

開元釋教目録卷第十九入藏録上之上

唐西崇福寺沙門智昇撰

合大小乘經律論及聖賢集傳見入藏者總一千七十六部合五千四十八卷四百八十帙

大乘入藏録上大乘經律論總六百三十八部二千七百四十五卷二百五十八帙此直列經名及標紙數餘如廣目録

大乘經五百一十五部二千一百七十三卷二百三帙

大乘律二十六部五十四卷五帙

大乘論九十七部五百十八卷五十帙

大乘經重單合譯三百八十四部一千八百八十卷一百七十九帙

大般若波羅蜜多經六百卷六十帙十六會説六十帙一萬三百三十二紙

唐三藏玄奘於玉華宮寺譯出翻經圖

放光般若波羅蜜經三十卷亦云放光摩訶般若經亦云摩訶般若放光經三帙或二十一卷四百六十六紙

西晉三藏無羅叉共竺叔蘭譯

摩訶般若波羅蜜經四十卷亦云大品般若經僧祐録云新大品經四帙或二十四或二十七或三十卷六百二十三紙

姚秦三藏羅什共僧叡等譯

光讚般若波羅蜜經十五卷亦云光讚摩訶般若經二百二十一紙

西晉三藏竺法護譯

摩訶般若波羅蜜鈔經五卷或無鈔字亦名長安品經一名須菩提品經或七卷九十紙

苻秦天竺沙門曇摩蜱共竺佛念譯

上二經二十卷二帙

道行般若波羅蜜經十卷一帙題云摩訶般若波羅蜜道行經

後漢月支三藏支婁迦讖譯 或八卷亦云般若道行品經一百六十七紙

小品般若波羅蜜經十卷 一帙題云摩訶般若波羅蜜無小品字僧祐録云新小品經或八卷或七卷一百五十紙

姚秦三藏鳩摩羅什譯

大明度無極經四卷 亦直名大明度經或六卷九十紙

吳月支優婆塞支謙譯

勝天王般若波羅蜜經七卷 一百二十五紙

陳優禪尼國王子月婆首那譯

上二經十一卷同帙

文殊師利所說摩訶般若波羅蜜經一卷 亦直

云文殊般若波羅蜜經或一卷二十一紙

梁扶南三藏曼陀羅仙譯

文殊師利所說般若波羅蜜經一卷 二十紙

扶南三藏僧伽婆羅譯

濡首菩薩無上清淨分衛經二卷 一名決了諸法如幻化三昧二十八紙

宋沙門翔公於南海郡譯

金剛般若波羅蜜經一卷 十一紙

舍衛國姚秦羅什譯

金剛般若波羅蜜經一卷 婆伽婆十四紙

元魏天竺三藏菩提留支譯

金剛能斷般若波羅蜜經一卷

隋大業年中三藏笈多譯 第四譯

金剛般若波羅蜜經一卷 祇樹林十四紙

陳天竺三藏眞諦譯

能斷金剛般若波羅蜜多經一卷 室羅筏十九紙

唐三藏玄奘譯

實相般若波羅蜜經一卷 八紙

唐天后代三藏菩提流志譯

仁王護國般若波羅蜜經二卷 亦云仁王般若經或一卷 一十八紙

摩訶般若波羅蜜大明呪經一卷 亦云摩訶大明呪經 二紙

已上二經舍衛國姚秦羅什譯

般若波羅蜜多心經一卷 亦云般若心經 一紙

唐三藏玄奘譯

上十二經十五卷同帙

大寶積經一百二十卷 四十九會說合成一部十二帙一千九百九十一紙

唐南天竺三藏菩提流志等譯

大方廣三戒經三卷 四十六紙

北涼天竺三藏曇無讖譯

無量清淨平等覺經二卷 亦云無量清淨經 六十一紙

後漢月支三藏支婁迦讖譯

阿彌陀經二卷 上卷題云佛說諸佛阿彌陀三耶三佛薩樓佛檀過度人道經亦名無量壽經 五十五紙

吳月支優婆塞支謙譯

無量壽經二卷 二十九紙

曹魏天竺三藏康僧鎧譯

上四經九卷同帙

阿閦佛國經二卷 一名阿閦佛剎諸菩薩學成品或一卷 四十紙

後漢月支三藏支婁迦讖譯

大乘十法經一卷 佛住王舍城者 二十紙

梁扶南三藏僧伽婆羅譯

普門品經一卷 亦云普門經 二十二紙

胞胎經一卷 一名胞胎受身經 一十五紙

文殊師利佛土嚴淨經二卷 或直云嚴淨佛土經亦直云佛土嚴淨經 三十四紙

已上三經西晉竺法護譯

法鏡經二卷 或一卷二十五紙
後漢安息優婆塞安玄共嚴佛調譯
上六經九卷同帙
郁迦羅越問菩薩行經一卷 或云郁迦長者問居家菩薩行經或二卷二十五紙
幻士仁賢經一卷 或云仁賢幻士經一十八紙
已上二經西晉竺法護譯
決定毗尼經一卷 一名破壞一切心識一十七紙
群録皆云燉煌譯不顯人名
發覺淨心經二卷 二十八紙
隋天竺三藏闍那崛多等譯
優塡王經一卷 五紙
西晉沙門法炬譯
須摩提經一卷 有加菩薩字亦云非應經八紙
西晉竺法護譯

須摩提菩薩經一卷 九紙
羅什譯
阿闍世王女阿術達菩薩經一卷 亦名阿闍世女經亦直名阿述達經一十七紙
離垢施女經一卷 二十三紙
上二經竺法護譯
上九經十卷同帙
得無垢女經一卷 一名論議辯才法門或云無垢女經二十五紙
元魏婆羅門般若流支譯
文殊師利所說不思議佛境界經二卷 或一卷又有一本乃是僞經佛性海藏題爲文殊所說應審覈也一十四紙
唐天后代天竺三藏菩提流志譯
如幻三昧經四卷 或三卷五十七紙
西晉竺法護譯

聖善住意天子所問經三卷或四卷五十七紙
元魏婆羅門瞿曇般若流支譯
太子刷護經一卷五紙
西晉竺法護譯
太子和休經一卷或云和休四紙
失譯
上六經十二卷同帙
慧上菩薩問大善權經二卷或一卷直云大善權經或云慧上菩薩經或云善權方便經或云方便所度無極經三十二紙
西晉竺法護譯
大乘顯識經二卷二十五紙
唐中天竺三藏地婆訶羅譯
大乘方等要慧經一卷一紙
安世高譯
彌勒菩薩所問本願經一卷或無所問字亦云彌勒本願經一名彌勒難經八紙
西晉竺法護譯
佛遺日摩尼寶經一卷一名古品遺日說般若經一名大寶積經一名摩訶衍寶嚴經一十六紙
支婁迦讖譯
摩訶衍寶嚴經一卷一名大迦葉品二十紙
晉譯失三藏名
勝鬘師子吼一乘大方便方廣經一卷亦直名勝鬘經或一卷一十九紙
宋求那跋陀羅譯
毗耶婆問經二卷三十四紙
瞿曇般若流支譯
上八經十一卷同帙
大方等大集經三十卷三帙或二十九卷或三十一卷或三十二卷或四十二卷六百二十一紙

北涼天竺三藏曇無讖於姑臧譯

大方等大集日藏經十卷 一帙題云大乘大方等日藏分經或十二卷或十五卷二百六紙

隋三藏那連提耶舍譯

大集月藏經十卷 一帙題云大集經月藏分第十二或十二卷或十五卷二百一十九紙

高齊天竺三藏那連提耶舍譯

大乘大集地藏十輪經十卷 一帙一百六十五紙

唐三藏玄奘譯

大方廣十輪經八卷 一百九紙

失譯今附北涼録

大集須彌藏經二卷 內題云大乘大集經須彌藏分第十五三十八紙

高齊天竺三藏那連提耶舍共法智譯

上二經十卷同帙

虛空藏菩薩經一卷 一名虛空藏經二十七紙

姚秦罽賓三藏佛陀耶舍譯

虛空藏菩薩神呪經一卷 一十七紙

宋罽賓三藏曇摩蜜多譯

虛空孕菩薩經二卷 三十一紙

隋天竺三藏闍那崛多等譯

觀虛空藏菩薩經一卷 亦名虛空藏觀經或無觀字三紙

宋罽賓三藏曇摩蜜多譯

菩薩念佛三昧經六卷 或無菩薩字或五卷九十八紙

宋天竺沙門功德直共玄暢譯

上五經十一卷同帙

大方等大集菩薩念佛三昧經十卷 一帙題云大方等大集經菩薩念佛三昧分一百三十四紙

笈多譯

般舟三昧經三卷 一名十方現在佛悉在前立定經或云大般舟三昧

經或二卷五十紙

支婁迦讖譯

拔陂菩薩經一卷 亦名拔陂安録云颰拔陀菩薩經一十四紙

僧祐録云安公古典經今附漢録

大方等大集賢護經五卷 或大卷題云大方等大集經賢護分亦云賢護菩薩亦直云賢護經八十二紙

闍那崛多等譯

上三經九卷同帙

阿差末經七卷 晉曰無盡意或四卷或五卷或云阿差末菩薩經九十二紙

西晉竺法護譯

無盡意菩薩經六卷 初題云大集經中無盡意所說不可盡義品第三十二亦云阿差末經或直云無盡意經八十九紙

智嚴寶雲等譯

上二經十三卷同帙

大集譬喻王經二卷 或無大集字大集別品三十四紙

隋天竺三藏闍那崛多等譯

大哀經八卷 或云如來大哀經或六卷或七卷一百一十七紙

西晉竺法護譯

上二經十卷同帙

寶女所問經三卷 或云寶女經亦云寶女問慧經亦云寶女三昧經 或四卷六十四紙

無言童子經二卷 或言無言菩薩經或一卷四十一紙

已上二經西晉竺法護譯

自在王菩薩經二卷 或無菩薩字三十四紙

羅什譯

奮迅王問經二卷 四十一紙

瞿曇般若流支譯

上四經九卷同帙

寶星陀羅尼經十卷 或八卷一帙一百三十三紙

唐天竺三藏波頗蜜多羅譯

大方廣佛華嚴經六十卷 八會說舊譯六帙或五十卷一千七十九紙

東晉天竺三藏佛陀羅等譯

大方廣佛華嚴經八十卷 九會說新譯八帙一千二百二十七紙

唐天后代于闐三藏實叉難陀等譯

信力入印法門經五卷 九十五紙

元魏三藏曇摩流支譯

度諸佛境界智光嚴經一卷 一十一紙

失譯今附秦録

佛華嚴入如來德智不思議境界經二卷 二十二紙

隋天竺三藏闍那崛多等譯

大方廣入如來智德不思議經一卷 一十四紙

唐天后代于闐三藏實叉難陀譯

大方廣佛華嚴經不思議佛境界分一卷 或二卷一十二紙

唐天后代于闐三藏提雲般若譯

大方廣如來不思議境界經一卷 一十一紙

唐天后代于闐三藏實叉難陀譯

大乘金剛髻珠菩薩修行經一卷 亦名金剛髻菩薩加行品一十八紙

唐天后代菩提流志譯

大方廣佛華嚴經修慈分一卷 七紙

唐天后代于闐三藏提雲般若譯

上八經十三卷同帙

大方廣普賢所說經一卷 別有一本向三十紙非是本經應須簡擇五紙

實叉難陀譯

莊嚴菩提心經一卷七紙
姚秦羅什譯
大方廣菩薩十地經一卷七紙
元魏西域三藏吉迦夜共曇曜譯
兜沙經一卷五紙
後漢月支三藏支婁迦讖譯
菩薩本業經一卷亦直云本業經亦名淨行品經一十二紙
吴月支優婆塞支謙譯
諸菩薩求佛本業經一卷或無諸字一十一紙
西晉清信士聶道眞譯
菩薩十住行道品一卷亦直云菩薩十住八紙
西晉竺法護譯
菩薩十住經一卷五紙
東晉西域三藏祇多蜜譯
漸備一切智德經五卷或十卷一名十住又名大慧光三昧一百

西晉竺法護譯五紙
上九經十三卷同帙
十住經四卷或五卷九十七紙
姚秦羅什共佛陀耶舍譯
等目菩薩所問三昧經二卷或三卷一名普賢菩薩入定或直云等目菩薩經五十二紙
西晉竺法護譯
顯無邊佛土功德經一卷二紙
唐玄奘譯
如來興顯經四卷一名興顯如幻經六十六紙
西晉竺法護譯
上四經十一卷同帙
度世品經六卷或五卷或無品七一百一十紙
西晉竺法護譯

羅摩伽經三卷（七十二紙）
乞伏秦沙門釋聖堅譯
大方廣佛華嚴經續入法界品一卷（或無續字八紙）
唐地婆訶羅譯
上三經十卷同帙
大般湼槃經四十卷（或三十六卷四帙七百三十紙）
北涼天竺三藏曇無讖於姑藏譯
大般湼槃經後譯荼毗分二卷（亦云闍維分亦云後分）
唐南海波淩國沙門若那跋陀羅共唐國
沙門會寧於彼國譯（三十九紙）
大般泥洹經六卷（記云方等大般泥洹經一百四十一紙）
東晉平陽沙門釋法顯共覺賢譯
上二經八卷同帙
方等般泥洹經二卷（亦云大般泥洹經或三卷四十五紙）
西晉竺法護譯

四童子三昧經三卷（或無三昧字四十四紙）
隋天竺三藏闍那崛多等譯
大悲經五卷（八十七紙）
高齊天竺三藏那連提耶舍共法智譯
上三經十卷同帙
方廣大莊嚴經十二卷（一名神通遊戲或云大方廣二百十四紙）
唐中天竺三藏地婆訶羅譯
普曜經八卷（一名方等本起一百四十三紙）
西晉三藏竺法護譯
上二經二十卷二帙
法華三昧經一卷（一十一紙）
宋涼州沙門釋智嚴譯
無量義經一卷（一十七紙）
蕭齊天竺沙門曇摩伽陀耶舍譯
薩曇分陀利經一卷（舊録云薩芸芬陀利經亦直云分陀利經三紙）

僧祐録云安公失譯經今附西晉録

妙法蓮華經七卷 僧祐録云新法華經一百五十二紙

姚秦羅什譯

上四經十卷同帙

正法華經十卷 或云方等正法華或七卷一帙一百九十紙

西晉三藏竺法護譯

添品妙法蓮華經七卷 二十七品寶塔天授連之爲一或八卷一百五十八紙

隋天竺三藏崛多笈多共譯

維摩詰所說經三卷 一名不可思議解脱或直云維摩詰經僧祐録云新維摩詰經六十紙

姚秦三藏羅什譯

上二經十卷同帙

維摩詰經二卷 維摩詰說不思議法門之稱一名佛法普入道門三昧經或三卷五十五紙

吳月支優婆塞支謙譯

說無垢稱經六卷 九十七紙

唐三藏玄奘譯

大方等頂王經一卷 一名維摩詰子問經亦名善思童子經亦直云頂王經二十紙

西晉三藏竺法護譯

大乘頂王經一卷 亦云維摩兒經一十六紙

梁優禪尼國王子月婆首那譯

上四經十一卷同帙

善思童子經二卷 二十紙

隋天竺三藏闍那崛多等譯

大悲分陀利經八卷 亦云大乘悲分陀利經一百六十八紙

失譯今附秦録

上二經十卷同帙

悲華經十卷 一帙一百九十紙

北涼天竺三藏曇無讖於如藏譯

金光明最勝王經十卷 一帙一百四十九紙

唐天后代三藏義淨譯

合部金光明經八卷 二十四品一百二十紙

隋大興善寺寶貴合出

伅真陀羅所問經二卷 初云伅真陀羅所問寶如來三昧經或云伅真陀羅尼王經或三卷五十八紙

後漢支婁迦讖譯

上二經十一卷同帙

大樹緊那羅王所問經四卷 亦名說不可思議品或直云大樹緊那羅經六十七紙

姚秦羅什譯

佛昇忉利天爲母說法經二卷 亦云佛昇忉利天品經或三卷三十七紙

西晉三藏竺法護譯

道神足無極變化經四卷 一名合道神足經或二卷或三卷四十九紙

西晉安息三藏安法欽譯

上三經十卷同帙

寶雨經十卷 一帙一百四十一紙

唐天后代南印度三藏達磨流支等譯

寶雲經七卷 一百二紙

梁扶南三藏曼陀羅仙共僧伽婆羅譯

阿惟越致遮經三卷 或無遮字或四卷六十六紙

西晉三藏竺法護譯

上二經十卷同帙

不退轉法輪經四卷 一名不退轉經七十三紙

僧祐録云安公涼土異經在北涼録

廣博嚴淨不退轉法輪經四卷 或六卷或直云廣博嚴淨經亦直云不退轉法輪經七十八紙

宋涼州沙門智嚴共寶雲譯

不必定入定入印經一卷二十一紙

元魏婆羅門瞿曇般若流支譯

入定不定印經一卷一十六紙

唐天后代三藏義淨譯

上四經十卷同帙

等集衆德三昧經三卷或二卷或無三昧字或直云等集經五十紙

西晉三藏竺法護譯

集一切福德三昧經三卷五十紙

姚秦三藏羅什譯

持心梵天經四卷亦云持心梵天所問經一名莊嚴佛法經又名等御諸法經九十七品或六卷九十一紙

西晉三藏竺法護譯

上三經十卷同帙

思益梵天所問經四卷或直云思益經僧祐録云思益義經八十三紙

姚秦三藏羅什譯

勝思惟梵天所問經六卷一百一紙

元魏天竺三藏菩提留支譯

上二經十卷同帙

持人菩薩經四卷初云持人菩薩所問陰種諸入以了道慧經或三卷五十四紙

西晉三藏竺法護譯

持世經四卷一名法印經或三卷七十八紙

姚秦三藏羅什譯

濟諸方等學經一卷天竺和鞞日僧迦無學字一十五紙

西晉三藏竺法護譯

大乘方廣總持經一卷或無乘字一十四紙

隋天竺三藏毗尼多流支譯

上四經十卷同帙

文殊師利現寶藏經三卷或二卷或無現字或直云寶藏經四十二紙

西晉三藏竺法護譯

大方廣寶篋經三卷或二卷四十三紙

宋天竺三藏求那跋陀羅譯

大乘同性經二卷亦名一切佛行入智毗盧遮那藏說經一名佛十地經或四卷三十八紙

周宇文氏天竺三藏闍那耶舍等譯

證契大乘經二卷亦名入一切佛境智毗盧遮那藏二十二紙

唐中天竺三藏地婆訶羅譯

上四經十卷同帙

深密解脱經三卷七十一紙

元魏天竺三藏菩提留支譯

解深密經五卷七十五紙

唐三藏玄奘譯

上二經十卷同帙

解節經一卷一十紙

陳天竺三藏眞諦譯

相續解脱地波羅蜜了義經一卷或二卷亦名解脱了義經亦直云相續解脱經一十八紙

宋求那跋陀羅譯

緣生初勝分法本經二卷亦直云緣生經二十三紙

隋天竺三藏達磨笈多譯

分別緣起初勝法門經二卷亦直云分別緣起經二十二紙

唐三藏玄奘譯

楞伽阿跋多羅寶經四卷九十二紙

宋天竺三藏求那跋陀羅譯

上五經十卷同帙

入楞伽經十卷一帙一百七十四紙

元魏三藏菩提留支譯
大乘入楞伽經七卷一百二十七紙
唐天后代于闐三藏實叉難陀譯
菩薩行方便境界神通變化經三卷四十七紙
宋天竺三藏求那跋陀羅譯
上二經十卷同帙
大薩遮尼乾子所說經十卷一帙或加受記卷或八卷一名菩薩境界奮迅法門經一百三十九紙無所說字或七
元魏留支譯
大方等大雲經六卷一名大方等無相大雲經一名大雲無相經一名大雲密藏經或五卷九十紙
北涼曇無讖譯
大雲請雨經一卷內題云大雲經請雨品第六十四二十三紙
周宇文氏天竺三藏闍那耶舍等譯
大雲輪請雨經二卷三十七紙

隋天竺三藏那連提耶舍譯
大方等大雲請雨經一卷內題云大方等大雲經請雨品第六十四二十紙
隋天竺三藏闍那崛多等譯
上四經十卷同帙
諸法無行經二卷或一卷三十一紙
姚秦三藏羅什譯
諸法本無經三卷三十九紙
隋天竺三藏闍那崛多等譯
無極寶三昧經一卷或無三昧字三十紙
西晉三藏竺法護譯
寶如來三昧經二卷一名無極寶三昧經或一卷三十八紙
東晉西域三藏祇多蜜譯
慧印三昧經一卷一名寶田惠印三昧經亦直云惠印經二十紙
吳月支優婆塞支謙譯

如來智印經一卷 一名諸佛法身一十九紙
僧祐録中失譯經今附宋録
上六經十一卷同帙
大灌頂經十二卷 一帙或無大字録云九卷未詳一百十八紙
東晉西域三藏帛尸梨蜜多羅譯
藥師如來本願經一卷 一十二紙
隋天竺三藏達磨笈多譯
藥師瑠璃光如來本願功德經一卷 一十一紙
唐三藏玄奘譯
藥師瑠璃光七佛本願功德經二卷 三十一紙
唐三藏義淨譯
阿閦世王經二卷 五十五紙
後漢月支三藏支婁迦讖譯
普超三昧經三卷 或四卷或上加文殊師利字亦直云普超經一名阿闍世王品安公録云更出阿闍世王經六十八紙

西晉三藏竺法護譯
放鉢經一卷 七紙
僧祐録云安公録中失譯經今附西晉録
上六經十卷同帙
月燈三昧經十一卷 或十卷一帙百九十八紙
高齊天竺三藏那連提耶舍譯
月燈三昧經一卷 一名文殊師利牛事行經一名逮慧三昧經十紙
宋沙門釋先公譯
無所希望經一卷 一名象步經二十紙
西晉三藏竺法護譯
象腋經一卷 一十六紙
宋罽賓三藏曇摩蜜多譯
大淨法門經一卷 題云大淨法門經上金光首女所問溥首童真所開化經二十四紙
西晉三藏竺法護譯

大莊嚴法門經二卷 亦云文殊師利神通力經亦名勝金色光明德女經二十六紙

隋天竺三藏那連耶舍譯

如來莊嚴智慧光明入一切佛境界經二卷 亦名如來入一切佛境界經三十四紙

元魏曇摩流支譯

度一切諸佛境界智嚴經一卷 一十二紙

梁扶南三藏僧伽婆羅等譯

後出阿彌陀佛偈經一卷 或無經字一紙

後漢失譯

觀無量壽佛經一卷 亦云無量壽觀一十六紙

宋西域三藏畺良耶舍譯

阿彌陀經一卷 亦名無量壽經五紙

姚秦三藏羅什譯

稱讚淨土佛攝受經一卷 亦直云稱讚淨土經一十紙

唐三藏玄奘譯

上十一經十三卷同帙

觀彌勒菩薩上生兜率天經一卷 亦云彌勒上生經八紙

宋居士沮渠京聲譯

彌勒成佛經一卷 十七紙

姚秦三藏羅什譯

彌勒來時經一卷 三紙

失譯今附東晉録

彌勒下生經一卷 一名彌勒受決經亦云彌勒成佛經或云當下成佛又云生成佛初云大智舍利弗七紙

姚秦三藏羅什譯

彌勒下生成佛經一卷 五紙

唐義淨三藏新譯

諸法勇王經一卷 一十八紙

宋罽賔三藏曇摩蜜多譯

一切法高王經一卷一名一切義王經二十紙

元魏婆羅門瞿曇般若流支譯

第一義法勝經一卷一十四紙

元魏婆羅門瞿曇般若流支譯

大威燈光仙人問疑經一卷一十五紙

隋天竺三藏闍那崛多譯

順權方便經二卷一名轉女身菩薩經亦云順方便經或云順權女經亦云隨權女經一卷二十八紙

西晉三藏竺法護譯

樂瓔珞莊嚴方便品經一卷亦云轉女身菩薩問荅經

姚秦罽賔三藏曇摩耶舍譯

上十一經十二卷同帙

六度集經八卷亦名六度無極經亦云度無極集亦云雜無極經或九卷二百四十七紙

吳天竺三藏康僧會譯

太子須大拏經一卷或云須達拏一十六紙

乞伏秦沙門釋聖堅譯

菩薩睒子經一卷亦云孝子睒經亦直云睒經七紙

僧祐録云安公録中失譯經今附西晉録

睒子經一卷一名孝子睒經一名菩薩睒經一名佛說睒經一名睒本經一名孝子隱經六紙

乞伏秦沙門釋聖堅譯

太子墓魄經一卷六紙

後漢安息三藏安世高譯

太子沐魄經一卷或作墓魄三紙

西晉三藏竺法護譯

九色鹿經一卷三紙

吳月支優婆塞支謙譯

上七經十四卷同帙

無字寶篋經一卷 六紙
元魏天竺三藏菩提留支譯
大乘離文字普光明藏經一卷 五紙
唐中天竺三藏地婆訶羅於太原寺譯
大乘遍照光明藏無字法門經一卷 亦直云大乘徧照光明藏經六紙
唐中天竺三藏地婆訶羅重譯
老女人經一卷 亦云老母經或云老女經二紙
吳月支優婆塞支謙譯
老母經一卷 二紙
僧祐録中失譯今附宋録
申日經一卷 五紙
老母女六英經一卷 亦云老母經一紙
右宋天竺三藏求那跋陀羅譯
月光童子經一卷 一名月明童子經或名申日經九紙

西晉三藏竺法護譯
申日兒本經一卷 或云申兒本經録作兜本誤也三紙
宋天竺三藏求那跋陀羅譯
德護長者經二卷 一名尸利崛多長者經二十八紙
隋天竺三藏那連提耶舍譯
文殊師利問菩提經一卷 一名伽耶山頂經一名菩提無行經亦直云菩提經七紙
姚秦三藏羅什譯
伽耶山頂經一卷 亦云伽耶頂經一十紙
元魏天竺三藏菩提留支譯
象頭精舍經一卷 九紙
隋天竺沙門毗尼多流支譯
大乘伽耶山頂經一卷 九紙
唐天后代天竺三藏菩提流志譯
長者子制經一卷 一直云制經四紙

漢世高譯

菩薩逝經一卷亦云菩童子經或直名逝經四紙

西晉沙門白法祖譯

逝童子經一卷亦名長者制經亦直云制經亦名菩薩逝經亦直云逝經三紙

西晉沙門支法度譯

犢子經一卷三紙

吳月支優婆塞支謙譯

乳光佛經一卷亦云乳光經六紙

無垢賢女經一卷或名胎藏經三紙

已上二經西晉三藏竺法護譯

腹中女聽經一卷一名不莊校女經三紙

北涼天竺三藏曇無讖譯

轉女身經一卷一十九紙

宋罽賓三藏曇摩蜜多譯

上二十一經二十二卷同帙

無上依經二卷三十一紙

梁天竺三藏眞諦譯

未曾有經一卷三紙

後漢失譯

甚希有經一卷五紙

唐三藏玄奘譯

決定總經一卷或云決定總持經亦云決總持經八紙

西晉三藏竺法護譯

謗佛經一卷七紙

元魏天竺三藏菩提留支譯

寶積三昧文殊問法身經一卷一名遺日寶積三昧文殊師利菩薩問法身經六紙

後漢世高譯

入法界體性經一卷或云入法界經十紙

隋天竺三藏闍那崛多等譯
如來師子吼經一卷 六紙
元魏天竺三藏佛陀扇多譯
大方廣師子吼經一卷 五紙
大乘百福相經一卷 七紙
已上二經唐中天竺三藏地婆訶羅譯
大乘百福莊嚴相經一卷 九紙
唐中天竺三藏地婆訶羅再譯
大乘四法經一卷 與單本中實叉難陀譯者二名雖同多少全異一紙
唐中天竺三藏地婆訶羅於東太原寺譯
菩薩修行四法經一卷 一紙
唐中天竺三藏地婆訶羅於弘福寺譯
希有希有校量功德經一卷 或直云希有校量功德經六紙
隋天竺三藏闍那崛多等譯
最無比經一卷 十二紙

唐三藏玄奘譯
前世三轉經一卷 六紙
西晉沙門釋法炬譯
銀色女經一卷 七紙
元魏天竺三藏佛陀扇多譯
阿闍世王受決經一卷 四紙
西晉沙門釋法炬譯
採蓮違王上佛授決號妙華經一卷 亦直云採華違王經二紙
東晉西域沙門竺曇無蘭譯
正恭敬經一卷 一名威德陀羅尼中說經或云正法恭敬經五紙
元魏天竺三藏佛陀扇多譯
善敬經一卷 亦名善恭敬經一名善恭敬師經七紙
隋天竺三藏闍那崛多等譯
稱讚大乘功德經一卷 五紙

唐三藏玄奘譯

說妙法決定業障經一卷 三紙

唐至相寺沙門釋智嚴譯

上二十三經二十四卷同帙

諫王經一卷 亦云大小諫王經四紙

宋居士沮渠京聲譯

如來示教勝軍王經一卷 亦云勝軍王經十紙

唐三藏玄奘譯

佛爲勝光天子說王法經一卷 亦直云勝光天子經七紙

唐三藏義淨譯

大方等修多羅王經一卷 或無王字二紙

元魏天竺三藏菩提留支譯

轉有經一卷 三紙

元魏天竺三藏佛陀扇多譯

文殊師利巡行經一卷 五紙

元魏天竺三藏菩提留支譯

文殊尸利行經一卷 八紙

隋天竺三藏闍那崛多等譯

貝多樹下思惟十二因緣經一卷 亦云聞城十二因緣經四紙

吳月支優婆塞支謙譯

緣起聖道經一卷 八紙

唐三藏玄奘譯

稻芉經一卷 七紙

失譯今附東晉録

了本生死經一卷 五紙

吳月支優婆塞支謙譯

自誓三昧經一卷 題下注云獨證品第四出比丘淨行中八紙

後漢三藏安世高譯

如來獨證自誓三昧經一卷 亦云獨證自誓三昧經亦云如

西晉三藏竺法護譯　来自普三昧經七紙

灌洗佛形像經一卷　亦云四月八日灌經三紙

西晉沙門釋法炬譯

摩訶刹頭經一卷　亦名灌佛形像經三紙

乞伏秦沙門釋聖堅譯

造立形像福報經一卷　三紙

失譯今附東晉録

作佛形像經一卷　亦云優填王作佛形像因緣經四紙

失譯今在漢録周録在小乘單本云法炬譯

龍施女經一卷　或無女字二紙

吴月支優婆塞支謙譯

龍施菩薩本起經一卷　或云龍施女經亦云龍施本經四紙

西晉三藏竺法護譯

八吉祥神呪經一卷　或無神字三紙

吴月支優婆塞支謙譯

八陽神呪經一卷　亦直云八陽經別有一本亦云八陽神呪可半紙許初有七佛名者非也四紙

西晉三藏竺法護譯

八吉祥經一卷　亦云八方世界八佛名號經二紙

梁扶南三藏僧伽婆羅譯

八佛名號經一卷　四紙

隋天竺三藏闍那崛多等譯

盂蘭盆經一卷　亦云盂蘭經二紙

西晉三藏竺法護譯

報恩奉盆經一卷　一紙

失譯今附東晉録

佛説浴像功德經一卷　三紙

唐三藏寳思惟譯

浴像功德經一卷 四紙
唐三藏義淨譯
校量數珠功德經一卷 二紙
唐三藏寶思惟譯
數珠功德經一卷 內云曼殊室利呪藏中校量數珠功德法二紙
唐三藏義淨譯
上二十九經二十九卷同帙
不空羂索神變真言經三十卷 三帙五百二十六紙
唐南天竺三藏菩提流志譯
不空羂索呪經一卷 亦云不空羂索觀世音心呪經十一紙
隋天竺三藏闍那崛多等譯
不空羂索神呪心經一卷 一十三紙
唐三藏玄奘譯
不空羂索陀羅尼自在王呪經三卷 亦云不空羂索心呪王經二十四紙

唐天后代天竺三藏寶思惟譯
不空羂索陀羅尼經一卷 一名普門三十七紙
唐天后代北天竺婆羅門李無諂譯
千手千臂觀世音菩薩陀羅尼神呪經二卷 或一卷十九紙
唐總持寺沙門釋智通譯
千手千眼觀世音菩薩姥陀羅尼身經一卷 或云千臂千眼二十二紙
唐南天竺三藏菩提流志譯
千手千眼觀世音菩薩廣大圓滿無礙大悲心陀羅尼經一卷 唐西天竺沙門伽梵達摩譯十九紙
觀世音菩薩祕密藏神呪經一卷 八紙
唐天后代于闐三藏實叉難陀譯
觀世音菩薩如意摩尼陀羅尼經一卷 七紙
唐天竺三藏寶思惟譯

上九經十二卷同帙

觀自在菩薩如意心陀羅尼呪經一卷 四紙

唐三藏義淨譯

如意輪陀羅尼經一卷 此經出大蓮華金剛三昧耶加持祕密無障礙經二十四紙

唐天竺三藏菩提流志譯

文殊師利根本一字陀羅尼經一卷 題云大方廣菩薩藏中文殊師利根本一字陀羅尼法亦云一字呪王經三紙

唐天后代寶思惟譯

曼殊室利菩薩呪藏中一字呪王經一卷 三紙

唐天后代三藏義淨譯

十二佛名神呪經一卷 題云十二佛名神呪校量功德除障滅罪經六紙

隋天竺三藏闍那崛多等譯

稱讚如來功德神呪經一卷 三紙

唐三藏義淨譯

孔雀王呪經一卷 亦名大金色孔雀王經并結界場法具八紙

姚秦三藏羅什譯

大金色孔雀王呪經一卷 五紙

失譯今附秦録 拾遺編入

佛說大金色孔雀王呪經一卷 八紙

失譯入附秦録

孔雀王呪經二卷 亦云孔雀王陀羅尼經四十三紙

梁扶南三藏僧伽婆羅譯

大孔雀呪王經三卷 六十紙

唐三藏義淨於東都內道場譯

上十一經十四卷同帙

陀羅尼集經十二卷 三百四十三紙

唐中天竺三藏阿地瞿多譯

十一面觀世音神呪經一卷 十一紙

周宇文氏天竺三藏耶舍崛多等譯

十一面神呪心經一卷 一十紙

唐三藏玄奘譯

摩利支天經一卷 或上加小字二紙

失譯今附梁録

呪五首經一卷 或無經字二紙

唐三藏玄奘譯

千囀陀羅尼觀世音菩薩呪經一卷 或無經字三紙

唐總持寺沙門釋智通譯

六字神呪經一卷 或云六字呪法六紙

唐天后代天竺三藏菩提流志譯

七俱胝佛大心准提陀羅尼經一卷 亦直云七俱胝佛母心經四紙

唐中天竺三藏地婆訶羅譯

七俱胝佛毋准泥大明陀羅尼經一卷 十六紙

唐南天竺三藏金剛智譯

上九經二十卷二帙 上帙七卷下帙十三

觀自在菩薩隨心呪經一卷 亦名多利心經十九紙

唐總持沙門釋智通譯

種種雜呪經一卷 或無經字六紙

周宇文氏天竺三藏闍那崛多譯

佛頂尊勝陀羅尼經一卷 七紙

唐杜行顗奉制譯

佛頂最勝陀羅尼經一卷 八紙

唐日照三藏譯 亦名地婆訶羅中天竺人

佛頂尊勝陀羅尼經一卷 七紙

唐佛陀波利譯

最勝佛頂陀羅尼淨除業障經一卷

唐日照三藏再譯 十三紙亦名地婆訶羅中天竺人於東都再譯

佛頂尊勝陀羅尼經一卷 或加呪字八紙

唐義淨三藏譯

無量門微密持經一卷 一名成道降魔得一切智經 六紙

吳月支優婆塞支謙譯

出生無量門持經一卷 或云新微密持經 七紙

東晉天竺三藏佛陀跋陀羅譯

阿難陀目佉尼訶離陀經一卷 或云出無量門持經 十紙

宋天竺三藏求那跋陀羅譯

無量門破魔陀羅尼經一卷 或直云破魔陀羅尼經 十一紙

宋西域沙門功德直共玄暢譯

阿難陀目佉尼訶離陀隣尼經一卷 十一紙

元魏天竺三藏佛陀扇多譯

舍利弗陀羅尼經一卷 八紙

梁扶南三藏僧伽婆羅譯

一向出生菩薩經一卷 十二紙

隋天竺三藏闍那崛多譯

出生無邊門陀羅尼經一卷 十四紙

唐至相寺沙門釋智嚴譯

勝幢臂印陀羅尼經一卷 二紙

唐三藏玄奘譯

妙臂印幢陀羅尼經一卷 別有一本十六七紙非是本經不可流布 二紙

唐天后代于闐三藏實叉難陀譯

上十七經十七卷同帙

開元釋教目錄卷第十九

音釋

叡 以芮切 蜱 駢迷切 燉煌 燉徒渾切 煌胡光切 伅 徒損切 篋 苦協切 腋 羊益切

開元釋教目録卷第十九 入藏録上之下

唐西崇福寺沙門智昇撰

無崖際持法門經一卷 一名無際經十五紙

乞伏秦沙門釋聖堅譯 第一譯

尊勝菩薩所問一切諸法入無量門陀羅尼經一卷 或直云尊勝菩薩所問經亦直云入無量門陀羅尼經一十七紙

高齊居士萬天懿譯

金剛上味陀羅尼經一卷 一十四紙

元魏天竺三藏佛陀扇多譯 第一譯

金剛場陀羅尼經一卷 一十四紙

隋天竺三藏闍那崛多等譯 第二譯

師子奮迅菩薩所問經一卷 二紙

華聚陀羅尼呪經一卷 三紙

已上二經失譯今附東晋録

華積陀羅尼神呪經一卷 三紙

吳月支優婆塞支謙譯

六字呪王經一卷 五紙第一譯

失譯今附東晋録

六字神呪王經一卷 六紙拾遺編入第二譯

虛空藏菩薩問佛經一卷 亦云虛空藏菩薩問七佛陀羅尼呪經亦云七佛神呪經一十二紙拾遺編入第一譯

已上二經失譯今附梁録

如來方便善巧呪經一卷 一十紙

隋天竺三藏闍那崛多等譯 第一譯

持句神呪經一卷 亦云陀羅尼句三紙

吳月支優婆塞支謙譯 拾遺編入第一譯

陀鄰尼鉢經一卷 亦云陀鄰鉢呪三紙

東晋西域沙門竺曇無蘭譯 拾遺編入第二譯

東方最勝燈王如來經一卷 題云東方最勝燈王如來遣二

菩薩送呪奉釋迦如來助護持世間經一十三紙

隋天竺三藏闍那崛多等譯出内典録第四譯

善法方便陀羅尼呪經一卷六紙

金剛祕密善門陀羅尼經一卷五紙出周録第三譯

巳上二經失譯今附東晉録

護命法門神呪經一卷一十一紙

唐天后代天竺三藏菩提流志譯出周録第三譯

無垢淨光大陀羅尼經一卷十一紙

唐天后代西域沙門彌陀山等譯新編入録

請觀世音菩薩消伏毒害陀羅尼呪經一卷亦直云請觀世音經一十二紙

東晉外國居士竺難提譯兩譯一闕

上十九經十九卷同帙

内藏百寶經一卷亦云内藏百品經八紙

後漢月支三藏支婁迦讖譯第一譯兩譯一闕

温室洗浴衆僧經一卷亦直云温室經三紙

後漢安息三藏安世高譯拾遺編入第一譯前後兩譯一闕

須頼經一卷一十八紙

前涼月支優婆塞支施崘譯出經後記第三譯前後四譯三本闕

私訶三昧經一卷或云私訶未經一名菩薩道樹經亦名道樹三昧經一十一紙周爲單本譯第一譯前後兩譯一本闕

菩薩生地經一卷一名差摩竭經三紙周爲單本誤第一譯兩譯一闕

已上二經吴月支優婆塞支謙譯

四不可得經一卷五紙第二譯兩譯一本闕

梵女首意經一卷一名首意女經五紙第一譯兩譯一闕

巳上二經西晉三藏竺法護譯

成具光明定意經一卷或云成具光明三昧經或直云成具光明經二十三紙

後漢西域三藏支曜譯第二譯兩譯一闕
寶網經一卷亦云寶網童子經二十二紙
菩薩行五十緣身經一卷亦云菩薩緣身五十事經亦云五十緣身行經六紙
已上二經西晉三藏竺法護譯俱第一譯兩譯一闕
菩薩修行經一卷亦云威施長者問觀身行經亦云長者修行經七紙
西晉河内沙門白法祖譯第三譯二闕
諸德福田經一卷或直云福田經或云諸福田經五紙
西晉沙門法立法炬共譯第一譯兩譯一闕
大方等如來藏經一卷或直云如來藏經九紙
東晉天竺三藏佛陀跋陀羅譯第三譯三譯二闕
佛語經一卷四紙
元魏天竺三藏菩提留支譯第一譯兩譯一闕
金色王經一卷九紙
元魏婆羅門瞿曇般若流支譯第二譯兩譯一闕

演道俗業經一卷九紙
乞伏秦沙門釋聖堅譯第二譯一闕
百佛名經一卷六紙
隋天竺三藏那連提耶舍譯第二譯兩譯一闕
上十七經十七卷同帙
稱揚諸佛功德經三卷亦名集諸佛華經一名現在佛名經或四卷五十七紙
元魏西域三藏吉迦夜共曇曜譯第三譯三譯兩闕
須真天子經三卷亦云須真天子所問經亦云問四事經或二卷四十紙六
西晉三藏竺法護譯第二譯兩譯一闕
摩訶摩耶經一卷一名佛昇忉利天為母説法經亦直云摩耶經或二卷二十六紙
蕭齊沙門釋曇景譯第二譯兩譯一闕

除恐災患經一卷 一十七紙
乞伏秦沙門釋聖堅譯 第二譯兩譯一闕
孛經一卷 或云孛經抄十八紙
吳月支優婆塞支謙譯 拾遺編入第二譯前後三譯兩本闕
觀世音菩薩受記經一卷 一名觀世音受決經一十三紙
宋黃龍沙門釋曇無竭譯 第三譯三譯二闕
上六經十卷同帙
海龍王經四卷 或三卷七十三紙
西晉三藏竺法護譯 兩譯一闕
首楞嚴三昧經三卷 或二卷亦直云首楞嚴經僧祐録云新首楞嚴經五十二紙
姚秦三藏鳩摩羅什譯 第九譯八闕
觀普賢菩薩行法經一卷 亦云出深功德經中或無行法字亦云普賢觀經一十六紙
宋罽賓三藏曇摩蜜多譯 第三譯二闕

觀藥王藥上二菩薩經一卷 一十九紙
宋西域三藏畺良耶舍譯 第三譯兩譯一闕
不思議光菩薩所問經一卷 亦云不思光菩薩所說經亦云無思光孩童菩薩經一十二紙
姚秦三藏鳩摩羅什譯 第二譯兩譯一闕
上五經十卷同帙
十住斷結經十卷 最勝問菩薩十住除垢斷結經一名十千日光三昧定亦云十地斷結經或十一卷或十四卷二百五十四紙
姚秦涼州沙門竺佛念譯 第二譯兩譯一闕
諸佛要集經二卷 亦直云要集經天竺曰佛陀僧祇提四十三紙
西晉三藏竺法護譯 第一譯兩譯一闕
未曾有因緣經三卷 如無因緣字度羅睺羅沙彌序四十紙
蕭齊沙門釋曇景譯 第二譯兩譯一闕
上三經十四卷同帙
菩薩瓔珞經十二卷 一名現在報或十四卷或十六卷或十三卷三

百三十一紙

姚秦涼州沙門竺佛念譯第二譯兩譯一闕

超日明三昧經二卷或直云超日明經或三卷四十八紙

西晉清信士聶承遠譯第二譯兩譯一闕

上二經十四卷二帙

賢劫經十三卷題云颰陀劫三昧晉曰賢劫定意經舊録云賢劫三昧經或十卷或七卷一帙一百九十二紙

西晉三藏竺法護譯第一譯兩譯一闕

大乘經單譯一百三十一部二百九十三卷二十四帙

大法炬陀羅尼經二十卷二帙三百九十八紙

大威德陀羅尼經二十卷二帙二百六十八紙

已上二經隋天竺三藏闍那崛多等譯

佛名經十二卷或云十三卷或分爲二十卷二百五十三紙

元魏天竺三藏菩提留支譯

三劫三千佛名經三卷莊嚴劫上賢劫中星宿劫下五十九紙

失譯今附梁録

上二經十五卷二帙上帙七下帙八

五千五百佛名經八卷一百三十一紙

隋天竺三藏闍那崛多等譯

不思議功德諸佛所護念經二卷或直云不思議功德經或四卷三十七紙

曹魏代譯失三藏名拾遺編入

上二經十卷同帙

華手經十三卷一名攝諸善根經亦名攝諸福德經或十一卷或十二卷或十卷一帙二百二十九紙

姚秦三藏鳩摩羅什譯

大方等陀羅尼經四卷一名方等檀持陀羅尼經或無大字六十三紙

北涼沙門法衆於高昌郡譯出寶唱録

僧伽吒經四卷五十一紙

元魏優禪尼國王子月婆首那譯

力莊嚴三昧經三卷 三十八紙

隋天竺三藏那連提耶舍譯

大方廣圓覺修多羅了義經一卷 二十七紙

唐罽賓沙門佛陀多羅譯

上四經十二卷同帙

觀佛三昧海經十卷 或云觀佛三昧經或八卷一帙一百五十六紙

東晉天竺三藏佛陀跋陀羅譯

大方便佛報恩經七卷 一百二十六紙

失譯在後漢録

菩薩本行經三卷 四十七紙

失譯今附東晉録 拾遺編入

上二經十卷同帙

法集經六卷 或七卷或八卷一百二十七紙

元魏天竺三藏菩提留支譯

觀察諸法行經四卷 六十三紙

隋天竺三藏闍那崛多等譯

上二經十卷同帙

菩薩處胎經五卷 初云菩薩從兜術天降神母胎說普廣經亦直云胎經或八卷或四卷一百一十五紙

姚秦涼州沙門竺佛念譯

弘道廣顯三昧經四卷 一名阿耨達龍王所問決諸狐疑清淨亦名入金剛問定意經凡十二品或二卷五十五紙

西晉三藏竺法護譯

施燈功德經一卷 一名然燈經一十五紙

高齊天竺三藏那連提耶舍譯

上三經十卷同帙

央崛魔羅經四卷 七十八紙

宋天竺三藏求那跋陀羅譯

無所有菩薩經四卷 六十二紙

隋天竺三藏闍那崛多等譯出內典録
明度五十校計經二卷或無明度字或無五十字四十紙
後漢安息三藏安世高譯
上三經十卷同帙
中陰經二卷二十八紙
姚秦涼州沙門竺佛念譯
大法鼓經二卷三十一紙
宋天竺三藏求那跋陀羅譯
文殊師利問經二卷亦直云文殊問經五十一紙
梁扶南三藏僧伽婆羅譯
月上女經二卷維摩詰之女一十九紙
隋天竺三藏闍那崛多等譯
大方廣如來祕密藏經二卷二十四紙
失譯今附秦録
上五經十卷同帙

大乘密嚴經三卷五十六紙
三藏地婆訶羅譯
占察善惡業報經二卷亦名大乘實義經出六根聚經亦直云占察經亦名地藏菩薩經二十八紙
外國沙門菩提登譯
蓮華面經二卷二十三紙
隋天竺三藏那連提耶舍譯
文殊師利問菩薩署經一卷亦云文殊問署經二十紙
支婁迦讖譯
大乘造像功德經二卷或一卷二十一紙
于闐提雲般若譯
上五經十卷同帙
廣大寶樓閣善住祕密陀羅尼經三卷四十紙
一字佛頂輪王經五卷亦云五佛頂經或四卷二百二十一紙
已上二經菩提流志譯

大陀羅尼末法中一字心呪經一卷一十四紙
寶思惟譯
上三經九卷同帙
大佛頂如來密因修證了義諸菩薩萬行首
楞嚴經十卷一帙一百四十三紙
沙門懷迪譯
大毗盧遮那成佛神變加持經七卷亦云大毗盧遮那成佛經一百三十五紙
沙門一行譯
蘇婆呼童子經三卷亦云蘇婆呼請問經或云蘇婆呼律或云蘇婆呼或二卷四十九紙
三藏輸波迦羅譯
上二經十卷同帙
蘇悉地羯羅經三卷九十一紙
三藏輸波迦羅譯

牟梨曼陀羅呪經一卷或無經字三十三紙
失譯
金剛頂瑜伽中略出念誦法四卷亦云經八十一紙
三藏金剛智譯
上三經八卷同帙
七佛所説神呪經四卷初卷云七佛十一菩薩説大陀羅尼神呪經七十三紙
晉代譯失三藏名
大吉義神呪經二卷或四卷三十一紙
曇曜譯
文殊師利寶藏陀羅尼經一卷
金剛光焰止風雨陀羅尼經一卷三十一紙
已上二經菩提流志譯
阿吒婆拘鬼神大將上佛陀羅尼經一卷亦直云阿吒婆拘呪經五紙

阿彌陀鼓音聲王陀羅尼經一卷 四紙

大普賢陀羅尼經一卷 三紙

大七寶陀羅尼經一卷 一紙

六字大陀羅尼呪經一卷 二紙

已上五經失譯今附梁録

安宅神呪經一卷 亦云安宅呪法四紙

後漢失譯

摩尼羅亶經一卷 亦云摩尼羅亶神呪經四紙

幻師颰陀所説神呪經一卷 録云幻師無所説字或作跋字亦云波陀古云録幻王跋陀經二紙

已上二經沙門竺曇無蘭譯

護諸童子陀羅尼呪經一卷 亦云護諸童子請求男女陀羅尼經四紙

元魏菩提留支譯

諸佛心陀羅尼經一卷 三紙

拔濟苦難陀羅尼經一卷 三紙

八名普密陀羅尼經一卷 二紙

持世陀羅尼經一卷 四紙

六門陀羅尼經一卷 一紙

已上五經唐玄奘譯

清淨觀世音普賢陀羅尼經一卷 此經有一錯本應須審之五紙

唐釋智通譯

上十九經二十三卷同帙

智炬陀羅尼經一卷 三紙

諸佛集會陀羅尼經一卷 四紙

已上二經唐提雲般若譯

隨求即得大自在陀羅尼神呪經一卷 亦云隨求所得一十四紙

唐寶思惟譯

百千印陀羅尼經一卷 二紙
𣿅面然餓鬼陀羅尼神呪一卷 亦云施餓鬼食呪經後兼有施水呪四紙
已上二經唐實叉難陀譯
莊嚴王陀羅尼呪經一卷 四紙
香王菩薩陀羅尼呪經一卷 二紙
一切功德莊嚴王經一卷 一十四紙
拔除罪障呪王經一卷 三紙
善夜經一卷 三紙
已上五經唐義淨譯
虛空藏菩薩能滿諸願最勝心陀羅尼求聞持法經一卷 亦名虛空藏菩薩求聞持法經四紙
唐輸波迦羅譯
金剛頂經曼殊室利菩薩五字心陀羅尼品一卷 一十一紙

觀自在如意輪菩薩瑜伽法要一卷 九紙
已上二經唐金剛智譯
佛地經一卷 一十三紙
唐玄奘譯
佛垂般涅槃略說教誡經一卷 亦云佛臨般涅槃一名遺教經六紙
姚秦三藏羅什譯
出生菩提心經一卷 一十一紙
隋闍那崛多等譯
佛印三昧經一卷 三紙
漢世高譯
文殊師利般涅槃經一卷 四紙
西晉居士聶道眞譯
異出菩薩本起經一卷 或無起字一十一紙
西晉聶道眞譯

千佛因縁經一卷 一十八紙

姚秦羅什譯

賢首經一卷 一名賢首夫人經三紙

乞伏秦釋聖堅譯

月明菩薩經一卷 或加三昧字或云月明童子經亦云月明童男經三紙

吳月支優婆塞支謙譯

心明經一卷 一名心明女梵志婦飯汁施經三紙

滅十方冥經一卷 或云十方滅冥經六紙

鹿母經一卷 別有鹿子經一卷與此全同三紙

魔逆經一卷 一十九紙

已上四經西晉竺法護譯

上二十六經二十六卷同帙

德光太子經一卷 一名賴吒和羅所問德光太子經一十九紙

西晉竺法護譯

大意經一卷 五紙

宋求那跋陀羅譯

堅固女經一卷 一名牢固女經六紙

隋那連提耶舍譯

商主天子所問經一卷 或無所問字一十七紙

諸法最上王經一卷 二十三紙

已上二經隋闍那崛多等譯

師子莊嚴王菩薩請問經一卷 一名八曼荼羅五紙

離垢慧菩薩所問禮佛法經一卷 六紙

已上二經唐那提譯

受持七佛名號所生功德經一卷 四紙

佛臨涅槃記法住經一卷 或加般字五紙

寂照神變三摩地經一卷 一十六紙

已上三經唐玄奘譯

差摩婆帝受記經一卷 三紙

不增不減經一卷或云二卷者誤七紙
已上二經元魏菩提留支譯
造塔功德經一卷二紙
唐地婆訶羅譯
右遶佛塔功德經一卷亦云繞塔功德經三紙
大乘四法經一卷與重譯中日照出者名字雖同經體全異八紙
已上二經唐實叉難陀譯
有德女所問大乘經一卷時有一本可八九紙文錯不堪四紙
唐菩提流志譯
大乘流轉諸有經一卷三紙
妙色王因緣經一卷四紙
佛爲海龍王說法印經一卷一紙
已上三經唐義淨譯
師子素馱娑王斷肉經一卷四紙
唐釋智嚴譯

般泥洹後灌臘經一卷一名般泥洹後四輩灌臘經亦直云灌臘經二紙
西晉竺法護譯
八部佛名經一卷亦名八佛名經三紙
元魏般若流支譯
上二十二經二十二卷同帙
菩薩內習六波羅蜜經一卷或云內六波羅蜜經安公云出方等部三紙
漢嚴佛調譯
菩薩投身餓虎起塔因緣經一卷僧祐録云以身施餓虎經一十一紙
北涼釋法盛譯
金剛三昧本性清淨不壞不滅經一卷亦名金剛清淨經八紙
師子月佛本生經一卷七紙

巳上二經失譯今附秦録

長者法志妻經一卷三紙

失譯今附梁録

薩羅國經一卷或云薩羅國王經四紙

失譯今附東晉録

十吉祥經一卷二紙

失譯今附秦録

長者女菴提遮師子吼了義經一卷六紙

失譯今附梁録

一切智光明仙人慈心因緣不食肉經一卷五紙

失譯今附秦録

金剛三昧經二卷或一卷二十七紙

北涼失譯

法滅盡經一卷三紙

甚深大迴向經一卷四紙

巳上二經失譯今附宋録

天王太子辟羅經一卷亦云太子辟羅經或無天王字僧祐録云

安公關中異經二紙

優婆夷淨行法門經二卷亦直云淨行經或無經字三十二紙

僧祐録云安公涼土異經

八大人覺經一卷一紙

漢世高譯

三品弟子經一卷亦云弟子學有三輩經三紙

吴月支支謙譯

四輩經一卷或云四輩弟子經或云四輩學經三紙

當來變經一卷或云當來變識經一紙

過去佛分衛經一卷或云過世二紙

巳上三經西晉竺法護譯

十二頭陀經一卷一名沙門頭陀經五紙
樹提伽經一卷三紙
巳上二經宋求那跋陀羅譯
長壽王經一卷六紙　法常住經一卷二紙
巳上二經失譯今附西晉録
上二十三經二十五卷同帙
大乘律二十六部五十四卷五帙
菩薩地持經十卷或無經字亦云論亦云菩薩戒經又名菩薩地或八卷一帙一百八十六紙
北涼曇無讖譯
菩薩善戒經九卷一名菩薩地十卷一百八十紙
宋求那跋摩等譯
淨業障經一卷一十五紙
失譯今附秦録
上二經十卷同帙

優婆塞戒經七卷或五卷或六卷或十卷是在家菩薩戒一百三十一紙
北涼曇無讖譯
梵網經二卷三十六紙
姚秦羅什譯
受十善戒經一卷一十六紙
漢失譯
上三經十卷同帙
菩薩瓔珞本業經二卷或直云瓔珞本業經三十九紙
姚秦竺佛念譯
佛藏經四卷一名選擇諸法經或三卷或二卷七十紙
姚秦羅什譯
菩薩戒本一卷一十一紙
北涼無讖譯
菩薩戒本一卷一十八紙

菩薩戒羯磨文一卷六紙
已上二經唐玄奘譯
菩薩善戒經一卷優波離問菩薩受戒法一十五紙
宋求那跋摩譯
上六經十卷同帙
菩薩内戒經一卷十八紙
優婆塞五戒威儀經一卷一十五紙
已上二經宋求那跋摩譯
文殊師利淨律經一卷或直名淨律經十三紙
西晉竺法護譯
清淨毗尼方廣經一卷一十七紙
姚秦羅什譯
寂調音所問經一卷一名如來所說清淨調伏經十八紙
宋釋法海譯
大乘三聚懺悔經一卷一十三紙
隋闍那崛多等譯
菩薩五法懺悔文一卷亦名菩薩五法懺悔經二紙
失譯今附梁録
菩薩藏經一卷一十紙
梁僧伽婆羅譯
三曼陀颰陀羅菩薩經一卷三紙
菩薩受齋經一卷三紙
已上二經西晉聶道眞譯
文殊悔過經一卷一名文殊五體悔過經二十一紙
西晉竺法護譯
舍利弗悔過經一卷亦直名悔過經五紙
漢世高譯
法律三昧經一卷亦直名法律經七紙
吴支謙譯
十善業道經一卷六紙

唐實叉難陀譯

上十四經十四卷同帙

大乘論九十七部五百一十八卷五十帙一十一部一百五十五卷釋經論七十六部三百六十三卷集義論

大智度論一百卷或云大智度論亦云摩訶般若釋論或一百一十卷或七十卷十帙二千八十五紙

姚秦羅什譯

十地經論十二卷或十五卷一帙二百四十六紙

彌勒菩薩所問經論五卷或六卷或七卷或八卷一百二十八紙

大乘寶積經論四卷八十四紙

已上三經元魏菩提留支譯

寶髻菩薩四法經論一卷題云寶髻經四法優波提舍十二紙

元魏毗目智仙譯

上三論十卷同帙

佛地經論七卷一百一十七紙

唐玄奘譯

金剛般若論二卷無著菩薩造三十紙

隋笈多譯

能斷金剛般若波羅蜜多經論頌一卷亦云能斷金剛論頌四紙

唐義淨譯

上三論十卷同帙

金剛般若波羅蜜經論三卷天親菩薩造四十八紙

元魏菩提留支譯

能斷金剛般若波羅蜜多經論釋三卷亦云能斷金剛論釋三十三紙

唐義淨譯

金剛般若波羅蜜經破取著不壞假名論二

卷亦名功德施論三十三紙

唐地婆訶羅譯

文殊師利菩薩問菩提經論二卷亦云文殊問菩提經論一名伽耶山頂經論三十紙

元魏菩提留支譯

妙法蓮華經論一卷題云妙法蓮華經優波提舍二十五紙

元魏勒那摩提共僧朗等譯

法 上五論十一卷同帙

法華經論二卷初有歸敬頌者是或一卷題亦云妙法蓮華經優波提舍二十紙

元魏留支共曇琳等譯

勝思惟梵天所問經論四卷或三卷五十九紙

元魏菩提留支譯

涅槃論一卷或云大般涅槃經論一十紙

沙門達磨菩提譯

涅槃經本有今無偈論一卷亦直云本有今無論六紙

梁眞諦譯

遺教經論一卷二十六紙

陳眞諦譯

無量壽經論一卷題云無量壽經優波提舍願生偈七紙

元魏菩提留支譯

三具足經論一卷題云三具足優波提舍一十八紙

元魏毗目智仙譯

轉法輪經論一卷題云轉法輪經優波提舍一十紙

元魏毗目智仙等譯

上八論十二卷同帙已上釋經論已下集義論

瑜伽師地論一百卷十帙一千八百十七紙

顯揚聖教論二十卷二帙三百二十七紙

瑜伽師地論釋一卷一十九紙

顯揚聖教論頌一卷一十九紙

王法正理論一卷二十紙
大乘阿毗達磨集論七卷一百三紙
已上六經唐玄奘譯
上四論十卷同帙
大乘阿毗達磨雜集論十六卷亦呼爲對法論二百五十五紙
唐玄奘譯
中論四卷亦云中觀論或八卷九十八紙
姚秦羅什譯
上二論二十卷二帙
般若燈論釋十五卷二百五十一紙
唐波羅頗蜜多羅譯
十二門論一卷二十四紙
姚秦羅什譯
十八空論一卷二十紙

陳眞諦譯
百論二卷四十三紙
姚秦羅什譯
廣百論本一卷八紙
唐玄奘譯
上五論二十卷二帙
大乘廣百論釋論十卷一帙一百九十紙
唐玄奘譯
十住毗婆沙論十四卷或無論字或十二卷或十五卷二百七十六紙
姚秦羅什譯
菩提資粮論六卷六十七紙
隋笈多譯
上二論二十卷二帙
大乘莊嚴經論十三卷或十五卷一帙二百五紙

唐波羅頗蜜多羅譯
大莊嚴經論十五卷或無經字或十卷二百九紙
姚秦羅什譯
順中論二卷題云順中論義入大般若波羅蜜經初品法門三十二紙
元魏般若流支譯
攝大乘論三卷五十九紙
眞諦三藏譯
上三論二十卷二帙
攝大乘論二卷四十四紙
佛陀扇多譯
攝大乘論本三卷六十一紙
三藏玄奘譯
攝大乘論釋十五卷亦云釋論或十二卷三百二十七紙
天親釋眞諦譯
上三論二十卷二帙

攝大乘論釋論十卷一帙一百五十六紙
世親釋笈多譯
攝大乘論釋十卷一帙一百七十六紙
世親釋玄奘譯
攝大乘論釋十卷一帙二百十六紙
無性釋玄奘譯
佛性論四卷八十三紙
陳眞諦譯
決定藏論三卷五十二紙
梁眞諦譯
辯中邊論頌一卷五紙
唐玄奘譯
中邊分別論二卷或三卷五十八紙
陳眞諦譯
上四論十卷同帙

辯中邊論三卷三十九紙

唐玄奘譯

究竟一乘寶性論四卷亦云寶性分別一乘增上論或三卷或五卷八十紙

元魏勒那摩提譯

業成就論一卷一十二紙

元魏毗目智仙等譯

大乘成業論一卷一十七紙

唐玄奘譯

因明正理門論本一卷一十五紙

三藏玄奘譯

上五論十卷同帙

因明正理門論一卷一十六紙

三藏義淨譯

因明入正理論一卷六紙

唐玄奘譯

顯識論一卷題云顯識品從無相論出一十九紙

陳真諦譯

轉識論一卷三紙

隋真諦譯

唯識論一卷一名破色心初云唯識無境界或云唯識無境界論十九紙

元魏般若流支譯

唯識論一卷初云修道不共他一十紙

陳真諦譯

唯識二十論一卷一十紙

唐玄奘譯

成唯識寶生論五卷一名二十唯識順釋論六十五紙

唐義淨譯

唯識三十論一卷二紙

唐玄奘譯

上九論十三卷同帙
成唯識論十卷（一帙一百七十五紙）
唐玄奘譯
大丈夫論二卷（三十四紙）入大乘論二卷（四十一紙）
上二經北涼釋道泰譯
大乘掌珍論二卷（三十三紙）
唐玄奘譯
大乘五蘊論一卷（八紙）
世親造玄奘譯
大乘廣五蘊論一卷（與前論異本或無廣字安慧造一十三紙）
唐地婆訶羅譯
寶行王正論一卷（一十九紙）
陳真諦譯
大乘起信論一卷（二十五紙）
真諦三藏譯

上七論十卷同帙
大乘起信論二卷（二十四紙）
實叉難陀譯
發菩提心論二卷（或云發菩提心經論二十八紙）
姚秦羅什譯
三無性論二卷（題云三無性論品出無相論三十五紙）
陳真諦譯
方便心論一卷（或二卷九四品十七紙）
元魏吉迦夜共曇曜譯
如實論一卷（題云如實論反質難品二十三紙）
梁真諦譯
無相思塵論一卷（或直云思塵論三紙）
陳真諦譯
觀所緣緣論一卷（三紙）
唐玄奘譯

觀所緣論釋一卷 十一三紙

唐義淨譯

上八論十一卷同帙

迴諍論一卷 二十五紙

元魏毗目智仙等譯

緣生論一卷 十一紙

陳笈多譯

十二因緣論一卷 四紙

元魏菩提留支譯

壹輸盧迦論一卷 或云壹書三紙

元魏般若流支譯

大乘百法明門論一卷 題云大乘百法明門論本事分中略錄名

數二紙

唐玄奘譯

百字論一卷 八紙

元魏菩提留支譯

解捲論一卷 三紙

陳真諦譯

掌中論一卷 三紙

取因假設論一卷 九紙

觀總相論頌一卷 二紙

止觀門論頌一卷 四紙

手杖論一卷 七紙

六門教授習定論一卷 九紙

巳上六經唐義淨譯

大乘法界無差別論一卷 六紙

唐提雲般若譯

破外道小乘四宗論一卷 六紙

破外道小乘涅槃論一卷 五紙

巳上二論元魏菩提留支譯

上十六論十六卷同帙

都計大乘經律論見入藏者總六百三十八

部合二千七百四十五卷二百五十八帙與前廣録部數不同者前廣録中以大寶積經諸部合成分爲四十九部上録此合爲一部故欠四十八不同

開元釋教目録卷第十九入藏録上之下

音釋

颰蒲末切 譈呼縁切

開元釋教目録卷第二十 入藏録下

唐西崇福寺沙門智昇撰

小乘入藏録下

（小乘經律總三百三十部一千七百六十二卷一百六十五帙賢聖集傳附此卷末此直列經名及標紙數餘如廣録）

小乘經二百四十部六百十八卷四十八帙

小乘律五十四部四百四十六卷四十五帙

小乘論三十六部六百九十八卷七十二帙

小乘經重單合譯一百五十三部三百九十四卷三十一帙

長阿含經二十二卷（二帙四百三十一紙）

姚秦佛陀耶舍共竺佛念譯

中阿含經六十卷（或五十八卷六帙一千一百四十六紙）

增一阿含經五十一卷（或五十卷或四十二卷或六十卷或三十三卷五帙八百一十紙）

右二經東晉僧伽提婆譯

雜阿含經五十卷（五帙一千六十九紙）

宋求那跋陀羅譯

別譯雜阿含經二十卷（二帙三百九紙）

失譯今附秦録

佛般泥洹經二卷（或直云泥洹經計四十七紙）

西晉白法祖譯

大般涅槃經三卷（或二卷五十一紙）

東晉釋法顯譯

般泥洹經二卷（或直云泥洹經亦云大般泥洹經諸藏中一卷者唯是上卷欠下卷四十五紙）

失譯附東晉録

人本欲生經一卷（一十五紙）

尸迦羅越六向拜經一卷或云尸迦羅越六方禮經四紙
右二經漢世高譯
梵志阿颰經一卷一名阿颰摩納經安録直云阿颰經一名佛開解梵志阿颰經一十四紙
梵網六十二見經一卷一名梵網經二十一紙
右二經吴支謙譯
寂志果經一卷一十六紙
東晉竺曇無蘭譯
起世經十卷一帙一百六十七紙
上八經十二卷同帙
隋闍那崛多等譯
起世因本經十卷恐二本相濫題下别云起世因本經一帙諸藏多是前本此本稍稀一百七十紙
隋達磨笈多譯
樓炭經六卷或八卷或五卷一百三紙

西晉釋法立共法炬譯
長阿含十報法經二卷亦名多增道章經或直云十報經廿七紙
漢世高譯
中本起經二卷或云太子中本起經四十七紙
漢曇果共康孟詳譯
上三經十卷同帙
七知經一卷或云七智經二紙
吴支謙譯
鹹水喻經一卷或云鹹水譬喻經二紙
失譯今附西晉録
一切流攝守因經一卷或直云流攝經或云一切流攝守經亦云流攝守因經亦云一切流攝守經五紙
四諦經一卷九紙
右二經漢世高譯
恒水經一卷亦云恒河喻經四紙

西晉釋法炬譯
本相倚致經一卷亦云大相倚致或作倚字二紙
漢世高譯
縁本致經一卷三紙
失譯今附東晉録
頂生王故事經一卷亦直云頂生王經六紙
西晉釋法炬譯
文陀竭王經一卷四紙
北涼曇無讖譯
閻羅王五天使者經一卷一名鐵城泥犁經三紙
宋釋慧簡譯
鐵城泥犁經一卷五紙
東晉竺曇無蘭譯
古來世時經一卷五紙
失譯今附東晉録

阿那律八念經一卷或直云八念經一名禪行斂意經舊録云禪行檢意四紙
漢支曜譯
離睡經一卷三紙
西晉竺法護譯
是法非法經一卷四紙
漢世高譯
求欲經一卷十紙
西晉釋法炬譯
受歲經一卷四紙
西晉竺法護譯
梵志計水淨經一卷二紙
失譯今附東晉録
苦陰經一卷五紙
失譯在後漢録

釋摩男本經一卷或云五陰因事經四紙

吳支謙譯

苦陰因事經一卷六紙

西晉釋法炬譯

樂想經一卷二紙

西晉竺法護譯

漏分布經一卷七紙

漢世高譯

阿耨颰經一卷此言依次

東晉竺曇無蘭譯

諸法本經一卷一紙

吳支謙譯

瞿曇彌記果經一卷七紙

宋釋慧簡譯

瞻婆比丘經一卷或云瞻波四紙

伏婬經一卷三紙

右二經西晉釋法炬譯

魔嬈亂經一卷一云魔王入目連蘭腹經一名弊魔試目連經八紙

失譯在漢録

弊魔試目連經一卷一名魔嬈亂經五紙

上三十經三十卷同帙

賴吒和羅經一卷一名羅漢賴吒和羅經十一紙

右二經吳支謙譯

善生子經一卷四紙

西晉支法度譯

數經一卷四紙

西晉釋法炬譯

梵志頞羅延問種尊經一卷或云頞羅延七紙

東晉曇無蘭譯

三歸五戒慈心猒離功德經一卷一紙

失譯今附東晉録
須達經一卷 亦云須達長者經四紙
蕭齊天竺三藏求那毗地譯
佛爲黄竹園老婆羅門說學經一卷 四紙
失譯今附宋録
梵摩喻經一卷 九紙
吴支謙譯
尊上經一卷 四紙
西晉竺法護譯
鸚䳇經一卷 亦云兠調經或作兜字者誤也九紙
宋求那跋陀羅譯
兜調經一卷 四紙
失譯附西晉録
意經一卷 三紙
應法經一卷 四紙
右二經西晉竺法護譯

泥犁經一卷 或云中阿含泥犁經十二紙
東晉竺曇無蘭譯
優波夷墮舍迦經一卷
失譯今附宋録
齋經一卷 一名持齋經四紙
吴支謙譯
鞞摩肅經一卷 四紙
宋求那跋陀羅譯
婆羅門子命終愛念不離經一卷 四紙
十支居士八城人經一卷 亦直云十支經三紙
右二經漢世高譯
邪見經一卷 三紙
箭喻經一卷 四紙
失譯今附宋録
失譯今附東晉録

普法義經一卷 一名具法行經亦名普義經九紙
漢世高譯
廣義法門經一卷 九紙
陳真諦譯
戒德香經一卷 或云戒德經二紙
東晉竺曇無蘭譯
四人出現世間經一卷 四紙
宋求那跋陀羅譯
波斯匿王太后崩塵土坌身經一卷 三紙
西晉釋法炬譯
須摩提女經一卷 十六紙
吳支謙譯
婆羅門避死經一卷 一紙
漢世高譯
食施獲五福報經一卷 一名施色力經一名福德經二紙

失譯今附東晉録
頻毗娑羅王詣佛供養經一卷 亦云頻婆五紙
西晉釋法炬譯
長者子六過出家經一卷 三紙
宋釋慧簡譯
鴦崛摩經一卷 或有作魔字或云指鬘經或作指髻經六紙
西晉竺法護譯
上三十二經三十二卷同帙
鴦崛髻經一卷 六紙
西晉釋法炬譯
力士移山經一卷 亦直云移山經六紙
四未曾有法經一卷 亦云四未曾有經或無法字二紙
右二經西晉竺法護譯
舍利弗摩訶目揵連遊四衢經一卷
漢康孟詳譯

七佛父母姓字經一卷或云七佛姓字經四紙

曹魏失譯

放牛經一卷亦云牧牛經四紙

姚秦羅什譯

緣起經一卷亦云十二緣起經三紙

唐玄奘譯

十一想思念如來經一卷或云十一思惟念如來經一紙

宋求那跋陀羅譯

四泥犁經一卷或云四大泥犁經二紙

東晉竺曇無蘭譯

阿那邠邸化七子經一卷四紙

漢世高譯

大愛道般泥洹經一卷或作涅槃七紙

西晉白法祖譯

佛母般泥洹經一卷四紙

宋釋慧簡譯

國王不犁先尼十夢經一卷或作泥五紙

東晉竺曇無蘭譯

舍衛王夢見十事經一卷或直云十夢經或云舍衛國王十夢經或云波斯匿王十夢經四紙

失譯今附西晉録

阿難同學經一卷三紙

漢世高譯

五蘊皆空經一卷一紙

唐義淨譯

七處三觀經一卷或二卷一十七紙

漢世高譯

聖法印經一卷亦直云聖印經亦云慧印經天竺名阿遮曇摩文圖二紙

西晉竺法護譯

雜阿含經一卷二十一紙

失譯在魏吴録

五陰譬喻經一卷或無譬字一名水沫所漂經二紙

漢世高譯

水沫所漂經一卷一名河中大聚沫經一名聚沫譬經二紙

東晉竺曇無蘭譯

不自守意經一卷或云自守亦不自守經或云不自守經一紙

吴支謙譯

滿願子經一卷二紙

失譯今附東晉録

轉法輪經一卷或云法輪轉經京中諸藏並是轉法輪論非是本經應須簡擇二紙

漢世高譯

三轉法輪經一卷五紙

唐義淨譯

八正道經一卷二紙

漢世高譯

難提釋經一卷四紙

西晉法炬譯

馬有三相經一卷亦云善馬有三相經一紙

漢支曜譯

馬有八態譬人經一卷一名馬有八弊惡態經亦直云馬有八態經一紙

漢支曜譯

相應相可經一卷二紙

西晉釋法炬譯

治禪病祕要經一卷或云治禪病祕要治無經字或云禪要祕密治病經或二卷二十八紙

宋居士沮渠京聲譯

上三十一經三十一卷同帙

摩鄧女經一卷一名阿難爲蠱道女惑經亦云摩鄧女三紙

漢世高譯

摩鄧女解形中六事經一卷 三紙

失譯今附東晉録

摩登伽經三卷 或二卷三十四紙

吳竺律炎共支謙譯

舍頭諫經一卷 題云舍頭諫此曰太子一十八宿經一名虎耳經一名虎意經二十六紙

西晉竺法護譯

鬼問目連經一卷 四紙

漢世高譯

雜藏經一卷 九紙

東晉釋法顯譯

餓鬼報應經一卷 一名目連說地獄餓鬼因緣經五紙

失譯今附東晉録

阿難問事佛吉凶經一卷 或云阿難問事經亦云事佛吉凶經

五紙

漢世高譯

慢法經一卷 二紙

西晉釋法炬譯

阿難分別經一卷 亦云阿難問事佛吉凶經或直云分別經五紙

乞伏秦釋聖堅譯

五母子經一卷 二紙

吳支謙譯

沙彌羅經一卷 二紙

西晉失譯

玉耶女經一卷 或云玉耶經三紙

失譯今附西晉録

玉耶經一卷 一名長者詣佛說子婦無敬經或云玉耶女經五紙

東晉竺曇無蘭譯

阿遬達經一卷 二紙

宋求那跋陀羅譯

修行本起經二卷 一名宿行本起經三十二紙

漢竺大力共康孟詳譯

上十六經十九卷同帙

太子瑞應本起經二卷 亦云太子本起瑞應經亦直云瑞應本起經三十一紙

吳支謙譯

過去現在因果經四卷 九十五紙

宋求那跋陀羅譯

法海經一卷 三紙

西晉釋法炬譯

海八德經一卷 三紙

姚秦羅什譯

四十二章經一卷 七紙

漢迦葉摩騰共竺法蘭譯

柰女耆域因緣經一卷 或云柰女耆域經或直云柰女經有云柰女耆域國者謬也一十七紙

罪業應報教化地獄經一卷 或云地獄報應經六紙

右二經漢世高譯

龍王兄弟經一卷 一名難龍王經亦名降龍王經二紙

長者音悅經一卷 或云長者音悅不蘭迦葉經亦直云音悅經五低

右二經吳支謙譯

上九經十三卷同帙

禪祕要經三卷 或云禪祕要法無經字或四卷八十四紙

姚秦羅什譯

七女經一卷 一名七女本經六紙

八師經一卷 四紙

右二經吳支謙譯

越難經一卷 二紙

西晉居士聶承遠譯

所欲致患經一卷 六紙
西晉竺法護譯
阿闍世王問五逆經一卷 五紙
西晉釋法炬譯
五苦章句經一卷 一名諸天五苦經一名五道章句經一名淨除罪蓋娛樂佛法一十三紙
東晉竺曇無蘭譯
堅意經一卷 一名堅心正意經一名堅心經二紙
漢世高譯
淨飯王涅槃經一卷 或加般字七紙
進學經一卷 或云勸進學道經一紙
右二經宋京聲譯
得道梯橙錫杖經一卷 題云得道梯橙經錫杖品第十二亦直云錫杖經三紙
失譯今附東晉録

貧窮老公經一卷 一名貧老經三紙
宋釋慧簡譯
三摩竭經一卷 一名須摩提女經一名難國王經一名恕和檀王經八紙
吳竺律炎譯
蓱沙王五願經一卷 一名弗沙迦王經或作瓶字七紙
吳支謙譯
瑠璃王經一卷 或作瓶字或作流離七紙
上十五經十七卷同帙
生經五卷 或四卷一百九紙
右二經西晉竺法護譯
義足經二卷 四十紙
吳支謙譯
上二經七卷同帙
小乘經單譯八十七部二百二十四卷一十七帙

正法念處經七十卷七帙一千二百五紙

元魏般若流支譯

佛本行集經六十卷或名皆集經六帙八百七十七紙

隋闍那崛多等譯

本事經七卷九十五紙

唐玄奘譯

興起行經二卷亦名嚴誡宿緣經三十一紙

漢康孟詳譯

業報差別經一卷一十五紙

隋瞿曇法智譯

上三經十卷同帙

大安般守意經二卷亦直云大安般經或無大字安公云小安般經或一卷三十紙

陰持入經二卷或云除持入誤也或一卷亦云住陰持入三十二紙

處處經一卷一十五紙　罵意經一卷一十三紙

分別善惡所起經一卷一十五紙

出家緣經一卷一名出家因緣經二紙

阿鋡正行經一卷一名正意四紙

十八泥犁經一卷或云十八地獄經六紙

法受塵經一卷一紙　禪行法想經一卷一紙

長者子懊惱三處經一卷一名長者天惱三處經亦云三處惱經三紙

犍陀國王經一卷或無國字二紙

右十二經漢世高譯

須摩提長者經一卷一名會諸佛前亦名如來所說示現衆生八紙

阿難四事經一卷四紙　未生怨經一卷四紙

四願經一卷三紙　黑氏梵志經一卷三紙

猘狗經一卷祐云與猘狗同二紙

右六經吳支謙譯

分別經一卷五紙

西晉竺法護譯

八關齋經一卷（二紙）

宋京聲譯

阿鳩留經一卷（四紙）

失譯今附漢録

孝子經一卷（亦云孝子報恩經二紙）

失譯今附西晉録

上二十二經二十四卷同帙

五百弟子自説本起經一卷（或云佛五百弟子自説本起經亦云五百弟子自説本末經亦云五百弟子本起經二十一紙）

大迦葉本經一卷（或無大字五紙）

四自侵經一卷（五紙）

右三經西晉竺法護譯

羅云忍辱經一卷（或直云忍辱經三紙）

佛爲年少比丘説正事經一卷（二紙）

沙曷比丘功德經一卷（三紙）

右三經西晉釋法炬譯

時非時經一卷（亦直云時經二紙）

外國法師若羅嚴譯（莫知帝代）

自愛經一卷（或云自愛不自愛經五紙）

中心經一卷（亦云中心正行經或大忠心經亦云小忠心經五紙）

見正經一卷（一名生死變識經八紙）

大魚事經一卷（二紙）

阿難七夢經一卷（亦云七夢經二紙）

呵鵰阿那含經一卷（一名荷鵰或作苛字二紙）

燈指因緣經一卷（九紙）

右六經東晉竺曇無蘭譯

姚秦羅什譯

婦人遇辜經一卷（一名婦遇對經二紙）

乞伏秦釋聖堅譯

四天王經一卷三紙
宋涼州釋智嚴共寶雲譯
摩訶迦葉度貧母經一卷四紙
十二品生死經一卷一紙
罪福報應經一卷一名轉輪五道罪福報應經亦云轉五道經亦云五道輪經四紙
右三經宋求那跋陀羅譯
五無返復經一卷一名五反覆大義經或作附字二紙
佛大僧大經一卷二兒名七紙
耶祇經一卷二紙　末羅王經一卷二紙
摩達國王經一卷或無國字二紙
旃陀越國王經一卷或無國王字二紙
五恐怖世經一卷或云五恐怖經二紙
弟子死復生經一卷或云死亡更生經六紙
右八經宋京聲譯

懈怠耕者經一卷或云懈怠耕兒經二紙
宋釋慧簡譯
辯意長者子經一卷或云長者辯意經或加所問字九紙
元魏釋法場譯
無垢優婆夷問經一卷三紙
元魏般若流支譯
上三十經三十卷同帙
賢者五福經一卷一紙
西晉白法祖譯
天請問經一卷二紙
唐玄奘譯
僧護經一卷或云僧護因緣經亦云因緣僧護經二十紙
護淨經一卷二紙
木槵子經或作患字亦作櫘二紙　無上處經一卷一紙
盧志長者因緣經一卷十紙

五王經一卷五紙
右六經失譯今附東晉録
出家功德經一卷非是賢愚中抄出者五紙
失譯今附秦録
栴檀樹經一卷三紙
安公古典經附漢録
頞多和多耆經一卷二紙
普達王經一卷四紙
佛滅度後棺斂葬送經一卷一名比丘師經亦名師比丘經三紙
鬼子母經一卷四紙
梵摩難國王經一卷二紙
右五經安公失譯經今附西晉録
父母恩難報經一卷亦云勤報二紙
漢世高譯

孫多耶致經一卷或云梵志孫多耶致經三紙
吳支謙譯
新歲經一卷六紙
東晉竺曇無蘭譯
群牛譬經一卷二紙
西晉釋法炬譯
九横經一卷二紙
禪行三十七經一卷或云禪行三十七品經三紙
右二經漢世高譯
比丘避女惡名欲自殺經一卷一紙
西晉釋法炬譯
比丘聽施經一卷一名聽施比丘經三紙
東晉竺曇無蘭譯
身觀經一卷二紙
西晉竺法護譯

無常經一卷 亦名三啓經三紙
八無暇有暇經一卷 七紙
長爪梵志請問經一卷 三紙
譬喻經一卷 二紙　略教誡經一卷 二紙
療痔病經一卷 亦名療痔瘻經二紙
右六經唐義淨譯
上三十經三十卷同帙
小乘律五十四部四百四十六卷四十五帙
摩訶僧祇律四十卷 或云三十卷四帙九百九十七紙
東晉佛陀跋陀羅共法顯譯
十誦律六十一卷 六帙一千四百三十紙
姚秦弗若多羅共羅什譯
根本說一切有部毗柰耶五十卷 五帙八百七十五紙
根本說一切有部苾芻尼毗柰耶二十卷 二帙三百五十九紙

根本說一切有部毗柰耶雜事四十卷 四帙六百一十一紙
根本說一切有部尼陀那目得迦十卷 前五卷尼那後五卷目得迦或八卷一帙一百二十五紙
右四經唐義淨譯
五分律三十卷 亦云彌沙塞律或云四卷三帙五百九十七紙
宋佛陀什共竺道生譯
四分律六十卷 或四十五卷或七十卷或云四十卷或云四十四卷六帙一千三百一十五紙
姚秦佛陀耶舍共竺佛念譯
僧祇比丘戒本一卷 亦云摩訶僧祇戒本二十紙
東晉佛陀跋陀羅譯
僧祇比丘尼戒本一卷 亦云比丘尼波羅提木叉僧祇戒本三十五紙
東晉法顯共覺賢譯

十誦比丘戒本一卷 亦云十誦波羅提木叉戒本二十六紙

十誦比丘尼戒本一卷 亦云十誦比丘尼波羅提木叉戒本二十六紙

右二經姚秦羅什譯

根本說一切有部戒經一卷 二十八紙

根本說一切有部苾芻尼戒經一卷 三十四紙

右二經唐義淨譯

五分比丘戒本一卷 亦云彌沙塞戒本一十八紙

宋佛陀什等譯

上七經七卷同帙

五分比丘尼戒本一卷 亦云彌沙塞尼戒本二十九紙

宋罽賓三藏佛陀什等譯

四分比丘戒本一卷 沙門懷素依律集題云四分戒本二十四紙

四分比丘尼戒本一卷 沙門懷素依律集題云四分尼戒本三十紙

右二經唐沙門懷素集出

四分僧戒本一卷 或無僧字或云曇無德戒本三十三紙

姚秦佛陀耶舍譯

解脫戒本一卷 出迦葉毗部三十二紙

元魏般若流支譯

沙彌十戒法并威儀一卷 亦云沙彌威儀戒本二十一紙

失譯今附東晉録

沙彌威儀一卷 或云沙彌威儀經九紙

宋求那跋摩譯

沙彌尼離戒文一卷 四紙

失譯今附東晉録

沙彌尼戒經一卷 或無經字五紙

失譯在漢録

舍利弗問經一卷 十一紙

失譯今附東晉録

上十經十卷同帙

根本說一切有部百一羯磨十卷 一帙一百四十六紙

唐義淨譯

大沙門百一羯磨法一卷 出十誦律或云大沙門羯磨法二十四紙

失譯今附宋録

十誦羯磨比丘要用一卷 出十誦律或云略要羯磨法或二卷 僧祐録云二十四紙

宋沙門僧璩集出

優波離問佛經一卷 或云優波離律三十三紙

失譯在後漢録

五分羯磨一卷 題云彌沙塞羯磨本三十一紙

唐沙門愛同集出

四分雜羯磨一卷 題云曇無德律部雜羯磨以結戒場爲首二十四紙

曹魏康僧鎧譯

曇無德羯磨一卷 題云羯磨十卷出曇無德律以結大界爲首三十七紙

曹魏沙門曇諦譯

四分比丘尼羯磨法一卷 祐云曇無德羯磨或云雜羯磨一十五紙

宋求那跋摩譯

上七經七卷同帙

四分律刪補隨機羯磨一卷 序題云曇無德部四分律刪補 隨機羯磨四十七紙

唐釋道宣集

四分僧羯磨三卷 題云羯磨卷上出四分律八十紙

四分尼羯磨三卷 題云尼羯磨卷上出四分律七十紙

右二經唐釋懷素集出

上三經七卷同帙

大愛道比丘尼經二卷 亦云大愛道受戒經或直云大愛道經三

十一紙
失譯今附北涼録
迦葉禁戒經一卷 一名摩訶比丘經亦云真僞沙門經三紙
宋京聲譯
犯戒報應輕重經一卷 出目連問毗尼經亦云罪報或云目連問經二紙
漢世高譯
戒銷災經一卷 或云戒伏銷災經四紙
吳支謙譯
優婆塞五戒相經一卷 一名優婆塞五戒略論一十四紙
宋求那跋摩譯
根本說一切有部毗柰耶頌五卷 或三卷七十一紙
根本說一切有部毗柰耶雜事攝頌一卷 六紙
根本說一切有部毗柰耶尼陀那目得迦攝頌一卷 尼陀那頌在先目得迦頌在後八紙

右三經唐義淨譯
五百問事經一卷 三十三紙
失譯今附東晉録
上九經十四卷同帙
根本薩婆多部律攝二十卷 或十四卷二帙二百七十七紙
唐義淨譯
毗尼摩得勒伽十卷 初卷云薩婆多部毗尼摩得勒伽一帙一百八十八紙
宋僧伽跋摩譯
鼻柰耶律十卷 一名誡因緣經亦名戒果因緣經亦云鼻柰耶經一帙一百五十五紙
姚秦竺佛念譯
善見律毗婆沙十八卷 或云毗婆沙律亦直云善見律三百五十八紙
蕭齊僧伽跋陀羅譯

佛阿毗曇經二卷亦云佛阿毗曇論四十五紙
陳眞諦譯
上二經二十卷二帙
毗尼母經八卷亦云毗尼母論一百五十六紙
失譯今附秦録
大比丘三千威儀經二卷亦云大僧威儀經或四卷四十二紙
漢世高譯
上二經十卷同帙
薩婆多毗尼毗婆沙九卷一百八十七紙
失譯今附秦録
律二十二明了論一卷亦云明了論二十四紙
陳眞諦譯
上二經十卷同帙
小乘論三十六部六百九十八卷七十二帙
阿毗曇八揵度論三十卷或無論字或云迦旃延阿毗曇或云

阿毗曇經八揵度或二十卷三帙四百六十二紙
苻秦僧伽提婆共竺佛念譯
阿毗達磨發智論二十卷二帙迦多衍尼子造三百五十八紙
阿毗達磨法蘊足論十二卷一帙大目連造一百八十九紙
阿毗達磨集異門足論二十卷二帙舍利弗造一百七十八紙
阿毗達磨識身足論十六卷二百六十五紙
阿毗達磨界身足論三卷三十九紙
上二論一十九卷二帙
阿毗達磨品類足論一十八卷三百五十五紙
右六論唐玄奘譯
衆事分阿毗曇論十二卷或無論字二百八紙
宋求那跋陀羅譯
上二論三十卷三帙
阿毗曇毗婆沙論六十卷六帙或加八揵度字或八十四卷或

北涼沙門浮陀跋摩共道泰譯 一百九卷一千二百九十三紙

阿毗達磨大毗婆沙論二百卷 或云阿毗達磨發智大毗婆沙三千六十九紙

唐玄奘譯

阿毗達磨倶舍釋論二十二卷 或無釋字四百七十一紙

陳眞諦譯

阿毗達磨倶舍論本頌一卷 或三卷二十三紙

上二論二十三卷三帙 上帙七卷中下各八卷

阿毗達磨倶舍論三十卷 三帙四百六十五紙

阿毗達磨順正理論八十卷 八帙一千三百九十四紙

阿毗達磨顯宗論四十卷 四帙六百一十四紙

右四論唐玄奘譯

阿毗曇心論四卷 或無論字六十九紙

東晉瞿曇僧伽提婆譯

法勝阿毗曇心論經六卷 或無經字或無法勝字或七卷或云法勝阿毗曇論或加別譯字一百五紙

高齊那連提耶舍共法智譯

上二論十卷同帙

雜阿毗曇心論十一卷 或無論字亦云雜阿毗曇經亦云雜阿毗曇婆沙或十四卷二百七十九紙

宋僧伽跋摩等譯

阿毗曇甘露味論二卷 或云甘露味阿毗曇或無論字四十六紙

曹魏代譯失三藏名

隨相論一卷 或云求那摩諦隨相論三十四紙

陳眞諦譯

上三論十四卷二帙

尊婆須蜜菩薩所集論十卷 或十二卷或十四卷亦云婆須蜜經三百六十二紙

苻秦僧伽跋澄等譯

二法度論二卷 或無論字或云論或云經或三卷或云十卷四十九紙
東晉瞿曇僧伽提婆譯
入阿毗達磨論二卷 二十八紙
唐玄奘譯
上三論十四卷二帙
成實論二十卷 凡二百二品或二十七卷或十四卷或十六卷二帙三百九十八紙
姚秦羅什譯
立世阿毗曇論十卷 一帙或無論字題云立世毗曇藏或云十五卷亦名天地記經一百六十四紙
陳眞諦譯
解脱道論十二卷 或十三卷一百九十七紙
梁僧伽婆羅譯
舍利弗阿毗曇論二十二卷 或無論字或二十卷或三十卷六百四紙

姚秦曇摩耶舍共曇摩崛多譯
五事毗婆沙論二卷 亦云阿毗達磨五事論二十四紙
唐玄奘譯
上二論二十四卷三帙
鞞婆沙論十四卷 亦云鞞婆沙阿毗曇論下云廣說或十五卷十九卷或無論字三百三十五紙
苻秦僧伽跋澄譯
上二論十七卷二帙 上帙八下帙九
三彌底部論三卷 或無部字或云四卷三十六紙
失譯今附秦録
分別功德論四卷 或云分別功德經或三卷或五卷七十一紙
失譯在漢録
四諦論四卷 七十五紙
陳眞諦譯
辟支佛因緣論二卷 二十紙

十八部論一卷 八紙
右二論失譯今附秦録
部執異論一卷 亦名部異執論九紙
陳眞諦譯
異部宗輪論一卷 八紙
唐玄奘譯
上六論十三卷同帙
賢聖集一百八部五百四十一卷五十七帙 六十八部一百七十三卷梵本翻出四十部三百六十八卷此方所撰集
佛所行讚經傳五卷 或云經無傳字或云傳無經字亦云佛本行經九十紙
北涼曇無讖譯
佛本行經七卷 一名佛本行讚傳一百一十三紙
宋釋寶雲譯

上二集十二卷同帙
撰集百緣經十卷 一帙一百五十紙
吳支謙譯
出曜經二十卷 亦云出曜論或十九卷四百八十四紙
姚秦竺佛念譯
賢愚經十三卷 或云十五卷或十六卷或十七或亦云賢愚因緣經二百八十三紙
元魏沙門慧覺等譯
上二集三十三卷四帙 上三帙各八卷第四帙九卷
道地經一卷 或云大道地經是修行經抄元外國略十一本八紙
漢世高譯
修行道地經六卷 初卷題云揄遮伽復彌經此日修行道地或直云修行經或七卷一百三十五紙
西晉竺法護譯
僧伽羅剎所集經三卷 或云僧伽羅剎集或五卷八十五紙

符秦僧伽跋澄等譯

上三集十卷同帙

百喻經四卷（或五卷或云十卷未詳亦云百句譬喻經四十六紙）

蕭齊求那毗地譯

菩薩本緣經三卷（亦云菩薩本緣集經或二卷或四卷五十四紙）

吳支謙譯

大乘修行菩薩行門諸經要集三卷（八十一紙）

唐釋智嚴譯

上三集十卷同帙

付法藏因緣傳六卷（或無因緣字亦云付法藏經或四卷或三卷八十二紙）

元魏吉迦夜共曇曜譯

坐禪三昧經三卷（一名菩薩禪法經或直云禪經或云阿蘭若習禪法經或二卷五十紙）

姚秦羅什譯

佛醫經一卷（亦云佛醫王經五紙）

吳竺律炎共支越譯

惟日雜難經一卷（一十五紙）

吳支謙譯

佛般泥洹摩訶迦葉赴佛經一卷（亦云迦葉赴佛般涅槃經二紙）

東晉竺曇無蘭譯

菩薩呵色欲法一卷（一紙）

姚秦羅什譯

四品學法經一卷（或無經字二紙）

宋求那跋陀羅譯

佛入涅槃密迹金剛力士哀戀經一卷（六紙）

失譯今附秦録

迦旃延說法没盡偈經一卷（題云佛比丘迦旃延說法没盡偈一百二十章亦直云迦旃延偈五紙）

佛治身經一卷或云治身經一紙
治意經一卷或云佛治意經一紙
右三集失譯今附西晉録
上十一集十八卷同帙
雜寶藏經八卷或云十三卷百五十三紙
元魏吉迦夜共曇曜譯
那先比丘經二卷或云那先經或三卷三十一紙
失譯今附東晉録
上二集十卷同帙
五門禪經要用法一卷三十一紙
宋曇摩蜜多譯
達摩多羅禪經二卷一名庾伽遮羅浮迷譯言修行道地一名不淨觀經亦名修行方便禪經祐云禪經修行方便五十一紙
東晉佛陀跋陀羅譯
禪法要解二卷一名禪要經三十四紙
姚秦羅什譯
禪要呵欲經一卷題云禪要經呵欲品四紙
内身觀章句經一卷或云無句字二紙
右二集漢失譯
法觀經一卷六紙
西晉竺法護譯
思惟略要法一卷或云思惟要略法經或直云思惟經十紙
姚秦羅什譯
十二遊經一卷六紙
東晉迦留陀伽譯
舊雜譬喻經二卷亦云雜譬喻集經三十七紙
吳康僧會譯
雜譬喻經一卷九紙
漢支婁迦讖譯
上十集十三卷同帙

雜譬喻經二卷一名菩薩度人經二十五紙

失譯在漢録

雜譬喻經一卷二十八紙

姚秦羅什譯

阿育王譬喻經一卷題云天尊說阿育王譬喻經古經呼佛爲天尊即佛說也七紙

失譯附東晉録

阿育王經十卷一百一十一紙

梁三藏僧伽婆羅譯

上四集十四卷同帙

阿育王傳七卷或加大字或五卷亦云大阿育王經一百紙

西晉安法欽譯

阿育王息壞目因緣經一卷序題云阿育王太子法益壞目因緣經亦云阿育王太子壞目因緣無經字二十六紙

苻秦曇摩難提譯

四阿含暮抄解二卷亦云四阿含暮抄經四十六紙

苻秦鳩摩羅佛提等譯

上三集十卷同帙

法句經二卷亦云法句集法三十四紙

吳沙門維祇難等譯

法句譬喻經四卷一名法句本末經亦云法句喻經或五卷或六卷九十五紙

西晉釋法立共法炬譯

迦葉結經一卷八紙

漢世高譯

撰集三藏及雜藏傳一卷亦云撰三藏及雜藏經八紙

失譯今附東晉録

三慧經一卷安公涼土異經十二紙

今附北涼録

阿毗曇五法行經一卷亦云阿毗曇苦慧經亦云阿毗曇五法經

十一紙

漢世高譯

阿含口解十二因緣經一卷 亦名斷十二因緣經亦云阿含口解經八紙

漢安玄共嚴佛調譯

小道地經一卷 四紙

漢支曜譯

文殊師利發願經一卷 或加偈字二紙

東晉佛䟦陀羅譯

六菩薩名一卷 務入藏云菩薩名亦當誦持一紙

漢失譯

一百五十讚佛頌一卷 六紙

唐義淨譯

讚觀世音菩薩頌一卷 四紙

唐釋慧智譯

上十二集十六卷同帙

無明羅剎集一卷 亦云無明羅剎經或二卷二十三紙

失譯今附秦録

馬鳴菩薩傳一卷 二紙　龍樹菩薩傳一卷 三紙

提婆菩薩傳一卷 四紙

右三集姚秦羅什譯

婆藪盤豆法師傳一卷 此曰天親十紙

陳真諦譯

龍樹菩薩爲禪陀迦王說法要偈一卷 九紙

宋求那䟦摩譯

勸發諸王要偈一卷 六紙

宋僧伽䟦摩譯

龍樹菩薩勸誡王頌一卷 六紙

唐義淨譯

賓頭盧突羅闍爲優陀延王說法經一卷 亦云

賓頭盧爲王說法經八紙

宋求那跋陀羅譯

請賓頭盧法一卷 或云請賓頭盧法經二紙

宋沙門慧簡譯

分別業報略一卷 或云大勇菩薩分別業報經或云分業報略集八紙

宋僧伽跋摩譯

迦丁比丘說當來變經一卷 或直云迦丁比丘經九紙

失譯今附宋録

大阿羅漢難提蜜多羅所說法住記一卷 七紙

唐玄奘譯

金七十論三卷 亦名僧佉論或二卷五十二紙

陳眞諦譯

勝宗十句義論一卷 十一紙

唐玄奘譯

上十五集十七卷同帙 已上梵本翻譯已下此方撰集

釋迦譜十卷 別有五卷本與此廣略異二百三十八紙

蕭齊釋僧祐撰

釋迦氏略譜一卷 或無略字四十三紙

釋迦方志二卷 八十四紙

右二集唐釋道宣撰

上三集十三卷二帙 上帙七卷下帙六卷

經律異相五十卷 五帙八百二十七紙

梁沙門寶唱等撰

陀羅尼雜集十卷 一帙一百一十八紙

未詳撰者

諸經要集二十卷 五百八十二紙

唐沙門玄惲撰

上一集二十卷分爲三帙 上下各七卷中帙六卷

出三藏記集十五卷 三百一十四紙

梁沙門釋僧祐撰

衆經目録七卷六十三紙
隋沙門法經等撰
上二集二十二卷二帙上帙十卷下帙十二卷
開皇三寶録十五卷内題云歷代三寶紀三百八紙
隋學士費長房撰
衆經目録五卷隋仁壽二年勑翻經沙門及學士等撰八十四紙
上二集二十卷二帙
大唐内典録十卷一帙三百二十紙
唐釋道宣撰
續大唐内典録一卷二十二紙
唐釋智昇撰
古今譯經圖紀四卷六十紙
唐釋靖邁撰
續古今譯經圖紀一卷十六紙
唐釋智昇撰

大周刊定衆經目録十五卷三百九十七紙
唐沙門釋明佺等撰
上四集二十一卷二帙上帙十一卷下帙十卷
開元釋教録二十卷二帙五百四十五紙
唐釋智昇撰
一切經音義二十五卷或三十卷七百六十八紙
唐釋玄應撰
新譯大方廣佛華嚴經音義二卷四十九紙
唐釋慧苑撰
上二集二十七卷四帙第一帙六卷下三帙各七卷
大唐西域記十二卷二百三十四紙
唐玄奘譯
集古今佛道論衡四卷或三卷九十九紙
唐釋道宣撰
續集古今佛道論衡一卷二十三紙

唐釋智昇撰

上三集十七卷二帙（上帙八卷下帙九卷）

東夏三寶感通録三卷（亦云集神州三寶感通録九十七紙）

唐釋道宣撰

集沙門不拜俗儀六卷（九十七紙）

唐沙門釋彦琮撰

上二集九卷同帙

大唐慈恩寺三藏法師傳十卷（一帙一百七十紙）

唐釋慧立等撰

大唐西域求法高僧傳二卷（三十五紙）

唐義淨撰

法顯傳一卷（亦云歷遊天竺記傳二十九紙）

法顯撰

高僧傳十四卷（一卷是目録三百一十一紙）

梁釋慧皎撰

上三集十七卷二帙（上帙九卷下帙八卷）

續高僧傳三十卷（八百三十紙）

唐京兆西明寺沙門釋道宣撰

上一集三十卷分爲四帙（第一第二各八卷第三第四各七卷）

辯正論八卷（一帙一百七十八紙）

破邪論二卷（或一卷四十五紙）

右二集唐釋法琳撰

甄正論三卷（三十六紙）

唐釋玄嶷撰

十門辯惑論二卷（或三卷二十七紙）

唐沙門釋復禮撰

弘明集十四卷（二百八十九紙）

梁釋僧祐撰

上五集二十一卷三帙（紙數論可知也）

廣弘明集三十卷 七百七十紙

唐釋道宣撰

上一集三十卷分爲四帙 第一帙十卷 第二帙七卷 第三帙七卷 第四帙六卷

集諸經禮懺儀二卷 五十七紙

唐釋智昇撰

大唐南海寄歸内法傳四卷 八十七紙

唐釋義淨撰

比丘尼傳四卷 四十二紙

梁沙門寶唱撰

別說罪要行法一卷 或無別字 計四紙

受用三水要法一卷 或云要行法 四紙

護命放生軌儀一卷 或云軌儀法 二紙

右三集唐釋義淨譯

上六集十三卷同帙

都計小乘經律論及賢聖傳見入藏者總四百三十八部合二千三百三卷二百二十二帙

開元釋教目録卷第二十

音釋

遬 桑谷切　鉿 胡男切　猘 征例切　鵰 都聊切　槵 胡慣切　佺 此緣切

開元釋教録略出

唐西崇福寺沙門智昇撰

清刻龍藏佛說法變相圖

開元釋教錄略出卷第一

唐西崇福寺沙門智昇撰

般若部 總二十二部

大般若波羅蜜多經六百卷

唐三藏玄奘法師於玉華宮寺譯

計六十帙計一萬六百四十九紙

天字起至柰字止

放光般若波羅蜜經三十卷

西晉三藏無羅叉共竺叔蘭譯

計六百二十六紙

菜　重　芥

摩訶般若波羅蜜經三十卷 亦名大品般若經

姚秦三藏鳩摩羅什共僧叡等譯

計四百八十三紙

薑　海　鹹

光讚般若波羅蜜經十卷
西晉三藏竺法護譯
摩訶般若波羅蜜經五卷一名須菩提品 一名長安品
苻秦天竺沙門曇摩蜱共竺佛念譯
上二經十五卷二帙計三百一十三紙
河 淡
道行般若波羅蜜經十卷亦名般若道行品
後漢月支三藏支婁迦讖譯
自一帙計一百七十一紙
鱗
小品般若波羅蜜經十卷
姚秦三藏鳩摩羅什譯
自一帙計一百六十二紙
潛
大明度無極經六卷亦名大明度經
吳月支優婆塞支謙譯
勝天王般若波羅蜜經七卷
陳優禪尼國王子月婆首那譯
上二經十三卷同帙計二百二十一紙
羽
文殊師利所說摩訶般若波羅蜜經一卷
梁扶南三藏曼陀羅仙譯
文殊師利所說般若波羅蜜經一卷
梁扶南三藏僧伽婆羅譯
濡首菩薩無上清淨分衞經二卷
宋沙門翔公於南海郡譯
金剛般若波羅蜜經一卷
姚秦三藏鳩摩羅什譯
金剛般若波羅蜜經一卷婆伽婆
元魏天竺三藏菩提留支譯

金剛般若波羅蜜經一卷祇樹林
陳天竺三藏眞諦譯
金剛能斷般若波羅蜜經一卷
隋大業中三藏笈多譯
能斷金剛般若波羅蜜多經一卷室羅筏
唐三藏玄奘譯出內典録
能斷金剛般若波羅蜜多經一卷名稱城
唐天后代沙門義淨譯第五譯新編入録
實相般若波羅蜜經一卷
唐天后代三藏菩提流志譯
仁王護國般若波羅蜜經二卷
姚秦三藏鳩摩羅什譯
般若波羅蜜多心經一卷
唐三藏玄奘譯
摩訶般若波羅蜜大明呪經一卷
姚秦三藏鳩摩羅什譯
上十三經十五卷同帙計一百九十九
紙
翔
寶積部秦總八十二部
大寶積經一百二十卷
唐南天竺三藏菩提流志等譯
十二帙計二千四十七紙
龍師火帝鳥官人
皇始制文字
大方廣三戒經三卷
北涼天竺三藏曇無讖譯
無量清淨平等覺經二卷
後漢月支三藏支婁迦讖譯
阿彌陀經二卷

吴月支優婆塞支謙譯
無量壽經二卷
曹魏天竺三藏康僧鎧譯
上四經九卷同帙計二百九紙
乃
阿閦佛國經二卷
後漢月支三藏支婁迦讖譯
大乘十法經一卷初云佛住王舍城
梁扶南三藏僧伽婆羅譯
普門品經一卷亦云普門經
西晉三藏竺法護譯
胞胎經一卷一名胞胎受身經
西晉三藏竺法護譯
文殊師利佛土嚴淨經二卷
西晉三藏竺法護譯

法鏡經一卷
後漢安息優婆塞安玄共沙門嚴佛調譯
上六經八卷同帙計一百四十四紙
服
郁迦羅越問菩薩行經二卷
西晉三藏竺法護譯
幻士仁賢經一卷
西晉三藏竺法護譯
決定毗尼經一卷
群録皆云燉煌竟不顯人名年代
發覺淨心經二卷
隋天竺三藏闍那崛多譯
優填王經一卷
西晉沙門法炬譯
須摩提經一卷

西晉三藏竺法護譯
須摩提菩薩經一卷
姚秦三藏鳩摩羅什譯
阿闍世王女阿術達菩薩經一卷
西晉三藏竺法護譯
離垢施女經一卷
西晉三藏竺法護譯
上九經十卷同帙計一百五十一紙
衣
得無垢女經一卷
元魏婆羅門瞿曇般若流支譯
文殊師利所說不思議佛境界經二卷
唐三藏菩提流志譯
如幻三昧經三卷
西晉三藏竺法護譯

聖善住意天子所問經三卷
元魏婆羅門瞿曇般若流支譯第三譯。七譯四闕
太子刷護經一卷
西晉三藏竺法護譯
太子和休經一卷
僧祐録云安公録中失譯
上六經十一卷同帙計一百七十五紙
裳
慧上菩薩問大善權經二卷
西晉三藏竺法護譯
大乘顯識經二卷
唐中天竺三藏地婆訶羅譯
大乘方等要慧經一卷
後漢安息三藏安世高譯
彌勒菩薩所問本願經一卷

西晉三藏竺法護譯
佛遺日摩尼寶經一卷
後漢月支三藏支婁迦讖譯
摩訶衍寶嚴經一卷
晉代譯失三藏名
勝鬘師子吼一乘大方便方廣經一卷
宋天竺三藏求那跋陀羅譯
毗耶娑問經二卷
元魏婆羅門瞿曇般若流支譯
上八經十一卷同帙計一百五十八紙
推
大集部總二十四部一百四十二卷
大方等大集經三十卷
北涼天竺三藏曇無讖於姑臧譯
自四帙計八百四十九紙

位　讓　國　有
大方等大集日藏經十卷
隋天竺三藏那連提耶舍譯
自一帙計二百一十三紙
虞
大集月藏經十卷
高齊天竺三藏那連提耶舍譯
自一帙計二百二十八紙
陶
大乘大集地藏十輪經十卷
唐三藏玄奘譯
自一帙計一百七十二紙
唐
大方廣十輪經八卷
失譯

大集須彌藏經二卷

高齊天竺三藏那連提舍共法智譯

上二經十卷同帙計一百五十三紙

弔

虛空藏菩薩經一卷

姚秦罽賓三藏佛陀耶舍歸罽賓譯

虛空藏菩薩神呪經一卷

宋罽賓三藏曇摩蜜多譯

虛空孕菩薩經二卷

隋天竺三藏闍那崛多等譯

觀虛空藏菩薩經一卷

宋罽賓三藏曇摩蜜多譯

菩薩念佛三昧經六卷

宋天竺沙門功德直共玄暢譯

上五經十一卷同帙計一百六十二紙

民

大方等大集菩薩念佛三昧經十卷

隋天竺三藏達摩笈多譯第二譯

自一帙計一百三十八紙

伐

般舟三昧經三卷

後漢月支三藏支婁迦讖譯

拔陂菩薩經一卷亦名拔陀經

僧祐録云安公古典經是般舟經初四品異譯

大方等大集賢護經五卷

隋天竺三藏闍那崛多等譯

上三經九卷同帙計一百五十五紙

罪

阿差末經七卷

西晉三藏竺法護譯
無盡意菩薩經四卷
宋涼州沙門智嚴共寶雲譯
上二經十一卷同帙計一百八十八紙
周
大集譬喻王經二卷
隋天竺闍那崛多等譯
大哀經八卷
西晉三藏竺法護譯
上二經十卷同帙計一百五十五紙
發
寶女所問經四卷
西晉三藏竺法護譯
無言童子經二卷
西晉三藏竺法護譯

自在王菩薩經二卷
姚秦三藏鳩摩羅什於逍遥園譯
奮迅王問經二卷
元魏婆羅門瞿曇般若流支等譯
上四經十卷同帙計一百八十八紙
殷
寶星陀羅尼經十卷
唐天竺三藏波羅頗蜜多羅譯
自一帙計一百三十三紙
湯
華嚴部總二十六部一百八十七卷
大方廣佛華嚴經五十卷
東晉天竺三藏佛陀羅等譯
自五帙計一千一百紙
坐朝問道垂

大方廣佛華嚴經八十卷
唐于闐三藏實叉難陀等譯
自八帙計一千三百七十二紙
拱平章愛育黎首
臣
信力入印法門經五卷
元魏天竺三藏曇摩流支譯
度諸佛境界智光嚴經一卷
失譯
佛華嚴入如來德智不思議境界經二卷
隋天竺三藏闍那崛多等譯
大方廣入如來智德不思議經一卷
唐于闐實叉難陀譯
大方廣佛華嚴經不思議佛境界分一卷
唐于闐三藏提雲般若譯

大方廣如來不思議境界經一卷
唐于闐三藏實叉難陀譯
大乘金剛髻珠菩薩修行分一卷
唐三藏菩提流志譯
大方廣佛華嚴經修慈分一卷
唐三藏提雲般若譯
上八經十三卷同帙計二百紙
伏
大方廣普賢所說經一卷
唐于闐三藏實叉難陀譯
莊嚴菩提心經一卷
姚秦三藏鳩摩羅什譯
大方廣菩薩十地經一卷
元魏西域三藏吉迦夜共曇曜譯
兜沙經一卷

後漢月支三藏支婁迦讖譯
菩薩本業經一卷
吳月支優婆塞支謙譯
諸菩薩求佛本業經一卷
西晉清信士聶道眞譯
菩薩十住行道品一卷或直云菩薩十住
西晉三藏竺法護譯
菩薩十住經一卷
東晉西域三藏祇多蜜譯
漸備一切智德經五卷
西晉三藏竺法護譯
上九經十三卷同帙計一百七十紙
戎
十住經四卷
姚秦三藏鳩摩羅什共佛陀耶舍譯

等目菩薩所問三昧經二卷
西晉三藏竺法護譯
顯無邊佛土功德經一卷
唐三藏玄奘譯
如來興顯經四卷
西晉三藏竺法護譯
上四經十一卷同帙計二百二十三紙
羌
度世品經六卷
西晉三藏竺法護譯
羅摩伽經四卷
乞伏秦沙門釋聖堅譯
大方廣佛華嚴經續入法界品一卷
唐中天竺三藏地婆訶羅譯
上三經十一卷同帙計二百一十紙

遐

涅槃部總六部五十八卷

大般涅槃經四十卷

北涼天竺三藏曇無讖於姑臧譯

自四帙計七百八十紙

邇壹體率

大般涅槃經後譯荼毗分二卷

唐南海波淩國沙門若那跋陀羅共唐國沙門會寧於彼國共譯出大周録。單本

大般涅槃經六卷

東晉平陽沙門釋法顯共覺賢譯

上二經八卷同帙計一百八十五紙

賓

方等般泥洹經二卷

西晉三藏竺法護譯

四童子三昧經三卷

隋天竺三藏闍那崛多等譯

大悲經五卷

高齊天竺三藏那連提耶舍共法智譯

上三經十卷同帙計一百八十二紙

歸

五大部外諸重譯經二百七十三部五百八十八卷

方廣大莊嚴經十二卷

唐中天竺三藏地婆訶羅譯出大周録。第四譯

普曜經八卷

西晉三藏竺法護譯

上二經二十卷二帙計三百七十一紙

王鳴

法華三昧經一卷

宋涼州沙門釋智嚴譯

無量義經一卷
蕭齊天竺沙門曇摩伽陀耶舍譯
薩曇分陀利經一卷
僧祐録云安公録中失譯
妙法蓮華經七卷
姚秦三藏鳩摩羅什譯
上四經十卷同帙計一百九十紙
鳳
正法華經十卷
西晉三藏竺法護譯
自一帙計一百九十六紙
在
妙法蓮華經八卷
隋天竺三藏崛多笈多二法師添品
維摩詰所説經三卷
姚秦三藏鳩摩羅什譯
上三經十一卷同帙計二百三十七紙
樹
維摩詰經三卷
吴月支優婆塞支謙譯
説無垢稱經六卷
唐三藏玄奘譯
大方等頂王經一卷
西晉三藏竺法護譯
大乘頂王經一卷
梁優禪尼國王子月婆首那譯
上四經十一卷同帙計一百九十六紙
白
善思童子經二卷
隋天竺三藏闍那崛多等譯

大悲分陀利經八卷
失譯
上三經十卷同帙計二百紙
駒
悲華經十卷
北涼天竺三藏曇無讖於姑藏譯
自一帙計二百三紙
食
金光明最勝王經十卷
唐三藏義淨譯
自一帙計一百五十三紙
場
金光明經八卷
隋大興善寺沙門寶貴合出
佉眞陀羅所問經三卷

後漢月支三藏支婁迦讖譯
上二經十一卷同帙計一百八十六紙
化
大樹緊那羅王所問經四卷
姚秦三藏鳩摩羅什譯
佛昇忉利天爲母說法經三卷
西晉三藏竺法護譯
道神足無極變化經四卷
西晉安息三藏安法欽譯
上三經十一卷同帙計一百五十七紙
被
寶雨經十卷
唐南印度三藏達摩流支等譯
自一帙計一百六十一紙
草

寶雲經七卷
梁扶南三藏曼陀羅仙共僧伽婆羅等譯
阿維越致遮經四卷
西晉三藏竺法護譯
上二經十一卷同帙計二百一十三紙
木
不退轉法輪經四卷
僧祐録云安公涼土異經在北涼録第二譯
廣博嚴淨不退轉輪經四卷
宋涼州沙門智嚴共寶雲譯
不必定入定印經一卷
元魏婆羅門瞿曇般若流支譯
入定不定印經一卷
唐三藏義淨譯
上四經十卷同帙計一百八十七紙

賴
等集衆德三昧經三卷
西晉三藏竺法護譯
集一切福德三昧經三卷
姚秦三藏鳩摩羅什譯
持心梵天經四卷
西晉三藏竺法護譯
上三經十卷同帙計一百九十八紙
及
思益梵天所問經四卷
姚秦三藏鳩摩羅什譯
勝思惟梵天所問經六卷
元魏三藏菩提留支譯
上二經十卷同帙計一百八十八紙
萬

持人菩薩經三卷（或四卷）
西晉三藏竺法護譯
持世經四卷
姚秦三藏鳩摩羅什譯
濟諸方等學經一卷
西晉三藏竺法護譯
大乘方廣總持經一卷
隋天竺三藏毗尼流支譯
上四經十卷同帙計一百六十二紙
方
文殊師利現寶藏經二卷
西晉三藏竺法護譯
大方廣寶篋經二卷
宋天竺三藏求那跋陀羅譯
大乘同性經二卷
宇文周天竺三藏闍那耶舍等譯
證契大乘經二卷
唐天竺三藏地婆訶羅譯。（出大周録第三譯）
上四經八卷同帙計一百六十紙
蓋
深密解脱經五卷
元魏天竺三藏菩提留支譯
解深密經五卷
唐三藏玄奘譯
上二經十卷同帙計一百五十紙
此
解節經一卷
陳天竺三藏眞諦譯
相續解脱地波羅蜜了義經一卷
宋天竺三藏求那跋陀羅譯

緣生初勝分法本經二卷
隋天竺三藏達摩笈多譯
分別緣起初勝法門經二卷
唐三藏玄奘譯
楞伽阿跋多羅寶經四卷
宋天竺三藏求那跋陀羅譯
上五經十卷同帙計一百六十七紙
身
入楞伽經十卷
元魏天竺三藏菩提留支譯
自一帙計一百七十九紙
大乘入楞伽經七卷
唐于闐三藏實叉難陀譯
髮
菩薩行方便境界神通變化經三卷

宋天竺三藏求那跋陀羅譯
上二經十卷同帙計一百七十九紙
四
大薩遮尼乾子所說經十卷
元魏天竺三藏菩提留支譯
自一帙計一百四十四紙
大
大方等大雲經四卷亦名大方等無相經
北涼天竺三藏曇無讖譯
大雲請雨經一卷
宇文氏天竺三藏闍那耶舍等譯
大雲輪請雨經二卷
隋天竺三藏那連提耶舍譯
大方等大雲請雨經二卷
隋天竺三藏闍那崛多譯

上四經八卷同帙計一百五十八紙

五

諸法無行經二卷
姚秦三藏鳩摩羅什譯

諸法本無經三卷
隋天竺三藏闍那崛多等譯

無極寶三昧經一卷
西晉三藏竺法護譯

寶如來三昧經二卷
東晉西域三藏祇多蜜譯

慧印三昧經一卷
吴月支優婆塞支謙譯

如來智印經一卷
僧祐録中失譯

上六經十卷同帙計一百八十紙

常

大灌頂經十二卷
東晉西域三藏帛尸梨蜜多羅譯

自一帙計一百二十一紙

恭

藥師如來本願經一卷
隋天竺三藏達摩笈多譯

藥師瑠璃光如來本願功德經一卷
唐三藏玄奘譯

藥師瑠璃光七佛本願功德經二卷
唐三藏義淨於大内佛光殿譯

阿闍世王經二卷
後漢月支三藏支婁迦讖譯

普超三昧經四卷
西晉三藏竺法護譯

放鉢經一卷
僧祐録云安公録失譯
上六經十一卷同帙計一百八十三紙
惟
月燈三昧經十一卷
高齊天竺三藏那連提耶舍譯
自一帙計二百四紙
鞠
月燈三昧經一卷
宋沙門釋先公譯
無所希望經一卷
西晉三藏竺法護譯
象腋經一卷
宋罽賓國三藏曇摩蜜多譯
大淨法門經一卷
西晉三藏竺法護譯
大莊嚴法門經二卷
隋天竺三藏那連提耶舍譯
如來莊嚴智慧光明入一切佛境界經二卷
元魏天竺三藏曇摩流支譯
度一切諸佛境界智嚴經一卷
梁扶南三藏僧伽婆羅等譯
後出阿彌陀佛偈經一卷
後漢失譯
觀無量壽佛經一卷
宋西域三藏畺良耶舍譯兩譯一
阿彌陀經一卷
姚秦三藏鳩摩羅什譯
稱讃淨土佛攝受經一卷
唐三藏玄奘譯

上十一經十三卷同帙計一百九十紙

卷

觀彌勒菩薩上生兜率天經一卷

宋居士沮渠京聲譯

彌勒成佛經一卷

姚秦三藏鳩摩羅什譯

彌勒來時經一卷

失譯

彌勒下生經一卷

姚秦三藏鳩摩羅什譯

彌勒下生成佛經一卷

唐三藏義淨譯

諸法勇王經一卷

宋罽賓三藏曇摩蜜多譯

一切法高王經一卷

元魏婆羅門瞿曇般若流支譯

第一義法勝經一卷

元魏婆羅門瞿曇流支譯

大威燈光仙人問疑經一卷

隋天竺三藏闍那崛多等譯

順權方便經二卷

西晉三藏竺法護譯

樂瓔珞莊嚴方便品經一卷

姚秦罽賓三藏曇摩耶舍譯

上十一經十二卷同帙計一百四十八

紙

豈

六度集經八卷

吳天竺三藏康僧會譯

太子須大拏經一卷

乞伏秦沙門釋聖堅譯
菩薩睒子經一卷
僧祐録云安公録中失譯
睒子經一卷
乞伏秦沙門聖堅譯
太子慕魄經一卷
後漢安息三藏安世高譯
太子沐魄經一卷
西晉三藏竺法護譯
九色鹿經一卷
吴月支優婆塞支謙譯
上七經十四卷同帙計一百九十二紙
敢
無字寶篋經一卷
元魏天竺三藏菩提留支譯

大乘離文字普光明藏經一卷
唐中天竺三藏地婆訶羅於西太原寺譯
大乘遍照光明藏無字法門經一卷
三藏地婆訶羅重譯
老女人經一卷
吴月支優婆塞支謙譯
老毋人經一卷
僧祐録中失譯
老毋女六英經一卷
宋天竺三藏求那跋陀羅譯
月光童子經一卷
西晉三藏竺法護譯
申日兒本經一卷
宋天竺三藏求那跋陀羅譯
德護長者經二卷

隋天竺三藏那連耶舍譯
文殊師利問菩提經一卷
姚秦三藏鳩摩羅什譯
伽耶山頂經一卷
元魏天竺三藏菩提留支譯
象頭精舍經一卷
隋天竺沙門毗尼多流支譯
大乘伽耶山頂經一卷
唐三藏菩提流志譯
長者子制經一卷
漢安息三藏安世高譯
菩薩逝經一卷
西晉沙門白法祖譯
逝童子經一卷
西晉沙門支法度譯

犢子經一卷
吴月支優婆塞支謙譯
乳光佛經一卷
西晉三藏竺法護譯
無垢賢女經一卷
西晉三藏竺法護譯
腹中女聽經一卷
北涼天竺三藏曇無讖譯
轉女身經一卷
宋罽賓三藏曇摩蜜多譯
上二十一經二十一卷同帙計一百四
十五紙
毀
無上依經二卷
梁天竺三藏眞諦譯

未曾有經一卷
漢失譯
甚希有經一卷
唐三藏玄奘譯
決定總持經一卷
西晉三藏竺法護譯
謗佛經一卷
元魏天竺三藏菩提留支譯
寶積三昧文殊問法身經一卷
後漢安息三藏安世高譯
入法界體性經一卷
隋天竺三藏闍那崛多等譯
如來師子吼經一卷
元魏天竺三藏佛陀扇多譯
大方廣師子吼經一卷
唐中天竺三藏地婆訶羅譯
大乘百福相經一卷
地婆訶羅譯
大乘百福莊嚴相經一卷
地婆訶羅再譯
大乘四法經一卷
地婆訶羅於東太原寺譯
菩薩修行四法經一卷
地婆訶羅於弘福寺譯
希有校量功德經一卷
隋三藏闍那崛多等譯
最無比經一卷
唐三藏玄奘譯
前世三轉經一卷
西晉沙門釋法炬譯

銀色女經一卷
元魏天竺三藏佛陀扇多譯
阿闍世王受決經一卷
西晉沙門釋法炬譯
採蓮違王上佛授決號妙華經一卷亦直云採蓮違王經
西晉沙門竺曇無蘭譯
正恭敬經一卷
元魏三藏佛陀扇多譯
善恭敬經一卷
隋天竺三藏闍那崛多等譯
稱讚大乘功德經一卷
唐三藏玄奘譯
說妙法決定業障經一卷
唐至相寺沙門釋智嚴譯

上二十三經二十四卷同帙計一百六十五紙
傷
諫王經一卷
宋居士沮渠京聲譯
如來示教勝軍王經一卷
唐三藏玄奘譯
佛爲勝光天子說王法經一卷
唐三藏義淨譯
大方等修多羅王經一卷
元魏三藏菩提留支譯
轉有經一卷
元魏天竺三藏佛陀扇多譯
文殊師利巡行經一卷
元魏三藏菩提留支譯

文殊尸利行經一卷
隋天竺三藏闍那崛多等譯
貝多樹下思惟十二因緣經一卷
吳優婆塞支謙譯
緣起聖道經一卷
唐三藏玄奘譯
稻稈經一卷
失譯人名
了本生死經一卷
吳月支優婆塞支謙譯
自誓三昧經一卷
後漢安息三藏安世高譯
如來獨證自誓三昧經一卷
西晉三藏竺法護譯
灌佛形像經一卷
西晉沙門釋法炬譯
摩訶刹頭經一卷一名灌洗佛形像經
乞伏秦沙門釋聖堅譯
造立形像福報經一卷
失譯
作佛形像經一卷
失譯
龍施女經一卷
吳月支優婆塞支謙譯
龍施菩薩本起經一卷
西晉三藏竺法護譯
八吉祥神呪經一卷
吳月支優婆塞支謙譯
八陽神呪經一卷
西晉三藏竺法護譯

八吉祥經一卷
梁扶南三藏僧伽婆羅譯
八佛名號經一卷
隋天竺三藏闍那崛多等譯
盂蘭盆經一卷
西晉三藏竺法護譯
報恩奉盆經一卷
失譯
浴像功德經一卷
唐天竺三藏寶思惟譯
浴像經一卷
唐三藏義淨譯
校量數珠功德經一卷
唐天竺三藏寶思惟譯
數珠功德經一卷
唐三藏義淨譯
上二十九經二十九卷同帙計一百三
十紙
女
不空羂索神變真言經三十卷
唐天竺三藏菩提流志譯
自三帙計五百一十六紙
慕　貞　潔
不空羂索呪經一卷
隋天竺三藏闍那崛多等譯
不空羂索神呪心經一卷
唐三藏玄奘譯
不空羂索陀羅尼自在王呪經三卷
唐天竺三藏寶思惟譯
不空羂索陀羅尼經一卷或二卷

唐天竺婆羅門李無諂譯
千眼千臂觀世音菩薩陀羅尼神呪經二卷
唐總持寺沙門釋智通譯
千手千眼觀世音菩薩姥陀羅尼身經一卷
唐南天竺三藏菩提留志譯
千手千眼觀世音菩薩廣大圓滿無礙大悲
心陀羅尼經一卷
唐西天竺沙門伽梵達摩譯
觀世音菩薩秘密藏神呪經一卷
唐于闐三藏實叉難陀譯
觀世音菩薩如意摩尼陀尼經一卷
唐天竺三藏寶思惟譯
上九經十二卷或十三卷同帙計一百六十
一紙
男

開元釋教録略出卷第一

音釋

叡以銳切 蜱府移切 讖楚譖切 燉煌燉徒渾切煌胡光切 篗其立切 闐徒年切 沮子魚切 睒失冉切 稈古旱切 縎古法切

開元釋教録略出卷第二上

唐崇福寺沙門智昇撰

如意輪陀羅尼經一卷
唐天竺三藏菩提流志譯
文殊師利根本一字陀羅尼經一卷
唐三藏寶思惟譯
曼殊室利菩薩呪藏中一字呪王經一卷
唐天后代三藏義淨譯
十二佛名神呪經一卷
隋天竺三藏闍那崛多等譯
稱讃如來功德神呪經一卷
唐三藏義淨譯
觀自在菩薩如意陀羅尼經一卷
唐三藏義淨譯
孔雀王呪經一卷
姚秦三藏鳩摩羅什譯
大金色孔雀王呪經一卷
失譯
佛說大金色孔雀王呪經一卷
失譯
孔雀王呪經二卷
梁扶南三藏僧伽婆羅第七譯
大孔雀王經三卷
唐三藏義淨於東都内道場譯
上十一經十四卷同帙計一百七十一
紙
効
陀羅尼集經十二卷數內前七卷是才字函
唐中天竺三藏阿地瞿多譯
十一面觀世音神呪經一卷

周宇文氏天竺三藏耶舍崛多等譯
十一面神呪心經一卷
唐三藏玄奘譯
摩利支天經一卷
失譯
呪五首經一卷
唐三藏玄奘譯
千轉陀羅尼觀世音菩薩呪經一卷
唐總持寺沙門智通譯
六字神呪經一卷
唐天竺三藏菩提流志譯
七俱胝佛大心准提陀羅尼經一卷
唐中天竺三藏地婆訶羅譯
七俱胝佛母准提大明陀羅尼經一卷
唐三藏金剛智譯

上九經二十卷二帙計三百八十九紙
才良
觀自在菩薩隨心呪經一卷
唐總持寺沙門智通譯
種種雜呪經一卷
周宇文氏天竺三藏闍那崛多譯
佛頂勝陀羅尼經一卷
唐朝散郎杜行顗奉勑譯
佛頂最勝陀羅尼經一卷
唐中天竺三藏地婆訶羅譯
佛頂尊勝陀羅尼經一卷
唐罽賓沙門佛陀波利譯
最勝佛頂陀羅尼淨除業障經一卷
唐中天竺三藏地婆訶羅於東都再譯
佛頂尊勝陀羅尼經一卷

唐三藏義淨譯
無量門微密持經一卷
吴月支優婆塞支謙譯
出生無量門持經一卷
東晉天竺三藏佛陀跋陀羅譯
阿難陀目佉尼訶離陀經一卷
宋天竺三藏求那跋陀羅譯
無量門破魔陀羅尼經一卷
宋西域沙門功德直共玄暢譯
阿難陀目佉訶離陀鄰尼經一卷
元魏天竺三藏佛陀扇多譯
舍利弗陀羅尼經一卷
梁扶南三藏僧伽婆羅譯
一向出生菩薩經一卷
隋天竺三藏闍那崛多等譯

出生無邊門陀羅尼經一卷
唐至相寺沙門智嚴譯
勝幢臂印陀羅尼經一卷
唐三藏玄奘譯
妙臂印幢陀羅尼經一卷
唐于闐三藏實叉難陀譯
上十七經十七卷同帙計一百六十一
紙
知
無崖際持法門經一卷
乞伏秦沙門聖堅譯
尊勝菩薩所問一切諸法入無量門陀羅尼
經一卷
高齊居士萬天懿譯
金剛上味陀羅尼經一卷

元魏天竺三藏佛陀扇多譯
金剛場陀羅尼經一卷
隋天竺三藏闍那崛多等譯
師子奮迅菩薩所問經一卷
失譯
華聚陀羅尼呪經一卷
失譯
華積陀羅尼神呪經一卷
吴月支優婆塞支謙譯
六字呪王經一卷
六字神呪王經一卷
虚空藏菩薩問七佛經一卷
三經俱失譯
如來方便善巧呪經一卷
隋天竺三藏闍那崛多等譯

持句神呪經一卷
吴月支優婆塞支謙譯
陀鄰尼鉢經一卷
東晋西域沙門竺曇無蘭譯
東方最勝燈王如來經一卷
隋天竺三藏闍那崛多等譯
善法方便陀羅尼呪經一卷
失譯
金剛祕密善門陀羅尼經一卷
失譯
護命法門神呪經一卷
唐天竺三藏菩提流志譯
無垢淨光大陀羅尼經一卷
唐西域沙門彌陀山譯
請觀世音菩薩消伏毒害陀羅尼呪經一卷

東晉外國居士竺難提譯
上十六經十九卷同帙計一百六十七
紙
過
內藏百寶經一卷
後漢月支三藏支婁迦讖譯
温室洗浴衆僧經一卷
後漢安息三藏安世高譯
須賴經一卷
前涼月支優婆塞支施崘譯
須賴經一卷
曹魏西域三藏帛延譯
私訶三昧經一卷
吳月支優婆塞支謙譯
菩薩生地經一卷
支謙譯
四不可得經一卷
西晉三藏竺法護譯
梵女守意經一卷
西晉三藏竺法護譯
成具光明定意經一卷
後漢西域三藏支曜譯
寶網經一卷
西晉三藏竺法護譯
菩薩行五十緣身經一卷
西晉三藏竺法護譯
菩薩修行經一卷
西晉河內沙門白法祖譯
諸德福田經一卷
西晉沙門法立法炬共譯

大方等如來藏經一卷
東晉天竺三藏佛陀跋陀羅譯
佛語經一卷
元魏天竺三藏菩提留支譯
金色王經一卷
元魏婆羅門瞿曇般若留支譯
演道俗業經一卷
乞伏秦沙門聖堅譯
百佛名經一卷
隋三藏那連提耶舍譯
上十八經十八卷同帙計一百五十六紙

必

稱揚諸佛功德經三卷
元魏西域三藏吉迦夜共曇曜譯

須眞天子經二卷
西晉三藏竺法護譯
摩訶摩耶經二卷
蕭齊沙門釋曇景譯
除恐災患經一卷
乞伏秦沙門聖堅譯
孛經一卷
吳月支優婆塞支謙譯
觀世音菩薩授記經一卷
宋黄龍沙門釋曇無竭譯
上六經十卷同帙計一百八十六紙

改

海龍王經四卷
西晉三藏竺法護譯
首楞嚴三昧經三卷

姚秦三藏鳩摩羅什譯
觀普賢菩薩行法經一卷
宋罽賓三藏曇摩蜜多譯
觀藥王藥上菩薩經一卷
宋西域三藏畺良耶舍譯
不思議光菩薩所問經一卷
姚秦三藏鳩摩羅什譯
上五經十卷同帙計一百七十七紙
得
十住斷結經十四卷
姚秦涼州沙門竺佛念譯
諸佛要集經二卷
西晉三藏竺法護譯
未曾有因緣經二卷
蕭齊沙門釋曇景譯

上三經一十八卷二帙計二百七十二
紙
能　莫
菩薩瓔珞經十三卷
姚秦涼州沙門竺佛念譯
超日明三昧經二卷
西晉清信士聶承遠譯
上二經一十五卷二帙計二百九十四
紙
忘　罔
賢劫經十卷
西晉三藏竺法護譯
自一帙計二百一紙
談
大乘經單譯一百三十部二百九十三卷二

十四帙

大法炬陀羅尼經二十卷

隋天竺三藏闍那崛多等譯

自二帙計三百六紙

彼　短

大威德陀羅尼經二十卷

隋天竺三藏闍那崛多譯

自二帙計二百七十四紙

靡　恃

佛名經十二卷

元魏天竺三藏菩提留支譯

三劫三千佛名經三卷

過去莊嚴劫千佛名經一卷

現在賢劫千佛名經一卷

未來星宿劫千佛名經一卷

失譯出長房録

上二部二帙十五卷計三百六十七紙

己　長

五千五百佛名經八卷

隋天竺闍那崛多等譯

不思議功德諸佛所護念經二卷

曹魏代譯失三藏名

上二經十卷同帙計一百六十六紙

信

華手經十卷一名攝諸善根經

姚秦三藏鳩摩羅什譯

自一帙十卷計二百三十六紙

使

大方等陀羅尼經四卷

北涼沙門法衆於高昌郡譯

僧伽吒經四卷
元魏優禪尼國王子月婆首那譯
力莊嚴三昧經三卷
隋天竺三藏那連提耶舍譯
大方廣圓覺修多羅了義經一卷
唐罽賓沙門佛陀多羅譯
上四經十二卷同帙計一百八十一紙
可
觀佛三昧海經十卷
東晉天竺三藏佛陀跋陀羅譯
自一帙計一百六十七紙
覆
大方便佛報恩經七卷
失譯
菩薩本行經三卷

失譯
上二經十卷同帙計一百八十一紙
器
法集經六卷
元魏天竺三藏菩提留支譯
觀察諸法行經四卷
隋天竺三藏闍那崛多等譯
上二經十卷同帙計一百九十五紙
欲
菩薩處胎經五卷
姚秦涼州沙門竺佛念譯
弘道廣顯三昧經四卷
西晉三藏竺法護譯
然燈功德經一卷
高齊天竺三藏那連提耶舍譯

上三經十卷同帙計一百九十一紙
難
央崛魔羅經四卷
宋天竺三藏求那跋陀羅譯
無所有菩薩經四卷
隋天竺三藏闍那崛多等譯
明度五十校計經二卷
後漢安息三藏安世高譯
上三經十卷同帙計一百八十三紙
量
中陰經二卷
姚秦涼州沙門竺佛念譯
大法鼓經二卷
宋天竺三藏求那跋陀羅譯
文殊師利問經二卷

梁扶南三藏僧伽那羅譯
月上女經二卷
隋天竺三藏闍那崛多等譯
大方廣如來祕密藏經二卷
失譯
上五經十卷同帙計一百九十四紙
墨
大乘密嚴經三卷
唐中天竺三藏地婆訶羅譯
占察善惡業報經二卷
外國沙門菩提登譯
蓮華面經二卷
隋天竺三藏那連提耶舍譯
文殊師利問菩薩署經一卷
後漢月支三藏支婁迦讖譯

大乘造像功德經二卷
唐于闐三藏提雲般若譯
上五經十卷同帙計一百五十四紙
悲
廣大寶樓閣善住祕密陀羅尼經三卷
唐南天竺三藏菩提流志譯
一字佛頂輪王經五卷
唐三藏菩提流志譯
大陀羅尼末法中一字心呪經一卷
唐北天竺三藏寶思惟譯
上三經九卷同帙計一百八十八紙
絲
大佛頂如來密因修證了義諸菩薩萬行首楞嚴經十卷
唐循州沙門懷迪共梵僧於廣州譯

自一帙計一百五十七紙
染
大毗盧遮那成佛神變加持經七卷
唐中天竺三藏輸波迦羅共沙門一行譯
蘇婆呼童子經三卷
唐天竺三藏輸波迦羅譯
上二經十卷同帙計一百六十三紙
詩
蘇悉地羯羅經三卷
唐中天竺三藏輸波迦羅譯
牟梨曼陀羅呪經一卷
失譯
金剛頂瑜伽中略出念誦法四卷
唐南天竺三藏金剛智譯
上三經八卷同帙計一百八十六紙

讚
七佛所説神呪經四卷
晋代譯失三藏名今附東晋録
大吉義神呪經四卷
元魏昭玄統沙門曇曜譯
文殊師利寶藏陀羅尼經一卷
唐南天竺三藏菩提流志譯
金剛光焰止風雨陀羅尼經一卷
唐三藏菩提流志譯
阿吒婆拘鬼神大將上佛陀羅尼經一卷
失譯
阿彌陀鼓音聲王陀羅尼經一卷
失譯
大普賢陀羅尼經一卷
失譯

大七寶陀羅尼經一卷
失譯
六字大陀羅尼經一卷
失譯
安宅神呪經一卷
後漢失譯
已上六經同卷
摩尼羅亶經一卷
東晋西域沙門竺曇無蘭譯
玄師子颰陀所説神呪經一卷或云幻師
東晋竺曇無蘭譯
護諸童子陀羅尼經一卷
元魏天竺三藏菩提留支譯
諸佛心陀羅尼經一卷
唐三藏玄奘譯

拔濟苦難陀羅尼經一卷
唐三藏玄奘譯
八名普密陀羅尼經一卷
唐三藏玄奘譯
持世陀羅尼經一卷
唐三藏玄奘譯
六門陀羅尼經一卷
唐三藏玄奘譯
已上七經同卷
清淨觀世音普賢陀羅尼經一卷
唐總持寺沙門智通譯
上十九經二十五卷同帙計二百一十
二紙
羔
智炬陀羅尼經一卷
唐于闐三藏提雲般若譯
諸佛集會陀羅尼經一卷
唐于闐三藏提雲般若譯
隨求即得大自在陀羅尼神呪經一卷
唐北天竺三藏寶思惟譯
百千印陀羅尼經一卷
唐于闐三藏實叉難陀譯
救面燃餓鬼陀羅尼神呪經一卷 或云施餓鬼食呪經
唐于闐三藏實叉難陀譯
莊嚴王陀羅尼呪經一卷
唐三藏義淨譯
香王菩薩陀羅尼呪經一卷
唐三藏義淨譯
一切功德莊嚴王經一卷
唐三藏義淨譯

拔除罪障呪王經一卷
唐三藏義淨譯
善夜經一卷
唐三藏義淨譯
虚空藏菩薩能滿諸願最勝心陀羅尼求聞
持法經一卷
唐中天竺三藏輸波迦羅譯
金剛頂經曼殊室利菩薩五字心陀羅尼品
一卷
唐南天竺三藏金剛智譯
觀自在如意輪菩薩瑜伽法要一卷
唐三藏金剛智譯
佛地經一卷
唐三藏玄奘譯
佛垂般涅槃略説教誡經一卷亦云臨般涅槃亦云遺教

姚秦三藏鳩摩羅什譯
出生菩提心經一卷
隋天竺三藏闍那崛多等譯
佛印三昧經一卷
後漢安息三藏安世高譯
文殊師利般涅槃經一卷
西晉居士聶道眞譯
異出菩薩本起經一卷或無起字
西晉居士聶道眞譯
千佛因緣經一卷
姚秦三藏鳩摩羅什譯
賢首經一卷一名賢首夫人經
乞伏秦沙門釋聖堅譯
月明菩薩經一卷或云月明童子或云月明童男
吴月支優婆塞支謙譯

心明經一卷一名心明女梵志婦飯汁施經

西晉三藏竺法護譯

滅十方冥經一卷或云十方滅冥經

西晉三藏竺法護譯

鹿母經一卷

西晉三藏竺法護譯

魔逆經一卷

西晉三藏竺法護譯

上二十六經二十六卷同帙計一百八

十四紙

羊

德光太子經一卷一名賴吒和羅所問光太子經

西晉三藏竺法護譯

大意經一卷

宋天竺三藏求那跋陀羅譯

堅固女經一卷一名牢固女經

隋天竺三藏那連提耶舍譯

商主天子所問經一卷或無所問字

隋天竺三藏闍那崛多等譯

諸法最上王經一卷

隋天竺三藏闍那崛多等譯

師子莊嚴王菩薩請問經一卷一名八曼荼羅經

唐天竺三藏那提譯

離垢慧菩薩所問禮佛法經一卷

唐天竺三藏那提譯

受持七佛名號所生功德經一卷

唐三藏玄奘譯

佛臨涅槃記法住經一卷

唐三藏玄奘譯

寂照神變三摩地經一卷

唐三藏玄奘譯

開元釋教録略出卷第二上

開元釋教録略出卷第二下

唐崇福寺沙門智昇撰

差摩婆帝受記經一卷

元魏天竺三藏菩提留支譯

不增不減經一卷

元魏天竺三藏菩提留支譯

造塔功德經一卷

唐中天竺三藏地婆訶羅譯

遶佛塔功德經一卷

唐天后代于闐三藏實叉難陀譯

大乘四法經一卷

唐天后代于闐三藏實叉難陀譯

有德女所問大乘經一卷

唐天后代天竺三藏菩提流志譯

大乘流轉諸有經一卷

唐天后代三藏義淨譯

妙色王因緣經一卷

唐三藏義淨譯

佛爲海龍王說法印經一卷

唐三藏義淨譯

師子素馱娑王斷肉經一卷

唐至相寺沙門智嚴譯

般泥洹後灌臘經一卷

西晉三藏竺法護譯

八部佛名經一卷

元魏婆羅門瞿曇般若留支譯

上二十二經二十二卷同帙計一百四十八紙

景

菩薩內習六波羅蜜經一卷

後漢臨淮沙門嚴佛調譯
菩薩投身餓虎起塔因緣經一卷
北涼高昌沙門法盛譯
金剛三昧本性清淨不壞不滅經一卷
失譯
師子月佛本生經一卷
失譯
長者法志妻經一卷
失譯
薩羅國經一卷失譯
十吉祥經一卷
長者女菴提遮師子吼了義經一卷
一切智光明仙人慈心因緣不食肉經一卷
四經俱失譯
金剛三昧經二卷
北涼失譯
法滅盡經一卷
僧祐録中失譯
甚深大回向經一卷
僧祐録中失譯
天王太子辟羅經一卷
僧祐録中云安公關中異經
優波夷淨行法門經二卷
僧祐録中異經安公涼土出
八大人覺經一卷
後漢安息三藏安世高譯
三品弟子經一卷
吴月支優婆塞支謙譯
四輩經一卷
西晋三藏竺法護譯

當來變經一卷
西晉三藏竺法護譯
過去佛分衛經一卷
西晉三藏竺法護譯
十二頭陀經一卷
宋天竺三藏求那跋陀羅譯
樹提伽經一卷
求那跋陀羅譯
長壽王經一卷
僧祐録云安公失譯
法常住經一卷
僧祐録云安公失譯
上二十三經二十五卷同帙計一百四十三紙
行

菩薩調伏藏二十六部五十四卷
五帙
菩薩地持經八卷 或名地持論
北涼天竺三藏曇無讖於姑臧譯
自一帙八卷計一百九十一紙
維
菩薩善戒經十卷 一名菩薩地
宋罽賓三藏求那跋摩等譯
淨業障經一卷
失譯
上二經十一卷同帙計二百七紙
賢
優婆塞戒經七卷 是在家菩薩戒
北涼天竺三藏曇無讖於姑臧譯
梵網經二卷

姚秦三藏鳩摩羅什譯

受十善戒經一卷

後漢失譯

上三經十卷同帙計一百九十四紙

尅

菩薩瓔珞本業經二卷或無菩薩字

姚秦涼州沙門竺佛念譯

佛藏經四卷一名釋諸法

姚秦三藏羅什譯

菩薩戒本一卷出地持品中慈氏菩薩說

北涼天竺三藏曇無讖譯

菩薩戒本一卷出瑜伽論本地分中菩薩地彌勒說

唐三藏玄奘譯

菩薩戒羯磨文一卷出瑜伽論本地分中菩薩地。彌勒菩薩說

唐三藏玄奘譯

菩薩善戒經一卷優波離問菩薩受戒法

宋罽賓三藏求那跋摩譯

上六經十卷同帙計一百七十四紙

念

菩薩內戒經一卷

宋罽賓三藏求那跋摩譯

優婆塞五戒威儀經一卷

宋罽賓三藏求那跋摩譯

文殊師利淨律經一卷或云淨律經

西晉三藏竺法護譯

清淨毗尼方廣經一卷

姚秦三藏鳩摩羅什譯

寂調音所問經一卷一名如來所清淨調伏經

宋沙門釋法海譯

大乘三聚懺悔經一卷

隋天竺三藏闍那崛多等譯
菩薩五法懺悔文一卷或云菩薩五法懺悔經
失譯
菩薩藏經一卷
梁扶南三藏僧伽婆羅譯
三曼陀颰陀羅菩薩經一卷
西晉清信士聶道眞譯
菩薩受齋經一卷
西晉清信士聶道眞譯
文殊悔過經一卷一名文殊五體悔過經
西晉三藏竺法護譯
舍利弗悔過經一卷亦直云悔過經
後漢安息三藏安世高譯
法律三昧經一卷亦直云法律經
吴月支優婆塞支謙譯

十善業道經一卷
唐天后代于闐三藏實叉難陀羅譯
上十四經十四卷同帙計一百五十五
紙
作
菩薩對法藏九十七部五百一十八卷
五十帙
大乘釋經論二十一部一百五十五卷
一十五帙
大智度論一百卷或一百一十或七十
姚秦三藏鳩摩羅什譯
自一十帙計二千一百五十五紙
聖德建名立形端
表正空
十地經論十二卷或十五卷

元魏天竺三藏菩提留支等譯

自一帙計二百五十紙

谷

彌勒菩薩所問經論六卷（或六卷或七卷或十卷）

元魏三藏菩提留支譯

大乘寶積經論四卷

元魏三藏菩提留支譯

寶髻菩薩四法經論一卷

天親菩薩造

元魏天竺三藏毗目智仙等譯

上三論十一卷同帙計二百二十四紙

傳

能斷金剛般若波羅蜜多經論頌一卷（亦云能斷金剛論）

唐三藏義淨譯

金剛般若論三卷

隋三藏達摩笈多譯

佛地經論七卷

唐三藏玄奘譯

上三論十一卷同帙計一百七十紙

聲

金剛般若波羅蜜經論三卷

天親菩薩造

元魏菩提留支譯

能斷金剛般若波羅蜜多經論三卷

無著菩薩頌

世親菩薩釋

唐三藏義淨譯

金剛般若波羅蜜經破取著不壞假名論二卷（亦云功德論）

功德施菩薩造
唐中天竺三藏地婆訶羅譯
文殊師利菩薩問菩提經論二卷 一名伽耶山頂經
婆藪槃豆菩薩造
元魏天竺三藏菩提留支譯
妙法蓮華經論一卷
婆藪槃豆菩薩造
元魏中天竺三藏勒那摩提共僧朗等譯
上五論十一卷同帙計一百七十九紙
虚
法華經論二卷 初有歸敬頌者或一卷
元魏北天竺三藏菩提留支共曇林等譯
勝思惟梵天所問經論四卷 或三卷成
元魏菩提留支譯
涅槃論一卷 略釋涅槃

婆藪槃豆菩薩造
元魏沙門達磨菩提譯
涅槃經本有今無偈論一卷 釋涅槃一頌
梁天竺三藏眞諦譯
遺教經論一卷 新遺教經
陳天竺三藏眞諦譯
無量壽經論一卷
婆藪槃豆釋
元魏天竺三藏菩提留支譯
三具足經論一卷 有釋論無經本
天親菩薩造
元魏天竺三藏毗目智仙等譯
轉法輪經論一卷 有譯論無本經
天親菩薩造
元魏天竺三藏毗目智仙等譯

上八論十二卷同帙計一百六十五紙

堂

大乘集義論七十六部三百六十三卷 十五帙

瑜伽師地論一百卷

彌勒菩薩說

唐三藏玄奘譯

一十帙計一千八百七十五紙

習 聽 禍 因 惡 積 福

緣 善 慶

顯揚聖教論二十卷

無著菩薩造

唐三藏玄奘譯

二帙計三百三十八紙

尺 璧

瑜伽師地論釋一卷

最勝子等菩薩造

唐三藏玄奘譯

顯揚聖教論頌一卷

無著菩薩造

唐三藏玄奘譯

王法正理論一卷

彌勒菩薩造

唐三藏玄奘譯

大乘阿毗達磨集論七卷

無著菩薩造

唐三藏玄奘譯

上四論十卷同帙計一百四十九紙

非

大乘阿毗達磨雜集論十六卷

安慧菩薩糅釋上集論

唐三藏玄奘譯

中論四卷

龍樹菩薩本梵志青目釋

姚秦三藏鳩摩羅什譯

上二論二十卷二帙計三百五十九紙

實 寸

般若燈論釋十五卷

龍樹菩薩本分別明菩薩釋

唐天竺三藏波羅頗蜜多羅譯

十二門論一卷

龍樹菩薩造

姚秦三藏鳩摩羅什譯

十八空論一卷

陳天竺三藏真諦譯

百論二卷

提婆菩薩造

婆藪開士釋

姚秦三藏鳩摩羅什譯

廣百論一卷

聖天菩薩造

唐三藏玄奘譯

上五論二十卷二帙計三百六十六紙

陰 是

大乘廣百論釋論十卷

聖天本護法釋

唐三藏玄奘譯

自一帙計一百一十三紙

競

十住毗婆沙論十五卷

龍樹菩薩造

姚秦三藏鳩摩羅什譯
菩提資糧論六卷
聖者龍樹本比丘自在釋
天竺三藏達摩笈多譯
上二論二十一卷二帙計三百七十五紙
資 父
大乘莊嚴經論十三卷（或十五卷）
無著造
唐天竺三藏波羅頗蜜多羅譯
自一帙計二百一十一紙
事
大莊嚴經論十五卷
姚秦三藏鳩摩羅什譯
順中論二卷

元魏婆羅門瞿曇般若流支譯
攝大乘論三卷
陳天竺三藏眞諦譯
上三論二十卷二帙計三百一紙
君 曰
攝大乘論二卷
元魏天竺三藏佛陀扇多譯
攝大乘論本三卷
唐三藏玄奘譯
攝大乘論釋十五卷
陳天竺三藏眞諦譯（梵云拘羅他陳曰親依或云波羅末陀此云眞諦）
上三論二十卷二帙計五百二十三紙
嚴 與
攝大乘釋論十卷

隋天竺三藏達摩笈多譯
自一帙計一百五十九紙
敬
攝大乘論釋論十卷
唐三藏玄奘譯
自一帙十卷計一百八十四紙
孝
攝大乘論釋十卷
唐三藏玄奘譯
自一帙計二百二十七紙
當
佛性論四卷
陳天竺三藏眞諦譯
決定藏論三卷
梁天竺三藏眞諦譯

辯中邊論頌一卷
唐三藏玄奘譯
中邊分別論二卷
陳天竺三藏眞諦譯
上四論十卷同帙計一百八十六紙
竭
辯中邊論頌三卷
唐三藏玄奘譯
究竟一乘寶性論五卷
元魏天竺三藏勒那摩提譯
業成就論一卷
元魏天竺三藏毗目智仙等譯
大乘成業論一卷
唐三藏玄奘譯
因明正理門論本一卷

大域龍菩薩造出内典録
唐三藏玄奘譯
上五論十一卷同帙計一百七十五紙
力
因明正理門論一卷新編入録第二譯。舊理門論閦録單本。新勘爲重譯
大域龍菩薩造
唐三藏義淨譯
因明入正理論一卷
唐三藏玄奘譯
顯識論一卷
陳天竺三藏眞諦譯
轉識論一卷
陳三藏眞諦譯
大乘唯識論一卷

元魏婆羅門瞿曇般若流支譯
大乘唯識論一卷
陳天竺三藏眞諦譯
唯識二十論一卷
唐三藏玄奘譯
成唯識寶生論五卷
唐三藏義淨譯
唯識三十論一卷
唐三藏玄奘譯
上九論十三卷同帙計一百四十九紙
忠
成唯識論十卷
唐三藏玄奘譯
自一帙計一百八十五紙
則

大丈夫論二卷
北涼沙門釋道泰譯
入大乘論二卷
北涼沙門釋道泰譯
大乘掌珍論二卷
唐三藏玄奘譯
大乘五蘊論一卷
唐三藏玄奘譯
大乘廣五蘊論一卷
唐中天竺三藏地婆訶羅譯
寶行王正論一卷
陳三藏眞諦譯
大乘起信論一卷
梁天竺三藏眞諦譯
上七論十卷同帙計一百八十五紙

盡
大乘起信論二卷
唐于闐三藏實叉難陀譯
發菩提心論二卷
姚秦三藏鳩摩羅什譯
三無性論二卷
陳三藏眞諦譯
方便心論一卷
元魏沙門吉迦夜共曇曜譯
如實論一卷
梁三藏眞諦譯
無相思塵論一卷
陳三藏眞諦譯
觀所緣緣論一卷
唐三藏玄奘譯

觀所緣論釋一卷
唐三藏義淨譯
上八論十一卷同帙計一百五十一紙
命
回諍論一卷
元魏三藏毗目智仙等譯
緣生論一卷
隋三藏達摩笈多譯
十二因緣論一卷
元魏三藏菩提留支譯
壹輸盧迦論一卷
元魏婆羅門瞿曇般若流支譯
大乘百法明門論一卷
唐三藏玄奘譯
百字論一卷

元魏三藏菩提留支譯
解捲論一卷
陳三藏真諦譯
掌中論一卷
唐三藏義淨譯
取因假設論一卷
唐三藏義淨譯
觀總相論頌一卷
唐三藏義淨譯
止觀門論頌一卷
唐三藏義淨譯
手杖論一卷
唐三藏義淨譯
六門教授習定論一卷
唐三藏義淨譯

大乘法界無差別論一卷
唐于闐三藏提雲般若譯
破外道小乘四宗論一卷
元魏天竺三藏菩提留支譯
破外道小乘涅槃論一卷
元魏三藏菩提留支譯
上十六論十六卷同帙計一百一十一紙
臨

總計合大乘經律論見流行者凡六百三十八部二千七百四十五卷二百五十八帙

開元釋教録略出卷第二下

音釋

颮蒲撥切 籔蘇后切 糅女救切

開元釋教録略出卷第三

唐崇福寺沙門　智昇　撰

長阿含經二十二卷

姚秦罽賓三藏佛陀耶舍共竺法念譯

自二帙計四百四十八紙

深　履

中阿含經六十卷或五十八卷

東晉罽賓三藏瞿曇僧伽提婆譯

自六帙計一千一百八十一紙

薄　夙　興　温　凊　似

增一阿含經五十一卷

東晉罽賓三藏瞿曇僧伽提婆譯

自五帙計八百四十一紙

蘭　斯　馨　如　松

雜阿含經五十卷

宋天竺三藏求那跋陀羅譯

自五帙計一千八十四紙

之　盛　川　流　不

別譯雜阿含經二十卷

失譯

自二帙計三百一十八紙

息　淵

佛般泥洹經二卷或直云泥洹經

西晉河内沙門白法祖譯

般泥洹經二卷或無般字

新爲失譯附東晉録

大般涅槃經三卷

東晉平陽沙門釋法顯譯

人本欲生經一卷

後漢安息三藏安世高譯

尸迦羅越六向拜經一卷或云尸迦羅越六方禮經

後漢安息三藏安世高譯

梵志阿颰經一卷一名佛開解字一名阿颰摩納經

吳月支優婆塞支謙譯

梵網六十二見經一卷一名梵網經

吳月支優婆塞支謙譯

寂志果經一卷

東晉西域沙門竺曇無蘭譯

上八經十二卷同帙計二百二十四紙

澄

起世經十卷

隋天竺三藏闍那崛多等譯

自一帙計一百七十四紙

取

起世因本經十卷

隋天竺三藏達摩笈多譯

自一帙計一百七十六紙

映

樓炭經六卷或云大樓炭經

西晉沙門釋法炬共法立譯

長阿含十法報經二卷一名多增道章經或直云十報經

後漢安息三藏安世高譯

中本起經二卷或云太子中本起經

後漢西域沙門曇果共沙門康孟詳譯

上三經十卷同帙計一百七十八紙

容

七知經一卷或云七智經

吳月支優婆塞支謙譯

鹹水喻經一卷或云鹹水譬經

僧祐録云安公失譯經今附西晉録

一切流攝守因經一卷
後漢安息三藏安世高譯
四諦經一卷
後漢安息三藏安世高譯
恒水經一卷亦云恒水喻經
西晉沙門釋法炬譯
本相倚致經一卷亦云大相倚致經
後漢安息三藏安世高譯
緣本致經一卷
失譯今附東晉録
頂生王故事經一卷或云頂生王經
西晉沙門釋法炬譯
文陀竭王經一卷
北涼天竺三藏曇無讖譯
閻羅王五天使者經一卷一名鐵城泥犂經
宋沙門釋惠簡譯
鐵城泥犂經一卷
東晉西域沙門竺曇無蘭譯
古來世時經一卷
失譯今附東晉録
阿那律八念經一卷或直云八念經亦名禪行斂意經
後漢西域三藏支曜譯
離睡經一卷亦名菩薩訶睡眠經
西晉三藏竺法護譯
是法非法經一卷
後漢安息三藏安世高譯
求欲經一卷
西晉沙門釋法炬譯
受歲經一卷
西晉沙門竺法護譯

梵志計水淨經一卷
失譯今附東晋録拾遺編入
苦陰經一卷一名陰因事經
失譯在後漢録拾遺編入
釋摩男本經一卷
吴月支優婆塞支謙譯
苦陰因事經一卷
西晋沙門釋法炬譯
樂想經一卷
西晋三藏竺法護譯
漏分布經一卷
後漢安息國三藏安世高譯
阿耨颰經一卷
東晋西域沙門竺曇無蘭譯
諸法本經一卷
吴月支優婆塞支謙譯
瞿曇彌記果經一卷
宋沙門釋慧簡譯
瞻婆比丘經一卷或云瞻波經
西晋沙門譯法炬譯
伏婬經一卷
西晋沙門釋法炬譯
魔嬈亂經一卷一名魔王入目揵蘭腹經亦云弊魔試目連經
失譯在漢録
弊魔試目連經一卷一名魔嬈亂經
吴月支優婆塞支謙譯
上三十經三十卷同帙計一百三十五
紙
止
賴吒和羅經一卷一名羅漢賴吒和羅經

吴月支優婆塞支謙譯
善生子經一卷
西晉沙門支法度譯
數經一卷
西晉沙門法炬譯
梵志頞羅延問種尊經一卷
東晉沙門竺曇無蘭譯
三歸五戒慈心猒離功德經一卷
失譯今附東晉録
須達經一卷一名須達長者經
蕭齊天竺三藏求那毗地譯
佛爲黄竺園老婆羅門説學經一卷
僧祐録失譯今附宋録
梵魔喻經一卷
吴月支優婆塞支謙譯

尊上經一卷
西晉三藏竺法護譯
鸚鵡經一卷亦名兜調經
宋天竺三藏求那跋陀羅譯
兜調經一卷
僧祐録云安公失譯經今附西晉録
意經一卷
西晉三藏竺法護譯
應法經一卷
西晉三藏竺法護譯
泥犁經一卷或云阿泥犁經
東晉西域沙門竺曇無蘭譯
優波夷墮舍迦經一卷
僧祐録中失譯經今附宋録
齋經一卷一名持齋經

吴月支優婆塞支謙譯

鞞摩肅經一卷

宋天竺三藏求那跋陀羅譯

婆羅門子命終愛念不離經一卷

後漢安息三藏安世高譯

十支居士八城人經一卷亦直云十支經

後漢安息三藏安世高譯

邪見經一卷

僧祐録中失譯今附宋録

箭喻經一卷

失譯今附東晉録

普法義經一卷一名具法行經亦名普義第一經

後漢安息三藏安世高譯

廣義法門經一卷第三譯

陳天竺三藏眞諦譯

戒德香經一卷或云戒德經

東晉西域沙門竺曇無蘭譯

四人出現世間經一卷

宋天竺三藏求那跋陀羅譯

波斯匿王太后崩塵土坌身經一卷

西晉沙門釋法炬譯

須摩提女經一卷

吴月支優婆塞支謙譯

婆羅門避死經一卷

後漢安息三藏安世高譯

食施獲五福報經一卷一名施色力經一名福德經

失譯今附東晉録

頻毗娑羅王詣佛供養經一卷亦云頻婆

西晉沙門釋法炬譯

長者子六過出家經一卷

宋沙門釋法簡譯
鴦崛摩經一卷或有作魔字一名指鬘經
西晉三藏竺法護譯
上三十二經三十二卷同帙計一百六十一紙
若
鴦崛髻經一卷
西晉沙門釋法炬譯
力士移山經一卷或直云移山經亦云四未有經
西晉三藏竺法護譯
四未曾有法經一卷亦云四未曾有經無法字
西晉三藏竺法護譯
舍利弗摩目揵連遊四衢經一卷
後漢外國三藏康孟詳譯
七佛父母姓字經一卷一名七佛姓字經

曹魏失譯
放牛經一卷亦云牧牛經
姚秦三藏鳩摩羅什譯
緣起經一卷亦云十二緣起
唐三藏玄奘譯
十一想思念如來經一卷或云十二思惟
宋天竺三藏求那跋陀羅譯
四泥犁經一卷或云四大泥犁
東晉西域沙門竺曇無蘭譯
阿那邠邸化七子經一卷
後漢安息三藏安世高譯
大愛道般泥洹經一卷
西晉河内沙門白法祖譯
佛母般泥洹經一卷
宋沙門釋慧簡譯

國王不棃先尼十夢經一卷
東晉西域沙門竺曇無蘭譯
舍衛國王夢見十事經一卷
僧祐録中云安公失譯經今附西晉録
阿難同學經一卷
後漢安息三藏安世高譯
五蘊皆空經一卷
唐三藏義淨譯
七處三觀經二卷
後漢安息三藏安世高譯
聖法印經一卷亦直云聖印經亦云慧印經
西晉三藏竺法護譯
雜阿含經一卷
失譯在魏吳録
五陰譬喻經一卷一名水沫所漂經亦名五陰喻

後漢安息三藏安世高譯
水沫所漂經一卷亦云河中大聚沫經或云聚沫譬經
東晉西域沙門竺曇無蘭譯
不自守意經一卷或無意字
吳月支優婆塞支謙譯
滿願子經一卷
晉代失譯今附東晉録
轉法輪經一卷或云法輪轉經
後漢安息三藏安世高譯
三轉法輪經一卷
唐三藏義淨譯
八正道經一卷
後漢安息三藏安世高譯
難提釋經一卷
西晉沙門釋法炬譯

馬有三相經一卷 亦云善馬有三相經

後漢西域三藏支曜譯

馬有八態譬人經 亦直云馬有八態經

後漢三藏支曜譯

相應相可經一卷

西晉沙門釋法炬譯

治禪病祕要經二卷 或云法無經字

宋居士沮渠京聲譯

上三十一經三十三卷同帙計一百六十四紙

思

摩鄧女經一卷 一名阿難為蠱道女惑經

後漢安息三藏安世高譯

摩鄧女解形中六事經一卷

失譯今附東晉録

摩登伽經三卷

吳天竺沙門竺律炎共支謙譯

舍頭諫經一卷 一名太子二十八宿經

西晉三藏竺法護譯

鬼問目連經一卷

後漢安息三藏安世高譯

雜藏經一卷 與前後經文理稍別

東晉平陽沙門釋法顯譯

餓鬼報應經一卷 一名說地獄餓鬼因緣經

失譯今附東晉録

阿難問事佛吉凶經一卷 或云阿難問事經亦云事佛吉凶經

後漢安息三藏安世高譯

慢法經一卷

西晉沙門釋法炬譯

阿難分別經一卷

乞伏秦沙門釋聖堅譯
五母子經一卷
吳月支優婆塞支謙譯
沙彌羅經一卷
僧祐録中安公關中異譯經在三秦録
玉耶女經一卷或云玉耶經
僧祐録云安公失譯經今附西晉録
玉耶經一卷一云長者詣佛説子婦無敬經
東晉西域沙門竺曇無蘭譯
阿遬達經一卷
宋天竺三藏求那跋陀羅譯
修行本起經二卷一名宿行本起經
後漢西域沙門竺大力共康孟詳譯
上十六經十九卷同帙計一百五十紙
言

太子瑞應本起經二卷
吳月支優婆塞支謙譯亦名本起瑞應亦直云瑞應本起
過去現在因果經四卷
宋天竺三藏求那跋陀羅譯
法海經一卷
西晉沙門釋法炬譯
海八德經一卷
姚秦三藏鳩摩羅什譯
四十二章經一卷
後漢天竺沙門迦葉摩騰共竺法蘭譯
柰女耆域因縁經一卷或無因縁字或直云柰女經
後漢安息三藏安世高譯
罪業應報教化地獄經一卷或云地獄報應經
後漢安息三藏安世高譯
龍王兄弟經一卷一名難龍王經一名降龍王經

吳月支優婆塞支謙譯
長者音悅經一卷或云長者音悅不蘭迦葉經
吳月支優婆塞支謙譯
上九經十三卷同帙計一百七十二紙
辭
禪祕要經三卷或云禪祕要法經
姚秦三藏鳩摩羅什譯
七女經一卷一名七女本經
吳月支優婆塞支謙譯
八師經一卷
吳月支優婆塞支謙譯
越難經一卷一名曰難長者經一名難經
西晉清信士聶承遠譯
所欲致患經一卷
西晉三藏竺法護譯

阿闍世王問五逆經一卷
西晉沙門釋法炬譯
五苦章句經一卷一名五道章句經
東晉西域沙門竺曇無蘭譯
堅意經一卷一名堅心正意經一名堅心經
後漢安息三藏安世高譯
淨飯王涅槃經一卷
宋居士沮渠京聲譯
進學經一卷或云勸進學經
宋居士沮渠京聲譯
得道梯隥錫杖經一卷亦云錫杖經
失譯今附東晉録
貧窮老翁經一卷一名貧老經
宋沙門釋惠簡譯
三摩竭經一卷一名恕和檀王經一名難國王經

天竺沙門竺律炎譯
蓱沙王五願經一卷一名佛沙迦王經
吴月支優婆塞支謙譯
瑠璃王經一卷
西晉三藏竺法護譯
上十五經十七卷同帙計一百四十紙
安
生經五卷有云五十五經
西晉三藏竺法護譯
義足經二卷
吴月支優婆塞支謙譯
上二經七卷同帙計一百五十五紙
定
小乘經單譯八十七部二百一十四卷
一十七帙

正法念處經七十卷
元魏婆羅門瞿曇般若流支譯
自七帙計一千二百四十紙
篤　初　誠　美　愼　終　宜
佛本行集經六十卷
隋天竺三藏闍那崛多等譯
自六帙計九百一十四紙
令　榮　業　所　基　藉
本事經七卷
唐三藏玄奘譯出内典録
興起行經二卷亦名嚴誡宿緣經題云出雜藏
後漢外國三藏康孟詳譯
業報差别經一卷
隋洋川郡守瞿曇法智譯
上三經十卷同帙計一百四十七紙

甚

大安般守意經二卷 亦直云大安般經安公云小安般

後漢安息三藏安世高譯

陰持入經二卷 或作除字誤也

後漢安息三藏安世高譯

處處經一卷

後漢安息三藏安世高譯

分別善惡所起經一卷

後漢安息三藏安世高譯

出家緣經一卷 一名出家因緣經

後漢安息三藏安世高譯

阿含正行經一卷 一名正意經

後漢安息三藏安世高譯

十八泥犂經一卷 或云十八地獄經

後漢安息三藏安世高譯

罵意經一卷

後漢安息三藏安世高譯

法受塵經一卷

後漢安息三藏安世高譯

禪行法想經一卷

後漢安息三藏安世高譯

長者子懊惱三處經一卷 亦名長者懊惱經亦名三處惱處

後漢安息三藏安世高譯

揵陀國王經一卷 或無國字

後漢安息三藏安世高譯

須摩提長者經一卷

吳月支優婆塞支謙譯

阿難四事經一卷

吳月支優婆塞支謙譯

未生怨經一卷

吴月支優婆塞支謙譯

四願經一卷

吴月支優婆塞支謙譯

黑氏梵志經一卷

吴月支優婆塞支謙譯

猘狗經一卷 祐云與猘狗同

吴月支優婆塞支謙譯

分別經一卷 舊云與阿難分別經等同本者非也

西晋三藏竺法護譯

八關齋經一卷

宋居士沮渠京聲譯

阿鳩留經一卷

僧祐録中云安公古典經今附漢録

孝子經一卷 亦云孝子報恩經

僧祐録云安公失譯經今附西晋録

上二十二經二十四卷同帙計一百五

十五紙

無

五百弟子自說本起經一卷 或云自說亦云本末經

西晋三藏竺法護譯

大迦葉本經一卷 或無本字

西晋三藏竺法護譯

四自侵經一卷

西晋三藏竺法護譯

羅云忍辱經一卷 或直云忍辱經

西晋沙門釋法炬譯

佛爲年少比丘說正事經一卷

西晋沙門釋法炬譯

沙曷比丘功德經一卷

西晋沙門釋法炬譯

時非時經一卷或直云時經
外國法師若羅嚴譯莫知年代出經後記
自愛經一卷或云自愛不自愛經
東晉西域沙門竺曇無蘭譯
中心經一卷亦云中心正行經
東晉西域沙門竺曇無蘭譯
見正經一卷名生死變識經
東晉西域沙門竺曇無蘭譯
大魚事經一卷
東晉西域沙門竺曇無蘭譯
阿難七夢經一卷或直云七夢經
東晉西域沙門竺曇無蘭譯
訶鵰阿那含經一卷一名荷鵰或作苛字
東晉西域沙門竺曇無蘭譯
燈指因緣經一卷
姚秦三藏鳩摩羅什譯
婦人遇辜經一卷一名婦遇對經
乞伏秦沙門釋聖堅譯
四天王經一卷
宋涼州沙門釋智嚴共寶雲譯
摩訶迦葉度貧母經一卷
宋天竺三藏求那跋陀羅譯
十二品生死經一卷
宋天竺三藏求那跋陀羅譯
罪福報應經一卷一名轉輪五道罪福報應經
宋天竺三藏求那跋陀羅譯
五無返復經一卷一名五返復大義經
宋居士沮渠京聲譯
佛大僧大經一卷
宋居士沮渠京聲譯

耶祇經一卷
宋居士沮渠京聲譯
末羅王經一卷
宋居士沮渠京聲譯
摩達國王經一卷
宋居士沮渠京聲譯
旃陀越國王經一卷 或無國王字
宋居士沮渠京聲譯
五恐怖世經一卷 或無世字
宋居士沮渠京聲譯
弟子死復生經一卷 或云死亡更生經
宋居士沮渠京聲譯
懈怠耕者經一卷 或云耕兒
宋沙門釋惠簡譯
辯意長者子經一卷 或云長者子辯意經或加所問字

元魏沙門釋法場譯
無垢優婆夷問經一卷
元魏婆羅門瞿曇般若流支譯
上三十經三十卷同帙計一百二十九紙
竟
賢者五福經一卷
西晉河內沙門白法祖譯
天請問經一卷
唐三藏玄奘譯
僧護經一卷 或有因緣字
護淨經一卷
木槵子經一卷 或作患字又作櫰
無上處經一卷
盧志長者因緣經一卷

五王經一卷
出家功德經一卷
以上七經俱失譯並附東晉録
栴檀樹經一卷
僧祐録云安公古典經今附漢録
頞多和多耆經一卷
普達王經一卷
佛滅度後棺斂葬送經一卷（亦名比丘師經　亦名師比丘經）
鬼子母經一卷
梵摩難國王經一卷
以上五經僧祐録云安公失譯經今並附
西晉録
父母恩難報經一卷（亦云勤報經）
後漢安息三藏安世高譯
孫多耶致經一卷（或上加梵志字）

吳月支優婆塞支謙譯
新歲經一卷
東晉西域沙門竺曇無蘭譯
群牛譬經一卷
西晉沙門釋法炬譯
九横經一卷
後漢安息三藏安世高譯
禪行三十七經一卷（或加品字）
後漢安息三藏安世高譯
比丘避女惡名欲自殺身經一卷
西晉沙門釋法炬譯
比丘聽施經一卷（一名聽施比丘經）
東晉西域沙門竺曇無蘭譯
身觀經一卷
西晉三藏竺法護譯

無常經一卷亦名三啓經
八無暇有暇經一卷
長爪梵志請問經一卷
譬喻經一卷
略教誡經一卷
療痔病經一卷亦云痔瘻經
以上六經俱唐天后代三藏義淨譯
右三十經三十卷同帙計一百八紙
學
聲聞調伏藏五十四部四百四十六卷四十
五帙
摩訶僧祇律四十卷
東晉天竺三藏佛陀羅共法顯譯單本
自四帙計一千一十五紙
優　登　仕　攝

十誦律六十一卷内五十八卷
姚秦三藏弗若多羅等共羅什譯
後毗尼序三卷
東晉三藏畀摩羅叉續譯
自六帙計一千四百七十四紙
職　從　政　存　以　甘
根本説一切有部毗柰耶五十卷
唐三藏義淨譯
自五帙計九百三紙
棠　去　而　益　詠
根本説一切有部苾芻尼毗柰耶二十卷
唐三藏義淨譯
自二帙計三百七十九紙
樂　殊
根本説一切有部毗柰耶雜事四十卷

唐三藏義淨譯

自四帙計六百六十六紙

貴　賤　禮　别

根本說一切有部尼陀那目得迦十卷

唐三藏義淨譯

自一帙計一百三十四紙

尊

五分律三十卷亦云彌沙塞律

宋罽賓三藏佛陀什共竺道生等譯

自三帙計六百四十紙

甲　上　和

四分律六十卷

姚秦罽賓三藏佛陀耶舍共竺佛念等譯

自六帙計一千三百六十紙

下　睦　夫　唱　婦　隨

僧祇比丘戒本一卷亦云摩訶僧祇戒本

東晉天竺三藏佛陀跋陀羅譯

僧祇比丘尼戒本一卷亦云比丘尼波羅提木叉僧祇戒本

東晉平陽沙門法顯共覺賢譯

十誦比丘戒本一卷亦云十誦波羅提木叉戒本

姚秦三藏鳩摩羅什譯

十誦比丘尼戒本一卷亦云十誦比丘尼波羅提木叉戒本

宋長干寺沙門法穎集出

根本說一切有部戒一卷

唐三藏義淨譯

根本說一切有部苾芻尼戒一卷

唐三藏義淨譯

五分比丘戒本一卷亦云彌沙塞戒本

宋罽賓三藏佛陀什等譯

上七經七卷同帙計一百七十八紙

外
五分比丘尼戒本一卷亦云彌沙塞尼戒
宋罽賓三藏佛陀什等譯出寶唱録
四分比丘戒本一卷題云四分戒本
唐西太原寺沙門懷素依律集出
四分比丘尼戒本一卷題云四分尼戒本
唐西太原寺沙門懷素依律集出
四分僧戒本一卷或無僧字或云曇無德戒本
姚秦罽賓三藏佛陀耶舍譯
解脱戒本一卷出迦葉毗部
元魏婆羅門瞿曇般若流支譯
沙彌十戒法并威儀一卷亦名沙彌威儀
失譯今附東晋録
沙彌威儀一卷或有經字與前威儀大同小異
宋罽賓三藏求摩跋摩譯

沙彌尼雜戒文一卷
失譯今附東晋録
沙彌尼戒經一卷
失譯在後漢録
舍利弗問經一卷
失譯
上十經十卷同帙計一百七十二紙
受
根本説一切有部百一羯磨十卷
唐三藏義淨譯
自一帙計一百五十一紙
傳
大沙門百一羯磨法一卷出十誦律
僧祐録中失譯經今附宋録
十誦羯磨比丘要用一卷出十誦律

宋沙門釋僧璩於揚都中興寺依律撰出
優波離問佛經一卷或云優波離律
失譯在後漢録
五分羯磨一卷題云彌沙塞羯磨本
唐大開業寺沙門釋愛同集
四分雜羯磨一卷題云曇無德律部雜羯磨以結戒場爲首
曹魏天竺三藏康僧鎧譯
曇無德羯磨一卷以結大界爲首
曹魏安息沙門曇諦譯
四分比丘尼羯磨法一卷祐云曇無德羯磨或云雜羯磨
宋罽賓三藏求那跋摩譯
上七經七卷同帙計二百二紙
訓
開元釋教録略出卷第三

開元釋教録略出卷第四

唐崇福寺沙門智昇撰

四分律删補隨機羯磨一卷

唐崇義寺沙門釋道宣集

四分僧羯磨三卷題云羯磨卷上等出四分律

唐西太原寺沙門釋懷素依律集

四分尼羯磨三卷題云尼羯磨卷上等出四分律

唐西太原寺沙門釋懷素依律集出

上三經七卷同帙計一百八十五紙

入

大愛道比丘尼經二卷亦云大愛受戒經或直云大愛道經

失譯今僧祐録云安公凉土異經今附北

凉録

迦葉禁戒經一卷一云摩訶比丘經亦直云眞僞沙門經

宋居士沮渠京聲譯

犯戒報應輕重經一卷出目連問毗尼經或云目連問經

後漢安息三藏安世高譯

戒銷災經一卷或云戒伏銷災經

吴月支優婆塞支謙譯

優婆塞五戒相經一卷一名優婆塞五戒略論

宋罽賓三藏求那跋摩譯

根本説一切有部毗柰耶頌三卷

尊者毗舍佉造

唐三藏義淨譯

根本説一切有部毗柰耶雜事攝頌一卷

唐三藏義淨譯

根本説一切有部毗柰耶尼陀那目得迦攝

頌一卷

唐三藏義淨譯

五百問事經一卷

失譯今附東晉録
上九經十二卷同帙計一百七十九紙
奉
根本薩婆多部律攝十四卷
尊者勝友集
唐天后代三藏義淨譯
自二帙計二百七十五紙
毋　儀
毗尼摩得勒伽十卷
宋天竺三藏僧伽跋摩譯
自一帙計二百四紙
諸
鼻柰耶律十卷一名戒因緣經
姚秦涼州沙門竺佛念於苻秦代譯單本
自一帙計一百六十一紙

姑
善見律毗婆沙十八卷或云毗婆娑律亦直云善見律
蕭齊外國沙門僧伽跋陀羅譯單本
佛阿毗曇經二卷亦云論
陳天竺三藏真諦譯
上二經二十卷二帙計四百三十六紙
伯　叔
毗尼母經八卷亦云論
失譯今附秦録單本
大比丘三千威儀經二卷亦云大僧威儀
後漢安息三藏安世高譯
上二經十卷同帙計二百八紙
猶
薩婆多毗尼婆沙九卷
失譯今附三秦録單本

律二十二明了論一卷（亦直云明了論）

陳天竺三藏眞諦譯

上二經十卷同帙計二百二十三紙

子

聲聞對法藏三十六部七十二帙

此對法藏諸部不同流布此方比言爲衆今者據其有部根本身論爲初足論居次毗婆沙等支派編末餘部既衆難以科條以俟將來無先後

阿毗曇八揵度論三十卷

迦旃延子造

苻秦罽賓三藏僧伽提婆共竺佛念譯

自三帙計四百七十一紙

比　兒　孔

阿毗達磨發智論二十卷

迦多衍尼子造

唐三藏玄奘譯（出內典録）

自二帙計三百七十四紙

懷　兄

阿毗達磨法蘊足論十二卷

尊者大採菽氏造

唐三藏玄奘譯（出內典單本）

自一帙計二百七紙

弟

阿毗達磨集異門足論二十卷

尊者舍利子說

唐三藏玄奘譯（出內典單本）

自二帙計二百八十四紙

同　氣

施設足論有一萬八千頌

尊者大迦多衍那造迦多此云翦剃衍此云蘇那是男婆羅門

中一種。其論未譯

上三足論並佛在世時造

阿毗達磨識身足論十六卷

唐三藏玄奘譯出内典單本

阿毗達磨界身足論三卷

唐三藏玄奘譯

上三論十九卷二帙計三百一十三紙

連　枝

阿毗達磨品類足論十八卷

唐三藏玄奘譯出内典録

衆事分阿毗曇論十二卷

右二論同本異譯

宋天竺三藏求那跋陀羅共菩提耶舍譯

第一譯

上二論三十卷三帙計四百七十九紙

交　友　投

阿毗曇毗婆沙論八十二卷或六十卷

北凉浮陀跋摩共道泰譯

自八帙計一千四百四紙

分　切　磨　箴　規　仁　慈

隱

阿毗達磨大毗婆沙論二百卷

唐三藏玄奘譯

自二十帙計三千一百六十八紙

惻　造　次　弗　離　節　義

廉　退　顛　沛　匪　虧　性

靜　情　逸　心　動　神

阿毗達磨俱舍釋論二十二卷

婆藪槃豆造

陳天竺三藏眞諦譯第一譯

阿毗達磨俱舍本論頌一卷

尊者世親造

唐三藏玄奘譯出内典録。第一譯眞諦譯者闕本

上二論二十三卷二帙計五百一十八

紙

疲　守

阿毗達磨俱舍論三十卷

尊者世親造

唐三藏玄奘譯。出内典録第二譯

自三帙計四百七十九紙

眞　志　滿

阿毗達磨順正理論八十卷

尊者衆賢造

唐三藏玄奘譯出内典録四單本

自八帙計一千四百二十三紙

逐　物　意　移　堅　持　雅

操

阿毗達磨顯宗論四十卷

尊者衆賢造

唐三藏玄奘譯出内典録

自四帙計六百四十四紙

好　爵　自　縻

阿毗曇心論四卷或無論字

尊者法勝造

東晉罽賓三藏瞿曇僧伽提婆譯

法勝阿毗曇心論六卷

大德優波扇多造

高齊天竺三藏那連提耶舍共法智譯

上二論十卷同帙計一百八十一紙

都

雜阿毗曇心論十一卷亦云雜毗曇毗婆沙
尊者法救造
宋天竺三藏僧伽跋摩等譯

阿毗曇甘露味論一卷或云甘露味阿毗曇
尊者瞿沙造
曹魏代譯失三藏名

隨相論二卷或云求那摩諦相隨論
德惠法師造
陳天竺三藏眞諦譯

上三論一十五卷二帙計三百七十二紙

邑　華

尊婆須蜜菩薩所集論十卷
尊者婆須蜜造
苻秦罽賓三藏僧伽跋澄等譯

三法度論三卷或云經二卷
東晉罽賓三藏瞿曇僧伽提婆譯

入阿毗達磨論二卷
塞建地羅漢造
唐三藏玄奘譯出內典録

上三論十五卷二帙計三百四十九紙

夏　東

成實論二十卷有二百三品
阿梨跋摩造
姚秦三藏鳩摩羅什譯

自二帙計四百一十一紙

西　二

立世阿毗曇論十卷或無論字
陳天竺三藏眞諦譯

自一帙計一百七十紙

京

解脫道論十二卷

梁扶南三藏僧伽婆羅譯

自一帙計一百一紙

背

舍利弗阿毗曇論二十二卷

姚秦罽賓三藏曇摩耶舍共曇摩崛多譯

五事毗婆沙論二卷亦云阿毗達磨五事論

尊者法救造

唐三藏玄奘譯出翻經圖

上二論二十五卷自二帙計四百七十八紙

邙　面

鞞婆沙論十四卷亦名鞞婆沙阿毗曇論

阿羅漢尸陀槃尼撰

苻秦罽賓三藏僧伽跋澄譯

三彌底部論三卷或無部字。或四卷。三彌底此云正量即正量部中論也

失譯今附秦録

上二論十七卷二帙計三百八十一紙

洛　浮

分別功德論三卷或云經

失譯在後漢録

四諦論四卷

婆藪跋摩造

陳天竺三藏眞諦譯

辟支佛因緣論一卷或二卷

失譯今附秦録

十八部論一卷

新爲失譯附三秦録第一譯
部執異論一卷一名部異執論
陳天竺三藏眞諦譯第二譯
異部宗輪論一卷
世友菩薩造
唐三藏玄奘譯出翻經圖
上六論十一卷同帙計一百九十七紙
渭
有譯有本録中聖賢傳記録第二一百八部五百四十一卷五十七帙梵本翻譯集傳六十八部一百七十三卷
佛所行讃經傳五卷亦云佛本行經
馬鳴菩薩撰
北涼天竺三藏曇無讖譯
佛本行經七卷一名佛本行讃傳
宋涼州沙門釋寶雲譯

上二集十二卷同帙計二百一十五紙
據
撰集百緣經十卷
吳月支優婆塞支謙譯出内典録
自一帙計一百五十二紙
涇
出曜經二十卷或云論
姚秦涼州沙門竺佛念於苻秦代譯
賢愚經十三卷出翻經圖或十五卷或六卷或十卷
元魏涼州沙門慧覺等在高昌郡譯
上二經三十三卷四帙計七百九十七紙
宮殿盤鬱
道地經一卷或加大字是修行經抄元外國略本
後漢安息三藏安世高譯

修行道地經七卷（或云修行經）
西晉三藏竺法護譯（第三譯三譯一闕）
僧伽羅刹所集經五卷
僧伽羅刹撰
苻秦三藏僧伽跋澄等譯
上三集經十四卷同帙計二百三十一紙
樓
百喻經二卷
僧伽斯那撰
蕭齊天竺三藏求那毗地譯
菩薩本緣經四卷
僧伽斯那撰
吴月支優婆塞支謙譯
大乘修行菩薩行門諸經要集三卷
唐至相寺沙門釋智嚴譯
上三集九卷同帙計一百九十一紙
觀
付法藏因緣傳六卷（或無因緣字）
元魏西域三藏吉迦夜共曇曜譯
坐禪三昧經二卷（一名菩薩禪法經或云禪經）
姚秦三藏鳩摩羅什譯
佛醫經一卷（一云佛醫王經）
吴天竺沙門竺律炎共支越譯
惟日雜難經一卷
吴月支優婆塞支謙譯
佛般泥洹摩訶迦葉赴佛經一卷（亦云迦葉赴佛涅槃經）
東晉西域沙門竺法曇無蘭譯
菩薩訶色欲法一卷（亦云經）

姚秦三藏鳩摩羅什譯
四品學法經一卷或無經字
宋天竺三藏求那跋陀羅譯
佛入涅槃密跡金剛力士哀戀經一卷
失譯今附秦録
迦旃延說法没盡偈經一卷
僧祐録云安公失譯今附西秦録
佛治身經一卷或云治身經
僧祐録云安公失譯經今附西晉録
治意經一卷或云佛治意經
僧祐録云安公失譯今附西晉録
上十一集十七卷同帙計一百七十二
紙
飛
雜寶藏經八卷

元魏西域三藏吉迦夜共曇曜譯
那先比丘經三卷或二卷。或直云那先經
失譯附東晉録
上二集十一卷同帙計一百八十八紙
驚
五門禪要用經一卷
大禪師佛陀蜜多撰
宋罽賓三藏曇摩蜜多譯
達摩多羅禪經二卷一名不淨觀禪經修行方便
東晉天竺三藏佛陀跋陀羅譯
禪法要解二卷一名禪要經
姚秦三藏鳩摩羅什譯
禪要訶欲經一卷題云禪要經呵欲品
後漢失譯
内身觀章句經一卷

後漢失譯
法觀經一卷
西晉三藏竺法護譯
思惟略要法一卷或加經字
姚秦三藏鳩摩羅什譯
十二遊經一卷
東晉西域沙門迦留陀伽譯
舊雜譬喻經二卷亦云雜譬喻集經
吳天竺三藏康僧會譯
雜譬喻經一卷
後漢月支三藏支婁迦讖譯
上十集十三卷同帙計一百九十一紙
圖
雜譬喻經二卷一名菩薩度人經
失譯在後漢錄

雜譬喻經二卷
比丘道略集
姚秦三藏鳩摩羅什譯
阿育王譬喻經一卷
失譯奉附東晉録
阿育王經十卷或加大字
梁扶南三藏僧伽婆羅譯
上四集十五卷同帙計一百八十六紙
篇
阿育王傳五卷或七卷。亦云大阿育王經
西晉安息三藏安法欽譯
阿育王息壞目因緣經二卷一名王子法益壞目因緣經
符秦天竺三藏曇摩難提於姚秦代譯
四阿含暮抄解二卷
阿羅漢婆素跋陀撰

苻秦西域沙門鳩摩羅佛提等譯
上三集九卷同帙計一百七十紙
禽
法句經二卷亦云法句集
尊者法救撰
吴天竺沙門維祇難等譯
法句譬喻經四卷一名法句本末經
西晉沙門釋法炬共法立譯
迦葉詰經一卷
後漢安息三藏安世高譯
撰集三藏及雜藏傳一卷
失譯今附東晉録
三慧經一卷
僧祐録云安公異經今附北涼録
阿毗曇五法行經一卷亦云阿毗曇苦惠經或無行字

後漢安息三藏安世高譯
阿含口解十二因緣經一卷亦直云阿含口解經亦名斷十二因緣經
後漢安息優婆塞安玄共嚴佛調譯
小道地經一卷
後漢西域三藏支曜譯
文殊師利發願經一卷或加偈字
東晉天竺三藏佛陀跋陀羅譯
六菩薩名一卷長房入藏録云六菩薩名亦當誦持
後漢失譯
一百五十讚佛頌一卷
尊者摩咥利制吒撰
唐三藏義淨譯
讚觀世音菩薩頌一卷
唐天后代佛授記寺沙門釋惠智譯

上十二集十六卷同帙計一百九十七

紙

獸

無明羅刹集一卷（亦云無明羅刹經。或二卷）

失譯今附秦録

馬鳴菩薩傳一卷

姚秦鳩摩羅什三藏譯

龍樹菩薩傳一卷

姚秦三藏鳩摩羅什譯

提婆菩薩傳一卷

姚秦三藏鳩摩羅什譯

婆藪槃豆法師傳一卷

陳天竺三藏眞諦譯

龍樹菩薩爲禪陀迦王説法要偈一卷

宋罽賓三藏求那跋摩譯（出唐舊録）

勸發諸王要偈一卷

龍樹菩薩撰

宋天竺三藏僧伽跋摩譯

龍樹菩薩勸誡王頌一卷

唐三藏義淨譯

賓頭盧突羅闍爲優陀延王説法經一卷（亦云賓頭盧爲王説法經）

宋天竺三藏求那跋陀羅譯

大勇菩薩分别業報略經在此卷内

請賓頭盧法一卷（或加經字）

宋沙門釋慧簡譯

分别業報略一卷

大勇菩薩撰（或加集字）

宋天竺三藏僧伽跋摩譯

迦丁比丘説當來變經一卷

僧祐録中失譯經今附宋録
大阿羅漢難提蜜多羅所説法住記一卷
唐三藏玄奘譯出内典録
金七十論三卷一名僧佉論
陳天竺三藏眞諦譯
勝宗十句義論一卷
唐三藏玄奘譯
上十五集十八卷同帙計二百二十紙
畫
此方撰述集傳四十部三百六十八卷
釋迦譜十卷本與此廣略異
蕭齊建初寺沙門僧祐撰
釋迦氏略譜一卷或無略字
唐西明寺沙門釋道宣撰
釋迦方志二卷
唐西明寺沙門釋道宣撰
上三集十三卷二帙計三百七十六紙
彩　仙
經律異相五十卷
梁天監十五年勑沙門寶唱等撰
自五帙計八百五十四紙
靈　丙　舍　傍　啓
陀羅尼雜集十卷
未詳撰者今附梁録
自一帙計二百七十一紙
甲
諸經要集二十卷
唐西明寺沙門釋玄惲譯
自三帙計五百九十紙
帳　對　楹

出三藏記集十五卷
梁建初寺沙門釋僧祐撰
衆經目録七卷
隋開皇十四年勅翻經沙門法經等撰
上二集二十二卷二帙計四百三十四紙

肆　筵

開皇三寶録十五卷（内題云歷代三寶紀）
隋開皇十七年翻經學士成都費長房撰
衆經目録五卷
隋仁壽二年勅翻經沙門及學士等撰
上二集二十卷二帙計三百五十三紙

設　席

大唐内典録十卷
唐西明寺沙門釋道宣撰
自一帙計二百九十五紙

鼓

續大唐内典録一卷
唐西崇福寺沙門釋智昇撰
古今譯經圖紀四卷
唐翻經沙門釋靖邁撰
續古今譯經圖紀一卷
唐西崇福寺沙門釋智昇撰
大周刊定衆經目録十五卷
唐天后代勅佛授記寺沙門明佺等撰
上四集二十一卷二帙計三百五十紙

瑟　吹

開元釋教録二十卷
唐西崇福寺沙門釋智昇撰
自二帙計五百八十一紙

笙　昇

一切經音義二十五卷
唐翻經沙門玄應撰 出内典録

新譯大方廣佛華嚴經音義二卷
唐淨法寺沙門惠苑撰

上二集二十七卷四帙計五百四十一紙

階　納　陛　弁

大唐西域記十二卷
唐三藏玄奘撰 出内典録

唐西明寺沙門釋道宣撰 出内典録
集古今佛道論衡四卷

續集古今佛道論衡一卷
唐西崇福寺沙門釋智昇撰

上三集十六卷二帙計三百四十二紙

轉　疑

東夏三寶感通録三卷
唐西明寺沙門釋道宣撰 出内典録

集沙門不拜俗儀六卷 出内典録
唐弘福寺沙門彦琮撰

上二集九卷同帙計二百一紙

星

大慈恩寺三藏法師傳十卷
唐西太原寺沙門惠立撰

自一帙計一百九十三紙

右

大唐西域求法高僧傳二卷
唐三藏義淨撰

法顯傳一卷 亦云歷遊天竺記傳
東晉沙門法顯自記遊天竺事 出長房録

高僧傳十四卷 一卷是目録
梁會稽嘉祥寺沙門惠皎撰 出長房録
上三集十七卷二帙計三百八十一紙
通　廣
續高僧傳三十一卷 出内典録
唐西明寺沙門釋道宣撰
上件三十一卷分爲四帙計七百九十
二紙
内　左　達　承
辯正論八卷
唐終南山龍田寺沙門法琳撰 出内典録
上一集八卷同帙計一百八十四紙
明
破邪論二卷
唐終南山龍田寺沙門法琳撰 出内典録

甄正論三卷
唐天后代佛授記寺釋玄嶷撰
十門辯惑論二卷
唐興善寺釋復禮撰
弘明集十四卷
梁建初寺釋僧祐撰 出長房録
上四集二十一卷二帙計二百七十一
紙
既　集　墳
廣弘明集三十卷
唐西明寺釋道宣撰 出長房録
上一集三十七卷分爲三帙計一千二
紙
典　亦　聚
集諸經禮懺儀二卷

唐西崇福寺釋智昇撰
大唐南海寄歸内法傳四卷
唐三藏義淨撰
比丘尼傳四卷
梁莊嚴寺釋寶唱撰
別說罪要行法一卷或無別字
唐三藏義淨譯
受用三水要法一卷亦云要行法
唐三藏義淨撰
護命放生軌儀一卷或云軌儀法
唐三藏義淨撰
上六集十三卷同帙計二百三紙
群
開元釋教録四卷
唐西崇福寺沙門智昇撰

開元釋教録別録
漢法本内傳五卷
未詳撰者
沙門法琳別傳三卷
沙門彦悰撰
右二部傳明勑禁斷不許流行故不編
載然代代傳寫之
開元釋教録第二十
末不入藏經等
密迹金剛力士經七卷
菩薩夢經二卷或名淨居天子會
法界體性無分別經二卷
十法經一卷加名大集十法會
菩薩藏經二十卷
佛爲難陀說出家入胎經二卷

文殊師利授記經三卷
菩薩見實三昧經十六卷
菩薩藏經三卷改名富樓那會
護國菩薩經三卷
郁伽長者所問經一卷
迦葉經二卷有名摩訶迦葉會
善臂菩薩所問經二卷
無垢施菩薩分別應辯經一卷
無畏德女經一卷
大方等善住意天子問經四卷
大乘方便經三卷
移識經二卷改名賢長者會
彌勒菩薩所問經一卷改名彌勒問八法會
大寶積經一卷改名普明菩薩會
寶梁經二卷
寶髻菩薩所問經二卷

右密迹力士經二十二部合八十卷並
編入大寶積經藏中故無別本
新道行經七卷
檢諸藏品本皆與小品文同而題目異
故不別寫其道行尋之不獲
大方等大集經八卷
即合大集經第六帙今在別本初品卷
是明度五十校計經下六卷是無盡意
阿耨達龍王經二卷
與藏中弘道廣顯三昧經文全同
合道神足經三卷
與藏中道神足無極變化文句全同
哀泣經三卷
與藏中方等般泥洹文句全同
寶思慧印三昧經一卷

與藏中惠印三昧文句全同
鹿子經一卷
與藏中鹿毋經文句全同
小無量壽經一卷
與藏中阿彌陀經文句全同
胎藏經一卷
與藏中無垢質女經文句全同
閻城十二因緣經一卷
與藏中貝多樹下思惟十二因緣經文句全同
大安般經一卷
與藏中大安般守意經上卷全同
申日經一卷
與藏中月光童子經文全同
轉輪五道罪福報應經一卷
與藏中罪福報應經文全同
旃陀越經一卷
與藏中旃陀越國王經文句全同
眞僞沙門經一卷
與藏中迦葉禁經文句全同
轉法輪經一卷
檢諸藏中本並是轉法輪其轉法輪經與此全同
賓頭盧爲王說法經一卷
與藏中賓頭盧突羅闍爲優陀延王說法文句全同
阿蘭若習禪法經二卷
與藏中坐禪三昧經文全同
禪祕要經五卷
檢諸藏中本文極交錯非是本經不堪

流布其經正本尋之未獲右新道行等
一十九部共四十二卷或是一經兩名
或可時無正本故存一經重者不録
第一義法勝經一卷
彌勒菩薩所問本願經一卷
發菩提心經二卷亦云論
法句經二卷亦云集
攝大乘釋論十二卷
右五部一十八卷周録入藏重載兩本
今但存一
虚空藏所問經八卷
是大集經虚空藏品全一品
虚空藏菩薩所問持經得幾福經一卷
即是抄前虚空藏品
大方廣如來性起微密藏經二卷
是舊華嚴經寳王如來性起全一品
隨願往生經一卷
是灌頂經第一十一卷
舊藥師經一卷
佛遊維耶離者是灌頂經第十二卷
密迹金剛力士經二卷
增一阿含經一卷
出增一阿含經第二十一卷
行七行現報經一卷
出增一阿含經第三十四卷
十二因緣經一卷
出增一阿含經第四十六卷
戒相應法經一卷
出雜阿含經第三十卷
比丘問佛多優婆塞命終經一卷

亦出雜阿含經第三十卷

獨富長者經一卷

出阿含第四十六卷

有衆生三世作惡經一卷

出出曜經第八卷

出家功德經一卷

佛在迦蘭陀竹園者抄賢愚經出家功德品

右從虛空藏下一十五部二十四卷既從衆流出即是別生准衆經録別生之經不須抄寫故入藏録除之不載

摩竭魚因縁經一卷

尊者鄔陀夷引導諸人禮佛僧經一卷

還本國度父王經一卷

水生太子經一卷

施物法非法經一卷

敎戒羅怙羅經一卷

五趣生死輪轉經一卷

善來求苾芻因縁經一卷

七有事無事福業經一卷

摩竭魚因縁已下九經並出根本說一切有部毗柰耶中

火生長者受報經二卷

尊者善和好聲經一卷

五種水羅經一卷

勝鬘夫人本縁經一卷

勝光王信佛經一卷

誅釋種受報經二卷

大世主苾芻尼入涅槃經一卷

敬法捨身經一卷
度二邪見童子得果經一卷
清淨威儀經一卷或云洗淨
大目連受報經一卷
初誕生現大瑞應經一卷
度迦多衍那經一卷
瞖羅鉢龍王業報因緣經一卷
安樂夫人因緣經一卷
增長因緣經一卷
妙光因緣經一卷
降伏外道現大神通經一卷
大藥善巧方便經二卷
佛從天下贍部洲經一卷
度瘦瞿答彌經二卷
訶利底母因緣經一卷
法與尼在家得果經一卷
樹生婆羅門憍慢經一卷
弟子事師經一卷
七種不退轉經一卷
佛爲長者說放逸經一卷
地動因緣經一卷
四種黑白法印經一卷
佛將入涅槃度善賢經二卷
佛般涅槃兩大臣告王經一卷
八大國王分舍利經一卷

火生長者下三十二經並出根本說一切有部毗柰耶雜事中

從摩竭魚下四十一部四十六卷並是說一切有部律中緣起三藏義淨鈔出流行既類別生亦不編載

幻師阿夷鄒呪經一卷
寶性論四卷
寶積經論四卷
幻師下三部九卷並是周録入藏見經今尋本未獲所以録中不載其新譯經未得本者不能繁記
淨度三昧經三卷
法社經二卷
毗羅三昧經二卷
決定罪福經一卷
救護身命濟人病苦厄經一卷
益意經二卷
最妙勝經一卷
觀世音三昧經一卷
清淨法行經一卷
高王觀世音經一卷
淨度下一十部經一十五卷並是古舊録中僞疑之經周録雖編入正文理並涉人謀故此録除之不載
已上都有一百十六部二百四十二卷多是諸録見今藏經今以皆是繁重或有尋求未獲故並不爲定見之恐不知委且略述焉若欲委知根由並如删繁録中廣述

開元釋教録卷第二十略出別録卷四

甄正論

唐佛授記寺沙門玄嶷撰

清刻龍藏佛說法變相圖

甄正論卷上

唐 佛授記寺沙門 玄嶷撰

滯俗公子問於甄正先生曰余長自聾俗情未曉於大方生於季代心有昏於通理每遲迴於聞見踐歧路以躊躇竟迷滯於言說仰夷塗而顛躓自懷此惑行積歲時希爲指南坐祛知北先生廼隱机而對曰余少聞詩禮長好墳籍躭翫有年披覽無倦簡册所載文字所紀帝王政化凡聖教門莫不甄明是非詳辯紕繆久蓄靈臺之鑒恨無起予之商子今質疑不失言矣

公子跪而進曰夫記事之書歷代之史述古人之糟粕寔先王之蘧廬此乃末俗之談焉足言誼至如釋迦貽範法王演化超九流而獨步歷萬劫而高視言象不詮其閫域愚智

莫窺其兆眹皎皎焉若十景之昇青天滔滔焉似九瀛之浮碧海此蓋出代之聖有不俟僕之一二談也夫道之爲教也其來尚矣爰自黄帝之書逮乎伯陽之典修身理國之要延齡保壽之功靜退清虚之規雌柔恬惔之德慈儉戒剛之用挫鋭解忿之能誠有益於凡情固無虧於時政自家形國抑有由焉近自吳蜀分疆宋齊承統別立天尊以爲教主據其經論所説天尊者乃道法之宗匠玄門之極位天人所奉故號天尊原乎造化之先本乎陰陽之始生成天地孕育乾坤萬物資之以立形三光稟之以成象據此所陳天尊在於天地之先矣先生學富蓬山藝兼石室道該儒史識辯幽微明鏡高懸物來斯鑑洪鍾佇扣敢邀下風請決深疑庶幾迷復

先生乃仰天而歎曰此迷固衆豈獨子焉進坐吾爲子論之夫道之爲教起自黄帝逮於伯陽誠如子之言也至於天尊者何虚妄乎何虚誕歟子諦聽之吾爲子分析辯之夫宇宙之外言議所不及者人莫得而知之天地之内耳目所洎者咸可究而詳焉余披覽書史古人陳迹簡牘所紀翰墨所傳咸見之矣當爲子據史籍憑典記而語之案周易鈎命決云天地未分之前有太易有太初有太始有太素有太極謂之五運釋云氣象未分謂之太易元氣始萌謂之太初氣形之端謂之太始形變有質謂之太素質形已具謂之太極五氣漸變謂之五運此言氣形質具而未相離皆謂太易太素等也又案易緯通卦云易有大極是生兩儀氣之清輕者上浮爲天

氣之濁重者下凝成地天地和而生人以人糸之謂之三才又案易序卦云有天地萬物然後立君臣定父子長幼夫婦之禮尊卑上下之别據此太易之前氣色未分形象未著混淪茫昧無狀之狀二儀既判天地形具三光巳朗氣象質見陰陽交合人乃生焉自兹之後三才始備此並書紀所詮若指諸掌天尊若本無形色即與太易等無異不得生在五運之前若有形色即生在三才之内不得在太易之先且太極之先無形無象天尊不可有形明矣若與太易同氣至太極後共三才俱稟形而生此乃爲陰陽天地之所生育豈能先天地哉請究斯理虛實自彰不假傍求稽之經史

公子懼然而驚曰如先生所談誠虛妄矣但習俗移久觸塗多懵以愚不了尚有惑焉重申疑緒伏希指誨按道家靈寶等經非無憑據咸是天尊所說部袠具存若元無天尊經教從何而有靈寶所載事跡昭然僕請再陳庶垂一覽經云天尊居大羅天玄都玉京山或遊空青林中或坐凋木之下處三清之上總九仙之長朝會百靈階級萬品其於神變奇異備列經文若無影響何能致此亟煩高聽希甄釋疑

先生莞爾而笑曰子何惑之滯乎重爲夫子揚搉而論之子察之也夫言不可以虛發必據禮經筆不可以妄書事遵典籍是知禮經無紀咸非雅正之談典籍不詮並爲虛謬之說緗緗可驗緇素難誣教興外方跡基中寓考之史册同明鑑之臨形求之帝載若權衡

之准物自無懷以往文字未融炎皇以來書紀方漸逮乎黃帝少昊之代顓頊帝嚳之朝唐堯虞舜之君夏禹殷湯之后周武秦襄以降漢魏晉宋以前上自尚書綿乎左傳司馬遷史記皇甫謐帝王紀韋昭洞紀陽曄裴玠之書歷代相承年祀顯著大無不録細無不載禪讓戰爭之帝淳澆步驟之皇神祇變見之徵災異祥瑞之應龍鳳龜蛇之通感魚鼈贙兕之精靈爰及樹石奇恠鬼妖魑魅莫不咸備書之何獨天尊不詳其事自天皇啓運帝業權輿逮自人皇年代綿遠五姓爲其宗本七十二姓派其繁流至有巢燧人事經六紀九十一代一百八萬二千七百六十餘年其時文字未生俗尚淳朴自太昊至無懷氏凡一十六代合萬七千七百八十三年數歷三紀七十二禪自炎帝神農氏至黃帝子孫相承一十八代合一千五百二十年文字巳生漸可詳紀自玆以降史官立焉歷然可觀備諸方册天尊之義闃爾無聞以此推之足明虛妄昭然可驗何所疑焉

公子曰先生縱懸河之辯吐連環之詞藻雪心靈清滌耳目自可韜聲屏息察理通幽而迷滯過深不無小惑再黷高聽有媿逌心請更詳之冀申積晦按道家教迹義旨甚多法門名數事理不少經有三十六部名乃包於三洞玉字金書銀函瑤格紫筆朱韜具有表章豈全虛也

先生曰子迷其本又惑其末爲子備論少選可悟道經咸推天尊所說說主本自憑虛教跡足成非實皮之不存毛將安附雖有三十

六部咸是僞書徒稱三洞俱非實録玉字金書僞中生僞銀函瑶格虚内構虚紫筆之名既矯詞而妄立朱韜之說亦假飾而空題語事似惑庸情摭實足爲虚妄但道家經教云是天尊所詮教主畢竟不存明經無人可説説經無主自曉僞端拔本塞源詎勞繁述夫子今尚未悟終俟剖析論之其稱三十六部者義有由焉此名發自佛經道士因而創作庸俗愚情以增加爲勝以佛經有十二部乃加二十四部總成三十六部見佛法説眼耳等六根染塵因兹結罪遂於六根之上每根開六種法門六六三十六故標三十六稱雖有其名竟無其義毎部之内事理乖張此非聖人所詮妄造豈能該容三十六部僞妄可知又三洞之名還擬佛經三藏三洞者一曰洞眞二曰洞玄三曰洞神此之謂三洞洞者洞徹明悟之義言習此三經明悟道理謂之三洞洞眞者學佛法大乘經詮法體實相洞玄者說理契眞洞神者符禁章醮之類今考覈三洞經文唯老子兩卷微契洞玄之目其洞眞部即是靈寶經數並是近代吴宋齊梁四朝道士葛玄宋文明陸修靜及顧歡等僞造咸無典實其洞神一部後漢末蜀人張道陵自云於峩嵋山修道證果老子從紫微宫下降授道陵天師之任及符禁章醮役召鬼神之術道陵乃自僞造道經數百卷經中敘道陵與天尊相對説經經文多云天師道陵曰晉武帝平吴之後道陵經法始流至江左文明等於道陵所造僞經之中創制義疏以解釋之因此更造僞經以增其數三洞僞狀

足可知矣玉字金書者經云天尊於玉京玄都說經既畢諸天眞人編玉爲字以寫其文一說云玉字者是諸天書名金書者鏤金爲字令道士所受法眞文及上清其詞皆以玉字爲文其字似小篆又非小篆道家明眞行道於壇五方各施一眞文其文書作玉字宋文明等作隸書以譯之據文明此狀益彰字僞若玉字本是諸天眞人所書文明是近代道士不預說法之會又與集經眞人不相交接如何文明得識玉字而譯以隸書即彰玉字是文明所改篆書體僞立玉字之名所以還自以隸書易其僞字以此驗之皎然可悉又云銀函瑤格且函者緘經之匣格者貯經之藏此言天尊說經人天敬重緘以銀函祕以玉藏以銀玉貴故用以緘經准此虛詞全

爲詭妄但仙宮之代貴尚各殊若以人間銀玉爲天宮之珍人間聲色可爲天宮所重聲色僞經說妄銀玉何乃是眞財色對境是同彼此何殊別立財破色未識其由又云紫筆朱韜此更虛僞但筆之起稱基於六國秦人蒙恬方始造筆自秦以前皆削木書之或謂之槧或謂之札或謂之觚元無筆號豈有天尊已稱爲筆況五色非實六塵咸假迷心執計妄以爲色在於賢聖本無此見文明等以朱紫俗中所貴用飾籤題之名且韜者以擬六韜妄竊太公兵書之號乃俗書之異名兵誌之殊目不離塵勞之境幾淪生死之流語事似是美名鞫埋全成僞跡

公子聞先生此說心昏志擾莫知所措乃謂先生曰伏聞衆口爍金積毀銷骨先生此誼

無乃是乎未解沉疑更希良釋經云雲彩霞
光結空成字煙暉霧液聚氣爲文芒垂八角
字方一丈靈寶具顯奚所惑哉
先生曰情蔽執者難移性明察者易悟夫子
沉淪溺喪往而不返靡思已惑翻見致疑子
審聽之吾爲子述此經意旨久已曉之盖敘
眞文僞濫之原顯靈寶虚妄之跡既云天尊
含一氣之端包兩儀之始生化物象孕育羣
形説經不託空聞造字何推氣結此文明等
僞造眞文之因虚立緣起之伏乃云天尊感
雲霞之氣聚結成文字方一丈冀異凡俗之
書芒垂八角用殊篆隸之體若其眞文應見
於此下方警悟凡俗須示靈異之狀眞文現
在上方天尊都化之所何須廣大其文以呈
詭恠之跡徒陳海東之論寧思蝸角之虚此
又僞也
公子曰玉字之文結空之氣既云虚誕誠如
所言大羅之天玄都之境玉京仙宇金闕天
宮空青寶林凋木靈樹三清上界九仙靈府
道俗同詮豈並非實
先生於是解頤而謂曰適欲爲子説之子果
見問今爲子具陳其妄按靈寶僞經有三十
二天其天自下而上重疊置之從下第一太
黄皇曾天第二太明玉完天第三清明何童
天第四玄胎平育天第五元明文舉天第六
上明七曜天第七虚無越衡天第八太極濛
翳天第九赤明和陽天第十上眞玄明天十
一暉明宗飄天十二竺落皇笳天十三虚明
堂耀天十四觀明端靜天十五玄明恭慶天
十六太煥極瑶天十七元載孔昇天十八太

安皇崖天十九顯定極風天二十始黄孝芒天二十一太黄公重天二十二無思江由天二十三上極元樂天二十四無極曇誓天二十五浩庭霄度天二十六淵通元洞天二十七太文翰寵天二十八太素秀樂天二十九太虚無上天三十太釋騰勝天三十一龍變梵度天三十二太極平育天按道家三十二天略無大羅之號即明元無大羅之天此又妄造則此三十二天總是僞立何以知者今據二十四天名曇誓天第三十一天名梵度天竊尋曇梵二字此土先無玉篇説文字林字統竟無此字曇梵二字本出佛經與無現之流翻譯人造用詮天竺之音演述釋迦之旨在於此方先無此字後葛洪於佛經上録梵字訓以爲淨陸法言因而撰入切韻若天尊説靈寶等經在於佛法東流之前此字未造如何天名預用若於佛法之後即是偷竊佛經近始僞造進退無據僞跡自彰大羅之名實此之類驗斯一節足表三隅又玄都仙宫玉京靈岫按經所説玄都是玉京山上宫名金闕乃玄都宫之闕稱尋詣宗旨虚妄又彰且道法是此土之教天尊是此土聖人詮化不在外蕃居止合於茲地自從文字已來帝王境域上自軒皇之代下至姬周之朝東不越辰韓西未逾大夏南纔至象郡北尚阻鴈門此中闊狹可知近遠斯在又據十洲記四夷傳地理誌輿地誌括地誌汲冢書並無玉京玄都之域未審天尊何處施化若在諸天之上人間境界全别非唯穢淨有異諒亦語言不同至於文字尚好是事懸隔但此地

日月山河金玉珠貝叢林山石之等同業共感妄情起繫執有貴賤在於上天初無此事乃以人間妄繫金玉珍貴用標仙都仙闕之名忝曰聖人定不同此此又虛也但方域之言隨地改革萬里之內音旨不通況在諸天囙殊聲韻設有天尊實於玉京山上說法終藉人傳方至此土復須翻譯然可流行驗無傳經之人又無翻譯之所縱令經語是此土之音必待人傳得至此國天尊說經之後須有集録門人降自上天傳于下代發玄都之勝境至赤縣之神州詮三十六部之靈文演一十二品之科格人事之間實爲壯觀何故史籍遺而不書凡在有情知其不可此又虛也又空青之林凋木之樹三雅之所不載九丘之所未詳虛搆異名冀殊俗物唯有靈寶經說竟無典記可憑事等鑿空言同捕影此又虛也又云三清之天九仙之府彌增僞跡轉益虛宗按靈寶三清天號還同前說上下安之下曰上清中曰太清上曰玉清此三清也此三天布置在經三十二天上大羅天下釋云玉清天尊所居之天太清大道君所居之天上清老子所居之天就教推尋更成虛僞靈寶列三十二天天位先定若加三清及以大羅則有三十六天不合秖有三十二天位此又不可也若三清大羅是三十二天內天三清大羅是其别號則列三十二天名數合標别號之名經無别稱明非三十二天之數此又虛也又此經稱是天尊所說說主元自稱虛徒有三清之名本無天尊可立玉清之境還是妄論所稱大道君道是虛通之理

無物之謂太上道君豈合有像又不可立太清之天此又僞也老子驅車西域竟無升天之由虛標上清之位事等繫風之説再三虛妄僞跡逾彰所言九仙者按經所說仙有九等等級差降以標其位天尊若處其長不出神仙之流神仙傳中何爲不載設令是實未免生死終爲劫火所焚不入證聖之位究其僞狀即此之流

公子曰先生辯囿宏開耀詞葩於舌杪言泉迥注瀉文瀬於談端若春景之煦薄氷類秋飈之拂危葉辯即辯矣疑尚疑焉按靈寶度人經云天尊居始青天中碧落空歌大浮黎土此則所居有據說法無疑始青之天顯然碧落之宮昭著空歌標其境稱浮黎列其土名如何高論總排爲僞

先生乃撫掌大噱而謂公子曰聞一知十顏回見稱於孔父朝三暮四狙公致怒於莊生余昔恠焉今信之矣且始青之天與大羅何異碧落之號將上清豈殊前已昌言今復置惑按三十二天天無始青之稱三清之位位無浮黎之境置立參差始終乖舛但諸天之上咸是天人欲界之天男女雜處雖有欲事輕重不同修十善勝業生於共境不似人間分疆畫野自色界之上無女唯男修四無量因方感彼果咸無土地之實衆寶之所共成今言大浮黎土一何迂誕虛僞之狀參驗可知子自情迷非余辯誤

甄正論卷上

音釋

躓陟利切頓也蘧廬蘧強魚切蘧廬寄舍也遡桑故切逆向也攫厥縛切驚顧視顓頊顓職緣切頊許玉切顓頊帝高陽氏之號也嚳苦沃切帝嚳高辛氏之號贙兕贙黃絹切獸名似犬多力兕序姊切似牛一角觚古胡切竹簡也鞫居竹切窮也

甄正論卷中

唐佛授記寺沙門玄嶷撰

公子曰天上無地誠亦有之天尊神力不無其實按此經文天尊當說度人經時七日七夜諸天日月璿璣玉衡一時停輪神風靜嘿山海藏雲天無浮翳四氣朗清此則神力所致聖德靈感故得日月駐景以停運風雲歛靄以清澄若非大聖孰能至此

先生曰無天尚解造天無地猶能立地日月任其筆削風雲隨其指撝確實論之並無其事且璿璣斡運金渾應象三百六十五度四分度之一十二交會晝夜百刻周旋潛轉靡有少停春秋二分冬夏兩至縱有盈縮大數不虧如也薄蝕差時行次失度史必書之以表天事但日度稍長猶爲吉應尚書史册以示將來況天七日不轉經七百刻自有天地以來未若此之大瑞自合別飾史詞光諸簡牒典載不紀明並虛焉若言此之璿璣日月風雲山海之等並論天上之天不是人間之天者但諸天上界咸無日月自然光明遠近相耀以華開合爲晝夜不與此土相同宋文明等但見此土日月山海謂諸天還同此境亦有日月風雲山海等物不知諸天之上元無此等聖教具詳此可略示虛又明矣

公子曰上天無日月等先生辯之至如天尊說經利益實廣經云天尊說度人經一遍一國男女聾病耳皆開聽二遍盲者目明三遍瘖者能言四遍跛者能行及周十遍乃至婦人懷孕鳥獸含胎已生未生皆得生成地藏發洩金玉露形枯骨更生皆起成人以此言

之神功大矣
先生曰余聞之有人寐而夢者於夢中又占其夢果如然也向已具論子仍固執何異占夢乎余告子以上天下境勝劣不同豈有盲聾瘖跛之疾亦無塚墓骸骨之穢雖有死生之事皆是變化所爲無産生之生無屍死之死今此經天尊於始青天中說法乃云一國男女天上豈有國耶又云盲聾等病天上元無此疾按此經文元來不委上天善惡出自胷臆造此僞經乃委巷之浮談非典實之雅論虛僞之狀此又彰焉
公子曰先生所詮無非僞也然則道法流行爲日已久教跡匪一義理多門秖如三世因果六道業緣地獄天堂罪福報應皎然不昧豈徒言哉
先生曰此更虛也天尊之事靈寶之經首尾虛僞不可爲證道家宗旨莫過老經次有莊周之書兼取列冦之論竟無三世之說亦無因果之文不明六道之宗詎述業緣之義地獄天堂了無辯處罪福報應莫顯其由自餘雜經咸是陸修靜等盜竊佛經妄爲安置雖有名目殊無指歸余更爲子舉例論之道家稱天尊說經在堯舜以前上皇之代其時淳風尚質澆俗未萌人無矯妄之心時有無爲之化老子說經當衰周之末帝王之季君昏於上臣亂於下征伐不由天子禮樂出自諸侯以大陵小恃强侵弱人懷狙詐俗變澆浮何因天尊當淳朴之日乃說地獄天堂罪福因果三世六道應報業緣老子當澆漓之代乃說無爲無事恬惔清虛雌柔寡欲逗機之

義何其爽歟以理推之虛僞益謬

公子曰先代天尊先生執僞後之靜信豈復妄哉請少詳之無爲孟浪按道經云樂靜信等宿稟仙才早殖德本功滿行就道證天尊大弘教跡廣演經論豈並僞耶

先生曰上古本無猶能僞造元始下代同僞豈不解假立天尊夫子前惑其初今迷其末誣其源而泝其流𦍒可得耶此宋文明等爲元立天尊自知無據爲佛經說釋迦棄儲后之位出家修道證得佛果遂僞立樂靜信修道證得天尊兼說經教具論因果等事趣日避影重覺心勞欲隱而彰僞跡逾顯非唯外無俗學不明得姓因由亦乃內無識知不悟立主虛僞且樂氏之姓出自樂正子春子春者般掌樂之官命氏後爲樂姓年歲近遠檢驗可知若靜信實得天尊當殷之末代周之首年尚書周書何爲不載史記洞記何故不書又鞠靜信所化之域竟無其所東至日窟西窮月窟北指玄洲南臨丹浦推究境土並無靜信所都可謂語辭菸於長流足驚視聽之說蔕芙蕖於喬木殊爲理外之談徒懷挾彈之心寧知陷井之斃

公子曰元始法身靜信報果咸云假僞無一實存在於下愚不無二惑竊憑書史敢立實宗輕忤高懷伏垂矜恕

先生曰子何言之過也余少閱墳典長諳名理年過知命研幾不疲傍瞻宇宙之間歎言論之無偶俯覩時代之上恨知音之蓋稀向與子談未攄懷抱若能架虛成實變僞爲眞此則功侔造化之功力邁陶鈞之力希一清

耳子薄言焉
公子曰先生以天尊書史不載以爲虚妄在於僕也誠亦如然祇如靈寳之經典記具載豈亦僞乎按吴楚春秋及越絶書咸云禹治洪水至牧德之山見神人焉謂禹曰勞子之形役子之慮以治洪水無乃怠乎禹知是神人再拜請誨神人曰我有靈寳五符以役蛟龍水豹子能持之不日而就禹稽首而請因而授之而誡禹曰事畢可祕之於靈山勿傳人代禹遂用之其功大就事畢乃藏之於洞庭苞山之穴至吴王闔閭之時有龍威丈人於洞庭之苞山得此五符獻之於吴王闔閭吴王得之示諸羣臣莫能識之聞魯孔丘者博達好古多所該覽令使賫五符以問孔丘曰吴王閑居有赤烏銜此書以至王所莫辯其文故令遠問孔丘見之而荅使者曰丘聞之禹治洪水於牧德之山遇神人授以靈寳五符後藏之於洞庭之苞山君王所得無乃是乎赤烏之事丘即未詳先是江左童謡云禹治洪水得五符藏之洞庭苞山湖龍威丈人竊禹書得五書者喪國廬尋而吴果滅矣此則事跡分明書史具載謂虚也言何玷歟
先生於是咍然而笑謂公子曰向子瀉河漢之詞發雷霆之響謂縱堅白之辯乃肆染素之談以此而觀言何容易向共子論靈寳經僞未曾說靈寳符非若得引符證經亦可指火爲水況吴楚春秋近代始撰越絶之書修非尚古縱將爲實不得例經且符題靈寳顯此符之有靈効驗可憑堪爲寳重此表符之功用非摽經文妙宗自是鬼神之籙術數之

事豈以道陵之符矯云老子所授乃將夏后符本勒爲老子之符冀成靈寶比類而說足可知之且三墳五典唐虞以上之書述易修詩孔丘姬朝始撰豈以墳典俱曰俗書證是宣尼所作以此喻彼昭然可知又靈寶之事有其二義若越絶等書在宋文明前造則文明等取符上靈寶之目僞題所撰之經若於文明後修此之二書亦皆虛僞妄創五符之跡用證靈寶經題以事參之前後咸僞又云吳王得符俄喪國此乃凶妖之書豈曰慈悲之教殞身滅國寔由靈寶之符夫子徒欲光揚詐能掩其災禍飾詞崇僞若得驪珠討本究源乃成魚目斯言之玷返屬子焉

公子曰靈寶教僞既如所言老子之書豈亦稱僞至如化胡成佛事跡顯然尹喜之傳具陳出塞之記備載元始內傳化胡之經咸述所因非無故實

先生曰此又僞於靈寶矣且老子仕周爲柱下史後遂西入流沙至函谷關爲關令尹喜演黃帝書重廣其文爲道德二篇上下兩卷論修身理國誡剛守雌挫銳解忿行慈恭儉謙下之道成五千餘言尹喜又録老子與喜談論言旨爲西昇記其中後人更增加其文參糅佛義大旨略與道經微同多說人身心情性稟生之事修養之理夭壽之由後人又改記爲經此經首章云老子西昇聞道竺乾有古皇先生不生不滅善入無爲綿綿長存是以昇就經末又云老子謂尹喜曰古皇先生者吾之師也還乎無名吾今昇就亦返一源參驗此言足明老子知有釋迦所以捨官

西赴還乎無名者涅槃之理返一源者不二之稱一中之本眞如之本眞如之體也吾之師者老子將就釋迦摳衣學道故遙尊曰師並老子西昇經文既稱佛是巳師如何翻云化胡爲佛若老子本擬往天竺化胡何所迴避而言聞道竺乾有古皇先生善入無爲化胡之義此其虛也但其文合云乾竺乾者天也易☰☰二卦以象天地足知乾者天之謂也後人抄寫誤昇竺字於乾字之上故云竺乾又按西番自葱嶺以西至于西海東西南北唯有五天竺無竺乾之國明是後代傳寫誤也老子不化胡之跡居然可知其尹喜傳老子出塞記及元始内傳並是近代道士等見佛法興盛俗薄其教苟懷妬忌僞造此等文書云老子化胡成佛今直據化胡之文足以顯經本僞按史記及前漢書四夷傳諸蕃部落各殊一蕃之中又分數部西蕃之國咸悉城居國號蕃名其數極衆月支䟽勒碎葉鐵勒大夏大宛居延休屠波斯天竺略舉大數子細甚多天竺之中東西南北及中分爲五國國號天竺人曰婆羅門與胡境相去尚有萬里若老子親化婆羅門成佛不應經云化胡況釋迦本是中天竺國王太子元自未登王位何得經云佛是胡國王驗此經文再三皆妄良由宋文明等以佛法至此百姓歸依遂僞造化胡之經云佛是老子化作誑惑聾俗欲令敬奉又文明等生長江濵不諳西域傳聞西是胡國乃疑佛亦是胡復聞佛是王種還謂佛是國王望風僞造此經論說化胡之事國名殊不相當何異肝膽楚越以經

驗國虛僞自分不待言談方辯假妄
公子曰若也此經是僞何得云老子爲胡王
及羣臣說涅槃法華華嚴金光明等經經今
現實豈曰虛乎
先生曰化胡本妄說經是虛此不合疑子何
蔽也且涅槃等經並是佛說各有緣起具論
法相詮因果於三世明罪福於六道辯報應
之業顯眞如之理旨意不論化胡何關老子
所說宋文明等元來未窺佛法謂如道經義
趣妄云老子所說推尋本跡何太狂踈凡所
述作須委由緒故雙林示滅三藏開結集之
宗兩楹夢奠十哲撰紀言之論姬文拘羑明
夷之義載敫馬遷下獄太史之書方著咸有
所以非無表明修靜葷江左庸流素蓄邪見
徒知心矯豈悟跡虛按前漢書武帝元狩中
遣霍去病討兇奴至皐蘭過居延斬首大獲
昆耶王殺休屠王將其衆五萬來降獲金人
帝以爲神列于甘泉宮及開西域遣張騫使
大夏還傳云其傍有身毒國身毒者名天竺
始聞有浮圖之教至哀帝元壽元年博士景
憲受大月氏王使伊存口授浮圖之經此並
佛法東流之漸何因不有老子化胡之事若
化胡不虛史傳自然合有若以元無此事虛
狀不可妄書
公子曰化胡之經先生稱僞何爲唐朝昊天
觀道士尹文操奉勑修老子聖紀引化胡等
經傳云老子化身乘六牙白象從日中下降
淨飯王宮入摩耶夫人胎中生而作佛據此
所說佛即老子應身何妨實說經也
先生不覺噓吁久之而歎曰斯言之過致子

惑焉但老子當過關日自云竺乾有古皇先生方將撤軔金河裹糧玉塞經履砂磧跋涉山川百舍忘疲一心訪道遠慕聖德遥尊曰師令化胡經中自身作佛前後乖謬吾誰的從驗西昇之首章類化胡之末句彼談此説始終參差良爲搆虚詞多舛誤且老聃之適竺乾藉甚釋迦盛德准此佛生已久聲聞遠被東周老聃慕義欽風驅車以之西土而云至彼之後身方入胎僞在目前詎煩言辯作僞心勞蹤跡彰露既云乘象入胎變身爲佛如何復説老子化胡必其入胎不虚降生有實老子身已作佛遣誰相化即是伯陽自生爲佛何關伯陽化胡成佛按此化胡入胎兩端皆妄説經之事一槩咸虚設令老子實入母胎受生作佛佛是老子應身即是道法宗祖道士等自合削髮染衣投歎緇侶變梟聲於穢響革狼顧於邪心而乃毁五乘之聖文譽三張之鄙教踐迷塗而跳足泛欲海以沉艎不復本以歸宗良爲此經先僞公子曰此又云僞僕何言哉但道法之興基於邃古教門宏遠宗致幽深其談詠者重玄所歸依者三寶正真大道無上福田修而行之咸蒙利益或控青鸞而上漢或駕白鶴以沖天御辯氣以宣遊躡雲網而飛步此並史傳之所載吾子奚可詰焉

先生從容而荅曰夫子向來所立咸捨實以憑虚亦背正而扶僞余謂子知前迷而後悟識今是而昨非乃捧螢光以比日策蹇足以齊駿以兹擬議何不量力者歟且道之爲教誠亦多塗本自一氣派成萬彙子云邃古此

不虛談自二儀象著三才位形同稟一道虛而能通辯之在人人外無道用之則見捨之則隱契會斯理謂之得道能體之者免於災橫順生而壽苟違斯理必罹殃咎逆生而夭故老子云外其身而身存莊子云殺生者不死而順生也老子云吾所以有大患爲吾有身莊子云生生者不生此逆生也外身者謂不自貴有己身不陵人傲物不貪聲色人我滋味等法衆共推之免於患難終其壽考此殺生者不死也有身者自貴有己身陵人敖物貪聲色財我以資奉其身生益其生爲物所惡身受折辱嬰於患禍夭其天年此生生者不生也此以人行論道若以國論者君主去奢侈屏聲色卑宮室薄賦斂省傜役務農桑君上垂拱而逸臣下鼓腹而樂上下交泰風雨以時日月貞明祚曆長遠此外其身而身存堯舜是也君主奢侈憍泰崇飾宮室躭愛聲色傜賦繁重頭會箕斂勞苦生人法令滋章殺戮非罪風雨愆時星辰失度君昬於上臣擾於下盜賊災起宗社傾滅此爲有身桀紂是也修之於行謂之身道行之於國謂之化道故孔安國云伏羲神農黃帝之書謂之三墳言大道也少昊顓頊高辛唐虞之書謂之五典言常道也故老子經云道可道非常道又云大道廢有仁義則明道家之道斯之謂矣君能體道無爲則時邕俗泰人能體道無爲則全生保壽壽有三等上壽百二十歲中壽百歲下壽八十所言不死者終其三壽不爲夭死子云談詠重玄者即老經云玄之又玄此明徼妙兩觀同出一心之妄見此

見從識辯心生推尋識辯之心竟無的主此事冥昧不可了知故云玄也玄者深遠冥昧之稱又玄者則此冥昧之理亦不可得更復冥昧深遠故云又玄此老子無慧心聖智不能鑒幽達微故致此疑也子云歸依三寶者道家偽經無三寶之義唯老子經文有三寶經云我有三寶寶而持之一曰慈二曰儉三曰不敢爲天下先此慈者慈悲愍念之理儉者廉恕不貪之義不敢爲天下先者謙退卑敬之行若此三者依而行之誠亦有益於行是俗中仁恕廉讓之道謙光濟物之德歸依此寶實是人中善人竟無因果業報之理道家每朝禮此三寶未知有何功德又云正真大道正者不偏之義真者非假之狀大者廣博之名道者虛通之理言行此之道正而不偏真而不假大而能廣推而驗之並是假號道者通理本無識性由人行之可偏可正故云道可左可右明無定正也真假之狀人可自知在於理中何真何假此非真也廣狹之相繫之者心心外無道又不大矣故云道大天大地大人大域中有四大人居一焉域者界域謂人居止之境也道無定質因人行顯不出人境故與天地人三才齊其大小輪轉生死之域邅迴世諦之間妄號正真虛名大道有名無實何其謬乎又云無上福田者夫道用捨由人無別主宰周旋不越人境何有無上之能又福田之名道書不載事出釋典偷竊偽妄道縱修行不離生死駕鶴沖天五千元無此說控鸞上漢七篇曾不涉言此出神仙傳中豈關老莊之旨但仙由芝术之力

兼資丹液之功非是熏修何關於道且神仙之傳多涉虛誕秖如漢淮南王安坐犯法下獄自殺神仙傳說云得八公之術白日昇天又晉朝嵇叔夜被鍾會譖見誅斬於都市神仙傳乃云得仙漢書晉書咸有列傳神仙之類即此之流不足可憑又子云御辯氣以宣遊者莊周逍遥篇破健羨之情斥神仙之術雖云列子御風無風則止不能無待況乎龍鳳哉自非乘天地之正御六氣之辯方始無待此是莊周寓言假託而說用杜希求之心非謂實有然也躡雲網者靈寶玉京山僞經步虛詞云旋行躡雲網乘虛步玄紀此是道陵修靜等僞造云天尊在玄都玉京山說法訖諸天真人圍繞天尊躡雲霞之上讃詠而行謂之步虛此是僞經前已破訖何得引僞還證僞耶公子曰又云此僞敢不聞命據實經證先生許乎

先生曰焉不許哉

公子曰西昇經老子之所說不同靈寶天尊之僞與佛經事跡頗亦相參經云老子說學道成聖積行艱苦故云動則經再劫自惟甚苦勤此則具論劫數之事何可異焉

先生曰西昇之記誠老子所説後人加增劫事雜糅其文按老子道德二篇元無劫數之旨何因西昇記内即有劫數之名又此土書史並無劫數之事道家所説與俗頗同咸云天地未分之前混沌無形二儀開後物象方著本無劫壞劫成之義且佛法未融東夏之前此土唯有劫殺劫賊之事無劫數劫名之文此記所論劫者佛經至此之後道士等盜

竊佛經之劫加增西昇記文欲參亂佛劫以代混沌之説按道德經云道生一一生二二生三三生萬物此老子説天地開闢之初萬物著形之始言道生元氣元氣生天地天地生人及陰陽陰陽生萬物此一生二二生三三生萬物也則與俗書所説大綱略同老子若知劫初之因何故不説前劫壞而此劫生而言道生一以彼證此明是參糅佛劫不惑至於靈寶僞經亦具論劫事並是修靜等盜寫佛經以益其教此亦可知

公子曰西昇論劫子謂後人增加所説然則説因果罪福修善禳災不無其事至於行道建齋威儀整肅則有三籙祈請三元大獻次則明眞塗炭靈寶自然科儀儼容不謝佛教欲以爲非詎能離間

先生曰道家因果老子不詮説在僞經靈寶之部事非道典跡是佛經修靜文明潛爲盜竊佛經前已具辯無俟重陳祇如三籙明眞三元塗炭自然齋法並出靈寶之文元非老莊之教文明修靜等所造此事咸是僞修狀跡先彰不煩再釋但子仍惑須破積疑按僞靈寶齋儀云三籙者一者玉籙二者金籙三者黄籙玉籙者爲天子修之金籙者爲王公修之黄籙者爲庶人修之或拜日月精靈或拜星辰氣象或拜五岳仙官或拜四瀆水府叩頭乞哀搏頰祈福多料文采情規於財利廣支燈火意存於油燭相欺以妄行之于今與夫邪巫解禱有何殊異行邪求福神豈饗諸自然塗炭咸此之類三元者上元中元下元正月十五日爲上元七月十五日爲中元

十月十五日為下元釋云上元日是天官校計之日中元日是地官校計之日下元日是水官校計之日此天地水三官校筭功過之事並是修靜等篤虛矯立元無其事設使是實自是冥道鬼神之事鬼道所攝在於道士何得預焉又云此三日三官校筭人間行業罪福之事故須設齋懺悔以滅其罪此並虛也檢尋老莊之文本無此事並出靈寶僞經且冥司之理嚴於俗法至如世諦法中凡人犯罪曾未發覺自首即原事已彰露雖首不免若未三官校筭之日以前預建三元禮懺容其免罪至校計之日犯狀已顯罪發方懺此乃伏欵希免其坐定不得原人間麤淺尚不免罪冥道細密如何可赦虛有齋懺之文竟無免罪之理以妄行妄庸情不悟徒設嚴悉之科謬無寧懲之益

甄正論卷中

音釋

竁（充芮切穴也）摳（苦侯切褰衣也）羑（與久切羑里文王所拘之處）軔（而振切止車輪木）踠（於阮切足跌也）艎（胡光切艅艎船名艅音余）邅（張連切難行不進貌）

甄正論卷下

唐佛授記寺沙門玄嶷撰

公子曰先生縱談天之辯震擲地之音恩煦所詮寒谷湛其春露厲言所被湯池結其冬水以僕爝火之末光對曦景之層曜自可消聲疊足喻翕氣斂肩沉疑未祛仍希妙釋但靈寶所詮咸歸僞妄老子事跡應不虛誣河上公者神仙之人也昔漢孝文皇帝之時結草爲庵居河之濵文帝好道德之經勑王公卿相及二千石咸令習讀老經有數句不解帝莫能通有人言河上公常習讀老經或可解之帝乃遣使賷所不了句令問河上公公荅曰道尊德貴不可遥問帝於是親幸河上詢問所疑河上公見帝抗首高據而坐帝甚恠之乃謂公曰普天之下莫非王土率土之濵莫非王臣朕能令人死生富貴公雖德重何乃自高乎河上公乃撫掌大笑躍於虛空去地數丈坐五色雲氣之上下顧帝曰余上不至天下不及地中不累人陛下焉能使我富貴貧賤耶帝方悟是神人乃下輦再拜而謝之曰朕以不德忝統先業兢兢誠慎常恐廢墜志性愚昧不識聖人稽首引過公乃授帝素書二卷謂帝曰熟讀此所疑自解吾注此書以來經今千七百餘年凡傳三人兼子四矣勿傳非其人言訖失公所在據此靈跡非聖而誰識者以爲文帝篤信精至誠感冥徹老君使此神人授文帝道德章句帝既受訖公乃晦影返眞歸乎上方此之神異炳然顯著豈亦謬乎

先生曰子之此言更成虛妄道聽途說焉足

可憑子向所論乃是葛玄作老經序僞飾此詞誑惑江左因循不悟令子疑焉竊據漢書帝紀凡有行幸無不載録至如甘泉宫去京百餘里帝每行幸咸悉書之又景帝時吴楚七國反爲太后在東宫帝時往諮詢漢書云帝來往東宫間又武帝幸五柞宫及幸河東祀后土史並書之按道士成玄英撰老經疏云河上公在陜州城南三里比於五柞甘泉河東遠數倍何因漢書不言況河上公躍坐虚空乘御雲氣授書於帝弘明道德比於郊祀神光及李夫人之事此爲盛烈棄而不録未有斯理又河上公云吾注此書千七百年者此言又妄按周成王伐淮夷之後始制井田之法王畿千里出革車萬乘天子萬乘起自成王成王已前無萬乘之制據成王在位通周公攝政共有三十七年至赧王爲秦昭襄王所滅總八百六十年秦自昭襄至子嬰合五十年爲項羽所滅漢高皇帝在位一十二年惠帝在位七年吕太后攝位八年文帝在位二十三年自成王至文帝末年都有九百三十二年按老經云如何萬乘之主而以身輕天下則明老子當説此經全在成王之後但經爲注本注以釋經經尚未有注何先述千七百年此又虚也又河上公自注老經云舜陶河濱周公下白屋明此注語全在周公之後千七百歲重益虚誣事跡既僞感應豈實晦影之説妄談真返之言何矯公子曰史册不載誠亦難憑以愚管窺致兹迷惑老莊之教其來已久道士之號非秪于今觀宇尊容肅設斯在星冠月帔雲褐霓裳

目驗可知豈總虚也
先生曰老莊之教余豈毁耶比擬佛經義理
全別論善也則同途而各騖語宗也則異軌
而分驅老教旨在於雌柔佛法事明於因果
二軸七篇之奧義忘得喪於齊物之場八萬
四千之法門契寂滅於涅槃之境修身治國
之要道德之經具明捨凡證聖之果般若之
文逾顯至如遣執破境息智忘身老經非無
其語於行靡立其宗所修唯在人間極果繞
登壽考佛之爲教應物逗緣隨類分門因機
啓行自近之遠從淺階深起一念心證眞如
果顯如天地明同日月麤文浮闊似若相參
妙理沉研皎然全異又子云道士之號非秖
于今者亦何謬哉自開闢以來至于晉末元
無戴斑穀之冠披黄彩之帔立天尊之像習
靈寶之經稱爲道士者矣所號道士者則廣
成務光巢由消棘之輩脫落時代輕傲王侯
與俗不羣高尚其志次有遺榮冠冕締賞林
泉歌紫芝以自娛調素琴而取逸末代則有
性好飛鍊志存術數咸稱道士跡雖異俗衣
無別制漢明帝時佛法被於中夏至吳赤烏
年術人葛玄上書吳主孫權云佛法是西域
之典中國先有道教請弘其法始創置一館
此令觀之濫觴也葛玄又僞造道經自稱太
極左仙公目所造經云仙公請問經宋文明
等更增其法造九等齋儀七部科籙修朝禮
上香之文行道檀纂之式衣服冠屨之制跪
拜折旋之容行其道者始斷婚娶禁葷辛又
僞造靈寶等經數十卷後陸修靜更立衣服
之號月帔星巾霓裳霞袖九光寶蓋十絕靈

幡於此著矣至梁武帝初年爲修靜所惑曾致遵奉後悟非究竟之法親製捨道之文見在梁武帝集内後修靜出奔北齊其時丹陽陶弘景性多博識聰敏過人身爲道士居于茅山之朱陽觀靜退無爲不交時事時號貞白先生又號陶隱居多所著述並行于代躬衣道服心敬佛法於所居地起塔圖佛形像親自供養號曰勝力菩薩其塔見在茅山朱陽觀中于今不爲鳥雀所汚弘景重制冠服改舘爲觀行黄帝老子之教惡靈寶法僞鄙而不行手著論以非之弘景深爲梁武所器尚頻徵令仕確乎不拔并述詩以贈武帝並入於集事跡昭顯光乎梁史子何惑之

公子既聞先生此説心開意悟革識遷迷如披樂廣之天似廓張超之霧避席趨下拜首而謝曰僕久沉俗網罕悟眞筌耳滯黄花之音志昏白雪之奏雖則屢承妙釋方乃重結深疑形智聾盲一至於此幸蒙南指今從北轅靈寶天尊虚名若是至於經教莫不僞修凡所謬妄咸請垂誨希愈膏肓永袪沉痼先生怡然而對曰子今悟矣亦旦暮而得之復坐有疑便問余爲一一論之

公子曰佛教之内有僧尼兩衆道法之中有道士女冠二流彼此相望威儀備具准佛律僧受二百五十戒尼受五百戒今道士女冠所受法籙一槩齊等更無增減俱受十戒眞文上清之法并受符籙之事未知此法何人所傳

先生曰道士女冠元無戒律還竊佛家十戒以充彼法眞文上清咸以綃素爲之其中畫

作符圖及書王字其眞文總有三法一曰八景畫爲日月星辰之象二曰五老畫作五老之神三曰五岳畫爲五岳山狀三本各得受用不要總受上清者其中書上清天中官位及符圖等初受十戒次受眞文後受上清其法具矣籙者其數甚多不可備說略而詳之有千五百將軍三五大將軍等籙受此籙者然可行符禁章醮之事佛以尼是女人女人性多嗜欲隨機制法故倍多於僧道家法籙凡人妄造既不識根性所以道士女冠更無差異此等之法並是張道陵僞作此法

公子曰老子既不說此定僞何惑道法先無戒律道士不妻娶憑何典記

先生曰道家無律禁婬欲之事今道士等不婚娶者學僧尼爲之一無憑據故隋嵩陽觀道士李播上表云准道法道士無不婚娶之禁道士等咸請娶妻妾其表見在李播集中

公子曰教無禁欲之科娶妻豈乖於教李播此請誠合其宜且道教所宗於老子老子仕周後適西域竟無出家斷婚之跡道士今日出家遵誰之教

先生曰出家之法基在西域釋迦棄儲后之貴位捨妃嬪之愛戀出家修道六年苦行一朝成佛成佛之後方度憍陳如等此土元無出家之兆老子本自有妻仕周爲史去周西邁身是俗人本無捨妻室易衣服出家之狀故老子之子名宗宗之子名瑕仕魏封段于後爲漢膠東平王太傅各有別傳又老經云子孫祭祀不輟此論依教修行則息胤繁盛代代不絕故云不輟豈令斷欲耶道士今日

出家本學佛教更無別據
公子曰雖學佛法出家本宗自無此教老子不禁婚娶經文又説子孫今日縱學佛宗識者誰肯依信盜鍾掩耳豈杜他聞妄立天尊跡先彰露僞造經教又已表明靈寶文明等所修餘經何人所作伏請詳辯冀悉根源
先生曰道經除道德二篇西昇一卷又有黄庭内景之論自餘諸經咸是僞修又有太平經一百八十卷是蜀人于吉所造此人善避形迹不甚苦録佛經多説帝王理國之法陰陽生化等事皆編甲子爲其部帙又有太清上清等經皆述飛鍊黄白藥石等法至如本際五卷乃是隋道士劉進喜造道士李仲卿續成十卷並模寫佛經潜偷罪福構架因果參亂佛法自唐以來即有益州道士黎興澧州道士方長共造海空經十卷道士李榮又造洗沐經以對温室道士劉無待又造大獻經以擬盂蘭盆并造九幽經將類罪福報應自餘非大部帙僞者不可勝計豈若釋迦大聖獨擅法王施化西國聲流東夏按列禦寇書云商太宰問於孔子曰三王聖者歟孔子曰三王善任智勇者聖則丘弗知五帝聖者歟孔子曰五帝善用仁義聖則丘弗知曰三皇聖者歟孔子曰三皇善用時政聖則丘弗知太宰驚曰則孰爲聖孔子曰丘聞之西方有聖人者焉不治而不亂不言而自信不化而自行蕩蕩乎民莫得而名焉按宣尼此言與老子西昇所説略同伯陽仲尼並此土稱之爲聖二人咸知西方有聖人則明釋迦之道廣矣

公子曰僕幼懷志尚早竊當時之譽言談之者以詞令見稱伏聞高論有懃謇訥木賜仰宣尼之崇仞愧環堵之卑陋耶鄭咸觀子林之宴容悟心識之昏怠是知扶搖九萬垂天之翼方升激水三千横海之鱗乃運幸承咳唾疑滯咸盡竊見白屋鴻儒黄冠碩學扼腕盱衡之士揚眉抵掌之賓並云儒道釋典三教是一咸歸於善理無有二慈悲仁恕殊途而同歸利物濟時百慮而齊致雖碧鷄黄馬之辯未可分焉離堅合異之詞豈能別矣每思此義交戰于懷請一詳議希除衆惑

先生曰子何言之當乎余嘗欲著論未遑削藁因子之請見余之志夫三教羣分九流區別本迹雖異義意乃殊非唯麤淺相懸抑亦凡聖全隔尋文似涉參互究理居然不同自八卦成象六爻定位披龍圖而紀號觀鳥跡以裁書立德立言三墳暢三皇之化垂訓垂範五典旌五帝之謩洎乎姬文公制禮作樂隆二南之風雅孔宣父修詩述易詮十翼之精微莫不序尊卑定君臣父子之道次長幼明夫婦朋友之列盡忠貞以奉國崇孝悌以資家藴恭謙以尅己施仁恕以待物敦信義以申交務廉讓以推行此之五德立身之義也敷文德以化俗運武功以寧亂修禋祀以綏神祇崇宗廟而敬祖考啓畋漁之漸易著網罟之義導盤遊之源禮標蒐狩之典截馘斬首效征戰之勞宰犧屠牲邀薦饗之福貫胷達腋申馳騁之娱夭命剖肌恣賞心之樂刑禮興而姧詐起符璽著而矯僞生盜國竊器者害父弑君爭權趨利者滅宗夷族無慈

悲之大惠有惻隱之小仁昧三世之因果明一生之禍福餘殃宿慶遠乎子孫積惡修善絕於冥報在生之命年有延促之限爲鬼之質壽無遷變之期所云好生惡殺者謂性命之重人畜同之類於己情豈宜傷害故子貢欲去告朔之餼羊聞其聲不食其肉者以己之心體彼之命戀生之志物我皆然故孔丘不未山梁之雉于定國之寬刑孫叔傲之陰德霸楚以昌其後高門以待其封項羽之陷秦軍白起之坑趙卒身死杜郵之下支分烏江之上或禍福被於當代或榮辱流於子孫身造身受似同見報父業子傳酬非自己亦有射宣王以復其怨抗杜回以荅其恩申生命狐突以馭車劉約從元海而陪乘此論幽明交接人鬼相讎非罪福之業縁異報應之輪轉儒佛懸殊此其明矣

夫道之爲教儒之異流黃帝述其濫觴老耼嗣其絕紐究其本也保精養氣韜光藏輝全生遠害無爲寂怕恬惔清虚少私寡欲此其宗也自後變淳就澆分鑣各騖泒一元之理立三等之差上則却粒延齡飛仙羽化黃成黃帝是也次則守雌誠剛忘知息智伯陽子休是也下則擯伐遺榮巖棲谷飲許由巢父是也推究神仙之跡事涉憑虚按黃帝本紀帝行房中之術修導養生之法御七十三女服一九金丹昇鼎湖策飛龍白日登天羣臣攀戀收衣冠劍履而葬於喬山之陽參驗此詞咸成焉有夫葬者藏也先生云亡子孫感戀卜其宅兆修建墳塋安厝鬼靈藏秘骸骨庶免暴露之患黃帝馭青龍以沖天躡紫虚

而遐上高謝萬機脱屣四海元來不死何因須葬且邵伯司牧分陜遺惠在人尚蔽芾甘棠思德留樹況黄帝居九五之位處萬乘之尊馭龍駕以上僊故勝寢疾而死若羣臣攀慕情切即合留奉衣冠豈容埋棄帝之遺服以申誠戀之志仲子未薨來賵左傳以爲非禮黄帝不崩而葬臣下何苦見誣必葬不虚昇仙是妄進退之理事跡可知且御女求仙恣欲邀果更入輪迴之境詎登解脱之場縱令實得神仙終是未離生死何況此術黄帝受之於廣成所修在於一身本非出世之法黄帝之跡如此神仙之傳並以虚陳具在前論不復繁說也

夫老子爲教備乎五千之文莊周演論詳於七篇之旨所明道者俱詮陰陽天地和氣四時生育之理故云道生一一生二二生三三生萬物嚴君平等釋云一者元氣謂混沌未分無象可見於無象道中生一氣兆氣之清者爲天濁者爲地此一氣生天地一生二也因天地和而生陰陽及人此二生三也以人稟陰陽陰陽能生品彙動植之類此三生萬物也故易云一陰一陽之謂道明道則陰陽也陰陽不測之謂神明即此陰陽之理非測度可知此神妙也能順此陰陽之理安其所稟涯分守雌柔恬惔寂怕無爲絶矯性之聖智棄越分之間知同徼妙之兩觀泯有無之雙執挫折鋭進之心解釋忿怒之志除剛勇之强梁捐聲色之躭染體禍福倚伏之萌行慈儉謙退之行即得終其壽考免於身患子孫昌繁祭祀不絶苟違於此則夭命傷生招

於敗累息亂勦絶其後不嗣故云善建不拔善抱不脱子孫祭祀不輟莊周解牛以全其生傳火而續其命齊萬物以杜健羨之路隳四肢以去形骸之戀述木鴈用遣愚智滯守之方喻指馬以忘天地執著之見混變化而夢胡蝶一夭壽而延殤子太山小於秋毫則巨細之妄斯顯朝菌長於大椿則脩促之繫方假此並莊周詮俗情妄執遂有長短妍醜之實而起人我貪惡之心利己損物致招患禍此論一生之内有此顛倒夭齡害命牽累敗身無未來寘報之義過去業緣之理當代造善惡之行隨其所行當代受報與儒書所說大意略同此足明佛道全別公子曰三教懸殊若此之異一理之說吁可同哉是知子沐心齋以安身非是爲他祈福宣尼潔齋以變食豈關藉因以求果設道供以邀寘資之助造天尊以希濟拔之功者何虚費哉何虚費哉而今而後庶幾免矣然章醮之法符禁之術比見行者時有效驗此事如何更請詳議

先生曰子之此問誠有理焉且章醮者祭祀之流祈禱之事有來自久非唯道陵之法黄帝太公時行此術醮者祭之别名禮典先著其義道陵因而修之行其法者謂之祭酒此是俗中術人之伎道士竊其法以求資養本非道教之宗此乃涉於鬼道神祇之理俗諦妄情不無其事與夫邪巫陰陽卜筮郊祀尸祝之類也行此法者是太常所司不合隷屬司賓寺管僧尼所以屬司賓寺者爲佛法從西國來同諸外客之例道士元非是客自然

不合屬司賓寺管又行章醮祭祀之法即是司禮寺事但以寺觀相對因此遂屬司賓以實而論秪合郊社所管又符者鬼録行之於鬼神之道所以有驗亦焉足恠焉公子渙焉疑釋欣然而作拜首而謝曰僕習蓼甘辛居鮑忘臭沉淪弱喪積有歲年今屬頹光西邁之晨方悟非狂東走之弊朝聞夕死有慰深心謹承命矣請薄斯旨書紳自誡傳諸將來使倒蹎之徒革心於昏昧之俗弘通之士懸解於眞如之理遂筆削爲論貽諸後代

甄正論卷下

音釋

柞（疾各切木名）亂（羊晉切嗣也）盱（匈于切張目也）蒐（所鳩切春獵曰蒐）馘（古獲切截耳也）鑣（悲嬌切馬銜也）賵（撫鳳切贈也）

說罪要行法　唐三藏法師義淨撰

受用三水要行法　唐三藏法師義淨撰

護命放生軌儀法　唐三藏法師義淨撰

清刻龍藏佛說法變相圖

三法同卷

說罪要行法

受用三水要行法

護命放生軌儀法

說罪要行法

唐三藏法師義淨撰

每於半月月盡憶所犯罪準法而說

或故妄語　或飲酒　或非時食等

或請香不淨洗手而食

每於旦朝或復餘時不觀水而飲用不如法

放生故斷衆生命自壞生地或教他壞不作

知淨語於五生種不以火等作淨而便食用

鉢椀不淨洗而食銅椀匙筯不以灰揩而食

凡是銅器皆以灰揩方淨若以澡豆水洗不

得成淨

或飲用殘宿惡觸瓶水及殘宿惡觸刀子割餅等而食非時飲不淨茶湯酥蜜等水

食五正食已捨威儀竟吞咽餘津

自受捉金銀錢寶及使人受捉不作知淨語

凡觸火不持心

燒香等觸火不持心

非時入聚落不白苾芻與未受具人同室宿過二夜與未受具人同誦及同聲唱佛此等波逸底迦罪據數犯者言之餘皆准此罪應三說

又每旦及大食後不嚼木或向塔嚼齒木等用訖不淨而棄在僧淨地中洟唾或棄蚤虱等不依處所或食時飲啜作聲或食時含食語話

或齧半食與未受大戒人同床席坐臥

或立小便或大小便不洗淨大小便時漱口吐水及洟唾棄齒木皆不彈指謦欬污手捉飲食器不淨洗手嗽口飲水等

非時食蜜不以水滴作淨或觀男子及以女人不善持心而生欲想或自觸身起愛染心

或不繫想光明縱心眠睡在燈燭光下眠臥

雖有開緣若觸火等不持心或於三寶師僧父母所起不尊重心及生瞋忿而不忍受滅燈火不持心此等皆是惡作罪且隨要言之若更有餘者隨所憶罪此等皆須對人一說而悔或有責心者云何責心凡出家者於不謹慎心中違律教時即須自責心云此事是我所不應作我從今已去更不如是若常能如此自尅責時自然不虧諸戒須知佛教意在於此

又凡出家受十戒及大戒已去一一事皆白

親教師或軌範師唯除王事不須言白云何爲五謂大小便利飲淨水嚼齒木同一界内齊四十九尋内禮佛繞塔餘皆須白若不白師者一一皆得惡作罪

凡至褒灑陀日應對不同犯清淨苾芻隨其大小而爲敬儀蹲踞合掌憶其罪名作如是說具壽存念我苾芻某甲有故妄語等（隨其犯者稱之）犯衆多根本波逸底迦罪及衆多方便惡作罪或不嚼齒木等（隨有稱之）犯衆多根本惡作罪及衆多方便惡作罪此等諸罪各有不敬聖教波逸底迦罪及此方便惡作罪并不向人發露各有覆藏罪此所犯罪我今於具壽前從清淨來並皆發露不作覆藏由發露已便得安樂（三說已）

彼應問言汝見罪不答言我見又問將來諸戒能善護不答言能護所對苾芻應云奧箄迦（梵語此義翻爲方便由作此事是解脫之方便也）其說罪者答言娑度（此云善哉）若犯僧伽伐尸沙罪者但且對人發露後別行法若犯窣吐羅及犯捨墮罪准法除之

每食罷發願法

准如律教若苾芻食了之時皆須誦持欵拏伽他謂施頌也隨於靜處或坐或立或可經行先誦小經一紙半紙次誦伽他云

飯食已訖　當願衆生　德行充盈　成十種力

所爲布施者　必獲其義利　若爲樂故施　後必得安樂

諸以寺舍房宇布施衆僧造寺之主及護寺天神國主百僚師僧父母因緣眷屬及一切衆生若先亡者願生西方見阿彌陀佛或生

覩史多天見慈氏尊者脫屣塵勞悟無生忍其現存者願無病長壽福智莊嚴願我自身無諸障惱常持淨戒不犯尸羅於小罪中心生大懼於所犯罪悉皆發露盡未來際不失信心逢善知識願生中國離於八難常存正見至求解脫恒與衆生作不請之友即以此福普施一切同出有流證無上果若於每日不作如是念誦發願者是懈怠人不銷信施

洗淨法

其大小便室必須別處各安門扇并置橫居凡入小行室及上廁時法合持瓶勿口含水用爲洗淨謦欬彈指或再或三方始前進亦既入已却居門扇持土兩塊或灰一抄半用洗身半洗左手筒槽帛拂皆非本儀既出廁外其瓶可置三叉木上注水向身或安於膝令水斜出若無瓶時盆子盛水權充亦得以土十五塊安在右邊地上或塼版上七塊偏洗左手七塊兩手俱洗餘有一在將洗瓶器其塼版上即須淨洗然後安置觸瓶取淨瓶水漱口三度方合淨儀始得受禮禮他處敬三寶坐諸床席讀誦尊經若不如是依律行者凡有所爲咸招惡作之罪或在行路及乘船時任量事斟酌希諸行者知是聖教勿輕灰覆終墮泥犂

奉持獲福　輕法罪生　此既常事　告示分明

説罪要行法

受用三水要行法

唐　三　藏　法　師　義淨撰

准依聖教及西方現今衆僧所用之水有其三別一時水二非時水三觸用水

言時水者謂是沙彌俗人自手濾漉觀知無蟲午前任受而飲若大僧手觸瓮羅及杓水即不堪入口而況食用有惡觸故即如僧家常用之水大僧豈可得觸雖大僧不觸於午後時不合飲用然水體無觸已是俗人等觸帶於染膩非全極淨是故須受

二非時淨水者謂大苾芻及沙彌等用意之人並須澡豆及土屑等連腕四指咸須淨洗無有垢膩瓦盆及羅井須新淨不與垢膩相染者方得羅濾此水皆用銅椀銅杓灰揩去膩始得取水若無此等可求必有染木之器不曾與觸膩相染每日淨洗塵垢不停者通用亦得若常用水可貯在淨瓶淨瓶須是瓦非銅澡罐由其瓶內有銅青不淨不得灰揩故拔出銅釵揩拭即知淨穢然銅以灰揩爲淨聖教親說若澡豆洗但去食膩銅垢不除可取銅匙灰揩足爲目驗其瓦瓶水盡每須洗濯中間方盛新水然五天之地無將銅瓶爲淨瓶者一爲垢生帶觸二爲銅腥損人此之淨水時與非時任情取飲是佛別開以其淨故更不勞受若苾芻在非時中煎藥煮茶作蜜漿等皆用此水不得用前時水以有過故然用鐺杓椀器皆須離食染並悉灰揩方合煮物其淨水瓮瓶宜於淨處安置瓮須淨物覆蓋瓶即置在竹籠不得輒令觸欲用水時先淨洗手或用乾牛糞淨揩手已無膩方

觸或以淨絹布及葉用替瓶咽然後方捉律云除水及楊枝者謂此清淨之水非是餘二楊枝若是新條濕者應須火淨受而嚼故知不可直執戒文凡欲以水入口若飲若漱時與非時皆須澡豆淨洗手洗淨兩脣漱口再三方合飲水喫食亦然又中食了時若恐淨瓶水少須令俗人授前時水嚼齒木澡漱已然口津未得輒咽要須以此淨水三漱口已方是清淨得咽口津目見西方南海僧衆共行此法又此方古德律師有知斯事然行之者希若不如是餘膩不除咽咽得罪亦不成齋

三觸用水者但使無蟲不論淨觸即得受用謂添觸瓶向大小便處及洗手足更餘用不得輒將入口況食用耶此等三水觀知無蟲乃至明相未出已來皆隨事得用明相既出即便不合無問多少乃至瓶內一抄盆中一合悉須銅盞明目觀察若無蟲者雖經多日任用無犯西方僧徒及俗人五戒以爲急若外方客僧不解此水淨觸法者無容入寺又復西方寺法若見有僧將淨瓶上廁飲觸瓶水者以爲滅法即擯出寺以此言之冀諸行人共爲存護令佛法久住若能依法行者即是與佛在世無有異也

又舊律十誦五十九云有淨澡罐廁澡罐四十一云有淨水瓶常水瓶又新譯有部律文淨瓶觸器極分明此並金口親言非是人造寧容唯一銅瓶不分淨觸雖同告語不齒在心豈可以習俗生常故違聖教准如此理諸寺房中及行方等處所有用水非常狼藉或

大盆貯或瓮子盛安瓶内皆不合用以是大僧手觸不好羅濾經宿不觀停貯多時定有生命設使無蟲當第三水飲用得罪謂由盆羅及杓是不淨手觸有不淨塵故又如尋常用水銅瓶若自取飲者以其不淨不受而飲有不受罪若中前觸至過午飲增觸罪若今日觸明日飲有宿觸罪不受而捉有惡觸罪不淨洗手復有汚手捉飲器罪不淨洗脣口飲水有不淨罪此之六罪各有方便成十二罪皆有不敬聖教罪此有因本復二十四添前成三十六罪經宿覆藏復有因本成七十二添前有一百八罪此等若其不學皆有不學無知二罪復有因本成四百三十二罪添前總成五百四十罪又復從覆藏巳下及不學無知皆有不敬教方便根本更有一千八罪添前五百四十總有一千五百四十罪此等略據一咽一宿生罪多少若論十咽經宿罪有一萬五千四百八十若多時覆藏展轉生罪乃至未懺巳來莫知其數重者咸須對清淨人說悔若先知者無無知罪若非時飲鹽湯及蜜漿等鐺杓椀器用水羅濾不能如法或帶膩觸與時食相霑手口不淨不仰手受咸悉有罪然杏子茶湯西方不飲若寺内皆須親自檢看必在俗家細問知其淨不若不如法即不可飲豈以口腹暫時所須而當來長受辛苦共知毉羅鉢龍故損一葉現今末脫不記了時況此常爲能無業道身吞一咽罪乃無邊負擔終身誠可悲矣故經云勿輕小過以爲無殃又曰善護浮囊防其微隙大乘小乘意皆同此略陳要行餘如大律顯

諸行者准聖教行

受用三水要行法

護命放生軌儀法

唐三藏法師義淨譯

夫以懷生者皆愛其生上通賢智有死者咸畏其死下洎蜫蟲由是善逝隨事而修慈不損含識量內身而准物刀杖不加唯以大悲宣揚法化於護生處極致慇懃是佛弟子理應隨作觀蟲濾水是出家之要儀見危存護乃悲中之拯急既知有蟲律文令作放生器者但為西國久行人皆共解東夏先來未識故亦須委其儀若不具陳無由曉悟其器任用銅鐵瓦木瓦即安鼻鐵木准成若擬隨身將去可用銅作唯受二升三升即是舊來小銅罐子還施銅糸令穿手得過底傍一邊須安銅鈕可受小拇指頭若乞食去時穿在左臂以衣掩蓋右手攜鉢乞食得已隨至一家安置飯鉢自將淨繩一條如麤筋許隨井深淺繫罐取水濾以小羅斟酌得足即以繩一頭穿鈕急繫擡糸等繫小鐵鉤鉤系起時務令平穩此並須先作了不得臨時求覓即以小羅覆蟲罐內徐徐放下至水縱鉤拔繩令覆再三下罐方牽出井此是乞食之儀也或用銅椀漆椀穿孔著糸攉用亦得若在寺者即以常用鐵罐覆之如前安置少有別處底傍著鐵鐶可容三指以罐鉤內中擡起系等同前著鉤覆蟲在中放使至水假令深井亦得為之若別畜繩恐成勞擾若井深處或可別為盆貯或可送往河池寫水竟時還須滌器斯其法也濾羅樣式如別處言之豈容井口之上翻羅元無放生之器欲似護戒寧顧蟲亡但以如來聖教慈悲為本所制戒律罪

有性遮遮則准事合輕性乃理應從重性罪之內殺生最初是故智人特宜存護若將此爲輕者更復何有重哉若能依教作者現在得長命果報來世當生淨土且神州之地四百餘城出家之人動有萬計於濾水事存心者寡習俗生常見輕佛教不可一一聞到口傳冀諸行人遞相教習設使學通三藏坐證四禪鎮想無生澄心空理若不護命依教奉持終亦不免佛所訶責十惡初罪誰代受之且如見有屠兒牽羊入寺不過數口放作長生衆共聚看彈指稱善寧知房內用水日殺千生萬生旣知理教不輕宜應細羅細察自利利物善護善思復有令人耕田種植規求小利不見大尤水陸俱傷殺生無數斯之罪咎欲如之何直如束手泉問任他處分故經云殺生之人當墮地獄餓鬼畜生設得爲人短命多病嗚呼此苦誰當受之脫有能爲善哉甚善可謂釋迦末法共結慈念之因彌勒初成俱證無生之果廣如別傳此不煩云

護命放生軌儀法

三法同卷

音釋

齧 五結切咬也 漱 蘇奏切盪口也 謦欬 謦苦定切欬苦蓋切謦欬也氣聲小曰謦大曰欬 褒 博毛切 蹲 祖尊切踞也 奧箄迦 梵語也此云方便與於到切單府移切 歁 去奇切 屣 蹤七切履屬 斟酌 斟職深切酌之若切 濾 良倨切漉也 鐺 楚庚切有耳足釜也 瞖 於其切